LES ARYENS

AU NORD ET AU SUD

DE L'HINDOU-KOUCH

PAR

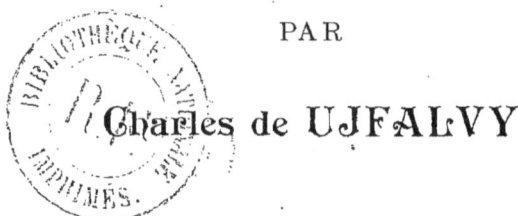

Charles de UJFALVY

ALEXANDRE

PARIS

G. MASSON, ÉDITEUR

LIBRAIRE DE L'ACADÉMIE DE MÉDECINE

120, BOULEVARD SAINT-GERMAIN, 120

——

1896

Cousu... la Couverture

LES ARYENS

AU NORD ET AU SUD

DE L'HINDOU-KOUCH

PAR

Charles de UJFALVY

ALEXANDRE

PARIS

G. MASSON, ÉDITEUR

LIBRAIRE DE L'ACADÉMIE DE MÉDECINE

120, BOULEVARD SAINT-GERMAIN, 120

———

1896

LES ARYENS

AU NORD ET AU SUD DE L'HINDOU-KOUCH

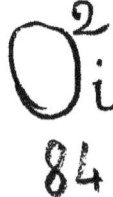

A LA MÉMOIRE DE MON REGRETTÉ MAITRE

PAUL BROCA

A MES CHERS AMIS

GIRARD DE RIALLE

ET

ARMINIUS VAMBÉRY

TABLE DES MATIÈRES

d'après M. Gardener. — Les lois biologiques expliquent la différence entre les Tadjiks de la plaine et ceux des montagnes. — La sélection élimine les Dolico en Asie Centrale. — L'*H. Alpinus* en Asie Centrale. — L'évolution permanente de l'indice céphalique d'après Broca. — Les Eurycéphales, les Sténocéphales, etc. — Il existe dans chaque race un type crânien qu'il s'agit de retrouver. — Transformation des races ; cas de reversion.

PREMIÈRE PARTIE

Les Aryens au Nord de l'Hindou-Kouch. — Les Eraniens. — Tadjiks de la plaine, Tadjiks des montagnes et Galtchas.

I

V

VI

VII

VIII

IX

DEUXIÈME PARTIE

Les Aryens au Sud de l'Hindou-Kouch. — Les Dardous, les Khos ou Tchitalis et les kafirs (Chins, Yechkouns ou Bouriches, Baltis, Khos et Siahpoches).

I

des Aryens au sud de l'Hindou-Kouch. — L'anthropologie nous servira de critérium. — Les Aborigènes de l'Inde. — Origine des Drawidiens. — Les matériaux anthropologiques rapportés par M. Risley examinés par le docteur Topinard. — L'Hindou du type aryen d'après M. Ratzel. — Les Radjpouts. — Les Sikhs. — Le moral de l'Hindou. — *H. Himalayensis.* — Un composite de races hétérogènes. — Subdivisions de ces peuples d'après M. Biddulph. — Les castes correspondent à des races différentes. — Vestiges de ces mêmes castes au nord de l'Hindou-Kouch. — Travaux anglais sur ces peuples. — La nouvelle subdivision que nous proposons.

TROISIÈME PARTIE

Résumé Anthropologique et Appendices.

PRÉFACE

« Je préfère quelques bonnes
« mensurations anthropométriques
« aux plus éloquentes descriptions
« des voyageurs, dont chacun voit
« d'une façon différente.

« PAUL BROCA ».

Avant de nous expliquer sur le rôle prépondérant que l'anthropologie occupe parmi les sciences ethnologiques, nous demanderons la permission à nos lecteurs de leur raconter une aventure qui nous est arrivée pendant notre dernier voyage aux Indes, et dont l'intérêt n'échappera à personne.

Pendant notre séjour à Simla, en mai 1881, nous fîmes la connaissance de l'ethnographe Leitner et nous fûmes frappés du dédain que ce savant professait pour l'anthropologie. Il nous accueillit cependant avec une urbanité parfaite, et il consentit même à nous assister dans nos mensurations. Bientôt, une occasion se présenta qui nous permit de lui faire comprendre combien l'anthropologie

1

était utile aux études ethnographiques. En mensurant la tête d'une série de Baltis, je découvris sur le vertex de plusieurs d'entre eux de petites taches rondes, dépourvues de cheveux, de la grandeur d'une pièce de cinquante centimes.

— Mon cher confrère, disais-je à M. Leitner, en lui présentant un de ces individus marqué ainsi sur le sommet de la tête, demandez-lui donc d'où vient cette petite marque ?

— C'est bien simple, répondit M. Leitner, c'est sans doute une cicatrice ; comme enfant il se sera blessé.

— Tiens, répondis-je en souriant et en lui désignant cinq ou six autres hommes, marqués de la même façon, il est vraiment étonnant que tous les enfants baltis se blessent au même endroit ?

M. Leitner demanda aussitôt aux individus ainsi marqués d'où provenait cette cicatrice. Tous racontèrent que les mères balties avaient l'habitude de brûler au vertex leurs enfants en bas-âge, pour les préserver des maladies de la tête (1).

— Voilà, dis-je à mon interlocuteur, un fait purement ethnographique que vous ignoriez, l'anthropologie vient de vous le révéler. Vous voyez donc qu'elle est utile à quelque chose ?

M. Leitner admit de bonne grâce la justesse de mon observation et devint mon zélé collaborateur pendant mon séjour à Simla.

Aujourd'hui, l'anthropologie est une science dont l'importance capitale, pour les études ethnologiques, n'est contestée par personne.

En France, Broca a été le véritable fondateur de la

---

(1) Cette croyance en l'action efficace du feu, n'est-elle pas un vestige du mazdéisme, dont les traces vivaces subsistent au nord et au sud de l'Hindou-Kouch ?

science anthropologique. Cet homme, si prodigieusement doué, a mis son génie au service de la nouvelle science, et ses magnifiques découvertes par rapport à la localisation du langage dans une région motrice déterminée de l'écorce cérébrale, ont fait l'admiration du monde savant. Le centre moteur de l'écorce cérébrale qui correspond à la faculté du langage s'appelle, en son honneur, la circonvolution Broca.

Broca fut aussi le réel fondateur de la Société d'Anthropologie de Paris ; il lui donna une puissante impulsion et trouva en MM. de Quatrefages, Bertillon, Hamy, Topinard et autres, d'éminents collaborateurs.

C'est à son activité et à son initiative que l'on doit la création de l'Ecole d'Anthropologie de Paris, où l'on enseigne toutes les sciences appelées à corroborer les recherches anthropologiques.

La *Revue d'Anthropologie* doit également sa création à l'infatigable initiative de Broca. Aujourd'hui, cette publication, toujours prospère et faisant autorité, s'est fondue avec *Les Matériaux de l'Histoire primitive et naturelle de l'Homme* et la *Revue d'Ethnographie*, sous le titre *L'Anthropologie*, confiée à la triple direction de MM. Cartaillac, Hamy et Topinard.

MM. Gabriel et Adrien de Mortillet ont créé de leur côté *L'Homme, journal illustré des sciences anthropologiques*, et y traitent du préhistorique avec la grande compétence que tout le monde leur reconnaît.

En France, à Lyon, M. Ernest Chantre, l'éminent explorateur du Caucase et de l'Asie occidentale, est le zélé secrétaire général d'une société d'anthropologie qui a fait ses preuves.

Bientôt, grâce aux travaux incessants de M. de Lapouge et de M. le docteur Collignon, entrepris sur une vaste échelle, la composition morphologique du peuple de France sera connue, jusque dans ses moindres détails, et permettra de se rendre un compte exact des différentes races qui ont contribué à sa formation.

La Société d'Anthropologie de Paris publie des mémoires et des bulletins d'un haut intérêt. Il serait oiseux de signaler dans ces bulletins les travaux si précieux de MM. Mathias Duval, de Mortillet, Letourneau, Hovelacque, Girard de Rialle, Bordier, Le Bon, Magitot, Lagneau, marquis de Nadaillac, Manouvrier, Hervé, Deniker, Chudzinski, Zaborowski et j'en passe des meilleurs.

En Allemage, Virchow et Johannes Ranke ont inauguré une méthode scientifique dont la précision fait le plus grand honneur à la science allemande ; en Italie, Mantegazza, Calori, Livi, Sommier, etc. ; en Autriche, le regretté Hochstœtter, Weissbach, Tappeiner, etc. ; en Suisse, Charles Vogt et Kollmann ; en Russie, le professeur Bogdanoff, etc., ont tous travaillé à l'accomplissement de la même tâche. L'Angleterre même, si longtemps dédaigneuse de cette science, s'est mise résolument à l'œuvre, et, aujourd'hui, Londres voit revivre son Institut Anthropologique qui est certainement appelé à rendre d'éclatants services. Les travaux de Galton, cousin de l'illustre Darwin, font époque et les considérables mensurations de M. Risley, faites aux Indes, semblent aussi intéressantes qu'instructives.

L'*ethnologie* est pour nous la véritable science qui s'occupe de l'origine des peuples ; elle embrasse *l'anthropologie, la biologie, le préhistorique, l'ethnographie, la linguistique, la démographie, la sociologie, l'histoire* et même *la géographie,* en tant que géographie physique (1).

_____

(1) D'autres rangent toutes ces sciences au nombre des sciences anthropologiques et font tout découler de l'anthropologie. Nous préférons le terme d'ethnologie. L'ethnologie recherche l'origine des peuples, l'ethnographie décrit leurs mœurs et leurs coutumes.

Toutes ces disciplines de l'ethnologie sont dans une étroite corrélation entre elles ; elles sont appelées à se compléter mutuellement et il est impossible de faire de l'ethnologie d'une manière vraiment scientifique, sans les étudier toutes.

Cependant, de ces diverses sciences, l'anthropologie est peut-être la plus importante au point de vue des races humaines, car, l'anthropologie seule permet d'étudier les caractères morphologiques des races qui se retrouvent malgré les mélanges incessants. Ainsi un peuple brachycéphale ne devient pas dolicocéphale (1) et vice-versa sans un long processus morphologique (2), tandis qu'il peut perdre sa langue et peut se modifier selon les centres géographiques dans lesquels il se meut, et selon les influences sociologiques auxquelles il est exposé. Il peut perdre sa nationalité, mais il conserve toujours des échantillons de son type primitif et l'anthropologie les retrouve. Car, malgré le mélange de races de presque tous les peuples civilisés, l'anthropologiste, à force de sagacité, arrive à déterminer les différents types dont ils se composent, et à

---

(1) La transformation de la boîte osseuse du crâne dépend du développement de l'encéphale qui, sous l'influence des croisements, du milieu biologique, de la sélection naturelle, de l'hérédité s'élargit, se raccourcit, s'allonge ou se rétrécit. Nous en parlerons longuement plus loin.

(2) J'entends par là, qu'au choc des Dolico avec les Brachy, les premiers disparaissent généralement après un certain nombre de siècles et la brachycéphalie renaît avec plus d'intensité que jamais. L'Europe centrale et l'Asie intérieure en sont un éclatant exemple.

« Une autre loi, plus généralement admise, c'est que, depuis les temps préhistoriques, les brachycéphales tendent à éliminer les dolicocéphales, par l'invasion progressive des couches inférieures et l'absorption des aristocraties dans les démocraties, où elles viennent se noyer », dit M. Alfred Fouillée dans son très intéressant article sur la psychologie des peuples et l'anthropologie, paru dans la *Revue des Deux-Mondes* (15 Mars 1895).

l'exemple des géologues, il découvre des couches superposées de races, souvent différentes, et il établit l'importance proportionnelle de ces couches. Broca avait réussi à faire ce travail pour une partie de la France ; d'autres le font pour les autres pays de l'Europe.

Le transformisme, avec ses lois immuables sur *la lutte pour l'existence*, sur *la sélection* et *l'hérédité*, a renversé d'un seul coup l'échafaudage vermoulu des sciences politiques, basées, jusqu'à ce jour, sur des dissertations compliquées d'une métaphysique puérile et d'une philosophie spéculative. Ce sera l'éternel honneur de Lamarck, d'avoir formulé le premier ces grands principes, et ce sera la gloire impérissable de Darwin d'avoir proclamé les lois sur la sélection et sur l'hérédité, en contradiction absolue avec toutes les croyances surannées et les dogmes officiels et intéressés. Cette faillite de la philosophie spéculative aura puissamment étayé l'Anthropologie qui y puise des données d'une valeur capitale pour ses propres démonstrations. Nous pouvons, à l'heure qu'il est, expliquer la vie et la mort d'une race, l'origine, la prospérité et la décadence d'une nation, par des faits naturels et précis, sans en chercher la cause dans des phénomènes surnaturels ou dans des considérations philosophiques, contraires à la vérité scientifique (1)

En faveur de l'importance des caractères anthropologiques, nous nous bornerons à donner trois exemples.

Un phénomène curieux se produit dans le Tyrol, dont la description anthropologique a été si bien faite par le docteur Tappeiner. Malgré les nombreuses invasions des

(1) Lamarck a établi le transformisme à force d'hypothèses ingénieuses ; Malthus a indiqué les lois rigoureuses de la lutte pour la vie ; Darwin a fait ressortir, grâce à son génie, l'importance capitale de la sélection naturelle et de l'hérédité.

populations germaniques, le Tyrolien est resté, quant à
sa conformation crânienne, le Rasène ou Ræthien des
temps antiques, c'est-à-dire qu'il est revenu, quant à la
forme de son crâne, au type hyperbrachycéphale (1).

Les adversaires des sciences anthropologiques avaient
soutenu longtemps que les peuples de l'Allemagne du Sud,
tout en étant de race germanique, s'étaient transformés au
point de vue du type ; c'est-à-dire que, d'abord grands,
blonds et dolicocéphales, ils étaient devenus moyens, bruns
(châtains) et brachycéphales. M. Johannes Rancke a victorieusement démontré combien cette opinion était erronée.
Les dolicocéphales des *Reihengræber* avaient été précédés
par les brachycéphales des *Hünengræber*, ils se sont
superposés ; mais, bientôt, ils ont été, au point de vue du
type, absorbés par leurs prédécesseurs ; ils ont disparu
comme les Indiens de l'Amérique du Nord disparaissent
peu à peu devant les blancs ; comme les Australiens disparaîtront à leur tour ; en vertu de cette loi immuable, si
admirablement énoncée par Darwin, d'après laquelle dans
la lutte pour l'existence, le faible, c'est-à-dire celui qui
est moins bien approprié, qui ne se trouve point dans les
centres biologiques favorables à son développement, disparaît devant le fort (2).

(1) Ce type rasène n'a, paraît-il, rien de commun avec le type
celto-slave, sinon sa brachycéphalie prononcée. Peut-être ces Rasènes
sont-ils le mélange du type *Acrogonus* de M. de Lapouge avec les
grands Dolico blonds. Dans ce mélange l'hyper-brachycéphalie de
Acrogonus a subsisté, mais le métis a hérité des grands Dolico blonds,
la taille élevée, la couleur des cheveux et des yeux, et les traits accentués
du visage.

(2) A Dieu ne plaise que je veuille dire par là que le petit Brachycéphale brun fut le plus fort, et le grand Dolicocéphale blond le plus
faible ; je veux dire seulement que ce dernier a été absorbé par le
premier, grâce à la disproportion du nombre et grâce aussi à l'accoutu-
mance du milieu biologique des Brachy.

Il est intéressant de constater que notre regretté ami Obédénar est arrivé au même résultat relativement à ses compatriotes de la Roumanie. Les Daco-Romains ne sont, anthropologiquement parlant, ni des Romains, ni des Slaves, mais également des Celtes. Il paraîtrait donc que la race celtique qui, dans des temps historiques, occupait le centre et l'est de l'Europe, reparaît partout, absorbant les populations qui se sont superposées à elle (1). Peut-être arrivera-t-on un jour à faire les mêmes observations pour la Hongrie. Qu'on ne vienne pas nous objecter le mélange excessif de peuples dont la Dacie et la Panonnie ont été le théâtre. Certes, la France a vu autant de peuples fouler son sol, et cependant le génie de Broca a déterminé l'unité du type depuis la Marne jusqu'à la Garonne. Car l'antropologie est une science exacte qui recherche des données positives ; elle n'a que faire de conjectures spéculatives et souvent abstraites.

Cette traînée de Celtes, constatée en Europe, se poursuit à l'Est. Dans les montagnes abruptes de l'Asie-Mineure, le docteur Luschan a découvert une population autochthone dont la boîte osseuse présente les mêmes caractères typiques que celle du Celte. Les Takhtadchis des montagnes de l'Asie-Mineure constituent un chaînon important dans cette traînée de Celtes, et on ne saurait assez féliciter le savant autrichien de l'intéressante découverte qu'il a faite.

Les Tadjiks de la Perse septentrionale et ceux du Turkestan, les Galtchas des vallées avoisinant le Pamir sont aussi brachycéphales et présentent les mêmes caractères crâniens, absolument typiques, que les Savoyards, les Auvergnats et les Bas-Bretons. Le premier, nous avons

(1) Les Celtes auraient ainsi reparu dans toutes les contrées qu'ils avaient occupées du temps d'Ephore, contemporain d'Alexandre.

rapporté des crânes galtchas en France, et nos nombreuses mensurations anthropométriques s'accordent absolument avec les mesures prises sur ces crânes, et ont complètement modifié les croyances accréditées sur les caractères typiques des peuples du Pamir. L'éminent historien Henri Martin, dont la compétence en ces questions n'est contestée par personne, en a publiquement convenu. Exemple de sagesse opportune que nous ne saurions trop recommander à quelques savants linguistes et ethnographes qui ne tiennent aucun compte des résultats anthropologiques. Hélas ! les Henri Martin sont rares et les détracteurs de l'anthropologie sont nombreux, quoique leur nombre paraisse diminuer avec la diffusion des connaissances anthropologiques. La vérité scientifique finit toujours par s'imposer.

Enfin, un troisième exemple finira par compléter notre démonstration ; cette fois-ci nous sommes beaucoup plus à même d'en parler en connaissance de cause, car nous l'avons observé *de visu*.

L'Asie centrale possède dans toutes ses parties musulmanes une fraction de population agricole et sédentaire appelée *Sarte*. Cette peuplade, parlant le turc oriental, présente le type aryen, du moins ce que nous sommes convenus d'appeler ainsi. Les Sartes sont le produit du mélange des Turco-Mongols conquérants avec des Tadjiks autochtones ; les conquis ont perdu leur langue, donc leur nationalité, mais ils ont imposé leur type aux envahisseurs, c'est-à-dire que les Turco-Mongols se mélangeant avec les vaincus, sont devenus agriculteurs et citadins et ils ont perdu leur type, toujours en vertu des lois de sélection et d'hérédité énoncées par Darwin (1).

(1) M. Vambéry nous a magistralement décrit cette transformation latente.

Malgré l'importance de ces caractères typiques, l'ethnologie ne peut se contenter des données anthropologiques ; il faut qu'elle consulte aussi ses autres filles. La biologie lui fournit des renseignements précieux sur la transformation des races ; le préhistorique lui permet de déterminer la civilisation des peuples dont elle a découvert les squelettes ; la paléonthologie linguistique la met à même de reconstituer, à l'aide du langage, la vie primitive d'une race ; l'ethnographie lui fait connaître ses mœurs et sa religion, cette dernière si importante pour la sélection sociale ; l'histoire, avec la sociologie, lui apprend son développement intellectuel et les circonstances, souvent indépendantes de sa volonté, qui ont déterminé ce développement ; la démographie lui permet de faire des observations précieuses que seuls ses calculs révèlent ; enfin, la géographie lui fait connaître l'importance capitale exercée par l'influence des milieux, qui transforme un peuple pêcheur et chasseur en un peuple nomade et pasteur, et enfin en agriculteur et en citadin.

Cependant aucune de ces sciences ne peut arriver à des résultats vraiment concluants, en travaillant seule, ou en empiétant sur le domaine des autres.

La biologie a besoin de connaître les caractères morphologiques et psychiques d'une race pour expliquer ses évolutions. Ces connaissances lui permettront de lui appliquer ses lois sur la sélection et l'hérédité.

Le préhistorique même, ne peut vivre seul, et nous déplorons les agissements des archéologues qui, sous le prétexte d'enrichir leurs collections d'objets préhistoriques, ont, non seulement négligé les crânes et squelettes découverts dans leurs fouilles, mais les ont souvent détruits, anéantissant ainsi, par on ne sait quel sentiment de sot exclusivisme, des matériaux d'une valeur inouïe, et, hélas, à jamais perdus.

Ainsi, la linguistique qui, jusque dans les derniers temps, avait la prétention de trancher seule la question des origines des peuples, au moyen d'étymologies souvent fantaisistes, n'est nullement fondée dans ses prétentions. Les Dravidiens de l'Inde, qui parlent une langue agglutinative, ne sont pas plus des Ougro-Finnois, que les nègres de Saint-Domingue, qui parlent exclusivement le français, ne sont de race française. Ces exemples pourraient être multipliés à l'infini. Un peuple perd souvent sa langue avec une facilité surprenante. Personne ne conteste les services rendus à l'ethnologie par la linguistique, mais il faut absolument qu'elle se contente de sa sphère et qu'elle n'ait point la prétention de vouloir résoudre des problèmes ethnologiques sans l'aide des autres disciplines (1).

De même que la linguistique, l'ethnographie a également essayé de se substituer seule aux autres sciences ethnologiques ; l'abus qui a été fait sous l'égide de cette science est vraiment surprenant. Ainsi, s'alliant à la linguistique, elle a laissé échafauder sous son enseigne des systèmes entiers de classifications de races et de peuples. Ces classifications hâtives ont disparu et il n'en est resté qu'une preuve évidente d'impuissance. Malgré les données précieuses qu'elle fournit à l'ethnologie, l'ethnographie n'est qu'une science complémentaire au même degré que ses sœurs.

(1) Rien de plus curieux dans cet ordre d'idée que l'exemple des Ossèthes du Caucase. Ce petit peuple passait pour le dernier vestige d'une migration germanique, ayant conservé avec l'idiome des aïeux leur type anthropologique. Notre savant ami, M. Ernest Chantre, l'explorateur bien connu du Caucase, affirme, se basant sur de nombreuses mensurations, que les Ossèthes sont brachycéphales et bruns comme leurs voisins tatares.

C'est comme les tribus blondes du Pamir et de l'Hindou-Kouch, qui sont également brunes ; les blonds ne s'y rencontrent qu'à l'état *sporadique*. Ainsi s'en vont les légendes à vau-l'eau.

Les découvertes des derniers temps, nous ont bien des fois appris combien l'histoire est fausse et tendancieuse ; elle est fragile comme toute œuvre humaine et les fouilles nous en ont plus appris sur la vie passée d'un peuple que bien des ouvrages historiques, qui sont le plus souvent des panégyriques ou des œuvres de dénigrement.

Enfin, même la géographie physique d'une contrée, qui nous aide à reconnaître l'influence si importante des milieux, qui suffit quelquefois, du moins en apparence, à transformer une race, n'est aussi qu'un anneau de cette chaîne de sciences. L'influence du milieu ne fait que compléter les recherches biologiques, autrement importantes que les effets du climat ou la fertilité du sol. Il y a eu et il existe encore des peuples de génie qui arrivent à assujettir la nature et à la rendre favorable au développement de leur civilisation.

De même, des savants imprudents ont osé dire que la vie des villes suffisait pour transformer le type d'un campagnard ; l'ignorance seule de l'anthropologie pouvait les amener à une conclusion aussi hasardeuse. La boîte osseuse du nomade, devenu citadin, ne change point et la villosité du corps ne dépend pas de l'air ambiant des villes. Il faut se garder de confondre la physionomie extérieure apparente (habitus), influencée, par les milieux, avec les caractères vraiment typiques (1).

Nous n'avons certes pas la prétention d'épuiser notre

(1) Si les récentes recherches de M. de Lapouge ont démontré que les dolicocéphales sont plus nombreux dans les villes que dans les campagnes, cela ne veut pas dire que les brachycéphales des villages deviennent dolicocéphales en échangeant la vie des champs avec l'existence bourgeoise. Cela prouve seulement que les dolico, en décroissance partout dans le centre de l'Europe, se sont retirés devant l'absorption par les brachy dans les villes plus appropriées à leur développement social. M. de Lapouge est un hardi rumueur d'idées. Il faut du courage

sujet dans ce travail, en accordant aux différentes sciences ethnologiques la même importance. L'anthropologie y occupera la place prépondérante, mais nous ne manquerons pas de consulter les savants anglais, russes et autres pour combler les lacunes de nos recherches personnelles ; ce qui nous sera facile en nous appuyant sur des auteurs comme Khanikoff, Vambéry, Richthofen, Girard de Rialle, Elphinstone, Wood, Shaw, Henry Yule, de Lapouge, etc. Nous faisons précéder les deux parties du présent travail d'une introduction géographique et historique, et d'une autre ethnologique, ethnogénique et biologique qui, nous l'espérons, éclaireront d'un nouveau jour les évolutions des peuples de l'Asie centrale.

Elève de Broca, nous donnons à la fin de notre travail des *conclusions anthropologiques* qui procèdent de la même façon que le *Mémoire sur les Celtes*, de notre regretté maître. Nous nous sommes attachés à conserver sa méthode, car de toutes celles que nous avons vu employer depuis, elle nous a paru la plus claire, la plus précise, en même temps que la plus scientifique.

L'anthropologie anatomique et plus particulièrement l'étude des localisations cérébrales, auxquelles je m'intéresse vivement, ne sont qu'au début de leurs étonnantes découvertes. J'ai l'intime conviction que le jour où l'on sera en possession d'une bonne technique pour faire et pour étudier au microscope des coupes de l'écorce cérébrale infiniment délicates, on trouvera dans la circonvolution du langage des différences appréciables entre les peuples

---

pour dire tout ce qu'il pense de l'inégalité parmi les hommes, surtout au milieu d'une puissante démocratie, qui confond, comme il le démontre si bien, l'idée d'égalité avec un besoin toujours croissant d'uniformité. Le procès de tendance intenté à Aristide se renouvelle sans cesse, et élimine avec une sotte jalousie tous les éléments eugéniques.

qui parlent des langues monosyllabiques, agglutinatives
ou à flexions ; je dirai plus : l'écorce cérébrale de la
circonvolution Broca, examinée ainsi, révélera des dissemblances, selon que l'homme dont on aura fait l'autopsie,
aura eu le don de la parole, la faculté des langues, à
un degré plus ou moins développé.

L'audace de cette assertion fera sourire plus d'un de
mes lecteurs. Je m'en console. D'autres, qui valent plus
que moi en anthropologie expérimentale et militante,
partagent, je le sais, ma manière de voir.

Si, au commencement de ce siècle, on avait prédit
à un savant quelconque l'usage que l'on ferait un jour
de l'électricité et de la vapeur, il aurait pris son interlocuteur tout bonnement pour un fou. Cependant, aujour-
d'hui, nous correspondons avec une rapidité vertigineuse
avec nos antipodes et le jour est proche où l'on ira, en
dix fois vingt-quatre heures environ, de Paris à Pékin.

Si, à la même époque, on avait dit à un savant attitré
que les hardies théories de Lamarck qui faisaient sourire
de pitié le grand Cuvier seraient reprises et complétées
un jour par Darwin et qu'elles bouleverseraient le monde
scientifique, il est plus que probable qu'il vous aurait
traité d'aliéné et qu'il vous aurait fait sequestrer, afin de
vous empêcher de nuire par la propagation de ces théories
subversives. Aujourd'hui, tous les savants sincères s'in-
clinent respectueusement devant la grande figure de
Darwin qui, second Galilée, pouvait s'écrier : *e pur se
muove !* L'espèce évolue quand même !

Tel est le monde, et quand on a une conviction
absolue, il ne faut avoir cure de ce qu'il peut en dire.

J'avais esquissé ces pages entre 1884 et 1887 ; je les
ai revues et complétées depuis. Aujourd'hui, je les livre
à la publicité, estimant que les observations qui y sont

consignées pourront servir à tous ceux qui s'occupent
d'études ethnologiques.

Malgré de sérieuses hésitations, j'ai conservé pour titre
de mon ouvrage : *Les Aryens au Nord et au Sud de
l'Hindou-Kouch*, sachant fort bien que le terme d'*aryen*
est de pure convention et que les peuples éraniens au
nord et les tribus hindoues au sud du Caucase indien,
diffèrent absolument comme type et descendent, sans
aucun doute, de deux races différentes. Dans un article
paru en 1893, dans la revue *Science*, de New-York,
M. de Lapouge désigne sous le nom d'Aryens les Indo-
Iraniens. Je me suis conformé à cet exemple.

Nice, en Juin 1895.

INTRODUCTION GÉOGRAPHIQUE

ET HISTORIQUE

———

« A une époque dont l'antiquité prodigieuse échappe
« à toutes nos chronologies, au milieu des monstres
« gigantesques qui se disputaient la possession de notre
« sol, apparut un être faible et chétif, nu et sans armes,
« soutenant à peine, au jour le jour, son existence famélique
« et ne trouvant, dans le creux des rochers, qu'un refuge
« insuffisant contre les dangers incessants qui venaient
« l'assaillir. Au calcul des choses ordinaires, cet être
« paraissait privé de tout ce qui, dans la bataille de la
« vie, assure la survivance des espèces ; entouré d'ennemis
« nombreux et terribles, dénué de moyens d'attaque et
« de moyens de défense, exposé, pendant sa longue et
« débile enfance, à toutes les agressions, à toutes les
« vicissitudes, il semblait voué à la destruction par une
« nature marâtre. Mais il possédait deux merveilleux
« instruments, plus parfaits en lui qu'en toute autre

« créature : le cerveau qui commande et la main · qui
« exécute. A la force brutale, jusqu'alors reine du monde,
« il opposait l'intelligence et l'adresse, lutte grandiose
« où, suivant l'expression du poète, ceci devait tuer cela.
« Les espèces colossales des temps géologiques ont disparu ;
« l'homme est resté ; il a vaincu tous ses rivaux, vaincu
« la nature elle-même, et à cette place où nous sommes,
« là où jadis, d'une main novice, il taillait ses premières
« armes dans le silex, roulé par un fleuve encore innommé,
« il étale aujourd'hui les splendeurs de l'Exposition
« Universelle. »

Ces paroles éloquentes furent prononcées par Paul Broca,
à l'ouverture du Congrès des sciences anthropologiques
qui tenait ses assises à Paris, en 1878. Il est certes difficile
de rendre un plus superbe hommage à la puissance de
l'intelligence humaine. Par son cerveau et par son adresse,
l'homme occupe une place à part, une place dominatrice
au-dessus de tous les animaux ; il est le plus apte de
tous les êtres vivants à affronter les vicissitudes de la
bataille de la vie, et certes, c'est à son génie seul qu'il
est redevable de la survivance de son espèce. Comme
Broca le dit si bien, le premier obstacle que l'homme
primitif rencontrait sur son chemin était une nature
marâtre, lui disputant à chaque pas les progrès accomplis
à la sueur de son front. L'observateur judicieux, qui
parcourt une galerie d'objets préhistoriques, peut seul
se faire une idée de cette odyssée de l'enfance humaine.

Il y a quelques jours à peine, un savant académicien
que ses sagaces observations ont rendu philosophe, écrivait
dans un recueil périodique : « On a remarqué depuis
longtemps que les grands voyageurs sont enclins au
scepticisme et fort réservés dans leurs jugements. Ils ont
constaté, en courant le monde, l'infinie diversité des
institutions humaines et que chaque nation a sa politique,
ses opinions et sa morale, que rien n'est absurde et que
rien n'est parfait, que les lois d'un peuple s'expliquent par

ses mœurs, *et ses mœurs s'expliquent par les influences de son climat, par la configuration de son territoire*, par ses origines, par son génie propre et aussi par les circonstances, par les accidents de sa destinée ». L'auteur aurait pu ajouter : L'homme est l'esclave des lois de sélection et d'hérédité, et le fatalisme de Mahomet n'est pas aussi sot que les philosophes chrétiens veulent bien le dire.

Le génie de l'homme est, sans nul doute, influencé par le pays qu'il habite ; il dépend donc de sa glèbe et sa civilisation est régie par la configuration et le climat de sa patrie, indépendamment de ses aptitudes héréditaires et de ses évolutions sélectives. Ce sont là d'éternelles vérités que des géographes comme Ritter, Humboldt, Elisée Reclus et surtout le regretté Oscar Poeschl ont démontrées de la façon la plus ingénieuse et la plus probante.

Avant de décrire un peuple dans sa complexion physique, dans ses croyances, ses mœurs et son histoire, il faut connaître la nature du sol qui lui sert de patrie. La description de cette nature est donc de la plus haute importance, elle nous aidera à résoudre bien des problèmes qu'une observation superficielle aurait laissés dans l'ombre.

Dans les pages suivantes, nous allons essayer d'esquisser une rapide description géographique de l'Asie centrale. Marchant sur les brisées de Richthofen, il nous sera facile de dérouler devant les regards du lecteur un tableau curieux qui lui révélera une série de particularités dans la vie des peuples, dont il aurait inutilement cherché les causes ailleurs.

Ce sera l'impérissable mérite du géologue allemand, d'avoir le premier donné une définition vraiment scientifique de l'Asie centrale. Jusqu'au moment où son grand ouvrage sur la Chine apparut, bien des géographes, et non les moins réputés, avaient tenté de résoudre ce problème ; Ritter, Humboldt, Klaproth et, plus récemment, Khanikoff, essayèrent de déterminer les limites de l'Asie centrale.

Pendant de longues années, on avait pris pour d'immuables vérités géographiques les ingénieuses théories d'Humboldt sur des chaînes de montagnes parallèles, coupées par d'autres chaînes verticales, presque en angle droit, qui subdivisaient le continent asiatique.

Ritter étaya la théorie d'Humboldt de sa vaste et puissante érudition ; Klaproth qui avait déjà découvert tout un archipel, sans quitter son cabinet de travail, imagina la prodigieuse mystification du voyage d'un baron allemand en Asie centrale, mystification que Grigorieff n'eut pas de peine à percer à jour ; enfin, Khanikoff crut devoir assimiler les bassins intérieurs du plateau de l'Iran à ceux de l'Asie centrale. On avait ainsi dépassé déjà les limites de la dépression aralo-caspienne que presque tous les géographes désignaient sous le nom d'Asie centrale, au même titre que le bassin du Tarym et le désert de Gobi. Richthofen fut le premier qui débrouilla cet écheveau, et se basant sur des considérations purement géologiques, il détermina les limites de la véritable Asie centrale. Il subdivisa la contrée asiatique en trois zones bien distinctes : 1° une zone centrale ; 2° une zone périphérique ; 3° une zone de transition (1).

Dans la zone centrale, tous les produits de la décomposition chimique ou de la destruction mécanique des pierres et des roches demeurent sur place ; dans la zone périphérique ces mêmes produits sont emportés vers l'Océan ; d'un côté, il se fait un dépôt, une concrétion subaérienne, de l'autre, ce même dépôt se fait à l'aide de l'eau courante ou stagnante. Dans la zone centrale, tout tend au nivellement de la surface du sol, dans la zone périphérique, nous voyons, au contraire, des dépressions profondes labourées par les eaux ; dans la zone centrale, l'évaporation dépasse l'humidité, dans la zone périphérique, c'est l'humidité qui dépasse l'évaporation. Le contraste entre ces deux zones est patent. Un signe caractéristique de la zone intérieure est la présence du sel qui recouvre partout le sol. Les lacs même en sont

(1) Richthofen, *China*, vol. I, Berlin 1877.

saturés et la sève des arbres en déborde (1). La zone intérieure est un vaste steppe, souvent un désert de cailloux
ou de sable ; les oasis sont rares, et leur existence dépend
de l'activité de l'homme qui doit les disputer à une nature
envahissante (2).

Cependant, le *caractère le plus typique* de ces
contrées est la présence du *loess*, qui doit son existence à une concrétion subaérienne. Richthofen fut le
premier qui, lors de ses voyages en Chine, constata
l'existence de cette formation géologique, laquelle, par
sa fertilité extraordinaire, exerce une influence prépondérante sur les destinées de la Chine septentrionale. Le
loess, depuis longtemps connu dans la vallée du Rhin,
n'attira, en Asie centrale, l'attention d'aucun voyageur.
Cette particularité de terrain qui est facilement recon-
naissable à sa porosité, aux conduits capillaires qui le
traversent partout perpendiculairement, semblables à des
vides laissés par des plantes et des racines disparues, et
à l'absence complète de couches superposées, doit son
origine à une triple influence subaérienne. Le loess se
forme par la désagrégation des pierres et des roches,
occasionnée par l'eau pluviale ; par le détritus des
végétaux, emporté par le vent (3), en fine poussière ;

(1) Nous avons observé ce phénomène de visu pendant nos différents
voyages au Turkestan russe. Il y existe des plantes comme le saksaoul
(*holoxilon ammodendron*) qui suintent du sel.

(2) Aussitôt que le travail d'irrigation se ralentit, pour une raison
ou une autre, les sables reprennent leur œuvre destructive et anéantissent le fruit des labeurs séculaires de l'homme. Les bouches du Syr
Daria, autrefois prospères, grâce à une savante irrigation, sont devenues,
en peu de temps, incultes et sablonneuses.

(3) Lors de notre séjour à Tchoust, dans le Ferghanah, en 1877,
nous avons constaté, pendant plusieurs jours, un obscurcissement de
l'atmosphère par des nuages saturés de *loess* qui, interceptant jusqu'aux rayons du soleil, faisait ressembler cet astre à un immense pain
à cacheter, fixé au firmament. L'oasis de Tchoust est une des plus
fertiles du Ferghanah.

enfin, par des ingrédients minéraux que les racines des herbes empruntent à la terre, au moyen d'une diffusion des liquides, et qu'elles déposent sur le sol après leur décomposition. Le loess qui au centre de l'Asie se distingue par un caractère saumâtre, car les plantes ont eu soin d'amener les sels des profondeurs à la surface du sol, est soumis à un procédé de lessivage, au moyen de l'irrigation naturelle ou artificielle et se transforme ainsi en terrain d'une fertilité vraiment surprenante (1). La même terre encore saumâtre, dans les steppes de l'Asie centrale et de la dépression aralo-caspienne, devient le meilleur terrain agricole et horticole dans les oasis, grâce à l'irrigation, due au génie humain. Il en est de même dans certaines parties de la zone de transition, où des cours d'eau puissants viennent corroborer les efforts de l'homme.

Il n'est pas dans nos intentions de nous étendre ici sur les transformations géologiques successives auxquelles l'Asie centrale doit son climat sec et continental par excellence. Il suffit de jeter un regard sur la configuration de ces contrées, pour se convaincre que le triple môle du Kouën-Loun, des monts Kara-Korum et de l'Himalaya, ne permet point aux vents humides du Sud de pénétrer dans ces régions, que les ramifications orientales de l'Altaï ne protègent qu'imparfaitement contre le septentrion. Tous ceux qui voudraient s'éclairer sur les différentes phases de transformation d'un bassin sans écoulement en un bassin avec écoulement, phases qui sont déterminées par des influences climatologiques et dans lesquelles le loess joue un rôle important, je les renvoie à l'ouvrage de Richthofen, où ils trouveront tous les éclaircissements désirés (2).

(1) Les oasis de Kachgar, de Yarkand et de Khotan doivent leur étonnante fertilité à ce même procédé d'irrigation.

(2) Richthofen, *China,* ibid.

Avant d'aborder la description des zones intérieure et de transition, dont les peuples seuls nous intéressent, disons cependant que la configuration du sol a exercé une influence capitale sur ces derniers. Les habitants des zones intérieure et de transition ne peuvent être que nomades et pasteurs, la vie sédentaire y étant due à des moyens artificiels. La zone périphérique, au contraire, abonde en contrées riches et fertiles ; la nature collabore avec l'homme, le sol y est pour beaucoup dans le développement intellectuel et moral de ses habitants. La dépression aralocaspienne, le bassin du Syr et de l'Amou, constituent la partie occidentale de la zone intermédiaire. Le sol y est aujourd'hui un vaste steppe saumâtre qui ressemble beaucoup aux steppes de la zone intérieure ; cependant, l'ancienne mer intérieure s'est retirée relativement depuis si peu de temps, qu'à l'exception des bords de cette mer, la majeure partie du sol est restée inaccessible à la culture. Ce caractère de transition se manifeste aussi au point de vue ethnographique. Cette contrée fut toujours un lieu de passage, considérée comme tel par les nombreuses peuplades venues de l'Asie centrale ou d'ailleurs ; les maîtres y changent souvent, et nous n'y rencontrons point cette stabilité qui caractérise les empires de la zone périphérique, et qui est la condition *sine qua non* de toute civilisation durable.

Il ne rentre pas dans le cadre de ce travail de donner une description géographique détaillée des contrées dont nous allons essayer de peindre les habitants. Nous voulions seulement attirer l'attention de nos lecteurs sur l'influence vraiment extraordinaire exercée par la configuration de l'Asie centrale sur la destinée de ses habitants, ainsi que sur l'extension des terrains de loess qui constitue un si puissant facteur de culture et de civilisation.

Entourée de toutes parts de chaînes de montagnes presque infranchissables, l'Asie centrale ne possède que deux issues : la porte Dzoungare, au Nord-Ouest, et le passage de

Yu-Mœnn, au Sud-Est. Les peuples nomades et pasteurs de ces contrées choisirent surtout ce dernier débouché qui leur permit d'atteindre, en quelques jours de marche, les plaines riches et fertiles de la Chine. Ce fait nous explique comment la grande migration des peuples ne s'est effectuée qu'à une date relativement récente dans l'histoire de l'humanité.

Dans le troisième siècle avant notre ère, les Chinois, las des incursions barbares qui entravaient à chaque instant leur prospérité, construisirent la grande muraille de Chine, opposant ainsi une digue, presque infranchissable, au flot des envahisseurs. Alors, ceux-ci durent se porter ailleurs et, débordant par la porte dzoungare, ils submergèrent la Sibérie occidentale et la dépression aralo-caspienne, franchirent les monts Ourals et vinrent battre de leurs rafales jusqu'aux contreforts orientaux des Alpes.

La construction de la grande muraille de Chine fut un des événements les plus gros de conséquences, et on peut dire, sans être taxé d'exagération, que cet événement contribua puissamment à la chute prématurée de l'empire de Rome. Il fut aussi capital pour l'histoire, car, à l'abri des incursions barbares, les historiographes chinois purent songer à fixer leurs impressions et à les transmettre à la postérité. Grâce aux Chinois, dont les récits se distinguent par l'exactitude, la précision et la sobriété, nous sommes à même de nous procurer quelques renseignements sur ces temps reculés, renseignements précieux que la diffusion et le caractère purement légendaires des anciennes annales turques ne viendront guère infirmer.

A peine la grande muraille était-elle construite, que déjà, au deuxième siècle avant notre ère, les annalistes chinois nous fournissent des renseignements précis et détaillés sur la carte ethnographique de l'Asie centrale. Au sud du lac Lob, dans les régions autour de l'importante oasis de Khotan, d'après Richthofen, le berceau des Chinois, les enfants de l'Empire du Milieu rencontrent encore des

races congénères ; depuis Yarkand, à l'est du Pamir,
jusqu'à Tourfan, au sud des monts Célestes, les oasis
sont occupées par *les longues figures de cheval, au nez
proéminent et aux yeux enfoncés dans leurs orbites* (1).
A l'est, les Youé-Tchi, probablement d'origine tibétaine (2),
se sont fixés dans la partie la plus importante du défilé
de Yu-Mœnn. Le peuple turc des Hioung-nou (3) fait
paître ses troupeaux dans la dépression pierreuse du
Chamô ; des Tongouses, chasseurs et pêcheurs, s'étendent
depuis la vallée de l'Oussouri jusqu'aux côtes de la mer
du Japon ; enfin, les Mongols, appelés sous peu à l'Empire
du monde, mènent une vie paisible et patriarcale, autour
du lac Baïkal. Richthofen pense que la patrie primitive
des Turcs ne se trouvait point dans les monts Altaï, d'où
les font partir leurs légendes, mais plutôt dans les contrées
entre l'Amour, la Léna et la Sélénga, où, à une certaine
époque, ils habitaient à côté de leurs frères mongols
et tongouses. Rien ne prouve que les Yakouts aient jamais
émigré vers le Nord ; il est plus que probable qu'ils sont
toujours restés dans leur patrie primitive.

Peu de temps après la construction de la grande
muraille de Chine, les Hioung-nou quittent leurs pâturages
et se jettent sur leurs voisins les Youé-Tchi, qu'ils refoulent
vers les vallées dzoungares, où ils sont bientôt remplacés
par les Ousoun, population blonde aux yeux bleus, sur
l'origine de laquelle les savants n'ont jamais pu tomber
d'accord.

Nous verrons par la suite le rôle anthropologique
important que les Ousoun sont appelés à jouer en Asie
centrale. Ce peuple curieux a disparu comme un météore
dans le firmament de l'histoire, mais son passage a laissé

(1) Evidemment des peuplades de race blanche, peut-être
H. Alpinus.

(2) Les Doungânes paraissent être leurs derniers descendants.

(3) Kirghis, Kara-Kirghis et d'autres nomades.

des traces palpables et, grâce aux annales chinoises, il n'est point permis de douter de son existence (1).

L'empire des Hioung-nou s'écroule sous les attaques répétées de la Chine. Les Hioung-nou se scindent en plusieurs parties, dont l'une envahit la Dzoungarie, émigre jusqu'au cours supérieur de l'Irtich et jusqu'au lac Balkach, tandis que les autres, demeurant en Asie centrale, sont absorbées par les vainqueurs. A ce moment, un nouveau peuple fait son apparition sur la scène de l'histoire ; les Sien-pi, de race coréenne, anéantissent les derniers restes de l'empire des Hioung-nou et établissent leur pouvoir sur toutes les tribus turques qu'elles refoulent vers l'Ouest ; cette nouvelle poussée oblige les Ousoun de quitter à la fin du quatrième siècle l'Asie centrale et de chercher un refuge éphémère en Dzoungarie. Pendant deux siècles entiers, les Sien-pi, parmi lesquels les Youan-youan ont été la tribu la plus puissante, sont restés les maîtres de l'Asie centrale ; puis, ils disparaissent de l'histoire et nul ne sait ce qu'ils sont devenus. Successivement les peuplades turques des Toukiou, des Hwéï-hé, des Ouïgours et des Kirghis surgissent, se pourchassent, et imposent leur nom (2) aux vaincus. Au septième siècle, la tribu tibétaine des Toufans vient à son tour imposer son pouvoir qui est également de peu de durée, car déjà la peuplade tongouse des Khitan, forcée de quitter la partie orientale de l'Asie centrale, leur arrache le pouvoir. Enfin, au

---

(1) Pour nous, ces Ousoun ne sont pas les mêmes grandes figures de cheval, à yeux enfoncés dans leurs orbites, établies à l'est du Pamir, dans les oasis fertiles du bassin supérieur du Tarym. Les Ousoun étaient sans doute de grands dolico blonds (de la race de *H. Europœus* de M. de Lapouge), mêlés à des hordes de brachycéphales bruns, mais à teint blanc. Si les figures chevalines avaient été blondes à yeux bleus, les annales chinoises n'auraient pas manqué de le dire.

(2) Les vaincus ne différaient sans doute pas beaucoup, comme type, des vainqueurs, à l'exception des Ousoun, et des aborigènes de la Kachgarie supérieure.

treizième siècle, Gingis-Khan apparaît et fonde son empire du monde.

Depuis l'empire aussi considérable qu'éphémère des Mongols, l'Asie centrale n'a été le théâtre d'aucune nouvelle migration ; ce résultat surprenant est dû exclusivement à la politique chinoise qui, en imposant à ces rudes nomades la religion énervante et abêtissante du Lamaïsme, les a rendus impropres à tout mouvement spontané. Si demain, par un hasard quelconque, les Tatars, les maîtres belliqueux de l'empire de Chine, auquel ils ont imposé leur dynastie, se convertissaient à l'Islamisme, nous aurions bientôt en Europe de leurs nouvelles.

Les peuples qui, après une occupation plus ou moins longue, sont obligés de quitter les vallées fertiles de la Dzoungarie, poursuivent deux routes différentes : l'une, côtoyant le cours de l'Irtich-Noir, débouche dans les plaines de la Sibérie occidentale et conduit jusqu'aux monts Ourals, permettant à ceux qui l'ont choisie de continuer leur vie de nomades et de pasteurs. Les Huns ont suivi cette route, avant d'envahir l'Europe orientale et centrale. L'autre chemin, sortant de la vallée de l'Ili, contourne les contreforts occidentaux du Thian-Chan et, suivant la périphérie de la dépression aralo-caspienne, elle mène dans des régions plus tempérées, dans le large bassin de l'Iaxarte, dans celui de l'Oxus, et, de ce dernier, sur le plateau de l'Iran. Ici, le courant se divise de nouveau ; une partie, se tournant vers l'occident, envahit la Perse, la Mésopotamie et la Syrie ; l'autre, franchissant les défilés de Bamian et de Bolan, submerge les Indes. Les fils de Gingis-Khan suivirent les traces d'Attila, puis, tournant brusquement au Sud, ils passèrent par le Mazendéran et se jetèrent sur la Syrie. Timour, enfin, choisit la dernière route, qui conduit aux Indes, où son petit-fils Baber fonda l'empire du Grand Mogol.

Aussitôt que les hordes barbares eurent atteint les régions périphériques, leurs mœurs pastorales se modi-

fièrent et ils devinrent sédentaires ; la tente du nomade
se changea en maison, son camp se transforma en ville (1) ;
au lieu de faire paitre ses troupeaux, il cultiva le sol ;
il abandonna ainsi la simplicité de ses mœurs, il apprit à
connaitre les raffinements de la civilisation et il perdit sa
force primesautière et disparut bientôt au milieu des
vaincus, mieux appropriés que lui à la vie sédentaire (2).
Car la culture même veut être acquise lentement, graduellement et l'homme doit s'acclimater à une nouvelle
patrie comme les animaux. Les peuples qui ont traversé
la scène du monde, détruisant tout sur leur passage, n'ont
jamais su rien mettre à la place des ruines dont ils avaient
jonché le sol. L'homme est l'esclave de ce sol et la
civilisation est en grande partie le résultat de la terre et
du climat.

Ainsi la géographie physique nous renseigne surabondamment sur les origines et les causes des migrations, sur
la marche des peuples et sur leur sort dans l'histoire ;
elle nous donne des renseignements positifs, palpables,
à côté desquels les données spéculatives de la linguistique ne sont que des jouets d'enfant, aptes à divertir
des esprits oisifs. Loin de moi la pensée de vouloir
rapetisser les mérites des recherches linguistiques faites
avec méthode. Vambéry a magistralement établi l'origine
septentrionale des Turcs, au moyen de la paléontologie

---

(1) Ainsi, au N.-O. de l'Inde, ces brachycéphales conquérants
disparaissent bientôt au milieu des dolico conquis, et il se produit
ici le phénomène inverse de celui dont l'Europe centrale est encore
aujourd'hui le théâtre.

(2) Il est faux de dire que le Kirghis est rebelle à la vie séden
taire. Quand la nécessité l'y oblige, il la subit tout comme les autres
nomades. Nous avons, dans une communication adressée à la Société
de Géographie de Paris, démontré ce fait, en signalant des villages
de Kirghis sédentaires au nord de la mer d'Aral, entre Kazalinsk et
Orsk. Ruinées par l'usure, pressées par la misère, des familles Kirghis
se sont établies dans ces contrées et s'adonnent à la vie agricole.
D'autres suivront leur exemple.

de leur langue, à l'exemple de Pictet, qui avait tenté un travail analogue pour arriver à désigner le berceau des Aryens.

Richthofen décrit admirablement la différence ethnique qui existe entre le bassin du Tarym et la Dzoungarie. Le premier renferme les vestiges de toutes les migrations qui, semblables aux vagues d'une mer, sont venues se briser, à un moment donné, contre le môle gigantesque du Kouën-Loun, du Pamir et du Thian-Chan ; tandis qu'en Dzoungarie, les peuples en se pourchassant se sont, pour ainsi dire, substitués les uns aux autres. Cette sagace observation de Richthofen est corroborée par mes recherches personnelles. Le Kachgarien présente un type des plus complexes dont le véritable caractère, à la fois divers et uniforme, est difficile à définir. Partout le type des figures chevalines reparaît et absorbe celui des Turco-Tatars venus après lui. En Dzoungarie, au contraire, la différence entre les Kalmouques, les Chinois, les Doungânes, les Tarentchis et les Kirghis est nette, et visible à première vue. Tandis qu'au sud du Thian-Chan, nous ne rencontrons que des Kachgariens, terme — qui, toute proportion gardée, est aussi vague que celui d'Aryen, — nous voyons, au nord de cette même chaîne de montagnes, une mosaïque de peuples qui paraît s'être formée d'hier.

Richthofen constate la présence successive des Ssou, des Youé-tchi et des Ousoun en Dzoungarie. Ces derniers, envahissant bientôt les contrées périphériques de la dépression aralo-caspienne, mêleront aux habitants de ces régions un élément blond aux yeux bleus, dont l'existence sporadique peut être encore constatée aujourd'hui. C'est donc aux Chinois seuls que nous sommes redevables de tous ces précieux renseignements.

Nous arrivons à l'action bienfaitrice des terrains de loess. L'eau pluviale est très rare dans ces contrées intérieures, mais en revanche le vent est fréquent et la nature lui a assigné le rôle que l'humidité joue dans la zone périphérique. Les grandes oasis du bassin du Tarym, ainsi que celles de la dépression aralo-caspienne, doivent leur existence à la puissance des cours d'eaux aux bords desquels elles sont situées ; mais leur fertilité extrême est due exclusivement à l'irrigation artificielle qui donne au sable la faculté de retenir la poussière argileuse amenée par le vent, et cette dernière fait pousser la végétation spontanée avec une exubérance sans pareille. L'action du vent est si grande dans toutes ces contrées, qu'elle profite des causes les plus minimes pour emporter les produits de la secrétion subaérienne. Les fleurs du sel, dit Richthofen, la gelée, le pied d'une gazelle, le sabot d'un âne sauvage, les pas d'une caravane, les roues d'une charrette, sont autant de forces motrices qui, amollissant la croûte superficielle du sol, confient au vent tout ce qu'il peut emporter.

L'observation que Richthofen a faite, dans le nord de la Chine, sur l'atmosphère imprégnée de poussière, faisant paraître le soleil comme un pain à cacheter, je l'ai faite plus d'une fois lors de mon voyage dans le Ferghanah. Cette poussière fertilisatrice que le vent amène des steppes et que les habitants d'Iltchi considèrent comme un précieux engrais, cette même poussière qui détermine la fertilité de l'oasis du Khotan, au sud du Tarym, produit des effets semblables dans le Ferghanah. Le désert entre Namangân et Tchoust, par exemple, engraisse au moyen de vents, non seulement les environs de ces villes, mais encore la belle vallée du Kassan-sou. Je disais, dans mon récit de voyage, paru en 1878, que Tchoust était affligé d'un phénomène des plus désagréables pour celui qui est obligé d'y résider ou d'y passer. Pendant l'été, les sables fins des bords du Syr sont soulevés par le vent, dans une telle quantité, que les nuages de poussière obscurcissent le soleil pendant plusieurs jours. Je m'étais trompé ; cette poussière fine des steppes et des montagnes n'est point du sable mais bien les restes pulvérisés des détritus végétaux, c'est du loess, et ce que j'ai pris, pendant l'été 1877, pour un fléau, est par le fait un bienfait, car cette atmosphère obscurcie, épaisse et jaunâtre, pour ainsi dire opaque, désagréable à respirer, est avec l'irrigation la principale cause de la fertilité du Ferghanah.

Pour ne pas perdre une parcelle de ce terrain précieux, les Chinois du bassin de Hoang-ho construisent leur demeure dans les parois des fentes profondes formées par le loess. On y rencontre la cabane du pauvre et le palais du riche, admirablement appropriés, car le loess est un matériel de construction à la fois sec et solide. Le Pundit Manful a constaté l'existence de demeures semblables dans le loess du Badakchân, à plusieurs milliers de kilomètres de la Chine, et le grand voyageur Marc-Pol les avait déjà signalées au douzième siècle de notre ère. « Ceste cité de Casem « a un moult grand province qui aussi a nom Casem. Ils « ont language par euls. Les vilains, qui ont leur bestail, « demeurent en montaignes ; *car ils ont leurs habitations* « *là moult belles et moult grans dessous terre, en grans* « *caves et les font moult bien, pour ce que les montaignes* « *sont de terre* » (1).

Ainsi, le loess s'étend tout autour de l'Asie centrale ; sa couleur jaunâtre, celle de l'air qu'il imprègne, est devenue pour les Chinois l'emblème de la fertilité, leur couleur sacrée, et celle de la famille impériale.

C'est au loess que les oasis du Ferghanah doivent leur fertilité extraordinaire ; c'est sans doute sous une immense couche de cette même terre végétale que dorment les ruines de Maracanda et d'Aphrasiab, aux portes de Samarkand ; c'est la même terre qui entoure les villes de Tachkend, de Khodjend, de Turkestan et qui s'étend au pied des Monts-Alexandre ; le bassin de l'Ili en est rempli, ainsi que l'oasis de Bokhara, les petites principautés du Haut-Oxus et toute la région depuis le Badakchân, Talikhân, Koundouz, Khoulm, Balkkh, jusqu'au petit khanat de Maïméné. Même la vallée du Haut-Indus, le Ladak et le

(1) *Marco-Polo* ; édition Pauthier.

Baltistan, sont composés. en grande partie, de cette terre fertilisatrice. Lors de mon séjour à Iskardo, en août 1881, j'ai été frappé par la similitude qu'offrait la culture et le sol de cette région reculée de l'Inde avec les oasis du Turkestan.

Ainsi, au centre de l'Asie, nous rencontrons, malgré son uniformité apparente, des paysages dont la variété ne laisse rien à désirer. A l'Est, en quittant la Chine proprement dite, on entre dans une vaste région ondulée, émaillée de touffes d'herbes et jonchée de pierres ; en hiver, un vent du Nord-Est fait frissonner le voyageur ; en été, une chaude brise l'incommode ; c'est le pays de la vie nomade par excellence ; les troupeaux y trouvent en abondance une herbe que la qualité saumâtre du sol a rendue savoureuse ; l'eau n'y est pas rare et le gibier y abonde. Le berceau de presque tous les peuples conquérants de la race mongolique a donc été dans ces régions. S'abritant sous leurs tentes, les tribus y menaient une vie presque patriarcale, bravant les excès du climat et élevant de rudes enfants, aptes aux privations et à la fatigue.

Soudain. le chef inspiré d'une tribu obscure enflamme ses compagnons et excite leurs dispositions guerrières. Il éveille leur cupidité, faisant miroiter à leurs yeux les richesses des contrées éloignées. faciles à conquérir. Les tribus voisines se joignent à lui, sous peine d'être écrasées, et la horde des nomades. grossissant à chaque pas, avance avec une rapidité effrayante. balayant tout sur son passage, semblable à une tourmente de neige ou à une rafale de sable. Parfois, quelques tribus coalisées réussissent à entraver cette marche dévastatrice, mais le plus souvent elles succombent à leur tour, et le vainqueur continue son chemin jusqu'au moment où il rencontre un obstacle sérieux qui l'arrête. Le chef de la petite tribu a réussi à fonder ainsi un empire, qui s'étend sur tout le centre de l'Asie et quelquefois au-delà, et bientôt des rois vassaux viendront lui apporter leurs hommages dans la grande cité de tentes qu'il aura construite au sud-est de l'Altaï et qui portera dans l'histoire le nom fameux de Kara-Koroum. Mais ces empires sont d'une durée éphémère, car les mêmes causes produisant les mêmes effets. Tous ces conquérants, partis du berceau commun, c'est-à-dire de la Mongolie septentrionale, se succèdent au centre du continent asiatique avec une rapidité vertigineuse (1).

En quittant le bassin caillouteux du Chamô, nous arrivons dans le désert désolé du Tàkla-Màkàn qui enveloppe le lac Lob de son linceul de sable. Ici, l'évaporation dépassant le volume d'eau que le Tarym lui amène, ce lac, autrefois si grand que les annales chinoises le comparent à une mer, se meurt, et Pjéwalski n'a rencontré, lors de son prodigieux voyage, que quelques nappes d'eau saumâtre, disparaissant sous des joncs et des herbes marines, entourées d'un pays aride où, à côté de chameaux sauvages, une misérable population d'ichthyophages dispute son existence famélique à une nature marâtre.

Le Tarym, dont le faible volume d'eau suffit à peine à lessiver ses bords saumâtres, coule lentement, encaissé dans de vastes steppes à la surface saline qui offrent une excellente nourriture aux bêtes des nomades.

Les maigres bois de peupliers *(populus. diversifolia)* que les membres de l'expédition du colonel Kouropatkine y ont rencontrés, ont leur sève imprégnée de sel ; ce dernier jaillit des branches cassées des arbres, et saupoudre le sol d'un léger frimas blanc. Ces steppes sont entourés d'oasis d'une fertilité extraordinaire qui ont fait donner au Turkestan oriental, tantôt le nom de l'empire des Six-villes, tantôt celui des Sept-villes. Le Djitichar (2) ainsi que l'Altychar (3) ont été les témoins passifs de toutes les migrations.

La nature est presque la même de l'autre côté

(1) Richthofen, *China, loc. cit.*

(2) Sept-villes.

(3) Six-villes.

du Pamir ; la dépression aralo-caspienne ressemble tellement au bassin du Tarym, qu'on est disposé à justifier
les géographes qui l'ont assimilé à l'Asie centrale. Des
déserts sablonneux ou caillouteux alternent avec des
steppes herbeux et de riantes oasis. Il ne faut point croire
que ces régions d'un aspect plat et uniforme, manquent
de poésie. Le steppe, sec et poussiéreux en été et en
automne, blanchi par la neige en hiver, est merveilleuse-
ment frais au printemps. Il est couvert de hautes herbes,
émaillé de fleurs rouges, jaunes et bleues. Puis, quelle
animation, quelle vie ! L'air est rempli du bourdonnement
de myriades d'insectes. Des tortues innombrables font
ondoyer les herbes : le steppe ressemble à une immense
surface mouvante. Les aigles viennent en grand nombre
du Thian-Chan et du Pamir, pour dévorer les tortues
inoffensives que leur double carapace ne protège pas contre
ces terribles ennemis. Des troupeaux de gazelles traversent
la plaine avec des bonds joyeux, le lièvre à robe grise y
gambade et, de temps en temps, une gerboise y montre sa
petite mine futée. Parfois aussi un loup solitaire, au poil
fauve, la gueule au vent, la langue pendante, se promène
tranquillement, cherchant pâture, sans s'effrayer de la vue
de l'homme, dont il n'a rien à craindre. Lorsqu'on
s'approche par hasard d'un de ces petits lacs si nombreux
au pied des montagnes de l'Asie centrale, on voit de gros
pélicans, des hérons, des grues et des ibis sacrés s'en-
voler bruyamment, quand les contours du magnifique
cerf maral se reflètent dans l'eau.

Le printemps pare également les oasis de ses charmes ;
le gazon, les arbres, les buissons, sont d'un vert délicat,
dont les nuances différentes se marient si bien avec la
fleur rose de l'amandier et la corolle écarlate du grenadier ;
le pommier et le poirier sont en fleurs ; le pistachier s'élève
au milieu des jardins où croissent des melons (1) succulents

---

(1) Appelés *Nâchbâti.*

qui faisaient les délices de Timour. Au milieu de ces mêmes jardins, des vignes forment des épais taillis et des tonnelles presque séculaires qui enchantèrent Baber. Autour des cités s'étendent, à perte de vue, des champs de sorgho atteignant une telle hauteur, que des hommes à cheval peuvent s'y cacher ; le blé y croit en abondance et, partout, le cotonnier montre ses pousses naissantes (1).

Remontons le cours des rivières et des torrents et nous arrivons dans les vallées profondément encaissées du Thian-Chan, du Pamir, du Kouën-Loun et de l'Hindou-Kouch. Malgré le caractère rocailleux et aride du paysage, la nature y conserve une austère beauté. Le bois tordu du genévrier sert à l'habitant à construire ses maisons qu'il surélève au-dessus du sol, comme en Suisse, pour laisser passer l'eau et dont il jonche les toits de grosses pierres, pour les protéger contre la tourmente et les avalanches. De beaux noyers lui permettent de tailler dans leur bois des objets d'ameublement et des ustensiles de ménage ; le blé le nourrit et les nombreux arbres fruitiers sont la source d'un commerce d'exportation auquel se joint celui des fourrures de son gibier.

A une certaine époque de la préhistoire, les Eraniens, composés de tribus brachycéphales brunes ou châtains s'étaient groupés sur les rivages de l'ancienne mer Aralo-Caspienne. Les fertiles vallées de la Bactriane et de la Sogdiane les avaient rendus agriculteurs et sédentaires. La paléontologie linguistique des langues aryennes nous démontre ce séjour en Bactriane. Etait-ce leur berceau, comme le croyaient nos pères ? Etaient-ils venus, sous la direction de grands Dolico blonds, de l'Europe septentrionale, comme le pensent des savants modernes ? Je me garderai bien de vouloir résoudre cette question d'une façon définitive. J'admets cependant, en

(1) Mme de Ujfalvy-Bourdon. *De Paris à Samarkand*, Paris 1880.

toute sincérité, que l'hypothèse de l'origine européenne des grands Dolicocéphales blonds gagne tous les jours en vraisemblance, sinon en certitude, et je suis tout disposé à l'accepter, à l'exemple de MM. Pœsche, Schrader, Penka, G. de Lapouge et autres, qui ont grandement contribué à propager cette nouvelle théorie, en l'étayant de puissants arguments scientifiques.

Peut-être, d'autres blonds aux yeux bleus sont-ils venus dès la plus haute antiquité en Bactriane et en Sogdiane, en conquérants? Peut-être, sont-ce les Ousoun blonds, des annales chinoises, dont l'existence est constatée à l'est du Pamir, en Dzoungarie et dans la dépression aralo-caspienne, à une époque historique? Les blonds ont passé également par le bassin du Haut-Indus. Ils ont laissé des traces irréfragables partout. On en rencontre parmi les Iraniens de la plaine, parmi ceux des montagnes, parmi les Siah-pouches, au sud de l'Hindou-Kouch et parmi les Pandites du Cachmire.

Adonnés à la foi de Zoroastre, les Eraniens de ces contrées pouvaient se livrer en toute sécurité à leurs paisibles occupations, jusqu'au moment où les hordes turco-mongoles, débouchant par la porte dzoungare, vinrent leur disputer leurs richesses et compromettre leur indépendance. Il suffit de se rapporter aux récits arabes, bien postérieurs à l'époque dont je parle, pour se faire une idée de la fertilité et de la richesse des parties habitées de la dépression aralo-caspienne. Un chat, dit le dicton oriental, peut aller, de Tackhend à Samarkand sans toucher le sol, en sautant d'un toit à un autre. Il est donc probable qu'à cette époque le steppe de la faim, qui sépare aujourd'hui les deux grandes cités du Turkestan, n'existait pas, ou était au moins beaucoup plus restreint.

Les mêmes géographes arabes nous apprennent que les bords de l'Oxus, de l'Iaxarte et de leurs affluents étaient parfaitement irrigués et cultivés par les descendants de ces mêmes Eraniens. Même les steppes désolés du Kizil-

Koum et du Kara-Koum étaient à cette époque sillonnés de bonnes routes et n'étaient nullement dépourvus de végétation. Samarkand, si brillant du temps du terrible boiteux, devait être certes plus superbe encore quand il portait le nom de Maracanda.

Bien avant l'arrivée des Turco-Mongols au nord de l'Iaxarte, quelques familles éraniennes franchirent le Pamir et s'établirent dans le bassin du Tarym, dans les hautes vallées des rivières de Kachgar et de Yarkand. Il est probable, qu'un accroissement de la population, ou peut-être des guerres intestines, les avaient forcées à franchir ces âpres montagnes ; ces guerres intestines étaient bien la vivante image des luttes fratricides des petits états grecs, pendant que Xerxès menaçait leur indépendance, et des combats dans les rues de Byzance, pendant que Mahmoud était sur le point de forcer ses portes !

Ces Eraniens, établis en Kachgarie, se mirent aussitôt à cultiver le sol en irriguant le sable, espérant qu'un vent fertilisateur leur apporterait la fécondité dans les plis de sa robe aérienne. En effet, ce vent emporte tout sur son passage, devenant ainsi un des facteurs principaux de la formation du loess.

Ces colons éraniens, mélangés à d'autres éléments ethniques, se trouvèrent être ainsi les voisins des aïeux des Chinois qui, des milliers d'années avant notre ère, occupaient les contrées autrefois fertiles au sud du lac Lob. Ces Chinois furent frappés par les pâles et longues figures de cheval, le nez proéminent et les yeux enfoncés dans leurs orbites, de ces Eraniens ; de même que ceux-ci ne furent probablement guère moins étonnés à la vue de ces faces losangiques, c'est-à-dire eurygnathes, décorées de nez aplatis et de petits yeux obliques. C'est de · ces barbares blancs, exécrés et conspués par eux, déjà à cette époque, que les Chinois ont appris sans doute l'art d'irriguer les champs ; art dont ils ont su si admirablement tirer profit dans leur patrie actuelle. C'est au contact de

ces mêmes Eraniens que de nombreux siècles plus tard
le peuple turc des Ouïgours a emprunté les rudiments
de sa culture.

Le Turc n'a jamais rien produit par lui-même ; jamais
sans le voisinage des Eraniens, corroboré par la fertilité
du sol au sud et au nord du Thian-Chan oriental, les
Ouïgours n'auraient réussi à occuper l'histoire de leur
civilisation éphémère.

Cependant, l'influence seule du climat ne suffit pas
toujours à transformer un bassin sans écoulement en un
bassin avec écoulement et *vice-versa*. Les tremblements
de terre, si fréquents en Asie centrale, exercent aussi une
grande influence sur la conformation du sol. Ainsi, Stoliczka
attribue l'abaissement, relativement récent, du bassin du
Tarym, au pied du Thian-Chan, à des causes volcaniques ;
ce même regretté géologue a constaté la présence du loess
dans la vallée du Yarkand-Deria, où l'atmosphère remplie
de cette matière remplace l'action bienfaisante des nuages
saturés d'humidité. Johnson a fait la même observation
pour l'oasis de Khotan, et Pumpelly pour la Mongolie.
Richthofen pense que la haute vallée du Brahmapoutre,
ainsi que celle de l'Indus, sont également composées
de loess.

Mais un des plus puissants facteurs dans la transformation
du sol, c'est l'homme lui-même ; en subdivisant à l'infini
au moyen de l'irrigation, l'eau descendue du Kouën-Loun,
du Pamir et du Thian-Chan, il a, pour ainsi dire, créé des
oasis dont personne ne saurait décrire la merveilleuse
fertilité : des arbres fruitiers, des mûriers, des légumes de
toutes espèces, des céréales, des plantes oléagineuses et
textiles, croissent à souhait et il se forme rapidement
des industries qui, créant des articles d'exportation,
permettent aux habitants de se procurer le thé et le sucre
qui leur manquent. Mais hélas ! l'homme n'entrave point
impunément l'action puissante de la nature. Celle-ci
reprend son empire d'une façon lente mais sûre ; les

rivières épuisées par l'irrigation roulent leurs flots affaiblis
dans un lit prêt à se dessécher, l'évaporation l'emporte
sur la masse d'eau courante : la végétation qui, autrefois,
permettait aux nomades de faire brouter leurs troupeaux
dans ces contrées, se rabougrit ou disparaît entièrement de
ces rives ; le sable, jusqu'alors peu considérable, augmente
et recouvre le terrain. Bientôt, dans sa marche destructive, il s'attaque à l'œuvre de l'homme et des tourbillons
de sable mouvant détruisent, en un clin d'œil le produit de
longues années de labeur et, si à la suite des guerres intestines ou des combats livrés à des hordes envahissantes, il ne
peut opposer à la nature une résistance journalière, il suc-
combe fatalement et celle-ci, reprenant ses droits, ensevelit
sous un linceul de sable l'œuvre fragile de son génie. Ainsi a
disparu le florissant royaume de Chen-Chen, au sud du lac
Lob ; ainsi a disparu la grande route commerciale appelée
Nan-Lou, qui côtoyait autrefois les pentes septentrionales
du Kouën-Loun (depuis les Chinois ont transmis ce nom à
l'ancien Pé-Lou, au sud des monts Célestes, et appellent
Pé-Lou le chemin qui contourne ces montagnes au nord) ;
le lac Lob, lui-même, 4,000 ans avant notre ère, une mer
intérieure puissante, (le Si-Haï des annales chinoises), n'est
aujourd'hui qu'une réunion de deux petites nappes d'eau
marécageuses.

Tout ce que nous venons de dire sur le bassin du
Tarym, s'applique également à la zone intermédiaire, et
maintes fois, pendant nos voyages dans la dépression
aralo-caspienne, nous avons constaté les mêmes phénomènes. Lors de mon passage à Kazalinsk en décembre 1880,
j'ai observé un exemple curieux de cette irrigation. Voilà
ce que j'écrivis à ce sujet au secrétaire général de la
Société de Géographie de Paris :

« Mon séjour à Kazalinsk m'a permis de faire des
recherches intéressantes, par rapport aux restes de canaux
d'irrigation dont le pays est sillonné. Les embouchures de
l'Amou-Daria sont parfaitement cultivées par une peuplade

pacifique et laborieuse qu'on appelle les Kara-Kalpaks, proches parents des Usbegs, au point de vue anthropologique. Les contrées près de l'embouchure du Syr-Daria étaient autrefois, avant la conquête russe, également cultivées par ces mêmes Kara-Kalpaks. L'arrivée des Russes dans le steppe, au sud d'Orsk, dans le pays qu'on appelle aujourd'hui le Tourgaï, a forcé les Khirgis, mécontents de ce nouvel ordre de choses, à se retirer au Sud, vers les embouchures du Syr. Ils ont chassé les Kara-Kalpaks, c'est-à-dire, ils les ont refoulés vers le delta de l'Amou-Daria, mais ils se sont mis à leur tour à cultiver le sol, comme leurs prédécesseurs. »

« Lorsque les Russes ont fondé plus tard les forts d'Aralsk (Raïm) et Kazalinsk, ils trouvèrent le pays parfaitement cultivé. Il y avait des prairies et des champs de blé. Le système d'irrigation dont les habitants se servaient, à l'instar de leurs prédécesseurs les Kara-Kalpaks, est tellement ingénieux qu'il mérite d'être signalé. Ils avaient rendu l'eau nomade en réglant pour leurs besoins les inondations du Syr. L'eau se transportait tantôt par-ci, tantôt par-là, en quantité fixée d'avance, et à des époques parfaitement déterminées. Les nappes d'eau, qui aujourd'hui entourent Kazalinsk d'une manière fortuite et capricieuse, doivent leur origine aux irrigations savamment imaginées par les Kara-Kalpaks et les Kirghis. Au moment de l'arrivée des Russes, il y avait encore un employé de l'émir du Kokand qui présidait à cette distribution des eaux. »

Nous avons la conviction que le dessèchement du lit de l'Ouzboï, autrefois la communication fluviale entre l'Oxus et la Caspienne, est dû, en grande partie, à la main de l'homme.

Nous avons parlé ailleurs de la texture du loess, qui le rend propre à aspirer l'humidité comme une éponge. Ce sont les eaux souterraines qui, déterminant l'exhaussement des bandes de loess, produisent les fentes de plusieurs

milliers de mètres de profondeur que l'on rencontre dans
la Chine septentrionale. Richthofen a raison quand il dit
que le loess, qui nous a jusqu'à présent transmis d'une
façon étonnante la faune des mammifères des temps passés,
se montrera l'ami le plus fidèle de l'archéologie, en lui
dévoilant les mystères de la préhistoire, jusqu'aux temps
les plus reculés. Les antiquaires chinois des plaines de
Taï-Yuën-Fou et de Signan-Fou possèdent des objets
rares et précieux de la plus haute antiquité trouvés dans
des couches de loess. Il serait une erreur de croire que la
conservation de ces objets est due à l'intelligente initiative
des habitants de ces plaines. Taï-Yen-Fou et Signan-Fou
étaient les deux capitales de la plus puissante terre de loess
du globe, qui, pendant des milliers d'années, a gardé intacts
dans ses entrailles ces précieux débris. Ainsi les beaux
bronzes de la dynastie des Changs (1765-1122 avant J.-C.)
et de la dynastie des Tchôu (1122-249 avant J.-C.) ont
été trouvés dans la vallée de Wéi et dans celle du
Ping-Yang-Fu, de même que les fameuses monnaies de
cuivre, en forme de lame de couteau, attribuées à l'empereur Yaou (2356-2255 avant J.-C.).

Il est probable qu'un jour nous est réservé où, fouil-
lant dans la plaine de Bactre, près de Maracanda et
de Hecatompylon, dans les vallées qui descendent de
l'Hindou-Kouch et du Pamir, ainsi que dans celles de
Yarkand et de Khotan, à l'est de ce plateau, on fera
également de surprenantes découvertes (1). Le loess dans
l'Asie centrale rendra un jour le même service aux recherches préhistoriques que les couches du Nil l'ont fait pour
la Basse-Egypte, et nous pouvons compter avec assurance
sur le moment où le passé des peuples de l'Asie centrale
sera aussi connu que l'histoire des Pharaons (2).

(1) Dans le chapitre suivant nous verrons que les monnaies découvertes en Bactriane ont déjà rendu de grands services à l'ethnologie de
ces contrées.

(2) Richthofen, *China, loc. cit.*

Cette introduction géographique, empruntée en majeure partie à l'ouvrage de Richthofen sur la Chine, avait, à quelques modifications près, paru dans les bulletins de la Société d'Anthropologie de Paris, en juin 1887. Nous avons cru utile de la reproduire en tête de notre travail, estimant qu'elle représente l'image exacte de la contrée dont nous allons décrire les habitants, au point de vue anthropologique et ethnographique (1).

(1) Nous connaissons parfaitement les intéressants travaux de l'ingénieur russe Mouchkétoff, mais nous estimons, avec M. Guillaume Geiger, le linguiste allemand bien connu, qu'ils ne viennent nullement infirmer les ingénieuses recherches de M. de Richthofen. L'œuvre du géologue allemand a fait époque et représente, jusqu'à nouvel ordre, le summum de nos connaissances sur ces régions lointaines. M. de Richthofen a pu se tromper pour des points de détail, mais jamais personne n'a rien fait de plus complet et de plus rigoureusement scientifique.

INTRODUCTION ETHNOLOGIQUE

ETHNOGÉNIQUE ET BIOLOGIQUE

En 1878, au retour de notre premier voyage en Asie centrale, nous avions esquissé une carte ethnographique de cette région en nous basant, en dehors de nos propres observations, sur les recherches des voyageurs russes, Khanikoff, Fedchénko, Radloff, Kouropatkine, Arénda-rinko, Ochanine, etc.

Après avoir visité, en 1881, l'Himalaya occidental et particulièrement la vallée du Haut-Indus, nous avons dressé une carte ethnographique plus complète (1), étayée par les travaux de Schlagintweit, de Hayward, de Shaw, de Vignes, de Wood, de Yule, de Torrens, de Thomson, de Leitner, de Draw, de Cunningham et surtout de Biddulph.

Aujourd'hui, d'autres explorateurs ont passé par ces

(1) C. E. de Ujfalvy, *Aus dem westlichen Himalaja* (Leipzig, 1884).

mêmes régions et les voyages de MM. Regel, Ivanoff,
Dauvergne, Bonvalot, Capus, Robertson, Macintyre, etc.,
sont venus apporter de nouveaux renseignements dont il
fallait tenir compte et nous avons cru devoir dresser pour
cet ouvrage une nouvelle carte ethnographique des régions
au Nord et au Sud de l'Hindou-Kouch.

Cependant, l'excellent ouvrage de M. Biddulph sur les
tribus de l'Hindou-Kouch fait toujours autorité ; on a pu
apporter de nouvelles données, mais on n'a rien pu faire
de plus complet, de plus substantiel et de plus scientifique.

A l'exemple de Robert Shaw, M. Biddulph désigne
sous le nom de *Galtchas*, les peuples d'origine éranienne
qui parlent des langues congénères. Ce nom de *Galtchas*
paraît avoir été employé depuis longtemps déjà, pour
désigner les peuples éraniens (1) des vallées du Pamir ; nous
trouvons ce même nom dans le récit de Benedict Goës,
qui franchit le Pamir en 1606 et dont les *Calcienses
populi* sont, sans aucun doute, les Galtchas de nos jours.

Shaw et M. Biddulph excluent de ces Galtchas les
aborigènes du Darwâz et du Hissar qui, d'après eux, sont
saturés de sang turco-mongol. Quant aux montagnards
éraniens du Kohistan zérafchanais (2), ils n'en parlent pas.
Au moment où Shaw et M. Biddulph ont émis cette
opinion, on ne connaissait point encore les résultats
anthropologiques obtenus par Fédchénko, corroborés par
les travaux de M. Bogdanoff et par nos propres recherches ; on ignorait également l'existence de la langue des
Yagnôbis (3), proche parente des dialectes pamiriens que

(1) Nous appelons *Eraniens* les Iraniens de la Bactriane et les
tribus galtchas du Pamir et au nord de l'Hindou-Kouch.

(2) Nous désignons sous le nom de Kohistan zérafchanais la haute
vallée du Zérafchân pour ne pas la confondre avec deux autres Kohistan,
situés au sud de l'Hindou-Kouch.

(3) D'après M. Capus, il faudrait dire Yagnô ou Yagnaou. Ce mot
devrait s'écrire, d'après M. W. Geiger : Yaghn-aou ou Yaghn-ôb, signi-
fiant : *fraîche eau*.

les explorateurs anglais avaient étudiés. Schaw et Biddulph se sont placés au point de vue linguistique, ne tenant aucun compte des données anthropologiques et cette circonstance explique leur erreur. M. Biddulph a raison quand il exclut, au point de vue du langage, les habitants du Karatéghine, du Darwâz et du Kohistan zérafchanais, du nombre des Eraniens du Pamir, mais cette exclusion ne peut se justifier au point de vue anthropologique (1).

Les Galtchas qui ne parlent plus des dialectes pamiriens sont de la même race que ceux qui ont conservé leurs antiques idiomes. Il paraît d'ailleurs certain que les Karatéghinois, les Darwâzis et les Galtchas du Kohistan zérafchanais parlaient autrefois des dialectes pamiriens, comme leurs congénères du Chougnán, du Haut-Badakchan et du Sarikol (2). Je pense même que les Tadjiks de la plaine se servaient jadis également d'idiomes différents se rapprochant de l'antique langue de Bactre. Dans la plaine, les Tadjiks ne parlent plus que le persan, les Tadjiks des montagnes (du Ferghanah) (3), les Galtchas du Kohistan zérafchanais, les Karathéghinois et les Dar-

(1) Nous ne parlons pas, bien entendu, des Yagnôbis, dont M. Biddulph ne soupçonnait point l'existence au moment de la publication de ses si intéressants travaux.

(2) Je me trouve, à ce sujet, en parfaite conformité d'idées avec le colonel Henry Yule, le savant commentateur de Marc-Pol.

(3) Depuis la plus haute antiquité le Ferghanah fut occupé par des Eraniens. Voilà ce que dit à ce sujet le célèbre orientaliste de Vienne, M. de Sachau :

« Dans la Mésopotamie de l'Asie centrale, formée par l'Oxus et l'Iaxarte, nous rencontrons, depuis les temps les plus reculés, plusieurs foyers de civilisation qui doivent leur vie et leur prospérité passagère à ces deux grands fleuves, à leurs affluents et aux nombreux canaux qui en découlent. Le plus important de ces foyers de civilisation fut la Sogdiane, sur les rives du Zarafchán, le Πολυτίμητος des anciens. La Sogdiane avec les pays limitrophes de l'Oxus au Sud, la Margiane et la Bactriane, le Tokhâristan (Τόχαροι) et le Badakchan peuvent être considérés comme le berceau de la race iranienne. Leur première migration paraît avoir suivi le cours des deux fleuves, le long de l'Iaxarte,

wâzis ne se servent plus d'autre langue ; le Yagnôbi, resté comme îlot isolé, sera promptement submergé et le Chigni, le Sarikoli, le Wakhi, etc., disparaîtront à leur tour, à une époque plus ou moins éloignée.

M. Biddulph subdivise les Aryens, au nord et au sud de l'Hindou-Kouch, en trois groupes :

1º Les habitants du Sarikol, du Wakhan, du Chougnan, du Moundjân (y compris les Yidoks de la vallée supérieure du Loud-Kho) (1), du Sanglitch et d'Ichkachim.

Comme nous l'avons dit plus haut, M. Biddulph exclut les habitants du Hissar, du Karatéghine et du Darwâz, d'après l'auteur anglais, trop mélangés d'Usbegs. Quant aux Galtchas du Kohistan zérafchanais (les Maghians, les Kchtouts, les Falghars, les Matchas, les Fâns et les Yagnôbis), le savant anglais n'en parle pas.

Il est disposé à comprendre dans ce premier groupe les Pakhpous et les Chakhchous de la haute vallée du Yarkand-Daria, ainsi que les habitants de la vallée du Kokcha (2).

2º Les Khôs (3) du Thitral et les différentes tribus Siah-pouches du Kafiristan.

3º Les Chîns (que nous connaissons sous le nom de Dardous), les Gôrs, les Tchilassis et d'autres petites tribus de la vallée de l'Indus et des vallées latérales (4).

---

jusqu'à *Ferghâna*, point extrême de la frontière entre l'Iran et le Tourân, et, plus loin, le long de l'Oxus, jusque dans le Khwârizm. Le foyer de civilisation le plus septentrional est le pays des Χωράσμιοι ou Khwârizm, des deux côtés du cours inférieur de l'Iaxarte. Partout dans ce pays la langue et les mœurs iraniennes l'emportent et la religion de Zoroastre y domina jusqu'à la conquête par les Arabes et encore quelques siècles plus tard. »

(1) Cette rivière est tributaire du Kounar qui arrose le pays du Tchitral et le Kafiristan ; elle est donc située au sud de l'Hindou-Kouch.

(2) Rivières tributaires du Tarym.

(3) MM. Bonvalot et Capus appellent cette peuplade Tchatralis.

(4) La région où se trouvent ces tribus s'appelle le Kohistan, que nous désignerons sous le nom de *Kohistan indien*, pour le distinguer du Kokistan zérafchanais et du *Kohistan afghan*.

Les langues du groupe galtcha, dit le même auteur, sont issues de l'ancien idiome de Bactre (1) ; les langues du troisième groupe présentent une intime parenté avec le sanscrit ; quant à ce qui concerne le Khôwar, la langue du deuxième groupe, il tient le milieu entre les deux autres langues et peut être considéré comme anneau de transition.

Les Yechkouns ou Bouriches du Hounza, du Yassin et du Nagher, parlent une langue non-aryenne, appelée Kadjouna (2) qui ne présente aucune affinité avec le tibétain. On peut considérer ces peuples comme un mélange d'éléments aryens et touraniens (3) (turco-mongols).

M. Biddulph place le berceau des Aryens dans le Badakchan (4), région dont ils se sont propagés et qui, encore aujourd'hui, est occupée par des tribus galtchas. Le deuxième et le troisième groupe partirent de cette même contrée pour envahir les vallées situées au sud de l'Hindou-Kouch et pour s'étendre plus loin encore. La différence sensible qui existe entre le Zend et le Sanscrit pourrait

---

(1) Ce fait n'est point exact pour le Chigni et le Sarikoli, dans lesquels M. Tomaschek reconnaît les derniers vestiges de l'ancienne langue des Saces.

(2) La découverte de ce très curieux idiome est due aux savantes recherches de M. Leitner qui a visité ces régions et qui, pendant de longues années, a dirigé avec éclat le collège indigène de Lahore.

(3) Nous voyons que M. Biddulph emploie aussi volontiers le nom de *touranien* à l'exemple de presque tous les auteurs anglais.

Le Ferghanah, étant d'après M. de Sachau (cité plus haut), la limite la plus septentrionale de l'Iran, la dénomination géographique de *Touran* pour les pays entre l'Oxus et l'Iaxarte, n'a pas sa raison d'être. D'après l'orientaliste de Vienne, le Touran serait donc au nord du Sir Daria, le vaste steppe de la Sibérie, ayant, sans doute, pour limite la mer glaciale du Nord.

(4) « La tradition de deux grandes branches de la race (?) aryenne place leur berceau dans cette région », dit Shaw, que nous aurons encore souvent l'occasion de citer, dans un passage d'un mémoire intitulé *An the physical features of the Pamir, and its Aryan inhabitants,* lu à l'Association britannique de Brighton, au mois d'août 1872.

bien, d'après Biddulph, trouver son explication dans cette première scission, survenue chez les anciens Aryens.

Plus tard, les Yechkouns ou Bouriches survinrent et s'enfoncèrent, comme un coin, dans la masse compacte des Aryens. Cet événement exerça naturellement une grande influence sur la race aryenne et particulièrement sur son tronçon méridional.

Plus tard encore, l'invasion musulmane survenue dans l'Afghanistan, força les Chins ou Dardous à se retirer vers le Nord et occasionna ainsi un nouveau déplacement chez les différentes tribus du deuxième et du troisième groupe (1).

Le tableau que M. Biddulph déroule à nos yeux est fort ingénieux et fort séduisant, mais il pêche par la base. Les trois groupes qu'il nous propose sont de races différentes, donc aussi d'origine différente. Le premier groupe est brachycéphale et le deuxième et le troisième sont dolicocéphales ; son système, basé exclusivement sur les langues, devient donc caduc, d'autant plus que les Yéchkouns ou Bouriches, tout en parlant un idiome non-aryen, sont aujourd'hui de la même race que les Dardous. Il est certain qu'un peuple peut perdre, dans un temps relativement court, sa langue, tandis qu'il faut de longues successions de siècles pour que son crâne se modifie d'une façon appréciable.

Au point de vue anthropologique, les habitants de la dépression aralo-caspienne, du bassin du Tarym, de la Dzoungarie et des régions avoisinant la partie occidentale des monts Célestes se subdivisent en trois types : le type éranien, le type turco-tatare et le type mongol.

Le type éranien qui paraît être le résultat du croisement du type *Acrogonus* qui, d'après M. de Lapouge est ubiquist, et de *H. Europæus* et peut-être aussi d'un homologue de *H. Arabicus* (élément sémitique), se compose des Galtchas ou Tadjiks des montagnes et des Tadjiks de la

(1) J. Biddulph, *Tribes of the Hindoo-Koosh*, Calcutta 1880.

plaine ; ces derniers beaucoup plus saturés de *H. Arabicus*,
peuvent être considérés comme un anneau de transition
entre ce que nous appelons le type éranien et les Loris
et les Farsis de la Perse. Le type éranien des montagnes
correspond actuellement d'une façon assez prononcée au
H. Alpinus (1) de l'Europe centrale ; il se rapproche des
Celto-Slaves de Broca. Nous le décrirons plus loin.

Le type turco-tatare, un composit du type *Acrogonus*,
de *H. Asiaticus* et de *H. Europæus* comprend les Kachgariens, les Tarantchis, les Usbegs, les Kara-Kalpaks, les
Turcomans, les Kirghis-Kazaks ou Kirghis de la plaine
et les Kara-Kirghis ou Kirghis des montagnes, appelés
aussi Bouroutes. Ce sont les *Touraniens* de certains auteurs
en opposition des Aryens. Ces Touraniens, toujours d'après
ces mêmes auteurs, habitaient et habitent encore le Touran
dont les limites seraient bien difficiles à déterminer (2).

Le troisième type, le type mongol, se compose de *H.
Asiaticus* dans ces deux variétés. (Nous en parlerons tout à
l'heure.) Il comprend, au nord de la région géographique
que nous décrivons, les Kalmouques et les différents colons

(1) *H. Alpinus* de l'Europe centrale serait, d'après M. de Lapouge,
le résultat du croisement de *H. Contractus* (dolicocéphale) et du type
Acrogonus (brachycéphale et même hypsicéphale, crâne tronqué).

(2) Le Chah-Namé (livre des rois), poème persan du xme siècle,
place le Touran au nord de l'Iran. Le Zend-Avesta, parle également
des guerres entre les Arya et les Tourya, mais reste muet sur la patrie
de ces derniers. D'après M. Joseph Halévy, les Touraniens du Zend-
Avesta et ceux du Chah-Namé seraient les populations sémitiques de
la Syrie. La Syrie s'appelait aussi Athoura et on a fait de ce nom
Toura, comme on a fait Syrie, d'Assyrie. Les populations iraniennes
étaient bornées à l'Ouest par des peuples sémitiques avec lesquels ils
étaient en guerres continuelles et sanglantes ; tandis que les campagnes
entreprises par les rois de Perse, en Sogdiane, en Margiane et en Bactriane, étaient d'une courte durée, parce qu'ils ne rencontraient jamais
auprès des races congénères la résistance que les Sémites leur opposaient.

Castrén, le savant finlandais dont les œuvres font autorité, avait
protesté, il y a plus de trente ans, contre l'opinion de ceux qui voulaient
englober les Ougro-Finnois au nombre des Touraniens. (Voir Ch. E.
de Ujfalvy, *Mélanges Altaïques*, Paris 1872).

chinois de la Dzougarie : Mandchoux, Sibos, Solones et, enfin, les Doungancs.

Au Sud de l'Hindou-Kouch, entre cette chaine de montagne, la vallée du Haut-Indus et le Cachemire proprement dit, nous rencontrons les deux types suivants :

Le type de l'Hindou de l'Hindou-Kouch représenté par les Khôs du Tchitral, les habitants du Kafiristan, les différentes tribus Chins, les Yéchkouns et même les Baltis, ces derniers intermédiaires entre le type Hindou de l'Hindou-Kouch et le type suivant. (De même, au Nord, les Sartes des grands centres agricoles du Turkestan russe constituent le type de transition entre les Eraniens et les Turco-Tatares). Ce type se compose de *H. Europœus*, de quelques éléments de *H. Arabicus* (peut-être aussi d'un homologue de *H. Mediterranensis*) (1) et des aborigènes foncés de l'Himalaya occidental. Aujourd'hui on pourrait désigner ce type, résultant de ce triple mélange, sous l'appellation de *H. Himalayensis*.

Le second type comprend les Ladakis, les Tchampas et les Tibétains proprement dits. Ce type se compose également ment de *H. Asiaticus* dans ces deux variétés.

Traçons le tableau anthropologique de ces différents types (2).

(1) Ces grands Dolico bruns, homologues du type *Mediterranensis*, sont probablement apparentés aux longues figures chevalines, aux yeux enfoncés dans leurs orbites, que les plus anciennes annales chinoises placent dans le bassin du Tarym, sur les versants orientaux du Pamir à côté des aïeux de leur propre race.

(2) Le type primitif des Mongols est pour nous dolicocéphale. Peut-être les brachycéphales parmi les Mongols proviennent-ils d'un croisement entre *H. Asiaticus* et le type *Acrogonus*. Ce dernier aurait imposé sa brachycéphalie et le premier son faciès caractéristique. Ce serait alors le renouvellement du phénomène qui s'est produit dans le Tyrol où, d'après le Docteur Tappeiner, les Rasènes sont hyperbrachycéphales, avec le faciès de *H. Europœus*. C'est ce type que M. Kollmann appelle *leptoprosope*. Mais alors les Turco-Tatares se rapprocheraient des Mongols et n'en différeraient que par le croisement évident avec *H. Europœus* ou un homologue. Cette opinion me paraît fondée.

Le type éranien, pris dans sa plus grande pureté, présente les caractères suivants : taille moyenne ou au-dessus de la moyenne ; corps vigoureux, souvent trapu, cage thoracique large ; cheveux lisses, châtains ou noirs, rarement blonds ; yeux foncés, souvent clairs ; peau blanche ; villosité du corps peu développée, à l'exception de la poitrine. L'Eranien a le crâne relativement peu volumineux et peu élevé, comparé à celui du Mongol ; il est franchement brachycéphale et souvent hypsicéphale (indice céphalique 85). L'aplatissement occipital est fréquent, et la reversion vers le type *Acrogonus*, au crâne tronqué, dépassant un indice céphalique de 90, se rencontre. Le type *leptoprosope* de Kollmann est représenté aussi. Les Eurycéphales sont nombreux, les Brachistocéphales en infime minorité, la reversion vers la dolicocéphalie se rencontre souvent. Cette reversion est beaucoup plus fréquente chez les Tadjiks que chez les Galtchas.

Le type turco-tatare tient le milieu entre le type éranien et le type mongolique ; il se rapproche de l'Eranien par la couleur de la peau, des cheveux, la fréquente abondance de la barbe ; il rappelle le Mongol par les contours du torse, les pommettes souvent saillantes, les yeux parfois quelque peu obliques, les oreilles grandes et saillantes, la petitesse des mains et des pieds et le corps presque toujours glabre. Chez les Usbegs, les Brachistocéphales dépassent en nombre les Eurycéphales, tandis que chez les Kirghises ce sont ces derniers qui l'emportent.

Selon l'ordre dans lequel nous les avons énumérés plus haut, les caractères éraniens ou les caractères mongoliques dominent. Tandis que le Kachgarien, l'Usbeg et le Tarantchi se rapprochent beaucoup de l'Eranien par leurs caractères fasciaux et l'abondance de la barbe, le Kirghis des plaines, et, plus encore, celui des montagnes, se rapprochent du Mongol par ses pommettes saillantes, ses yeux légèrement bridés, la raideur des cheveux, la rareté de la barbe et le volume considérable du crâne.

Le type mongolique comprend deux variétés dont l'une est brachycéphale et l'autre dolicocéphale (1).

C'est son faciès qui est surtout caractéristique : visage eurygnate, crâne très volumineux, yeux fortement obliques, distance entre les deux commissures internes des yeux considérable, oreilles grandes et saillantes, barbe très clair semée, cheveux gros et raides, peau absolument glabre, etc. (2).

Le type hindou de l'Hindou-Kouch est facile à déterminer : taille au-dessus de la moyenne ; corps souvent souple et élancé ; cheveux ondés, bouclés, noirs, presque jamais blonds ; yeux foncés ; couleur de la peau semblable à celle des habitants du midi de l'Europe ; barbe abondante ; corps très velu, particulièrement au tibia. Ce type est franchement dolicocéphale, plus dolicocéphale que les Afghans. Chez les Dardous la sténocéphalie est fréquente, la mégistocéphalie rare, la reversion nulle.

Je ne parlerai pas du type mongolique du Sud (Ladakis, Tchampas, Tibétains, etc.) ; il est presque identique à celui du Nord, sauf l'indice céphalique. Les Ladakis sont dolicocéphales. Chez les Ladakis la sténocéphalie et la mégistocéphalie sont rares, la reversion nulle.

Grâce à ces descriptions, il nous sera aisé de constater l'abime anthropologique qui sépare les Eraniens des Hindous de l'Hindou-Kouch (3). Il est excessivement curieux de voir que, si chez les Eraniens la brachycéphalie

---

(1) M. de Lapouge considère le Chinois comme le résultat d'un croisement entre le type *Acrogonus* brachycéphale et *H. Asiaticus* dolicocéphale.

(2) Les grosses queues que portent les Mongols présentent un obstacle sérieux à la précision des mensurations anthropométriques. J'ai bien rapporté de la Dzoungarie un grand nombre de crânes, ramassés sur les champs de bataille, mais leur détermination exacte sera toujours difficile sinon impossible.

(3) Nous avons intentionnellement omis les autres Hindous montagnards (tels que Paharis, Gaddis, etc.) souvent trop mélangés d'éléments dravidiens et négroïdes.

augmente avec l'altitude des habitations, chez les Hindous de l'Hindou-Kouch le même fait se présente pour la dolicocéphalie.

Ainsi, les Galtchas, riverains du lac Iskander-Koul, sont plus brachycéphales que ceux des environs de Warsi-minor, et ceux-ci plus que leurs congénères de Pendjakend. De même chez les Hindous de l'Hindou-Kouch, les Chins ou Dardous sont plus dolicocéphales que les Cachemiris et moins cependant que les habitants du Kafiristan. Un de ces derniers que j'avais mensuré à Simla avait un indice céphalique de 65.50 (1).

Un caractère typique qui caractérise les Hindous de l'Hindou-Kouch est la saillie toujours très apparente des arcades zygomatiques, caractère commun à presque tous les peuples de l'Inde (2).

Le crâne des Eraniens et des Hindous de l'Hindou-Kouch est peu volumineux, si on le compare à celui des Kalmouques ou à celui des Ladakis, seulement, il est beaucoup plus élevé et plus volumineux chez les Eraniens que chez les Hindous de l'Hindou-Kouch.

Les attaches des membres sont plus fines et plus délicates chez les Dardous et chez les Kafirs que chez les Galtchas.

En général, la charpente osseuse est plus massive chez les derniers que chez les premiers.

Signalons encore les proportions en centième des blonds. Tandis que chez les Galtchas, il y avait encore 8.60 %, nous n'avons trouvé que 2.12 % chez les Dardous. Nous affirmons, du reste, qu'il n'est point exact que les individus blonds fussent très nombreux chez les Khôs du

(1) Les types siah-pouches représentés dans l'ouvrage de M. Bonvalot (*Du Caucase aux Indes à travers le Pamir*, Paris, 1888), paraissent franchement dolicocéphales.

(2) Voir C. E. de Ujfalvy, *Aus dem westlichen Himalaja*, Leipzig, 1884. Voir aussi G. Capus, *Revue scientifique*, 1889, *Les Kafirs-Siah-Pouches*.

Tchitral et chez les Kafirs (1). Il est cependant certain qu'il y en a parmi eux, comme parmi les Yéchkouns ou Bouriches ; il paraîtrait que les roux sont fréquents chez eux, mais il existe une grande différence entre une chevelure rousse et une chevelure blonde au point de vue de la caractéristique d'une race.

A côté de la description anthropologique des types, une classification ethnographique des peuples s'impose.

Les caractères physiques saillants constituent un type, les mœurs, les coutumes, l'histoire et surtout la communauté du langage constituent un peuple ; voilà pourquoi nous pouvons, jusqu'à nouvel ordre, réunir sans inconvénient, sous le nom d'Aryens, les Eraniens et les Hindous de l'Hindou-Kouch.

Groupés à un certain moment de la préhistoire en Bactriane, les grands Dolico blonds et les peuplades brachy qui se trouvèrent sous leur domination, venus avec eux ou rencontrés dans le pays, se scindèrent en deux tronçons. Les uns franchirent l'Hindou-Kouch et se jetèrent avec toute leur fougue inhérante sur les aborigènes de l'Inde ; les autres moins aventureux se contentèrent de la Bactriane, de ses larges cours d'eaux, de ses âpres vallées, de ses plaines, où l'agriculture dut lutter avec mille obstacles, mais qui, de tout temps, furent propices à la vie pastorale.

Ces grands Dolico blonds subissent un double sort ; les uns, les plus nombreux peut-être, qui avaient envahi les Indes, se trouvant dans des milieux biologiques favorables aux sélections naturelles et à la survivance de leur type, imposent partout la forme caractéristique de leur boîte osseuse ; le faciès seul se modifie légèrement, mais la couleur blonde des cheveux et la couleur claire des yeux

(1) Le remarquable travail sur les Kafirs de M. Robertson, le premier Européen qui ait pénétré réellement dans le Kaffristan, nous donne pleinement raison.

disparaissent presqu'entièrement. Les Brachy venus à leur
suite, plus accessibles aux mélanges avec les éléments
aborigènes de l'Inde (1), sont presque complètement éliminés. Après de longs siècles, il résulte de cette superpo-
sition suivie plus tard d'une fusion, le type hindou actuel
représenté par les hautes castes et que l'on retrouve à peu
de modifications près sur les monnaies de certains rois du
deuxième siècle de notre ère, les Randjabala et les Vasu
Déva (Bazodèo). Seuls, parmi tous les Brahmines de l'Inde,
les Pandites du Cachemire ont conservé dans leur pâleur
morbide et dans l'extrême finesse de leurs traits, ainsi que
dans leurs yeux souvent clairs et leurs boucles soyeuses et
parfois blondes, le faciès des aïeux (2).

Il en est résulté le type hindou actuel, si divers dans

(1) Malgré les prescriptions les plus sévères, le mélange avec les
autochthones abhorrés s'est toujours fait, à preuve le grand nombre de
castes et sous-castes inventées par les législateurs d'alors pour confiner
le fléau.

Il est à remarquer aussi avec quelle rapidité les Portugais, peuple
d'ailleurs fort mélangé lui-même, se sont fondus dans leurs colonies de
l'Inde où leurs rejetons ressemblent plutôt à des noirs qu'à des arrière-
petits-fils d'un Vasco de Gama ou d'un Albuquerque.

Si les Parsis se sont maintenues pures depuis des siècles, c'est
grâce à leur religion qui les met à l'abri de toute fusion avec les Hindous.

Les Anglais, instruits par l'exemple des Portugais, ont pris le sage
parti de former une caste à part, exclusive et fermée à tout élément
indigène. Cette caste s'est superposée à toutes les castes existantes. Le
mépris que les Anglais professent pour les *half-caste* leur est inspiré
par un instinct naturel de conservation. L'inégalité parmi les hommes
est une loi biologique et l'égalité, le plus souvent confondue avec le
besoin d'uniformité, inhérente aux démocraties modernes, n'est qu'une
chimère. (Lire à ce sujet les mémoires de M. de Lapouge et l'ouvrage
de M. Gumplowicz sur la lutte des races.)

(2) Un examen attentif des miniatures indiennes, exécutées avec
une grande fidélité, démontre encore aujourd'hui combien la diversité
des castes correspond à des diversités de race. L'examen de ces miniatures a d'autant plus d'importance que ce ne sont pas des représentations
arbitraires de types conventionnels, mais bien des portraits. (Voir à ce
sujet notre ouvrage : *Aus dem westlichen Himalaja*, Leipzig, 1884.)
Malgré la durée de plus de 2,000 ans du Boudhisme, la différence
typique des castes subsiste encore bien vivace.

ses détails, mais si uniforme dans les grands traits ; il présente un caractère à part que nous pourrions désigner sous le terme de *H. Indicus* (1), dont le type *Himalayensis* serait une variété.

Tout autre fut la destinée des Dolico blonds demeurés en Bactriane après la scission. Les conditions biologiques de ces régions ne leur convenant pas, ils sont à la longue éliminés au contact des Brachy venus avec eux ou rencontrés dans le pays. Leur forme crânienne disparaît presque entièrement, mais leurs caractères faciaux subsistent, peut-être avec plus d'intensité que chez leurs frères au sud de l'Hindou-Kouch. Nous constatons après de longs siècles la fixité de trois types brachycéphales, un type, le plus répandu, le *H. Alpinus* ou un de ses homologues, un type *leptoprosope* comme celui des Rasènes du Tyrol, et un type hyperbrachycéphale et hypsicéphale, évidemment une reversion vers le type *Acrogonus*.

Ce processus auquel il a fallu des milliers d'années pour s'accomplir, nous parait d'ailleurs démontrer deux choses ; 1° *Que les grands Dolico blonds n'avaient séjourné dans ces régions que depuis relativement peu de temps avant la scission survenue ;* 2° *Qu'ils étaient évidemment venus de l'Ouest et que, dans aucun cas, ils ne pouvaient être originaires de ces régions, n'ayant pu se former sur place.* Cela me parait un argument de plus et non des moindres en faveur de l'origine européenne de ces mêmes grands Dolico blonds.

L'histoire de l'Inde remonte à 3,000 ans avant J.-C. C'est à cette époque que les Aryas venus du Nord-Ouest franchirent l'Hindou-Kouch et pénétrèrent dans le pays

(1) La tendance vers la dolicocéphalie est si grande dans ces régions, que toutes les races barbares qui ont successivement envahi les Indes, les mercenaires d'Alexandre, les Yué-Tchi, les Turco-Mongols ont été aussitôt submergés par le flot des dolico. Seuls les Arabes, dolico eux-mêmes, ont transmis dans une partie du nord-ouest de l'Inde certains caractères sémitiques de leur faciès.

des cinq rivières. Les Aryas étaient composés d'un grand nombre de petites tribus *hétérogènes*, alliées entre elles, qui, pasteurs et agriculteurs, possédaient cependant déjà une certaine civilisation, une conception gouvernementale très développée, et étaient divisés au moins en trois castes, les prêtres, les guerriers et les cultivateurs. Malgré l'amalgamation qui s'était faite chez eux pour arriver à cette constitution on peut soutenir, à priori, que les *Brahmanes* et les *Ksatryas* étaient issus des grands Dolico blonds ; tandis que les *Vaycyas*, probablement le grand nombre de ces immigrants, étaient d'une race absolument différente que seule la couleur de la peau faisait ressembler aux Aryas (1).

« La conquête de l'Inde, dit M. Gumplowicz, ne s'est pas effectuée aussi paisiblement que le pense Lassen et les autres indianisans illustres ; elle s'est faite par le fer et le feu, au détriment du vaincu qui. d'une couleur différente, fut traité par le vainqueur aryen comme furent traités 4,500 ans plus tard les Indiens de l'Amérique centrale et méridionale par les conquistadores espagnols. » Comme le dit si bien le même auteur : « La terre seule n'aurait jamais satisfait les immigrants : ils cherchaient plutôt des *valets* pour la cultiver. Voilà pourquoi la prise de possession d'un nouveau pays ne se passa jamais aussi paisiblement que le décrivent Lassen et tous les historiens » (2). Les innombrables tribus de l'Inde composées, sans aucun doute, d'éléments hétérogènes subirent un double sort, les unes acceptèrent la domination aryenne et constituèrent bientôt une quatrième caste appelée *Soudras*, ou artisans, les autres se réfugièrent dans les montagnes et ceux qui en sortirent formèrent les *Parias*, assimilés aux animaux des bois et chargés des occupations les plus abjectes.

(1) Gumplowicz : *La Lutte des races*, trad. française, Paris, 1893.
(2) Gumplowicz, *loc. cit.*

C'est seulement par analogie que nous pouvons juger de l'état des Aryens, qui avant d'envahir les Indes, occupaient les régions au nord de l'Hindou-Kouch et à l'ouest du Pamir.

Déjà, à cette époque, ces Aryens avaient une certaine civilisation ; pasteurs et agriculteurs ils formaient une infinité de petites tribus qui se faisaient une guerre acharnée et étaient composées d'éléments ethniques dissemblables. Les grands Dolico blonds venus de l'Ouest, menant à leur suite, sans aucun doute, des hordes brachycéphales asservies, s'emparèrent du bassin du Haut-Oxus où ils se heurtèrent aux descendants du type *Acrogonus* qui, asservis à leur tour, contribuèrent à former une espèce de confédération de petites tribus où les éléments eugéniques étaient représentés par ces mêmes grands Dolico blonds. Cependant, les caractères typiques de ces grands Dolico blonds durent bientôt sombrer et se transformer dans cette fusion incessante de races hétérogènes, mais certains de leurs caractères survécurent et, quoique seulement à l'état sporadique, ils témoignent encore aujourd'hui en faveur d'une infusion très ancienne de ces éléments dolico blonds. Des guerres intestines, une augmentation rapide de la population, l'esprit d'aventure, signe caractéristique de leur race, amenèrent une partie de ces vainqueurs à se séparer de leurs alliés, probablement avant leur fusion avec les Brachy, et à entreprendre la conquête de l'Inde. Ce sont certainement les éléments les plus courageux, les plus hardis, en un mot les plus belliqueux de ce peuple qui entreprirent cet exode.

Ceux qui restèrent au nord de l'Oxus, durent également atteindre rapidement une civilisation avancée, sans cela ils ne seraient pas devenus si facilement la proie des envahisseurs.

Ils étaient moins favorisés par leur aire géographique que leurs congénères de l'Inde ; ils durent lutter contre une nature peu favorable à l'établissement durable de l'agriculture et leur existence était menacée sans cesse, n'ayant aucune barrière naturelle à opposer aux incursions des barbares. On peut cependant admettre que depuis le départ de leurs congénères pour l'Inde, jusque vers 150 avant J.-C., ils réussirent à se défendre contre les invasions des barbares du Nord, ce qui explique leur grande civilisation (1).

600 ans avant le Christ, ils faisaient partie de l'empire de Perse dont ils étaient tributaires; la foi de Zoroastre les avait unis de bonne heure à leurs frères de l'Iran, où le type primitif des grands Dolico blonds survivrait encore aujourd'hui avec intensité dans le Farsistan (1).

Alexandre survint vers 325 avant notre ère et dut amener certainement à sa suite de nouveaux éléments dolico blonds (3) qui fondèrent l'empire Gréco-Bactrien avec sa prodigieuse civilisation.

Ce court aperçu donne une idée suffisante du mélange incessant de races qui se produisit en Bactriane, en Tranxoiane et en Sogdiane, bien avant l'arrivée des Turco-Tatares et des Mongols, et démontre combien tous les types actuels sont complexes et bien difficiles, sinon impossibles à décomposer. Ce résultat est un argument de plus en faveur de l'opinion de certains anthropologistes qui, avec une sage réserve, parlent de types et presque jamais

---

(1) Nous savons aussi que ce n'est qu'après la construction de la grande muraille de Chine que les Barbares affluèrent vers l'Occident.

(2) Frédéric Houssay, *Les Races humaines de la Perse*, Lyon, 1887.

(3) Des Galates, des Grecs, des Thraces blonds se trouvaient dans l'armée d'Alexandre et étaient au service des rois bactriens. Les rois perses y envoyaient des éléments blonds à leur tour. Ainsi un corps de Gaulois emmenés par eux en Asie centrale y demeura. (De Lapouge.)

Voir les remarquables mémoires de M. de Lapouge : *L'Anthropologie, Revue d'Anthropologie*, deuxième série, t. X ; *Les Sélections sociales, ibid.*, troisième série, t. II ; *De l'Inégalité parmi les Hommes, ibid.*, troisième série, t. III ; *Le Darwinisme dans la Science sociale, Revue de Sociologie*, première année, n° 5, Paris, 1893. Je n'en cite que quelques-uns.

de races. A cette même époque, l'antique idiome de Bactre devait être, dans ces nombreux dialectes, le langage du peuple agriculteur et citadin ; les hautes classes et la cour se servaient sans aucun doute du grec qui figure exclusivement sur les monnaies. Ces monnaies, par la merveilleuse pureté de leur frappe, suffiraient à démontrer la haute culture de l'empire Gréco-Bactrien.

Les barbares arrivent vers l'an 140 avant notre ère, et, bientôt, la civilisation disparaît. D'abord ce sont les Yué-tchi qui se trouvant en face d'un état grec parfaitement constitué, sont absorbés par le flot des vaincus ; mais les incursions barbares se succèdent, si puissantes et si rapides, que la civilisation éranienne est à jamais perdue. Une partie de ces Éraniens, autrefois si prospères et si cultivés, demeurent dans la plaine en se refusant autant que possible au mélange avec les barbares qui de leur côté choisissent de préférence des femmes parmi leurs filles. Ces Éraniens continuent à cultiver péniblement le sol et à commercer dans les villes. Les autres Éraniens se réfugient dans les âpres vallées du Pamir et ils se superposent à des éléments *Acrogonus*, retirés sans nul doute dans ces régions avant eux. Les Éraniens demeurés dans la plaine jouissent d'un tel prestige séculaire, qu'à l'arrivée de l'Islamisme, ils se substituent rapidement aux éléments arabes dirigeants, venus à la suite des armées des Califes ; leur langage demeure toujours celui des lettrés et leurs mœurs, empreintes d'une grande urbanité, sont partout imitées par les vainqueurs barbares. Ni les hécatombes sanglantes de Tamerlan, ni les razzias turco-mongoles, ni la transportation de milliers de Tadjiks du Badakchán dans des plaines éloignées et insalubres, ni les cruautés et les exactions incessantes des Afghans ne purent extirper l'esprit éranien qui persiste, subsiste et finira par prendre sa revanche.

Dans les hautes vallées du Syr Daria, du Zérafchân, du Sourkh-âb, du Mourgh-âb et du Pandjah (Haut-Oxus) habitent les Eraniens du Pamir depuis une haute antiquité. Ils étaient demeurés agriculteurs, ils élevaient du bétail et parlaient des dialectes éraniens, congénères de l'antique Zend ; leurs descendants sont encore aujourd'hui agriculteurs et éleveurs de bestiaux.

Des aqueducs, disposés à des hauteurs vertigineuses, des ponts en brindilles d'arbres, jetés sur des goufres insondables, et des sentiers taillés dans le roc, véritables escaliers de granit dont les marches portent souvent l'empreinte du pied de l'homme, existent dans ces âpres vallées depuis des temps immémoriaux. Les branches tortueuses du genévrier, taillées à coups de hache en poutres et en pilotis, et alliées à des pierres frustes, leur ont permis d'édifier des demeures fort solides ; le bois dur du noyer leur a servi à confectionner des ustensiles de ménage et les branches résineuses des conifères éclairaient leurs demeures, tandis que, malgré leur asservissement plusieurs fois séculaire, leurs congénères de la plaine, artistes de race, fabriquent des aiguières, des plats et des lampes en cuivre et en bronze repoussés, ciselés et niellés, et élèvent des temples et des palais. On trouve encore aujourd'hui de ces fines et élégantes buires à Samarkand, à Bokhara et dans le Ferghnah, et les ruines de ces temples et de ces palais jonchent les plaines de la Bactriane et le cours moyen de l'Iaxarte.

La croyance de leurs pères, la foi de Zoroastre, leur fut également commune autrefois et malgré les rigueurs de l'Islamisme, imposé depuis nombre de siècles, les vestiges du Mazdéisme subsistent intenses sur les versants occidentaux du Pamir et même au sud de l'Hindou-Kouch.

Même les guerres intestines qui décimaient autrefois les Galtchas du Kohistan zerafchânais, et qui persistent sans trève ni merci sur les bords de l'Indus, rappellent les luttes sanglantes que se livraient entre elles les tribus de leurs aïeux quelques milliers d'années plus tôt.

En général, ces montagnards sont d'un caractère franc

et loyal ; ils sont honnêtes et hospitaliers et se distinguent avantageusement de leurs congénères de la plaine. Leur nature ombrageuse s'explique par la crainte des invasions et l'isolement extrême dans lequel ils vivent depuis des siècles.

Grande est la différence entre les Eraniens, les Turco-Tatares et les Mongols.

Les Turco-Tatares sont nomades et pasteurs. Ils vivent sous des tentes en feutre, rapidement dressées et aussi rapidement enlevées et chargées sur le dos de chameaux dociles. La plaine infinie est leur patrie ; ils changent de campement selon leurs besoins et ne connaissent ni stabilité, ni limite. Honnêtes et francs, ils le sont aussi ; la fourberie et la duplicité sont l'apanage des citadins et des séden-taires de la plaine, race fortement dégradée.

Chez le Mongol, enfin, nous rencontrons, à côté du Kalmouque nomade et pasteur, le Chinois des villes avec sa haute culture intellectuelle. Ici, encore, les qualités morales sont plus grandes chez le nomade, tandis que l'habitant des villes offre le spectacle de tous les vices des grandes agglomérations humaines. Une partie de ces Mongols, figée dans les pratiques d'une religion abêtissante, vit retirée dans les montagnes dénudées du Karakorum, où dans des lamasseries perchées sur le flanc des rochers, ils tournent machinalement des moulins à prières et se pâment dans l'attente de l'anéantissement final.

Au point de vue sociologique aussi, ces trois groupes présentent des diversités bien distinctes ; leur culture, leur développement intellectuel et moral, leur vie psychique sont également le summum des lois d'hérédité, immuables pendant des siècles, et de longues sélections naturelles, résultat de leurs aptitudes de race, de l'influence des milieux et des hasards de leur histoire.

Tel est le tableau succinct des peuples que nous avons visités de 1876 à 1882, et dont nous allons donner plus loin la description détaillée, surtout par rapport à leur type, souvent aussi par rapport à leurs mœurs et à leurs langages.

Ajoutons à ceci quelques considérations ethnogéniques.

Il y a plus de dix ans, M. Guillaume Tomaschek, alors professeur à l'Université de Graz (Autriche), publia un traité sur les dialectes du Pamir, traité qui fait encore autorité aujourd'hui.

D'après le savant linguiste autrichien, les idiomes parlés à Sarikol (haute vallée du Yarkand Daria) et celui en usage dans le petit état pamirien du Chougnàn présentent des caractères d'une étroite affinité et renferment les derniers vestiges de l'antique langue des Saces (les Γρυναῖοι de Ptolémée).

L'an 214 avant J.-C., un empereur chinois de génie fit construire la grande muraille et força ainsi les belliqueux nomades de l'Asie centrale à diriger leurs incursions vers l'Occident. Au moment de la construction de cette muraille, les Saces se trouvaient dans l'Héxapole, à l'est du Pamir, à l'endroit où les annalistes chinois placent les longues figures chevalines, aux yeux enfoncés dans leurs orbites. A l'exemple de MM. Kouropatkine et Tomaschek, nous identifions cette peuplade, à teint clair, avec les Saces saturés de sang éranien (1).

Les Hioungnous, probablement les Huns de l'histoire, se jetèrent à cette même époque sur leurs voisins les Ousouns, peuplade blonde aux yeux bleus, établie au sud du lac Lob, sur les Yué-Tchi, tribu tibétaine d'après Richthofen, turque d'après Vaïmbéry et Girard de Rialle, habitant au nord du Tangout, et sur les Ouïgours qui, à cette même époque, séparaient les Ousouns des Saces. Ces derniers sont refoulés par les Yué-Tchi vers le Pamir et les Monts Célestes.

Une partie de ces Saces s'enfuit à la suite des Yué-Tchi en Dzoungarie; une partie, la plus considérable peut-être,

(1) D'accord avec l'éminent ethnographe allemand Frédéric Ratzel, nous pensons que le nom collectif de *Scythes* était appliqué dans l'antiquité à des peuples composés d'éléments absolument hétérogènes. (Frédéric Ratzel, *Vœlkerkunde*, Leipzig et Wien, 1895.

demeure dans le pays et se mélange surtout aux Ouïgours, si longtemps maitres de l'Héxapole ; enfin, un troisième tronçon s'échappe par la haute vallée du Yarkand Daria ; une partie de ces fuyards demeure dans les petits états éraniens de Sarikol et de Chougnân, où leur langue se retrouve encore à l'état de vestige appréciable ; une autre partie, assez nombreuse celle-ci, franchit le défilé du Karakorum, libre de neige et de glaces pendant toute l'année, envahit le nord-ouest de l'Inde et y fonde vers le premier siècle avant J.-C. le royaume des Saces.

Ces Saces ont passé par la vallée du Haut-Indus, le Baltistan et le Cachmire ; ils y ont séjourné du temps de la domination des rois grecs aux Indes, ils se sont familiarisés avec la langue, les mœurs et les coutumes ; ils ont adopté la civilisation hellénique et ont fondé à leur tour un royaume puissant. Leur type se retrouve chez les Baltis, si différents de leurs voisins les Dardous et les Ladakis ; ils ont séjourné aussi dans le Cachmire, dont les habitants occupent une place à part parmi les Hindous de l'Himalaya occidental. Leur esprit pacifique, industrieux, leur penchant prononcé pour la culture des champs ont survécu chez leurs descendants. Les Cachmiris sont les plus industrieux des peuples himalayens et les Baltis sont encore aujourd'hui les premiers agriculteurs de ces régions, s'adonnant néanmoins depuis des temps immémoriaux au noble jeu du Polo (1). N'oublions pas que les Saces s'étant mélangés aux aborigènes d'abord, aux envahisseurs dardous et tibétains ensuite, se sont modifiés comme type, ce qui explique la grande dissemblance physique actuelle de leurs descendants présumés.

On nous objectera, peut-être, que toutes ces affirmations sont du domaine de la pure hypothèse, il n'en est rien et

---

(1) Il est à remarquer que presque tous les rois saces se sont fait représenter à cheval, sur les monnaies frappées en leur honneur, tandis que le même fait ne se produit pour aucun roi grec, et seulement à l'état d'exception pour les rois yué-tchi.

nous ne les émettons qu'après de longues et fructueuses recherches.

Ayant rapporté de nos différents voyages en Asie centrale plusieurs monnaies greco-bactriennes et indo-scythiques, et ayant eu l'occasion d'examiner le riche médailler du général Cunningham à Simla, et la magnifique collection du British Muséum à Londres, nous avons été frappés par des différences typiques, nettement accusées, qui existent entre les rois grécos-bactriens, les rois saces et les rois yué-tchi, différences typiques que l'on retrouve facilement sur les nombreuses monnaies que nous avons étudiées.

Avant d'entrer en matière, nous demandons la permission à nos lecteurs de leur donner un aperçu général des résultats historiques auxquels les recherches numismatiques ont abouti. Nous empruntons ces résultats à la remarquable introduction que le grand savant anglais Percy Gardner a écrite pour le catalogue des monnaies gréco-bactriennes et indo-scythiques qui se trouvent au British Museum (1).

Les exploits des rois séleucides et lagides sont du domaine de l'histoire, tandis que ceux des rois bactriens et indo-scythiques sont tout à fait inconnus, et seules les inscriptions que l'on trouve sur leurs monnaies peuvent faire cesser cette ignorance qui s'étend parfois jusqu'à leur nom.

Il est possible qu'Alexandre ait fait frapper de la monnaie lors de son passage aux Indes, mais la chose est douteuse ; cependant il existe des monnaies de forme carrée en cuivre (à son effigie) provenant de son époque, forme de monnaies qui n'était usitée nulle part ailleurs. Le British Museum ne possède aucune de ces pièces

(1) Percy Gardner, *The Coins of the greek and scythic Kings of Bactria and India in the British Museum*, édité par **Reginald Stuart Poole**, Londres, 1886.

qui sont considérées comme les plus anciennes monnaies de l'Inde. Pendant les dernières années, la contrée de Balkh (Bactriane) a fourni un grand nombre de pièces provenant des successeurs immédiats d'Alexandre dans cette région.

Après l'expédition d'Alexandre, pendant un siècle, c'est-à-dire pendant le troisième siècle avant notre ère, l'Inde proprement dite était gouvernée toute entière par des rois indigènes ; le pouvoir des Séleucides et des rois grecs de la Bactriane s'arrêtait au Caucase indien.

Il est impossible de fixer d'une façon précise la date du soulèvement de la Bactriane contre les Séleucides, qui avaient hérité de toute la partie orientale de l'empire d'Alexandre. Cependant, Justin raconte que ce soulèvement fut contemporain d'une autre sédition qui se produisit également dans une province orientale de l'empire des Séleucides : l'historien grec parle de la révolte des Parthes, sous les Arsacides qui eut lieu vers 248 avant J.-C.

Vers ce temps, Diodotus, satrape de la Bactriane, se révolta contre Antiochus II de Syrie et réussit à se rendre indépendant. Diodotus paraît avoir préparé ses sujets à ce changement de maître en se servant des monnaies aux types d'Antiochus II de Syrie, mais ornées de son propre portrait. Après la prise de possession de son royaume, il continua cet usage sans le changer en substituant seulement son nom à celui du roi Séleucide. D'après Justin, Diodotus mourut bientôt et son fils et successeur du même nom, conclut une alliance avec Arsace, premier roi des Parthes.

Il semble cependant que toutes ces monnaies portant le nom de Diodotus proviennent d'un seul et même roi.

Nous apprenons qu'à Diodotus succéda, en Bactriane, Euthydème, originaire de Magnésie, en Ionie, peut-être un satrape d'une province voisine, qui exerçait son pouvoir pendant la première expédition qu'Antiochus le Grand entreprit vers 208 avant J.-C.

Un passage précis fort important de Polybe éclaire d'un jour nouveau l'histoire de ce roi.

Euthydème ayant été défait dans une bataille contre Antiochus le Grand, et incapable de lui résister, fit appel à sa générosité, lui disant qu'il était originaire de l'Asie-Mineure, qu'il n'était pas de ceux qui avaient fomenté jadis la sédition contre Antiochus II, mais, au contraire, qu'il s'était emparé du royaume de Bactre après avoir chassé les descendants de ceux qui s'étaient révoltés. Il fit remarquer le grave danger qui se présenterait s'il était obligé de faire appel à l'intervention des Scythes, qui se trouvaient déjà sur la frontière chinoise, tout près de ses états. Antiochus consentit à reconnaître l'indépendance d'Euthydème, prit en affection son fils Démétrius, et promit de lui donner sa fille en mariage. Après cet arrangement avec Euthydème, Antiochus s'avança vers l'Inde, à travers le Paropamisus, et conclut un traité avec le roi hindou Sophagasenus (Subhàgasena), qui à cette même époque paraît avoir possédé la vallée de Caboul dans sa totalité. La domination grecque s'étendait en ce moment fort peu au sud du Caucase indien. Après son expédition, Antiochus retourna en Syrie par l'Arachosie et la Trangiane.

Les annales chinoises nous fournissent des éléments précieux pour l'histoire de la Bactriane et de l'Inde, en nous instruisant sur l'émigration des peuples nomades qui quittèrent les frontières occidentales de la Chine pendant le deuxième et le premier siècle avant notre ère. L'autorité la plus récente et la plus reconnue en cette matière est M. E. Specht qui, parlant de la migration des Yué-Tchi, d'après les annales chinoises, s'exprime comme suit :

« Les Yué-Tchi avaient été vaincus en 201 et en 165
« avant J.-C. par les Huns (Hioungnou) ; ils s'enfuirent vers
« l'Ouest et subjuguèrent les Ta-Hia de la Bactriane et se
« fixèrent au nord de l'Oxus, où un ambassadeur chinois les
« rencontre en l'an 126 avant J.-C. Après la visite de cet
« ambassadeur, les Yué-Tchi s'emparèrent de Lanchi,

« capitale des Ta-Hia. Cent ans plus tard, Khiu-Tsiu-Kio
« (Kadphisès Ier), roi des Kouchans, une des tribus des
« Yué-Tchi, soumit toutes les autres tribus, envahit le
« royaume des Arsacides, s'empara de Caboul et fonda un
« grand empire. Son fils conquit l'Inde, où ses successeurs
« régnèrent depuis le milieu du premier jusqu'à la fin du
« quatrième siècle de notre ère. »

Qui étaient ces Ta-Hia ? On a voulu les identifier
avec la tribu scythique des Dahaé, mais la description
chinoise qui s'applique à eux dit : « Chaque ville est gou-
« vernée par ses magistrats, la population est molle et
« redoute la guerre » (1). Cette description n'est guère
applicable aux peuplades scythiques, mais peut parfaitement
se rapporter aux habitants de la Bactriane sous la domination grecque ; elle est corroborée aussi par la date à
laquelle les Grecs de la Bactriane, sous le règne d'Hélioclès,
avaient franchi l'Hindou-Kouch, 126 avant J.-C.

Dans la vallée de Caboul, la race hellénique se maintint
un siècle de plus, jusqu'à ce que Kadphisès Ier, après avoir
vaincu et réuni les différentes tribus yué-tchi, s'empara
également de cette vallée, y régna d'abord conjointement
avec le dernier roi grec Hermaeus et finalement à sa place.
L'influence des rois grecs s'était étendue, au nord du Paropamisus, depuis la Margiane jusqu'au Turkestan oriental,
et avait même réussi à pénétrer dans le Céleste Empire.
Il est à noter que Forsyth, lors de sa mission à Kachgar,
trouva une monnaie avec une légende chinoise portant
le nom et les titres d'un roi grec, peut-être Hermaeus.

Les écrivains chinois nous autorisent à supposer que le
peuple scythique qui avait consommé la ruine des Grecs
était les Yué-Tchi, que l'on peut identifier avec les Tokhari
de Strabon. Il est, dans tous les cas, inadmissible de cher-

---

(1) Ils avaient bien changé depuis le temps de Cyrus. A cette
époque, d'après Ctésias, les habitants de la Bactriane comptaient parmi
les meilleurs soldats du monde. (Maspéro, *Histoire ancienne des peuples de l'Orient*, Paris, 1886.)

cher dans les Yué-Tchi, les Massagètes de l'antiquité ; les
Yué-Tchi qui, dans le troisième siècle avant notre ère, se
trouvaient en Asie centrale, à l'est du lac Lob, ne pouvaient
se trouver du temps de Cyrus, c'est-à-dire au sixième siècle
avant notre ère, sur les bords de l'Iaxarte. Mais une autre
question se présente à notre attention : d'autres rois barbares, les Mauès, les Azès et leurs successeurs, fondèrent
un royaume aux Indes, dans les régions à l'est de l'Indus,
bien avant le règne d'Hermaeus. Ces princes ne pouvaient
être également des Yué-Tchi. D'ailleurs les monnaies de ces
rois se rencontrent dans le nord-ouest du Pendjab, mais
jamais dans l'Afghanistan, comme le démontre Cunningham, ce qui fait supposer qu'ils ont régné sur des émigrants scythiques venus aux Indes, non pas par la vallée de
Caboul, mais par le Cachemire ou le Népaul; ils étaient
donc contemporains des rois grecs qui régnaient à l'ouest
de Peschawer. Actuellement, les passes entre Cachemire et
Yarkand sont peu fréquentées, toutefois il est établi que
la passe du Karakorum est ouverte pendant toute l'année,
de plus, la communication entre l'Inde et Yarkand par
cette route est devenue plus fréquente dans les dernières
années ; il est reconnu aussi qu'autrefois l'Hexapole était
beaucoup plus peuplée qu'actuellement.

Il résulte de tout ceci, qu'au moment de la conquête de
la Bactriane par les Yué-Tchi, c'est-à-dire vers 130 avant
J.-C., quelque autre peuplade scythique a pu pénétrer aux
Indes en passant par le Cachemire et, après s'être imprégnée quelque peu de la civilisation des Grecs et après
avoir appris leur langue, elle réussit, pendant le déclin du
pouvoir grec après Menander, à établir un royaume à
l'est de l'Indus dont Mauès fut le premier roi.

Azès est généralement considéré comme le successeur
de Mauès, ses monnaies ne se trouvant jamais à l'Ouest
de Djélalabad, il est à supposer qu'il agrandit peu le
royaume de son prédécesseur. Azilisès, Spalirisès et ses
successeurs se partagèrent certainement l'empire de l'Inde

avec les rois yué-tchi, qui du temps de Kadphisès Ier
avaient franchi l'Hindou-Kouch.

Mais, vers l'an 20 de notre ère, pendant que Sanabarès
et ses successeurs yué-tchi, régnaient en Bactriane, nous
rencontrons dans la vallée de l'Indus des rois dont les
monnaies portent le caractère le plus évident d'une origine
parthe. Il est probable qu'au moment où Mithridate et ses
belliqueux successeurs avaient étendu leur empire jusqu'en
Bactriane, une partie de la famille royale des Arsacides,
ou peut-être seulement quelques grands seigneurs de leur
royaume, avaient pris pied aux Indes et s'étaient maintenus
à côté des rois scythiques qui y régnaient à cette époque.

Gondopharès fut le plus remarquable de ces monarques,
et nous apprenons par une légende du troisième siècle de
notre ère que saint Thomas aurait converti ce roi, que le
célèbre numismate allemand Gutschmid identifie avec le
roi mage Gaspard. Dans tous les cas, tout ce qui se rapporte
à ce roi est du domaine de la légende et de l'hypothèse.
Quant à Sanabarès qui régnait en Bactriane à peu près
vers l'an 20 de notre ère, ce roi qui paraît avoir eu des
accointances perses faisait frapper des monnaies avec des
inscriptions grecques ou pehlvi ce qui prouverait qu'il a
régné exclusivement au nord de l'Hindou-Kouch.

Le travail de M. Gardner renferme bien d'autres renseignements du plus haut intérêt, mais ceux que nous venons
de donner suffiront largement à nos démonstrations (1).

Les monnaies des rois gréco-bactriens, effigiés dans le
style de Praxitèle, sont d'une frappe merveilleuse ; il est
non seulement facile de reconnaître à première vue les
différentes représentations figuratives appartenant au
même roi, mais il est facile aussi de constater la ressemblance vraiment parlante, entre Demétrius et son père
Euthydème, entre Eucratide et son fils Hélioclès.

Il nous est aisé de constater aussi, d'après les têtes si

_____

(1) J. Gardner, *loc. cit.*

fidèlement représentées sur ces médailles, que ces monarques étaient, à peu d'exceptions près, dolicocéphales, et que le faciès grec prédomine chez eux ; souvent c'est la ligne du nez continuant celle du front, parfois c'est un front noble, un nez fin, une bouche expressive, un menton énergique.

Nous sommes cependant à même de constater qu'Euthydème et son fils Demétrius ont les bosses sourcillières très développées, les yeux enfoncés dans leurs orbites et un menton accusant une rare énergie : chez eux, ainsi que chez leur compétiteur et successeur Eucratide, la dépression entre le nez et la globelle est profonde.

Le dernier des rois grecs Hermaeus porte les traces visibles de la caducité de sa race ; sa face blême et émaciée est bien celle du rejeton dégénéré d'un pouvoir appelé à disparaître. Quant à Randjabala qui, au moment du déclin d'Hermaeus sut encore conserver un simulacre d'indépendance devant le flot envahisseur des Yué-Tchi, c'est un type hindou des plus purs, rappelant à s'y méprendre la fière silhouette des Radjpoutes actuels.

Tout différent est le type des rois yué-tchi qui, vers 140 avant notre ère, envahissent la Bactriane à la tête de leurs tribus barbares, dont les origines différentes, au point de vue ethnique, ne font aucun doute. Les Yué-Tchi régnèrent plus de 120 ans, en Bactriane seulement ; malheureusement nous ne possédons aucune monnaie de cette époque.

Kadphisès Ier, roi yué-tchi de la Bactriane, arracha au faible Hermaeus sa couronne et s'empara des régions à l'ouest de l'Indus ; ce roi avait conservé les monnaies à l'effigie d'Hermaeus et seule l'inscription au verso indique la substitution de son pouvoir à celui du dernier roi grec. Heureusement que ses successeurs ne suivirent pas son exemple. Tandis que Kadaphès se fait encore représenter sous des traits empruntés, probablement, à ceux de César Auguste, Kadphisès II, qui régna vers l'année 50 de notre ère, présente bien le type de sa race dans toute son originalité ; il est franchement brachycéphale et même hypsicéphale. A côté d'une barbe abondante mais raide, nous rencontrons un faciès grossier, un nez long, gros et carré et le bas de la figure qui avance ; les yeux paraissent légèrement bridés et les pommettes sont saillantes. Mais c'est surtout le nez qui est caractéristique par la place énorme qu'il occupe par rapport au reste du visage. Tantôt ce roi est représenté assis sur son trône, un pied appuyé sur un tabouret, tenant de la main droite une massue ; tantôt nous ne rencontrons que son buste coiffé du diadème royal, tantôt nous le voyons debout sacrifiant sur un autel, tenant de la main gauche un trident et une hache, et de la main droite une massue ; c'est bien l'homme au corps replet, aux flancs charnus, aux cheveux rares, décrit par Hippocrate (1) et tout son habitus indique l'origine turco-tatare.

Kanerkès (80 ans après J.-C.) et Houerkès (120 ans après J.-C.) qui s'étaient emparés des régions à l'est de l'Indus, présentent toujours le même type : cependant les traits se sont affinés, le corps s'est aminci, ce n'est plus la grossière stature taillée à coup de hache de Kadphisès II. Une médaille représentant Houerkès est surtout d'un intérêt tout particulier ; le buste du monarque émerge au milieu de nuages ; coiffé d'un casque conique, revêtu d'une cotte de mailles, il tient un épis de blé et un javelot à la main ; sa figure imberbe nous frappe par les pommettes saillantes, un long nez abaissé du bout et par la petitesse de la partie inférieure du visage, qui avance cependant fortement comme chez Kadphisès II ; néanmoins, la figure de ce roi présente déjà un certain air hindou (2).

Quant à Sanabarès, roi de Bactriane, vers l'an 20 de notre ère, son effigie est aussi bien typique : c'est le même développement du front et du nez au détriment de la partie inférieure du visage, la saillie des pommettes s'est affaiblie,

---

(1) Hippocrate s'exprime dans ces termes en parlant des Scythes.

(2) La frappe de cette monnaie est particulièrement belle et expressive.

la chevelure est abondante et l'expression de la figure devient éranienne.

Nous arrivons aux rois saces, qui apparaissent dans l'histoire de l'Inde vers 90 avant J.-C., cinquante ans environ après que les Yué-Tchi eurent envahi la Bactriane. Il faut considérer que les Yué-Tchi, pour atteindre les rives de l'Oxus, avaient besoin, en quittant l'Asie centrale, de traverser la Dzoungarie et de contourner les ramifications occidentales des Monts Célestes, et cependant ils étaient arrivés en Bactriane cinquante ans avant que les Saces n'eussent envahi l'Inde. Ces derniers n'avaient qu'à suivre le cours supérieur du Yarkand-Daria, franchir la passe du Karakorum et traverser le bassin du Haut-Indus pour déborder dans les plaines de l'Inde. On est étonné par l'espace de temps relativement peu considérable qu'il fallut aux uns pour arriver en Bactriane et la longue période qu'il fallut aux autres pour occuper le pays des cinq rivières.

La cause de ce retard est facile à expliquer. Tandis que les Yué-Tchi, chassés de l'Asie centrale par les Ouïgours, les Ousouns et surtout par les Hioungnon qui les suivirent de près, n'eurent guère le temps de s'établir en route, les Saces, familiarisés avec les hautes régions qu'ils devaient franchir, s'arrêtèrent d'abord dans le Baltistan, où l'on trouve encore leurs traces aujourd'hui. Ce n'est que bien plus tard, après avoir été pendant de longues années en contact avec la civilisation indienne et celle des rois grecs qu'ils se décidèrent à descendre dans la plaine pour y fonder un royaume florissant. Ils se mélangèrent d'autant plus facilement aux éléments hindous qu'ils ont dû rencontrer dans le Baltistan et surtout dans le Cachemire, que, dans ces régions, le Bouddhisme, avec ses théories égalitaires, avait depuis plus de six cents ans, battu en brèche l'antique constitution théocratique de l'Inde des Brahmes. N'oublions pas non plus que c'est au Cachemire que Çakya-mouni avait de préférence prêché ses séduisantes théories.

Le type des rois saces est tout à fait différent de celui

des rois yué-tchi. Les Mauès, les Azès, les Azilisès, les Sparilisès et leurs successeurs présentent un caractère à part, tout aussi typique que celui des rois grecs et des rois yué-tchi. Ces princes sont généralement représentés à cheval, un long fouet à plusieurs lanières sur l'épaule, une lance abaissée à la main, parfois aussi munis d'un arc ; il est évident que le cheval jouait un rôle important dans la vie des Saces. Rappelons-nous que les Baltis sont le seul peuple de l'Himalaya occidental qui malgré le caractère si accidenté du pays, si contraire au goût d'équitation, s'y adonnent cependant avec passion. Les plus petites localités possèdent souvent leur place pour le polo, et on voit la jeunesse du village, montée sur de petits chevaux agiles, leurs longs cheveux flottant au gré du vent, leurs vêtements amples gonflés par la brise, s'adonner à leur exercice favori (1). De plus, les rochers du Baltistan sont couverts de dessins étranges, représentant des hommes armés d'arcs et de lances, chassant l'ibex. Les Baltis vous affirment tous la haute antiquité de ces dessins (2).

Examinons la physionomie des rois saces. Représentés presque tous à cheval, leur faciès est bien difficile à définir ; quelques-uns, cependant, ont eu l'heureuse idée de se faire effigier debout ou assis à l'orientale sur des coussins qui leur servaient de trône. Les monnaies de ces rois que nous avons étudiées sont si nombreuses et tellement similaires entre elles que l'importance des déductions que nous en tirons n'échappera à personne. D'abord, ces monarques sont dolicocéphales ou tout au moins mésaticéphales ; leur crâne est peu élevé, leur visage est allongé ;

___

(1) Voir Mme de Ujfalvy-Bourdon, *Voyage d'une Parisienne dans l'Himalaya occidental*, Paris 1887.

Ces hypodromes existent aussi dans d'autres localités, au Dardistan et même au Tchitral, mais toutes ces peuplades ont emprunté le polo aux Baltis. Les Hindous de l'Hindou-Kouch, comme les Eraniens du Pamir, sont plutôt piétons que cavaliers.

(2) Voir Ch. E. de Ujfalvy, *loc. cit.*

TABLEAU CHRONOLOGIQUE

DE LA SPHÈRE DE DOMINATION DES ROIS GRÉCO-BACTRIENS ET INDO-SCYTHIQUES

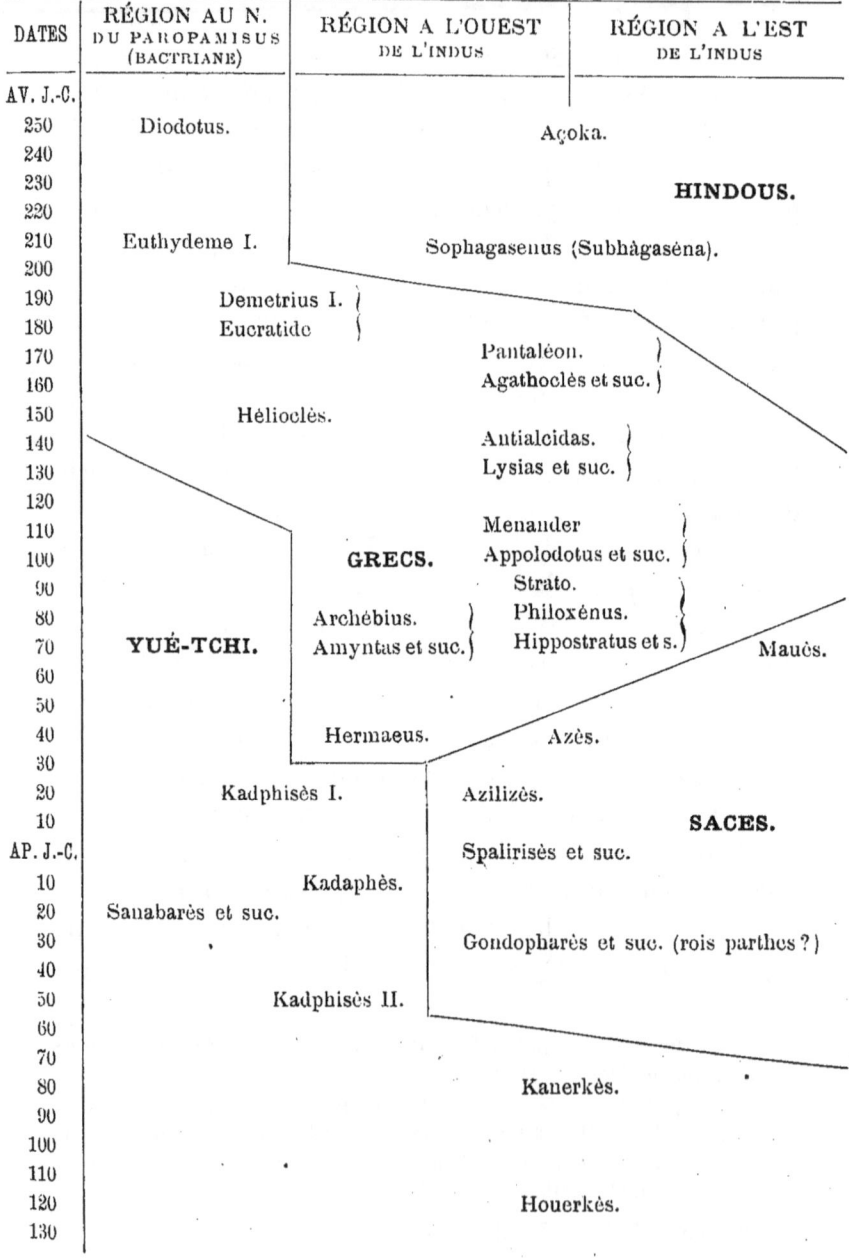

DATES	RÉGION AU N. DU PAROPAMISUS (BACTRIANE)	RÉGION A L'OUEST DE L'INDUS	RÉGION A L'EST DE L'INDUS
AV. J.-C.			
250	Diodotus.	Açoka.	
240			
230			**HINDOUS.**
220			
210	Euthydeme I.	Sophagasenus (Subhàgaséna).	
200			
190	Demetrius I.		
180	Eucratide		
170		Pantaléon.	
160		Agathoclès et suc.	
150	Hélioclès.		
140		Antialcidas.	
130		Lysias et suc.	
120			
110		Menander	
100	**GRECS.**	Appolodotus et suc.	
90		Strato.	
80	Archébius.	Philoxénus.	
70	**YUÉ-TCHI.**	Amyntas et suc.	Hippostratus et s. Maués.
60			
50			
40	Hermaeus.	Azès.	
30			
20	Kadphisès I.	Azilizès.	
10			**SACES.**
AP. J.-C.		Spalirisès et suc.	
10	Kadaphès.		
20	Sanabarès et suc.		
30		Gondopharès et suc. (rois parthes ?)	
40			
50	Kadphisès II.		
60			
70			
80		Kanerkès.	
90			
100			
110			
120		Houerkès.	
130			

leurs yeux enfoncés dans leurs orbites ; leur barbe beaucoup moins longue que celle des rois yué-tchi. Le British Museum possède un Azès (30 ans avant J.-C.) assis sur des coussins, tenant de la main droite un *Ankus* ; de la main gauche une épée appuyée sur ses genoux, et un Azilisès (20 ans avant J.-C.) debout tenant un bouclier de la main gauche et avançant la main droite ; ainsi qu'un Spalirisès (10 ans avant J.-C.) debout, tenant une hache de bataille de sa main droite, et un autre Spalirisès assis sur son trône à dossier, coiffé de son diadème royal, la main droite levée. Toutes ces médailles sont bien caractéristiques et justifient amplement ce que nous venons de dire du type de ces rois.

Nous trouvons d'ailleurs dans le VIIme livre d'Hérodote, que les Saces, que cet historien identifie avec les Scythes-Amyrgiens, suivaient les armées de Darius avec les Bactriens, 500 ans avant notre ère ; l'historien grec nous dit que les Saces portaient sur leurs têtes des tiares rondes et droites, terminées en pointes, qu'ils avaient des hauts-de-chausses (que je crois bien retrouver sur certaines monnaies), des arcs indigènes, des glaives et en outre des haches que l'on appelle *sagaris* (1).

(1) Hérodote, *Histoire*, c. VII, l. XIV (édit. Giguet), Paris, 1875.
Ammien Marcellin parlant de ce même peuple dit : « Immédiate-« ment après les Bactriens sont les Saces, nation farouche qui habite « des lieux marécageux, propres seulement à l'élève du bétail... Au « fond de ces montagnes est un lieu nommé λίθινος πύργος (*turris* « *lapidea*, tour de pierre), où l'on trouve un chemin fréquenté par les « marchands qui après un long voyage se rendent chez les Sères ». La tour de pierre se trouvant dans le pays des Saces est, conformément aux interprétations des savants anglais, Tach-Kourgan, la capitale du petit état pamirien de Sar-i-Kol. L'explication du savant géologue russe Sévértsow, qui place la *tour de pierre* ailleurs, ne peut se défendre. Encore aujourd'hui la langue des Saces subsiste comme vestige dans le sarikoli et le chigni ; M. Tomaschek l'a démontré. De plus, la route dont parle Ammien Marcellin passait sans aucun doute par le Chougnan et le Sar-i-Kol. (Voir Sévértsow, *Etude de Géographie historique sur les anciens itinéraires à travers le Pamir, Bull. de la Soc. de Géog. de Paris*, septième série, t. XI, troisième trimestre, 1890.

Quant à Gondopharès, ce monarque mystérieux que
l'on assimile au roi mage Gaspard, il est représenté à
cheval, assis sur son trône ou en buste. A cheval, il ne
diffère guère de ses prédécesseurs saces ; il a le fouet
traditionnel sur l'épaule. Assis sur son trône, à dossier
pointu, il tient la main droite levée. Quand au buste, il
est fort curieux : la tête, à barbe abondante et moustache
tombante, est levée ; le nez est puissant, le front paraît
bas et fuyant, le crâne fort peu élevé est franchement
dolicocéphale. Les cheveux sont bouclés, le cou fort, les
épaules larges. Ce roi a grand air et rappelle les rois
perses de l'antiquité.

Nous avons cru devoir faire cette digression numismatique (1) qui présente sans aucun doute une importance
réelle et qui nous a paru fort utile au point de vue de
nos recherches, car elle établit nettement des différences
typiques entre les rois grecs, les rois yué-tchi et les rois
saces.

Les lois biologiques qui régissent la lutte pour la vie,
la sélection naturelle et l'hérédité, nous permettent de nous
expliquer les différences typiques et psychiques qui distinguent aujourd'hui les Tadjiks de la plaine de leurs congénères des montagnes. Au point de vue morphologique cette
dissemblance n'est pas considérable. Les habitants de la
plaine étaient sans doute déjà brachycéphales ou peu s'en
faut, au moment de la première invasion barbare. Les
grands Dolico blonds se sont modifiés au contact des Brachy
amenés à leur suite et du type *Acrogonus* trouvé dans le
pays (2). Cependant, l'existence que les Eraniens menaient

(1) Nous empruntons le tableau chronologique des rois bactriens
et indo-scythiques, qui accompagne cette introduction, au savant travail
de M. J. Gardener, cité plus haut.

(2) Il y eut aussi, à une époque bien postérieure, un mélange avec
des éléments sémitiques, probablement à la suite de l'invasion arabe.
Nous avons constaté des réminiscences de ce type, si caractéristique,
chez beaucoup de Tadjiks de la plaine.

en Bactriane, la coutume de se marier entr'eux, le dédain qu'ils professaient de tout temps pour les barbares, leur permirent de conserver certains caractères typiques dont quelques-uns se transmirent à ces mêmes barbares qui, de leur côté, s'alliaient à leurs filles. Le type tadjik n'a dû guère se modifier d'une façon appréciable depuis la première invasion des Yué-Tchi, vers 145 avant J.-C. (1).

Tout autre fut le sort des Tadjiks montagnards que les mêmes invasions avaient contraint à chercher un refuge dans les vallées inaccessibles du Pamir et de l'Hindou-Kouch, pour pouvoir y conserver leur liberté et les mœurs de leurs aïeux. Les faibles et les chétifs furent rapidement éliminés par le rude climat et leur dure existence. Il se fit une sélection naturelle, en faveur des robustes, des vigoureux, des bons marcheurs, aptes à l'endurance, en un mot de ceux qui purent résister victorieusement au nouveau milieu. Leur mélange forcé avec les autochthones *Acrogonus*, dans les montagnes l'égalité sociale s'établissant plus vite, explique leur brachycéphalie, la formation du type de *H. Alpinus*, avec reversion vers le type *Acrogonus*, avec l'hyperbrachycéphalie et même l'hypsicéphalie.

Au point de vue psychique, la même sélection naturelle se produisit et établit également à l'aide de l'hérédité des différences bien plus considérables parce que les effets se firent sentir plus rapidement.

Chez les Tadjiks demeurés dans la plaine, la souplesse, la fourberie, la duplicité devinrent, dans l'espèce, des qualités qui assurèrent la survivance à ceux qui les pratiquèrent ; elles se transmirent par voie d'hérédité, au détriment des éléments moins maléables. Cette transformation morale se comprend aisément.

---

(1) La Bactriane avait été envahie du temps de Nimes, roi d'Assyrie qui rencontra Sémiramis au siège de Bactre. Sesostris (Ramsès II) fit la conquête de Bactre qui devint plus tard la proie de Cyrus ; elle se souleva contre Artaxerxès Iᵉʳ et contre Xerxès. (Voir Maspéro, *loc. cit.*)

Dans les montagnes, au contraire, l'esprit d'indépendance, la valeur personnelle, une probité native, un esprit
aventureux, mais ombrageux et farouche, s'expliquant par
l'isolement, se transmirent également de génération en
génération et constituèrent l'état psychique actuel de ces
montagnards (1). Tout ce processus se fit au moyen de la
sélection naturelle et de l'hérédité et détermina ainsi la
différence, au point de vue moral, qui existe aujourd'hui
entre les Tadjiks de la plaine et ceux des montagnes.

Quelques qualités primordiales, résultat d'une longue
suite d'influences héréditaires, ont pu persister dans la
solitude et l'isolement des montagnes ; elles ont été rapidement étouffées dans la plaine, grâce à une longue et
dégradante servitude. Le serf hait instinctivement son
maître ; cette haine devient encore plus intense quand il se
sent supérieur à son oppresseur, ce qui fut le cas chez les
Tadjiks de la plaine à l'égard des conquérants turco-
tatars. On conçoit facilement les combats qui agitaient
l'âme de ces gens pendant un esclavage plusieurs fois
séculaire ; cette rage intérieure devait encore être augmentée par le sentiment de leur impuissance. Il a fallu
du temps avant qu'ils ne se fissent à leur nouvelle existence et qu'ils devinssent ce qu'ils sont actuellement.

Nous verrons par la suite que l'influence manifeste
de ces mêmes lois biologiques se retrouve partout et que
ces lois nous aideront à comprendre le caractère moral des
Cachmiris, des Baltis, des Ladakis, etc.

La transformation lente mais continue des races s'explique à merveille par les lois biologiques. Nous avons dit plus
haut qu'un dolicocéphale ne peut jamais devenir un bra-

---

(1) Dans le Wakhan, par exemple, constamment exposés au pillage
des Kirghis du Pamir et aux exactions des Afghans, les habitants sont
devenus aussi voleurs et aussi fourbes que leurs congénères de la plaine.
(Voir Bonvalot et Capus.) Au Karatéghine, au contraire, ils conservent
des qualités remarquables d'hospitalité et de simplicité patriarcale.
(Voir Regel, Arendarinko, etc.)

chycéphale, ni *vice versa*, sans un très long processus de transformation. Cette affirmation demande quelques explications complémentaires.

Aujourd'hui, il est avéré que les climats chauds ne conviennent point à certaines races européennes qui ne peuvent y faire souche ; ainsi, les Anglais qui habitent les Indes sont obligés d'envoyer leurs enfants en Europe à un certain âge ; de même, les femmes des Pays-Bas ne peuvent faire leurs couches dans l'Inde néerlandaise sans affronter de graves dangers. Je ne parle pas, bien entendu, du croisement avec les indigènes, qui produit les *half-caste*, chez lesquels il se manifeste immanquablement une reversion vers le type aborigène, en un temps relativement court. A preuve les Portugais de l'Inde, pour n'en citer qu'un seul exemple.

Supposons qu'une peuplade brachycéphale et une autre dolicocéphale se trouvent en présence dans un pays où les conditions biologiques sont dès le début manifestement favorables à la première de ces deux races, ou le sont devenues par un changement latent du climat. Dans la lutte pour l'existence, que tout être doit affronter, les Dolico se trouveront bientôt dans des conditions évidemment inférieures ; la sélection naturelle se fera aussitôt à leur détriment ; ils se noieront dans les Brachy ; ce processus demandera un temps plus ou moins long, selon que l'élément brachycéphale sera plus ou moins nombreux que l'élément dolicocéphale. Je suppose que les Dolico soient plus nombreux que les Brachy, les effets de la sélection se feront sentir avec une énorme lenteur, l'ensemble de la population paraîtra d'abord dolico en présence de quelques Brachy, les Dolico purs diminueront, il y aura encore beaucoup de mésaticéphales en présence des Brachy, qui auront naturellement augmenté, les mésaticéphales diminueront à leur tour et la population en question paraîtra à un moment donné uniformément brachy avec de rares éléments dolico, sous-dolico, et mésati, effets de la rever-

sion. Ce ne sont donc pas, à proprement parler, les
Dolico qui sont devenus des Brachy, ce sont les Dolico
qui ont disparu en majeure partie et les Brachy qui se
sont multipliés grâce aux influences biologiques. Toutefois,
tous les caractères des Dolico n'ont point disparu dans
cette fusion, si leur crâne cérébral (Gehirnschædel)
n'existe plus, certains caractères de leur faciès, de leur
crâne facial (Gesichtsschædel) se sont transmis et ont
modifié le type brachy (cette modification peut également
s'étendre à la taille, etc.) C'est ainsi que s'est formé le
type *dolicoïde leptoprosope* de Kollmann, c'est-à-dire des
grands Brachy et même Hyperbrachy, à crâne non tronqué, avec des caractères faciaux empruntés aux Dolico.

H. Alpinus est également le résultat d'un mélange des
types *Acrogonus* et *Contractus* (1), de M. de Lapouge,
avec une addition de *H. Europæus,* comme nous l'avons
dit plusieurs fois déjà, mélange dans lequel les caractères
faciaux de ce dernier sont beaucoup moins entrés en ligne
de compte.

Il ne faudrait pas s'exagérer l'importance de l'indice
céphalique qui, d'après Broca, est pourtant un des meilleurs
caractères typiques pour distinguer les races ; l'indice
céphalique qui nous sert de base de comparaison n'est
qu'une moyenne autour de laquelle des oscillations plus ou
moins considérables se produisent, même dans la race
réputée la plus pure qui est toujours sous l'influence d'une
évolution permanente, la nature ne connaissant point
d'arrêt (2).

Chaque série comprend, d'après Broca, trois éléments
indéterminés : 1° Les types primitifs ; 2° les écarts spon-

---

(1) M. de Lapouge désigne sous le nom de *H. Contractus* les premiers Dolico qui ont habité du temps de la préhistoire le centre de
l'Europe.

(2) Voir Broca : *Quelques subdivisions des groupes basées sur
l'indice céphalique,* etc., *Revue d'Anthropologie,* deuxième série, t. IV.
(1881), premier fascicule.

tanés qui se produisent dans chacun de ces types ; 3° les modifications qui résultent des croisements. Quant à la seconde catégorie, elle est le résultat de déformations pathologiques ou artificielles (auxquelles on peut joindre les déformations posthumes de MM. Davis et Thurnam), mais aussi souvent le résultat de conformations qui n'ont rien d'anormal, qui cependant ne sont pas typiques et qui dépendent des conditions de l'accroissement respectif du crâne ou du cerveau (1). Le changement de l'indice céphalique peut être attribué dans ses variations individuelles exclusivement à l'augmentation ou à la diminution de l'un des deux diamètres horizontaux du crâne (2). Plus loin encore le même auteur dit : « La forme et le volume du crâne dépendent avant tout du type ethnique, mais les os du crâne ne sont pas assujettis seulement, comme les os des membres aux lois de leur propre développement »... « Les os du crâne sont soumis aux causes qui produisent les variations individuelles, mais à ces causes, qu'on pourrait appeler ostéogéniques, vient s'en joindre une autre beaucoup plus efficace, car le développement de la boîte crânienne est subordonné au développement de l'encéphale, de sorte que les variations individuelles de cet organe, qui se développe si rapidement dans les premières années de la vie, lorsque les os du crâne sont encore minces, souples et faiblement unis, font subir des modifications très étendues aux parois osseuses qui l'enveloppent. A cet âge l'éducation n'exerce aucune influence bien notable sur le volume relatif ou absolu des diverses régions de l'encéphale; mais plus tard, la nature et le degré de l'activité de l'esprit favorisent plus ou moins le développement des hémisphères, et, dans ces hémisphères, le développement de tel ou tel groupe de circonvolutions : différences attestées par l'ordre variable suivant lequel se soudent

(1) Broca, *loc. cit.*
(2) Broca, *loc. cit.*

les sutures, et par l'âge plus variable encore où cette soudure commence à s'effectuer » (1).

Nous voyons par là clairement combien les dispositions psychiques contribuent aux transformations morphologiques. Quel vaste champ ouvert pour tous ceux qui s'occupent du cerveau humain, par rapport aux différences de races, question de la plus haute importance que nous avons effleurée à la fin de notre préface.

« Nous pouvons nous demander, dit plus loin Broca, s'il n'est pas bon, pour rechercher le véritable type crânien d'une série, de faire abstraction, à un moment donné, des cas individuels qui font disparate avec l'ensemble, et cela est utile surtout lorsque la race est mélangée et qu'il faut y retrouver deux ou plusieurs types » (2). Et encore plus loin : « Il est admissible, par exemple, qu'il existe des crânes destinés dès l'origine à devenir dolicocéphales et détournés de ce type par une dilatation qui s'est faite exclusivement suivant la largeur ; mais nous pouvons nous demander encore si ce n'est pas un crâne dont le type primitif était brachycéphale et dont l'ampliation a été uniforme. Le cas est donc douteux. Et, de même qu'on a soin de mettre à l'écart les crânes déformés par une ancienne hydrocéphalie, parce qu'on sait que l'hydrocéphalie peut, suivant ses degrés et suivant diverses conditions particulières, allonger le crâne ou l'arrondir, de même on doit considérer comme incertaine la détermination du type d'un crâne qui a été dilaté par un très grand cerveau » (3). Broca termine son mémoire par les intéressantes considérations suivantes : « Les noms eury-

(1) Broca, *loc. cit.*

(2) Broca, *loc. cit.*

Broca avait écrit ce mémoire en 1872, voulant le compléter par des tableaux, il avait ajourné sa publication ; le docteur Topinard a eu l'heureuse idée de publier ce remarquable travail au début de l'année qui suivit la mort de notre regretté maître.

(3) Broca, *loc. cit.*

« céphale, sténocéphale, etc., peuvent donc être employés
« quelquefois dans un sens absolu et comme descriptif ; on
« conçoit même qu'un jour à venir, lorsque toutes les races
« seront complètement connues, lorsque tous leurs carac-
« tères auront été constatés d'une manière rigoureuse, et
« lorsque le crâne moyen de chacune d'elles sera aussi bien
« déterminé que peut l'être, par mensuration directe, un
« crâne isolé, on conçoit, dis-je, qu'alors groupant les races
« d'une même famille, comme on groupe aujourd'hui les
« crânes d'une même race, on puisse trouver qu'une race
« est sténocéphale, ou eurycéphale, ou brachistocéphale,
« ou mégistocéphale, par rapport à celles du même groupe,
« ou même par rapport à toutes les autres races. Mais ce
« moment n'est pas encore venu, et dans l'état actuel de
« nos connaissances, *je crois devoir restreindre au clas-*
« *sement des crânes de même race les subdivisions que je*
« *viens d'établir* » (1).

Nombreuses, par conséquent, sont les causes physiologiques qui peuvent amener des changements dans la forme
et le volume du crâne, et je ne parle pas des déformations
mécaniques ou pathologiques qui produisent des changements bien plus considérables encore (2). Il résulte de ces
remarques que le crâne est plus variable que la plupart des
autres parties du squelette, et que, même dans les races
les plus pures, son type peut présenter des écarts assez
étendus. *Il n'en est pas moins vrai qu'il existe dans
chaque race un type crânien qu'il s'agit de retrouver au
milieu de ces variations* (3). Broca propose donc trois
subdivisions pour les dolicocéphales et trois pour les brachycéphales ; à savoir, pour les dolicocéphales :

(1) Broca, *loc. cit.*

(2) Ces déformations artificielles ont eu une influence considérable
sur l'état psychique des peuples qui y ont été soumis. (Voir les travaux
de M. Charles Wiener sur les déformations crâniennes chez les Incas
du Pérou.)

(3) Broca, *loc. cit.*

1° Diamètre antoro-postérieur plus petit que la moyenne (crânes étroits) *Sténocéphales.*

2° Diamètre antoro-postérieur plus grand que la moyenne et diamètre transversal plus petit que la moyenne *Dolicocéphales ordinaires.*

3° Diamètre transversal plus grand que la moyenne (crâne très long) *Mégistocéphales.*

Pour les brachycéphales :

1° Diamètre transversal plus petit que la moyenne (crâne très court) *Brachistocéphales.*

2° Diamètre transversal plus grand que la moyenne et diamètre antéro-postérieur plus petit que la moyenne *Brachycéphales ordinaires.*

3° Diamètre antéro-postérieur plus grand que la moyenne (crâne très large) *Eurycéphales*

La sténocéphalie est donc la dolicocéphalie des têtes courtes et la mégistocéphalie la dolicocéphalie des crânes larges. De même la brachistocéphalie est la brachycéphalie des crânes étroits et l'eurycéphalie la brachycéphalie des crânes longs (1).

Les ingénieuses recherches de Broca nous permettent de nous rendre compte de la transformation d'une race par rapport aux caractères morphologiques du crâne.

Cette évolution s'opère de deux façons, ou par *élimination* ou par *transformation,* parfois aussi les deux procédés y contribuent simultanément.

Supposons une race dolicocéphale et une race brachycéphale en présence l'une de l'autre. Les Brachy sont les autochtones, les Dolico les envahisseurs.

Il se pourrait que les Dolico se trouvant transplantés dans des milieux biologiques qui ne leur conviennent pas soient rapidement éliminés au contact des Brachy, exemple que nous nous sommes efforcé d'expliquer plus haut. La lutte pour l'existence, la sélection naturelle et les lois

(1) Broca, *loc. cit.*

d'hérédité favorables aux Brachy, élimineront dans un temps plus ou moins éloigné, mais toujours relativement très long, les Dolico. L'élimination est donc dans l'espèce un genre d'extinction.

Le cas de transformation est beaucoup plus fréquent. Les causes sont les mêmes : Inaccoutumance par rapport au centre biologique, infériorité dans la lutte pour l'existence, sélection naturelle et hérédité agissant défavorablement. Alors se produisent les transformations crâniennes lentes mais sûres dont parle Broca. Le crâne des Dolico s'élargit et devient eurycéphale ou il se raccourcit et devient brachistocéphale. Mais il arrive un troisième phénomène que Broca n'a pas prévu, le crâne s'allonge et se rétrécit à la fois, *très peu*, tout en restant encore brachycéphale. Nous considérons ce cas comme une *reversion*, c'est-à-dire comme un retour lent vers la dolicocéphalie et nous l'indiquerons sous la rubrique de *cas de reversion* (1).

Il sera donc très important d'examiner les séries au point de vue de ces différentes transformations. Ces observations nous renseigneront sûrement sur la composition des races.

Il nous semble possible d'étendre aussi ces observations au vivant, et comme Broca dit, qu'il faut de grandes séries

---

(1) L'hérédité est, d'après Agassiz, le plus puissant facteur en faveur de la reversion. « Les enfants des blancs et des nègres ne sont ni blancs ni noirs, ils sont des mulâtres. Les enfants des nègres et des indiens ne sont ni nègres ni indiens, ils sont des demi-sang et ils ont les particularités des uns et des autres. Il en est de même des blancs et des australiens, des blancs et des chinois... Imaginez qu'à la génération suivante il y ait croisement entre un demi-sang, par exemple une mulâtresse et un blanc, ou entre un mulâtre et une négresse, et que ceci se reproduise pendant deux ou trois générations, le résultat spécial du mélange finira par s'éliminer complètement et nous reviendrons au type pur... Voilà précisément ce qui me paraît prouver d'une manière frappante que toutes les lois de l'hérédité et de la transmission servent plutôt à maintenir le type qu'à le briser. »

pour obtenir des résultats appréciables (au moins cinquante individus), nous appliquerons ces subdivisions aux Tadjiks de la plaine, aux Galtchas, aux Dardous, aux Baltis, etc., que nous avons mensurés lors de nos voyages. Nous arriverons ainsi à éliminer les écarts spontanés qui se produisent dans chacun de ces types, et il nous sera plus facile à établir les types primitifs et les modifications qui résultent des croisements. Nous persistons à croire que les écarts spontanés ne sont qu'accidentels, qu'ils soient d'une origine pathologique ou artificielle, ou d'une conformation spéciale qui n'a rien d'anormal ; ils n'arrivent même pas à entraver la transformation d'une race qui est le résultat des grandes lois biologiques : de la lutte pour l'existence, de la sélection naturelle et de l'hérédité.

PREMIÈRE PARTIE

LES ARYENS AU NORD DE L'HINDOU-KOUCH

LES ÉRANIENS

*(Tadjiks de la Plaine, Tadjiks des Montagnes
et Galtchas)*

PREMIÈRE PARTIE

I

LES TADJIKS

KHANIKOFF, *Mémoire sur l'Ethnographie de la Perse,* Paris, 1866.

WOOD, *Journey of the Source of the River Oxus,* 2ᵐᵉ édition, 1872.

ELPHINSTONE, *An Account of the Kingdom of Cabul,* Londres, 1815.

Frédéric HOUSSAY, *Les Races humaines de la Perse,* Lyon, 1887.

RATZEL, *Vœlkerkunde,* vol. II, Leipzig et Vienne, 1895.

Ainsi que Khanikoff l'a irréfutablement démontré, les Tadjiks constituent la population primitive de race iranienne dans l'antique Iran. Tandis que la population occidentale de la Perse est le résultat d'un mélange plus que dix fois séculaire entre les Iraniens et les Sémites (Kunik fait remonter ce mélange incessant à 1500 ans), celle de la partie orientale présente au contraire des races différentes juxtaposées qui ont conservé leur caractère typique. Dans cette dernière partie l'élément sédentaire et agricole est encore représenté aujourd'hui par les Tadjiks aborigènes, appelés aussi Parsiván (simple abréviation du mot Parsi-Zebán, c'est-à-dire parlant le Persan) (1). Hérodote le premier fait mention des Tadjiks, qu'il appelle Dadices, qui avec les Sattagydes, les Gandariens et les Aparytes, formaient le septième nome et étaient taxés à 170 talents qu'ils payaient à Suse (2). Hammer et Khanikoff identifient ces Dadices avec les Tadjiks, car l'historien grec les assimile pour leur équipement aux Bactriens (3). Quant aux πασιχαι de Ptolémée (4) qui habitaient près des monts Oxiens, Khanikoff explique ingénieusement que le copiste ayant probablement confondu le τ avec π ; τασιχαι serait incontestablement la seule manière de transcrire correctement en grec le nom des Tadjiks.

Ritter et Khanikoff font remarquer que Denis le Periégète mentionne les Tadjiks sous le nom de Τασκοί.

Cependant ce sont encore les Chinois qui nous fournissent les premiers renseignements précis sur ce peuple. Desguignes, dans son histoire des Huns, nous rapporte qu'en l'an 122 avant J.-C. le général Tchang-Kiao, qui avait visité les pays occidentaux en dehors de la Chine, avait fait à son retour un rapport détaillé sur les contrées qu'il avait parcourues. A l'occident de Gan-Sie (Ansi), d'après ce rapport, se trouvait le royaume des Tiao-Tchi dont la situation répond à la Perse. On dit que ce royaume est voisin de la mer d'Occident ; c'est sans doute le golfe Persique. On y trouve des grains en abondance et un oiseau dont les œufs sont très gros. Anciennement, ces peuples étaient gouvernés par leur prince, mais dans la

(1) Les Tadjiks sont appelés aussi *Dikhán*, agriculteur, *Dikhcár*, villageois.

(2) Hérodote, l. III, 91.

(3) Hérodote, l. VII, 66.

(4) Ptolémée, l. VII, ch. 12.

suite les Gan-Sie (Ansi = Parthes ?) les ont soumis et
converti leur royaume en province. C'est ce que les Parthes
ont fait de la Perse. Grâce à l'érudition de l'éminent
sinologue Stanislas Julien, Khanikoff était à même de
compléter ces renseignements par d'autres empruntés également aux sources chinoises, renseignements que Neu-
mann, Ritter et Pauthier avaient déjà cités en partie (1).

« Les rapports de la Chine avec la Perse, sous les Sassanides, étaient très fréquents. A deux reprises différentes
entre 456 et 518 et depuis l'année 738 à 771, il est question
dans les annales chinoises du pays des Pôssès (Perse) et des
Tiao-Tchi (Tadjiks). Les hommes de ce pays, disent les
Chinois, sont de grande taille, ils ramènent leurs cheveux
sur le devant de leurs têtes, et vont les têtes nues, sans
aucune coiffure, tandis que les autres portent des bonnets
de peau... Parmi les barbares ce sont les plus laids et
les plus sales... Ils adorent l'esprit du feu et ils sacrifient
au ciel, à la terre, au soleil, à la lune, à l'eau et au
feu... Ils déposent leurs morts sur les montagnes ; les
gens chargés des pompes funèbres sont considérés comme
impurs ; ils résident hors des villes, et quand ils y entrent
ils agitent une sonnette pour qu'on les distingue. Le
deuil dure un mois. L'année des Persans commence le
sixième mois de l'année chinoise. Ils attachent la plus
grande importance au septième jour du septième mois, et
au premier jour du premier mois ; ce jour-là on s'invite
mutuellement à des repas que l'on égaye avec de la musique.
Les Persans sont très habiles à fabriquer toutes sortes
d'étoffes, et à tisser des tapis qu'ils font à poils longs ou
courts ; leurs produits sont très estimés dans les pays
étrangers. Ils savent labourer la terre qu'ils arrosent arti-

(1) Peut-être est-on même autorisé à retrouver dans les Ta-Hia de
la Bactriane dont parle l'ambassade chinoise envoyée près des Yué-Tchi
en 126 avant J.-C., les Tadjiks ? Dans tous les cas, ce peuple plein de
molesse et ennemi de la guerre, ne peut être identifié avec la belliqueuse
tribu scythique des Dahae.

ficiellement, vu le grand nombre de déserts sablonneux.
Ils ne cultivent pas les lettres. Le deuxième jour du premier
mois, chacun offre des sacrifices à ses ancêtres. La justice
est rendue dans un tribunal, mais on n'écrit pas la sentence,
on se borne à la prononcer. Les peines sont très sévères ;
les grands coupables sont attachés à un mât élevé et on
les tue à coups de flèches. (C'est le tirboran, ou la pluie de
flèches des Persans). Quelquefois on leur coupe le nez et
les pieds. Pour des crimes moins graves, on condamne à
une prison perpétuelle, on rase complètement la tête, ou
l'on coupe la moitié des cheveux sur les tempes ; on suspend
au cou un écriteau. Lorsqu'un homme a eu des relations
avec une femme noble, il est exilé, et l'on coupe les
oreilles et le nez à la femme. Les impôts sont payés
d'après le revenu de la terre, ou bien l'on verse quatre
pièces de monnaie d'argent ; cette même monnaie sert
pour le commerce. Les soldats sont armés de boucliers,
de lances, de frondes, d'arcs et de flèches. On mène les
éléphants au combat, et chacune de ces bêtes est accompagnée de cent soldats. Les Persans ont subjugué tous
les barbares de l'Occident, etc. »

« Dans les anciennes relations chinoises, les Persans
sont appelés de préférence Tiao-Tchi. Ce n'est que plus tard,
dit Khanikoff, quand ils ont pénétré dans les provinces
occidentales du pays, qu'ils ont commencé à en nommer les
habitants indistinctement Po-La-Ssé, ou Tiao-Tchi, ce qui
prouve, que dans ce temps reculé comme aujourd'hui, le
nom de Tadjiks était plus répandu à l'est qu'à l'ouest de
l'empire de Perse (1). L'aspect presque européen de ces
populations n'a pas échappé à l'observation des Chinois,
car on lit dans Hiouen-Thsang que les mœurs des You-Lins
(Byzantins) ressemblaient à celles de la Perse, mais leur
corps, leur figure et leur langue sont *un peu* différents.

(1) Il est même inconnu dans l'Ouest et le Sud de la Perse d'après
M. Frédéric Houssay.

« Les auteurs du moyen-âge, tant arabes qu'européens, semblent ignorer le nom des Tadjiks. Chez les auteurs persans il ne paraît qu'à l'époque des Timourides, ce qui serait impossible si ce nom était un nom générique, celui d'une nation. Certes le mot Tadjik vient du mot *tadj*, couronne, ce qui pour les sectateurs de Zoroartre était ce que le signe de la croix est pour les chrétiens et ce que le salleh ou turban est pour les musulmans, c'est-à-dire une marque extérieure par laquelle ils se distinguent des fidèles d'autre croyance. Ce qui explique à merveille pourquoi dans le premier temps de la propagande musulmane, ni les nouveaux convertis, ni ceux qui étaient restés fidèles au culte du feu, persécutés pour leur croyance, n'osaient se donner un titre odieux à leurs conquérants. Voilà pourquoi les auteurs arabes des premiers siècles de l'hégire n'en parlent pas, tandis qu'il reparaît à une époque où l'islamisme était déjà trop fort pour que ce nom de *secte*, devenu nom d'une nationalité, puisse lui porter ombrage. »

Wood a été complétement induit en erreur, quand, sans ajouter une foi absolue au dire des Tadjiks de Bokhara, il dit cependant dans son ouvrage : « Mais les Tadjiks eux-mêmes indiquent l'Arabie et les environs de Baghdad comme première habitation de leurs ancêtres ; et comme cette opinion est généralement répandue, elle mérite une certaine attention. Ils disent que leur nom est dérivé du mot *tadj*, ornement de tête, et qu'il a été donné à leurs pères parce qu'ils étaient soupçonnés d'avoir enlevé ce symbole de royauté de la tête de Mohamed. Cependant ils sont trop nombreux pour être des descendants des guerriers arabes qui envahirent cette vaste portion de l'Asie dans le premier siècle de l'hégire. »

« A la fin du premier siècle de l'hégire, la persécution énergique qu'éprouvèrent les descendants du Prophète dans la Mésopotamie, les forcèrent de chercher un refuge dans la Transoxiane, ou ils se mêlèrent aux Tadjiks, et il est naturel que celles des familles de ces derniers qui avaient des rapports de parenté avec les illustres émigrés, fussent plus considérées que celles qui leur étaient étrangères. Rien d'étonnant donc à ce que presque tous les Tadjiks revendiquent l'honneur d'une origine arabe en droite ligne de Mahomet, car cette prétention leur procure non seulement des avantages honorifiques, mais les exempte en même temps des impôts et de l'obligation de fournir des soldats à l'armée du pays. Du reste, cette prétention n'est pas générale et nous savons par Masson que les Tadjiks de Bajor se disent les descendants des héros de l'époque Kéanienne ».

Lassen, après avoir dit que c'est seulement depuis l'époque des Gaznavides que commence la transformation des peuplades voisines de l'Hindou-Kouch, expose que quelques-unes d'entre elles, les Kâfir-Siapouches par exemple, se réfugièrent dans les hautes vallées de cette chaîne de montagnes, tandis que d'autres demeurèrent et embrassèrent l'islamisme, il dit : « Les subjugués sont appelés Tadjiks, nom qu'on donne dans les provinces orientales de la Perse aux anciennes populations séden- taires s'occupant d'agriculture, et actuellement soumises à d'autres peuples ; ce nom ne décide rien quant à leur origine. On les nomme aussi *Dihkân*, ou agriculteurs, et ce n'est pas seulement dans le *Longhman*, mais aussi dans le Sewad, parmi les Youssoufzéi dont ils sont les serfs... Les Afghans et les Usbegs les nomment aussi *Parsivân*, probablement à cause de leurs idiomes, qui sont des dialectes du persan ; tandis que leurs maîtres se servent d'autres langues, *quoique les Tadjiks du Kaboulistan ne parlent pas partout le persan* (1). »

Ni l'illustre savant allemand, ni le sagace Khanikoff qui a transcrit ces lignes après lui, ne pouvaient pressentir les modifications qu'allaient apporter à leurs opinions les

---

(1) Lassen, *Indische Alterthumskunde*.

découvertes modernes. Les Tadjiks des montagnes au nord de l'Hindou-Kouch diffèrent absolument comme langue et comme type, de leurs voisins des hautes vallées au sud de cette chaîne de montagnes.

Lassen ne pouvait point prévoir non plus que les Kafirs étaient d'une race différente des Tadjiks et se distinguaient comme type même de leurs proches voisins les Badakchis.

Khanikoff se trompe quand il pense que tous les Tadjiks parlent le persan. Lassen, au contraire, a eu l'intuition du juste. Nous verrons par la suite qu'une notable partie des Tadjiks des montagnes parle des idiomes différents. Mais ce qui prouve jusqu'à l'évidence l'origine méridionale (Bactriane et Iran) des Tadjiks du Turkestan, c'est que malgré la domination exclusive du régime musulman pendant treize siècles, cette religion envahissante n'a pu extirper complètement les habitudes traditionnelles de respect pour le feu. Dès qu'on franchit les limites du Khorassan, soit en venant du Nord (du Mazanderan), soit en y pénétrant de l'Ouest (de l'Irak), on est frappé par une coutume qu'on ne trouve pas ailleurs. Notamment lorsqu'une députation de villageois vient à la rencontre du voyageur pour lui faire honneur, les députés présentent, en hiver comme en été, un vase rempli de braise ardente. Plus on avance vers l'Orient, plus ces traces de l'ancien culte sont évidentes et nombreuses. J. Wood dit à ce sujet : « J'ai déjà eu l'occasion de mentionner la répugnance éprouvée par les habitants de Badakchan à souffler une bougie ; on peut trouver de même ici (au Wakhan) de semblables traces de la religion de Zoroastre. Un habitant de Wakhan considère comme de mauvais augure d'éteindre une lumière en soufflant dessus, il préfère mouvoir sa main pendant quelques minutes devant la flamme de la branche de pin qui lui sert de chandelle que de recourir à une méthode plus efficace, mais qui lui est bien plus désagréable. »

« Dans ma description du Khanat de Boukhara, j'ai mentionné aussi, dit Khanikoff, quelques coutumes superstitieuses des Tadjiks de cette province, où il est difficile de ne pas reconnaître un vague souvenir d'un culte longtemps disparu. Telle est la fête célébrée chaque printemps et connue sous le nom de *Tchar Chambeïsunnï*. Après le coucher du soleil on allume des bûchers et l'on saute par-dessus la flamme. Malgré son nom musulman, cette fête est évidemment contraire à l'orthodoxie, car ces cérémonies sont sévèrement réprouvées par le clergé. Tel est aussi le traitement des malades par le feu, où l'on force le patient à faire trois fois le tour d'un bûcher allumé, puis de sauter le même nombre de fois par-dessus le feu ; ou, s'il est trop faible pour se soumettre à ces ordonnances, on allume une torche qu'on place dans sa chambre ; il doit tenir les yeux fixés sur la flamme pendant qu'on lui frappe légèrement dans le dos en prononçant, pour chasser son mal : « Va dans les déserts, va dans les lacs. » J'ajouterai à cela, qu'après la naissance d'un enfant on allume pendant quarante nuits, au-dessus de son berceau, une chandelle qui doit brûler jusqu'à l'aube du jour pour écarter du nouveau-né les malins esprits. En sus, le peuple aime à se livrer, surtout dans le mois du Ramazan, à un jeu qu'on appelle *atach bazi*, nom donné en Perse au feu d'artifice. On se partage en deux camps entre lesquels on allume une espèce de feu de Bengale nommé *mahtabi*, clair de lune. Chaque camp tâche de s'en rendre maître, à travers une nuée de pétards qu'on se lance mutuellement. »

Nous avons observé les mêmes usages ignicoles chez les Tadjiks des montagnes ou Galtchas, que nous avons visités en 1877, pendant notre voyage en Asie centrale. Jamais un Galtcha ne souffle sur une flamme ; l'haleine de l'homme est impure, dit-il, et ne doit point se communiquer au feu, la matière pure par excellence ; on promène des torches allumées autour des berceaux des nouveau-nés

et les malades doivent fixer le regard sur la flamme bienfaisante.

En parlant des Matchas, peuplade galtcha du Kohistan
zérafchanais, décrits par M. Mouchkétoff, M. Geiger ajoute
que ce sont là des membres de la souche éranienne,
demeurés à un degré très inférieur de civilisation, tandis
que les autres Galtchas occupent un degré plus élevé
et représentent sans doute les derniers vestiges des sectateurs de Zoroastre. C'est précisément dans les montagnes
du Syr-Daria, du Zérafchân et de l'Amou-Daria, que
l'Avesta place la patrie primitive du peuple éranien,
l'Aryana-Vaïdja sacré. C'est dans ces vallées inaccessibles que les fidèles ignicoles se sont retirés de plus en
plus devant les persécutions des Tatares et des Arabes.
Ils continuèrent là à exercer le culte vénéré dont ils avaient
hérité de leurs pères. Maintes coutumes antiques viennent
à l'appui de ce dire. Les voyageurs qui ont visité ces
régions depuis Wood jusqu'à nos jours, confirment cette
manière de voir. Le feu est toujours un élément sacré à
leurs yeux, l'haleine de l'homme ou sa salive suffisent à
le profaner, voilà pourquoi autrefois le prêtre mazdéen
était obligé, en présence de l'autel consacré au feu, de se
bander la bouche pour présider à ces cérémonies et pour
réciter ses prières (1).

Biddulph aussi a constaté sur son passage, dans le
Wakhan, l'existence de ruines d'une provenance mazdéenne.

Citons enfin un renseignement que donne M. Bonvalot
à ce sujet : Le voyageur français constate certains traits
de mœurs qui l'ont frappé le jour où il entra dans la
vallée du haut Zérafchân.

Tandis qu'un Usbeg n'hésite pas à souffler un flambeau,
le montagnard de langue tadjique l'éteint en agitant la
main ou en pressant la mèche entre ses doigts mouillés.
Quand on lui demande la raison de cette manière d'agir, il

(1) Geiger : *Ostiranische Kultur im Alterthum*. Erlangen, 1882.

répond laconiquement : « C'est la coutume », ou bien :
« Cela me ferait mal à la gorge ».

Pas plus que l'homme de la plaine, le montagnard ne
crache dans le foyer : cracher marque le mépris.

« Au moment où la chandelle est allumée, on salue la
lumière en portant la main à la barbe, comme lorsqu'on
voit le croissant de la nouvelle lune briller dans le ciel.

« D'autre part, on nous conte que dans la maison où
un enfant vient de naître, on pose près de son chevet des
chandelles qui brûlent pendant la nuit, puis on place sous
la tête du nouveau-né un couteau et un Coran : cette illu-
mination, ces objets éloignent l'esprit du mal. En outre,
le mollah prie pendant trois jours à l'intention de l'accou-
chée qui a purifié son corps. Parfois un individu malade a
recours à des sortilèges pour obtenir sa guérison. Trois
petits feux sont allumés à distance l'un de l'autre, autant
que possible dans un carrefour, car cela est préférable. Le
chef de la cérémonie conduit par la main le malade qui
saute par-dessus chacun des feux, en fait le tour trois fois,
puis s'assied. Une poule est apportée, on la pique légèrement, elle saigne quelques gouttelettes que l'on introduit
dans l'oreille du patient, ou bien on l'oint de sang entre les
sourcils. Puis on fait tourner la poule autour de sa tête, on
la lui présente et il crache dessus. Ensuite la poule est jetée
pas trop loin, car elle revient de droit au charmeur, qui est
en outre payé de sa peine. Quand le malade est affaibli au
point de ne pouvoir marcher, un homme le prend sur son
dos et exécute les marches et les contre-marches, les sauts.
Il est rémunéré pour ce travail. »

(Pour allumer leur briquet) : « Ils arrivent, saluent et
tout de suite, sans plus de discours, l'un d'eux s'agenouille,
tire du sachet suspendu à son cou la moelle séchée d'om-
bellifères tenant lieu d'amadou ; il choisit parmi les char-
bons qui gisent devant lui celui qui paraît le plus facilement
inflammable. Il bat le briquet, allume sa moelle, la pose
sur le charbon dans la main et souffle. La braise est incan-

descente, il la couvre de brindilles assemblées par son
compagnon, et toujours soufflant il prépare un excellent
feu en quelques minutes » (1).

Khanikoff a donc parfaitement raison quand il dit : « Il
me semble donc qu'on a le droit de conclure de tout ce
qui précède que le nom de tadjik, originairement nom
collectif, appliqué aux premiers ignicoles, bactriens ou
autres, désigne maintenant les aborigènes de race éranienne,
ayant su garder leur langue et quelques traces d'une
civilisation antique, malgré une longue série de siècles de
domination étrangère et barbare ».

Au commencement de ce siècle (1809), Mont-Stuart
Elphinstone eut l'occasion de visiter l'Afghanistan et les
recherches qu'il a publiées par rapport aux peuples de ces
pays sont fort curieux.

« La situation dans laquelle nous trouvons les Tadjiks,
dit-il, est propre à exciter notre curiosité, qui, je le crains,
ne pourra être satisfaite par les renseignements que j'ai pu
recueillir à ce sujet. Les Tadjiks ne sont pas unis en un seul
corps de nation, ni bornés à un seul pays ; ils sont répandus par groupes isolés, sur une vaste portion de l'Asie.
Dans la plus grande partie des pays soumis aux Usbegs
comme aux Afghans, ils vivent parmi ces tribus. Les habitants sédentaires de la Perse sont aussi appelés Tadjiks,
pour les distinguer des Tatares conquérants de cette contrée, comme aussi pour ne pas les confondre avec les
populations nomades, qui, à ce qu'il paraît, étaient d'origine
persane. On les trouve même dans le Turkestan chinois,
et ils forment des communautés indépendantes dans les
provinces de Karatéguin, de Derwaz, de Wakhékha
(Wakhan) et de Badakchan. Sauf ces endroits isolés et
peu accessibles, et sauf quelques autres localités que nous
mentionnerons plus loin, on ne les rencontre jamais en
communautés distinctes ; presque toujours ils se mélangent

(1) G. Bonvalot, *Du Kohistan à la Caspienne*, Paris, 1885.

avec le peuple conquérant, dont ils adoptent généralement les vêtements et la plus grande partie des coutumes. Il paraît qu'en Perse, dans les plaines de l'Afghanistan et dans le pays des Usbegs, ils ont précédé les peuples qui y dominent maintenant. »

Plus loin, Elphinstone parle de l'origine arabe des Tadjiks, d'après des renseignements analogues à ceux que Wood a eus à Bokhara, et au sujet desquels nous serons obligés de faire les mêmes réserves expresses. Cependant Elphinstone présente une série d'aperçus qui méritent d'être consignés.

« Dans le premier siècle de l'ère musulmane, dit-il, toute la Perse et le pays des Usbegs ont été envahis par les Arabes, qui contraignirent les habitants de ces contrées à embrasser leur religion, et en partie aussi à adopter leurs mœurs comme leur langue. L'Afghanistan était attaqué à la même époque, mais le succès des envahisseurs n'y a jamais été complet. Ils réussirent à subjuguer la plaine sans pouvoir établir leur domination sur la montagne, dont les populations surent garder leur indépendance et s'opposèrent, pendant près de trois siècles, à l'adoption de l'islamisme. Les trois pays dont nous parlons faisaient jadis partie de la monarchie persane, et il est très probable que les idiomes qu'on y parlait dérivaient tous de l'ancien persan. Après le triomphe de la loi de Mahomet dans ces pays, leurs langues subirent naturellement l'influence de l'arabe et formèrent le persan moderne. Ainsi, il est fort probable qu'il fut un temps où les Arabes conquérants et les Persans vaincus ne formèrent qu'une nation, parmi laquelle il faut chercher les ancêtres des Tadjiks actuels. Tout ce que nous connaissons sur le passé de l'Afghanistan s'accorde bien avec cette hypothèse. En effet, nos premières informations sur ce pays, après l'invasion des Arabes, nous montrent les Tadjiks maîtres de la plaine, et les Afghans (que nous considérons comme des Aborigènes) occupant les montagnes. Dans la suite des temps, les Afghans descen-

dirent dans les plaines, et réduisirent presque partout les
Tadjiks à l'état de sujétion complète, et ce n'est que dans
quelques localités peu nombreuses et naturellement forti-
fiées qu'ils purent garder une certaine indépendance. Les
Tadjiks du Turkestan ont la même origine, mais ils
restèrent maîtres du sol jusqu'à l'invasion des Tatares, qui
les réduisirent à leur état actuel de vasselage, tandis que
les Tadjiks des provinces montagneuses conservèrent leur
indépendance et formèrent les petits Etats de Badakchan,
de Derwaz, etc.

« Il est à remarquer que partout les Tadjiks sont établis
dans des habitations fixes, et que partout ils se livrent à
l'agriculture et aux autres occupations sédentaires. Jusqu'à
présent encore, ils louent quelques terrains dans la partie
occidentale de l'Afghanistan, où jadis, selon toute proba-
bilité, ils étaient maîtres absolus du sol, tandis que
maintenant ils sont dépouillés du patrimoine de leurs
ancêtres, et ne cultivent la terre qu'en qualité de fermiers
ou de journaliers chez des maîtres afghans. Leur avoir court
toujours le risque d'être usurpé par quelques hommes
puissants des tribus dont ils occupent le territoire. Ce
danger cependant est atténué par la protection spéciale que
leur accorde le gouvernement, et ils ne sont jamais exposés
aux maux intolérables de l'insulte personnelle ou de
l'oppression directe. »

Plus loin, Elphinstone donne une description du Kouhistan (1), qu'il croit également habité par des peuplades
Tadjiks. A l'exemple de Khanikoff, nous croyons devoir
reproduire le texte d'Elphinstone, qui fournit des renseignements intéressants.

« Les Tadjiks sont tous pacifiques et soumis au gouvernement établi. En outre de l'agriculture, ils s'occupent de
quelques branches du commerce et de l'industrie manufac-

---

(1) C'est du Kohistan afghan qu'il s'agit dans ce passage d'Elphinstone.

turière qui ne tentent pas les Afghans, et, en général, ils sont doux, sobres et laborieux. Tout en ressemblant beaucoup aux Afghans, il faut dire qu'en s'assimilant à eux ils ne leur ont pris que les bonnes qualités. Ils ne sont pas belliqueux, mais dans ces dernières années leur valeur comme soldats s'est considérablement développée, et se développe encore. Ils sont sunnites zélés.

« Peu disposés à émigrer et à résister aux empiétements des Afghans, ils sont les premiers à souffrir de l'oppression, et il est naturel de les voir mécontents de l'état présent du pays ; aussi se plaignent-ils beaucoup des désordres du gouvernement. Mais quand le pays est tranquille, ils sont bien protégés, et en somme, ils sont partisans de la monarchie des Douranis. Généralement parlant, leurs rapports avec les Afghans sont assez bons. Considérés comme des inférieurs, ils ne sont néanmoins jamais traités par ces derniers avec arrogance ou dédain ; même les mariages entre eux et les Afghans sont assez fréquents et dans les entreprises commerciales, les individus des deux nations s'associent souvent sur un pied de parfaite égalité.

« Ils payent plus d'impôts que les Afghans, et contribuent en proportion considérable au recrutement de l'armée et des milices. Les Tadjiks résident en grande partie dans les villes. Ainsi, ils sont en majorité dans les environs de Kaboul, de Kandahar, de Ghizni, de Hérat et de Balkh ; mais dans les parties peu accessibles du pays, telles que les districts des Hézarèhs, des Ghildjéis et des Kaukers, il serait difficile de trouver un seul Tadjik.

« Tout ce que je viens de rapporter sur les Tadjiks ne s'applique à proprement parler qu'à ceux d'entre eux qui vivent mêlés aux Afghans ; mais ceux qui forment des communautés isolées, établies dans des districts peu accessibles de l'Afghanistan, *diffèrent des premiers sous beaucoup de rapports*. Je commencerai par donner quelques détails sur les Kouhistanis, occupant le Kouhistan de Kaboul. Ce district est limité au Nord et à l'Est par les

chaînes neigeuses de l'Hindou-Kouch et par leurs ramifications méridionales. A l'Ouest, il comprend une partie
de la chaîne du Paropamise et s'étend jusqu'au pays des
Hézarèhs ; au Sud, il descend vers la région que nous
venons de décrire. Le Kouhistan est formé par trois
longues vallées, à savoir : celle de Nidjrao, celle de
Pendjir et celle de Gorbend, auxquelles viennent aboutir
une infinité de gorges étroites et rocailleuses. Chacune
de ces dernières conduit à la vallée principale des ruisseaux qui s'y creusent un lit commun et forment une
rivière portant le nom de cette vallée. On passe ces rivières
sur des ponts en bois, et, généralement, les bords de ces
cours d'eau forment les seules portions cultivées du district,
fraction minime de sa surface totale, hérissée de montagnes
abruptes couvertes de forêts de sapins. Les terres cultivées
produisent du blé et quelques autres céréales, et ce qui est
fort remarquable pour un terrain aussi élevé et aussi froid,
c'est que la culture du tabac et du coton y réussit très
bien. Mais l'alimentation du peuple est basée sur la culture
du mûrier, dont les plantations sont fort étendues. On sèche
les mûres au soleil et on les convertit en farine, qui sert à
faire du pain. A en juger par l'aspect des habitants du
Kouhistan, cette nourriture est fort saine, et d'après le
calcul de M. Irvine, une plantation de mûriers alimente un
plus grand nombre d'individus que ne l'aurait pu faire un
champ de même surface ensemencé de blé. Quoique la
population de ce district soit très clairsemée, elle est
néanmoins assez considérable, et on l'évalue généralement à
40,000 familles. Une certaine portion du Kouhistan possède
un caractère spécial, très différent de celui des autres
parties de ce canton. C'est un désert peu étendu nommé
Rig-Rewan, ou sable-mouvant, théâtre d'aventures romanesques décrites par Aboul-Fazl. Les habitants du Kouhistan élèvent peu de bétail, mais les animaux sauvages
doivent abonder dans ce district. On prétend même y avoir
vu le lion ; mais dans tous les cas, les loups et les léopards

y sont communs. Le Kouhistan est très riche en faucons et
l'on y trouve beaucoup de rossignols. La nature sauvage de
ce district contribue à donner à ses habitants un caractère
très différent de celui des autres Tadjiks. Ils vivent dans
une certaine indépendance à l'égard du roi de Kaboul, et
leurs propres chefs ont de la peine à les gouverner. Ils sont
hardis, violents et insoumis. Leurs penchants belliqueux
sont tels qu'ils considèrent comme un opprobe de mourir
dans un lit. Leur infanterie est excellente, surtout employée
dans une guerre de montagnes ; mais leur courage s'épuise
dans des discussions intestines. Ils se font rarement la
guerre de village à village ou de tribu à tribu ; mais les
querelles et les meurtres individuels sont fréquents. Les
disputes entre les villages dans ce district sont infiniment
plus sérieuses qu'ailleurs, car la destruction d'une plantation
de mûriers n'est pas plus difficile que la dévastation d'un
champ de blé ; mais le dommage qui en résulte est bien
plus grave, étant plus durable.

« Les armes des habitants du Kouhistan sont une cara-
bine ou un fusil à batterie, un pistolet et une dague.
Quelques-uns d'entre eux sont armés de piques courtes,
et un très petit nombre porte encore des arcs et des
boucliers. Leur vêtement consiste en un justaucorps, un
pantalon de drap grossier de couleur noire, des bottines,
et un petit bonnet de soie.

« Tous les Tadjiks du Kouhistan sont sunnites ; aussi
professent-ils une haine intense contre les Persans et en
général contre tous les chiites... On m'a dit qu'il y a dans
le Kouhistan une peuplade nommée Pachaïs (1), et je
regrette de ne pas avoir pris d'informations sur leur
histoire, car j'ai trouvé depuis que Baber les cite parmi
les tribus parlant une langue différente des autres.

« Les Berrakis forment une autre subdivision des
Tadjiks; ils habitent le district de Logar (Langar) et une

(1) Probablement les Kafirs.

partie de celui de Bout-Khok (Loud-Khô). Quoique mêlés
aux Ghildjéis, ils forment une communauté séparée, gouvernée par leur propre chef. Ils ont la réputation d'être
excellents soldats, et ressemblent beaucoup aux Afghans ;
aussi sont-ils les plus respectés des Tadjiks. Actuellement
leur nombre s'élève à 8,000 familles. Toutes les traditions
s'accordent à rapporter leur établissement dans le pays
qu'ils occupent actuellement, au sultan Mahmoud Ghaz-
navi, c'est-à-dire, au commencement du onzième siècle.
Ils possédaient auparavant des terres beaucoup plus
vastes, mais leur origine est incertaine. Eux-mêmes prétendent descendre des Arabes ; d'autres disent que leurs
ancêtres étaient des Kurdes.

« Les Pourmoulis ou Fermoulis sont une branche de
Tadjiks presque aussi importante que les Berrakis. Le plus
grand nombre d'entre eux sont établis à Ourghoun, au
centre des pays des Kharotis, et ils sont toujours en guerre
avec cette dernière peuplade. Le reste des Pourmoulis
habite à l'ouest de Kaboul. Ils sont commerçants et agriculteurs ; néanmoins, ils fournissent quelques troupes au
roi et lui payent un tribut annuel. Je ne puis me prononcer
(dit M. Elphinstone dans une note) sans une grande hési-
tation sur leur origine, quoique celle qu'ils indiquent eux-
mêmes ne paraissent présenter aucune obscurité. Ils
prétendent descendre des Khalladjis qui sont connus pour
avoir fourni à l'Inde une dynastie royale, mais dont tout
le reste du passé est peu certain. Férichta dit que c'est une
tribu afghane, mais j'ai trouvé dans une autre source qu'ils
sont les habitants d'une ville de Khallatch ou Khalladj,
que quelques-uns placent sur l'Oxus, d'autres au nord-
ouest de Kandahar ; d'autres nient l'existence d'une ville de
ce nom, et disent que Khalladji est le nom d'une secte religieuse et qu'il n'a rien de commun avec celui d'une
nationalité particulière.

« Les Sirdéhis sont une petite tribu établie au sud-est
de Ghizni, dans le village de Sirdèh. Tous les habitants du

Séistan peuvent aussi être considérés comme appartenant à la nation des Tadjiks ; on en trouve également beaucoup dans la partie septentrionale du Beloudjistan, mais nous n'en parlerons pas ici. Néanmoins, je dois observer qu'ils sont comptés dans le chiffre total de la population tadjique de l'Afghanistan que nous avons cité et qui porte leur nombre à 1.500.000 individus. »

Khanikoff fait remarquer que ni Burnes, ni Gérard, ni même Mohanlal ne disent rien de particulier sur les Tadjiks ; le dernier se borne à observer qu'ils sont laids.

Le premier voyageur qui nous fournit des renseignements vraiment scientifiques, dont l'importance pour l'ethnologie n'échappera à personne, est Khanikoff lui-même, qui avait étudié leur type non seulement à Bokhara et à Samarkand, mais encore dans la province de Hérat, dans le Séistan, dans le Khorassan et même à Tébris où il a eu l'occasion d'examiner beaucoup d'individus de cette race, se rendant à la Mecque. Nous reproduisons *in-extenso* les observations intéressantes que le savant russe fournit sur les Tadjiks.

« Généralement les Tadjiks sont d'une taille élevée ; ils ont des yeux et des cheveux noirs ; la tête est longue comme celle des Persans ; mais l'os frontal chez eux est plus large entre les lignes semi-circulaires temporales, ce qui leur donne aussi des figures d'un ovale plus large que celles des Persans occidentaux. Le nez, la bouche et les yeux sont bien dessinés, mais le premier est rarement recourbé ; sa forme ordinaire est droite, beaucoup plus proéminente que chez les races mongoles, mais pas autant que chez les Persans méridionaux et occidentaux. La bouche est assez grande, de même que les oreilles et les pieds. L'abondance des cheveux est la même que chez les Persans, et, non seulement la barbe est touffue, mais souvent la poitrine et les bras sont abondamment couverts de poils. Le squelette du Tadjik est beaucoup plus massif que celui du Persan, ce qui donne à l'individu vivant des formes

plus lourdes. Les tailles fines et élancées, si communes en
Perse, ne se rencontrent guère chez les Tadjiks. Leur peau est
tout aussi blanche et fine que celle des Persans, aussi est-elle
très susceptible, comme celle de leurs congénères de l'Occident, de se hâler s'ils résident longtemps dans les climats
chauds. Généralement les Tadjiks sont forts, supportent
facilement de grandes privations, et peuvent travailler
longtemps sans se fatiguer ; mais ils sont beaucoup moins
bons marcheurs que les Persans. Du reste, cette dernière
particularité semble être purement accidentelle, et peut
provenir simplement de ce que dans les pays qu'ils habitent,
les chevaux coûtent moins cher qu'en Perse, et que les
Tadjiks sont moins souvent forcés d'entreprendre de
longues courses à pied. »

« De toutes les tribus de races iraniennes que j'ai eu
l'occasion d'examiner, les Hératiens, et surtout les Djemchidis et les Guèbres se rapprochent le plus du type
tadjik ; mais, chez les premiers, la bouche est généralement plus grande que chez ces derniers, et le nez
beaucoup plus large à sa racine. Les Guèbres, identiques
presque en tout aux Tadjiks, ont cela de particulier que
les nez aquilins sont moins rares parmi eux. »

Cette dernière observation de Khanikoff est d'autant
plus intéressante que c'est précisément la forme du nez
qui constitue un des signes caractéristiques des Tadjiks.
Khanikoff ajoute encore que chez tous les peuples de race
iranienne, les cheveux sont très abondants comme du
temps d'Hérodote ; ils sont absolument noirs, les albinos
sont rares en Perse comme dans l'Afghanistan, il n'en a
rencontré que deux ou trois pendant ses quinze ans de
voyage, et Masson qui a résidé longtemps dans l'Afghanistan, ne parle que d'une seule femme que les habitants
appelaient Faringhi, c'est-à-dire Européenne.

Pas rapport aux descriptions ethnologiques, M. Frédéric
Houssay est venu contester quelques-unes des observations de Khanikoff. A l'assertion du savant russe qui,

s'appuyant sur le Vendidad et le poème de Ferdouzi, dit :
« Les fertiles vallées situées entre l'Hindou-Kouch, la
chaine du Poughman et du Kouh-i-Baba, de même que les
plaines de Herat, du Séistan et de Kirman ont été le
théâtre de la première activité de la race iranienne. C'est
un territoire où les Persans sont de vrais aborigènes et où,
par conséquent, on peut espérer trouver le type primitif
de la race. »

M. Houssay répond : « Je ne sais quelle autorité il
convient d'accorder à Ferdouzi pour ces questions et n'ai
point qualité pour discuter les textes du Vendidad.
J'admets que cette région fut occupée dans les temps
légendaires par des tribus aryennes très pures, mais ce
que je conteste, c'est que l'on puisse y retrouver aujour-
d'hui le type primitif de la race. »

« Ces Tadjiks, dit plus loin le même auteur, ne sauraient servir de point de départ pour une étude des habitants de la Perse C'est une race métissée offrant le
caractère de deux peuples qui ont contribué à la former,
(Aryens et Turcomans, c'est-à-dire Turco-Tatares).

Plus loin, M. Frédéric Houssay, donne une très intéressante description des Farsis et des Loris, qu'il considère
comme des Aryens presque purs, probablement, surtout, à
cause de l'élément, fort peu nombreux d'ailleurs, de blonds
aux yeux bleus.

D'après nous, Khanikoff et M. Houssay ont raison
tous les deux. Il s'agit de s'entendre au sujet des termes
Aryens et *Iraniens*.

Si les Aryens sont les descendants exclusifs des grands
dolicocéphales blonds, dont la patrie primitive fut en
Europe, et qui, de là firent des incursions jusqu'au cœur
de l'Asie où nous les retrouvons d'après la description
donnée par les annalistes chinois, alors ni les Tadjiks, ni
les Loris, ni même les Farsis ne peuvent prétendre à une
aussi noble lignée. Mais, si nous admettons que le terme
d'Eranien désigne un type sous-brachicéphale et châtain

ou brun, les Tadjiks de Khanikoff en sont tous au premier
chef, tout en ayant subi des métissages comme d'ailleurs
tous les peuples du globe.

M. Houssay se trompe quand il dit que les Parsis
de l'Inde se rapprochent des Farsis de Perse, ils leur
ressemblent comme faciès peut-être, mais en diffèrent
comme forme du crâne. Vivant au milieu d'une population
hyperdolicocéphale, avec laquelle ils ne se sont jamais
mélangés, ils sont restés sous-brachicéphales et leur
indice céphalique de 82, et leur crâne, tronqué à la
partie occipitale, se rapprochent étrangement de l'indice,
82, 31, que j'avais relevé pour les Tadjiks de la plaine
du Turkestan. J'avais mensuré 22 Parsis lors de mon
séjour à Bombay.

Leur physionomie, disais-je, dans mon ouvrage *Aus
dem westlichen Himalaja*, Leipzig 1884, est des plus
caractéristique ; leur crâne est généralement peu volumineux, avec un aplatissement occipital peu prononcé, le
front est haut et légèrement fuyant, les bosses sourcilières
fortement proéminentes, les sourcils épais et arqués ; la
distance entre la glabèle et la racine du nez est fortement
accusée, les yeux brillants et foncés, enfoncés dans leur
orbite, le nez presque toujours long et arqué repose sur une
base étroite, les lèvres charnues, la bouche petite, les dents
verticales et saines, les pommettes et les arcades zygomatiques peu saillantes, les oreilles petites et aplaties, le cou
proportionné, le torse maigre, musclé, élancé et bien pris ;
les mains et les pieds sont moyens et les attaches d'une
finesse remarquable, ils me rappelèrent souvent les Tadjiks
que j'avais vus et mensurés à Samarkand, seulement leur
crâne était moins volumineux et se rapprochait comme
capacité et contour, de celui des Tadjiks des montagnes ou
Galtchas.

Terminons les citations empruntées à Khanikoff par
une dernière se rapportant surtout aux Afghans qui, tout
en n'entrant pas directement dans le cadre de nos obser-

vations, nous paraît être d'un haut intérêt et confirment absolument l'opinion de ceux qui soutiennent que le peuple afghan doit son origine à une importante infusion de sang sémitique.

« Tel est le caractère général des transformations subies par le type persan que je considère comme primitif (1), mais ces variations se font petit à petit, et si l'habitant de Chiraz se distingue beaucoup du Tadjik de Boukhara, il n'en est pas de même des populations intermédiaires entre ces deux points extrêmes. Ainsi, chez l'Afghan, la racine du nez est généralement assez large encore ; cet organe ne se termine pas en pointe comme chez les Persans occidentaux, mais il est tronqué par une surface sensiblement étendue. La lèvre inférieure est pour la plupart du temps très épaisse, et les mains, mais surtout les doigts, sont très longs. Les yeux sont placés horizontalement ; la fente de l'œil est assez longue, mais elle n'est pas aussi ouverte que chez le Persan, ce qui, joint à d'épais sourcils, donne au regard d'un Afghan quelque chose de dur et de malveillant. Généralement, le cou de l'Afghan n'est pas long, et sa tête paraît être enfoncée dans les épaules ; mais chez eux la taille est plus svelte que chez les Tadjiks. La peau de l'Afghan, qui n'est pas exposé aux intempéries de l'air, est veloutée, d'un éclat mat et d'une couleur légèrement bistrée. »

L'ouvrage de Khanikoff est considéré comme classique et longtemps encore on se servira des sagaces observations du savant russe.

Toujours d'après ce que nous avons dit plus haut, il est inexact de vouloir assimiler les Afghans et les Hindous aux Eraniens, les uns et les autres fortement métissés

---

(1) Notre illustre ami M. Vambéry les croit moins pures de races que Khanikoff. Il ajoute que le type le plus pur se rencontre dans le district actuel de Maïméné, à Ankhoï et sur les pentes occidentales de la chaine paropamisienne. (Vambéry, *Sketches of Central Asia*).

et les premiers imprégnés surtout de sang sémitique constituent un type nettement dolicocéphal qui n'a absolument rien de commun avec les Brachy, au nord de l'Hindou-Kouch.

J'admets que les Hindous du Nord-Ouest, dans une très grande antiquité, furent gouvernés par des grands Dolicos blonds dont on rencontre encore de très rares vestiges parmi les montagnards de l'Himalaya occidental et de l'Hindou-Kouch ; ils ont alors conservé la langue et les mœurs des conquérants peu nombreux, mais ils ont rapidement constitué une race à part qui, malgré de nombreux mélanges avec d'autres peuples, surtout d'origine mongolique, a repris avec intensité ses caractères typiques et se rapproche beaucoup de la race méditerranéenne.

Nous verrons plus loin qu'au commencement du onzième siècle les blonds étaient encore beaucoup plus nombreux parmi les Tadjiks montagnards du Pamir, qui sans doute à cette époque peu reculée étaient déjà brachycéphales. La couleur des cheveux et des yeux dans les métissages entre la race dolico et la race brachy se transmet assez facilement, c'est-à-dire nous rencontrons des hyperbrachy blonds, tels les Rasènes du Tyrol du docteur Tappeiner, que M. Kollmann désigne comme *brachycéphales-leptoprosope* (1).

Terminons ce chapitre, presqu'exclusivement bibliographique, par des observations empruntées à l'ethnographie générale de M. Ratzel ; ces observations me paraissent résumer d'une façon concluante l'état actuel de la question.

---

(1) Constatons, d'après les éminents travaux du docteur Tappeiner qui peuvent être appliqués à d'autres peuplades que celles du Tyrol que, dans le mélange des grands Dolico blonds avec des Brachy, ces derniers l'emportent presque toujours pour l'indice céphalique, mais les premiers transmettent souvent leurs caractères fasciaux, la couleur de leurs cheveux, celle des yeux et leur taille élevée. Les Rasènes en sont un frappant exemple.

8

Ce n'est pas sans motif que les Grecs ont fondé dans la partie orientale de l'Iran un grand empire, situé, pour ainsi dire, au cœur de l'Asie centrale. C'est en Bactriane, en effet, que Zoroastre surgit, c'est des rives de l'Oxus que le Mazdéisme se répandit vers l'Ouest et vers le Sud. Les immortelles poésies de Firdousi naquirent dans cette même contrée, dont les habitants parlent un langage qui, même après la conquête des Arabes, se rapproche davantage que le persan du zend primitif. Les Éraniens de l'Asie centrale actuelle ont conservé des vestiges plus considérables de l'antique idiome perse, vestiges moins défigurés et moins dénaturés par des influences sémitiques et touraniennes que le langage de la Perse moderne.

« Aucun des connaisseurs de l'Iran actuel ne cherche les traits des Iraniens primitifs dans les peuples de la Perse. Khanikoff les trouve chez les Tadjiks, Rawlinson chez les Wakhis, Vambéry chez ces deux peuples à la fois, ainsi que chez les Galtchas, les Djemchidis et les Parsivâns. Aucun ne les cherche sur les bas-reliefs des rois sassanides.

« L'Oxus ne peut être considéré, d'une façon absolue, comme la frontière entre l'Iran et le Touran ; au nord de ce fleuve, les Iraniens résidaient depuis la plus haute antiquité, voisins de peuples nomades *qui tous n'étaient certainement pas de race touranienne.*

« On suppose, bien gratuitement d'ailleurs, que, dans l'antiquité, toute la population de la Perse était adonnée à l'agriculture et que seules les invasions touraniennes y ont introduit la vie nomade. Grave erreur ! A cette manière de voir s'oppose le caractère même du pays qui, pour de vastes régions situées dans son sein, exige la vie nomade et pastorale. Le déboisement de la contrée, l'insouciance des habitants, peuvent avoir contribué à diminuer la fertilité du sol, mais ces circonstances n'auraient certes pas suffi à faire sortir la Perse de la catégorie des climats secs dont elle fait partie, d'après des lois que plusieurs milliers d'années n'auraient pu modifier. Des témoignages historiques nous prouvent que les antiques Mèdes étaient des Touraniens nomades ; *des Iraniens nomades se cachent sans nul doute sous le nom collectif de Scythes* et occupaient jadis toute la région, depuis la mer Noire jusqu'à l'est de l'Iaxarte, depuis les Soko-lotes jusqu'aux Massagètes. Des tribus iraniennes habitaient, bien avant notre ère, le Turkestan, à une époque où il ne pouvait être question d'agriculture sans la vie nomade et pastorale. »

II

LES GALTCHAS

ET LES TADJIKS DES MONTAGNES

J. BRUCKER, *Benoît de Goës*, Lyon, 1879.

NAZAROFF, *Voyage à Kokand, Magasin pittoresque*, Paris, 1825.

G. de MAYENDORFF, *Voyage à Boukhara*, Paris, 1826.

WOOD, *A Journey to the Source of the River Oxus*, précédé d'une introduction du colonel Henry Yule, Londres, 1872.

FÉDCHÉNKO, *Voyage dans le Ferghanah*, traduction de M. du Laurens, (manuscrit se trouvant à la bibliothèque de la Société de Géographie de Paris).

A. BOGDANOFF, *Notes anthropométriques sur les Indigènes du Turkestan, Bulletin de la Société des Amis des Sciences naturelles de Moscou*, 1888.

Le nom de *Galtcha* n'existe point dans les récits anciens, cependant, à l'exemple de Benoît de Goës, Nazaroff, Mayendorff, Wood, Fédchénko, Arendarinko, Bogdanoff, etc., nous conserverons ce nom pour désigner les Tadjiks des montagnes que les habitants de la plaine appellent ainsi et que nous trouvons également dans un vocabulaire de mots indigènes, publié dans le *Turkestanski Viédémosti* de 1873. Les montagnards eux-mêmes se disent Tadjiks, ou préfèrent le plus souvent le nom de leurs tribus, telles que Matcha, Fàn, Yagnôb, etc.

M. Bonvalot a cru devoir écrire ce qui suit : « On a donné le nom de *Galtchas* à des peuplades qui habiteraient le Kohistan et que nous avons cherchées sans les trouver nulle part. Nous pouvons affirmer qu'à toutes nos questions au sujet des Galtchas, lorsque nous avons insisté pour voir ce peuple qui a fourni matières à discussions scientifiques, notre interlocuteur indigène a répondu avec un sourire, invariablement : « Au bazar du Pendjekent », et quand par hasard nous étions chaussés à la mode des gens du pays, ils baissaient les yeux en disant : « Voilà des Galtchas ».

D'ailleurs, pourquoi les chaussures que portent ces montagnards n'auraient-elles pas pu servir à ce qu'on les désignât ainsi dans la plaine ? (1) Mais sous ce rapport encore nous préférons l'autorité du capitaine Arendarinko à celle de M. Bonvalot. En qualité de chef de district, M. Arendarinko, possédant parfaitement la langue du pays, a longtemps résidé dans le Kohistan ; il désigne ces peuplades sous le nom de *Galtchas*, mais il donne une autre éthymologie de ce nom : nous en parlerons plus loin. En Europe, à l'exemple de Tacite et de Ptolémée, nous appelons les habitants de la Finlande : des Finnois, et la langue qu'ils parlent, le finnois, tandis que cette peuplade se désigne elle-même sous le nom de *Suomalainen* et désigne aussi sa langue sous le nom de *Suomi*. De même, la ville que les Hongrois appellent *Székesfehérvar*, est appelée par les Allemands *Stuhlweissenburg* et par les Français *Albe Royale*. Je suis certain que beaucoup d'habitants non lettrés de cette ville ne se doutent point de l'existence de ce nom français. L'appellation du Kohistan n'est-elle pas elle-même purement conventionnelle ? Il existe à ma connaissance deux Kohistan au sud de

(1) Nous avons écrit ces lignes avant de connaître l'opinion de M. Deniker, qui est conforme à la nôtre.

l'Hindou-Kouch et un troisième au nord, il serait donc
préférable, en parlant de ce dernier, de dire la haute
vallée du Zerafchân, ou du moins le Kohistan Zerafchânais (1). Il est étonnant qu'un voyageur qui donne des
renseignements fort importants au sujet des montagnards
du Kohistan ait formulé de pareilles arguties.

Le premier voyageur qui fait mention du peuple
Galtcha est le Jésuite portugais Benoît de Goës qui, en
l'an 1603, visita le pays des *Calcia*, situé au nord de
l'Hindou-Kouch, et qu'il a traversé avant d'atteindre le
Pamir. La caractéristique qu'il en fait est, quoique courte
et très simple, des plus significatives. « Les gens de cette
contrée, dit-il, ont les cheveux et la barbe blonds comme
les Belges ; ils habitent plusieurs villages. »

Nazaroff nous a le premier révélé l'existence des
Galtchas, au nord du Pamir ; il les appelle des Persans
orientaux, *Galtchi*, *Galtchas*. « Ils sont montagnards, dit-
il, et s'occupent surtout de la culture des fruits ; ils ne
possèdent ni chevaux, ni chameaux, ils sont incultes et
pauvres, et ils reçoivent les étrangers avec rudesse. Leurs
femmes, à l'encontre des femmes de Tachkend, sortent
sans voile, et la jalousie leur est inconnue. »

Mayendorff les appelle *Galtchi* et dit qu'ils ne parlent
pas d'autres langues que le persan ; leurs traits diffèrent
de ceux des Tadjiks de la plaine : la couleur de leur
peau est beaucoup plus foncée que chez les habitants de
Bokhara (2) ; ils sont cependant déjà musulmans sunnites ;

---

(1) M. Bonvalot intitule son très intéressant voyage *Du Kohistan
à la Caspienne;* il aurait certainement mieux fait de dire Haute Vallée
du Zerafchân au lieu de Kohistan. Kohistan signifie pays de montagnes. (Voir p. 44 et p. 46.)

(2) M. Abramoff *(Jour. de la Soc. de Géogr. de Londres,* 1871)
fait la même remarque. M. Girard de Rialle attribue ce fait au climat
rigoureux qu'ils habitent et à la rude vie qu'ils mènent. D'après Radloff
(Jour. de la Soc. de Géogr. de Berlin, 1871), les Galtchas seraient des
indigènes refugiés dans les montagnes devant les diverses invasions.

ils s'occupent d'agriculture, ils possèdent quelques bestiaux
et quelques chevaux ; ils habitent de misérables cabanes
dans quelques vallées encaissées de montagnes. Ils occupent la région au nord et au nord-ouest du Badakchan,
c'est-à-dire au nord de Hissar ; c'est une peuplade pauvre,
mais indépendante. Les tribus au nord du Sihoun, dont
les deux capitales s'appellent Matcha et Iagnaou, font
également partie des Galtchas ; ils viennent plus souvent,
du nord de leur pays, à Kokand pour y faire un commerce
d'échanges, que du sud par le Hissar dans le Badakchan.

L'observation de Mayendorff sur le teint foncé des
Galtchas est d'autant plus intéressante que le docteur
Broca dit, dans ses *Instructions générales pour les recherches anthropologiques à faire sur les vivants* : « Chez
les blancs le hâle brunit la peau au point de la rendre
quelquefois semblable à celle des mulâtres, tandis que
chez les autres peuples dont la peau est naturellement
foncée, les parties découvertes sont quelquefois plus
claires que les parties protégées par les vêtements. »

Quant au langage parlé par les Galtchas, Mayendorff
devait forcément ignorer que les Yagnôbis avaient leur
langue propre ; la vallée occupée par ces montagnards
étant trop écartée des contrées qu'il avait visitées ; cependant, il cite nominativement cette curieuse tribu à côté
de celle des Matchas, ce qui prouve que le nom de
ces deux peuplades était connu par les interlocuteurs de
Mayendorff et, ce qui prouve encore surabondamment que
ceux-ci les appelaient *Galtchi, Galtchas*, car il n'est pas
probable qu'il se soit entendu avec les deux voyageurs
russes pour inventer, à leur usage seulement, cette appellation, si fantaisiste d'après M. Bonvalot.

Enfin Wood, qui comme nous le savons a visité les
petits états de l'Asie centrale en 1832, s'exprime de la
manière suivante sur les Tadjiks des montagnes : « Les
Tadjiks sont une belle race de souche caucasienne ;
partout où on les rencontre ils parlent le persan, et

quoique actuellement on les trouve en dehors des limites de l'empire de Perse, si vaste jadis, leur passé indique clairement que leurs destinées ont toujours été plus intimement liées à celles de ce royaume qu'à celles de tout autre peuple. Je considère les habitants du Kafiristan et d'autres régions montagneuses, dont les solitudes n'ont très probablement jamais été envahies par des conquérants étrangers, comme étant de même race que les Tadjiks, et ces derniers comme des aborigènes des plaines, où on les trouve maintenant. Les habitants des régions alpines, que je viens de mentionner, ont des dialectes qui leur sont propres, mais il y a une ressemblance frappante entre eux et les Tadjiks de la plaine. Quant à leurs points de différence ils peuvent être expliqués par l'influence des causes physiques et ne doivent certes pas être attribuées à une différence de sang. Ces peuplades sont celles qui habitent le Kafiristan, le Tchitral, le Wakhân, le Chougnân et le Rochân. L'hypothèse la plus probable, pour expliquer les différences de leurs idiômes, est d'admettre qu'ils ont été forcés de se réfugier dans les solitudes où ils résident actuellement, à une époque très reculée, antérieure, ou tout au plus contemporaine de la première invasion musulmane. »

Avant de parler des progrès considérables qui ont été faits depuis dans la connaissance des Eraniens de l'Asie centrale, progrès que nous devons aux voyageurs anglais et russes, examinons d'abord les résultats acquis, il y a vingt ans, et qui feront ressortir les mérites de Khanikoff.

Nous sommes obligé de remonter à Marc-Pol et de parler de nouveau de Benoît de Goës.

Depuis Marc-Pol, personne n'avait fait un voyage aussi intéressant au cœur de l'Asie que le Jésuite Benoît de Goës. Heureusement l'œuvre de Marc-Pol nous a été conservée, tandis que de celle de Goës, quelques fragments seulement sont venus jusqu'à nous. Si, grâce à l'illustre Vénitien, nous savons que les habitants du Badakchan construisaient leurs demeures dans le *loess* de leur pays, ce qui nous a été confirmé plus de six siècles après (1), nous apprenons par la bouche du courageux père Jésuite que, parmi ces mêmes Galtchas, il se trouvait des individus qui avaient les cheveux et la barbe blonds comme les Belges.

Certes, un voyageur européen qui, pendant des années de périgrinations en Asie, n'a vu que des hommes bruns aux cheveux foncés et aux yeux noirs, doit être frappé lorsque parmi une population au teint hâlé comme nos Méridionaux, il rencontre même quelques blonds ; ils attirent son attention et son intérêt, et plus tard ils prendront une place importante dans ses souvenirs.

Ajoutez à cette affirmation de Goës, celle de voyageurs venus après lui, qui vous parleront des Kafirs blonds aux yeux bleus, qu'entre parenthèses, ils n'ont jamais vus, et vous pourrez facilement vous rendre compte de l'origine de la légende des blonds de l'Asie centrale.

L'observation de Wood, citée plus haut, que l'existence des cheveux blonds chez ces mêmes Galtchas n'a rien d'extraordinaire, ne fera qu'affermir dans leur opinion ceux dont les conjectures scientifiques ont besoin de cette légende. Nous verrons plus tard combien cette affirmation est contraire à la réalité.

Elphinstone nous donnera le premier des renseignements curieux sur les habitants du mystérieux Kafiristan. Au moment où Khanikoff écrivait son magistral mémoire, les données d'Elphinstone pouvaient avoir une valeur réelle ; nous savons depuis que le voyageur anglais a été plus d'une fois induit en erreur, et qu'il se trompe absolument lorsqu'il établit une proche pa-

(1) Richtofen. China. Berlin, 1866.

renté entre les Tadjiks des plaines afghanes et les
habitants du Kafiristan.

Sans doute ce sont ces Tadjiks mêmes qu'il avait
interrogés qui ont trompé sa religion. Ils étaient naturellement fiers, eux, les fils déchus d'une race autrefois
dominatrice, de se vanter d'une parenté étroite avec les
vaillants païens des montagnes du Kafiristan.

Wood, dont le voyage dans la haute vallée de l'Oxus
aura un intérêt autrement considérable pour la connaissance
des habitants de ces contrées, fera cependant la même
erreur qu'Elphinstone, en affirmant qu'il croyait à une
étroite parenté entre les Galtchas du Wakhân et leurs
voisins, les Kafirs, au sud de l'Hindou-Kouch.

Nazaroff et Mayendorff nous fourniront également de
précieux renseignements en constatant, les premiers, une
différence de type entre les Tadjiks de la plaine et ceux
des montagnes, c'est-à-dire les Galtchas.

Khanikoff, tout en reproduisant les observations de
Wood, se bornera à tracer un tableau frappant des Tadjiks
de la plaine ; il établira leur étroite parenté avec leurs
congénères de la Perse ; et la plupart des observations
qu'il fait à ce sujet sont encore aujourd'hui d'une exactitude absolue.

Grâce à Khanikoff, nous connaissons donc les Tadjiks
de la plaine ; Mayendorff nous fait pressentir l'importance
qu'il y aurait à connaître ceux des montagnes, quand une
série de voyageurs russes et anglais, pénétrant dans les
vallées qui avoisinent le Pamir, nous aura fait connaître
les Galtchas depuis les sources du Zerafchân jusqu'aux
rives du haut Oxus.

Fédchénko qui, le premier, gravit les contreforts
septentrionaux du Pamir et dont on apprécie à leur juste
valeur les importantes découvertes orographiques, fut aussi
un des premiers qui pénétra dans la haute vallée du
Zerafchân, le Kohistan, la véritable patrie des Galtchas.
Ce savant plein de mérite, enlevé à la science dans la

vigueur de l'âge, avait pris des mensurations anthropologiques pendant le cours de son expédition.

La Société de Géographie de Paris possède, en manuscrit, la traduction française des ouvrages de Fédchénko
sur le Ferghanah, due à la plume de M. du Laurens.

Fédchénko avait d'abord visité la vallée du Kohistan
zérafchânais et, trois ans plus tard, les vallées du Ferghanah méridional où il désigne les Tadjiks de ces montagnes comme les congénères des Galtchas. Nous lisons
à ce sujet dans le troisième chapitre de son intéressant
récit de voyage : « En leur qualité de Tadjiks, les indigènes parlent le tadjik qui diffère peu du persan. Leur
langage présente les mêmes particularités que l'on saisit
dans celui des Galtchas de la vallée supérieure du
Zerafchân ; je ne sais pas même si ces deux populations
ne se comprendraient pas. Physiquement, ils ressemblent
beaucoup aux Galtchas ; ils ont la tête peu volumineuse, la
taille élevée, les traits réguliers, offrant le type aryen ;
leurs cheveux, qu'ils portent longs, leur barbe et leurs
yeux sont noirs et leur constitution en général est très
robuste. »

Lors de notre séjour à Moscou, au moment du Congrès
d'Anthropologie, en 1879, le professeur Bogdanoff nous
avait dit qu'il se proposait de publier les papiers anthropologiques laissés par Fédchénko ; neuf ans plus tard, le
bulletin de la Société des Sciences Naturelles de Moscou
nous donna, sous la signature de M. Bogdanoff, des notes
anthropométriques sur les indigènes du Turkestan. Ce
mémoire contenait en outre le résumé et les conclusions
de plusieurs études craniologiques antérieures de M.
Bogdanoff concernant ces mêmes populations. Les observations de Fédchénko ont porté sur trente-deux sujets
qui se répartissent comme suit : 10. Usbegs, 4 Tadjiks,
8 Sartes, 6 Persans, 1 Turc, 1 Kisilbach, 1 Tatare,
1 Kiptchak. Quant à ce dernier, fait observer très justement
M. Deniker, on peut le compter avec les Usbegs. Malgré

que ces séries soient peu nombreuses nous y reviendrons avec d'autant plus d'empressement que Fédchénko s'était servi pour ses mensurations des instructions de Broca. Quant aux considérations craniologiques elles sont basées sur l'étude de 123 crânes ; c'est un chiffre respectable ; nous y constatons la présence de 6 crânes galtchas du Zérafchàn, 48 crânes tadjiks, 40 crânes usbegs de différents points du Turkestan (1).

Le groupe des Galtchas renferme le plus de Brachy-céphales (83,3 %) ; viennent ensuite les Usbegs (63,4 %) et en troisième ligne les Tadjiks (62,3 % avec 10,4 %/° de dolico et sous-dolicocéphales).

Nous sommes d'autant plus heureux de signaler ces importantes constatations, qu'elles viennent confirmer les résultats de nos propres recherches ; nous aurons d'ailleurs l'occasion d'y revenir quand nous donnerons plus loin la description des différents types de l'Asie centrale due à M. Bogdanoff.

Constatons toutefois, dès maintenant que dans nos *Résultats anthropologiques d'un voyage en Asie centrale*, publiés en 1879, qui nous ont valu une médaille en bronze du prix Godard, les Galtchas sont également les plus bra-chycéphales (82,76 %). suivis par les Usbegs (71,35 %/°) et ensuite par les Tadjiks (62,06 %). *Est-ce assez curieux comme similitude de chiffres ?* Dans tous les cas, il n'est pas probable que M. Bogdanoff soit arrivé à ces résultats pour nous être agréables (2).

---

(1) J. Deniker, A. Bogdanoff, *Notes anthropométriques sur les Indigènes du Turkestan. L'Anthropologie*, 1891.

(2) Les Sartes avaient un indice céphalom. moyen de 85,4 ; les Tadjiks 84,25 ; les Usbegs 83,1. Nos résultats se rapprochent de ceux de Fédchénko. 20 Sartes 85,58 ; 60 Tadjiks 84,38 et 61 Usbegs 85. (Ind. céphalom.) Un léger désaccord existe pour les Usbegs, mais il faut considérer que les observations de Fédchénko portent sur 10 individus, tandis que les nôtres embrassent 61 individus. Pour les Tadjiks et les Sartes, les chiffres sont presque absolument les mêmes.

Le capitaine Arendarinko (1) qui, comme nous l'avons
dit plus haut, résida pendant des années en qualité de
chef de district dans le pays des Galtchas, a donné
de ce peuple ainsi que de ses frères les Karatéghinois et
les Darwâzis, les descriptions les plus sûres et les plus
précieuses.

Plus tard, le naturaliste Ochanine et le colonel
Maïéff ont complété ces données par les renseignements
qu'ils ont pu recueillir dans le Karatéghine et dans les
montagnes de Hissar ; enfin, M. Regel a été dans le
Darwâz, où il a pu obtenir des vocabulaires sur les langues galtchas du sud, vocabulaires qui ont complété ceux
que le voyageur Shaw avait déjà publiés de 1876 à 1877.

En revanche, tout ce que le naturaliste russe nous
raconte sur le pays et les hommes du Darwâz est du
plus haut intérêt. Ce même Darwâz a été également
décrit avec une fidélité d'observations rares par M. Arendarinko. C'est grâce à ce même officier russe qu'il m'a
été possible de faire des recherches fructueuses au Kohistan en 1877 ; j'y ai fait de nombreuses mensurations
anthropométriques d'après la méthode de Broca qui
qui avait eu soin de me donner lui-même une série de
leçons avant que j'entreprisse mon premier voyage en
Asie.

Tous les renseignements sur le caractère du pays,
les mœurs, les croyances, les industries des habitants
que je n'ai pu contrôler *de visu*, je les dois à l'obligeance
du capitaine Arendarinko ; cet officier russe est un observateur éprouvé, un explorateur de l'école des Séménoff,
Osten-Sacken, Poltaratski, Sévértsoff, Radloff, Midendorff,

(1) Je ne parlerai point des travaux de M. Kuhn qui avait été
adjoint en qualité de linguiste à la mission de Fédchénko. Les renseignements embrouillées qu'il a rapportés de ce voyage n'ont jamais
pu être déchiffrés, ni par lui-même, ni par les académiciens de Pétersbourg auxquels il les avait expédiés. Je tiens ce fait de mon regretté
ami le linguiste Schiefner.

Pjévalski et Kouropatkine et je me crois autorisé à attacher une foi entière à ses renseignements.

Des voyageurs anglais, marchant sur la trace de
Wood, nous font connaître les peuples galtchas à l'ouest
et à l'est du Pamir ; c'est à Robert Schaw, négociant
anglais, résidant à Yarkand, que revient le mérite incontestable d'avoir le premier, au sein de la société asiatique
du Bengale, attiré l'attention des savants sur les langues
des Galtchas du Pamir.

Des officiers de la brillante mission de Sir Douglas
Forsyth visitèrent, en 1873, le Sarikol et le Wakhân et
un Hindou lettré de leur suite poussa même jusqu'au
Chougnân. Gordon, Biddulph et Trotter complétèrent
ainsi l'œuvre commencée par Schaw et permirent à
M. Tomaschek de rattacher dans une étude approfondie
les dialectes du Pamir à l'antique idiome de Bactre.

Nous devons également aux explorateurs anglais la
description fidèle des mœurs et coutumes de ces Eraniens du Pamir, ainsi que la constatation de l'existence
des vestiges de l'ancien mazdéisme qui fut autrefois la
religion dominante dans ces contrées.

III

LES TADJIKS

LEURS SUBDIVISIONS ET LEUR TYPE

KHANIKOFF, *Mémoire sur l'Ethnographie de la Perse*, Paris, 1866.

G. de MAYENDORFF, *Voyage à Boukhara*, Paris, 1826.

Frédéric HOUSSAY, *Les Races humaines de la Perse*, Lyon, 1887.

Colonel DUHOUSSET, *Etude sur les Populations de la Perse*, Paris, 1863.

BOGDANOFF, *Notices anthropologiques sur les Indigènes du Turkestan. Bulletin de la Société des Amis des Sciences naturelles de Moscou*, 1884. (Voir compte rendu de M. Deniker, *Revue d'Anthropologie*, 1890.)

C. v. UJFALVY, *Aus dem westlichen Himalaja*, Leipzig, 1884.

Ch. E. de UJFALVY, *Le Syr-Daria*, etc., Paris, 1879.

Les Tadjiks se subdivisent en trois groupes : les Tadjiks de la plaine, les Tadjiks des montagnes et Galtchas et enfin les Galtchas proprement dits, parlant des dialectes pamiriens.

La différence entre le second et le troisième groupe repose plutôt sur des dissemblances ethniques que morphologiques.

Les Tadjiks de la plaine sont d'une triple origine :

1° Les descendants des aborigènes éraniens de la Bactriane et de la Sogdiane qui étaient restés dans la plaine après les invasions successives des Turco-Tatares, des Mongols, des Arabes, etc., acceptant la domination des nouveaux arrivants, obligés de donner leurs filles aux vainqueurs (1), mais se mariant généralement entre eux.

2° A différentes reprises, des Persans du Khorassan, également d'origine tadjique, sont venus rejoindre leurs congénères ; nous en trouvons une preuve dans les ex-voto du cimetière de Kassân, antique cité tadjique, située dans le nord du Ferghanah. Ces pierres tombales sont revêtues d'inscriptions qui nous apprennent que les illustres morts dont ils recouvrent les dépouilles étaient venus pour la plupart du Khorassan.

3° Pendant de longues années les Turkomans avaient amené des esclaves persans qui furent vendus aux marchés de Khiva, de Bokhara et de Samarkand.

Un grand nombre de Tadjiks sont mélangés de sang arabe, ce qui a tant soit peu modifié leur faciès ; les nez aquilins et les yeux brillants sont fréquents parmi ces Tadjiks issus du mélange constant avec *H. Arabicus*.

Khanikoff dit à ce sujet : « La persécution énergique des descendants du prophète dans la Mésopotamie par Hudjadj, pendant les derniers vingt-cinq ans du premier siècle de l'hégire, força beaucoup de Séïdes, établis à Koufa, Bagdad, Bassorâh, etc., à se réfugier dans la Transoxiane. Parmi les plus connus était le Séïd Souleiman, fils d'Abdoulah Heddad, et arrière-petit-fils de Seïnelabed-Dine. Il émigra à Ourguendj, où il épousa la sœur du Seïd Mahmoud, surnommé Andjiri Fahnavi, enterré à Pirmest, près de Bokhara. De ce mariage naquirent deux

---

(1) Ce sont ces mêmes Turco-Tatars qui, se mariant avec des filles tadjiques, et devenant agriculteurs et citadins, constituent le fond de la population *sarte*.

frères jumeaux que leur père nomma, en l'honneur des enfants d'Ali, Hassan et Hussein, et une fille. Cette dernière, ayant épousé un Séïde réfugié à Bokhara, eut un fils nommé Emir-Koulal, ancêtre de la branche des Séïdes de Koulali, très nombreux à Bokhara et à Vafkend. Celui-ci ne laissa pas d'enfants, mais Hussein eut deux fils ; l'aîné Djélal est l'ancêtre des Séïdes de Kaboul et de l'Afghanistan et les descendants du plus jeune, Kémal, forment la branche des Séïdes de Bokhara, connus sous le nom de Séïdes Kourdes ou Petits-Séïdes. Enfin, la troisième souche des Séïdes de la Transoxiane, ceux des Ata, est aussi formée par des descendants du prophète qui s'enfuirent au-delà de l'Oxus pour se soustraire aux persécutions de Hudjadj. Toutes ces branches se mêlaient avec les Tadjiks..... »

Les Tadjiks de la plaine habitent à Bokhara et dans plusieurs localités du Khanat de ce nom ; on en trouve dans le Hissar et le Koulab, à Kati-Kourgâne, à Samarkand et sur les deux rives du Zérafchân jusqu'à l'entrée du Kohistan ; il y en a dans les grands centres populeux du Ferghanah et surtout à Wadil, à Kassân, à Tchoust ainsi que dans les vallées du Sokh, du Schakhimardân, de l'Iskidjàn et de l'Isfaïràn, tributaires du Syr-Daria. On rencontre encore beaucoup de Tadjiks à Oura-Tubé et à Khodjend. Il en existe à l'état sporadique à Khiva, à Tachkend et dans les grandes villes du Turkestan oriental, mais ils demeurent surtout en grand nombre sur la rive gauche de l'Oxus, dans les anciens Khanats de Balkh, Khoulm, Koundouz, jusqu'à Maïmené et Andkhoï, et principalement dans le Badakchân, état montagneux, presqu'exclusivement peuplé de Tadjiks.

Tous ces Tadjiks parlent aujourd'hui un ·dialecte persan, plus ou moins mélangé de mots turcs et arabes. Il est probable qu'étant sujets des rois Achéménides, les Tadjiks de la Bactriane, de la Transoxiane et de la Sogdiane, ainsi que quelques-uns de leurs congénères montagnards, se servaient de dialectes éraniens se rattachant à l'ancien idiome de Bactre. La langue primitive disparut et fut remplacée par le persan, l'idiome des lettrés, et après les conquêtes arabes et turco-tatares, elle fut saturée de mots empruntés aux conquérants. Une domination plusieurs fois séculaire n'eut pas seulement de l'influence sur leur langage, mais aussi sur leurs mœurs et sur leurs dispositions morales et intellectuelles ; leur type s'en est également ressenti. Les Tadjiks sont aujourd'hui de zélés sectateurs de Mahomet ; la plupart d'entre eux sont Sunnites, quelques-uns Chiites, d'autres Ismaéliens. Ils ont conservé néanmoins une foule de coutumes, derniers vestiges de la foi de leurs pères, qui démontrent nettement jusqu'à quel point la religion de Zoroastre avait jeté de profondes racines dans ces contrées. Les Mollahs, tout en astreignant leurs fidèles à l'observance des préceptes du Coran et des lois du Chériat, tolèrent ces coutumes païennes, absolument contraires à l'orthodoxie musulmane ; ils ne pourraient faire autrement (1).

Au moral, le Tadjik des grandes villes, souffrant sous le joug pesant de conquérants barbares, est aujourd'hui servile et fourbe, il cache ses défauts sous les dehors d'une parfaite politesse. « La civilisation, dit un auteur déjà cité, est fille des plaines où les peuples se rencontrent, se heurtent et s'affinent au contact les uns des autres. Quant à la montagne elle imprime en quelque sorte son immuabilité à ceux qui la peuplent (2). »

Au physique, les Tadjiks sont d'une taille au-dessus de la moyenne ; leur peau est blanche ou brûlée par le soleil ; les parties couvertes sont blanches, chez ceux qui ne vaquent point aux occupations agricoles ; elle est peu velue ou très velue, jamais glabre ; les cheveux sont noirs, châtains, roux (il y en a des blonds), ils

(1) Voir à ce sujet notre premier chapitre.
(2) Bonvalot, *loc. cit.*

sont ondés, bouclés, lisses. La barbe, à de rares exceptions près, est abondante, elle est noire, rousse, rarement
blonde, mais souvent elle tire sur le blond. Les yeux,
très rarement un peu bridés, sont bruns, verts, parfois
bleus. Le nez généralement fort, reposant sur une large
base, est souvent arqué. Les lèvres sont fines et droites
ou un peu renversées, surtout chez ceux qui ont le nez
aquilin des Sémites ; les dents petites et saines ; le front
moyen et large ; les bosses sourcilières bien prononcées ; la dépression séparant le nez de la glabelle est
profonde (1) ; les sourcils arqués, très fournis, souvent
croisés. La bouche moyenne, parfois grande ; le menton
ovale, rarement massif ; l'ensemble de la face ovale ;
les oreilles moyennes ou petites, aplaties, rarement peu
saillantes. Le corps est plus vigoureux que celui des
Usbegs, mais plus élancé que celui des Galtchas, il
est bien charpenté ; les mains et les pieds sont plus
grands que ceux des Usbegs, mais moins grands que
ceux des Galtchas. Les attaches sont fines, le mollet
peu développé (2), les jambes assez droites, le torse
vigoureux, le cou fort. Les Tadjiks sont souvent portés
à l'embonpoint ; seulement la graisse n'est pas flasque
comme chez les Mongols.

Ces caractères sont plus prononcés chez les habitants
des villes que chez ceux des campagnes dont la complexion physique plus massive se rapproche davantage
de celle de leurs frères montagnards. Ainsi, la différence physique entre les Tadjiks des hautes vallées au
sud du Ferghanah et les Tadjiks des montagnes proprement dits sont presque insignifiantes ; notons en passant
que les Tadjiks de la vallée du Sokh (Ferghanah) portent

(1) Nous avons souvent rencontré parmi eux des physionomies
énergiques rappellant l'effigie d'Unthydème ou de Démétrius, des
monnaies gréco-bactriennes.

(2) Le Tadjik de la plaine est plutôt cavalier que piéton.

de longs cheveux comme les habitants du Wakhân (1)
« La physionomie du Tadjik, dit Mayendorff, exprime
toujours la douceur et le calme le plus profond. Ainsi
quoiqu'il soit essentiellement avide, faux et fripon, on le
suppose obligeant. Les Tadjiks sont les maîtres les plus
impitoyables pour leurs esclaves. Ils sont d'ailleurs actifs
et laborieux et ont beaucoup d'intelligence pour les affaires ;
ils sont marchands, artisans et cultivateurs ; la vie nomade
n'a aucun charme pour eux ». Un homme instruit disait
à Mayendorff que les Tadjiks habitent la Boukharie
depuis le siècle d'Iskander (2).

Ajoutons à cette description générale quelques indications anthropologiques. 29 Tadjiks de Samarkand que
nous avons mensurés en 1877 présentaient un indice céphalique de 81,26 (82,76) ; 31 Tadjiks du Ferghana, 84,35
(85,85). Comparons ces chiffres à ceux obtenus par le
colonel Duhousset pendant son séjour en Perse et reproduisons à cet effet le tableau qu'il a publié à ce
sujet :

2	Bakthiarys............................	88.17
5	Kurdes.......	86.26 (3)
5	Ghilaniens et Mazandéraniens..........	84.15
7	Afghans.............................	76.19
8	Hindous.............................	74.48
3	Guèbres	70.20

(1) M. Edmond Drouin, le numismate français bien connu, si
compétent pour les monnaies gréco-bactriennes et indo-scythiques, m'a
montré des moulages de monnaies de rois de la Sogdiane (du IIIme siècle
de notre ère) rapportées par M. Ed. Blanc. Ces rois ont un type
fort caractéristique. C'est le type *Acrogonus*, de M. de Lapouge, avec
un faciès aryen et de longs cheveux tombant sur les épaules.

(2) M. Vambéry soutient que tous les Faïzabadis (habitants du
Badakchân) qu'il rencontra avaient même les traits éraniens d'une
façon plus accentuée encore que les Tadjiks de la Transoxiane.
(Sketches of Central Asia).

(3) M. Chantre a rencontré dans son voyage d'exploration des
Kurdes dolicocéphales.

L'extrême dolicocéphalie des Guèbres mesurés par
M. Duhousset est d'autant plus étonnante que les Parsis
que nous avons mensurés à Bombay, vivant depuis des
siècles au milieu de peuplades exclusivement dolicocéphales,
présentent un indice céphalique de 82 (83,50).

Il est intéressant de comparer à ces moyennes celles
obtenues par M. Frédéric Houssay, lors de son voyage
en Perse. Le passage suivant du très intéressant mémoire de M. Houssay renferme des données d'une grande
importance.

« Lorsque par droit de conquête, les Arabes impo-
sèrent aux Persans une religion nouvelle, les mélanges
tourano-aryens étaient déjà en grande partie accomplis au
nord et à l'est de l'empire. Il n'y avait à ce moment aucune
différence de race, de mœurs ou de religion entre les
ancêtres des Persans musulmans et ceux des Guèbres
actuels. Séparés aujourd'hui par leur foi aussi sûrement
que par de grands espaces, ils ne se mélangent plus. Mais,
issus de mêmes parents, n'ayant pas été modifiés ni les
uns, ni les autres depuis cette époque, on les retrouve
aujourd'hui semblables dans la même région ».

« C'est trop naturel pour qu'il soit permis d'en rien
conclure. »

« Les Guèbres doivent d'autant moins être considérés
comme les descendants purs des Aryens, qu'ils ressemblent à leurs voisins musulmans et que, d'autre part, ils
n'ont pas tous le même type. Ceux de Yezd ont d'après
Khanikoff, des caractères aryens. *Ce n'est pas parce qu'ils
sont Guèbres, mais parce qu'ils habitent un pays voisin
du Fars.* Ceux de Téhéran ressemblent aux autres Téhéra-
nis. *Les Parsis de l'Inde, dont les ancêtres préférèrent
l'exil à la conversion, se rapprochent des Farsis de
Perse et diffèrent de leurs correligionnaires du Nord.*
Depuis leur exode, ils ne se sont point mélangés aux
peuples qui les ont accueillis ; ils sont tels qu'ils étaient
à cette époque. Donc, à la conquête arabe, il n'y avait

pas une race unique ; la distribution ethnique que l'on observe encore aujourd'hui existait déjà. Les Guèbres qui restèrent en Perse étaient des Tourano-Aryens, *les émigrants partis surtout du midi du royaume étaient des Aryens* (1). »

Autant M. Frédéric Houssay a raison quand il dit que les Guèbres de Yezd présentent des caractères aryens, non parce qu'ils sont Guèbres, mais parce qu'ils habitent un pays voisin du Fars, autant il se trompe quand il suppose que les Parsis de l'Inde se rapprochent des Farsis de la Perse. Comme nous l'avons dit plus haut, les Parsis de l'Inde sont sous-brachycéphales, au milieu d'une population uniformément dolicocéphale ; de plus, leurs cheveux sont très noirs et on ne rencontre aucun blond parmi eux.

D'après M. Frédéric Houssay, les blonds aux yeux bleus sont rares parmi les Farsis, leurs cheveux et leur barbe sont plus souvent châtains que noirs. Les Perses qui ont servi de modèle aux sculpteurs de Persépolis étaient leurs ancêtres, c'est exactement le même type, à peu près le même costume. La constatation de ce fait par M. Houssay a son importance ; mais nous pensons avec M. Ratzel que les personnages représentés sur ces sculptures avaient beaucoup moins le type éranien primitif que les Tadjiks du nord du royaume.

---

(1) Ce que nous avons trouvé de plus remarquable dans le mémoire de M. Houssay est la constatation de l'existence de l'élément négroïde dans l'ancienne Susiane. En revanche nous réprouvons absolument l'usage que le savant auteur fait du terme *mongolique* et *touranien*. Si *touranien* veut dire pour M. Houssay *non-aryen*, nous lui objecterons qu'il manque de précision, car sous les anciens Touraniens se cachent certainement aussi des peuplades aryennes. Quant aux Mongols, il ne faudrait pas les confondre avec les Turco-Tatares. Les Turcomans, les Usbegs, les Kirghis sont dès Turco-Tartares ; les Kalmouques au contraire sont des Mongols. Il suffit d'avoir vu ces peuples pour être frappé par la différence typique qui existe entre eux malgré leurs nombreuses similitudes. A notre avis, l'élément mongol ne s'est jamais présenté en Perse d'une façon assez considérable pour y avoir exercé une influence appréciable sur la composition ethnique de ces peuples.

Khanikoff avait fait d'ailleurs la même observation :
« En s'avançant vers l'Ouest, à Yezd et à Kirman, dit-il,
on commence déjà à apercevoir l'influence du type de la
Perse occidentale sur l'extérieur des habitants : les tailles
svveltes, *les yeux taillés en amande,* les nez proéminents
et *aquilins,* l'ovale allongé du visage s'y trouvent en
majorité. »

Plus loin, le même auteur dit : « *En examinant les
sculptures des anciens monuments persans, nous avons
eu l'occasion de remarquer que, sous les Achéménides,
une certaine partie de la population de l'empire de Cyrus
avait acquis les traits principaux qui caractérisent maintenant les habitants de la Perse occidentale.* » M. Ratzel
est d'un avis semblable.

N'en déplaise à M. Frédéric Houssay, pour nous,
Khanikoff est dans le vrai ; les yeux fendus en amande et
les nez aquilins ne sont nullement les traits caractéristiques
des grands dolicocéphales blonds, ce sont, certes, le vestige
incontestable d'un mélange sémitique dont on tient beaucoup trop peu compte en traçant le tableau ethnographique
de la Perse. Pour nous, les Loris, que M. Houssay décrit
plus loin, et dont le nom signifie montagnard, se rapprochent davantage que les Farsis du type qu'on est convenu
d'appeler aryen. Ce sont des grands Dolico, aux cheveux
abondants et extrêmement noirs. « *On rencontre peu de
blonds ; mais il y a parmi eux un certain nombre
d'individus qui offrent ce contraste d'une barbe et d'une
chevelure noire avec des yeux très bleus.* »

L'indice céphalique des Loris est de 73,57 ; la circonférence de la tête est de 550 mm. ; leur indice nasal est de
66,66 ; ils ont le nez long, droit et puissant.

Les Loris sont très vigoureux et leur allure accuse
plutôt la force que la souple élégance des Hindous.

Les Hadjémis constituent la majeure partie de la population sédentaire de la Perse. Ils se distinguent assez
notablement des Tadjiks, desquels M. Houssay voudrait

les rapprocher. Tout d'abord, ils sont dolicocéphales ; MM. Chantre et Frédéric Houssay le constatent. Les deux individus que ce dernier a mensurés le démontrent, tandis que les Tadjiks se rapprochent davantage de la brachycé-phalie ; de plus, les Hadjémis sont franchement bruns, tandis que parmi les Tadjiks on rencontre beaucoup de châ-tains. Nul doute que les uns et les autres sont des métis, mais nous estimons que chez les Hadjémis le mélange avec des éléments sémitiques a été plus intense que chez les Tadjiks.

L'indice frontal des 29 Tadjiks que nous avons mesurés à Samarkand était de 79,48 (81,48), et celui des 31 Tadjiks du Ferghanah de 73,61 (75,61).

Quant aux courbes, voilà les résultats auxquels nous sommes arrivés :

1° Courbe horizontale totale : 29 Tadjiks de Samarkand, 562 1/2 ; 31 Tadjiks du Ferghanah, 552 ;

2° Courbe transversale sus-auriculaire : 31 Tadjiks du Ferghanah, 351 : 29 Tadjiks de Samarkand, 349.

Il en résulte que les Tadjiks de Samarkand ont un crâne volumineux qui est en même temps assez élevé ; les Tadjiks du Ferghanah, au contraire, ont un crâne d'une circonférence beaucoup moindre et cependant plus élevé que ceux de Samarkand.

En comparant aux Tadjiks de l'Asie centrale les peu-plades de l'Iran mensurées par le colonel Duhousset, nous voyons que ces derniers ont le crâne plus volumineux mais moins élevé que les premiers.

Peuples	La plus grande circonf⁽ᵉˢ⁾ horizont⁽ˡᵉ⁾ de la tête mm.	Demi circonférence verticale mm.
3 Guèbres......................	555	296
8 Hindous..........	565	291
7 Afghans....................	559	258
5 Ghilaniens et Mazandéraniens.	558	319
5 Kurdes.....................	560	311
4 Bakthiarys.................	571	327

Quant à la taille, 31 Tadjiks du Ferghanah mensuraient 1709 mm. et les 29 Tadjiks de Samarkand, 1701 ; ils avaient donc d'après le docteur Topinard des *tailles hautes*.

Nous arrivons aux caractères de la face :

1º La distance transversale des deux commissures internes des yeux mesurait chez les 31 Tadjiks du Ferghanah, 30 2/3, et chez les 29 Tadjiks de Samarkand, 30 mm. seulement ;

2º Distance transversale des deux pommettes : 29 Tadjiks de Samarkand, 122 mm. ; 31 Tadjiks du Ferghanah, 121 mm.;

3º Distance des deux angles de la mâchoire inférieure : 31 Tadjiks du Ferghanah, 113 mm. ; 29 Tadjiks de Samarkand, 111 mm.;

4º Distance du point mentonnier à la naissance des cheveux : 29 Tadjiks de Samarkand, 199 mm.; 31 Tadjiks du Ferghanah, 194 mm. (1).

Pour l'ensemble de la face, donnons l'indice du visage et l'indice facial céphalométriques de ces peuples. Pour le premier de ces deux indices, nous avons pris pour base la longueur et la largeur de la face ; quant aux seconds, nous avons également substitué la distance transversale des deux pommettes à la largeur bi-zygomatique. Nous avons obtenu les résultats suivants :

Noms des peuples	Indice du visage	Indice facial céphalométrique
31 Tadjiks du Ferghanah...	62.37	72.73 (74.73)
29 Tadjiks de Samarkand...	61.30	74.59 (76.59)

Nous voyons que les Tadjiks sont tous mégasèmes.

Quant à la couleur des yeux, les 31 T. du F., avaient

---

(1) Pour le chapitre spécialement consacré aux Tadjiks de la plaine, nous avons cru devoir maintenir la différence entre les Tadjiks de Samarkand et ceux du Ferghanah. Dans nos *Conclusions anthropologiques* cette distinction disparaîtra.

64,55 %, les yeux bruns ; 16,12 %, verts ; 12,89 %, bleus ; 6,14 %, gris, et les 29 T. de S., 68,96 %, bruns ; 10,35 %, verts ; 20,69 %, bleus.

Arrivons aux caractères descriptifs.

Couleur des cheveux : 31 T. du F., 12,90 %, blonds ; 58,06 %, châtains ; 19,03 %, noirs ; 29 T. de S., 27,58 %, blonds ; 51,72 %, châtains ; 20,69 %, noirs.

Couleur de la barbe : 31 T. du F., 35,89 %, blonds , 64,19 %, châtains ; 29 T. de S., 37,93 %, blonds ; 3,44 %, roux ; 37,93 %, châtains, et 20,69 %, noirs.

Enfin, quant à la pilosité du corps, voilà les résultats que nous avons obtenus : 31 T. du F., 9,68 %, glabres ; 3,12 %, presque glabres ; 48,39 %, peu velus ; 38,70 %, très velus ; 29 T. de S., 3,44 %, presque glabres : 72,41 %, peu velus ; 24,14 %, très velus.

Quant à l'abondance de la barbe, 31 T. du F. avaient : 6,45 %, la barbe nulle ; 22,58 %, la barbe rare ; 7,22 %, la barbe peu fournie, et 67,74 %, la barbe abondante ; les 29 T. de S. avaient : 24,14 %, la barbe rare, et 75,86 %, la barbe abondante.

Quant à la forme du nez, 11 T. du F. avaient le nez leptorhynien ; 19, le nez mésorhinien, et 1, le nez platyrhinien ; les 29 T. de S. avaient : 3, le nez lepthorhynien ; 23, le nez mésorhinien, et 3, le nez platyrhinien.

Enfin 2 T. du F. sur 31 individus mensurés étaient plagiocéphales.

Comparons à tout ceci la description des types *Usbegs*, *Tadjiks*, *Sartes* et *Persans*, que M. Bogdanoff nous retrace, (d'après les observations de Fédchenko) dans son mémoire intitulé *Notes Antropométriques sur les Indigènes du Turkestan :*

Usbegs. — Cheveux noirs, rares, yeux bruns foncés. Taille 1.666 m.m. Sous-brachycéphales à 83,1 d'indice sur le vivant (mésocéphales avec la réduction). Tête assez haute ; face allongée ; pommettes assez saillantes. Nez long par rapport à la taille, mais court par rapport à la face ; espace interorbitaire petit. Les crânes usbegs sont surtout larges et assez hauts ; de circonférence moyenne ; brachy ou sous-brachycéphales ; front étroit ; pommettes saillantes ; orbites mégasèmes, leptorhynie.

Tadjiks. — Cheveux bruns et yeux comme chez les précédents. Taille 1.734 mm. : brachycéphales à **84,25** (sous-brachycéphales avec réduction). Tête assez haute ; front bas ; face allongée mais petite, par rapport à la taille ; pommettes saillantes ; nez long.

Sartes. — Cheveux et yeux comme chez les précédents. Taille 1.691 mm. ; brachycépales avec ou sans réduction (83,4). Tête assez haute ; face plus allongée (par rapport à la taille et à la tête) que chez les Tadjiks ; pommettes aussi saillantes que dans les groupes précédents ; front haut ; espace interorbitaire petit.

Persans. — Système pileux bien développé. Nez moyen ou long. Taille 1.658 m.m. Dolicocéphalie. Tête basse ; face peu haute, développée surtout dans sa partie inférieure ; pommettes non saillantes ; espace interorbitaire considérable. Nez long absolument et relativement à la taille.

« Telles sont, dit M. Deniker, les caractéristiques nettes et précises dont la forme a été empruntée par l'auteur aux diagnoses zoologiques.

Nous ne parlerons point ici des mœurs et coutumes, des industries et de la religion des Tadjiks de la plaine, car elles sont en tous points semblables à celles de leurs dominateurs, les Usbegs (Sartes, le plus souvent) sédentaires, du Turkestan.

Outre la *maladie sarte*, une espèce de bouton d'Aleppe, les Tadjiks souffrent souvent du *richta (filaria medinensis)*, ver sous-cutané que l'on rencontre surtout chez les personnes qui boivent l'eau stagnante des étangs.

Les Tadjiks campagnards sont atteints fréquemment d'une maladie du cuir chevelu et de maladies d'yeux. Le premier de ces maux provient de ce que les enfants portent depuis leur plus tendre âge des calottes de laine adhérant à leur tête. Quant au second mal, il doit son origine à la façon dont les Tadjiks battent leur blé. Un cheval tournant autour d'une poutre centrale, à laquelle il est attaché au moyen d'une corde, piétine les gerbes et fait sortir les grains des épis ; l'air est ainsi imprégné d'une poussière composée d'imperceptibles fétus de paille qui, en se logeant dans les yeux, occasionnent des inflammations. Les agriculteurs des plaines ainsi que ceux des montagnes, dans le Thian-Chan comme dans l'Hindou-Kouch, s'introduisent alors du coton dans les commissures internes des yeux ; naturellement le remède est pire que le mal.

IV

LES GALTCHAS

LEURS MŒURS, LEURS SUBDIVISIONS, LEUR TYPE

––––

ARÉNDARINKO, *Russische Revue,* Pétersbourg, 1878.

BONVALOT, *Du Kohistan à la Caspienne,* Paris, 1885.

REGEL (Sur les voyages de cet explorateur russe, voir les articles de M. Roth dans *Beilage zur Allgemeinen Zeitung,* Juillet 1884).

UJFALVY, *Aus dem westlichen Himalaja,* Leipzig, 1884.

UJFALVY, *Le Kohistan, Le Ferghanah et Kouldja,* Paris, 1878.

Les Tadjiks des montagnes sont aussi appelés Galtchas, comme nous l'avons dit plus haut. Un habitant de Fân nous a donné l'explication suivante au sujet de ce nom. « Galtcha signifie : Le corbeau qui a faim et qui s'est retiré dans la montagne. » Cette explication m'a été confirmée par le capitaine Aréndarinko (1) et M. Tomaschek la trouve parfaitement acceptable.

(1) Je possède à ce sujet quelques lignes écrites de sa main.

Les Galtchas habitent la haute vallée du Zerafchân, entre Pendjakend et les sources de cette rivière. Ils parlent un dialecte du persan exempt de mots arabes et turcs; ce qui prouve qu'ils se sont retirés dans leurs âpres vallées avant l'invasion turco-tatare. Ils ne comprennent généralement point le turc oriental.

Les Galtchas sont agriculteurs et pasteurs. En hiver, ils habitent leurs villages, en été ils remontent les pentes de leurs montagnes à la suite de leurs troupeaux. Tandis que la maison de l'habitant des plaines se compose de poutres en peuplier et de terre battue, la leur, un peu surélevée au-dessus du sol pour laisser passer les eaux pluviales et celles des fontes des neiges, est construite en pierres et en bois de genevrier; les toits légèrement inclinés sont couverts de grosses pierres pour les protéger contre la tourmente et les avalanches; les cheminées des chambres sont disposées en capote à cause de la neige, un banc court le long des murs dans lesquels de petites niches abritent des pipes, des théières et le Coran; quelquefois une table et des tabourets en bois de noyer ornent ces simples demeures. Le soir une branche de pin sert de falot. Le Galtcha laboure ses champs à l'aide d'une charrue primitive dont le soc est en bois et qui ressemble à l'instrument aratoire des Carthaginois. La terre labourable est souvent rare dans la vallée, et parfois le Galtcha est obligé de remonter des pentes abruptes qu'il irrigue au moyen d'aqueducs disposés à de grandes hauteurs. Le Zerafchân est franchi sur des ponts branlants ou traversé à l'aide d'outres en peau de bouc. Les Galtchas suivent en cela l'exemple des soldats d'Alexandre qui, d'après Quinte-Curce, se servirent de ce moyen pour passer l'Oxus.

Dans le Kohistan, on rencontre même des orpailleurs qui, tout en ne se doutant probablement pas de l'éthymologie du mot Zerafchân (semeur d'or) s'efforcent à chercher fortune en explorant les sables aurifères de la rivière.

Le Galtcha sème du blé, de l'orge, du millet, du lin et des fèves ; ses demeures sont entourées d'arbres fruitiers, parmi lesquels l'abricotier et le mûrier jouent un rôle important dans son alimentation. Les abricots séchés sont également exportés et la farine des mûres lui sert à faire une espèce de pâte ; de même l'habitant du Tchitral fait du pain avec ce fruit. On rencontre aussi des cerisiers et surtout des noyers en grande quantité.

« Le laitage est le fond de l'alimentation du Galtcha ; il boit de *l'aïrane*, espèce de lait caillé, et il fabrique du kaïmak, c'est-à-dire la croûte de lait séchée, produite à l'aide d'un peu de lait caillé versé sur du lait chauffé jusqu'à la tiédeur. Cet aliment est nourrissant et rafraîchissant à la fois. Le *umosch* est une espèce de soupe faite avec du lait aigre dans lequel on met des boulettes de farine cuite. Les montagnards qui habitent des régions plus élevées se servent d'un genre de fève appelée bokola qu'ils cuisent en bouillie ou en pain, les aisés y mélangent du blé. Mais le mets le plus apprécié, nous dit M. Bonvalot est la chair de la chèvre sauvage. appelée *saïga* et *ahou*, qu'ils rôtissent ; enfin le *iahni* se prépare avec du mouton dépouillé qu'on taille en morceaux ; on le jette dans une marmite pleine d'eau, puis on le laisse bouillir ; ensuite, on retire la viande, on la sale, on la roule dans de la graisse de mouton et on la place par couches dans la panse qu'on a eu soin de nettoyer préalablement. Chaque panse est solidement fermée et selon la température, la saison, la longueur du chemin et le nombre de personnes, on met une quantité de cette sorte de viande qu'on place dans un sac et pour le repas du soir on assaisonne le riz cuit de cet excellent *iahni*. On peut aussi le manger tel que, lorsque le feu fait défaut, ou dans les cas de presse. »

« La vie menée par ces rudes montagnards est des moins accidentées. L'été se passe dans les champs ; ils sèment et ils récoltent de juin à septembre. A défaut d'occupations agricoles ils séjournent en compagnie de leurs troupeaux sur les pâturages des montagnes voisines. Les villages restent déserts, et les jours de fêtes seulement on y voit accourir les habitants. Les Galtchas ont mis leurs plus beaux habits, et, se tenant aux portes des mosquées, ils passent la journée en prières et en conversations. »

« En automne, ils font leur provision de combustible, ils rapportent de la montagne des broussailles et des branches d'Artcha *(Juniperus Sabina)*. Les femmes confectionnent le *kisiak*, galettes en fumier de bétail qu'on fait sécher en les collant contre le mur, et qui servira à chauffer leur demeure pendant la saison rigoureuse. »

L'hiver, avec ses longues veillées, arrive à son tour. Dès l'aube, les hommes enlèvent la neige qui obstrue le sentier conduisant d'une demeure à une autre, ils la retirent aussi du toit de leurs maisons, craignant que ce frêle abri ne puisse supporter longtemps ce blanc fardeau ; ce travail fait, les hommes se réunissent pour la prière, puis, ils prennent une simple collation, composée d'une soupe d'abricots séchés, bouillis dans l'eau. Ils font de nouveau leur prière, qui se succède cinq fois par jour, comme l'exige le Coran ; puis ils mangent de l'aïran, leur mets préféré. Pour charmer les loisirs des longues heures hivernales, les Galtchas, groupés autour du mollah, cassent des noyaux d'abricots en écoutant le prêtre qui leur raconte des légendes ou leur fait la lecture du Coran.

Pour économiser les moyens de chauffage, rares dans ces régions élevées, tous les membres d'une famille se réunissent autour du même foyer. Quant aux femmes, leurs occupations consistent à donner à manger aux bêtes, à nettoyer les étables et à vaquer à leurs occupations journalières.

Pendant cette longue saison d'hiver, les communications

demeurent interrompues pendant quatre mois et davantage. Les enfants apprennent alors à lire, à écrire, et beaucoup se préparent à la carrière sacerdotale, qu'ils exerceront dans la plaine, à leurs plus grands profits (1).

Les mêmes causes produisent les mêmes effets. Dans le Ladak, presqu'à l'autre extrémité de l'Asie centrale, où les habitants vivent à des hauteurs autrement élevées que celles du Kohistan, la ville de Leh étant à plus de 3,000 mètres d'altitude, les hommes lettrés sont en très grand nombre, justement à cause de cet isolement hivernal.

Le climat du Kohistan est assez tempéré : il doit en être ainsi, car sans cela l'âne ne pourrait guère s'y acclimater ; cet animal ne supportant pas les très grands froids ne peut vivre au-delà d'une certaine latitude septentrionale (2).

Les chevaux sont peu nombreux dans le Kohistan, mais les gens riches possèdent de vigoureux ambleurs.

Le Tadjik des montagnes aime la chasse, et il sait se servir à merveille de son fusil à mèche, auquel se trouve adapté, quelquefois, une fourche pour assurer le tir. Les peaux des bêtes abattues lui servent souvent d'article d'exportation.

Le costume des Galtchas est fort simple. Ils portent sur le corps une chemise et un pantalon de toile, d'épais bas de laine, des bottes en cuir jaune d'une forme grossière, un *khalat* (vaste kaftan serré à la taille au moyen d'une ceinture) en toile rayée de différentes couleurs, et un second *khalat* en drap marron foncé. Tous ces objets se fabriquent dans le Kohistan même. Les hommes du peuple se coiffent d'une calotte adhérant à la tête ; les lettrés portent un turban blanc ; les riches (kasi, aksakal, mollah, etc.) achètent à Samarkand des vêtements en

---

(1) La majeure partie de ces renseignements sont empruntés à l'ouvrage de M. Bonvalot.

(2) A Omsk, capitale de la Sibérie occidentale, l'âne est très rare et il y mène une existence misérable.

soie éclatante, ainsi que des ustensiles en cuivre, souvent d'un très joli travail.

Les mœurs et les coutumes sont à peu de chose près conformes aux prescriptions musulmanes et semblables à celles du Karatéghine et du Darwâz.

Lorsqu'un enfant vient au monde, les parents donnent un festin ; la mère garde le lit pendant 3 à 6 jours ; une semaine écoulée, le nouveau-né reçoit un nom en présence du mollah. La circoncision n'a lieu qu'un an ou deux ans après.

« Le Galtcha achète sa fiancée, et, lorsque le marché est conclu, on donne un grand festin. Quand un membre de la famille tombe malade, comme trouver un médecin est impossible, on a recours à une médication des plus primitives et à des exorcismes ; tant mieux si la nature agit, car il est sauvé ; mais s'il meurt, on l'enveloppe dans une natte, on le pose dans la fosse que l'on recouvre de planches et de terre ; les tertres qui s'élèvent sur sa dernière demeure sont très petits ; image vivante de la modeste place que cet humble montagnard a tenue sur la terre. Comme dans bien des pays civilisés, la famille en revenant de l'enterrement donne un festin et prend ensuite le deuil. La femme peut se remarier, après deux mois et dix jours. »

La puissance paternelle est excessive ; le père a le droit de châtier ses enfants sans que l'autorité puisse intervenir en aucune façon. L'hospitalité est sacrée pour le Galtcha, d'ailleurs la moralité de ces montagnards est très grande ; l'adultère est chassée de sa maison, le Kasi confisque ses biens. Les femmes du reste, comme partout en Asie centrale, sortent peu de leurs demeures. « Elle a assez à faire si elle veut s'occuper de son intérieur », vous dira le mari. La polygamie est admise, mais les Galtchas n'ont généralement qu'une femme, les individus riches qui en ont deux sont rares.

Le serment est admis et prêté sur le Coran ; celui

qui s'y refuse est considéré comme coupable. Tous les Galtchas sont libres, car l'esclavage n'existe pas et n'a jamais existé dans leurs âpres vallées.

Les Galtchas n'ont ni poids ni mesures ; ils se servent d'une écuelle où à son défaut de leurs mains pour mesurer le blé et l'orge et pour troquer ces produits contre une certaine quantité de toile mesurée à l'aide de l'avant-bras.

Chaque village galtcha choisit son Aksakal (barbe blanche) qui est obligé de s'incliner devant les décisions prises par la commune réunie.

Plusieurs villages reconnaissent l'autorité d'un Kasi (juge) qui, dans les cas graves en réfère à l'administration russe de Pendjakend.

Autrefois, les différentes tribus étaient gouvernées par des princes indigènes qui se faisaient entre eux une guerre au couteau. Comme au point de vue économique le pays dépend de ses riches et puissants voisins, il devint bientôt la proie ou du Bokhara ou du Kokan ou du Karathégine. C'est à ces guerres intestines incessantes, qu'il faut attribuer l'appauvrissement extrême du Kohistan. Aujourd'hui, surtout dans les vallées reculées, c'est un peuple en haillons qui souffre de la faim et du froid.

Du temps de Baber, c'est-à-dire il y a à peine 400 ans, le roi de Fân était encore un prince riche et considéré, qui offrait à ses hôtes de soixante-dix à quatre-vingts chevaux et qui les recevait avec faste et magnificence. A présent, le Kasi de ce district serait embarrassé de mettre une demi-douzaine de montures à la disposition des voyageurs.

Le géologue russe Mouchkétoff, qui a visité, en 1880, les glaciers, près des sources du Zérafchân, nous fait une description intéressante de la petite tribu de Matcha qui occupe la région la plus élevée du Kohistan zérafchânais.

« Ce sont là, dit-il, les descendants directs des anciens Perses (Eraniens, Bactro-Sogdiens) ; leur civilisation est

des plus primitives, ils ne s'occupent point d'agriculture (1);
leurs maisons et leurs ustensiles sont en pierre, les premières construites sans chaux et sans ciment. Comme
animal domestique, ils ne connaissent que l'âne (*ichak*)
dont ils se servent comme bête de somme. »

En 1881, le docteur Regel pénétra dans la vallée du
Zérafchàn, chez ces mêmes Matchas. M. Roth nous en
trace le tableau suivant :

« Semblables au nid d'heureux Phéaciens, les villages
entourés de mûriers et de vignes paraissent suspendus aux
flancs des montagnes et comme enclavés dans ce désert de
roches. Eté comme hiver, les fruits servent de nourriture,
et rarement le bruit du monde pénètre dans ces solitudes
protégées par leurs avalanches. Des fugitifs, dit-on, se sont
retirés dans ces recoins inaccessibles, et, en effet, le type et
le caractère des habitants changent de villages en villages.
Tantôt, on rencontre l'affable Kirghise ou l'Usbeg bourru,
étendus paresseusement sous leurs tentes en feutre ; plus
loin, en remontant ces hautes vallées, on remarque un
peuple d'un agréable type persan.

« Un autre peuple aux regards farouches et aux lèvres
charnues, vaque, sous ses toits plats en argile, à ses occupations ; il est tantôt sociable et hospitalier, tantôt animé
par des sentiments fanatiques.

« Quand les pionniers de la civilisation auront pénétré
dans ces régions, attirés par les couches de lignite qui
se montrent à l'entrée des gorges, à côté du grès rouge,
alors ces pays seront appelés à prendre part au mouvement du monde. »

Le voyageur atteignit ainsi la dernière grande bourgade, Obourdan, située à la limite des arbres fruitiers,
bourgade dans laquelle s'étaient réunis les Zérafchânais
pendant la dernière guerre du Kokan pour arborer la

(1) M. Mouchkétoff dit que les Galtchas de la vallée de Matcha ne
s'occupent point d'agriculture tandis que M. Regel soutient le contraire.

bannière de la révolte. Plus loin encore, des peupliers et
des saules ombragent les maisons en pierre fruste de la
race primitive 'des Tadjiks qui s'adonnent en ce lieu
à l'agriculture et qui transportent à dos d'ânes le fer
depuis Kokan jusqu'au Karatéghine, et rapportent sur
leurs larges épaules les sacs de blé qu'ils ont reçus en
échange. Parmi ces géants descendus dans le Turkestan
celui qui y cherche du travail ou qui est employé dans
les rizières, est bientôt pris d'une nostalgie irrésistible qui
le ramène vers son âpre patrie, où les mœurs sont patriarcales comme le tribunal qui siège en plein air à l'ombre
des arbres.

Les Galtchas du Zérafchân se subdivisent en cinq
tribus :

1° Les Maghians, depuis Pendjakend jusqu'à Maghian ;

2° Les Kchtouts, dans la vallée du même nom ;

3° Les Falgars, entre Ouroumitan et Warsiminor ;

4° Les Matchas, à l'est de Warsiminor jusqu'aux sources du Zérafchân ;

5° Les Fâns, au sud de Warsiminor, dans la vallée
du Fân-Daria, jusqu'au lac Iskander-Koul.

Quant aux Yagnôbis, qui habitent une vallée tributaire
du Fân-Daria, ils parlent une langue qui diffère de celle de
leurs voisins, et nous leur assignerons une place à part dans
un chapitre suivant.

Au moral, le Galtcha est ombrageux, mais en général
franc et honnête ; nous verrons plus loin combien, ainsi
que le Karatéghinois et le Darwazis, il diffère des Tadjiks
de la plaine.

Quant au type physique, M. Bonvalot qui les a visités
en 1881 nous dit : « A Dardane, c'étaient des bruns à
profil maigre de Gascons ; à Warsiminor, telle face rou-
geaude fait penser à un Anglais ; *les blonds sont très
rares*, il est vrai. » Et plus loin : « Un vrai Tadjik ressemble, à s'y méprendre, à un Européen de la Méditerranée,

aux traits réguliers, la taille est plus ou moins grande selon la somme de bien-être (1). »

En 1877, quand je me trouvais au milieu des Galtchas d'Ouroumitân, je fus frappé de leur ressemblance avec les paysans de la Romagne ; plus tard, grâce à mes observations et à mes mensurations prises sur le vivant, j'ai déterminé le type Galtcha que je crois absolument exact.

Au physique, le Galtcha est d'une taille presque élevée, d'un embonpoint moyen : la peau est blanche, souvent bronzée par le soleil, les parties couvertes sont blanches, elle est un peu velue, souvent très velue, jamais glabre ; les cheveux sont noirs, châtains, surtout chez les Fâns, quelquefois roux, parfois blonds ; ils sont lisses, ondés, bouclés ; la barbe est assez abondante, brune, rousse ou blonde ; dans un village, près de Pendjakend, j'ai vu deux frères qui avaient des cheveux blancs comme du lin. Les yeux, qui ne sont jamais relevés des coins, sont bruns, souvent bleus ou gris ; la distance inter-orbitaire est moyenne ; le nez est d'une forme très belle, il est long, légèrement arqué et effilé ; les lèvres sont presque toujours fines et droites ; les dents petites, souvent usées, à cause de l'abus des fruits secs ; le front est moyen, un peu fuyant ; les bosses sourcilières sont bien prononcées, la dépression transversale, séparant le nez de la glabelle est profonde, les sourcils arqués et fournis ; la bouche petite, le menton ovale, l'ensemble de la face ovale et les oreilles petites ou moyennes et aplaties, elles sont rarement un peu saillantes. La boîte osseuse n'est point d'une dimension très considérable et présente un aplatissement occipital des plus caractéristiques ; le corps est nerveux, vigoureux, fortement charpenté. Les mains et les pieds sont plus grands que ceux des Tadjiks et surtout que ceux des Kirghises ; les attaches sont fines, le

---

(1) Je ne crois pas que le bien-être puisse exercer son influence sur la taille.

mollet nerveux, les jambes droites et bien faites ; la taille
bien prise, généralement élancée ; le torse est vigoureux et
le cou fort. Ils sont très robustes, excellents piétons, bons
cavaliers et aptes à supporter les plus grandes fatigues.

Quant aux maladies, les ophtalmies sont fréquentes
parmi eux, d'autres souffrent de la pierre, et il y a des
villages dont presque tous les habitants sont atteints d'une
espèce de maladie rhumatismale (1).

M. Bogdanoff n'a étudié les Galtchas, ou Tadjiks des
montagnes, que d'après des crânes. Les Galtchas sont,
d'après lui, très brachycéphales, hypsicéphales, petits,
larges dans la région zygomatique, mégasèmes, leptorhyniens ; l'espace inter-orbitaire est moyen.

Quelques indications anthropométriques compléteront
ce tableau. 58 Galtchas, mensurés dans le Kohistan zérafchânais en 1877, avaient un indice céphalique de 85 (86.50).
La série renfermait 36 brachycéphales vrais, 11 sous-
brachycéphales ; 4 mésaticéphales ; 5 sous-dolicocéphales
et 1 dolicocéphale (2). Les Galtchas sont donc beaucoup
plus brachycéphales que les Tadjiks qui ne sont que sous-
brachycéphales (3).

(1) Je tiens ce fait du capitaine Arendarinko qui, au moment de
mon passage, était le chef du district du Kohistan.

(2) Voir pour la description anthropologique du type galtcha, comparé aux autres Eraniens, aux Turco-Tatars et Mongols, notre chapitre
intitulé : *Résultats anthropologiques*, qui termine cet ouvrage.

(3) Les yeux des Galtchas sont droits ; nous n'avons rencontré
qu'un seul individu à Pendjakend avec des yeux légèrement obliques ;
sa mère était une Usbegue. Les sourcils des Galtchas sont fournis et
bien plus rarement encore croisés que ceux des Tadjiks. La bouche est
généralement petite et le nez d'une forme plus effilée, plus belle que
chez les Tadjiks. Le mollet du Galtcha ressemble à celui de l'Européen, tandis que celui du Tadjik se rapproche du mollet grêle de
l'Usbeg. Une autre dissemblance caractéristique réside dans l'indice
céphalique chez ces deux peuplades. Les Tadjiks sont beaucoup moins
brachycéphales que les Galtchas. Sur 29 Tadjiks mensurés, il y
avait 1 dolicocéphale ; 74.87 ; 4 sous-dolicocéphales : 76.03 ; 76.63 ;
76.64 ; 77.67 ; 2 mésaticéphales : 79.70 ; 79.77 ; 10 sous-brachycéphales :

L'indice frontal de 58 Galtchas étaient de 76.13 (78.13).

La courbe horizontale totale était de 560 mm. : la courbe transversale sus-auriculaire de 347 mm.

En comparant ces mesures à celles qu'a obtenues le colonel Duhousset et que nous avons reproduites plus haut, on remarque que la plus grande circonférence horizontale de la tête des Afghans est presque la même que celle des Galtchas. Seulement le crâne galtcha est très élevé, tandis que le crâne afghan l'est fort peu. Quant à la taille, 58 Galtchas mesuraient en moyenne 1668 mm. ; ils étaient donc d'une taille presque au-dessus de la moyenne.

La distance transversale des deux commissures internes des yeux mesurait 30 mm. chez 58 Galtchas ; la distance inter-orbitaire des Galtchas était donc de 6 mm. 1/4 inférieurs à celle des Kalmouques.

Les 58 Galtchas présentaient les particularités suivantes par rapport à la face. La distance transversale des deux pommettes mesurait 122 mm.; la distance des deux angles de la mâchoire inférieure 113 mm.; la distance du point mentonnier à la naissance des cheveux 193 mm. Il en résultait un indice du visage de 63,26 et un indice facial céphalométrique de 72.13.

80.13 ; 81.21 ; 81.44 ; 82.16 ; 82.42 ; 82.47 ; 82.53 ; 82.79 ; 82.82 ; 83.33 ; enfin 11 brachycéphales : 84.02 ; 84.12 ; 84.32 ; 86.51 ; 86.63 ; 87.57 ; 88.60 ; 88.64 ; 89.38 ; 90.55 ; 90.86 ; avec une moyenne de 82.81. Sur 56 Galtchas : 2 sous-dolicocéphales : 76.28 ; 77.77 ; 8 mésaticéphales : 78.12 ; 78.37 ; 78.97 ; 78.98 ; 79.67 ; 80.10 ; 80.97 et 81.08 ; 6 sous-brachycéphales : 81.86 ; 82.10 ; 82.13 ; 82.44 ; 82.88 ; 82.96, et 40 brachycéphales : 83.68 ; 83.81 ; 84.02 ; 84.66 ; 84.69 ; 84.92 ; 85.00 ; 85.02 ; 85.56 ; 85.56 ; 85.91 ; 86.24 ; 86.55 ; 86.55 ; 86.59 ; 86.52 ; 87.02 ; 87.22 ; 87.43 ; 87.13 ; 87.50 ; 87.63 ; 87.70 ; 87.75 ; 87.91 ; 88.13 ; 88.39 ; 88.43 ; 88.63 ; 88.76 ; 88.94 ; 89.32 ; 89.50 ; 89.79 ; 89.33 ; 90.16 ; 90.86 ; 90.96 ; 91.95 ; 92.09 ; 92.13 ; 94.69 ; avec un indice céphalométrique de 86.50.

De même que la structure osseuse du Tadjik de Samarkand et de Bokhara est plus grossière que celle du Persan, de même le Galtcha est plus fortement charpenté que le Tadjik. Les Galtchas ont des formes plus lourdes, l'os frontal paraît plus large, le nez n'est jamais sémitique comme celui du Tadjik ou celui des Perses, représentés sur le rocher de Béhistoun.

Nous arrivons au caractère descriptif :

58 Galtchas avaient 68.96 % les yeux bruns, 13.79 % les yeux verts ; 15.52 % les yeux bleus et 1.72 % les yeux gris. Quant à la couleur des cheveux, sur les 58 Galtchas, il y avait 8.62 %° de blonds ; 1.72 % de roux ; 81.03 % de châtains ; 8.62 % de noirs. Nous voyons donc par ces chiffres que les blonds parmi les Galtchas sont beaucoup moins nombreux que parmi les Tadjiks de la plaine. Quant à la couleur de la barbe, il y avait 15.51 % de blonds ; 60.95 % de châtains et 24.14 % de noirs. Il y a donc la même observation à faire que pour la couleur des cheveux. Quant à la pilosité du corps, 5.17 % étaient glabres ; 1.72 % presque glabres ; 67.24 % peu velus et 25.86 % très velus ; 6.89 % avaient la barbe nulle ; 24.13 % la barbe rare et 68.97 % la barbe abondante. Nous voyons que par ces derniers caractères les Galtchas diffèrent peu des Tadjiks de la plaine. Enfin, quant à la forme du nez, 35 Galtchas avaient le nez aquilin, 14 le nez droit et 5 le nez retroussé ; 13 étaient leptorhyniens, 35 mésorhyniens et 10 platorhyniens.

Depuis nos trois voyages en Asie Centrale, nous avons repris nos recherches sur les Galtchas, mensurés en 1877 dans le Kohistan zérafchânais, et nous avons divisé ces montagnards en trois groupes : 1° Les Maghians qui habitent dans les environs de Pendjakend au pied des montagnes du Kohistan ; 2° les Falghars et les Kchtouts qui se trouvent dans la vallée du Zérafchân jusqu'à Ouroumitàn et Warsiminor, et dans une petite vallée latérale (celle de Kchtout) : 3° les Fàns sur le Fàn-Daria jusqu'au lac Iskander-Koul (1).

(1) Les Matchas qui habitent près des sources du Zérafchàn auprès du glacier du même nom, ne figurent point dans ce classement, car nous n'avons pas eu l'occasion d'en mensurer. Quant aux Yagnòbis nous n'avons mensuré que trois individus de cette tribu qui d'ailleurs étaient semblables en tous points aux Fàns.

Le premier groupe présente un indice céphalique de 82.33. Les 12 Maghians sont donc sous-brachycéphales et se rapprochent beaucoup des Tadjiks de Samarkand.

Les 39 Falghars et Kchtouts avaient un indice de 85,08. Les 5 Fâns, de 85,96 ; ces deux derniers groupes étaient donc franchement brachycéphales.

En décomposant ces séries d'après les indices céphaliques et en réunissant les Fâns aux Falghars et aux Kchtouts, nous arrivons aux résultats suivants :

	Maghians	Falghars, Kchtouts et Fâns
Brachy..............	3	32
Sous-Brachy.........	6	8
Mésati..............	2	»
Sous-Dolico..........	1	2
Dolico..............	»	1
	12	43

Proportion en centièmes des crânes de diverses catégories :

	Maghians	Falghars, etc.
Brachy..............	27,27	74,42
Sous-Brachy...........	45,45	18,60
Mésati..............	18,18	»
Sous-Dolico...........	9,09	4,65
Dolico..............	»	2,32
	99,99	99,99

Ce petit tableau nous démontre que chez les Galtchas la brachycéphalie augmente avec l'altitude. Quant à la taille, qui ne dépend point de la somme de bien-être, comme le pense M. Bonvalot, elle est également plus considérable chez les Fâns que chez les Maghians : 1700 mm. chez les premiers ; 1670 chez les derniers.

Nous sommes tout à fait d'accord avec M. de Lapouge

qui considère les Savoyards attardés du Kohistan comme
le résultat d'un croisement entre le type *Acrogonus* et
H. Europœus. Ce mélange a-t-il eu lieu au centre de l'Asie
même, ou ces métis, homologues de *H. Alpinus*, ont-ils
été amenés à la suite de l'émigration de *H. Europœus* ?
Nous inclinons vers la première manière de voir, car il
semble presque certain que les premiers habitants de
l'Asie centrale étaient du type *Acrogonus* qui s'est mélangé également avec les Turco-Tatares et les Mongols.

La taille relativement élevée, la forte brachycéphalie
et l'hipsicéphalie militent également en faveur de l'opinion
d'après laquelle le type *Acrogonus* a été le point de
départ du type Galtcha actuel. Sur 58 Galtchas, il y en
avait 7, dont l'indice céphalique dépassait 90 ; leurs crânes
hipsicéphales présentaient bien l'aplatissement occipital
caractéristique du type *Acrogonus*.

Nous ne saurions mieux terminer ce chapitre qu'en
insérant l'extrait d'une lettre que M. de Lapouge a bien
voulu nous adresser au sujet du type *Acrogonus*.

« Il y a d'abord ce fait excessivement curieux que
H. Alpinus était encore une forme exceptionnelle, il y a
environ 500 ans, dans les régions où il domine aujour-
d'hui ; massif central de la France, massif Vosgien, massif
Alpin, Sologne, etc. Les crânes brachycéphales que l'on
trouve exceptionnellement jusqu'à cette époque n'ont guère
de commun avec lui que la brachycéphalie. On peut dire
que toute l'Europe, jusqu'au moyen-âge, était peuplée de
dolicocéphales blonds mélangés à d'autres éléments dis-
parus (1).

« La substitution du brachycéphale aux Dolico blonds
est le résultat des sélections sociales, et précisément dans
les mémoires que je viens de terminer, je démontre avec

---

(1) Depuis, M. de Lapouge a publié son livre si intéressant sur les
Sélections sociales qui nous fournit des renseignements détaillés sur le
type *Acrogonus* et sur *H. Contractus*.

la dernière évidence que l'élévation de l'indice atteint
environ une unité dans ce quart de siècle, dans la France
méridionale, sans autre cause que la concentration des
dolicoïdes dans les villes. D'autre part H. *Alpinus* a les
caractéristiques psychiques et physiologiques d'un métis.
d'où j'infère qu'il peut représenter le produit de croisement
de deux types pré- et protohistoriques H. *Contractus* et
Acrogonus que nous ne retrouvons plus sauf dans quelques régions isolées. Ces deux types me paraissent avoir
fait le fond de la population vaincue et asservie par les
Gaulois. Je pense qu'il a dû se produire des métissages
analogues sur d'autres points entre les éléments correspondant à peu près à ceux de l'*Alpinus*. Ainsi. le Mongol
brachycéphale correspond aux conditions d'un croisement
entre *Acrogonus* et H. *Asiaticus*, qui est le type
chinois. Les Savoyards attardés du Pamir peuvent avoir
été soit formés sur place par un croisement entre *Acrogonus* type à peu près *ubiquist* et très ancien et un homologue de H. *Europæus*, soit amenés d'Europe par les
invasions de H. *Europæus*.

« Il y aurait à mon avis à soumettre à une revision
rigoureuse tout le groupe *Alpinus*. Sa forme à tendance
claire et visage long, que Kollmann appelle brachycéphale
leptoprosope, paraît être un métis d'*Acrogonus* et de H.
Europæus. Le Celto-Slave classique de Broca, *Alpinus*
vrai, me paraît issu de *contractus*. Je ne connais pas
assez les brachycéphales asiatiques pour me prononcer sur
leur compte, mais j'ai lieu de supposer qu'il s'est formé
des métis brachycéphales avec tous les types mis en contact
avec les *Acrogonus*; toutes ces synthèses analogues ont
assez de ressemblances d'indices pour être aisément confon-
dues et je crois bien que cette confusion a été faite couramment.

« *Acrogonus* est un genre bien à part, représenté
aujourd'hui par des individus isolés mais qui me paraît
avoir une aire de dispersion énorme. Il est caractérisé

par son crâne coupé verticalement en arrière et sa brachycéphalie supérieure à 90. Je l'étudie en ce moment d'une manière particulière.

« Tout ceci pour arriver à la conclusion suivante, si l'on veut soutenir que les brachycéphales du type *Alpinus* sont les auteurs de la civilisation aryenne, il faut établir qu'ils existaient déjà, il y a quelques milliers d'années et je ne connais pas encore de preuves de leur existence à cette époque autrement que comme individus isolés. »

V

LES KARATÉGHINOIS ET LES DARWAZIS

——

ARENDARINKO, *Russische Revue,* 1878 et 1889.

OCHANINE, *Russische Revue* (?).

REGEL, (Sur les voyages de cet explorateur russe, voir les articles de M. Roth dans *Beilage zur Allgemeinen Zeitung,* Juillet 1884).

JOHNSTON, *Darwaz and Karategin, Asiatic Quarterly Review,* Janvier 1892.

M. Arendarinko, nous a donné une série de renseignements des plus intéressants sur le Karatéghine. Le pays n'est en communication avec ses voisins qu'à partir de la mi-mai jusqu'à la mi-septembre, au moyen de défilés d'une altitude considérable (de 4000 à 4500 m.) ; on se sert de mulets, de chevaux et de bœufs comme moyen de transport. La charette du Turkestan (l'*arba*) n'existe point au Karatéghine. Les rivières sont franchies au moyen d'outres en peau de bouc ; le fond de la vallée qui possède la population la plus dense s'élève encore à plus de 2000 m. au-dessus du niveau de la mer. Le climat est très rude, la neige est excessivement abondante en hiver et les communications entre les villages sont parfois interrompues pendant cinq mois consécutifs : en hiver, les gelées sont plus fortes que dans le pays des Matchas (jusqu'à — 50° C.)

Les habitations sont pourvues de murs de 1 m. 75 cent. d'épaisseur, tandis qu'elles ont à peine 3 m. 15 de hauteur. La partie inférieure de ces maisons est en bois, la partie supérieure est en briques et en terre battue ; elles sont généralement entourées d'un mur protecteur tout aussi épais, et composé des mêmes matériaux. Quant aux villages, ils sont construits comme dans le pays du Matcha ; des rues étroites tortueuses de 1 m. 50 de large aboutissent à une place assez vaste qui entoure la petite mosquée. On rencontre des vergers jusqu'à une hauteur de 2,300 m. Les pentes des montagnes sont couvertes de noyers, d'érables, de sorbiers, de pommiers, de poiriers et de génévriers. Les forêts sont remplies de gibier de toute espèce. Les maisons sont entourées de mûriers, d'abricotiers, de cerisiers, de noyers, etc. Quelques villages du Karatéghine méridional possèdent même de beaux vignobles.

L'élevage du bétail constitue l'occupation principale des habitants ; on élève des moutons, des bêtes à cornes et des chevaux ; mais la plus grande richesse du pays consiste en minéraux, principalement en mines de sel.

Les Matchas reçoivent leur sel du Karatéghine et échangent 72 centim. environ d'une cotonade très étroite appelée *karbyas* contre 120 livres de sel. Le préposé à ces mines de sel, au profit duquel se font ces échanges, paye une redevance au chef du pays. L'huile à brûler se fabrique des matières oléagineuses contenues dans les noix, elle est exportée au Hissar, au Koulâb, au Darwâz et au Matcha. Le commerce des pelleteries est également assez lucratif.

Les orpailleurs cherchent leur butin en mai et en septembre et ils trouvent quelquefois des pépites du précieux métal qui atteignent la grosseur d'une lentille.

Les habitants du Karatéghine sont des Tadjiks montagnards. La partie septentrionale du pays fait exception, elle est occupée par des Kirghises nomades.

Les Tadjiks sont d'une taille élevée, d'une muscula-

ture très développée : ils ont généralement des cheveux
noirs et épais, mais parfois on en rencontre aussi avec des
cheveux roux et châtains Les yeux sont généralement
noirs, cependant on en voit des gris et même des bleus :
le nez est grand et droit. Ils parlent un dialecte du persan.
avec des modifications locales. L'idiome que parlent les
Tadjiks du Zérafchân ressemble tellement à celui des
Tadjiks du Karatéghine qu'ils peuvent facilement se comprendre entre eux.

Dans le Karatéghine, il y a beaucoup d'écoles ; aussi les
imans, les mollahs et les mecktobdars de la vallée du Zérafchân sont-ils pour la plupart originaires de ce pays dont les
mœurs et les coutumes sont presque les mêmes que celles
du Matcha.

Le Darwaz est un pays qui présente un caractère
absolument alpestre ; il s'étend de la frontière du Chougnàn
jusqu'aux deux grands fleuves Wantch et Khoullyasse.
La population est en majeure partie tadjique ; elle est
peu nombreuse et se trouve disséminée dans tout le pays ;
dans la contrée des sources du Khoullyasse on rencontre
aussi quelques tribus de Kirghis.

Le Darwâz est un pays pauvre sous le rapport de
l'agriculture ; on échange le coton qui y croit à souhait
contre le blé du Karatéghine. Le fruit du mûrier sert
à faire du pain, et les feuilles de cet arbre fournissent
la nourriture pour les bestiaux. La culture des vers à soie
est inconnue au Darwâz. Les articles d'exportation sont le
fer et l'or ; le premier se trouve en grande quantité ; on
a parlé à M. Ochanine d'une montagne de fer.

D'après les Karatéghinois, les chemins du Darwâz sont
praticables seulement pour les habitants de ce pays. Mais
les fameux paniers, hissés au moyen de cordages pour
contourner les flancs abruptes et inaccessibles des montagnes, n'existe que dans l'imagination des voisins du
Darwâz ; ces paniers sont en réalité de frêles et étroits
balcons en branchages, soutenus par des cordes.

Il n'existe pas de villes proprement dites au Darwâz, mais on y rencontre pourtant quelques fortins.

Dans la vie si simple des Musulmans, il y a trois événements capitaux. Ce sont les cérémonies du mariage, celles de la circoncision et celles des funérailles, qui sont absolument les mêmes que celles pratiquées dans le Matcha. Le jeune homme qui désire se marier se rend à la maison de celle qu'il a choisie. Quelques vieillards de sa parenté ou quelques amis doivent régler la question du mariage avec les parents de la jeune fille ; si ces derniers tombent d'accord, trois ou quatre jours plus tard, un plus grand nombre de parents et d'amis du fiancé viennent réitérer sa demande. Comme la première fois, ils sont introduits dans la chambre réservée aux hôtes, où on les régale de fruits secs et de gâteaux. Avant de se mettre à table, ils récitent tout bas une prière, puis ils présentent leurs félicitations à haute voix et étalent leurs présents. Le prix auquel on a acheté la femme s'appelle le *mocha ;* il s'élève d'ordinaire, si le fiancé n'est pas des plus riches, à trois chevaux, trois fusils, trois pièces de soie, trois pièces de coton, trois batmanes (23 pouds) de farine et un bœuf destiné à être abattu. Ensuite on offre à la fiancée des cadeaux, qui se composent d'indienne et d'autres étoffes, d'un châle de soie ou de coton et de deux paires de souliers. L'indienne est employée pour les chemises et les pantalons, les autres étoffes servent à confectionner le *koltacha,* espèce de vêtement.

La cérémonie du mariage porte le nom de *mikoch ;* cette cérémonie est présidée par le mollah qui avant de se prononcer sur la validité de l'acte, demande à la fiancée si elle consent à épouser celui que ses parents lui ont choisi.

Après quoi on sert un repas aux invités qui sont toujours très nombreux ; chez les riches, souvent deux ou trois cents personnes assistent à ces repas de noce, c'est-à-dire tout le village y est invité.

11

Les mêmes usages s'observent pour la cérémonie de la circoncision, qui coûte fort cher aux parents. Cette fête dure trois jours entiers, mais on ne procède à la circoncision même qu'après le départ de tous les invités.

Pour honorer la mémoire du mort, on se rend au cimetière le troisième jour après l'enterrement. A cette occasion, les assistants reçoivent 71 centimètres d'indienne ou de soie, en souvenir du décédé. Cette cérémonie est aussi suivie d'un somptueux repas. En dehors de ces fêtes, les Karatéghinois sont très sobres.

Les vêtements de ces montagnards sont fort simples ; ils se composent d'une chemise de coton et d'un caleçon de même étoffe : le khalat et leurs larges pantalons sont en laine. Tous ces habits ainsi que les bottes qu'ils portent se fabriquent dans le pays pendant l'hiver. Chaque habitant possède sa propriété ; la terre doit être cultivée, car le propriétaire en risque la perte, s'il laisse ses champs plus de trois ans en friche.

Les crimes, surtout le vol, sont très rares dans le pays ; ainsi les Karatéghinois font paître leurs troupeaux sans les surveiller. Leur culture intellectuelle est à un niveau très inférieur ; ils n'ont que des idées très rudimentaires sur les poids et les mesures ; leur commerce se réduit à peu de choses ; ils échangent ordinairement leurs produits contre des objets dont ils ont besoin.

Chez ces montagnards, les bonnets remplacent les mesures de capacité.

La tradition rapporte que les premiers agriculteurs du Karatéghine étaient les deux Kirghises Kara et Téghine, à qui le pays doit son nom. Aujourd'hui, les descendants de ces deux bons Kirghises suivent très mal l'exemple donné par leurs prétendus aïeux.

En 1878, on comptait dans ce pays environ quatre cents villages, avec 36,672 habitations. En général, on compte six personnes pour une habitation, ce qui fait un total approximatif de 220.000 âmes.

M. Ochanine rapporte que les champs du Karatéghine sont divisés en champs soumis aux irrigations naturelles et en champs soumis aux irrigations artificielles ; le nombre de ces derniers est relativement très petit. La vallée d'Obiyasmane fait exception à la règle, elle est entièrement arrosée par des canaux d'irrigations. On cultive l'orge, l'ail et l'oignon ; le blé de Turquie et le tabac sont rares ; les gelées blanches sont très préjudiciables à la culture. Les champs se trouvent parfois sur des pentes si abruptes qu'on comprend difficilement comment les Karatéghinois peuvent y arriver avec leurs bœufs pour les labourer. La récolte est descendue au moyen de traîneaux.

Presque tous les manœuvres dans les caravansérails de la plaine sont des Karatéghinois, recherchés pour leur force, leur exactitude et leur probité.

Notons aussi ce que M. Ochanine nous dit sur le Darwâz.

Le Chah du Darwâz était, jusqu'en ces derniers temps, un prince presque absolument indépendant ; pourtant il payait un semblant de tribu à l'émir de Bokhara.

Le dernier prince du Darwâz fut Seradji-Eddin Khan, un parent de Monhammed Saïd, le Chah du Karatéghine. Lorsqu'en 1877 ce dernier fut fait prisonnier et que le Karatéghine fut annexé par l'émir de Bokhara, le prince du Darwâz se refusa à payer le tribut *(tartouk)* à son suzerain. A la suite de ce refus, l'émir s'empara du Darwâz et emprisonna le prince dans sa capitale ; les autres membres de la famille du Chah se refugièrent dans le Chougnân et, plus tard, ne se croyant pas en sûreté, ils s'enfuirent jusqu'au Ferghanâh.

M. Regel, après avoir franchi le défilé de Packchif, déboucha dans le Karatéghine (1881). Il constaté sur les pentes méridionales des montagnes l'existence de quelques oasis dont les habitants s'adonnaient à la culture. Dans la région forestière qui doit sa fertilité à l'irrigation pratiquée sur un sol excellent, le Tadjik y est frugivore ; dans d'excellents pacages alpestres, il s'occupe de l'élevage des bestiaux. M. Regel continua sa route et descendit la vallée du Sorbokh, obstruée souvent par des avalanches et encadrée de forêts de genevriers et d'arbres fruitiers sauvages qui offrent un refuge à l'ours. Au fond de la vallée du Sourkhab, le voyageur aperçut, à perte de vue, des vergers, des bocages, des pommiers sauvages entremêlés de vigoureux ceps de vignes et de noyers aux troncs noueux et aux feuilles luisantes. C'était le Karatéghine, le grenier tant vanté des pays pamiriens.

Vivant dans une solitude patriarcale, le Karatéghinois ne connaît ni la monnaie, ni le marché, ni le mensonge, ni le vol, ni l'adultère. Seul, l'homme sans patrie est considéré comme mis hors la loi, il est vendu comme esclave.

La guerre ravage rarement ces paisibles vallées dans lesquelles le pâtre conduit ses moutons sur les bords verdoyants du Sourkhab ou sur les prairies élevées des Alpes karatéghinoises ; le cultivateur fait glisser des traîneaux chargés de blé le long des sentiers calcaires de ces pentes abruptes. Arrivé à Gharm, la capitale du pays, le chef de la vallée assigna au voyageur russe une simple demeure ; le vénérable vieillard vint au devant de M. Regel appuyé sur un bâton et suivi de serviteurs chargés de fruits du pays qu'il offrit à son hôte ; il donna volontiers des renseignements sur le Karatéghine et sur ses mœurs, et invita le voyageur et ses compagnons à visiter son château où un charmant adolescent, dernier rejeton de la famille royale, s'informa avec curiosité après le pays du Tsar blanc et celui des Francs.

M. Regel fait remarquer la différence qui existe entre la duplicité et la dissimulation des Bokhariotes et l'honnête franchise des Karatéghinois. Lorsqu'il quitta le pays, le même vieillard l'accompagna de ses plus ferventes prières et de ses plus chaleureux souhaits.

Les deux derniers voyages de M. Regel dans la haute vallée de l'Oxus nous ont fait connaître le Darwâz et le

Chougnàn, pays mystérieux que jusqu'à ce jour le pied
d'aucun Anglais ni d'aucun Russe n'avait encore foulé. Le
célèbre sanscritiste de Tubingue, M. Roth, a magistralement condensé en quelques pages les découvertes et les
observations de M. Regel.

En abordant la partie du Darwàz, qui s'appelle Tchilass,
le voyageur franchit un pont de 45 pas de longueur et
entra dans le bourg de Tevil-Dara, où son œil se réjouit à
la vue des maisons bien alignées, aux couleurs claires, avec
des fenêtres au-dessus des portes, entourées de jardins
soigneusement cultivés.

« Le Tadjik du Darwàz peint les murs de ses chambres
en noir. Un coin de la plus grande pièce est occupé par
une espèce de poéle garni au sommet de véritables palis-
sades derrière lesquelles les femmes et les jeunes filles
vaquent aux occupations domestiques ; la fumée s'échappe
par un trou pratiqué dans le toit plat de la maison. Les
provisions sont resserrées dans des boîtes en argile exhaus-
sées sur quatre pieds, afin de les protéger contre les souris.
L'amour de l'ordre est si grand chez ces montagnards,
que chaque ustensile de ménage, chaque petit balai à
main est placé dans une niche pratiquée dans le mur
et affectée à cet usage ; les poulets et les perdreaux
même sont gardés avec un soin égal dans des niches,
disposées parfois au-dessus des bancs en terre battue
qui courent le long des murs et servent de couches aux
indigènes.

« Les habitants de la vallée de Wakhia sont obligés
souvent de quitter leur pays trop peuplé, et on les rencontre
dans toutes les régions voisines, comme ouvriers, marchands
de bestiaux, orpailleurs ; on les rencontre affublés de leur
gros manteau en laine brune, vêtus de leurs bas multicolores montant jusqu'aux genoux et de leurs chaussettes en
cuir de cheval ; leurs longs cheveux châtains ébouriffés,
qu'aucune paire de ciseaux musulmans n'a jamais taillés,
voltigent au gré du vent. Cependant, ils préfèrent toujours

au pilao bokhariote leur plat de haricots ou de fèves et leur soupe aux choux et aux poireaux. »

Peu de temps après, M. Regel atteignit la vallée principale du Darwâz, et fit à la nuit son entrée à Kalarkhoumb (Kilakhoumb), la capitale du pays. A l'arrivée des voyageurs russes, des torches surgirent de toutes parts, des soldats bokhariotes, à la barbe grise, vêtus de leurs uniformes rouges, présentèrent les armes, aux sons de commandements russes ; des cavaliers richement vêtus firent escorte aux voyageurs à travers la grande rue du bazar, éclairée par des lanternes. On arriva bientôt près d'un poste de soldats qui gardait l'entrée d'un château d'un aspect formidable.

Le voyageur fut reçu par le beg du Darwâz et le chef des troupes bokhariotes et, lorsqu'on fut assis autour d'une table dressée au milieu de la salle d'apparat, le vieux beg entama une conversation animée, dans laquelle il raconta son voyage dans la capitale de la Russie, lors du mariage du duc d'Edimbourg.

Les premiers jours passés à Kalaïkhoumb s'écoulèrent agréablement ; les voyageurs étaient charmés par le spectacle des vagues écumeuses et bruyantes du fleuve Pendj, qui, à cet endroit, décrit un circuit en se frayant un passage à travers des masses abruptes et rocheuses ; ils admiraient la silhouette grisâtre de l'antique château-fort, dont les tours de pierre surplombent le fleuve et se dressent verticalement sur ses bords à pics ; enfin, ils contemplaient les maisons bien alignées de la ville, devant lesquelles des soldats aux uniformes brillants circulaient ou se rangeaient sur le passage de la musique persane. Dans le lointain, ils aperçurent des pêcheurs qui jetaient leurs filets, ou bien des cavaliers et des conducteurs d'ânes qui se dirigeaient vers des bourgades voisines en suivant l'étroit sentier qui serpente le long des flancs des montagnes ; plus loin encore, ils virent des cultivateurs aux chaussettes rouges et aux bas multicolores, leurs paniers de forme conique sur le dos, grimper péniblement, en suivant les lacets du chemin. Ces spectacles variés enchantèrent les voyageurs qui ne purent retenir un cri d'effroi à la vue d'un nageur muni d'une outre en peau de bœuf qui se laissait aller au gré du courant et disparut soudain non loin de la rive opposée du fleuve.

L'ange de la mort plane souvent au-dessus de la capitale du Darwâz, car les détritus de la ville produisent dans cet air chaud de mauvais miasmes. Si l'ouragan venant des cimes neigeuses des montagnes voisines ne chasse point les fièvres qui planent au-dessus de la vallée, le voyageur risque fort de payer de sa vie l'audacieuse visite qu'il a faite à ce pays mystérieux.

Les voyageurs se promenèrent aussi volontiers sous les platanes ombreux du parc peuplé de beaux paons. « Celui qui s'assoit dans ce parc, dit M. Regel, près du trône verdoyant du magicien Ka–Kaï, celui qui contemple les deux jattes en pierre qui se trouvent à l'entrée du pont, jattes appelées *khumb*, qui ont donné leur nom à la ville et à un affluent du fleuve qui l'arrose, voit involontairement se dresser devant ses regards les fantômes des héros éraniens et celui d'Alexandre le Grand. »

Longtemps, le Darwâz fut le plus important des petits états du haut Oxus et ses princes se vantèrent de descendre du grand Macédonien. Hélas ! aujourd'hui leur puissance s'est évanouie et a fait place au pouvoir brutal des Bokhariotes. Le dernier rejeton de la famille royale se retira au Badakchan où la cupidité des Afghans le livra bientôt aux Bokhariotes qui le sabrèrent et plantèrent sa tête au sommet du château de ses pères à Kilakhumb.

Plus loin, le voyageur nous fait la description des villages aux maisons blanches surmontées de toits à pignon, les tourelles, les balcons percent partout la sombre feuillée et présentent un aspect riant; on voyait, au loin, des dessins rudimentaires tracés sur des constructions rouges et, plus loin encore, on apercevait des silhouettes d'ani-

maux fantastiques que les Darwazis ont l'habitude de
représenter sur les murs blancs de leurs maisons. On
voyait des granges perchées sur des blocs de pierre,
au moyen d'échelles on descendait les provisions destinées
aux coffres en argile et les combustibles pour les poêles.
Là, des hommes aux poitrines velues, cultivaient des
champs de coton ou de tourne-sol, et dans l'éloignement
des femmes et des jeunes filles étaient assises près de leur
rouet ; les tresses blondes et brunes de leurs cheveux
ornés de rubans, tombaient sur leurs rondes épaules.

L'habitant du Darwâz se distingue encore des autres
Tadjiks des montagnes en ce sens que l'esprit ombrageux
de l'Islamisme lui est resté étranger et qu'un fils de ce pays
a le droit de choisir librement sa compagne.

Les tableaux les plus variés passèrent ainsi devant les
yeux émerveillés du voyageur russe ; ici, c'était un platane
gigantesque ; dans son tronc creux, on avait disposé une
école et un lieu de prières ; plus loin, une ferme, un moulin
cachait une ruine, dernière trace des temps légendaires;
plus loin encore, on apercevait un paisible cimetière aux
tombes oblongues, entourées de pierres sans aucun autre
ornement.

M. Regel rencontra aussi un chasseur d'ibex, armé
d'un fusil à mèche et d'un javelot, qui grimpait sur les
hauteurs à pic ; puis, il distingua le corps velu d'un moine
nu qui, de l'autre côté du fleuve, lançait, à l'aide de sa
fronde, des pierres contre les Bokhariotes détestés, ou
contre les uniformes blancs des Russes, leurs hôtes.

M. Regel fait ensuite une description émouvante des
dangereux balcons en branchages qui remplacent souvent
les corniches taillées dans le roc ; la terre s'effrite sous le
sabot des bêtes et la lueur blanchâtre de l'eau apparait
entre les fissures béantes des poutrelles. Lorsque l'eau est
basse, les Darwazis construisent ces frêles balcons à l'aide
d'échafaudages ; ils enlèvent ces balcons aussitôt que leur
pays est en danger et le voyageur aperçoit alors des rangées

de pitons fichés dans le flanc des montagnes, aspect qui produit un effet étrange.

M. Regel ne put rester que deux jours dans le Wandj ; il constata la fréquence des goîtres chez les habitants de cette vallée. L'existence de ces montagnards est des plus misérables : les céréales viennent rarement à maturité et seul le fruit du mûrier leur fournit un pain douçâtre et gluant. Quelques-uns d'entre eux s'enfoncent dans la montagne pour en extraire des minerais de fer ; ils attendent souvent pendant quelques mois le résultat incertain de la fonte pratiquée dans les mines. Les crampons et les socs de charrue qu'on forge avec ce métal sont échangés dans les cantons voisins ; cependant personne ne voulut montrer au voyageur ces modestes mines.

Malheureusement, M. Regel dut rebrousser chemin et céder devant la mauvaise volonté des employés bokhariotes ; mais l'année suivante, il prit sa revanche et pénétra dans le Chougnân, où il reconnut le grand lac Chiva signalé par Wood. Mais bientôt les Afghans, qui sont devenus les suzerains de cette petite principauté, forcèrent le hardi explorateur à quitter le pays.

M. Regel ayant été empêché, par une maladie cruelle contractée pendant ses voyages, à nous donner des renseignements sur le Chougnân, nous sommes obligés d'avoir recours aux récits des voyageurs anglais, d'autant plus que nous leur sommes déjà redevables d'une série de précieuses données concernant les Tadjiks et les Galtchas des petits états éraniens au nord de l'Hindou-Kouch.

Au point de vue anthropologique, relevons deux faits : les hommes sont velus et parmi les femmes, les blondes ne sont point rares ; cette double constatation faite par le voyageur russe est importante à retenir.

M. Charles Johnston nous donne aussi des renseignements très intéressants sur le Karatéghine et le Darwâz qui complètent les récits de MM. Regel et Ochanine.

La plupart de ces renseignements sont empruntés à un travail du plus haut intérêt de M. Arendarinko, paru dans la *Russische Revue*. M. Arendarinko, savant aussi modeste que consciencieux, a exploré à différentes reprises ces régions et son récit est intéressant et substantiel.

Le Darwâz et le Karatéghine, dit M. Johnston, abrités par de hautes chaines de montagnes, protégés par leur rude et inhospitalier climat (l'hiver, la neige y séjourne pendant six mois) ont toujours été à l'abri des migrations et des incursions qui, à différentes reprises, submergèrent le reste du Turkestan. Les Arabes, les Mongols, les Turcs et les tribus usbègues qui exercèrent successivement leur domination en Asie centrale, ne réussirent jamais à s'implanter ni au Darwâz, ni au Karatéghine, où la population aborigène est demeurée à peu près intacte, depuis la plus haute antiquité.

A une époque relativement récente, les Darwazis ont fait de fréquentes incursions dans les territoires du Pyandj, du Khing-ab, du Sourkh-ab et du Chougnàn pour fournir des esclaves au marché de Bokhara. Après la conquête bokhariote, les habitants du Darwâz et du Karatéghine furent astreints à des pratiques plus rigoureuses de l'islamisme, et les conquérants obligèrent les femmes des montagnards à dissimuler leurs traits derrière le *tchachban*, espèce de voile en crin en usage en Asie centrale. Malgré cette innovation, la vie de ces montagnards est restée presque exactement semblable à celle qu'ils menaient il y a mille ans.

Le dernier récit de M. Arendarinko, date de 1889 :

Le montagnard du Karatéghine et du Darwâz, dit l'explorateur russe, est l'enfant d'une nature sauvage et farouche. Son type, son caractère et sa manière d'envisager la vie reflètent l'influence de la configuration de son pays avec lequel il se trouve dans une lutte constante et qui finit par le dompter. Refoulé dans ces contrées, à la suite

d'événements historiques inconnus, probablement à la suite
de persécutions religieuses, les aborigènes du centre de
l'Asie n'ont point perdu à l'heure actuelle le caractère
typique des antiques tribus éraniennes. Il ne faut, en
aucun cas, considérer ces montagnards comme des demi-
sang tadjiks, tels que les habitants de Khodjend, d'Our-
gout et d'autres localités du Turkestan, qu'il faut nettement séparer des montagnards du Karatéghine et encore
davantage de ceux du Darwâz, par rapport au type et
à la structure de leur langue ; cette dernière a tellement
varié chez ces montagnards, que les habitants du centre
du Darwâz ne comprennent pour ainsi dire pas le persan
parlé au Karatéghine. Ce n'est qu'avec difficulté qu'ils
arrivent à s'entendre avec les montagnards du Wandj et
ils ne comprennent pas du tout le langage du Chougnân.

Le type des montagnards du Darwâz et du Karatéghine est pour ainsi dire similaire. Ils ont la peau
foncée ; les cheveux épais, lisses, roux ou châtains ; les
yeux noirs ou bruns clairs ; les traits réguliers et
expressifs ; le front large, droit, généralement peu élevé ;
le nez droit. Ils sont d'une taille au-dessus de la
moyenne ; leur complexion physique est vigoureuse ;
leur cage thoracique bien développée ; leurs muscles
puissants et leurs mollets beaux. L'ensemble est bien
fait ; ils sont souvent maigres mais toujours vigoureux.
M. Arendarinko a eu l'occasion de voir un grand
nombre de femmes, au Darwâz et au Karatéghine,
parmi lesquelles beaucoup étaient vraiment belles.

Le caractère spécial du pays, son climat alpestre, avec
ses étés froids et ses hivers d'une froidure extrême (la
neige atteint souvent une hauteur de 6 mètres) avec
ses fréquentes trombes de pluie, ont habitué ces
montagnards à une vie casanière et laborieuse, ce qui ne
les a pas empêchés de s'attacher vivement au sol natal,
et cette existence les a rendus patients, taciturnes,
quoique d'un caractère aimable. Ils sont doués d'une

vólonté forte, ainsi que d'une remarquable endurance,
et d'un grand courage ; ils sont capables de faire de 80
à 120 kilomètres par jour, portant sur le dos un sac en
cuir renfermant leurs provisions, ou des charges pesant
jusqu'à 50 kilos. Ils doivent cette endurance à l'exercice
continu de la marche qui les oblige de chercher
souvent à de grandes et d'inaccessibles hauteurs des
terrains propres à être ensemencés, et ils le doivent aussi
à l'agilité avec laquelle, depuis leur jeune âge, ils grimpent
le long des précipices à la poursuite du mouton sauvage,
de la chèvre de la montagne ou de l'ours.

L'hiver, leur pauvreté les oblige à faire des centaines
de kilomètres pour chercher du travail à Koulab, à Hissar,
dans le Kokan, et jusqu'à Bokhara, où ils gagnent de 50
à 100 francs dans la saison ; ils y achètent des cotonnades,
des fichus pour leurs femmes, de la farine et du sel.

Si vous demandez à un de ces montagnards qui passe
l'hiver à Bokhara, pourquoi il n'y amène pas sa famille,
la vie y étant préférable et l'argent plus facile à gagner
que chez lui, il vous répondra invariablement : « Nous
le savons, à Bokhara et à Samarkand la vie est plus
douce, il y a des terres cultivables et du riz en abondance ;
les moutons y sont plus gros que les nôtres, mais, malgré
tout cela, notre pays nous est cher, et quand nous sommes
forcés de vivre à Bokhara nous devenons tristes ; la grande
ville nous semble une prison, et nous attendons avec
impatience l'heure du retour ».

Dans le Karatéghine et dans le Darwâz, les terrains
cultivables appartiennent à des propriétaires, et les pâturages appartiennent en commun aux habitants du village.
La densité de la population est une preuve de l'antiquité
de la civilisation relative dont elle jouit.

Partout où la charrue peut monter, on laboure la terre
jusqu'à une altitude de 3.000 mètres. Cependant, dans le
Darwâz, du moins, le sol cultivable ne suffit point à la
subsistance des habitants ; ils sont obligés de chercher dans

la plaine, du grain ou de la farine d'orge et se servent,
à leur défaut, d'une farine de mûres ou d'une racine,
appelée *tatarok* qui ressemble comme goût au navet.

Malgré les difficultés physiques et les dangers que présentent les crevasses de neige et les rochers inaccessibles,
la chasse est l'occupation favorite de ces montagnards ;
elle se pratique de deux façons différentes, par bandes, ou
isolément. Les chasses entreprises en commun sont un
événement pour le village ; jeunes et vieux, armés de leurs
fusils à mèche, partent pour les hauteurs ; ils s'appliquent
à tourner les troupeaux de moutons et de chèvres sauvages
et rentrent au pays chargés de leur butin. Les incidents
de ces chasses défrayent pendant longtemps les longues
veillées d'hiver.

Bien plus dangereuse est la chasse isolée. Le monta-
nard, toujours armé de son fusil à mèche, chargé de provisions pour quelques jours, se met en route pour les hauteurs, à la poursuite de l'ours ou de la panthère des neiges,
(l'once). Il brave l'aquilon et les avalanches, et passe les
nuits dans des creux de neige surplombés de rochers ;
souvent il est la victime de sa témérité ; mais plus souvent
encore, il revient traînant après lui, un ours ou une
panthère qu'il a abattus à bout portant, ce qui fait qu'il
ne les manque jamais. Quant au gibier de moindre importance, tel que mouton ou chèvre, il l'enterre sur son
chemin et va chercher du renfort pour le rapporter.

La chasse au renard, très fréquente au Karatéghine,
se fait en automne et en hiver ; les montagnards élèvent
à cet effet des chiens dressés à ne point abîmer le pelage
de la bête ; ces chiens, appelés *gourdja*, ressemblent à des
bassets à longs poils ; ils sont très courageux ; nous en
avons vu plusieurs lors de notre voyage dans le Kohistan
zérafchânais. Les peaux de renard se vendent 2 fr. 50
pièce ; la peau de martre (prise au piège) vaut environ
7 fr. 50 ; une peau d'once 5 fr. ; une peau d'ours 12 fr. 50.
Il est tué par an dans le Darwâz et dans le Karatéghine

environ 3,000 renards, 1,000 martres, 100 ours, 40 onces, 1,000 moutons et chèvres sauvages. La chasse aux perdrix des montagnes et des canards sauvages, à l'aide des faucons, est aussi très usitée, surtout dans le Karatéghine ; les lapins y sont également très nombreux, leurs peaux sont employées à la confection de fourrures ou de tapis.

Les villages sont toujours situés, soit au bord des cours d'eau, soit sur le versant des montagnes, à l'abri des éboulements et des avalanches ; les maisons sont généralement peu nombreuses mais elles abritent chacune beaucoup d'habitants, car les fils et les petits-fils qui se marient demeurent dans la maisonnée, ce qui explique les mœurs vraiment patriarcales et la grande autorité dont jouit le chef de famille.

Les modestes chambres de ces plus modestes maisons renferment un chaudron en fer, un *koungane*, généralement en fer, pour faire bouillir l'eau ; quelques poteries pour recevoir l'eau, le lait caillé et pour l'usage de la cuisine ; trois ou quatre tasses, des sacs, des herbes culinaires ou médicinales et une quantité modérée de savon de leur propre fabrication. On y trouve aussi un morceau de cuir à moitié tanné qui leur sert de planche à pâte, enfin, un sac en cuir, qui renferme les provisions nécessaires en cas de voyage ou de chasse.

Dans cette même cabane, on trouve encore un fusil à mèche, un sabre, quelques planches qui servent à franchir les crevasses, des souliers à neige faits en brindilles de saules, des sabots élevés pour l'hiver, un métier à tisser de forme antique, placé dans un coin de la chambre, au-dessus d'un trou dans lequel s'asseoit le tisserand, et une demi-douzaine de torches en résine.

Le montagnard se marie généralement vers l'âge de 16 ans ; il marie sa fille à 12 ans, ce qui paraît un peu prématuré par rapport à la rigueur du climat ; les femmes se forment plus tard que dans les pays moins froids, mais elles vieillissent aussi moins vite, malgré les durs labeurs de leur existence. On fiance les filles dès l'enfance, coutume qui donne souvent plus tard matière à litige, la jeune fille se refusant quelquefois à accepter le mari qui lui a été destiné. Ces mêmes litiges se produisent lorsque la jeune fille se fiance plus tard, de son propre gré, à l'insu ou en désaccord avec ses parents.

Le divorce se présente très rarement chez ces montagnards ; il est prononcé quand la femme a un trop mauvais caractère, quand elle est paresseuse ou quand elle n'arrive point à s'entendre avec les autres femmes de son mari.

Les montagnards du Darwâz et du Karatéghine sont musulmans de la secte des sunnites ; leur ferveur laisse cependant beaucoup à désirer et leurs mosquées sont le plus souvent délaissées.

Ce que M. Arendarinko dit du caractère de ces deux peuplades est très intéressant.

« Ce sont des peuples non corrompus, ils ont le cœur généreux, ils ont beaucoup de compassion pour les orphelins, ils ne sont pas querelleurs, ont horreur du sang versé et professent un grand respect pour les vieillards et pour la propriété d'autrui. Loyaux dans les transactions, ils sont fidèles à la parole donnée ; courageux dans le danger, ils professent le plus grand mépris pour les couards ; ils sont patients et montrent une endurance stoïque en face des privations, dans la lutte contre la nature de leur âpre pays et contre le cours des événements. Ils sont bienveillants, hospitaliers, prêts à partager leur dernier morceau de pain avec l'hôte d'un jour. Parmi leurs dispositions mentales il faut citer une aptitude particulière pour l'observation et une mémoire très fidèle qui se manifeste chez eux dans la connaissance de leur généalogie, de leurs légendes et dans une étude assidue des sciences orientales qui leur sont enseignées dans les medressées de Samarkand et de Bokhara, où ces montagnards envoient de préférence leurs fils. Les jeunes Karatéghinois et les jeunes Darwazis apprennent les écritures sacrées, les lois, les philosophies orientales plus rapidement et mieux que les enfants de la plaine. Le complet isolement dans lequel ils vivent donne à leur existence une empreinte poétique, et l'ignorance des lois de la nature les rend superstitieux et leur inspire la crainte des méchants esprits.

« Dans le Darwâz, on ne connaît ni l'ère musulmane, ni le nom des montagnes, ni celui des autres parties du monde. Ils considèrent le soleil comme la source de la vie et de la lumière, la lune comme le refuge des morts et l'étoile polaire comme l'indicatrice du chemin. Les éclairs et le tonnerre sont regardés par eux comme des essais tentés par le diable pour escalader le ciel, pendant que les anges le criblent de pierres flamboyantes. Pour eux, Dieu a fait sortir le printemps et l'été du paradis, l'automne et l'hiver de l'enfer ; les tremblements de terre, très fréquents dans ces régions, sont causés, d'après leurs croyances, par les contorsions des âmes des pécheurs qui expient leurs forfaits.

« Leur vive imagination se manifeste dans leurs poésies, dans leurs récits, dans leurs fables et dans leurs proverbes ; dans des poèmes sentimentaux qui réflètent le plaisir causé par la vue des fleurs, par le chant mélancolique d'un rossignol délaissé, par les joies familiales des colombes amoureuses. »

Les observations de M. Arendarinko, prouvent que les Karatéghinois et les Darwâzis sont beaucoup plus intéressants que les autres Eraniens du Pamir ; ils paraissent avoir conservé le mieux les mœurs et les coutumes de leurs aïeux.

Nous avons eu l'occasion de mensurer environ 15 Darwâzis qui présentaient un indice céphalique de 81,43 (82,93) et un indice frontal de 74,45 (76,45). La courbe horizontale totale était de 547 mm. et la courbe transversale sus-auriculaire de 341,3/4 ; ils avaient donc le crâne peu volumineux, et, comparé aux autres Eraniens, peu élevé. Leur taille était de 1,687 mm., tandis que les Karatéghinois que nous avons eu l'occasion de mensurer atteignaient 1,700 mm. et davantage.

Quant aux caractères de la face, la distance des commissures internes des yeux était de 32 mm., celle des deux
pommettes 117 mm. et celle des deux angles de la mâchoire
inférieure de 108 mm.

La distance du point mentonier à la naissance des cheveux était de 195 mm.; l'indice du visage céphalométrique
était de 60, et l'indice facial était de 75,21 (77,21) ; leurs
figures étaient donc d'un oval allongé. Ils avaient tous
les yeux bruns, les cheveux noirs ou châtains. Quant à la
barbe, 70 0/0 avaient la barbe châtain, 30 0/0 la barbe
noire. Quant à la pilosité du corps, 10 0/0 avaient la peau
presque glabre, 60 0/0 la peau peu velue, 10 0/0 la peau
velue et 20 0/0 très velue ; tous avaient la barbe abondante.
Quant à la forme du nez, 10 étaient leptorhiniens, 4 mésorhiniens et 1 platyrhinien. En général, sauf l'absence des
blonds, leur type se rapprochait sensiblement de celui des
Tadjiks de Samarkand.

VI

LES TADJIKS DU BADAKCHAN

WOOD, *A Journey to the Source of the River Oxus*, précédé d'une introduction du colonel Henry Yule, Londres, 1872.
Henry YULE, *The Book of Sir Marco Polo*, Londres, 1875.

Wood croit que le Badakchan a été peuplé par des indigènes de Balkh, car ses habitants sont des Tadjiks et parlent le persan ; il n'existe cependant aucune légende dans le pays qui vienne confirmer cette supposition. Il est certain que les mines de rubis qui se trouvent au Badakchan ont contribué de bonne heure à faire connaître cette région ; cependant nous savons peu de chose sur l'état du pays, antérieur à l'invasion usbègue. Cette invasion imposa une dynastie musulmane au Badakchan. Le pays soumis aux empereurs de Delhi n'eut jamais à souffrir de leur domination, grâce à sa position inaccessible.

Sous le règne des Douranis, la dépendance du Badakchan devint encore plus illusoire que par le passé. Aucun des grands princes tatars, ni Gingiskhan, ni Tamerlan, ni Cheïbani, ne paraissent avoir foulé le sol du Badakchan. Quelques successeurs de Baber, chassés des riches plaines de la Sogdiane, trouvèrent un refuge dans la haute vallée de l'Oxus. Leurs descendants, ne contractant aucun mariage avec les habitants du pays, sont encore facilement reconnaissables à leur type.

L'argument qui paraît le plus important à Wood en faveur de l'origine persane des Badakchis, est tiré de leur religion. Avant l'invasion usbègue, les Badakchis paraissent avoir été Chiites.

Wood est porté à croire que les Tadjiks sont les aborigènes des contrées montagneuses au nord et au sud de l'Hindou-Kouch (1). « Les habitants du Kafiristan, du Tchitral, du Wakhân, du Chougnân et du Rochân (ainsi que ceux de la vallée du Yagnôb), parlent des dialectes propres, mais qui se rapprochent beaucoup de ceux parlés parmi les Tadjiks de la plaine (2). » Wood croit qu'à une époque fort reculée, vers le commencement de l'introduction de l'islamisme, tous ces montagnards se sont séparés de leurs frères de la plaine. Seuls, les habitants du Kafiristan ont pu rester fidèles à la foi de leurs pères et ils se vengent encore aujourd'hui, au moyen d'incursions sanglantes entreprises contre les croyants, des souffrances de leurs aïeuls dont les autels avaient été détruits par les apôtres fanatiques de la religion de Mahomet (3).

« Les Tadjiks sont excessivement sociables; ils recherchent une conversation vive, assaisonnée de saillies. Le plus grand éloge qu'ils puissent faire d'un étranger,

---

(1) Nous verrons plus loin combien cette opinion est erronée, par rapport aux habitants au sud de l'Hindou-Kouch.

(2) Wood avait donc connaissance des dialectes pamiriens, mais il ne les avait point étudiés, car sans cela leur dissemblance avec le Persan et avec le Khovar du Tchitral l'aurait frappé ; la même observation a été faite par M. Regel chez les habitants éraniens du Darwâz.

(3) Wood paraît ignorer qu'avant leur conversion à l'Islamisme toutes ces populations paraissent avoir été bouddhistes, à l'exception peut-être des Kafirs.

est celui qu'il est un charmant causeur, qu'il s'exprime bien. Surtout les Mollahs sont très aimables et moins réservés que leurs compatriotes qui n'ont point voyagé.

« Nulle part on ne remarque autant la différence qui existe entre la société européenne et celle de l'Asie, que chez les Tadjiks du Badakchan. En Orient, rien ne sépare les classes instruites de celles qui ne le sont pas. Des relations non interrompues entre des personnages d'un rang élevé et leurs subordonnés, ont affiné les manières de ces derniers. Car ces relations, au lieu de produire chez les supérieurs de la morgue et du mépris pour leurs inférieurs, ont fait naitre au contraire chez ces derniers une espèce de sentiment de dignité personnelle très prononcé. Il suffit de voir avec quelle gravité, quelle mesure, quelle aisance un Kasid (messager), quelquefois de la plus humble extraction, lit son message au sein d'un dourbar. »

Wood attribue cet état de choses à l'éducation des enfants qui, de bonne heure admis dans la société des grandes personnes, prennent des manières distinguées et polies. Il faut voir avec quelle dignité un petit Tadjik de 6 à 7 ans fait son entrée dans une société, s'incline en croisant les bras sur la poitrine et prononce les paroles sacramentales : Que la paix soit avec vous ! (1).

_____

(1) Comme toutes ces observations de Wood sont intéressantes et instructives et diffèrent de celles faites par des petits employés du Turkestan, envoyés en mission dans les régions pamiriennes. C'est précisément cette recherche et cette distinction que Wood a mises dans chaque page de son récit, qui lui ont valu la malveillance et la mauvaise humeur des savants de Tachkend. On aura beau faire, un Anglais fier de sa civilisation plusieurs fois séculaire, chez lequel la bonne éducation est une chose innée ou du moins apprise depuis la plus tendre enfance, aura toujours une autre manière d'observer que les Tchinovniks du Turkestan. Le hasard seul a amené ces fonctionnaires dans ces régions. Leurs connaissances personnelles sont tellement superficielles et leur éducation première si rudimentaire, qu'ils se voient, pour ainsi dire, obligés au mépris de la science d'autrui, sentiment inspiré par la plus mesquine jalousie. Deux exemples suffiront pour illustrer leurs procédés : Pjéwalski, que je me garderai bien de vouloir assimiler aux petits

Quand Wood prit congé d'Akhmed-Chah, le roi
du Badakchan, celui-ci réunit une nombreuse compagnie
en son honneur. Le voyageur anglais tenant en main le
chapelet de son compagnon de voyage, Gholam Houssein,
son hôte, Akhmed-Chah, qui avait toujours cru que Wood
était musulman, s'empressa de le complimenter sur son
orthodoxie. L'Anglais crut devoir désabuser son interlocu-

savants de Tachkend, revient de son intéressante exploration du bassin
du Tarym et du Tibet septentrional, et nous entretient dans ses récits
attrayants du rôle fertilisateur que joue la poussière du lœss dans les
steppes de l'Asie centrale ; aussitôt les savants de Tachkend se mettent
à exulter cette merveilleuse découverte, que Pjéwalski n'avait nullement l'intention de s'attribuer (je tiens ces faits de sa bouche même) ;
car il savait fort bien que le baron de Richthofen en avait parlé
longuement, dans son premier volume sur la Chine, paru en 1877.

Quant à la langue du Chougnan, supposée découverte par M. Ivanoff, ingénieur des mines à Tachkend, l'exemple est encore bien plus
frappant.

Le regretté voyageur anglais Shaw avait publié à Calcutta, de 1876
à 1877, son étude approfondie sur les dialectes galtchas, étude dans
laquelle il est longuement question du chigni. Plus tard, le professeur
Tomaschek démontre la parenté étroite qui existe entre le chigni et le
sarikoli, qu'il considère comme les derniers vestiges de l'ancienne
langue des Saces. Depuis, le professeur Geiger, de Munich, a repris la
même question qui a été traitée aussi par le savant belge Van den
Gheyn.

Qu'importent tous ces faits, aux porte-paroles de M. Ivanoff ; ils
feignent d'ignorer tous ces travaux et ne connaissent que le vocabulaire
chigni, dont M. Ivanoff a doté le monde savant.

Je n'entretiendrai point mes lecteurs des démêlés que j'ai eus avec
ce même M. Ivanoff, qui s'était permis de critiquer mes recherches
anthropologiques, auxquelles il ne comprenait absolument rien. Depuis,
la publication des résultats anthropologiques, du voyage de Fédchenko,
dans la haute vallée du Zérafchan et les observations sur les crânes
galtchas, dues au professeur Bogdanoff, sont venues confirmer purement
et simplement les résultats que j'avais obtenus.

Loin de moi la pensée de vouloir comparer à ces gens jaloux et de
mauvaise foi les grands savants et explorateurs russes, tels que les
Khanikoff, Séménoff, Séwértsoff, Fédchenko, Radloff, Middendorff,
Osten-Sacken, Schiefner, Wiedemann, Pjéwalski, Bogdanoff, Kouropatkine, Eliseïeff, Regel, le docteur Ivanoff, Maliéff, etc., etc., dont les
beaux travaux sont universellement admirés.

cuteur, il s'en suivit une discussion théologique des plus
curieuses. Hazret Ichan, l'homme saint, expliqua à Wood
que l'ascension dn Christ avait eu lieu en 392 avant notre
ère, qu'on devait donc compter 2230, au lieu de 1838.
Un autre assistant (un marchand) fit remarquer qu'il
avait vu un Evangile dans le temple des idolâtres russes,
(les nombreuses peintures des églises grecques choquent
le musulman orthodoxe), et il ajouta que l'ancien et le
nouveau testament n'étant qu'une compilation du Coran,
la bible chrétienne doit nécessairement renfermer une
foule de choses inutiles, car tout ce qui est indispensable
se trouve déjà dans le Coran. Alors, Wood montra à ses
interlocuteurs une très belle édition de la bible, faite à
Oxford. Tous s'empressèrent autour de lui en baisant le
livre saint et en exaltant la belle dorure sur tranche et la
netteté des caractères ; seul le marchand garda le silence.

Wood nous entretint des mines de rubis, situées dans
le district de Gharàn, mot qui signifie grotte ou mine.
Les mines se trouvent à une hauteur de 400 mètres au-
dessus du niveau de la vallée. L'extraction des pierres
précieuses est aisée, car on n'a qu'à les débarrasser de
leur enveloppe en grès rouge ou en pierre calcaire fortement mélangée de magnésie. Les ouvriers mineurs sont
cependant incommodés par de fréquentes infiltrations d'eau
et par la fumée de leur lampe, car il n'existe point de
conduits de ventilation. Ces mines n'avaient pas été
exploitées depuis l'invasion du prince usbeg de Koundouz
qui, mécontent du faible rapport de ces mines, augmenta
ses revenus en vendant comme esclaves presque tous les
habitants valides du Gharàn.

Wood nous raconte aussi qu'il n'est pas permis à un
Tadjik de se marier avec une fille usbègue, mais c'est la
seule différence, ajoute-t-il, qui existe encore entre eux.

Ce fait a, cependant, une certaine importance par
rapport à la race et rappelle ce que nous avons dit
plus haut des Tadjiks du Turkestan russe.

Nous devons au colonel Henry Yule, le commentateur de Marc Pol, les renseignements suivants sur le Badakchan et ses habitants, que nous croyons utiles de reproduire.

« La population du Badakchan proprement dit est composée de Tadjiks, de Turcs et d'Arabes, qui sont tous des sunnites suivant les doctrines orthodoxes de la loi musulmane et parlant persan et *turki*, tandis que les habitants de la partie montagneuse sont des Tadjiks du culte de Chia qui ont des dialectes provinciaux distincts ou des langues particulières. Les habitants des villes importantes joignent pourtant à ces dialectes la connaissance du persan. C'est ainsi que le *chighnani* (appelé aussi chighni) est parlé au Chougnàn et au Rochàn, l'*ichkachami* à Ichkachim, le *wakhi* au Wakhàn, le *sanglitchi* au Sanglitch et au Zébakh et le *mindjani* au Mindjàn. Tous ces dialectes diffèrent essentiellement les uns des autres. On peut considérer comme presque certain que le Badakchan proprement dit avait aussi un dialecte particulier à l'époque de Marc Pol. M. Shaw signale la ressemblance typique qui existe entre les habitants du Cachemire et ceux du Badakchan.

« La légende qui fait descendre d'Alexandre les rois du Badakchan est rapportée par Baber et par des écrivains orientaux antérieurs. Cette illustre origine est aussi revendiquée par les chefs du Karatéghine, du Darwâz, du Rochàn, du Chougnàn, du Wakhan, du Tchitral, du Ghilghit, du Souat et de Khapolor dans le Baltistan (Khapalou). On trouve des spécimens de ces généalogies dans l'étrange document appelé « Garner's Travels ».

« Dans le Badakchan proprement dit, cette légende semble avoir complètement disparu. Wood nous affirme cependant que la famille moderne des Mirs se vante encore de cette origine. Ceux-ci ne sont en réalité que des *Sahib-zadahs* de Samarkand qui furent appelés dans le Badakchan vers le milieu du XVIIme siècle et n'avaient aucun lien de parenté avec les anciens rois. Ces prétentions

traditionnelles de vouloir descendre d'Alexandre étaient
probablement causées par le souvenir vivace du royaume
gréco-bactrien et pouvaient avoir eu une origine analogue
à celle des prétentions du Sultan au titre de « César de
Rome », car les véritables ancêtres des plus vieilles
dynasties des rives de l'Oxus devaient plutôt être cher-
chés parmi les Tokhari (1) et les Ephthalites que parmi
les Grecs auxquels ils succédèrent.

« Un objet en argent provenant du Badakchan témoigne en faveur des rapports réels qui existaient entre la
Bactriane et la Grèce, et explique la prétention des princes
du Badakchan à une origine grecque. Cet objet, une
patère d'argent, fut vendue en 1838 par la famille des
Mirs, pendant leur captivité, au ministre du chef usbeg de
Koundouz et par celui-ci, au docteur Percival Lord. Elle
se trouve maintenant au Musée de l'Inde. Elle porte,
gravés au fond, un ou deux mots en pehlvi et un mot en
syriaque ou ouigour.

« Il est étonnant que le docteur Lord ait pu acquérir
deux patères dans les circonstances indiquées plus haut.
L'autre patère, semblable par la forme et par la matière
à la première, mais un peu plus grande en apparence, est
sassanide ; elle représente un roi perçant un lion de sa
lance.

« Zu'-lkarnaïn (le bicorne) est un des qualificatifs
arabes d'Alexandre, qualificatif auquel se rattachent
certaines légendes mais qui probablement tire son origine
des effigies cornues que porte sa monnaie. Ce terme se
trouve dans Chaucer (Troïlus et Cussida) dans le sens de
« embarras extrême » :

« On dit que la locution existe encore dans certains
coins de l'Angleterre. Cet usage provient, dit-on, de ce que
les Arabes appliquent le terme Bicorne à la 47e proposition
d'Euclide. »

(1) Les Yué-tchi et surtout leur tribu principale les Kouchans.

Ajoutons encore quelques autres observations empruntées également au Marc Pol du colonel Henry Yule :

« J'ai adopté dans le texte pour le nom du pays,
parmi les nombreuses formes, celle qui se rapproche le
plus du vrai nom, c'est-à-dire *Badascian* (Badascien). Mais
Balacian se rencontre aussi dans ce même texte et dans
celui de Pauthier. Cette forme représente *Balakhchan*,
qui est aussi employé parfois en Orient. Hayton écrit
Balacen, Clavijo *Baldaxia*, la carte catalane porte
Baldassia. C'est de la forme *Balakch* que le *rubis balais*
a tiré son nom. Comme le dit Ibn Batuta : Les montagnes
du Badakhchan ont donné leur nom au Badakhshi Ruby
(rubis balais) vulgairement appelé *Al Balakhsh*. Albertus
Magnus dit que le *Balagius* est la femelle de l'escarboucle
ou rubis proprement dit. « Et certains disent que c'est sa
maison, et que c'est de ce fait qu'il tire son nom *Palatium
carbunculi* (le palais de l'escarboucle) ! » Le rubis balais
ou *balas* est, comme le spinel, d'une espèce inférieure au
véritable rubis d'Ava.

« L'auteur du *Nasalak al Absar* dit que le plus beau
balais qui ait jamais été vu en Arabie est celui qui fut
offert à Malek'Adil Ketboga à Damas ; il était de forme
triangulaire et pesait 50 drachmes (la drachme poids est
de 4 gr. 36, un 8ᵉ d'once). Les prix des balais en Europe, à
cette époque, se trouvent dans Pegolotti. « Ni saphirs de
l'Inde, ni rubis de grand prix ne manquaient, pas plus
que l'émeraude si verte, le *Balis*, *Turkis* et toutes choses
de mon goût. (CHAUCER, *Cour d'Amour*). »

> L'altra letizia che m'era già nota
> Preclara cosa mi si fece in vista
> Qual fin *balascio* in che lo sol percuota.
>
> *(Paradiso*, IX, 67.)

« Les comptes du monopole royal de l'exploitation des
mines, sont dressés avec soin jusqu'à l'époque présente.

Lorsque Murad Beg de Koundouz. s'empara du Badakchan, il y a quelque 40 ans, irrité du produit insignifiant
des mines, il renonça à les exploiter et vendit comme
esclaves presque tous les habitants du pays ! Les mines
continuent à ne pas être exploitées, à moins que ce ne
soit de façon clandestine. En 1866, le *Mir* régnant en fit
ouvrir une à la requête du pandit Manphul mais presque
sans résultat.

« Les mines sont situées sur la rive droite de l'Oxus,
dans le district d'Ichkachim et sur la frontière du
Chougnân.

« Les mines de *Lajwurd* (d'où l'azur et lazuli) sont,
comme les mines de rubis, célèbres depuis des siècles.
Elles sont situées dans la vallée supérieure de la Kokcha,
appelée Koran, dans le district appelé *Yamgân*, dont
l'étymologie populaire est *Hamach-kan* ou « *Toutes-
mines* ». Elles furent visitées par Wood en 1838. Le
produit en est maintenant de qualité inférieure. La plus
belle qualité se vend à Bokhara de 30 à 60 tillas ou de
12 à 60 livres sterling les 36 livres. Le district de Yamgan
contient aussi des mines de fer, de plomb, d'alun, de
sel ammoniac, de soufre, d'ocre et de cuivre. Les dernières ne sont pas exploitées. Mais je n'ai connaissance
d'aucune mine d'argent plus proche que celles de Paryan,
dans la vallée de Pandjir, au sud de la crête de l'Hindou-
Kouch, fortement exploitées au commencement du moyen-
âge. »

VII

LES ERANIENS DU PAMIR

Wilhelm **TOMASCHEK**, *Centralasiatische Studien*, I, *Die Pamir Dialekte*, Wien, 1880.

BONVALOT, *Du Kohistan à la Caspienne*, Paris, 1885.

WOOD, *A Journey to the Source of the River Oxus*, précédé d'une introduction du colonel Henry Yule, Londres, 1872.

W. GEIGER, *Ostiranische Kultur im Alterthum*, Erlangen, 1882.

Henry YULE, *Marco Polo*, Londres, 1875.

R. SHAW, *Visit to High Tartary, Yarkand and Kashgar*, Londres, 1871.

BELLEW, *Kashmir and Kashgar*, Londres, 1875.

FORSYTH, *Report of a Mission to Yarkand*, Calcutta, 1875.

BONVALOT, *Du Caucase aux Indes à travers le Pamir*, Paris, 1888.

CAPUS, *Le Toit du Monde (Pamir)*, Paris, 1890.

Les Galtchas proprement dits, appellation absolument conventionnelle, comme nous l'avons déjà fait remarquer plus haut, comprennent les peuplades qui, habitant les vallées les plus élevées autour du Pamir, parlent des langues qui se distinguent foncièrement du *tadjik* et que M. Tomaschek a surnommées dialectes pamiriens. Ces peuplades, dont l'étude présente un intérêt tout particulier, comprennent les habitants de la vallée du Yagnôb,

la plus élevée et la plus écartée du Kohistan zérafchanais ; les habitants du Chugnàn, du Rochàn, du Gharàn,
du Wakhan, du Sarïkol et enfin les habitants de la haute
vallée du Koktcha, dans le Badakchan méridional, sur le
versant Nord-Ouest de l'Hindou-Kouch, et une toute
petite partie de la vallée supérieure du Loud-Khô, tributaire du Kounar, qui arrose le Tchitral, sur le versant
opposé de cette même chaine de montagnes. Tous les
dialectes parlés par ces différents peuples, c'est-à-dire le
Yagnôbi, le Chigni ou Sarikoli, le Wakhi, l'Ichkachami,
le Sanglitchi, le Mounghi ou Yidghani constituent les
dialectes *pamiriens* de M. Tomaschek. De tous ces idiomes, le Mounghi ou Yidghani se rapproche le plus de
l'ancien Bactrien. Les autres langues, à l'exception du
Yagnôbi, sont toutes des dialectes iraniens. Le Wakhi, en
particulier, se rattache à la forme ancienne du Pehlevi :
le Chigni et le Sarikoli, étroitement apparentés, sont,
d'après M. Tomaschek, les derniers vestiges de la langue
des anciens Saces ; enfin, le Yagnôbi, tout en se rattachant comme vocabulaire aux langues iraniennes, est
cependant un idiome absolument hindou, quant à ses
formes grammaticales, et se rapproche aussi parfois de
la langue Kadjouna de M. Leitner ou du Bourich de
M. Biddulph, idiomes non aryens, parlés par les habitants
de Ghilghit, de Yassine, de Houndza et de Nagher et que
M. Biddulph regarde comme des descendants des anciens
Yué-tchi.

Pour connaitre les Eraniens du Pamir proprement
dit, il nous suffira de consulter ce que des voyageurs
nous rapportent sur la tribu la plus septentrionale,
c'est-à-dire les Yagnôbis et sur celle qui au bout
opposé du Pamir confine à l'Hindou-Kouch, c'est-à-
dire les Wakhanis.

Le type des Yagnôbis parait différer légèrement des
autres Galtchas du Kohistan zérafchanais. Voici ce qu'en
dit M. Bonvalot : « Les hommes sont généralement de

petite taille, très velus, très bruns, avec des faces larges, une grosse tête ; souvent leurs sourcils se joignent. Ils ont l'aspect européen et plus ou moins savoyard. Citons encore quelques traits de mœurs empruntés à ce voyageur. Les montagnards du Yagnôb aiment beaucoup la chasse. Armés de leur fusil à mèche et munis de quelques jours de vivres, ils poursuivent la chèvre sauvage parfois jusqu'aux neiges éternelles et à force de ruses et de patience ils finissent par abattre la bête.

« Souvent les Yagnôbis descendent dans la plaine habillés comme des misérables, ils prennent le bâton recourbé et la gourde du pèlerin. Ils rôdent de bazar en bazar, égrennent constamment un chapelet énorme, laissant passer par le khalat entr'ouvert la corne du Coran ; ils tendent la main aux fidèles en récitant les prières et disent : « Donnez au pèlerin qui s'en va à la Mecque, il priera pour vous et Allah sera content. » On leur donne quelques poules et quand ils ont ramassé un pécule, ils jettent les loques de mendiant, achètent un bon khalat, une bonne charge de coton, un âne qu'ils enfourchent et s'en retournent tranquillement dans leurs montagnes. Ils mettent le coton entre les mains de leurs femmes, qui le filent, en tissent une toile grossière, puis ils vont la colporter dans le Hissar.

« Les maisons sont assez distantes les unes des autres, elles sont généralement adossées à l'extrémité la moins renflée d'un contre-fort. C'est une mesure de précaution contre les avalanches, autant que pour assurer la solidité de la construction.

« Les portes des maisons sont larges comme un homme, et ont un mètre de haut. A l'intérieur, à droite, une sorte de table en cailloutis couvert de terre fait corps avec le mur ; le tout est supporté par deux traverses : une placée au milieu, l'autre portant sur la première et le mur de façade. Je touche le tout de la tête en me haussant sur la pointe des pieds. A gauche de la porte, près du mur, le foyer est indiqué par un trou creusé au-dessous de la cheminée faite de quatre dalles formant capote. Une fenêtre permet d'établir un courant d'air, de regarder dehors. Elle est placée sur le même plan vertical que la cheminée et le foyer. Une autre particularité est que les appentis et le logement, au lieu de se faire face et de former une enceinte sont sur la même ligne, faute de place et parce qu'il est inutile de se défendre par de hauts murs. On met les outils à l'abri sous un hangar et le bétail est enfermé dans les étables adjacentes.

« De même que le nomade, les Yagnôbis vivent surtout de la rente que les troupeaux payent en laitage. Ils cultivent un peu de blé, d'orge, de lin, de fèves, mais la quantité n'est pas suffisante pour leur consommation personnelle, et ils doivent aller quérir dans le Hissar le blé qu'ils échangent contre une toile de coton et une bure grossière fabriquée sur le plus primitif des métiers.

« Les chevaux sont rares ; ils ne servent guère qu'à transporter dans la plaine les objets manufacturés, et à en rapporter des céréales.

« Les Yagnôbis sont d'excellents piétons ; ils ont les jambes supérieurement musclées et marchent avec la sûreté d'une chèvre, certes plus vite qu'un cheval, et ils sont presque infatigables. Ils allongent le pas dans les endroits montueux et franchissent les ruisseaux en s'aidant d'un grand bâton et vont au petit trot. (Cette curieuse habitude rappelle celle des *saïs* aux Indes qui selon l'allure de la monture de leur maître, marchent ou courent derrière, à côté ou devant lui.)

« Les femmes yagnôbies ne sont point seulement chargées des travaux domestiques. Elles fabriquent aussi la vaisselle, modèlent la terre et la font cuire. Les ustensiles de cuisine, tels que les écuelles, les burettes, ont un galbe vraiment élégant et le goût n'y fait pas défaut.

« Le Yagnôbi est d'une robuste constitution. Dans ce rude pays, les faibles sont éliminés dès leur plus tendre

enfance. Quand il descend dans la plaine, il gagne généralement la fièvre. »

Citons quelques superstitions et exorcismes empruntés
à ce même voyageur. « Une femme stérile veut-elle être
mère ? Son mari tue une chèvre et il convie autant que
possible les jeunes gens qui lui sont alliés par le sang.
Chacun d'eux apporte son fouet.

« Dans une chambre spacieuse, la femme est accroupie
vêtue de ses plus beaux habits et le visage découvert s'il n'y
a pas d'étrangers. La chèvre est servie, on la mange devant
l'hôtesse qui regarde. On a soin de réserver les os qu'on
dispose en cercle autour de la bréhaigne ; puis les festineurs
la cernent de tous côtés en poussant des Ho ! Ho ! de toute
la force de leurs poumons. Deux hommes agenouillés bran-
dissent des tamtams, les font résonner, afin d'accompagner
une chanson de circonstance hurlée vigoureusement. Le
mari, témoin de la scène, invoque Allah sans interrup-
tion. De tout cela, il résulte un charivari étourdissant
dont le but est de terrifier le diable possédant la malheu-
reuse femme. Au reste il est aisé de constater sa présence,
car durant cette manifestation hostile, il manque rarement
d'essayer de dévorer l'enfant que la femme porte dans son
sein, et à chaque morsure la femme tressaille de douleur.
Au tressaillement révélateur, les jeunes gens qui sont
attentifs frappent la possédée du fouet qu'ils tiennent à la
main. Il paraît que le malin esprit est expulsé en trois ou
quatre séances.

« Le mari remercie tous ceux qui ont bien voulu lui
prêter un concours bienveillant et leur distribue quelques
pièces de monnaie en manière de Silao.

« Une coutume assez curieuse est de ne point couper le
pain et de toujours le rompre. Se servir d'un couteau est,
paraît-il, un sûr moyen de faire augmenter le prix de la
farine. »

Quant à la mission de Sir Douglas Forsyth, elle nous a
fourni des données d'un haut intérêt pour la géographie

physique et politique du Turkestan oriental et pour tout ce qui concerne le commerce et l'industrie de ce pays ; mais quant à la description des mœurs et du type des peuples, les renseignements anglais sont malheureusement d'une sobriété extrême. Nous sommes encore obligés d'avoir recours à Wood, pour suppléer à ces lacunes.

Quant aux Wakhanis, voilà comment Wood s'exprime sur leur compte :

« J'ajouterai quelques notes sur le type de ces vrais ou pseudo-Grecs. Des quinze Wakhis que j'ai mesurés, le plus grand avait 1,709 mm., le plus petit avait 1,570 mm. Les hommes sont plus hâlés, parce qu'ils s'exposent plus que les femmes aux intempéries de l'air ; ils n'ont rien de particulier dans leurs lignes faciales, ni dans la couleur des yeux et des cheveux, mais ils ressemblent beaucoup aux Tadjiks. »

Plus loin, Wood dit qu'il a été frappé par le caractère des chiens aux oreilles et à la queue poilues, qu'il compare au lévrier d'Ecosse et qui se distinguent des Tazi de la plaine. Ils sont cependant, ajoute-t-il, plutôt rapides que durs à la fatigue. La couleur de ces chiens est généralement noire ou d'un brun rougeâtre ; ces derniers sont souvent tachetés (1).

Les maisons des Wakhanis ressemblent à celles des habitants du Badakchan, à l'exception du foyer qui établi chez ces derniers, au centre de la chambre, est remplacé chez eux par un grand poêle à la façon russe, qui occupe tout un côté de la maison, et communique à l'habitation une chaleur égale.

En passant par Ichkachim, Wood avait été reçu dans la maison d'un jeune montagnard qui avait beaucoup à souffrir des traitements que lui infligeait sa femme, esclave affran-

(1) La même espèce de chiens existe dans le Ghilghit, au Sud de l'Hindou-Kouch, et nous en avons ramené en Europe deux exemplaires, lors de notre voyage au Cachemire, au Dardistan et au Petit-Tibet, en 1881,

chie d'origine afghane. Cet homme paraissait avoir une peur affreuse de sa compagne et disait à son hôte : « Si elle ne faisait que mordre, le malheur ne serait pas grand ; les dents, cela s'arrache, mais la langue, la langue, il n'y a pas moyen de la supprimer. » Ce serait une erreur de croire, ajoute Wood, que les femmes musulmanes n'ont aucune influence dans leurs ménages. Elles en ont tout autant que les femmes chez nous en province ; quelquefois même elles prennent une part active à la direction d'un pays, à preuve la femme de Yabar Khan, frère du dernier roi de Kaboul, qui gouvernait l'Afghanistan tout autant, sinon plus, que son beau-frère.

Wood nous donne également une description très intéressante des petits Etats à l'ouest du Pamir, depuis le Wakhân jusqu'au Kohistan zérafchânais.

Les renseignements qu'il nous fournit sur le Chougnân, le Rochân, le Darwâz et le Karatéghine n'ont été nullement infirmés jusqu'à ce jour. Quand il nous parle d'un grand étang situé sur la rive gauche du Pandj, dans le Chougnân, il nous signale déjà le lac Chiva, découvert il y a peu de temps par le docteur Regel.

Retenons cependant quelques observations du récit de Wood, observations qui sont d'un haut intérêt pour l'ethnologie de l'Asie centrale. Les habitants du Chougnân et du Rochân sont chiites, comme ceux du Wakhân, tandis que la population du Darwâz est sunnite comme celle du Badakchân et des autres Etats du Turkestan. D'après Wood ce serait une preuve de l'origine persane de ces montagnards. Nous ne partageons point cette manière de voir, car l'islamisme a été répandu dans la Transoxiane par les conquérants Arabes, et si plus tard la domination persane avait eu une influence quelconque sur la religion des habitants de ces contrées, il est plus que probable que cette influence se serait exercée plutôt dans la plaine que dans les vallées reculées du Haut-Oxus. Quand on jette un regard sur la carte qui représente la distribution des religions au Nord et au Sud de l'Hindou-Kouch, on aperçoit une traînée de Chiites qui se poursuit depuis le Baltistan à travers le Khandjout, le Wakhân jusqu'au Chougnân et Rochân, c'est-à-dire dans les pays les plus reculés et les plus inaccessibles. La cause de cet état de choses doit être cherchée ailleurs et nous aurons l'occasion d'attirer l'attention de nos lecteurs sur ce fait, quand nous traiterons des pays de l'Hindou-Kouch, décrits par M. Biddulph.

L'autre fait capital signalé par Wood concerne le langage de ces montagnards. Les habitants du Chougnân et du Rochân, nous dit Wood, parlent des dialectes propres, tandis que les Tadjiks du Darwâz parlent le persan. Wood n'était point linguiste et il ne pouvait pas pressentir la différence qui existe entre les dialectes du Pamir et le parler des Tadjiks.

Wood rapporte aussi que le yak *(Bos gruniens)* joue un rôle important comme bête de somme dans le Wakhân.

Cet animal, appelé *koutass* au Wakhân, *dong* au Tibet, a attiré l'attention de tous les voyageurs qui ont passé par ces régions montagneuses, car c'est le principal animal domestique de ces inhospitalières contrées.

M. Geiger ne croit pas que le yak ait été connu des anciens Iraniens orientaux, mais aujourd'hui il joue un rôle important dans l'élevage des bestiaux au Wakhân. Cet animal, originaire du Tibet, est le double de la grosseur habituelle du bœuf. Shaw tira dans le Tibet un vieux yak qui, du nez jusqu'à la racine de la queue, mesurait 3 m., la hauteur d'épaule atteignait 1 m. 80. Les yaks sont généralement de couleur noire, les blancs sont plus rares. Son poil est extraordinairement fourni et pend sur les côtés, jusqu'à terre. Sa queue est touffue et les poils en sont particulièrement soyeux ; les queues blanches sont très estimées aux Indes, on en fait des chasse-mouches montés avec des manches en or ou en argent. Le yak, dit Wood, se tient dans les montagnes. Il préfère les endroits où le thermomètre ne monte pas au-dessus de glace. Dans les endroits plus chauds il dépérit et meurt. En été, les femmes conduisent les troupeaux de yaks des bas-fonds de la vallée dans les parties élevées et encaissées des montagnes de neige, tandis que les hommes demeurent dans les champs pour y vaquer à leurs travaux ; de temps en temps, ils vont visiter leurs troupeaux et parlent avec enthousiasme de leurs excursions.

On emploie le yak ou comme bête de somme ou comme monture. Partout où l'homme peut marcher, le yak peut être monté. Il a la même importance pour les habitants des vallées avoisinant le Pamir que le renne pour les Lapons du nord de l'Europe. Comme l'éléphant, il possède un instinct merveilleux pour juger du poids qu'il est capable de porter.

Après une nouvelle chute de neige, les voyageurs laissent toujours les yaks marcher à la tête de la caravane ; on peut être sûr que ces animaux éviteront avec une merveilleuse sagacité les fentes et les précipices cachés sous la neige ; en même temps, ils sont les pionniers de la caravane parce qu'ils lui frayent un excellent chemin. Le lait des yaks femelles est très bon, tout en étant moins abondant que celui de nos vaches. On mange aussi la chair du yak, et ses poils servent à fabriquer des tapis et des tissus.

Nous devons quelques renseignements intéressants sur cet animal au major-général anglais Donald Macintyre (1) qui en a chassé beaucoup dans le Tibet. Un yak tué par le général présentait les dimensions suivantes : Longueur des cornes, 45 cm. ; espace entre les deux yeux, 40 cm. ; longueur de la tête, 74 cm. ; du sommet de la tête jusqu'à la naissance de la queue, 2 m. 55 ; longueur de la queue, 92 cm. ; hauteur, 1 m. 80 ; circonférence du sabot du pied

---

(1) Major général Donald Macintyre, *Hindu-koh : Wanderings and wild sport on and beyond the Himalayas*, Londres, 1891.

de devant, 52 cm. ; sabot du pied de derrière, 47 cm. :
circonférence du ventre, 2 m. 90 ; contour des épaules,
3 m. 025 ; tour du cou, la partie la plus mince, 1 m. 050.
Cet animal, dit M. Macintyre, est beaucoup plus élevé au
garrot qu'à la croupe. Son pelage est rude au toucher,
d'une couleur de rouille foncée tirant sur le gris, sur les
épaules. La tête est large, inclinée vers le sol, légèrement
grise sur la face et le muffle, posée sur un cou relativement
mince. Son poil est frisé, tombe sur le front et lui cache
presque les yeux. Ses cornes sont puissantes et d'une forme
arrondie. Sa queue noire est énorme et touffue, assez
longue et frisée. Ses poils sont surtout longs sur les épaules, les côtés et les flancs. La taille des mâles est beaucoup
plus élevée que celle des femelles. Le poil des femelles est
moins touffu, leurs cornes sont plus minces et plus courtes.
On rencontre dans le Tibet des troupeaux de cent yaks
sauvages. Ils vivent à une altitude de 4.500 mètres.

M. Capus nous entretient également de cet animal :

« Le yak ou bœuf à queue de cheval, appelé *koutass*
par les Kirghises, est l'animal domestique le plus utile à
ces altitudes. Fort et docile il redoute les chaleurs et
les basses altitudes. Il ne prospère pas au-dessous de
6.000 pieds environ. La chaleur le rend paresseux et
poussif en ralentissant ses mouvements. Les Kirghises lui
introduisent un morceau de bois dans la cloison du nez,
le bâtent comme un âne et le conduisent comme un cha-
meau. Chargé, il ne fait guère plus de 4 verstes à l'heure.
Sa viande et son lait sont fort appréciés ; le fromage de
koutass forme en quelque sorte la base de l'alimentation
des Kirghises. M. Ivanoff rapporte que la croûte de ce
fromage découpée en forme de fer à cheval, sert comme tel,
mais je n'ai vu nulle part ce singulier procédé employé. »

Shaw, qui a eu l'occasion de voir beaucoup de Sarikolis,
pendant son séjour à Yarkand, décrit le type Tadjik de la
manière suivante : Ce sont de beaux hommes, au front
élevé, avec de grands yeux expressifs ombragés par des

sourcils noirs. Leur nez fin est d'une forme particulièrement
délicate. La lèvre supérieure est mince et le teint rose ; la
barbe est longue et abondante, souvent de couleur châtain,
parfois même rougeâtre. Shaw trouve qu'ils se distinguent
peu des castes supérieures de l'Inde, si ce n'est par leur
taille trapue et leur figure pleine (1). Le voyageur anglais
nous parle ensuite d'un Badakchi montagnard qu'il avait
eu l'occasion de voir à Yarkand, et qui avait été pris même
par son Mounchi pour un habitant du Cachemire. Il ajoute
plus tard comme correctif que tous les autres Badakchis
qu'il a vus ensuite ne présentaient plus cette ressemblance
frappante.

Dans une communication que Shaw a faite, au mois
d'août 1872, à l'Association Britannique de Brighton
qui résume ses propres observations et celles du regretté
voyageur Hayward (assassiné dans le Yassin), il s'exprime
de la façon suivante : Ces populations se disent du même
sang que les Tadjiks de Bokhara. Leur peau est blanche,
les cheveux souvent de couleur claire, les yeux bruns,
clairs, les traits fins, la physionomie régulière et d'une
coupe européenne. Shaw nous donne également un vocabulaire abrégé de leur langue qui, d'après lui, diffère
sensiblement du persan moderne.

J'ai étudié les Cachemiris sur place et j'ai mensuré un
grand nombre d'individus appartenant à la population
Pandite, c'est-à-dire à la plus haute caste du Cachemire ;
j'avais fait précédemment des observations anthropométriques sur un grand nombre de Tadjiks, et j'ai hâte de
dire que, contrairement à toutes les apparences, un abîme
anthropologique sépare ces deux peuples.

Je sais fort bien qu'il existe un passage dans Hérodote,
où cet historien dit que les habitants du Dardistan
ressemblaient aux Bactriens. Cela pouvait être exact à cette

---

(1) Ils sont brachycéphales, tandis que les autres sont dolicocéphales ; voilà ce que quelques mensurations de têtes auraient révélé à Shaw.

époque. Depuis, les invasions barbares et notamment celles
des Yué-tchi, des Saces et des Huns éphtalites ou Huns
blancs ont dû faire disparaître cette similitude qui subsiste
peut-être encore pour les Achimadeks du Tchitral qui paraissent être originaires du Sarikol et du Chougnân. D'ailleurs, les hautes castes des régions montagneuses entre
l'Hindou-Kouch et le Cachemire sont probablement d'une
origine septentrionale et nous comptons revenir sur cette
intéressante question dans un prochain chapitre.

Lors de la mission de Sir Douglas Forsyth, Gordon,
suivi par Biddulph, Trotter et Stoliczka, fut chargé d'explorer la vallée du Haut-Oxus. L'expédition anglaise nous
fournit d'intéressants renseignements. Les habitants de la
vallée à Sarhadd, premier village du Wakhân (peut-être
400 maisons), quittent en été leurs demeures pour se
rendre avec leurs troupeaux sur les pâturages des montagnes. Ces troupeaux se composent de moutons, de chèvres, de bêtes à cornes et de yaks. Les petits chevaux,
très durs à la fatigue, sont presque tous originaires du
Badakchân (1) et du Kattagân. Les maisons sont misérables, construites surtout en vue de protéger contre le
vent qui souffle presque sans cesse avec une violence
extrême. En entrant dans une maison, on traverse d'abord
les écuries où se tiennent deux à trois chevaux et vaches,
ensuite on s'engage dans un long corridor étroit, qui
conduit jusqu'au centre de la maison où se trouve une

---

(1) Les chevaux kataghan du Badakchan et du Koundouz ont
encore une grande réputation. On les rencontre rarement aux Indes, car
la race en est fort estimée parmi les chefs afghans, et les chevaux sont
achetés au passage.

Ce que Marco Polo apprit au sujet d'une race de bucéphales n'était
peut-être qu'une variante d'une histoire inventée par les Chinois, plusieurs siècles auparavant, en parlant de cette même région. Une certaine
caverne était fréquentée par un merveilleux étalon d'une origine surna-
turelle. Les habitants y conduisaient tous les ans leurs juments et une
race fameuse fut tirée des poulains ainsi obtenus. (Henry Yule, *Marco
Polo.)*

pièce petite et malpropre. Au milieu de cette chambre se dresse un poêle en terre battue au-dessus duquel on a disposé un trou dans le toit qui sert de ventilation. Le toit est bombé et repose sur des poutres en bois qui sont soutenues au moyen de solives fichées dans le sol et qui entourent le foyer. Toutes les pièces latérales donnent sur la chambre centrale et communiquent entre elles ; elles sont occupées par les différents membres de la famille. La majeure partie de la maison est abandonnée aux femmes qui, plus que dans le reste de l'Orient, paraissent diriger le ménage. Les hommes portent des tchogas ou manteaux en laine brune, qui sont fabriqués dans le pays ; des pantalons flottants de la même étoffe et des chaussures usitées dans le Ladak (1) ; ils sont coiffés d'un turban assez mince, en simple cotonnade, presque exclusivement de couleur blanche et bleue. Les femmes ne sont pas d'une beauté extraordinaire, elles sont en revanche gaies et aimables. Elles s'habillent à peu près comme les hommes ; leurs cheveux tombent tressés en longues nattes ; elles ne se voilent point le visage et n'affectent point une modestie exagérée (2). Leurs figures diffèrent beaucoup, la plupart ont des nez juifs ; elles vieillissent très vite et

(1) Cette chaussure ressemble absolument à celle des Galtchas du Kohistan zérafchânais.

(2) Cette « exagération perfide de leurs vêtements » selon la qualification que l'auteur d'*Anthropométamorphosis* donne à cette mode, n'est plus en usage parmi les dames de Badakchan. Mais un ami du Penjab observe qu'elle y sévit encore. « Il y a ici des dames dont les pantalons pourraient presque justifier l'estimation libérale de Marco relativement à la quantité d'étoffe nécessaire à leur confection » et parmi les dames afghanes, dit le docteur Dellew, les pantalons de soie dépassent presque les crinolines en ampleur. Il est curieux de trouver les mêmes traits caractéristiques de la femme sur les monnaies d'anciens rois de ce pays, tels qu'Agathoclès et Pantaléon. (Ce dernier nom convient parfaitement !) (Henry Yule, *loc. cit.)*

La dernière observation de Henry Yule prouve surabondamment combien les anciennes monnaies gréco-bactriennes révèlent des faits curieux à celui qui les examine avec attention.

prétendent que la pauvreté du pays est la seule cause de
ce qu'elles ont toutes des cheveux grisonnants. Tous les
habitants dans la vallée sont pauvres, l'argent et les bijoux
paraissent presque inconnus parmi eux ; leurs maisons ne
contiennent presque rien qui ne soit point une production de leur pays. Les mœurs qui règnent dans le Wakhân
sont si patriarcales que la maison du Mir (roi) est aussi
modeste que celles de ses sujets. Sa demeure est un peu
plus spacieuse, mais on est obligé de traverser également
les écuries pour arriver dans la salle de réception. Le
prince est aussi simplement vêtu que ses compatriotes.

Les produits principaux du pays se composent de
blé, d'orge (1), de fève et de pois. Des melons et des
abricots mûrissent à Sang, le climat de la vallée de
Sarhadd est trop froid pour le blé. Le seul arbre du
pays est le peuplier *(Populus alba)* et il croît seulement
quand il est abrité contre le vent. Sur les bords des
rivières on rencontre des saules et d'autres arbustes rabou-
gris. Le fer est importé du Badakchan. Entre Sang et

(1) L'orge sans enveloppe (balle) du texte de Marco Polo est également ainsi désignée par Burnes, dans le voisinage de l'Hindou-Kouch.
« Ils cultivent dans cette région élevée une espèce d'orge qui n'a pas de
balle et qui pousse comme du blé ; mais c'est bien de l'orge. » Elle
n'est pas, à vrai dire, dépourvue de balle, mais quand elle est
mûre elle fait éclater cette enveloppe et y demeure si faiblement
attachée qu'il suffit d'une légère secousse pour l'en détacher. Elle
pousse en abondance dans le Ladak et dans les états montagneux
voisins. Moorcroft en distingue six variétés qui y sont cultivées.
L'espèce désignée par Marco Polo et par Burnes est probablement celle
que Royle nomme *Hordeum Ægiceras* et qui a été envoyé en Angleterre sous le nom de *blé tartare* quoique ce soit de l'orge véritable.

Galien parle d'une *orge nue* comme étant cultivée en Cappadoce ;
et Matthioli prétend qu'elle était cultivée en France de son temps
(au milieu du XVIe siècle). Les Arabes la connaissent aussi car
ils ont un mot pour la désigner : « *Sult* ».

Le Pandit Manphul parle du sésame comme de l'une des produc-
tions du Badakchan ; la graine de lin, employée aussi comme huile, est
également un produit du pays. Les noyers y abondent, mais ni Manphul
ni Wood ne parlent de l'huile. Nous savions déjà que l'huile de noix se
fabrique en grandes quantités dans le Cachemire. (Henry Yule, *loc. cit.*)

Hissar se trouvent une source d'eau chaude d'une température de + 45° C. qui est entourée d'une construction en pierre, car les habitants lui attribuent une merveilleuse vertu curative. Des sources semblables sont nombreuses dans ces montagnes, il en existe encore une autre dans la vallée de Sarhadd, d'une température de + 60° C.

Les Wakhanis chassent en été sur le Pamir l'ibex et l'*ovis Polii* (1) ; ils se servent, à cet effet, de chiens d'une race particulière qui paraissent n'être qu'une variété des lévriers Tazi. Le chien que nous avions ramené à Paris de Ghilghit, était de cette même variété. Ils chassent au faucon la grande perdrix appelée *tchikor*, que l'on rencontre également dans le Thian-Chan.

Chez les anciens Eraniens ignicoles, les chiens jouaient un rôle important ; ils réunissaient des qualités multiples. L'Avesta les compare à celles d'un prêtre, d'un guerrier, d'un laboureur, d'un esclave, d'une bête féroce, d'une maîtresse et d'un petit enfant ; car le chien est aussi pauvre et aussi content qu'un prêtre, aussi vigilant qu'un guerrier, aussi diligent et aussi infatigable qu'un laboureur ; il est aussi flatteur qu'un esclave et aussi caressant qu'une maîtresse ; il se promène dans l'obscurité comme un voleur ou comme un fauve, il tire la langue comme un petit enfant. Certes le pauvre chien n'occupe plus cette place enviable parmi les Eraniens actuels, mais son culte prescrit par l'Avesta n'a pas entièrement disparu, comme j'aurai l'occasion de le démontrer plus tard.

A Kila-Pandja (les cinq forts) l'Oxus, guéable, est traversé au printemps à l'aide de radeaux supportés par des outres.

(1) Ces moutons sauvages sont probablement de l'espèce mentionnée par Baber et décrite par M. Blyth dans sa monographie ˙sur les moutons sauvages, sous le nom de *Ovis Vignei*. Cette espèce est très répandue sur toutes les ramifications de l'Hindou-Kouch et vers l'Ouest, peut-être jusqu'à l'Elbrouz persan. « Ils vivent en troupe, dit Wood, et forment des troupeaux de plusieurs centaines ». Dans un autre chapitre, Polo parle de moutons sauvages, d'une espèce apparemment différente et plus grande. (Henry Yule, *loc. cit.*)

Les Anglais ont été frappés de rencontrer chez ces primitifs montagnards qui affectent une simplicité extrême, une grande distinction de manières. Cette distinction innée qui attire l'attention de tous les voyageurs est bien un caractère de race particulier aux Iraniens. Le voyageur allemand Brugsch en a fait la remarque lors de son séjour au pays du soleil, et voilà comment il s'exprime à ce sujet :

Dans ses relations sociales, dit M. Brugsch, le Mirza instruit, de même que le simple villageois, affecte une recherche d'une politesse exquise. Souvent cette recherche cache, sous une raideur compassée, le désir de ne point enfreindre les limites d'une politesse réservée. On reçoit son visiteur avec les paroles : « hoch omédid », soyez le bienvenu ! On emploie les tournures du langage les plus recherchées pour demander des nouvelles de « l'honorée » santé du visiteur ; celui-ci s'empresse d'attribuer non seulement l'état satisfaisant de sa santé, mais encore le beau temps à la bonté, à la charité, à la miséricorde, à la compassion de son interlocuteur. On se dit volontiers l'esclave, le serviteur, le chien même, la victime de son ami ; on exprime le désir que l'ombre que l'ami jette sur votre tête ne devienne jamais plus petite. On exprime ses remerciements en disant : « Que votre bonté augmente », et on fait ses adieux en articulant : « Khoda hafiz-i-chouma », ou : que Dieu vous garde ! Quand on est indisposé, on s'empresse de dire au visiteur que, par son arrivée propice, il a fait aussitôt cesser cette indisposition ; on attribue à cette visite toute espèce d'événements heureux, et on prie le visiteur de vouloir bien considérer comme sa propriété tout ce que l'on possède, en l'assurant qu'il vous a rendu la figure blanche, car « je ne suis digne de porter sur la tête que la poussière de tes pieds ! » (1).

(1) Heinrich Brugsch, *Im Lande der Sonne*, Berlin, 1886.

Les Wakhis ont des physionomies agréables, des traits réguliers, de beaux cheveux qu'ils portent longs ; les yeux bleus ne sont point rares parmi eux.

Abdoul Soubhan, l'aide du capitaine Trotter, fut envoyé à la reconnaissance du cours de l'Oxus, au-delà de Kila-Pandja, point extrême atteint par les membres européens de la mission. Il descendit ainsi jusqu'à Ichkachim et traversa ensuite les contrées de Gharàn, Chougnàn et Rochán. Ichkachim est composé de 40 maisons disséminées. La vallée, large et fertile, jouissant d'un excellent climat (1), possède des mines de rubis et une quantité de grands villages tombés en ruines, vestiges d'une ancienne prospérité (2). Entre le Gharàn et le Chougnàn se trouve un tun-

(1) Un charmant passage ne se trouve que dans Ramusio, mais ce serait une hérésie de douter de son caractère d'authenticité. Les souvenirs que Marco a conservé du charme d'une convalescence dans de pareils climats semble prêter un enthousiasme et un bonheur d'expressions rares à la description de ce paysage. La région dont il parle est probablement le frais plateau de Chewâ qui s'étend, nous dit-on, à 25 milles à l'est à partir du voisinage de Faizabad et forme un des plus beaux pâturages du Badakchàn. Il contient un grand lac désigné sous le nom fréquent de Sir-i-Kol. Aucun voyageur européen (si ce n'est M. Gardner) n'a visité, dans les temps modernes, ces radieux plateaux. Burnes dit qu'à Koundouz, les naturels, aussi bien que les étrangers, parlaient avec ravissement des vallées du Badakchàn, de ses ruisseaux, de ses paysages romanesques, de ses gorges, de ses fruits, de ses fleurs et de ses rossignols. Wood s'étend peu sur le paysage, ce qui est assez naturel puisque tout son voyage fut fait à peu près en hiver. En approchant Faizabad, à son retour de l'Oxus supérieur, il dit pourtant : « En pénétrant sur la splendide pelouse qui s'étend à l'entrée de la gorge conduisant dans la vallée je fus ravi du charme tranquille de ce paysage. Jusqu'à ce moment, à partir du jour où nous quittâmes Talikhan, nous n'avions marché que sur la neige ; mais maintenant, elle avait presque disparu de la vallée, et le beau gazon était émaillé de crocus, d'asphodèles et de perce-neiges. » (Henri Yule, loc. cit.)

(3) Et pourtant il n'est guère de pays au monde qui ait plus et plus souvent souffert de l'invasion. « Décadence prolongée, probablement commencée à l'époque des guerres de Gingiz, car maint exemple de l'histoire orientale montre les effets permanents de pareilles dévastations. Les siècles en se succédant ne virent d'autres progrès que ceux

nel, fameux dans les pays montagneux de l'Asie centrale. Il est disposé dans le rocher, mesure environ 70 mètres, et est tellement étroit qu'un cheval chargé ne peut point y passer ; il a été construit, dit-on, il y a environ 300 ans, probablement lors de la domination des successeurs de Baber. On arrive à ce tunnel au moyen d'un escalier taillé dans le roc qui s'élève à 60 mètres environ au-dessus du niveau de la vallée.

Le Chougnân s'étend depuis la frontière du Gharân, à 60 lieues en aval du fleuve jusqu'à la tour de Derbend qui défend l'entrée du pays du côté du Rochân. La vallée est très large, très bien cultivée et parsemée de villages. La capitale Bar-Pandja se compose de 1,500 maisons. Le palais construit en pierre est situé dans la forteresse, protégée par cinq tours, qui renferme une garnison de 400 hommes.

Pour arriver au Rochân, on traverse un défilé excessivement étroit, puis soudain la vallée s'élargit considérablement (elle a cinq lieues de large). Dans le Rochân, qui dépend du Chougnân, le Mourghab mêle ses eaux rougeâtres et turbulentes aux eaux blanches et calmes du Pandj ; il paraîtrait que le Mourghab est plus considérable que le Pandj. Le Rochân est très fertile et le serait encore davantage si les fréquentes inondations du Mourghab ne faisaient point de ravages. La capitale, Kila-

---

de la décadence. La marche ascendante de la dépopulation et de la ruine n'a pas encore cessé de nos jours. » En 1759 deux des Khodjas de Kachgar, échappant aux Chinois qui dominaient alors dans l'Hexaspol, se réfugièrent dans le Badakchân ; l'un mourut de ses blessures, l'autre fut traîtreusement mis à mort par le Chah, qui gouvernait alors ce pays. On dit que le saint homme, à ses derniers moments, appela la malédiction divine sur le Badakchân et demanda qu'il fut dépeuplé trois fois — malédiction qui s'est amplement réalisée. Les malheurs de ce pays arrivèrent à leur plus haut degré vers 1830, quand le chef Usbeg du Koundouz, Murad Beg Kataghan chassa le gros de la population et les établit, pour y mourir, dans les plaines marécageuses du Koundouz. (Henry Yule, *loc. cit.)*

Wamar, se compose de 100 maisons, entourées de vergers ; fruits et céréales poussent en abondance dans ce pays, car le sol est excessivement fertile.

Quant au petit état de Sarikol, situé sur le versant oriental du Pamir, à l'Est du Wakhân, les renseignements donnés par la mission Forsyth ne sont point très nombreux. Nous savons par les recherches linguistiques de M. Tomaschek, que les habitants de cette contrée, d'après le savant professeur de Vienne, les descendants des anciens Saces, parlent une langue qui ne paraît être qu'un dialecte du Chigni. Il est certain que la population doit être des plus mélangées pour deux bonnes raisons : d'abord, le Sarikol est situé sur une espèce de carrefour qui commande la grande route commerciale du Pamir, ensuite, il a servi de refuge aux nombreux mécontents du Turkestan oriental. M. Kouropatkine, qui avait eu l'occasion de voir à Kachgar des Sarikolis, amenés comme prisonniers par Yakoub-Khan, a été frappé par le type aryen de ces gens. La capitale Tach-Kourgân est composée de 200 maisons et grâce à sa situation géographique, elle est en relation presque continuelle avec toutes les contrées voisines.

Autrefois les Chinois payaient aux Etats de Wakhân, Kandjout et Sarikol une espèce d'indemnité, en échange de la protection de leur frontière. A cette époque le pays était entre les mains des Zardoukhtis (sectaires de Zoroastre). Toutes les peuplades du Pamir sont Chiites, tandis que les Badakchis sont Sunnites. L'expédition a rencontré sur son chemin trois tours attribuées aux *Atach-parastan* ou adorateurs du feu.

M. Bonvalot nous donne aussi des renseignements sur le Wakhân et ses habitants :

« En haut de la berge apparaît un petit homme vêtu de peau de mouton avec une belle barbe rousse hirsute très fournie. On le salue, on l'invite à approcher du feu ; il ne comprend ni le turc, ni le persan ; il faut l'intermédiaire du pir pour lui faire comprendre qu'il peut venir boire une tasse de thé. Il se décide à descendre, mais lentement ; il n'est pas rassuré. Il se place auprès du pir.

« Le nouveau venu a les traits réguliers, la face peu large comparée à celle des Kirghises ; les yeux sont clairs, autant qu'on peut juger à travers la broussaille de ses sourcils et de son bonnet. Il est chaussé de peau de chèvre. Aucun des nôtres ne comprend un mot de ce qu'il dit, Rachmed seul y démêle quelque chose et prétend que ce langage a des ressemblances avec celui que parlent les Yagnôb qui habitent, à l'ouest du Pamir, les montagnes du Kohistan.

« Ce petit vieux trapu qu'à la rigueur on pourrait prendre pour un berger des Ardennes du XIIIe siècle est bientôt rejoint par une bande de ses congénères de types variés. L'un est grand, — c'est le seul, — élancé avec une petite tête, nez droit, une barbe noire fournie, des yeux noirs, de forme européenne, des mains longues : il me rappelle certains Roumains de ma connaissance. Tous sont petits, maigres, avec le front très bas, étroit, avec des traits fins ; des allures farouches de chien-loups, de vrais sauvages, mais plus nerveux que les gens du Pamir.

« Le plus jeune d'entre eux, âgé de dix-huit ans environ, imberbe, a de longues mèches d'un blond roux qui tombent de son bonnet jusque sur les épaules ; il a de petits yeux bleus, un nez long et droit, la lèvre supérieure, découvrant de petites dents assez bonnes ; il a le menton rond, son profil est celui d'un Romain, d'un de ceux qui gardaient les troupeaux dans la campagne romaine, au temps d'Adrien. Il n'eût pas semblé un intrus chez les aimables compagnons de Romulus ou de Remus.

« Parmi ces Wakhis, les pommettes peu saillantes et les grands yeux sont l'exception. Nous le voyons avec plaisir, ils annoncent le voisinage de l'Hindou-Kouch de l'Inde. »

Terminons ce chapitre en citant les observations faites sur ces mêmes Wakhis par M. Capus. « Et le Pir, ne perdant pas son temps à se reposer des fatigues de l'étape, repart de suite avec Sadyk, pour découvrir la retraite des bergers wakhis et inspecter les environs. Il revient au bout d'un temps assez long accompagné d'un Wakhi d'aspect sauvage qui ne parle que son dialecte. Rakhmed ne le comprend pas du tout et Ménas déclare que c'est du Kurde. Mais le Pir et quelques-uns de nos Kirghises parlent le wàkhi et nous servent d'interprètes. D'autres surviennent et, voyant avec nous le Pir qu'ils connaissent sans doute, s'apprivoisent rapidement. Ces hommes ont le type aryen prononcé, avec le nez légèrement aquilin, les yeux droits, les sourcils arqués et la barbe et les cheveux fournis, La plupart sont bruns avec des yeux noirs, quelques-uns blonds avec des yeux gris et l'un d'eux est roussâtre. Ils ont, en somme, le type assez « européen » et si on leur changeait le tchakman en fil de laine grossier, le bonnet de fourrure entouré d'un morceau d'étoffe et les galtchas de cuir, chaussant des pieds entourés de matta, contre un costume européen, ils pourraient passer, les uns pour des méridionaux, les autres pour des hommes du nord ou de l'est.

« L'un d'eux, jeune adolescent aux allures féminines, porte ses cheveux blonds en longues boucles s'échappant de dessous son bonnet de fourrure et semble être, de la part de son compagnon, l'objet d'attentions spéciales. Un autre, brun, fort en apparence, parle d'une voix de fausset des plus comiques et se distingue en outre par un collier de sachets rouges que le mollah lui a donnés pour le préserver du haut mal. Il motive son refus de me les laisser contre une bonne récompense en disant : « Je suis malade, c'est pour cela que je les porte et les garde. »

« Ils sont musulmans chiites comme presque toutes les tribus aryennes des vallées de l'Hindou-Kouch mais la haine entre eux et les Kirghises sunnites du Pamir n'est point aussi forte que celle qui existe par exemple entre les Turcomans sunnites et les Persans ou Kizilbaches chiites : car les Wakhis sont pacifiques et les Kirghises ont besoin d'eux, Ils paraissent, en somme, aussi voleurs les uns que les autres, avec cette différence que les Wakhis sont plus retors et cachent leurs tromperies sous une apparence moins rébarbative et plus sympathique à l'Européen au premier abord. »

Les deux types de Wakhanis représentés dans l'ouvrage de M. Capus, dus au crayon de M. Pépin, ressemblent à s'y méprendre aux trois Dardous reproduits dans l'ouvrage de M. Drew sur le Cachemire et le Dardistan. *Les uns et les autres ont le type juif le plus prononcé.* Le faciès est le même, mais les premiers paraissent brachycéphales tandis que les seconds sont dolico. Le berger wakhani représenté page 396 dans l'ouvrage de M. Bonvalot et l'homme wakhani qui se trouve page 424 dans le même ouvrage, ont des types beaucoup plus européens, quoique le dernier parait avoir les pommettes fort saillantes. *Dans tous les cas une forte infusion de sang arabe chez ces montagnards éraniens paraît indubitable.*

VIII

LE PAYS DES TADJIKS

(ETHNOGÉNIE ET HISTOIRE)

———————

Henry YULE, *Geography of the Valley of the Oxus* (préface de la deuxième édition de l'ouvrage de Wood, Londres, 1872).
E. DROUIN, *Mémoire sur les Huns Ephthalites,* Louvain, 1894.

François Lenormant n'hésite pas à placer le berceau de la race aryenne sur le Pamir « si éminemment propre, d'après lui, à nourrir des populations primitives, encore à l'état pastoral, puisqu'il leur offre tout ce qui est nécessaire à leur existence, habitation, nourriture et combustible, et cela à des hauteurs au-dessus du niveau de la mer où l'on ne rencontre partout ailleurs que des neiges éternelles.»

Lenormant se trompe absolument ; le Pamir n'a jamais été le berceau d'aucune race, et il est loin d'être démontré qu'il en a été autrement pour les vallées avoisinantes. Nous croyons, au contraire, que ces vallées qui, à l'exception du Chougnân et du Badakchân, sont d'une fertilité des plus douteuses et qui jouissent d'un climat des plus rudes, n'ont été occupées par les habitants actuels qu'à leur corps défendant ; c'est-à-dire que, refoulés de la plaine par

14

des invasions étrangères, les Eraniens se sont en partie
retirés dans les vallées abruptes du haut Oxus, où, à défaut
de bien-être, ils espéraient rencontrer des retraites
inexpugnables.

L'Anthropologie nous apprend que ces montagnards
reculés sont du type de *H. Alpinus* ou d'un équivalent ;
car, comme nous l'avons dit déjà à différentes reprises,
nous avons la conviction qu'en Asie centrale aussi, le type
Acrognus constituait, à des époques fort reculées, le fond
de la population, c'est-à-dire que c'étaient là les véritables
autochthones de l'Asie centrale ; groupés autour du Pamir,
ils confinaient à l'Est, à *H. Asiaticus*. En se mélangeant
avec ce dernier, ils ont donné naissance au type mongolique
brachycéphale, si répandu dans l'Asie centrale et surtout
orientale. A l'Ouest du Pamir, ils se sont mélangés avec
d'autres éléments, avec *H. Europæus*, ou son homologue.
et avec les Brachy, que celui-ci avait amenés à sa suite.
De ce mélange est issu le *H. Alpinus* du Pamir.
L'hyperbrachycéphalie, le crâne souvent tronqué, la taille
élevée, le faciès particulier militent en faveur de cette
hypothèse.

Mais ces faits anthropologiques, si précieux pour la
détermination de la race et de la formation du type éranien
se perdent dans la nuit des temps. Il serait intéressant,
toutefois, de savoir quand et comment les anciens Eraniens
ont quitté la plaine pour se retirer dans les âpres vallées
qu'ils occupent aujourd'hui.

A ce propos, la linguistique et l'histoire nous viennent
en aide et nous permettent d'élucider, tant soit peu, cette
délicate question.

Pour bien se faire une idée des événements qui depuis
la plus haute antiquité ont déterminé des fluctuations, des
déplacements et des refoulements parmi les peuplades à
l'Ouest du Pamir, nous serons obligé de remonter dans
l'histoire et de reproduire, en abrégé du moins, une partie
de l'ingénieuse préface que le colonel Henry Yule a écrite

pour la seconde édition de l'ouvrage de Wood sur les sources de l'Oxus.

Il serait puéril de vouloir faire ressortir ici la haute compétence de cet officier anglais ; l'illustre commentateur de Marc-Pol jouit d'une autorité scientifique incontestée et incontestable.

Hérodote nous apprend que, du temps du roi achéménide Darius, fils d'Hydaspe, les Bactriens, les Khorasmiens, les Sogdiens et les Saces, comptant parmi les sujets de ce roi, occupaient le bassin de l'Oxus.

La réputation de Bactri, plus tard connue sous le nom de Bactre, remonte à la plus haute antiquité et s'était transmise de génération en génération, car Wood nous raconte qu'au moment de sa visite à Mourad-Beg, ce prince détrôné s'était souvent répandu en lamentations sur la perte irréparable de Bactre, la mère de toutes les cités du monde.

La Transoxiane est assimilée, à tort, par l'ancien poète persan, au Touran, car l'Oxus n'a point été la limite entre l'Iran et le Touran. Le fait que la population sédentaire et agricole de Khiva, de la Sogdiane (1) et du Ferghanah est d'essence tadjique suffit à donner un démenti absolu aux idées chimériques de Firdousi. De plus, dit le colonel Yule, les Karatéghinois et les Matchas (c'est-à-dire les Galtchas du Kohistan zérafchanais) parlent le persan, et les habitants du Badakchan, du Wakhân, du Chougnân, du Rochân et du Darwâz parlent des idiomes éraniens.

(1) Le célèbre ethnographe allemand, M. Bastian, a fait aussi des fouilles lors de son voyage au Turkestan. Dans les environs de Samarkand, sur l'emplacement d'Afrosiab - Kala, il découvrit un grand nombre de statuettes en terre cuite de provenance grecque. Plusieurs de ces statuettes démontrent une grande habileté de la part des artistes qui les ont façonnées. *(Zeitschrift für Ethnologie, 1890)*. C'est une preuve de plus en faveur de l'antique civilisation de ces contrées. Sous Afrosiab-Kala doivent dormir les ruines de Maracanda. Nous avons également trouvé sur ce même emplacement, en 1877, une gemme ornée d'une intaille représentant le zébu de l'Inde, tel qu'il figure sur les monnaies de Kadphisès II (Hima Kapica), vers 50 de notre ère.

Il est notoire que, dans un pays composé de plaines et de montagnes, les premiers habitants occupent toujours ces dernières, tandis que les nouveaux venus choisissent la plaine, il est donc évident que les Sogdiens, les Sakas (1) et les Bactriens, (dont les descendants sont les Galtchas du Kohistan zérafchanais, les Karatéghinois, les Darwâzis, les Chougnanis, les Sarikolis, les Wakhanis et les autres tribus éraniennes du Badakchan), occupaient à une certaine époque les oasis fertiles situées sur les bords de l'ancienne mer Aralo-Caspienne et qu'ils parlaient des dialectes éraniens ou des dialectes du pehlevi (2) (le zend étant tombé en désuétude depuis le IIIme siècle av. notre ère). Toutes ces tribus éraniennes furent forcées, en partie du moins, à la suite d'événements inconnus, de se retirer dans les vallées avoisinant le Pamir (3). Pendant longtemps elles purent conserver et elles conservent encore leurs idiomes et leur indépendance politique. Mais bientôt d'autres Eraniens furent obligés de quitter la plaine et de se réfugier dans les montagnes ; ces nouveaux Eraniens ne parlaient plus que des dialectes persans, et il en résulta pour la plupart de ces peuplades retirées dans les hautes vallées

(1) Nous voyons par ce passage du colonel Henry Yule que, d'après lui, les Saces n'étaient nullement une population purement scythique, ce qui s'accorde bien avec ce que nous avons dit plus haut.

Du temps de Ptolémée, les Saces occupaient la région au Nord-Est et à l'Est de la Sogdiane, depuis les sources de l'Iaxarte jusqu'à l'Imaüs (Emodus N.). A cette même époque, les Tokharis ou Yué-tchi se trouvaient sur le cours moyen de l'Iaxarte et au nord des contreforts occidentaux de l'Imaüs scythique, c'est-à-dire du Thian-Chan.

(2) Il est certain que jusqu'au IIme siècle de notre ère on devait encore, même en Bactriane, comprendre la langue grecque et lire couramment les caractères hélléniques. Ce fait est démontré pour le Nord de l'Inde, par un récit de Philostratus, qui nous rapporte qu'Apollonius de Tyane n'éprouvait aucune difficulté à se faire comprendre en parlant le grec, lors de son voyage aux Indes.

(3) Il est probable que cette première grande imigration vers les vallées du Haut-Oxus eût lieu à la suite de la conquête de leur pays par les Yué-tchi, vers 126 av. J.-C.

de l'Oxus un état bilingue, qui est le précurseur certain
de la disparition d'une des deux langues. C'est ainsi que
presque tous les dialectes pamiriens sont, à l'heure qu'il
est, saturés de mots persans et qu'ils finiront indubitablement par être absorbés par leur puissante rivale, c'est-à-
dire la langue persane. Il suffit de jeter un regard sur
la carte des régions pamiriennes pour se rendre compte
combien tous ces ilots d'une langue ancienne sont menacés
d'être submergés par le flot persan. Rien ne nous prouve
que dans le Darwâz et dans le Karatéghine on n'ait point
parlé des dialectes éraniens, rien ne nous prouve que,
d'ici quelques centaines d'années, le Chougnân et le
Wakhân conservent leurs anciens idiomes.

Mais quelles sont les circonstances qui ont produit ce
déplacement de peuples ? se demande M. Yule. L'histoire
classique nous apprend que, vers l'an 126 avant notre ère,
les Parthes envahirent la Transoxiane et renversèrent
l'empire Gréco-Bactrien, fondé par les successeurs d'A-
lexandre.

Heureusement que les sources chinoises viennent à
l'aide des données classiques et nous permettent de nous
rendre compte des raisons de cette invasion et nous renseignent sur l'origine des envahisseurs qui n'étaient nullement des Parthes. Les annales chinoises nous apprennent
que les Yué-tchi, peuplade tibétaine, d'après les uns,
d'origine turque d'après les autres, (nous sommes de cette
dernière opinion), faisaient paître leurs troupeaux sur les
confins Nord-Ouest du céleste empire, quand, au troisième
siècle avant notre ère, attaqués subitement par leurs
voisins orientaux les Hioung-nou, ils furent forcés de
se retirer vers les plaines dzoungares, dans le bassin de
l'Ili, chassant devant eux les Souns, qui s'enfuirent vers
les bords de l'Iaxarte, précédant ainsi les Ousounes blonds
aux yeux bleus, que les mêmes Hioungnou avaient obligés
à un déplacement semblable. Les Yué-tchi, renforcés des
Souns, envahirent peu de temps après la Sogdiane, à une

époque qui se rapproche de l'année 126 de notre ère, date classique de l'arrivée des Parthes.

Les Yué-tchi fondèrent alors l'empire Indo-scythique qui, d'après ses monnaies, paraît avoir conservé l'écriture grecque (1) et essayé de concilier les rites indous avec la foi de Zoroastre.

Les recherches numismatiques nous apprennent que les Yué-tchi furent vaincus vers le Vme siècle de notre ère par les Yé-tha des annalistes chinois, les Huns blancs, ou Ephthalites des auteurs grecs, arméniens, arabes, etc. Ces derniers envahirent la Transoxiane vers l'an 425 de notre ère, chassés de l'Asie Centrale en même temps que les Hioung-nou (les Huns) par l'établissement du grand empire des Youan-Youan au centre de l'Asie, empire qui sous Touloun s'étendit depuis la Corée jusqu'aux confins de l'Europe.

M. E. Drouin nous donne à ce sujet, dans son mémoire sur les Huns Ephthalites, des renseignements d'une importance capitale. « Le pays que les Ye-tha-i-li-to ou Yé-tha envahirent tout d'abord et qui est situé entre l'Iaxarte et l'Oxus, était occupé depuis cinq siècles par les Yué-thi ou Kouchans...

---

(1) Au point de vue des inscriptions, les monnaies gréco-bactriennes et indo-scythiques se subdivisent en trois groupes : 1° Langue grecque en caractères grecs, depuis Diodotus jusqu'à Démétrius. Les légendes sont exclusivement en langue grecque. Après cette période, le grec n'est plus employé que sur un seul côté de la monnaie. 2° Langue hindoue en caractères indigènes ; les inscriptions se présentent sous deux formes, A. En lettres carrées indo-pâli, (du sanscrit dégénéré, seulement usité sous le règne des rois Pantaléon et Agathoclès, donc peu nombreuses), B. Caractères plus petits en arien-pâli (usité sous tous les autres rois jusqu'aux derniers temps). 3° Langue schytique en caractères grecs ; inscriptions des monnaies des derniers rois du groupe de Kanerkès (Kanichka) et spécialement employées au verso accompagnant les divinités. Ce sont des mots non scytiques empruntés aux langues de l'Inde, de la Perse et de la Grèce. Seule, leur terminaison en *o* et certaines modifications de la forme des mots rappellent l'idiome scythique. (Voir Gardener, *loc. cit.*).

Les Yué-tchi, en arrivant en Sogdiane, chassèrent les Ssé ou Sakas (Saces) et firent la conquête de la Bactriane en l'an 129 avant J.-C. Cent ans plus tard, ils s'emparent de la Kophène (l'Afghanistan proprement dit), puis pénètrent dans le Nord de l'Inde sous le nom de Kouchans (Kao-tchang ou Kouei-chang, nom d'origine de la principale tribu qui devint maîtresse de tout l'empire Yué-tchi quelques années avant l'ère chrétienne.) » Les auteurs chinois désignent ce peuple sous le nom de Ta Yué-tchi, les grands Yué-tchi, pour les distinguer des petits Yué-tchi (Siao) qui se formèrent beaucoup plus tard avec les débris du grand peuple, surtout en Sogdiane.

Le mot de *Kouchans* est le seul que les auteurs arméniens emploient, tandis que les Grecs les désignent sous le nom d'Indo-Scythes. Grâce aux travaux des savants De Guigne et Abel Remusat nous sommes aujourd'hui fixé sur le véritable nom du peuple qui a envahi la Transoxiane et la Bactriane. Enfin les monnaies découvertes en 1832 permirent de compléter les renseignements des écrivains chinois, et on retrouve sur les médailles de Kadphisès, de Kadaphès et de Kanerkès le nom de Kouchans de la dynastie.

Les grands Yué-Tchi ou Kouchans sont restés maîtres de leur conquête jusqu'à l'arrivée des Yé-Tha, qu'on a longtemps confondu avec eux, pensant qu'ils ne faisaient qu'un seul et même peuple.

M. Drouin a démontré combien cette dernière opinion était erronée, car les historiens chinois les distinguent d'une manière formelle et en donnent une description toute différente.

Quelques passages empruntés au mémoire de M. Drouin suffiront pour démontrer péremptoirement que les Ephthalites n'avaient des Huns que le nom et n'étaient certes pas de race hunnique.

« Les premiers Huns, puis ceux d'Attila, ont été décrits par les témoins occulaires (Ammien-Marcellin, Claudien,

Sidoine Apollinaire, Zozime, Jornandès, Priscus) (1) comme une population au teint noir (2), vivant à cheval, de la vie nomade et ayant la figure hideuse (3). Au contraire, lorsque les Ephthalites arrivèrent dans l'Asie antérieure *la blancheur de leur teint, la forme de leurs traits, leurs mœurs sédentaires* les firent de suite distinguer des autres (?) Huns.....

Procope nous dit à leur sujet :

« Les Ephthalites sont de la race des Huns (4) dont ils ont aussi le nom, cependant ils n'ont aucun rapport avec les Huns que nous connaissons ; ce ne sont pas non plus leurs voisins..... Les Ephthalites ne sont pas nomades comme les autres tribus hunniques ; mais, fixés depuis longtemps dans un pays fertile, ils sont devenus sédentaires..... Ce sont les seuls parmi les Huns qui aient la peau blanche et un visage qui n'a rien de difforme ; leur genre de vie est également très différent des autres Huns, car ils ne mènent pas comme eux une vie de sauvage, ils obéissent à un seul chef, ont des lois régulières, et, soit entre eux, soit avec leurs voisins, ils ont autant de loyauté que les Romains (Procope de Bello Persico).

« L'empereur Justin II recevant l'ambassade du grand Khagan des Turcs, vers l'an 571, demanda à l'ambassadeur des renseignements sur les Ephthalites, dont la puissance venait d'être détruite par Dizaboule. L'empereur demande

---

(1) Tous ces historiens, ainsi que Constantin Porphyrogénète, Léon le Sage, etc., sont sujet à caution par rapport à leur impartialité.

(2) Jaune probablement, ou noirci par l'emploi fort rare d'ablutions. Voir à ce sujet les observations de M. Robertson sur le Kafiristan et le teint des Kafirs.

(3) C'était sans doute la figure mongolique qui paraissait hideuse aux historiens latins, grecs et autres. De même que les longues figures chevalines des Aryens font un effet déplorable sur le sens esthétique des Chinois.

(4) Une preuve de plus de l'importance des annalistes chinois pour l'ethnologie de l'Asie Centrale. Le jugement des historiens chinois est sûr et exact à l'encontre des autres.

si les Ephthalites habitent des villes ou des bourgades ?
Cette nation habite les villes, répond l'ambassadeur. »

Les annalistes chinois nous fournissent également d'intéressants renseignements sur les Ephthalites. «...Les Ye-
tha ont des officiers et de bons archers, ils s'habillent avec
des robes longues à manches courtes garnies d'or et de
pierres précieuses. Les femmes se couvrent la tête de fourrure et *pratiquent la polyandrie.* Ces peuples sont cruels,
courageux et belliqueux et ils ont conquis vingt royaumes
jusqu'au pays des A-Si (Arsacides). *Leurs mœurs se rapprochent de celles des Tou-Kiou* (Turcs) *ils sont du reste
de la même race.* Leur langue est différente de celle des
Yuen-Youen, des Kao-tchi et des autres barbares. » Nous
parlerons plus loin des *Hunas,* nom que les Ephthalites
portent aux Indes et particulièrement au Cachmire. Il suffit
de constater que les Ephthalites de la Transoxiane et de la
Bactriane n'avaient rien de commun avec les Huns, ni
même avec les Yué-tchi, leurs prédécesseurs que nous
retrouvons au VIᵐᵉ siècle comme Siao (petits) Yué-tchi à
Pecháver, à Caboul et au Sédjestàn.

« Il résulte du passage de Procope, cité plus haut, que
les Ephthalites avaient le visage blanc : *Cette particularité
n'est pas rare chez les populations tartares,* car on voit
souvent citée, dans l'histoire chinoise, des tribus d'hommes
aux yeux clairs et aux cheveux blonds. » L'exemple des
Alains d'Ammien Marcellin aux *crinibus mediocriter flavis,*
est bien connu. »

Il faudrait d'abord s'entendre au sujet du terme *tatar*
auquel je préfère celui de *turco-tatar* qu'il ne faut pas
confondre avec celui de *mongol* ; quant à l'appellation de
touranienne, elle est surtout commode parce qu'elle permet
de désigner un grand nombre de peuples hétérogènes, c'est-
à-dire de race absolument différente.

Je ne reviendrai pas sur ma définition des types *turco-
tatar* et *mongol* par rapport à leur formation et je renvoie
le lecteur à ce que j'ai dit plusieurs fois déjà, notamment
dans mon introduction.

D'après les médailles que j'ai pu étudier, il existe une certaine ressemblance entre les premiers rois Yué-tchi (Kadphises II ou Hima Kapiça) et les princes ephthalites. Le faciès de ces derniers est peut-être encore plus puissant et plus long, mais la partie inférieure est moins saillante. Ce sont les uns et les autres des *turco-tatares* à dosage plus ou moins considérable du sang de *H. Europœus*, mais ce qui frappe surtout, chez les uns et les autres, c'est le type *Acrogonus* qui, certes, a fortement contribué à leur formation. Les Huns vrais, au contraire, sont de purs Mongols.

Les Ephthalites occupèrent d'abord la Sogdiane, puis le Khvarizm, puis la Bactriane, la Kophène, et enfin le Nord de l'Inde. Cette occupation dura environ 125 à 130 ans (425 à 557). Il est probable que toutes les anciennes familles régnantes des petits états éraniens du Pamir qui prétendent à une descendance d'Alexandre peuvent tout au plus se targuer d'être issues de sang yué-tchi ou ephthalite. Ce fait est important à noter.

L'empire des Yué-tchi dura jusqu'en 425, époque à laquelle il fut renversé par les Huns Ephthalites. Rappelons, à ce sujet, que les Yué-tchi, dans leurs conquêtes, s'étaient d'abord emparés de la Sogdiane. S'il est exact, comme le pense Biddulph, que les Kadjounas au sud de l'Hindou-Kouch sont restés comme derniers vestiges des Yué-tchi, à l'autre extrémité de leur empire, il est certes curieux de constater que le petit peuple des Yagnôbis, qui occupe actuellement le coin le plus reculé de l'ancienne Sogdiane, parle une langue renfermant des réminiscences du Kadjouna. Il n'est pas admissible que les Yagnôbis soient arrivés dans leur vallée reculée en traversant le Pamir dans toute son axe longitudinale ; mais il est bien plus probable que les formes de leur langue se rapprochant du kadjouna soient les dernières traces d'un ancien contact avec les Yué-tchi. Ce n'est là, bien entendu, qu'une simple hypothèse.

Vers le troisième ou quatrième siècle de notre ère, la religion dénaturée de Zoroastre est remplacée par le Bouddhisme, et le pèlerin chinois Hiouen-tsang nous parle des temples et des monastères qu'il rencontra partout sur son chemin, au Wakhân, à Balkh, à Khoulm et à Bamian. Mais bientôt l'islam apparut, modifiant l'état des choses en Asie centrale, et la province du Tokharistan de Houen-tsang devint sa proie. Saad, gouverneur du Khorassan s'empare de Samarkand et en 706, les Arabes se fixent définitivement en Transoxiane. En 754, le roi de Ferghanah envoie encore une ambassade à Sing-nan-fou près de l'empereur de Chine, mais peu de temps après les Abassides soumettent tout le Toharistan et en 760, toutes les parties accessibles du Haut-Oxus deviennent le domaine incontesté de la puissance des Kalifs ; le dernier descendant des Sassanides s'était enfui en Chine.

Aboulféda parle des brillantes ruines des Wakheh et nous apprenons qu'en 793 Fadhl Ibn Yahya le Barmenide, fait ériger une muraille pour protéger la contrée contre les envahissements des Turcs, muraille appelée Al-Bab (la grille) dont nous retrouvons la trace dans le mot Darwâz qui a la même signification.

Dans la liste des pays et des villes qui en 836 paient des impôts à Abdallah Ybn-Tahir, prince indépendant du Khorassan, nous voyons figurer les noms de Tokharistan, Termedt Chaghanian, Khotlân et Dakhan (sans doute pour Wakhan).

Les géographes arabes nous fournissent peu de renseignements sur ces contrées ; cependant, Istakri et Ibn Haukal nous font vers le milieu du xᵉ siècle une description de la capitale du Badakchan et nous entretiennent des mines de rubis et de lapis-lazuli du pays qui paraît avoir été l'entrepôt du commerce de musc provenant du Thibet.

Wakhch et Khotl possédaient des villes brillantes, et les musulmans paraissent avoir maintenu les dynasties qui régnaient dans ces petites principautés, car chacune de ces dynasties se targuent de descendre d'Alexandre-le-Grand, ce qui, sans être vrai, naturellement, parle cependant en faveur d'une origine assez ancienne.

Le colonel Yule observe à ce sujet que presque tous les princes de l'Asie Centrale émettent la prétention de descendre du grand Macédonien ; cette prétention est devenue une mode parmi eux après avoir été, autrefois peut-être, une tradition.

Donc, depuis la disparition des Yué-tchi et des Huns Ephthalites, le Tokharistan dépendit tour à tour des Samanides de Bokhara, des Ghaznevides et des Seldjoucides, des dynasties de Ghor et de Chausabanaya et des sultans du Kwarisme. Ces derniers furent anéantis par les hordes mongoles sous les ordres de Gingis-Khan ; mais le Tokharistan n'eut réellement à souffrir que des armées du terrible Tamerlan. Malgré une défense héroïque, les villes de Balkh, de Talikhàn et de Bamian durent se rendre à la merci du vainqueur. Un petit-fils de Tamerlan ayant été atteint par une flèche devant les murs de Bamian, l'empereur mongol fit raser la ville, massacrer les habitants et surnomma les ruines fumantes Man-Bligh, ville de la douleur. Seules, les colossales images bouddhiques taillées dans le roc, témoignent encore aujourd'hui en faveur d'une magnificence disparue ; c'est aussi à la même époque que Balkh fut anéanti.

Il est évident que lors de cette désastreuse invasion, beaucoup de familles de la plaine ont dû rejoindre leurs congénères des montagnes pour se mettre à l'abri des hordes mongoles.

Tamerlan profita de ses succès pour chatier les infidèles du Kafiristan ; il franchit à cet effet le défilé de Khawak, que Wood devait prendre en revenant à Kaboul.

Cinquante ans plus tard, l'illustre voyageur vénitien Maco-Polo franchit le Pamir, après avoir séjourné quelque temps dans le Badakchan. Malgré la sobriété de son récit il nous en apprend plus sur les régions de l'Asie intérieure, que n'importe quel auteur oriental. En peu de mots, bien appropriés, il parle du délicieux climat du Badakchan, véritable sanatorium recherché par les malades de la plaine et auquel lui-même était redevable du bonheur d'avoir recouvré sa santé.

Le premier, il nous entretiendra des moutons du Pamir, aux cornes gigantesques, qui porteront plus tard son nom *(ovis Polii)*; il nous parlera des beaux faucons dressés pour la chasse ; des chevaux solides, au pas sûr dont les meilleurs, d'après la légende qu'on lui a contée, descendent en droite ligne de Bucéphale, tout comme les rois du pays, qui se disent tous descendants de son maître ! Enfin, c'est encore lui qui rapportera jusqu'en Europe la réputation des richesses minérales du Badakchan, de la pierre d'azur et des rubis de Balas, que nous appelons aujourd'hui des rubis balai.

Le biographe de Tamerlan ne nous donne que de maigres renseignements sur le Tokharistan. Cependant, tandis que les maîtres changent souvent à Balkh, à Khoundouz et à Hissar, le Badakchan paraît avoir conservé l'ancienne dynastie de ses rois, car nous apprenons qu'en 1411, du temps de Châh-Roukh, le roi du Badakchan, Behanddin essaie de se soustraire à la puissance des Timourides ; mais Mirza Ibrahim étouffe cette sédition, détrône Behanddin et donne son royaume au frère du roi, Chah Mahmoud. Dans une ambassade envoyée à Pékin en 1419, le Badakchan est représenté par Châh-Roukh.

La famille régnante du Badakchan s'éteint avec Châh-Soultan Mahmoud, entre l'année 1449 et l'année 1469. Une des filles de ce prince épousa Abusan, arrière petit-fils de Tamerlan, et l'autre fut mariée à Younouss-Khan, prince des Djagataï orientaux.

Baber nous apprend que la plus grande partie de l'ancien Tokharistan, c'est-à-dire Balkh, Koundouz, le Badakchan et le Hissar, devinrent la proie de l'abominable aventurier Khozrew-Chah, d'origine kiptchaque.

Au commencement du xvime siècle, surgit la puissance des Usbegs qui n'a été remplacée que dans les derniers temps par celle des Russes et des Abghans. Le colonel Yule fait très justement remarquer que les Usbegs n'étaient pas une race homogène, mais bien une réunion d'individus appartenant à toutes espèces de peuplades mongoles et turques (turco-tatare) ; ce fait est absolument démontré par les différents noms des tribus usbegues.

Le puissant prince usbeg, Chaïbani, l'ennemi acharné de Baber, dont la vie aventureuse nous a été révélée dans une épopée traduite par M. Vambéry, soumet à cette époque tous les pays entre l'Oxus et l'Iaxarte et règne sur le Kwarisme, Balkh, Khoundouz, le Khorassan et le Badakchan.

En 1505, le Badakchan se soulève, chasse les Usbegs et appelle un frère de Baber sur le trône de ses anciens rois, sans le garder cependant plus de deux ans.

Un neveu de Baber, petit-fils de Younous-Khan, excité par sa grand'mère, fille du dernier roi indigène du Badakchan, succède à son oncle et maintient son pouvoir jusqu'à sa mort, après laquelle Baber installe son fils Houmayoun au Badakchan, qui règne à Faïzabad, jusqu'au moment où il va rejoindre l'empereur aux Indes. Après son départ, les chefs de la nation appellent Sultan Saïd-Khan, roi de Kachgar, sur le trône. Ce prince descendait également, par les femmes, de l'ancienne famille royale, et un de ses prédécesseurs s'était déjà emparé du Wâkhan. Cependant, le roi de Kachgar, peu content de son nouveau royaume, s'en retire bientôt et Baber investit son arrière-petit-neveu Souléïman, dont les descendants se rendirent presque indépendants.

Le grand Akbar ne revendiqua pas ses droits sur le Badakchan, mais en revanche, Chah Jehan y envoya son fils, le fameux Aureng-Zeb, (dont nous parle le voyageur français Bernier), qui fit construire un pont sur le Sourkh-ab inférieur qui subsiste encore de nos jours. Ce même prince

prit Balkh et bientôt ensuite le Badakchan, mais se rendant
compte des difficultés qu'il éprouverait à se maintenir dans
des contrées aussi éloignées, il donna ce pays à un nommé
Nazar Mohamed, ex-prince de Balkh, probablement d'origine usbègue.

L'armée d'Aureng-Zeb, qui avait envahi la vallée du
Sourkh-ab devait nécessairement contenir de nombreux
éléments hindous, et il serait possible qu'à la suite de
circonstances quelconques, un détachement de ces Hindous,
remontant la vallée du Sourkh-ab, arriva dans celle du
Yagnôb ; là, se mélangeant avec les habitants, les Hindous,
tout en acceptant la langue des Yagnôbis, ont pu parfaitement leur faire accepter les formes grammaticales de la
leur. C'est peut-être de cette même époque que date la
légende des Yagnôbis, d'après laquelle ils seraient venus
du Cachemire.

250 ans paraissent suffisants pour amalgamer un dialecte
éranien avec un idiome hindou et pour former le yagnobi
actuel, qui, lui-même disparaîtra bientôt, absorbé par la
langue tadjique.

C'est encore une pure hypothèse et je la donne comme
telle.

Les Mirs descendant d'un Syad de Samarkand appelés
au pouvoir vers le milieu du XVIIᵉ siècle règnent encore
aujourd'hui à Faïzabad.

En 1729, les Chinois s'emparant de la Kachgarie forcent
les deux derniers survivants de la famille des Khodjah à
se réfugier dans le Badakchan et bientôt ce pays devient
aussi tributaire de la Chine, jusqu'à la fin du XVIIᵉ siècle.
Des deux Khodjah, réfugiés au Badakchan, l'un meurt de
ses blessures, tandis que l'autre est assassiné sur l'ordre
du roi qui voulait complaire aux Chinois. Ce dernier
Khodjah maudit le pays en mourant et prédit un triple
désastre. Prédiction qui devait s'accomplir à la lettre.

En 1765, les Afghans envahissent le Badakchan et sous
le prétexte de s'emparer d'une précieuse relique, c'est-à-

dire de la chemise de Mahomet qui se trouvait à Faïzabad, ils mettent le pays à feu et à sang.

Peu de temps après, Kohan-Beg, un aventurier usbeg, envahit de nouveau le pays et le mit à sac, mais jamais celui-ci n'eût plus à souffrir qu'en 1829, lorsque Mourad Beg de Koundouz, non content de s'en emparer, emmena des milliers d'habitants qui moururent des fièvres de la plaine ou furent vendus comme esclaves. C'est peu de temps après cette abominable razzia de Mourad Beg que Wood visita le Badakchan qui lui fit le même effet que me fit à moi Kouldja quand, en 1877, je traversai les ruines des anciennes villes chinoises, sur le bord de l'Ili. Mohamed Tuir-Khan arracha bientôt à Mourad ses conquêtes.

En 1850, les Afghans envahissent de nouveau le Tokharistan et s'emparent de Balkh. La famille des Mir, profitant de la défaite des Usbegs, revient au Badakchan ; le premier roi est chassé par les Afghans, mais le second s'arrangea avec eux moyennant un tribut annuel de 13.000 roupies.

Depuis, le bien-être a repris au Badakchan et, d'après le récit des derniers voyageurs, le pays est loin d'être aussi désolé que du temps de Wood.

Ce n'est qu'en parcourant cet abrégé historique qu'on peut se rendre un compte exact des raisons multiples qui, à des époques différentes, forcèrent les Eraniens de la plaine à chercher un refuge dans les vallées inaccessibles du Pamir. Toutefois, ce refuge était bien précaire ; ni les passages couverts de neige pendant plusieurs mois de l'année, ni les frêles balcons en branchages qui côtoient les rivières à des hauteurs parfois vertigineuses, ni la pauvreté de ces vallées où l'homme exposé à un climat inhospitalier peut à peine subvenir à son existence, ne purent arrêter la cupidité des envahisseurs barbares. Le Wakân fut pris successivement par les Chinois, par les Usbegs et par les Afghans ; le Darwâz, le Karatéghine et le Kohistan zérafchanais furent tour à tour la proie des Usbegs. Yakoub-Khan, l'Atalik-Ghazi

de Kashgar, anéantit presque le petit état tadjik de
Sarikol ; seul, le Chougnân, jouissant d'un climat relativement tempéré, et possédant de riches pâturages et des
champs fertiles, paraît avoir échappé au sort commun.
Heureuse exception, qui du train dont vont les choses
en Asie centrale, ne se maintiendra pas longtemps. Déjà,
d'après les dernières nouvelles, le descendant d'Alexandre,
ou plutôt celui d'un roi yué-tchi ou éphthalite, qui règne
à Bar-Pandja serait devenu tributaire de l'Afghanistan.
Sic transit gloria mundis

IX

KACHGARIENS & SARTES

Robert SHAW, *Visite to High Tartary, Yarkand and Kashgar,* Londres, 1871.

BELLEW, *Kashmir and Kashgar,* Londres, 1875.

FORSYTH, *Report of a Mission to Yarkand,* Calcutta, 1875.

KOUROPATKINE, *Bulletin de la Rèunion des Officiers,* Mai-Août 1878.

UJFALVY, *Aus dem westlichen Himalaja,* Leipzig, 1884.

UJFALYY, *Le Kohistan, le Ferghanah et Kouldja, avec un appendice sur la Kachgarie,* Paris, 1878.

Terminons nos recherches sur les Aryens au Nord de l'Hindou-Kouch en examinant deux types de peuples au sujet desquels les opinions les plus diverses se sont manifestées jusqu'à ce jour. Nous voulons parler des Kashgariens qui habitent les deux principales oasis du Turkestan oriental et des Sartes, qui constituent une partie notable de l'élément sédentaire dans le Turkestan russe.

Nous ne partageons point la manière de voir de Shaw, par rapport à la race aryenne qui, dans l'esprit de l'explorateur anglais, est évidemment *H. Europæus,* et dont il retrouve la plus grande pureté typique dans Abraham Lincoln. Nous préférons, pour notre part, le héros de l'*Illiade,* Achille, aux yeux bleus et aux longues boucles blondes, type idéal créé par la fertile imagination d'Homère. Ce type nous paraît se rapprocher davantage des figures de la légende scandinave que la silhouette si caractéristique du grand Président des Etats-Unis d'Amérique.

Je pense, cependant, que les habitants du Turkestan oriental présentent, en effet, beaucoup de ressemblance physique avec *H. Europœus*, du moins avec les Eraniens, et, parfois même, avec les Hindous de l'Hindou-Kouch.

Cette particularité de types avait déjà frappé les Chinois, deux cents ans avant notre ère.

Ces Aryens, voisins des aïeux des Chinois (ces derniers leur ont emprunté l'art d'irriguer les champs), et dont les figures chevalines, aux yeux enfoncés dans leurs orbites, les avaient particulièrement frappés, étaient sans doute les mêmes peuplades blanches dont les descendants, fortement mélangés, occupent encore aujourd'hui les deux plus fertiles oasis du bassin du Tarym.

L'habitant des villes, aussi bien que le cultivateur des environs de Kachgar et de Yarkand, dit Shaw, est grand, maigre ; il a la figure allongée, le nez proéminent, les yeux rapprochés et enfoncés dans leurs orbites, la barbe abondante (1).

Ne sont-ce pas là presque les mêmes termes descriptifs employés jadis par les chroniqueurs chinois ? Si les Chinois comparent la face de ces hommes à de longues figures de cheval, et s'ils disent qu'ils sont extrêmement laids, il ne faut pas oublier que les enfants du Céleste Empire se font une idée de la beauté humaine absolument différente de celle que nous avons.

Shaw fait justement observer qu'une dissemblance typique existe entre le Yarkandi d'une part, le Kirghis et l'Usbeg d'autre part.

(1) Voir plus loin la description du type.

H. de Schlagintweit (*Indien und Hoch Asien*, tome II), constate l'existence d'une proportion considérable de caractères éraniens dans le type physique d'un grand nombre d'habitants du Turkestan oriental.

Les petits yeux, aux commissures écartées, les pommettes saillantes, la figure losangique, l'absence presque complète de villosité, distinguent le Kirghis du Yarkandi. L'Usbeg même, dit Shaw, possède à côté de caractères aryens, beaucoup d'autres qui sont absolument mongoliques. C'est donc un Tatar, chez lequel l'infusion du sang aryen a produit certaines modifications dans l'habitus.

Mais se ravisant heureusement, le savant voyageur anglais appelle les Yarkandis des Aryens. Cette observation me paraît assez juste, mais ne suffit pas pour expliquer le type si complexe des habitants du Turkestan oriental. Le Karchgarien et le Yarkandi sont, en effet, le résultat d'un croisement du type *Acrogonus* avec *H. Europœus*, avec *H. Asiaticus* et peut-être aussi avec un homologue de *H. Mediterranensis*.

Nous avons déjà fait remarquer plusieurs fois que les chroniqueurs chinois parlent à deux reprises des peuples à figures allongées qui habitaient autrefois l'Asie intérieure. La première fois, désignant ainsi les voisins de leurs propres aïeux, fixés dans l'oasis de Khotan, ils restent muets sur la couleur des cheveux et des yeux qui aurait dû les frapper tout autant que l'oval allongé de la figure. Cette circonstance prouve que les peuples dont ils parlent avaient des cheveux foncés et des yeux bruns comme eux. La seconde fois, en parlant des Ousouns, ils disent expressément que ce peuple avait les cheveux blonds et les yeux bleus. Les éléments blonds ont disparu aujourd'hui en Kachgarie, de même que la dolicocéphalie (1).

(1) Le pèlerin chinois Hiouen-Thsang a constaté au viie siècle de notre ère qu'un peuple dans le pays de Chanha, le Kachgar d'aujourd'hui, pratiquait la coutume de la déformation artificielle des crânes. Il dit : « Il existe chez eux une coutume étrange : quand un enfant est né, on lui aplatit la tête en la comprimant avec une planchette. » (Voir Stanislas Julien, *Histoire de la vie de Hiouen-Thsang*).

D'après Hippocrate, la déformation artificielle des crânes chez les enfants avait pour but de les agrandir en longueur. « L'usage, dit l'auteur, a donc tout d'abord commencé par influencer la nature, mais,

Shaw, signalant l'invasion des Yué-Tchi dans le Turkestan oriental, attribue à l'arrivée de ce peuple l'exode d'une grande partie des Aryens vers le Pamir. Ces fuyards auraient fondé l'état de Sarikol, celui de Wakhân et se seraient répandus parmi leurs congénères, sur les versants occidentaux du Pamir. Je pense que ces fuyards se fixèrent dans le Sarikol et le Chougnân, mais non dans le Wakhân qui paraît avoir été peuplé par des Aryens venus des plaines de la Bactriane, à preuve l'idiome wakhi qui se rapproche le plus de l'antique langue de Bactre.

Certes, les Yué-Tchi ayant d'abord occupé le bassin du Tarym, les aborigènes de ces contrées furent obligés de se réfugier dans les vallées reculées du Pamir. Cette migration eut lieu bien avant celle de leurs congénères occidentaux. Il est possible, enfin, que ce soit à cette fuite que nous devons la fondation des petits états pamiriens de Sarikol et de Chougnân. Ce qui rend cette supposition assez probable, c'est l'intime parenté qui subsiste entre les dialectes sarikoli et chigni, et plus de deux mille ans ont pu suffire pour établir les légères différences qui existent aujourd'hui entre ces deux idiomes.

Les Yué-Tchi envahissant plus tard les régions à l'ouest du Pamir, habitées par les Bactro-Sogdiens, de nouveaux Aryens vinrent alors grossir le nombre de leurs frères dans les petits états du Haut-Oxus.

Il n'est pas admissible, cependant, de supposer que toutes les peuplades, parlant des dialectes pamiriens, soient venues

---

dans la suite des temps, la nature s'était tellement habituée à la forme nouvelle qu'elle n'avait plus besoin d'être contrainte... » *(Hippocrate et aliorum medicorum Reliquœ*, éd. franç. Zach. Ermerins, I, 1859).

C'était de la sélection artificielle au premier chef, et cette judicieuse observation d'Hippocrate prouve une fois de plus que nous n'avons rien inventé qui ne fut déjà pressenti par les Anciens. Dans tous les cas, malgré ces pratiques en usage dans leurs pays, les Kachgariens sont revenus à la brachycéphalie, ce qui prouve sans doute surabondamment l'existence primitive du type *Acrogonus*.

du Turkestan oriental. Les langues en usage au nord de l'Hindou-Kouch, dans les vallées du Koktcha et de ses affluents donneraient un démenti absolu à cette supposition. Ce sont précisément ces langues qui présentent le plus d'affinité avec l'ancien bactrien. Elles ne peuvent donc être originaires du Turkestan oriental. Quant aux Aryens de ce dernier pays, qui sont restés à l'approche des Yué-Tchi, ils se sont mélangés avec les vainqueurs et leur ont, d'après Shaw, imposé leur type en adoptant leur langue. Nous n'acceptons cette manière de voir qu'avec une certaine réserve. Nul doute que les Yué-Tchi aient été absorbés par les Aryens des oasis du Turkestan oriental. Ce qui était d'autant plus aisé qu'ils ont été fort peu nombreux. La majeure partie, ne pouvant continuer sa migration à travers les passes neigeuses du Pamir, s'échappa par la porte dzoungare et envahit plus tard les régions occidentales, c'est-à-dire les bords de la dépression aralo-caspienne.

Quant aux changements de langage, ils n'ont dû s'effectuer que beaucoup plus tard ; il est probable que l'établissement de l'empire civilisé des Ouïgours, dans le bassin du Tarym, y a puissamment contribué. Nous voyons souvent des peuples civilisés imposer leur langue au vainqueur barbare, rarement l'inverse a lieu. L'exemple des Hazarahs, dans le nord de l'Afghanistan, peuple mongolique qui parle le persan, ne vient qu'étayer notre manière de voir. Il est évident que le mélange à l'est et à l'ouest du Pamir ne s'est point fait de la même manière. Nous avons déjà eu l'occasion de dire, à différentes reprises, que les flots d'émigrations submergeant le Turkestan oriental étaient venus se briser contre le Pamir avant de s'échapper par la Dzoungarie, ce qui permit à la grosse masse de ces peuples de s'écouler sans entrave vers les vastes plaines occidentales. Toutes ces migrations successives ont donc laissé un dépôt dans les oasis du Turkestan oriental, dépôt peu considérable, pour deux bonnes raisons.

D'abord, quand un peuple est en marche, peu d'individus

se décident à séparer leur destinée de celle du gros de la
troupe pour demeurer dans des contrées occupées par des
peuplades hostiles ; ensuite, les oasis qui permettent à
l'homme de subvenir à son existence sont très peu nombreuses à l'est du Pamir. Les demeurants furent toujours
rapidement absorbés par le stock primitif d'Aryens et
contribuèrent à former ainsi, par la suite des temps, un
assemblage de peuples divers, d'apparence homogène,
qui s'appela Yarkandis ou Kachgariens, sans distinction
d'origine ou de dates d'occupation. A l'ouest du Pamir, au
contraire, les différents flots de peuples envahissant successivement les bords fertiles de la dépression aralo-caspienne,
refoulèrent les autochthones de ces contrées et subsistèrent
en conservant leur type et leur caractère propre.

Quand Shaw dit qu'il n'y a que deux races dans le
Turkestan occidental, les Kirghises et les Usbegs en
opposition des Tadjiks, tandis que le mot *Sarte* ne
signifie que sédentaire, à l'opposé de nomade, — il se
trompe absolument. Les Sartes du Turkestan occidental,
sans être de la même origine que les Yarkandis et les
Kachgariens, doivent cependant leur existence à des
circonstances analogues. Ce sont des Aryens qui, absorbant leurs vainqueurs turco-tatares, c'est-à-dire en leur
imposant leur type, troquèrent l'idiome persan contre le
turc-oriental.

Le type *Acrogonus* avec ses croisements indiqués
plus haut, prédomine donc dans le Turkestan oriental, car
tous les autres peuples qu'on y trouve encore ne constituent, à l'exception des Kirghises, qu'une infime minorité.
Les Usbegs du Kokan, connus surtout sous le nom redouté
d'Andidjani, ont exercé pendant longtemps une influence
prépondérante sur les destinées politiques du Turkestan
oriental ; c'est à leur incursion dans Kachgar que Yakoub-
beg a dû sa puissance éphémère. Il est donc bien naturel
que beaucoup d'anciennes familles Yarkandies et Kachga-
riennes se soient targuées d'une origine usbègue, surtout lors

de la domination de Yakoub, espérant ainsi briguer les faveurs du vainqueur.

On rencontrait du temps de la visite de Shaw dans les grandes villes du Turkestan oriental, de belliqueux Afghans qui avaient servi sous le drapeau de l'Atalik-Gazi ; des Hindous faisant un commerce assidu dans les bazars ; des Cachemiris, occupant tout un quartier de la ville, évités par les autres habitants à cause de la corruption qui y régnait ; de paisibles Baltis, cultivant le tabac et les melons dans les potagers autour des villes, des Galtchas de Sarikol que Yakoub-beg avait amenés en masse pour briser leur farouche résistance. Enfin, même des Badackchis, fuyant devant les exactions afghanes et attirés à Yarkande par la gloire du nouveau régime. Des Chinois aussi, embrassant l'islamisme, pour la forme sans doute, y étaient restés. Aujourd'hui, que leurs frères de l'empire du Milieu ont ressaisi le pouvoir, il est probable qu'ils se sont empressés d'abandonner cette foi exécrée ; mais dans toute cette foule bigarrée, véritable mosaïque de peuples, dit Shaw, l'ancien habitant domine et représente le type le plus oriental de la race aryenne (1).

Non seulement ces anciens habitants dominent, mais leurs caractères morphologiques reparaissent et se mélangent à ceux des Turco-Tatares, formant ainsi un type de métis très particulier que nous désignons sous le nom Kachgarien.

Examinons ce type d'après les mensurations anthropologiques, faites en 1877.

Douze Kachgariens mensurés à Och (Ferghanah) avaient un indice céphalique moyen de 82.23 (83.73).

Ils étaient donc un peu moins brachycéphales que leurs congénères d'autrefois, transportés en Dzoungarie il y a plus de 150 ans ; nous voulons parler des Tarantchis qui présen-

(1) L'observation de Shaw paraît peu fondée, car le colonel Kouropatkine, lors de son voyage en Kachgarie, en 1876, a été frappé par le type des Tadjiks du Sarikol, transportés de force à Yarkand et à Kachgar. Ces Eraniens différaient donc sensiblement des Kachgariens proprement dits.

taient un indice céphalique moyen de 83.11. Ils sont également beaucoup moins brachycéphales que les Galtchas du Kohistan Zérafchanais dont l'indice, comme nous l'avons vu plus haut, monte à 85.

L'indice frontal était chez eux de 74.21. (76.21). Cet indice tout en n'étant pas aussi fort que chez leurs voisins est d'un chiffre assez élevé et les rapproche des Hindous du colonel Duhousset ; 74, 48. Il n'y avait aucun *mésosème* parmi eux.

La courbe horizontale totale était de 552 1/2 mm. Leur crâne est donc beaucoup moins volumineux que celui des Eraniens du Pamir (560 mm.) que celui des Tadjiks de Samarkand (562 1/2 mm.) mais plus volumineux que celui de la plupart des peuples au Sud de l'Hindou-Kouch. Dans ces régions, seuls les Ladakis 585, et les Paharis 555 les dépassent ; tous les autres, même les Cachmiris, 540, leur sont inférieurs. La courbe transversale biauriculaire était chez eux de 346 1/4 mm. Ils avaient donc le crâne moins élevé que les Tadjiks de Samarkand (349 2/7 mm.) et que les Eraniens du Pamir (347 mm.) mais beaucoup plus élevé que celui de tous les peuples au Sud de l'Hindou-Kouch, y compris les Ladaki (335 mm.).

Quant à la taille, les Kachgariens atteignaient 1672 mm. ; ils étaient donc d'une taille au-dessus de la moyenne, moins élevée que celle des Tadjiks, mais bien au-dessus de celle des Eraniens du Pamir et se rapprochant de celle des Dardous au sud de l'Hindou-Kouch.

La distance transversale des deux commissures internes des yeux, s'élevait chez eux à 33 mm. Sous ce rapport ils se rapprochent beaucoup des Mongols et s'éloignent des Eraniens et encore bien davantage des Hindous.

La distance transversale des deux pommettes était de 127 mm. Ici encore, se rapprochant des Kirghis, ils dépassent de beaucoup les Eraniens ; la distance des deux angles de la mâchoire inférieure était de 114 ; il y aurait donc la même observation à faire que pour la mesure précédente.

La distance du point mentonnier à la naissance des cheveux était de 187 mm. Ils avaient un indice du visage de 67.94 bien supérieur à celui des Eraniens et un indice facial de 66,93 (68.93), ils sont donc *microsèmes*. Nous voyons par tous ces caractères que nous avons affaire à une race mélangée.

Consultons maintenant les caractères descriptifs. Sur 12 Kachgariens 91,66 0/0 avaient les yeux bruns et 8,33 0/0 les yeux gris. Quant à la couleur des cheveux, ils avaient 50 0/0 les cheveux châtains et 50 0/0 les cheveux noirs ; quant à la barbe, ils avaient 25 0/0 la barbe châtain et 75 0/0 la barbe noire ; 33.33 0/0 avaient la peau glabre, 66, 67 0/0 avaient la peau peu velue.

Quant à la barbe, 16,67 0/0 avaient la barbe rare et 83,33 0/0 la barbe abondante. Ce. dernier caractère prouve surabondamment combien l'habitus des Kachgariens se distingue de celui des Mongols.

4 Kachgariens avaient le nez aquilin, 8 le nez droit, 6 étaient mésorhyniens et 6 platirhyniens.

Certes, dans le principe, le mot Sarte signifiait sédentaire en opposition de nomade (1) ; mais aujourd'hui cette

---

(1) M. Girard de Rialle, le célèbre linguiste et ethnographe, dit au sujet des Sartes : « A Tâchkend il existe une différence entre les Sartes et les Tadjiks : ceux-ci parleraient un dialecte persan, tandis que les premiers emploieraient un idiome turc fortement imprégné d'éléments éraniens. Selon le même document, malheureusement anonyme, les Sartes seraient en général d'une belle carnation : un visage ovale et régulier, un nez aquilin, de grands yeux et une barbe noire seraient assez fréquents parmi eux ; on y remarquerait aussi quelques blonds, mais plutôt des roux. La taille n'est pas très élevée ; l'apparence est généralement pleine et ronde. Ils sont pacifiques et respectueux jusqu'à l'obséquiosité. Ils se livrent volontiers à l'agriculture, mais le commerce est leur passion. Dès qu'un Sarte est à la tête d'un petit capital, il se jette dans les affaires, où il réussit presque toujours, mais au détriment des Usbegs et des Kirghises paresseux et simples d'esprit. Du reste, l'argent est tout pour un Sarte et avec de l'argent on peut tout obtenir de lui. C'est là le propre des races laborieuses et sédentaires opprimées par des guerriers ennemis du travail et de l'industrie. La fausseté et l'avarice que

manière de voir n'est plus soutenable ; partout où l'Usbeg, en contact avec le Tadjik, s'est adonné à la vie sédentaire, il est devenu petit à petit Sarte (1) ; le Tadjik, de son côté, s'est souvent mélangé à l'Usbeg, devenu sédentaire et par cela même s'est également converti en Sarte, en perdant le plus précieux patrimoine de ses aïeux, sa langue. Les éléments tadjiks ont été certainement plus considérables dans ce mélange, ils ont fait prévaloir leur type, car *les Sartes sont aujourd'hui des Eraniens physiquement déchus ;* il est donc impossible de contester l'existence d'une population sarte. Il existe même une différence appréciable entre le type sarte et le type tadjik. Le Sarte est d'une taille moins élevée, d'une complexion physique moins forte, d'une figure plus ronde, d'une villosité moins abondante ; il est plus porté à l'obésité que le Tadjik.

Donnons quelques renseignements résultant des mesures anthropométriques que nous avons prises à Turkestan (ville) sur 20 Sartes.

L'indice céphalique était de 84.38 (85.88) presque absolument semblable à celui des 31 Tadjiks du Ferghanah. Quant à la taille, ces mêmes individus présentaient une moyenne de 1700 mm., ils étaient donc de taille haute, d'après M. le docteur Topinard.

l'on reproche aux Tadjiks de Samarkand et de Bokhara n'ont pas d'autres causes. Tel est le résultat de la longue oppression des Turcs, des Mongols et des Usbegs dans ces contrées. Il y a donc lieu de supposer que l'administration russe sera pour les Eraniens indigènes de l'Asie Centrale, Sartes ou Tadjiks, une source de bien-être, une sécurité qui les relèvera moralement et économiquement de leur long et profond abaissement. M. Girard de Rialle ajoute : que les Usbegs ne forment pas ce que l'on peut appeler une race ; c'est plutôt le produit de mélanges à tous les degrés, entre les envahisseurs Turcs et Mongols et les indigènes Eraniens.

(GIRARD DE RIALLE, *Instructions anthropologiques pour l'Asie Centrale*, Paris, 1874.)

(1) Les Kirghis aussi se sont mélangés à la population autochthone de l'Asie Centrale, les métis résultant de ce mélange, fort laids d'ailleurs, sont appelés *Kourama ;* leur nombre est très restreint.

Quant aux courbes, la moyenne de la courbe horizontale totale était de 540, celle de la transversale sus-auriculaire de 340. Ils se rapprochent donc, comme volume du crâne, de celui des Darwâzis, et la boîte osseuse est chez eux, en général, bien moins considérable que chez les autres peuplades de l'Asie Centrale. Quant à la hauteur du crâne, elle se rapproche beaucoup de ceux des peuplades que le colonel Duhousset a mensurés en Perse. Ces mêmes Sartes avaient un indice du visage de 71.42, un indice facial céphalométrique de 67.69, et un indice nasal de 66.03. Quant à la distance des deux commissures internes des yeux, la moyenne était de 31. Ils se rapprochent donc par ce caractère important des Eraniens de l'Asie Centrale.

Ces quelques chiffres nous permettent de dire que les Sartes sont un peuple mélangé au premier chef, mais que cependant leurs caractères ostéologiques sont plutôt éraniens que turco-mongols.

DEUXIÈME PARTIE

LES ARYENS AU SUD DE L'HINDOU-KOUCH

LES DARDOUS, LES KHOS OU TCHITRALIS ET LES KAFIRS

(Chîns, Yéchkouns ou Bouriches, Baltis, Kbôs et Siahpoches)

DEUXIÈME PARTIE

I

SUBDIVISION DES PEUPLES

AU SUD DE L'HINDOU-KOUCH

G. W. LEITNER, *Dardistan in 1866, 1886 and 1893.*
BIDDULPH, *The Tribes of the Hindoo-Koosh,* Calcutta, 1880.
RATZEL, *Vœlkerkunde,* tome I, Leipzig et Vienne, 1894.

En franchissant les nombreuses passes qui conduisent de la vallée glacée du Haut-Oxus dans le bassin de l'Indus, en descendant les pentes méridionales de l'Hindou-Kouch, moins abruptes et plus fertiles que celles du Nord, on arrive dans une contrée montagneuse, dont la partie orientale a été désignée, jusqu'à présent, sous l'appellation conventionnelle de Dardistan (1), tandis que la partie

(1) Cette appellation dérive du mot *Darada*, des écrits sanscrits, auquel on a ajouté la terminaison persane. (Voir Leitner, *loc. cit.*).

occidentale, s'abritant à l'ombre même de la ligne de fait
du Caucase indien, porte le nom mystérieux de Kafiristan,
c'est-à-dire pays des païens (1).

Ces vallées écartées avaient été considérées par quelques
savants, comme le dernier refuge des guerriers de la Grèce
qui, 600 ans avant notre ère, avaient suivi le casque ailé du
grand Macédonien. Quelques voyageurs imaginatifs, ren-
chérissant encore sur l'opinion de ces savants, avaient
raconté que les femmes du Kafiristan étaient aussi blanches
et aussi blondes que les nobles filles de la fière Albion.

M'est avis que ces savants ne pouvaient pas eux-
mêmes croire à ces fictions et que ces voyageurs ne racon-
taient que par ouï-dire, car aucun d'eux n'avaient vu une
femme Kafire chez elle (2). Le silence de Marc-Pol au
sujet de cette contrée m'a toujours paru significatif et
aurait dû inspirer à ces savants et à ces voyageurs plus
de prudence dans leurs affirmations.

Aujourd'hui, grâce aux explorations de M. Robertson,
le mystère qui enveloppait le Kafiristan est dissipé, et
nous sommes à même de pouvoir classer, d'une façon
rationnelle, les tribus de cette contrée. Nous savons, à ne
plus en douter, (M. Leitner nous l'avait déjà dit) que tous
ces peuples parlent des langues aryennes, à l'exception des
Yéchkouns ou Bouriches qui parlent un idiome non aryen,
et que tous, au point de vue du type, ne présentent que
des dissemblances peu considérables. Nous savons aussi
que les farouches guerriers du Kafiristan se rattachent
comme type, comme langue et comme mœurs aux antiques

(1) M. Leitner comprend dans le Dardistan également le Kafiristan. Les récits de M. Robertson sur ce dernier pays dont les habitants
présentent un caractère assez particulier, ne nous permettent pas de
partager entièrement cette manière de voir.

(2) Nous verrons par la suite, que de tous les explorateurs qui ont
écrit sur le Kafiristan, Trump a été le plus près de la vérité. Il écrivit
textuellement dans le *Journal Asiatique* de Londres, de 1862 : « *Les
Kafirs que j'ai vus ressemblent en tous points aux indigènes du
Nord-Ouest de l'Inde.* » M. Robertson ne nous dit pas autre chose.

Hindous du Dardistan, et que, dans tous les cas, ils n'ont rien de commun, ni avec les légions macédoniennes, ni avec la complexion claire et blonde de nos voisins d'Outre-Manche. Disons toutefois, en passant, que ces considérations n'excluent pas la possibilité du mélange de ces montagnards avec quelques fuyards de l'armée d'Alexandre. mais le nombre de ces Grecs, ou autres guerriers de race congénère, devait être si peu important que les traces qu'ils ont pu laisser doivent se réduire à fort peu de choses (1). Peut-être, l'existence de quelques blonds, aux yeux clairs bien rares semés, pourrait-elle se rattacher à ce lointain mélange, mais ce n'est là qu'une pure hypothèse, sans aucun fondement scientifique (2).

Il est certain, que de prime abord, la description des tribus aryennes au sud de l'Hindou-Kouch présente plus de difficultés que celle des Eraniens au Nord de cette chaîne de montagnes. mais cette difficulté est plutôt apparente que réelle.

Ce n'est pas en vain que les Anciens avaient surnommé l'Hindou-Kouch, le Caucase indien, car, à première vue, la mosaïque de peuples. groupés sur ces versants méridio-

---

(1) M. Mac-Naïr avait trouvé, lors de son passage dans la vallée du Kounar, une gemme de provenance babylonienne et M. Robertson a rapporté de son fructueux voyage au Kafiristan un vase orné d'une inscription grecque.

(2) Tout récemment le colonel Holdich s'est occupé, dans le *Geographical Journal*, de la question de l'origine des Kafirs. Il a été amené à conclure qu'ils sont d'une très ancienne race *occidentale* et descendent des habitants d'une certaine ville de Trysa, située entre le Kaboul et l'Indus, et mentionnée par les historiens d'Alexandre, Arrien et Mégasthène. Or, ces Tryséens ne seraient pas de race hindoue ; ils seraient venus de l'Ouest sous la conduite d'un certain Dyonisos, qu'ils déifièrent par la suite, et qui, comme on sait, eut sa place dans le Panthéon Grec. Parmi les inscriptions de la vallée du Kounar (rivière qui arrose le Tchitral et dont la vallée est contiguë au Kafiristan) on reconnut des caractères d'un type grec archaïque ; on trouva aussi des sculptures représentant une sorte de procession bachique.

Malgré ces curieuses constatations, nous inclinons en faveur de l'opinion de Trump et de M. Robertson.

naux, présente un caractère tout particulier et rappelle le tableau ethnographique qui se déroule au pied du Caucase.

Cependant, cette ressemblance se dissipe après un examen tant soit peu attentif.

Dans le Caucase, nous nous trouvons en présence de peuples de races et de langues différentes, ayant conservé de fortes ressemblances morphologiques, tandis qu'au Sud de l'Hindou-Kouch, nous rencontrons une infinité de petites tribus parlant, à l'exception des Yéchkouns, des langues aryennes, présentant une série de types presque similaires dont le caractère est facile à déterminer.

L'anthropologie nous servira de critérium pour établir les types communs aux peuples du Kafiristan, du Tchitral, et du Dardistan ; elle nous permettra aussi de prouver que les Bouriches sont des Dardous, aujourd'hui du moins (1), et que même les Baltis qui parlent encore une langue tibétaine se rapprochent actuellement davantage des Dardous que des Ladakis, peut-être leurs congénères d'autrefois.

L'Inde était peuplée primitivement par des tribus noires. Dans une très grande antiquité, de nombreux siècles avant l'invasion des Aryens, des peuples mongoliques y arrivèrent par les deux voies naturelles situées au Nord-Ouest et au Nord-Est. Leur mélange avec les éléments aborigènes Négroïdes constitua le peuple Dravidien qui conserva un idiome agglutinatif, héritage de son origine mi-mongolique. Puis, arrivèrent les Aryens qui, plus tard, furent suivis par d'autres Mongols précédant d'autres Aryens. Enfin, peu de temps avant notre ère, les Yué-Tchi envahirent l'Inde par le Nord-Ouest, et quelques années plus tard les Saces par le Nord.

(1) M. Leitner l'a toujours dit, de même qu'il ne lui est jamais venu à l'esprit d'assimiler les Baltis aux Tibétains. Il avait assisté aux mensurations que j'avais faites à Simla, et il pouvait en parler en connaissance de cause, car les chiffres sont plus éloquents que les descriptions prises à vue d'œil.

Au ivme siècle arrivèrent les Radjpoutes, et au ixme siècle les Arabes. Toutes les invasions postérieures étaient de moindre importance et n'exercèrent aucune influence notable sur le type de l'Hindou actuel.

Le docteur Topinard (1) qui a examiné attentivement les matériaux considérables rapportés par M. Risley, en détache trois éléments généraux très suffisamment caractérisés : 1° Un type de haute taille, dolicocéphale, le haut de la face saillant et un angle facial ouvert ; type qui domine dans le Pendjab, reparait atténué dans les provinces du Haut-Gange, diminue à mesure qu'on descend le fleuve et se perd ; 2° un type de petite taille, brachycéphale, ayant un angle facial peu ouvert ; le haut du visage aplati et une tête forte quand on la regarde de face ; ce type occupe la région le long de l'Himalaya central et oriental ; 3° un type de petite taille, dolicocéphale intermédiaire aux précédents comme angle facial et ayant une tête petite ; ce type se rencontre au sud de la vallée du Gange et sur les plateaux du Centre.

« Chez les peuples de l'Inde, dit encore le docteur Topinard, l'endogamie est restée la règle et l'exogamie l'exception. Les conditions favorables à la concentration et à la perpétuation des caractères séculaires persistent et, plus que dans tout autre pays, il semble qu'on puisse retrouver les anciens types à côté de types de formation nouvelle. »

De ces trois éléments généraux que le docteur Topinard a si bien caractérisés, deux seulement nous intéressent. Le premier, que l'on rencontre depuis le Kafiristan jusqu'à la frontière orientale du Dardistan, et le troisième, que l'on retrouve chez les Presouns du Kafiristan et, comme caste inférieure, dans toute la région au sud de l'Hindou-Kouch et dans l'Himalaya occidental.

(1) Voir Paul Topinard, l'*Anthropologie du Bengale ou étude des documents anthropométriques recueillis par M. Risley. L'Anthropologie*, Mai-Juin, 1892.

D'après le célèbre anthropologiste italien Mantegazza, il faut distinguer aux Indes des Hindous d'un type aryen (caucasique), d'un type malais et d'un type sémitique et, à côté de cela, des Mongols, des Juifs, des Parsis, des Musulmans qui cachent des Touraniens et, enfin, des tribus autochthones.

Selon M. Ratzel, l'Hindou du type aryen est d'un teint foncé, presque de la couleur du café ; la peau est généralement plus foncée chez les castes inférieures que chez les castes supérieures. La taille est moyenne, les cheveux sont lisses et noirs, le visage est agréable et d'un oval parfait, le nez est mince et légèrement arqué, les cheveux et la barbe sont moins épais que chez l'Européen, les yeux sont grands et taillés en amande (ce qui rappelle le type sémitique), les lèvres sont épaisses et le menton peu accusé. La forme générale du corps est belle ; chez les femmes on rencontre souvent des beautés sculpturales. Les jambes des Hindous sont grêles, particularité qu'il faut attribuer à la position accroupie qu'ils prennent pour s'asseoir (1). Le crâne de l'Hindou est allongé, il est peu volumineux ou d'une capacité moyenne. Quand un Hindou des castes supérieures s'habille à l'européenne il rappelle le plus souvent un Grec ou un Italien du Midi.

Les caractères propres des Hindous du type aryen sont très difficiles à définir, car selon les croisements dont ils sont issus ils se rapprochent insensiblement des types sémitique, mongolique ou autres.

D'après M. Ratzel, beaucoup de savants, séduits par les affinités qui existent entre les langues indo-germaniques (indo-européennes), se sont fait une image par trop germanique des antiques Aryens descendus dans les plaines de l'Indus et du Gange.

---

(1) Cela ne me paraît nullement démontré. Les Galtchas ayant des jambes très bien musclées prennent également une position accroupie pour s'asseoir.

« Il est certain, dit toujours le même auteur, que l'Hindou au teint le plus clair, le plus noble et le plus fier entre tous, habite le nord-ouest de l'Indoustan. »

Les femmes et les enfants des Radjpoutes, quand ils parviennent à se protéger contre les rayons du soleil, ont la peau plus blanche que les Italiens du Sud. On rencontre chez ces Radjpoutes des tailles hautes, des nez aquilins, des yeux d'un brun clair ou gris, une barbe abondante et soyeuse et des cheveux châtains. Les Sikh, si remarquables par leur courage et leur probité, sont toujours d'une taille élevée, mais leur faciès au nez puissant, aux yeux plus petits et aux pommettes légèrement saillantes, rappelle l'influence d'un croisement mongolique.

Le Sikh manifeste à l'égard de l'habitant du Bengale le même dédain superbe que le Turcoman éprouve pour le Tadjik et pour le Persan.

« Quant au moral, le fond du caractère de l'Hindou est la paresse, qui, plus on avance vers l'Est et vers le Sud, devient de l'apathie. Les vertus de l'Hindou sont plutôt négatives que positives. On rencontre chez lui une grande endurance et une puissante faculté de supporter les privations, à côté d'une certaine mollesse qui n'exclut pas des explosions de cruauté. Comment s'expliquer, d'un côté, une cruauté raffinée et une dureté despotique, et de l'autre une miséricorde infinie pour les animaux ? Avec le même fond de paresse, les habitants du Nord-Ouest sont plus durs à la fatigue et plus belliqueux. »

Nous aurons souvent encore l'occasion de citer les judicieuses observations faites par M. Ratzel.

Il se produit un phénomène curieux dans ces régions lointaines de l'Asie intérieure, phénomène que nous voyons s'accomplir sous nos yeux, au centre de l'Europe, où les Brachycéphales émergent partout, absorbant d'une façon constante et progressive les restes de la majorité dolicocéphale de jadis. Au cœur de l'Asie, ce spectacle est bien plus curieux encore, car, si au nord de l'Hindou-Kouch, la brachycéphalie tend à devenir générale et augmente en raison de l'altitude (1) des habitations, au sud de cette chaîne de montagnes, la dolicocéphalie l'emporte dans des conditions analogues (2). Tandis que *H. Alpinus* rencontre les régions propres à son développement dans les âpres vallées du Pamir, et que l'on retrouve chez lui des caractères empruntés au type *Acrogonus*, à *H. Europæus* et même à *H. Asiaticus*, l'Hindou de l'Hindou-Kouch, dans sa verdoyante et fertile patrie, représente aujourd'hui, presque intact, le type que nous avons surnommé *H. Himalayensis* (3), et qui paraît être un résidu d'un homologue de *H. Mediterranensis*, avec une faible dose de *H. Europæus*, le type *Acrogonus* et *H. Asiaticus*, et même *H. Arabicus*, qui dans la suite des siècles, avaient pu se mélanger avec lui. Mais il y a plus, les grands Dolico, au sud de l'Hindou-Kouch, y ont rencontré des aborigènes qui sont certes pour quelque chose dans leur complexion physique actuelle, malgré que les vainqueurs les eussent de tout temps tenus à l'écart, pratiquant l'endogamie, comme nous l'avons indiqué plus haut.

Je reviendrai sur ce fait tout à l'heure.

---

(1) M. de Lapouge dit à ce sujet : « Excepté en Pologne ou sur quelques points de la région voisine, *H. Alpinus* ne domine pas dans les plaines : Elles sont le domaine de *H. Europæus* et des métissés. Au-dessus de 200 mètres, il prédomine et se rencontre à peu près seul au-delà de l'altitude de 500 mètres.

(Les Sélections sociales, Paris, 1896, p. 19.

(2) Cela s'explique d'une façon tout à fait différente. Tandis qu'au nord de l'Hindou-Kouch, le Dolicocéphale dédaigne les régions pauvres et rudes des montagnes et qu'il y refoule les Brachycéphales autochthones, au sud du Caucase indien, le Dolicocéphale, descendant assez pur des envahisseurs aryens, est obligé à son tour de se réfugier dans les âpres vallées de l'Hindou-Kouch devant le flot des barbares qui, à tour de rôle, submergent le nord-ouest de l'Inde, ce qui fait qu'on a beaucoup de chance de trouver dans le Dardistan le type aryen le plus pur.

(3) Les habitants de l'Himalaya occidental, dans le pays de Koulou et de Lahoul, sont de la même race, et nous avons été frappé par le beau type des Lahoulis, au teint blanc et à la figure ovale, que nous avons mensurés à Soultanpour, en 1881.

*De tout ceci je conclus que la région alpestre de la zone intermédiaire de l'Asie centrale, dont **Richthofen** nous a tracé un tableau si exact, convient au développement du type brachycéphale, tandis que la zone périphérique est tout aussi propice au développement du type dolicocéphale.*

Les peuplades de ces régions se subdivisent en quatre castes, et, grâce au tableau ingénieux que M. Biddulph a dressé, prenant pour base les proportions en centième de ces castes, nous sommes à même de nous rendre un compte exact de l'origine de ces peuplades et du degré de leur mélange, *car ces quatre castes correspondent, à n'en pas douter, à quatre races différentes*.

La caste inférieure, répandue un peu partout, dans certaines régions dans des proportions mêmes considérables, (50 0/0 dans les vallées de Doubéyr et Candia, 33 0/0 dans celles de Herband et de Sazine, 25 0/0 dans celle de Darèl et 34 0/0 dans celle de Tchilass) (1), constitue la race autochthone qui est représentée par les Presouns dans le Kafiristan, et que nous retrouvons partout dans l'Himalaya occidental.

Au-dessus de ce reste d'éléments autochthones, se trouve la caste des Bouriches ou Yéchkouns, venue certainement du Nord-Est, et formant la grande majorité de la population d'Astorg, de Saï, de Naghèr, de Hounza, et de Yassin, et la moitié, si ce n'est plus, de celle de Darèl, de Ghilghit et de Ponyal. Ces Bouriches parlent une langue à part, mais quant au type, ils se rapprochent aujourd'hui absolument de celui des Dardous. Nous ne chercherons point à déterminer leur origine ; quelques

(1) Toutes ces vallées tributaires de l'Indus font partie du Kohistan indien, appelé aussi Chinkari, pays des Chins. Rappelons qu'il existe, au-dessus de Caboul, une autre région appelée aussi Kohistan, habitée par une race très ancienne et dépossédée par les Afghans. Nous connnaissons donc trois Kohistans : le Kohistan zérafchanais, le Kohistan indien et le Kohistan afghan. (Voir pages, 44 et 46.)

auteurs anglais les rattachent aux Yué-Tchi, mais ils disent expressément qu'ils ne parlent point une langue tibétaine. Cette assimilation est une pure hypothèse, car d'autres auteurs voient dans les Yué-Tchi une tribu du Tibet et d'autres encore les assimilent aux Turcs. Nous partageons cette dernière manière de voir, qui est celle de notre ami M. Girard de Rialle. Il nous suffira de constater qu'aujourd'hui les Bouriches se distinguent peu des Dardous. On rencontre des Bouriches partout, au sud de l'Hindou-Kouch, excepté dans le Tchitral et le Kafiristan.

Les Chins, que nous appelons aussi Dardous, occupent une place au-dessus des Bouriches (1) ; ils paraissent être venus du Sud-Ouest, refoulés par les invasions afghanes Ils constituent la grande majorité de la population dans la vallée de l'Indus et dans celles qui lui sont immédiatement tributaires, c'est-à-dire dans le Kohistan indien et jusque dans le Ladak, où ils portent le nom de Brokhpas.

Enfin, la caste supérieure, les Rônôs, Zoundrés ou Harayos (le nom varie selon la contrée) (2), ne se rencontre que dans de très faibles proportions à l'est du Tchitral : il y en a 6 0/0 à Ghilghit ; 5 0/0 à Naghèr ; 2 0/0 à Ponyal et quelques familles à Yassin : dans le Tchitral, on compte 300 familles environ. Les familles royales d'autrefois et d'aujourd'hui se recrutaient et se recrutent encore parmi cette caste, ainsi que les hauts fonctionnaires de ces différents royaumes. Cette caste paraît être

---

(1) Un habitant du Sazine au service de M. Leitner a fait en sa présence une comparaison topique au sujet des castes principales du Dardistan. Les Chins, lui a-t-il dit, représentent la main droite, les Yéchkouns la main gauche, les Krémines le pied droit, les Doums le pied gauche ; toutes les autres castes inférieures ne se distinguent que par les métiers différents qu'elles exercent.

(2) Les Rônôs se trouvent à Ghilghit, les Zoundrés au Tchitral et les Harayos à Yassin et à Naghèr. Leur complexion physique indique bien une origine septentrionale. Ils sont d'une taille élevée, au teint clair, à la figure ovale, *aux pommettes saillantes*, comparés à leurs sujets Khôs, Chins et Bouriches. Ce dernier trait me paraît caractéristique.

venue du Nord, car on la retrouve dans le Wakhàn, le Sarikol et le Chougnân. *Elle y constitue les derniers vestiges d'un ordre social depuis longtemps disparu.* Quelques mensurations parmi les représentants de cette caste supérieure seraient accueillies avec joie par l'anthropologiste. Sont-ils Dolicocéphales ? Sont-ils Brachycéphales ? On l'ignore absolument, et le portrait, très intéressant que Biddulph nous en trace, ne nous donne aucun renseignement à ce sujet ; leur existence, d'ailleurs, ne comble nullement le gouffre anthropologique qui existe entre les Aryens, au nord et au sud de l'Hindou-Kouch. Malgré les hautes chaines de montagnes qui les séparent, ces frères jumeaux, si dissemblables cependant par rapport à la conformation de leur boîte osseuse (1), ont été en contact depuis la plus haute antiquité. La foi de Zoroastre, originaire de la Bactriane, s'est rapidement répandue dans les vallées de l'Himalaya occidental, le Bouddhisme a suivi le chemin en sens inverse, et l'Islamisme est venu à la suite des conquérants Arabes se substituer aux deux religions précédentes. Confinés dans leurs âpres montagnes, *ces peuples, de races différentes,* ont été en communications constantes entre eux, et nous verrons plus tard que les mêmes coutumes règnent souvent au Nord et au Sud de l'Hindou-Kouch.

Guidés par les travaux des explorateurs anglais Biddulph, Drew, Shaw, Bellew, Robertson et ceux de Leitner, nous passerons en revue les différentes peuplades du Dardistan que nous comprendrons sous le nom générique de Dardes ou Dardous (2).

(1) Notre ami M. Girard de Rialle, a eu l'intuition de la vérité en écrivant en 1874 : « Nous serions tentés de croire que dans ces replis de montagnes deux races sont en présence, dont l'une est probablement aryenne et l'autre encore inconnue. »

(2) Nous suivons à ce sujet l'exemple de M. Leitner qui comprend sous cette dénomination indistinctement toutes les peuplades du Dardistan. Cette manière de voir me paraît assez justifiée car, à l'exception des castes inférieures, les autres castes présentent des types tout à fait similaires.

La dénomination de Dardou est bien générale et peut-être serait-il préférable de lui substituer celle de Chin, plus moderne, plus répandue, et que Biddulph considère comme plus rationnelle pour désigner une série de peuplades qui se rattachent entre elles, aussi bien par la langue que par la complexion physique, les mœurs et les coutumes. Pour notre part, nous conserverons cependant l'appellation de Dardou, justifiée par sa grande antiquité. Ces Dardous habitent depuis la vallée de l'Indus et les confins de l'Afghanistan oriental jusqu'au cœur du petit Tibet. Nous y comprendrons les Yéchkouns ou Bouriches.

Nous examinerons ensuite les habitants du Tchitral et ceux du Kafiristan, si peu et si mal connus avant les voyages d'exploration de MM. Biddulph et Robertson : nous verrons combien ces peuples reculés méritent d'attirer notre attention par leurs mœurs et leurs coutumes si curieuses.

Enfin, nos investigations s'étendront sur les Bouriches dont l'idiome, ni aryen ni tibétain, présente un si vif intérêt et que nous considérons comme des Dardous. Nous nous occuperons aussi tout spécialement des Baltis qui, malgré tout, se rattachent davantage, par leur type actuel, aux Dardous qu'aux Ladakis, et qui nous paraissent représenter le dernier vestige des Saces de l'antiquité (1).

Les Hindous de l'Hindou-Kouch se subdivisent en trois

_____

(1) Lors de notre voyage d'exploration au Baltistan, en 1881, nous avons constaté sur les rochers abruptes qui encaissent la vallée de l'Indus et celle du Sourou, l'existence de dessins gravés dans le roc, représentant des guerriers à cheval, armés de lances, et dont la posture et le caractère rappellent absolument les effigies des rois Mauès, Azès, Azilizès, Sparalisès, etc., des monnaies saces. Les habitants attribuent à ces dessins une très grande antiquité et ajoutent que le peuple qui les a tracés a depuis longtemps disparu.

Ce fait mérite d'être rapporté ; il a vivement intéressé M. E. Drouin.

groupes principaux, comme nous l'avons dit déjà dans notre introduction. Rappelons-les pour mémoire :

1° Les Dardous ; 2° les Khô du Tchitral et 3° les tribus Kafires.

Les Bouriches et les Baltis, se rapprochant beaucoup du premier groupe, seront l'objet d'un examen particulier.

II

LES DARDOUS

LASSEN, *Indische Allerthumskunde.*
VIGNE, *Travels in Kashmir, Ladak, Iskardo,* Londres, 1842.
Alex. CUNNINGHAM, *Ladak,* Londres, 1854.
LEITNER, *Dardistan in 1866,* 1886 and 1893.
DREW, *The Jommoo and Kashmir territories,* Londres, 1875.
UJFALVY, *Aus dem westlichen Himalaja,* Leipzig, 1884.

Chez les anciens il est souvent question des Darada ; Hérodote connaît ces peuples mais il ne les désigne pas nominativement (1) ; Ptolémée défigure probablement leur nom, car il les appelle Δεραδραι sans doute pour Δεραδαι.

Dans l'histoire du Cachemire, ainsi que dans la grande

---

(1) D'autres peuplades indiennes sont limitrophes du territoire de Caspatyre et de celui des Pactyices ; elles demeurent au Nord des autres Indiens et ont à peu près le même genre de vie que les Bactriens. Plus belliqueuses que tout le reste de ces peuples, ce sont elles qui vont à la recherche de l'or, car elles touchent à ce sol qui est désert à cause des sables. Dans le désert et dans le sable vivent des fourmis, grosses presque comme des chiens, un peu plus que des renards. Le roi des Perses en a quelques-unes qu'il fait prendre en ce lieu ; ces fourmis donc, faisant leur gîte sous terre, amoncellent le sable, comme le font les fourmis en Grèce, auxquelles d'ailleurs elles ressemblent beaucoup. Mais, dans l'Inde, les amas de sable sont mêlés d'or ; des hommes s'en vont au désert pour rapporter de l'or. (Hérodote III, 102.)

épopée des Hindous, le Mahabharata, il est souvent question des Darada (1).

La fable des fourmis fouisseuses, grosses comme des renards, se rattache également à leur nom ; c'est dans leur pays que des Hindous allaient chercher l'or que ces fourmis avaient déterré. Mégasthène nous dit que ces fourmis n'étaient ni plus grandes ni plus petites qu'un renard ; d'accord avec Nearque, il nous rapporte que leur peau ressemblait à celle d'une panthère ; il en est également question chez Pline, Strabon et Arien, l'historien des campagnes d'Alexandre.

Comme toujours, la véracité du vieil Hérodote a été confirmée par les voyageurs modernes ; ces mystérieux animaux étaient une espèce de marmottes qui, en creusant leurs demeures, faisaient apparaître l'or qui se trouvait à fleur de terre ; Moorcroft en a vu lors de son passage au Tibet, et Hodgson nous en fait le premier une description détaillée. Nous avons vu nous-mêmes de ces marmottes en traversant le plateau du Déosaï en 1881, mais, hélas, toute trace d'or avait disparu. Wilson a démontré plus tard que les Hindous désignaient autrefois de la même façon les marmottes et les fourmis, ce qui expliquerait la confusion faite par Hérodote. D'ailleurs, d'après Alexandre de Humboldt, il existe, au Mexique une espèce de fourmi qui ramasse et enfouit les fragments brillants de l'hyalithe, il est donc possible que les Hindous ayant observé la même coutume chez leurs fourmis aient attribué à ces animaux

(1) « Les Dardous existaient au nord-est de l'Inde, dans leur pays actuel, bien avant les invasions des barbares. Les Darada des auteurs hindous antérieurs à la venue d'Alexandre, c'est-à-dire au IIIme siècle avant J.-C. nous sont signalés dans des textes sanscrits.... D'autre part des géographes grecs instruits des choses de l'Inde à la suite des campagnes d'Alexandre et de la fondation d'un Etat gréco-bactrien apprirent à connaître, eux aussi, les Deradaïs ou Dardous avant que les barbares du Nord eussent détruit le royaume gréco-bactrien. » (Girard de Rialle, Bulletin de la Société d'Anthropologie de Paris. Novembre et Décembre 1882.)

la présence de grain d'or à fleur de terre sur les plateaux
du Dardistan. Grâce à ces fourmis, ou plutôt à ces marmottes, nous sommes à même de fixer à une époque fort
reculée les relations entre le Dardistan et la Perse, car
c'est encore Hérodote qui nous raconte que les peaux de
ces bêtes furent apportées à la cour des rois de ce pays.

Moorcroft, Vigne et Cunningham sont les premiers
voyageurs modernes qui nous fournissent des renseignements sur les Dardous. Vigne nous apprend que les
habitants de Ghilghit sont de grands buveurs de vin, ils
le font eux-mêmes et le placent dans de grandes cruches
de terre qu'ils enfouissent pour quelque temps, mais ils ne
s'entendent pas à le clarifier ; Vigne, qui en a goûté,
trouve qu'il ressemble à un bouillon de mouton. Il nous
raconte plus loin, que, lorsqu'un Ghilghiti vient à mourir,
ses amis mangent des raisins près de son tombeau, mais ils
s'abstiennent de boire du vin.

Il existe un chien (Sind) d'une espèce spéciale au pays ;
c'est un grand et fier animal, au poil doux, ordinairement
blanc, et aux oreilles pointues, et Vigne constate qu'on
prend beaucoup de soin pour conserver sa race (1).

Cunningham, dans son ouvrage sur le Ladack, nous
fournit également d'intéressants renseignements sur le
Dardistan et ses habitants qui, d'après son dire, parlent

---

(1) Nous avons ramené en Europe deux de ces chiens de Ghilghit,
d'un poil fauve, à l'allure fière et d'un caractère ombrageux comme celui
des habitants du pays. Quant au mâle, il a figuré longtemps au Jardin
d'Acclimatation de Paris ; la femelle avait malheureusement succombé
à son arrivée à Marseille.

Ce chien pourrait bien être le représentant du *Ramhun (Canis
primævus,* Grey) qui s'appelle aussi *Bouansou* et passe pour être un
des authentiques ancêtres de nos 70 races domestiques. Nous devons ce
renseignement au célèbre botaniste suisse, le docteur Levier, dont le
voyage d'exploration au Caucase, en compagnie de M. Stéphen Sommier, est bien connu. Dans tous les cas, le chien tibétain de M. Leitner,
appelé *Tchang (Canis rutilans)*, paraît se rapprocher du chien de
Ghilghit,

trois dialectes très différents : le China, le Khadjouna et l'Arnya. Le China est l'idiome des tribus d'Astorg, de Ghilghit, de Tchilass, de Darèl, de Kholi et de Pahlus : le Khadjouna celui des tribus de Hounza et de Naghèr : l'Arnya est la langue de Yassin et du Tchitral.

« Ces populations habitent leurs territoires actuels de toute antiquité, car plusieurs se trouvent mentionnés dans la Mahâbhârata et dans les listes pouraniques de l'Inde, ainsi que chez les écrivains grecs et latins. Le nom de China qui distingue un des trois dialectes dardous est sûrement celui d'une tribu primitive : Chinà est le nom d'un peuple du Nord-Ouest cité à côté de Daradas dans les listes sanscrites des grands poèmes et dans des Pouranas. »

Cunningham s'est trompé quant au Khadjouna (le Khadjouna de Leitner, le Bouriche de Biddulph). Nous verrons plus tard que cette langue ne se rattache nullement au sanscrit et que c'est au contraire un idiome non aryen.

Les auteurs modernes nous fournissent en outre d'abondants renseignements sur la complexion physique des Dardous.

L'existence des Dardous comme race particulière était depuis longtemps un fait établi, cependant nous devons aux savantes recherches de M. Leitner les premiers renseignements exacts sur ce peuple. M. Leitner avait visité le Dardistan en 1860 ; puis rentré à Lahore, où il était directeur du Collège indigène, il compléta ses études sur les mœurs et les langues des Dardous, en réunissant autour de lui plusieurs individus, venus de différents points du Dardistan.

La première partie de l'ouvrage que M. Leitner a publié à la suite de ses études fait preuve d'une grande sagacité et fait le plus grand honneur à l'auteur. La seconde partie, où le savant orientaliste consigne de mémoire les poésies et les proverbes des Dardous, est également du plus haut intérêt, tandis que la troisième partie, qui embrasse l'histoire, présente, d'après M. Biddulph, un

caractère trop conjectural pour avoir une valeur scientifique ; enfin, M. Leitner devient absolument injuste (1)
quand il attaque avec la dernière violence le gouvernement du Maharadjah du Cachemire. Sans la conquête du
Dardistan par les troupes dogras de ce prince, ni Drew,
ni Biddulph n'auraient jamais pu écrire leurs excellents
ouvrages (2).

« La taille des Dardous, dit M. Leitner, est généralement élevée ; ils sont bien musclés, durs à la fatigue
et leur constitution physique est bien adaptée à leurs montagnes ; leur teint est plus clair que celui des gens de la
plaine ; les femmes de Yassin sont particulièrement belles
et rappellent celles de l'Europe. Les habitants de Naghèr
sont plus petits que ceux de Hounza. Le pur Chin ressemble plutôt à un Européen qu'à la haute caste des
Brahmines de l'Inde. »

M. Hayward s'exprime comme suit sur les habitants
du Dardistan parmi lesquels il comprend ceux de Ghilghit,
Tchilass, Hounza, Naghèr, Darèl et ceux du haut Tchitral :
« C'est une race belle, dit-il, de bonne apparence, athlé-
tique ; ce changement de type peut être constaté en traversant l'Indus. On voit chez eux des chevelures d'un brun
clair et d'un brun foncé, des yeux gris, bruns et souvent
bleus. Les femmes ont une physionomie anglaise plus
accentuée que chez tout autre peuple que j'ai vus en Asie ;
les cheveux noirs sont une exception parmi elles, les
cheveux châtains clairs prédominent. »

« Que nous les examinions d'après leur langage ou
d'après leur complexion physique, dit M. Drew, il en
résultera indubitablement que les Dardous sont de race
aryenne. Quant à leur type physique, ils sont larges

(1) Voir Biddulph, *Tribes of the Hindoo-Koosh*, Calcutta, 1880.

(2) Quant à M. Leitner, il s'est toujours figuré que le roi du Cachemire avait voulu le faire périr, ce qui est absolument inexact, car rien
n'aurait été plus facile à ce prince, si en réalité il avait nourri d'aussi
noirs desseins.

d'épaules, d'une force moyenne, le corps bien proportionné;
ils sont actifs et persévérants ; ce sont d'excellents alpi-
nistes et ceux qui sont exercés à porter des fardeaux s'en
acquittent très bien. Dans certaines contrées, cependant,
ils n'ont jamais été astreints à la besogne des coolis,
aussi se refusent-ils de s'y prêter. On ne peut pas dire
que leur figure soit belle, mais elle a une bonne expression ; leurs cheveux sont généralement noirs, mais aussi
parfois châtains ; leur peau est claire mais modérément,
les parties hâlées sont cependant assez transparentes pour
laisser voir un fond vermeil ; leurs yeux sont bruns
foncés ou bruns clairs ; leur voix et leur manière d'accen-
tuer sont rudes ; ceux qui ont appris le Pendjabi le prononcent d'une façon particulièrement dure. »

M. Drew s'extasie sur un groupe de Dardous des
environs de Dras dont il a fait faire la photographie. J'ai
quelques réserves à faire à ce sujet. Les trois Dardous
représentés par le voyageur anglais se ressemblent d'une
façon si extraordinaire qu'ils paraissent être frères. *Ils
ont un type sémitique des plus accentués* (1) et je dois dire
qu'ayant vu un grand nombre de Dardous je ne reconnais
nullement en eux des représentants tant soit peu typiques
de leur race.

« Je n'ai jamais vu d'hommes aussi forts et aussi durs
à la fatigue que les Dardous ajoute M. Drew, et quoiqu'ils
habitent dans une région aussi défavorable que possible
au point de vue climatologique, ils ne paraissent jamais
abattus et sont d'une gaieté que les habitants d'une
contrée plus favorisée pourraient leur envier.

« Les Dardous sont intrépides et d'humeur indépendante ; ils ne supporteraient pas la sujétion, ils défendent
leurs droits et s'opposent à la tyrannie aussi longtemps que
possible. Tout en n'étant pas doux de caractère, il sont obli-
geants lorsqu'on sait les prendre. Quant à leurs dispositions

(1) Voir notre observation à ce même sujet, p. 206.

17

intellectuelles, sans être aussi ingénieux que les Cachemiris, ils sont très doués, ils réfléchissent et saisissent très rapidement. Ces qualités font des Dardous un peuple qui attire la sympathie, car tout en attachant peu de prix à la vie humaine, il n'est point sanguinaire ; il traite tout le monde comme son égal, sans flatterie, sans crainte et sans arrogance. Un pareil peuple est rare en Orient, on le salue donc avec joie, on lui accorde son estime. »

Pour ce qui est des femmes dardoues, M. Drew ne les trouve pas jolies ; celles de Ghilghit sont mieux que celles d'Astorg, mais très peu d'entre elles mériteraient l'épithète de jolies (1). Yassin que Drew n'a pas pu visiter, jouit d'une certaine réputation par rapport à la beauté de ses femmes.

Les vêtements des Dardous sont en laine, les personnes d'un rang plus élevé en portent en coton. Leur costume se compose d'un long vêtement, d'une ceinture et de chaussures d'un aspect curieux ; leur couvre-chef est fait d'un rouleau de laine d'environ 40 cent. qui entoure la tête, de même que le turban la protège contre les ardeurs du soleil. Ce couvre-chef est caractéristique pour les Dardous car ils le portent tous et partout, à l'exception de ceux qui sont Bouddhistes.

Leurs pieds sont entourés de lanières de cuir maintenues au moyen d'une longue ficelle.

Il existe chez les Dardous des castes absolument endogames. Drew croit qu'en examinant ces castes on pourrait arriver à déterminer leur origine, et d'après la suprématie qu'elles ont exercée chacune à leur tour, l'ordre dans lequel elles se sont établies dans le pays qu'ils occupent actuellement. Ainsi ces castes, d'après M. Drew, sont : 1° les Ronôs ; 2° les Chîns ; 3° les

---

(1) Constatons sous ce rapport le désaccord qui existe entre l'opinion de M. Drew et celle de M. Hayward. Nous partageons absolument la manière de voir de M. Drew.

Yéchkouns ; 4° les Krémins ; 5° les Doums. M. Drew n'a pu
avoir que peu de renseignements sur les Ronôs, mais il est
sûr qu'il en existe à Ghilghit et qu'ils y sont plus considérés que les Chîns ; (peut-être sont-ce les descendants
d'anciens hauts fonctionnaires). Les castes inférieures
présentent d'autant plus d'intérêt, que d'autres voyageurs
constatent également leur présence chez les Tchilassis.

Il résulte des observations de M. Drew deux choses intéressantes à retenir, d'abord. que les habitants du Dardistan sont endogames, usage très important au point de
vue de la conservation du type ; ensuite, que le voyageur
anglais désigne sous le nom générique de Dardous, les
quatre castes dont se composent les habitants du Dardistan, tandis que ce nom ne devrait être attribué, en
réalité, qu'aux Chîns et aux Yéchkouns. Nous aurons
l'occasion de revenir plus loin sur ces considérations.
Dans tous les cas, M. Drew a si longtemps résidé dans le
Cachemire, que les renseignements qu'il nous fournit sont
de la plus haute importance pour l'ethnologie de ces
contrées.

En commençant par la plus inférieure des quatre castes,
on arrive aux Doums, qui correspondent aux Narasis du
Pendjab, aux Domes des autres parties de l'Inde, aux
Bems du Ladak et aux Batals du Cachemire. Dans la partie
orientale du Cachemire, dans le Djammou, les parias
s'appellent également Dums, mais dans cette région les
musiciens et danseurs ne font pas partie de cette caste.

« Dans toute la partie montagneuse du nord-ouest de
l'Inde, dit M. Drew, nous rencontrons une caste méprisée
qui, tout en ne portant pas partout le même nom, est
pourtant traitée partout avec le même dédain et considérée comme incapable d'entretenir des relations sociales
avec les autres castes. Il est certain, d'un autre côté, que
cette caste inférieure parle le langage de la nation à laquelle
elle appartient, et ne comprendrait pas celui de la caste
correspondante faisant partie d'une nation voisine. Quant

à leur complexion physique, M. Drew ajoute qu'elle est parfois différente. parfois semblable à celle des castes supérieures de leur nation ; cependant les Dums des contrées montagneuses élevées présentent un type à part, et les Batals ne ressemblent en rien aux Cachemiris. »

Je puis ajouter à cette observation fort judicieuse de M. Drew, que partout, dans mon voyage dans l'Himalaya occidental, depuis le pays de Koulou jusqu'à celui des Paharis, j'ai rencontré cette même caste inférieure, vouée souvent aux occupations les plus dégradantes ; elle différait surtout des autres habitants de ces contrées par la petitesse de la taille, le crâne peu volumineux et la teinte foncée de la peau. Les représentants de cette caste étaient tous très dolicocéphales et je les regarde comme les restes des aborigènes mongolo-négroïdes. M. Drew n'a point eu occasion de voir un assez grand nombre de Bems du Ladak et de Dums au Baltistan, pour pouvoir se prononcer sur leur compte.

Pendant mon séjour dans le Baltistan, j'ai constaté que ces Dums, dont j'avais vu quelques échantillons à Skardo, ressemblaient en tous points à ceux du pays du Koulou et des Paharis. Je suis absolument d'accord avec M. Drew quand il soutient que tous les représentants de cette caste inférieure, dont le type a pu souvent se modifier, correspondent aux derniers vestiges d'une race pré-aryenne qui, dans l'origine, ne s'est point bornée à occuper les régions montagneuses de l'Himalaya occidental et dont on rencontre des congénères sur les plateaux de l'Inde centrale. Quant aux Krémîns meuniers, messagers, potiers, etc., des régions montagneuses, cette caste est certainement l'équivalente des Tiwars du Pendjab, et ils paraissent, quant à leurs occupations, correspondre aux Soudras de l'Inde. M. Drew pense, qu'ayant fait primitivement partie des aborigènes pré-aryens, ils furent plus facilement assimilés par les vainqueurs qui, se mélangeant avec eux, créèrent leur caste. Les Krémîns, dit M. Drew, ne sont point nombreux; le voyageur anglais ne les a rencontrés à Ghilghit qu'en nombre fort restreint.

M. Leitner signale, à côté des *Doms* musiciens et des Krémîns meuniers, des *Koulal*, potiers, *Akar*, forgerons, *Tchaja*, tisserands; (les Ghilghitis appellent cette caste *Bajetchoï*), et les *Tatchun* menuisier. Les Doms peuvent remplir n'importe quelle occupation, mais quand ils deviennent Mollahs ils sont respectés. Le Chîn et le Yéchkouns peuvent faire du commerce, cultiver la terre et être bergers sans déchoir pour cela. Les Krémîns sont meuniers, charpentiers, etc., mais jamais musiciens. Ils ne peuvent pas être tanneurs, dit M. Leitner, car le cuir n'est point préparé dans le pays. Quand le Krémîn cultive la terre il se considère comme l'égal du Chîn.

S'il n'existe point de Krémîn dans un village, les individus de castes supérieures peuvent exercer les métiers do charpentier et de forgeron sans perdre leurs castes, mais il faut absolument attendre la venue d'un Krémîn ou d'un Dom pour exercer le métier de tisserand. Les Doms paraissent être la même chose que les Rôms, c'est-à-dire des bohémiens (?).

Les Bouriches constituent la caste la plus nombreuse surtout à Ghilghit et à Astorg, où ils forment presque la totalité de la population, s'occupant exclusivement de l'agriculture. M. Drew ne partage pas la manière de voir de M. Leitner qui considère les Bouriches comme issus d'un mélange des Chins avec la population autochthone. Cela paraît être vrai pour les Krémins, dit M. Drew, mais nullement pour les Bouriches *qui ne diffèrent en rien des Chîns, quant à leur complexion physique*. M. Drew est porté à croire que les Chins se sont mélangés avec les Bouriches après s'être emparés des régions himalayennes ; il admet cependant qu'il serait fort intéréssant de consacrer une étude spéciale à l'origine de ces Bouriches.

M. Leitner fait remarquer qu'un Chîn peut épouser une femme Bouriche, tandis que l'inverse n'a jamais lieu.

Cette observation trouve son pendant dans le fait que les Radjpoutes s'unissent fréquemment aux filles des classes qui cultivent le sol (1). Cet usage rappelle ce que nous avons dit précédemment des Tadjiks du Turkestan dont les filles peuvent s'unir aux vainqueurs Usbegs, mais qui ne se marient généralement qu'entre eux. Cette observation seule de M. Leitner, à défaut d'autres, prouverait qu'à un certain moment les Bouriches furent soumis par les Chins.

Je suis étonné qu'un observateur aussi judicieux que M. Drew n'ait pas été frappé par ces considérations, corroborées d'ailleurs par le fait autrement important que les Bouriches parlent une langue non aryenne. A ce sujet, M. Drew ne peut s'empêcher de dire qu'il trouve étonnant que l'on parle toujours de la prétendue pureté des castes supérieures. Le voyageur anglais a parfaitement raison s'il entend par « caste supérieure » les vainqueurs qui se sont superposés aux vaincus ; mais souvent ce sont ces derniers, comme au Turkestan, par exemple, qui constituent la véritable caste supérieure ; supérieure comme race qui, adaptée au milieu géographique dans lequel elle se meut, est plus apte aux combats de la vie et absorbe le vainqueur, fût-il même supérieur en nombre. Par ata-

---

(1) « Les divisions sociales, dit M. Ratzel, sont en relation intime avec la formation des races. Lorsqu'au IVᵐᵉ ou au Vᵐᵉ siècle de notre ère, les Radjpoutes soumirent les Djats du Radjpoutana actuel, ils rencontrèrent, malgré leur petit nombre, peu de résistance de la part de la population agricole de la contrée. Ils laissèrent le sol aux vaincus, qui reconnurent leur domination. La caste des Ksatrya et celle des Vaycya s'ouvrirent bientôt aux subjugués, mais jamais la caste des Brahmines ne leur fut accessible. C'est bien là l'image de la conquête aryenne qui, 3,000 ans plus tôt, a dû se produire dans les mêmes conditions. Chez les antiques Aryens, une énergie farouche et une intelligence supérieure devaient compenser la faiblesse du nombre. Dans l'impossibilité d'exterminer les peuples puissants qu'ils rencontrèrent sur leur chemin, ils se les assimilèrent en recevant leurs guerriers dans leurs castes inférieures. Ce serait confondre la cause avec ses effets que de croire qu'ils avaient créé expressément deux castes, les Vaycya pour les Touraniens, et les Soudras pour les Dravidiens. (Voir Ratzel, loc. cit.).

visme, par un retour ancestral d'abord, le type de la race
supérieure revient sans cesse, atténuant graduellement
celui de la race inférieure qui, par le fait, peut se trouver
être la caste supérieure ; c'est certes là une théorie d'évolution empruntée aux immortels principes émis par le
génie de Darwin. Nous renvoyons à ce sujet à ce que
nous avons dit dans notre introduction.

Les Chins constituent au Dardistan la caste supérieure.
Dans les contrées visitées par M. Drew, ils se trouvent un
peu disséminés partout ; à Ghilghit et à Astorg, ils
sont moins nombreux que les Bouriches, tandis qu'ils
occupent à eux seuls la vallée du Kichanganga, dans les
environs de Gouraiz.

« Les Chins, dit M. Drew, possèdent une coutume
particulièrement étrange : ils professent la même aversion
pour la vache que les Musulmans pour le porc. Le lait
de la vache leur est odieux ; ils ne font, ni ne mangent
de beurre, et ils s'abstiennent même de se servir de la
bouse comme combustible ; ils sont néanmoins obligés
d'élever des bestiaux pour le labour ; quand une vache vient
à vêler, ils prennent un bâton fourchu et poussent le veau
vers les tétines de sa mère, mais ils ne le toucheraient
en aucun cas.

Leur répugnance pour le veau est aussi grande que
celle qu'ils éprouvent pour un corps mort, et il n'est pas
rare qu'un Chin confie sa vache et son veau à un voisin
Yéchkoun qui les lui rend quand le veau est devenu grand.
Quant à la répugnance pour les corps morts, elle pourrait
bien être un dernier vestige de l'antique foi de Zoroastre.
Il est certain que cette aversion pour la vache contraste
fort avec le culte que les autres Hindous professent pour
cet animal. M. Drew a rencontré des localités habitées
par des Chins où ces derniers témoignent un dégoût semblable pour les volailles ; quelquefois aussi pour la culture
du tabac et celle du poivre rouge. M. Drew n'a pu
s'assurer si ces étranges coutumes s'appliquaient à la

généralité des Chîns ; il croit cependant qu'on les rencontre dans des communautés géographiquement isolées et qu'elles tendent à disparaître.

Pour M. Leitner, les Chîns des environs de Gouraiz sont fortement imprégnés de sang cachemiri, leurs subdivisions mêmes en castes se ressentent du voisinage du Cachemire ; quant aux habitants d'Astorg, de Ghilghit, etc., ce sont de purs Chîns.

Les Brokhpâs, dit M. Leitner, sont une race mélangée de Dardous et de Tibétains, ce qui s'explique d'ailleurs par leur conversion au Bouddhisme.

La caste supérieure des Rônôs qui fournit les princes et les hauts dignitaires à ces petits royaumes, nous paraît, comme nous l'avons déjà dit, venue du Nord, à une époque relativement peu éloignée ; nous en parlerons longuement plus loin.

III

LES DARDOUS

RELIGION ET CASTES

DREW, *The Jummoo and Kashmir territories,* Londres, 1875.
BIDDULPII, *Tribes of the Hindoo-Koosh,* Calcutta, 1880

La religion des Dardous est aujourd'hui l'islamisme, il est impossible de fixer exactement l'époque à laquelle ils ont pu embrasser cette foi. Il paraît cependant certain qu'au moment de la conquête des Sikhs, à une époque relativement récente, ils étaient encore des Musulmans fort tièdes. Depuis 1842, ils s'assujettissent à une plus stricte observance des lois de Mahomet ; avant cette date, ils avaient coutume de brûler leurs morts, et, même aujourd'hui, ils allument de grands feux près des tombes sous le prétexte d'en éloigner les chacals ; M. Drew pense que c'est encore là un reste d'un antique usage hindou.

Nous verrons plus tard que le feu joue un grand rôle dans toutes ces contrées écartées et nous y voyons, pour notre part, les derniers vestiges de la foi mazdéenne.

Il existe parmi les Dardous des Sunnites, des Chiites et des Maulais (Ismaëliens).

Les Chins sont exclusivement Sunnites ; parmi les

Yéchkouns, le plus grand nombre appartient à la secte des Maulais ; quelques-uns, comme les Naghèrs, par exemple, sont Chiites, et plus particulièrement Nourbakchis.

Cette dernière secte se conforme, quant aux prières et aux abstinences, aux prescriptions des Sunnites ; tandis qu'elle accepte les croyances des Chiites par rapport à la succession directe des descendants de Mahomet au Kalifat.

Les Maulais et les Chiites boivent du vin, tandis que les Sunnites n'en prennent jamais.

Nous allons donner, d'après M. Drew, quelques renseignements succincts sur les Dardous bouddhistes ou *Brokhpas.*

« On trouve, dans la région étroite désignée sous le nom de Ladak central, quelques villages habités par des Dardous qui professent la religion de Bouddha, ce qui ferait supposer qu'ils sont les descendants d'une population immigrée, venue des environs de Ghilghit ; ils ressemblent beaucoup aux Bhôtes (Ladakis). Ils se trouvent sous la direction absolue des Lamas, comme leurs voisins les Bhôtes du Ladak.

« Les Dardous mahométans sont les proches voisins de leurs frères bouddhistes. Néanmoins, leurs villages sont toujours rigoureusement séparés de ceux qui sont habités par les fidèles de l'autre foi.

« Les villages suivants sont habités par les Dardous bouddhistes : Grougomdo, Sanâtcha, Ourdouss, Dartchik, Garkon, Dâh, Phindour, Baldes, Hanou, etc., etc.

« Il paraît certain que les Dardous bouddhistes sont venus de Ghilghit ; ce fait est prouvé, non-seulement par des traditions parlant de cette origine, mais aussi par différentes particularités relatives à leur langue et à leurs coutumes qui ne laissent aucun doute sur leur parenté avec les Dardous non bouddhistes. »

M. Drew croit que ces Dardous ont immigré à une époque assez reculée et à un moment où leurs congénères,

aujourd'hui mahométans, n'avaient pas encore embrassé
la foi du prophète et où les Baltis eux-mêmes étaient
encore bouddhistes.

« Dans la vallée latérale de Hanou (village indiqué
plus haut et habité par des Dardous bouddhistes) la population parle la langue des Ladakis.

« Les Dardous bouddhistes n'ont presque rien de
tibétain dans leurs traits. Les deux races ne se sont mélangées que très rarement. Leur visage est tout aryen, mais
d'un type moins noble. Leur nez est petit et quelquefois
légèrement courbé ; le menton est étroit ; ils ont la taille
plus élevée que les Ladakis, mais jamais ils ne sont aussi
beaux que les Dardous de Dràs, d'Astorg et de Ghilghit.

« Leurs cheveux tressés retombent sur leurs épaules en
forme de queue ; leurs habits sont les mêmes que ceux
des Ladakis. Les Brokhpàs sont extrêmement malpropres ;
les femmes, qui jouissent d'une liberté d'allure absolue,
sont peut-être encore plus malpropres que les hommes. »
M. Drew n'a rien remarqué chez ce peuple qui puisse
indiquer une distinction de caste. Les Brokhpàs paraissent
être issus des Chîns, car tout ce que l'on observe chez
ces derniers par rapport à l'aversion insurmontable qu'ils
éprouvent pour la vache, est également en usage chez eux.

Il est intéressant de constater avec quelle scrupuleuse
fidélité ce peuple s'en tient aux mœurs de ses ancêtres,
malgré sa conversion au bouddhisme, et la coutume d'élire
ses chefs de village pour trois ans seulement et de pouvoir
les changer même pendant cet espace de temps, semble
se rapporter aux mœurs républicaines de son ancienne
patrie. La polyandrie est en honneur chez les Brokhpàs
comme chez les Ladakis ; une femme a quelquefois cinq
maris. Les Brokhpàs sont loin d'être de fervents bouddhistes et leur zèle n'est pas comparable à celui des
Ladakis. M. Drew dit que l'on n'a peut-être jamais
vu de Dardou bouddhiste devenir Lama. Ils brûlent leurs
morts, et les ossements brûlés sont déposés dans des

cavernes pratiquées dans les rochers et fermées par de grandes pierres.

Si M. Drew, le premier, nous a fait connaître la subdivision des peuples du Dardistan en plusieurs castes, qui, d'après son opinion judicieuse représentent autant de peuplades d'origine différente, M. Biddulph, à son tour, a donné le premier la distribution géographique exacte de ces castes, en indiquant leur proportion en centième dans les différentes vallées du Dardistan. Nous nous empressons d'insérer plus loin cet intéressant tableau.

Nous allons également reproduire les observations de M. Biddulph au sujet de ces différentes castes, observations plus précises et plus détaillées que celles fournies par M. Drew.

La caste la plus honorée est, sans nul doute, celle des *Rono*, appelée *Hara* ou *Harayo*, à Yassin et à Naghèr et *Zoundré* au Tchitral. Cette même caste existe également au Wakhân et au Sirikol, où elle est appelée Khaïbar-Khatar et au Chougnán où elle porte le nom de Gaïbalik-Khatar. Partout où elle se trouve, cette caste est universellement respectée. Une tradition populaire raconte que cette caste descend de trois frères Zoun, Ronô et Harayo, originaires de Mastoutch, où leurs descendants ont régné avant la famille princière actuelle. Cependant une autre tradition populaire rapporte que cette caste serait de sang arabe descendant de Mohammed Hanifa, fils d'Ali, le gendre du prophète. Cette dernière tradition, recueillie par M. Biddulph nous paraît d'autant plus intéressante qu'elle est absolument semblable à celle que les Tadjiks de l'Afghanistan et ceux de Bokhara ont racontée à Elphinston et à Khanikoff, et que nous avons examinée dans le chapitre traitant de l'origine des Tadjiks.

« Les individus appartenant à cette caste sont, en général, plus grands que les autres habitants de la contrée. Leur teint est clair, leur figure est ovale et leurs pommettes sont plus saillantes que celles de leurs voisins.

PROPORTIONS EN CENTIÈMES DES DIFFÉRENTES CASTES DU DARDISTAN

(D'APRÈS BIDDULPH)

NOMS DES VALLÉES	NOMS DES PEUPLES				REMARQUES
	RONOS ZOUNDRÉS OU HARAYOS	CHINS	BOURICHES OU YECHKOUNS	KRAMINES DOMS, CHOTO OUSTAD	
Koli.........................	»	94.50	4	1.50	Excepté les Nimtchass, compris sous la désignation de Chins, les Tchilassis, Gobars, Mahrons et Baterwaliks.
Palus........................	»	50	40	10	
Poutton......................	»	90	»	10	
Doubeyr et Kandia............	»	30	20	50	
Herbond et Easine............	»	64	3	33	
Tanghir......................	»	60	25	15	Excepté les Pathans et les Goudjors.
Darèl........................	»	25	50	25	
Tobilass.....................	»	50	16	34	
Gor..........................	»	65	30	5	
Astorg.......................	»	10	78	12	
Sal..........................	»	30	65	5	
Ghilghit.....................	6	35	55	4	Excepté les Cachemiris et les habitants venus récemment.
Naghèr	5	20	60	15	
Hounza.......................	2	5	80	15	
Ponyal.......................	2	70	55	13	
Wourchigoum..................	quelques famill.	»	majeure partie de la population	quelques famill.	
Vallée au-dessus de Ponyal vers Tobachi	»	55	»	15	
La vallée de Tchitral........	300 familles.	»	»	200 familles.	

Leur caractère physique, ainsi que leur présence dans les petits Etats pamiriens au nord de l'Hindou-Kouch nous fait présumer qu'ils sont originaires des principautés qui occupent les vallées centrales du Pamir. Comme leurs frères de l'Afghanistan et comme ceux de Bokhara, ils se sont arrogé une descendance arabe pour se donner une auréole de sainteté aux yeux de leurs sujets. Dans les contrées où on la rencontre, cette caste occupe presque exclusivement les positions les plus élevées après les membres de la famille régnante.

« Les Chîns sont de petite taille, mais bien faits ; leur teint est relativement foncé et leurs yeux sont noirs ; ils ont des traits très caractéristiques et leur type se retrouve très souvent parmi les habitants du nord-ouest de l'Inde. »

Parmi les Chîns, on rencontre une minorité très intéressante au point de vue du type. Ce sont des hommes d'une taille encore plus petite, au nez proéminent, au menton pointu et à la figure en lame de couteau. M. Biddulph les considère comme des individus dégénérés à la suite de mariages consanguins (1). Nous inclinons plutôt à croire que c'est là le véritable type Chîn.

Le tableau de M. Biddulph nous donne une idée exacte de la distribution géographique. En dehors des vallées citées sur ce tableau, on rencontre encore des Chîns dans la vallée du Kichanganga, notamment à Gouraiz, puis à Drâs et dans les vallées latérales de l'Indus, près de Rondou et d'Iskardo. Nous avons déjà parlé de l'aversion que leur inspirait la vache, aversion qui peut être considérée comme le signe distinctif de cette race.

Les Yéchkouns constituent la caste la plus nombreuse du Dadistan. M. Biddulph croit que leur langue appartient à la famille des langues touraniennes. Malheureusement, l'étiquette de touranienne ne signifie rien au point de

---

(1) Les mariages consanguins ne sont nullement la cause d'une dégénérescence. (Voir de Lapouge, *Les Sélections sociales*, p. 157, 194, 330.)

vue scientifique, sinon qu'elle peut s'identifier avec celle de non aryenne.

Les Yéchkouns habitent les régions froides du Hounza et du Yassin, où ils présentent un teint vermeil et les individus à cheveux clairs et surtout roux ne sont pas rares parmi eux.

Les Bouriches (1) de Naghèr sont de taille moyenne et trapue et présentent souvent une large face à la barbe rare. Ces traits caractériques, unis à une nature paisible, démontrent d'après M. Biddulph, que leur type originaire s'est considérablement modifié par une infiltration assez abondante de sang tatare.

Nous pensons, au contraire, que les Yéchkouns sont les derniers débris d'une population non aryenne réfugiée dans les vallées les plus inaccessibles du Dardistan.

Cette population est-elle arrivée à une époque historique ou est-elle le vestige d'un peuple préaryen ? Ce sont là des questions du plus haut intérêt auxquelles nous allons essayer de répondre tout à l'heure, quand nous résumerons nos opinions sur l'ethnogénie du Dardistan.

La caste inférieure se compose des Sayouds, des Krémins, des Doms, des Chôtos et des Goudjors, etc. Toutes ces castes occupent les positions les plus infimes de l'échelle sociale à l'exception des Sayouds qui sont venus dans le Dardistan, à l'époque de Tamerlan. Les Sayouds sont fort respectés, ils ne se marient qu'entre eux et ils peuvent choisir des femmes parmi celles qui appartiennent à des familles régnantes. Ces Sayouds qui n'existent point dans le Hounza sont en général très peu nombreux. On en rencontre rarement plus d'une maison dans un village. Les Krémins meuniers et potiers, très nombreux dans le Darèl, n'existent point dans le Hounza et le Noghèr ; ils ne se marient jamais qu'entre eux. M. Biddulph pense que

---

(1) N'oublions pas que Bouriches et Yéchkouns désignent le même peuple.

leur nom dérive du mot persan *Kamín* (homme), tandis
que Shaw croit que la racine pourrait en être le mot
Krum (œuvre, d'où artisan, main-d'œuvre).

Les Doms sont musiciens, forgerons, corroyeurs ; ils
sont très nombreux dans le Yassin, le Naghèr et le
Tchilass. Dans cette dernière vallée ils constituent la
sixième partie de la population.

Dans le Naghèr existe une caste appelée Chôto. Ce sont
des artisans en cuir, occupant un rang inférieur aux Doms,
auxquels ils donnent leurs filles en mariage sans que le
contraire ait lieu.

Quant aux individus appartenant aux castes inférieures,
ils présentent, comme leurs frères des Indes, un teint
beaucoup plus foncé ; ils ont la face rude, et leur physique
est également plus massif que celui des hautes castes.
Nous avons vu plus haut que M. Drew les considère
comme les descendants d'une race préaryenne aborigène.
M. Biddulph, au contraire, est disposé à croire qu'ils
sont venus, soit avec les Chins, soit après l'établissement
de ceux-ci.

« On rencontre au Ghilghit, un grand nombre de
Cachemiris, venus en 1760 au temps d'Achmet Châh
Abdali. Leur type diffère légèrement de celui de leurs
frères du Cachemire ; ils sont aujourd'hui plus nombreux
que les autres habitants de cette contrée.

« Dans les vallées au sud de Ghilghit, les Goudjors
font paître leurs troupeaux. Ils sont très nombreux à
Tanghir et à Darèl. Jamais ils ne s'assujétissent à la vie
sédentaire. Un grand nombre d'entre eux nomadisent
dans la partie supérieure des vallées de Dir et de Swat. »

Pour M. Biddulph, les Goudjors ne représentent pas
une caste, mais plutôt une classe appartenant à la dernière
caste. Avant de suivre M. Biddulph dans ces intéressantes observations, nous allons présenter quelques considérations au sujet de la théorie de M. Drew. Nous
pensons que M. Drew est absolument dans le vrai quand

il assimile les quatre castes du Dardistan à autant de peuples différents.

La quatrième caste, semblable comme type et position sociale à ses congénères de l'Himalaya occidental, paraît bien représenter les derniers restes d'une population autochthone ; nous la rencontrons, sans exception, partout, non seulement dans les petits Etats riverains de l'Indus, mais aussi dans les vallées inaccessibles du Hounza et du Naghèr et même dans le Tchitral. Si, comme M. Biddulph le pense, les hommes appartenant à cette caste étaient venus à la suite des Chîns, peuplade conquérante dont nous allons démontrer l'invasion successive, il est certain que là où il n'y a point de Chîns, il ne pourrait y avoir non plus ni de Doms, ni de Chôtos, etc.

Cependant, nous rencontrons cette caste partout, même jusque dans le Baltistan et dans le Ladak : il paraît donc certain que nous nous trouvons en présence des derniers survivants d'une race aborigène, race qui tend à disparaître de plus en plus et qui n'a jamais opposé une résistance bien vive aux envahisseurs. Les Seyouds, qui d'après la tradition seraient venus à l'époque de Tamerlan, ne doivent point être assimilés à cette caste, opinion qui expliquerait à la fois les égards qu'on leur témoigne et leur dissémination un peu partout dans le pays. Les Yéchkouns, peuplade évidemment d'origine nonaryenne, sont certainement les premiers conquérants de la contrée ; ils paraissent être venus du Nord-Est, car on n'en trouve ni dans le Tchitral, ni à l'Est de Haramoch, ni au Sud de Palus. Cette peuplade, vaincue par les Chîns à une époque certainement historique, s'est retirée de préférence dans les vallées les plus inaccessibles des monts Karakorum et dans celles des derniers contreforts occidentaux de l'Himalaya, à l'endroit où l'Indus, après avoir formé un circuit, se fraye péniblement un passage à travers une contrée rocheuse et abrupte (1).

____

(1) Il me semble que les auteurs anglais qui considèrent les Bouriches comme les descendants des anciens Yué-tchi pourraient être dans

Quant aux Chins, ils sont certainement venus du Sud : leur formidable invasion a soumis, à une certaine époque, non seulement le Dardistan dans sa presque totalité, mais encore le Baltistan et même le Ladak occidental.

Jamais les Chins n'ont pénétré dans le Tchitral, ni dans la vallée du Wourchigoum, le centre de la puissance des Yéchkouns ; ils sont également très peu nombreux dans le Hounza ; vivant toujours dans une rivalité extrême avec les Yéchkouns, ils ont dû leur abandonner le pouvoir dans le bassin écarté de la rivière de Ghilghit. Les Chins sont des Hindous, d'après leurs mœurs, leur langue et leur type.

Quant aux Ronòs, Zoundrés et Harayo (1), ils sont certainement venus de l'Ouest. On les trouve en grand nombre au Tchitral ; il y en a fort peu à Ghilghit, à Naghér, à Ponyal et à Wourchigoum ; on n'en rencontre plus ni à Saï, ni à Astorg, ni dans le Baltistan, ni dans les petits Etats chins riverains de l'Indus ; ils paraissent être venus des contrées du Nord de l'Hindou-Kouch, car on trouve leurs congénères au Wakhàn, au Sarikol et au Chougnan. Comme nous l'avons déjà dit plus haut, M. Biddulph fait remarquer qu'à la suite des communications difficiles qui existent entre les différentes vallées, *presque toutes ces peuplades sont endogames et que l'exogamie ne s'y rencontre qu'à l'état d'exception.*

le vrai, dans le sens que le peuple Yué-tchi était composé évidemment d'un grand nombre de tribus hétérogènes ; dans tous les cas, les Yéchkouns ne devaient être dès leur origine ni des Mongols ni même des Turco-Tatares, mais bien des Dolico bruns du type blanc comme il en existait en Kachgarie vers le II⁰ siècle avant notre ère. La langue qu'ils parlent aujourd'hui ne prouve rien, sinon qu'ils l'ont adoptée à un certain moment. Il est probable qu'on ne pourra pas déterminer leur origine de sitôt.

(1) Faisons remarquer avec M. Biddulph que ce nom rappelle vivement celui de Haroyou, cité fréquemment dans l'Avesta. Les commentateurs de l'Avesta sont d'accord pour identifier ce nom avec celui de Heri-Roud et de Hérat. Firdousi appelle encore cette ville Haré. Si ce n'est là qu'une coïncidence, elle mérite néanmoins d'être signalée.

Grâce aux recherches remarquables de MM. Biddulph et Drew, nous sommes donc à même de nous faire une idée assez exacte de l'ethnogénie de ces contrées reculées et les découvertes des deux voyageurs anglais viennent corroborer les textes du Rig-Véda et de l'Avesta, d'après lesquels les fidèles sectaires de la foi de Zoroastre luttèrent partout et pendant longtemps contre une population aborigène qui différait d'eux par sa langue, ses mœurs, son type et sa foi.

IV

LES YECHKOUNS OU BOURICHES

BIDDULPH, *Tribes of the Hindoo-Koosh*, Calcutta, 1880.

Dans la nomenclature des peuples du Dardistan, il est
impossible d'assigner une place aux Khôs du Tchitral, nous
nous conformons, à ce sujet, à l'exemple de M. Biddulph.

Le Tchitral, beaucoup plus fertile que le Dardistan,
occupe une position tellement écartée que, pendant
longtemps, il nous était aussi peu connu que la mystérieuse
patrie des Kafirs. Les Khôs ou Tchitralis (1), plus civilisés et plus industrieux que leurs âpres voisins du Dardistan, forment un état régulier qui s'étend depuis la
moyenne et haute vallée du Kounar et de ses affluents
jusqu'à Mastoutch et jusqu'à la haute vallée du Ghilghit,
à l'Est. Cette peuplade est gouvernée par les Zoundrés et
surtout par les Achimadeks. Nous aurons l'occasion de
revenir sur les Khôs, de même que nous comptons traiter,
dans un chapitre à part, les habitants du Kafiristan.

Le Yassin, tout en faisant partie du Dardistan, en diffère
cependant sous bien des rapports. Il se rapproche souvent

---

(1) M. Bonvalot écrit *Tchatralis*.

du Tchitral dont il est limitrophe, et il est d'ailleurs si peu connu qu'il mérite un examen spécial.

L'embouchure du Wourchigoum est située à 16 lieues de la frontière de Ghilghit, possession extrême du Maharadjah du Cachemire, entre Ponyal et Yassin ; dix lieues en aval, on rencontre le village de Yassin ou Yessen, à une altitude de 7800 pieds anglais. Vingt-cinq heures au Nord de Yassin est situé le défilé de Darkot, qui conduit dans le Wakhàn ; c'est dans cet endroit que Hayward, le premier Anglais qui a visité ces contrées, fut assassiné en 1869.

« Le peuple du Wourchigoum appartient à la tribu des Bouriches (c'est ainsi qu'on appelle les Yéchkouns à Hounza, à Naghèr et à Yassin). Il parle la même langue que les populations de Naghèr et de Hounza avec quelque différence dialectique. « *Goum* signifie, d'après M. Biddulph, vallée ou contrée. Les habitants de Yassin et ceux du Tchitral sont aussi connus sous le nom de *Poré*, et leur contrée est appelée *Poraki*, ce qui veut dire la contrée de l'Ouest (1). « La population de Wourchigoum n'excède point trois mille âmes. Le sol y est très fertile, malgré que le climat ne permet qu'une seule récolte par an. La famille régnante au Yassin est celle des Khouchwakté. Le prince porte le titre persan de Mihter. Il existe des traditions anciennes concernant la dynastie qui avait précédé celle des Khouchwaktés. »

M. Biddulph a visité le Hounza en 1876. Les peuples de Hounza et de Naghèr étaient réputés surtout par les brigandages incessants qu'ils exerçaient contre les caravanes entre Yarkand et Leh. Ils appartiennent à la même race que les peuples du Yassin, de Ponyal et que la plupart des habitants du Ghilghit et des vallées latérales. Loin d'être des brigands, ils forment aujourd'hui des centres agricoles gouvernés par des princes qui se vantent de descendre en ligne directe des anciens rois indigènes.

(1) Wourchigoum pour Bourichgoum.

« Grâce à leur pays inaccessible, ils sont fiers de leur indépendance qu'ils ont toujours conservée, et ils offrent le rare exemple d'une peuplade qui, depuis 14 siècles, vit presque dans les mêmes conditions que ses ancêtres. Leurs princes descendent de deux frères jumeaux : Moghlot et Girkis, qui ont, d'après Cunningham, vécu à la fin du XVme siècle. Leurs princes portent le titre de Thum.

« Le Naghèr, quoique plus petit que le Hounza, est cependant plus peuplé que celui-ci. La vallée est très fertile. la rivière charrie de l'or. Il est fameux pour ses abricots secs, qui sont exportés jusqu'au Pendjab. La population de Naghèr est Chiite ; elle est douce et laborieuse ; elle a presque toujours à souffrir de ses congénères du Hounza (1). Le Naghèr est depuis 1868 tributaire du Cachemire.

« Le Naghèr est borné au Nord par une puissante chaine de montagnes se dirigeant du Sud-Est au Nord-Ouest, au pied de laquelle s'étendent des steppes herbeux habités par une population de pasteurs très disséminés dans cette région. L'*Ovis Polii* s'y rencontre en grands troupeaux. Cette région est appelée le petit Gouhjal, pour la distinguer du Wakhân, que les habitants du Sud de l'Hindou-Kouch appellent le Gouhjal, proprement dit. Au Nord-Est de Hounza, commence le Pamir, où nomadisent des Kirghis, tributaires du Thum de Hounza. C'est l'extrême limite occidentale du Yak sauvage et du Kiang.

« Plus au Nord-Est, au-delà de l'ancienne colonie de Rackoums se trouvent les Pakpous et les Chakchous ; on en compte environ 4 à 5.000 dans les vallées tribu-

(1) La différence psychique très prononcée qui existe entre les habitants du Naghèr et ceux du Hounza, différence que nous avons observée nous-mêmes pendant notre séjour dans le Baltistan nous fait supposer que malgré que ces deux peuplades parlent la même langue, elles paraissent d'une origine différente, nous verrons par la suite que les Naghèrs se rapprochent aussi beaucoup des Baltis par rapport à leur complexion physique. Pour nous les Naghèrs parlent la même langue que les Hounzas, mais ne sont pas de la même origine.

taires du haut Yarkand, à une altitude de 9 et de 10,000 pieds. Ils paient un tribut au roi de Hounza. » Ce peuple curieux, peu connu, est d'une complexion physique claire, dit M. Biddulph. Il parle le turc oriental ; mais comme les Galtchas du Sarikol, ainsi que ceux du nord de l'Hindou-Kouch, beaucoup d'entre eux parlent le persan.

« Le Hounza est appelé par les habitants du Wakhàn, du Sarikol et de Yarkand, le *Kandjout*, nom inconnu au sud de l'Hindou-Kouch. Eux-mêmes prononcent plutôt *Handzout* ou *Hansou*, d'où *Hounza*. Les Chins les appellent Yéchkouns, eux-mêmes se donnent le nom de Bouriches. Les Naghèrs, plus petits de taille, se rapprochent de leurs voisins les Baltis. M. Biddulph dit qu'ils sont mélangés de sang tartare. Les Hounzas sont plus grands et ont des traits plus agréables Ils sont aussi plus réservés dans leurs manières, tandis que les Naghèrs sont gais et affables comme les Baltis. La poésie des Hounza est toujours en langue China, et cette poésie est même chantée par des individus qui n'en comprennent pas le sens. Le peuple de Ponyal se compose des Yéchkouns ou Bouriches, mais la langue parlée est le Chîna. Ils sont pour la plupart Ismaëliens, cependant on y trouve aussi des Sunnites et des Chiites. Le Ponyal compte environ 2,000 habitants présentant un type des plus intéressants et se rapprochant beaucoup de celui des Hounzas. »

V

LES KHOS OU TCHITRALIS

BIDDULPH, *Tribes of the Hindoo-Koosh,* Calcutta, 1880.
CAPUS, *Pamir et Tchitral.* Bull. de la Société de Géographie de
Paris.
BONVALOT, *De la Caspienne aux Indes par le Pamir*, Paris 1884.

Donnons d'abord quelques renseignements sur le Tchitral empruntés à l'ouvrage de M. Biddulph sur les Tribus
de l'Hindou-Kouch.

Deux routes conduisent du Yassin dans la vallée du
Tchitral ; l'une franchit un col de 16.000 pieds d'altitude,
tandis que l'autre est plus longue, mais aussi plus facile.

La vallée de Khô, que le général Cunningham et le
Pandit Manphoul indiquent sous le nom de Parasot
(appellation inconnue chez les habitants), est peu peuplée
et très étroite. Plus de la moitié des habitants sont de
race china. Dans la vallée de Battigah ou Battiré se
trouve une importante colonie de Goudjors.

Dans les vallées de Wourchigoum et de Khô, on
rencontre des monuments remarquables et d'une haute
antiquité qui présentent un caractère défensif, ayant
sans doute servi de refuge à une population chassée
par des envahisseurs. Le lac de Pandar, situé dans la
vallée de Khô, qui, par le fait, ne présente que le cours
le plus supérieur du Ghilghit, a deux lieues et demie

de long sur une de large. A Tchachi, la langue china
ne se parle plus. Le plateau de Chandor présente la
principale route de communication entre le bassin du
Haut Ghilghit et la vallée de Kachkar ; ce plateau, élevé
à une altitude de 12.000 pieds, est large d'environ cinq
lieues. Mastoutch, situé au pied de la magnifique montagne de Tiritchmir, est la première grande localité du
Tchitral, les trois vallées de Moulkho, Tourikho et de
Tiritch sont très fertiles et très peuplées. Tourikho est
la résidence habituelle des princes héritiers du Tchitral.
Le nord de ce pays appelé aussi Kachkar-Bala possède
des ponts, d'une construction des plus ingénieuses, appelés
tchipoul. Il est curieux de rencontrer dans le Haut Tchitral
le nom de Kachkar et celui de Yarkoun (ce dernier nom
désigne une vallée qui aboutit à Mastoutch). Ces noms
ne rappellent-ils pas ceux de Kachgar et de Yarkand.

La vallée de Yarkoun, située au pied du défilé de
Baroghil, au-dessous de Mastoutch, se nomme vallée de
Khô, et forme une partie du Kachkar-Bala compris dans
les possessions de la famille régnante des Koukchwaktés
(Yassin).

Les Khôs forment la majeure partie de la population ;
ils habitent tout le Kachkar-Bala, la vallée de Loud-Khô
jusqu'à Drouchp, celle d'Arkari et les rives du Khô en
aval de Darsch, et, en franchissant la ligne de partage
des eaux, les Khôs sont arrivés jusqu'à Tchachi. La vallée
entière est connue sous le nom de Khô ; ils la divisent
en Touri-Khô (Khô supérieur) ; Moul-Khô (Khô moyen)
et Loud-Khô (grand Khô). Leur langue est connue sous
le nom de Khowar. Elle est la même que celle que
désigne M. Leitner sous le nom d'Arnyia ; elle est douce
et d'une grande sonorité. Son nom tire son origine de
la partie du Kachkar-Bala qui s'appelle Aryna et qui
appartient au Yassin.

Les habitants sont, d'après M. Biddulph, sinon des
autochthones, du moins les premiers arrivés dans ces

lieux. Il est possible qu'ils aient occupé dans le passé un territoire plus vaste, mais quant à des traces de races différentes qui se seraient superposées on n'en trouve aucune. Jusqu'à une époque qui n'est pas très reculée, les Khôs ont été les possesseurs incontestés des vallées désignées plus haut, et même après l'occupation de leur pays par des tribus étrangères, ils ont réussi à imposer leur langue, malgré le dédain de la classe régnante qui les appelle Fakir-Mouchkines.

Les Khôs sont divisés non pas en castes, mais en classes qui sont celles des Toryié, Chiré, Darkhané et Chokhané. Dans le Kachkar-Bala il existe une classe au-dessus des Khôs jouissant de privilèges très importants et se divisant en clans comme les Khels afghans : ces clans se rangent dans l'ordre suivant : Songallié, Réghaé, Mahomed-Bezé et Kouch-Amadé. Toutes ces classes descendent du même ancêtre qui a été le fondateur des familles régnantes : Katouri et Koukchwakté. Généralement, on les appelle Chach-Sangallié. Au second rang, viennent les Zoundrés ou Ronôs dont il a déjà été question plus haut ; très nombreux, en Oyon, dans le Tourikho. Au-dessous des Zoundrés on rencontre les Achimadeks, divisés en douze clans. Ces clans sont les suivants : Kaché, Atambéghé, Duchmunné, Ludimé, Baïrambéghé, Kochialbéghé, Choaké, Baiyéké, Chighnié, Borchinteké, Madjé et Djikané.

Le mot Achimadek a presque la même signification que le mot anglais *lord*, en anglo-saxon : *hlaf-ord, lady-hlaf-dige*, celui ou celle qui donne du pain ; Achimadek, celui qui donne la nourriture. Lord, en anglais, voulait dire que le seigneur donnait la nourriture à ses sujets, tandis que le mot Achimadek signifie donner la nourriture à la famille royale (1).

---

(1) Je dois ce renseignement au linguiste hongrois M. Katona, qui dirige à l'heure qu'il est, je crois, une Revue ethnographique en Hongrie.

Les Chah-Sangalliés et les Zoundrés sont exempts de tout impôt ; les premiers, comme appartenant à la famille royale, les derniers, comme descendants d'une dynastie antérieure à celle qui règne actuellement.

Les Chigniés et les Kachés viennent de Chougnàn et de Kach (Kichm ?), village près de Djioun, dans le Badakchan. Les noms que portent plusieurs d'entre eux indiquent qu'ils descendent des Tadjiks du Badakchan, qui s'établirent au Tchitral en même temps que la dynastie régnante, c'est-à-dire au commencement du xvııme siècle. Leur position actuelle est celle d'une classe privilégiée : ils semblent fort à leur aise sous un régime à l'établissement duquel les vertus belliqueuses des Achimadeks paraissent avoir beaucoup contribué. Aujourd'hui encore ces Achimadeks forment les meilleurs soldats de la population entière.

Nous avons déjà dit que le Khowar est le langage en usage au Tchitral.

Dans la partie supérieure de la vallée du Loud-Khò, au-dessus de Drouchp, se trouve une peuplade qui, par rapport aux Achimadeks, occupe la même position que les Khôs du Kachkar-Bala ; on les appelle aussi Fakir-Mouchkines. Ils appartiennent à la peuplade qui habite les pentes septentrionales de l'Hindou-Kouch, près de Moundjàn : ils parlent le moundjani avec certaines modifications dialectiques. Ils prétendent être venus à la suite d'une guerre que le roi de Badakchan a faite aux habitants du Moundjàn, et dans laquelle le Mir de ce pays fut vaincu. Il y a environ mille familles qui appartiennent, comme les Moundjanis, à la secte dss Ismaëliens. A Loud-Khò, ils se nomment eux-mêmes *Yidghàh*. Ils donnent leur nom à la vallée de Yidkoh qui s'étend de l'Hindou-Kouch jusqu'à la rivière du Tchitral.

Entre Tiritch et la vallée du Loud-Khò, on rencontre quelques familles parlant une langue différente de celle de leurs voisins. M. Biddulph ne sait pas exactement si c'est une langue à part ou seulement un dialecte composé d'éléments pris dans les langues voisines.

Au-dessous de la ville de Tchitral, le mélange des tribus devient de plus en plus curieux. Vers l'Ouest. s'étendent les deux petites vallées de Kalachgoum et de Bidir, habitées par la peuplade Kalach tributaire du Tchitral. Les villages suivants : Djindjinet, Loï Sawair, Naghèr et Chichi sont habités par des Siah-Poches devenus Mahométans. Néanmoins, ces Siah-Poches sont restés fidèles à maintes coutumes ·de leur ancienne religion. Ils parlent le Kalach.

Une tradition de ces contrées rapporte que le Tchitral entier fut jadis habité par des Kafirs, mais on n'est pas à même de dire si, par ce mot, il est question des Siah-Poches ou de peuplades non mahométanes en général.

A Madagloucht, se trouve une petite colonie de Badakchis qui parlent le persan.

Les villages d'Achouret, Beoraï, Pourgal et Kalkatak sont habités par une tribu qui parle, dit-on, une langue parente du China. Cette tribu, quoique convertie à l'islamisme depuis longtemps, est appelée Dangarik par les peuplades voisines. Aujourd'hui. ce mot signifie que ceux qui font partie de cette tribu étaient hindous avant d'avoir embrassé la religion musulmane.

Les villages de Pasingher, Birkote, Langorbat. Gond, Narisat, Maimena, Sonkaï, Nawalki et Tchoundak sont habités par les *Gubber ;* cependant les tribus voisines ne connaissent cette peuplade que sous le nom de Narisati, qui veut peut-être indiquer une parenté avec les Gabarès de la vallée de l'Indus. La langue de ces Narisati diffère néanmoins de celle que parlent les Gabarès. Les Tchitralis les désignent comme une race chauve, les individus que M. Biddulph a vus, avaient, effectivement, très peu de cheveux ; ils avaient la barbe rare, surtout en les comparant aux Khôs qui ont généralement une magnifique chevelure. Les Gubbers de ces vallées sont, sans nul doute, les Gebreks. Leur langue semble les rattacher d'un côté aux Bouchgalis et d'un autre aux tribus des vallées de Swat et de Pandjkorah.

Quelques petites vallées vers l'Ouest sont habitées par les Siah-Poches de la tribu des Bouchgalis qui ont conservé leur religion et leurs coutumes, quoiqu'ils soient depuis longtemps déjà sujets du Tchitral. Quant aux tribus disséminées, elles appartiennent toutes à la classe des Fakir-Mouchkines. On trouve aussi, à Baïban ou Bargam, quelques familles afghanes.

L'origine de ces différentes tribus donne lieu à des conjectures plus ou moins vraisemblables. M. Biddulph croit, cependant, que toutes ces tribus si curieuses dans leur juxtaposition sont venues du Sud. La rencontre fréquente des noms comme Chogour, Chougram, Chogot, semble militer en faveur de l'ancienne propagation du chivaïsme dans ces contrées éloignées. Une tradition de la vallée de Mastoutch rapporte que cette région était sous la domination des Dangariks, très probablement des Chins de la vallée de Ghilghit ; quant à la religion que les Khòs professaient avant leur conversion à l'islamisme rien ne vient nous éclairer à ce sujet.

Dans les vallées de l'Ouest, les commerçants et les sont industriels moins estimés que les cultivateurs. Dans la vallée au-dessous du Tchitral, on rencontre un grand nombre de castes inférieures répandues dans les villages. Ils portent le nom d'*Oustades*, artisans, et ils se divisent en Destoches, charpentiers, fabricants de vaisselle de bois, en Koulale, potiers, en Doms, musiciens, et en Matchis, forgerons.

Les deux dernières castes (les Matchis et les Doms) sont absolument endogames et elles sont traitées par toutes les autres avec un extrême dédain. Les trois premières castes, au contraire, se marient entre elles et donnent même quelquefois leurs filles aux Fakirs-Mouchkines qui sont tous cultivateurs.

A Loud-Khô et dans le Kachkar-Bala, on ne rencontre point d'Oustades.

Les classes dominantes observent quelques restrictions dans les mariages. Les Chah-Sangalliés ne se marient qu'entre eux ; cependant ils prennent quelquefois des filles des Zoundrés et des Achimadeks ; ils ne donnent pas leurs filles à ces derniers. Seuls les Zoundrés, comme descendants de la dynastie antérieure à celle qui domine aujourd'hui, sont considérés par eux comme étant d'une naissance égale à la leur.

Les autres peuplades se marient entre elles à l'exception toutefois des Fakir-Mouchkines. Néanmoins, ils choisissent leurs concubines parmi les filles appartenant à cette classe.

Les Fakir-Mouchkines seuls sont obligés de payer des impôts réguliers.

Ajoutons à ces renseignements empruntés à M. Biddulph d'autres que nous rencontrons dans les récits de M. Capus, qui, comme on le sait, a été quarante jours en captivité dans le Tchitral.

« Les populations qui habitent ces vallées écartées, dit M. Capus, sont vieilles, peu connues et méritent de l'être beaucoup. Ce sont de ces épaves ethniques que l'invasion de la plaine fertile par les conquérants forts, Mongols et Arabes, a repoussées dans les gorges difficiles et après de plus en plus élevés, où la vie est plus dure, la terre moins fertile, mais la sûreté plus grande. Ces montagnards : Wakhis, Rochis, Chougnis, Tchitralis, Kandjoutis, Yagnaous (Yahnôbis), etc..., ont gardé, de la sorte, pour nous, un intérêt tout spécial, parce qu'ils ont conservé avec leur croyance religieuse ancienne (ils sont chiites, tandis que ceux de la plaine sont sunnites) l'intégrité relative de leurs mœurs primitives et quelque peu de leur type anthropologique. (Dans tous les cas, davantage que leurs congénères de la plaine).

« Un des plus curieux est le Tchitral ou Tchatral.

qui gravite déjà dans la sphère d'action de l'Inde. Il
est situé sur une des routes qui mènent de l'Inde sur
le Pamir, route dont Sir Rawlinson disait qu'elle était
la grande route sur le Turkestan. Et le Tchitral est
si bien situé à cheval sur cette route, — d'ailleurs très
difficile et peu fréquentée, — qu'il la commande, en
défend énergiquement, ou permet le passage et fait office
de sentinelle avancée vers le Pamir.

« Ce pays n'est pas grand : c'est un boyau de vallée
long de 150 kilomètres, avec quelques impasses ; mais
quoique petite, la guérite de la sentinelle est si bien
placée qu'il est très dificile de la contourner (1).

« Si maintenant nous voulons gagner le Tchitral, nous
n'avons guère le choix des routes, puisque du Pamir
il n'y en a qu'une qui y mène directement : c'est la
route du Baroghil, une passe qui joint la vallée du
Pandj-Daria, traversant le Wakhane ou Mastoudj (ou
Kounar, ou Yorkhoune), parcourant le Tchitral. La
première appartient au système de l'Oxus, à la Bactriane ;
la seconde, à celui de l'Indus, à l'Inde.

« Cette passe est très facile et la seule de cette
partie de l'Hindou-Kouch praticable en toutes saisons,
car elle n'a que 12.000 pieds d'altitude et n'est pas
bloquée entièrement par les neiges. Elle est si facile
en été qu'elle mérite son nom de *dacth*, c'est-à-dire de
plaine, et qu'en été les Wakhis d'un côté, les Tchitralis de l'autre y mènent leurs troupeaux paître d'excellents pâturages qui en font l'endroit le plus recherché
des deux vallées. Ces deux peuples vivent en bonne

(1) Depuis que M. Capus a écrit ces lignes, les Anglais ont fait,
en 1895, une victorieuse campagne dans le Tchitral, qui leur a permis
de s'emparer de cette position stratégique si importante. Aujourd'hui
le Tchitral dépend des possessions britanniques. Cette « sentinelle
avancée vers le Pamir », pour nous servir de l'expression pittoresque
de M. Capus, est aujourd'hui un atout de plus dans le jeu des Anglais.
L'expansion anglaise si puissante surtout depuis cette fin de siècle
continue toujours et partout avec une énergie que rien n'arrête.

harmonie, mais ne parlent pas la même langue. Lorsqu'en automne les pâturages sont épuisés sur la dacht, ils se séparent, les uns allant vers le Sud, les autres vers le Nord, comme les eaux initiales de l'Oxus et de l'Indus dont le Baroghil forme la limite. N'est-ce pas là une image en petit de cette antique émigration des peuples que l'hypothèse des linguistes admet pour les Aryens ! Car les Tchitralis représentent la branche indienne et les Wakhis, la branche persane (1). Mais dire que la région pamirienne ou prépamirienne (2) est le berceau du genre humain, c'est simplement vouloir indiquer ce fait, constaté par la linguistique et corroboré par l'étude anthopologique, qu'il existe une parenté divergente dans les deux directions, Inde et Asie, sans vouloir prétendre que ces Aryens eussent été les premiers autochtones du sol (3).

« La première étape nous mène à Drass ou Drassoune, dans la vallée du Tourikho. Comme l'eau y est abondante et la température douce, cette vallée est une des plus

---

(1) Il y a une différence considérable entre ce qu'on appelle les Persans et les Eraniens de la Bactriane de la Transoxiane et de la Sogdiane. Les ouvrages de Spiegel (*Eranische Alterthumskunde*) et de Geiger (*Os Iranische Cultur im Alterthum*) nous renseignent amplement à ce sujet.

(2) Cette région jouit d'un climat tellement excessif que, certes, aucun peuple n'y a pris naissance, comme nous l'avons dit plus haut. M. Capus y a constaté un maximum de température de + 75° c. en été au soleil et de — 50° c. en hiver, ce qui fait une différence de 125° ! « La température tombe très rapidement après le coucher du soleil et se relève de même très vite dans la même journée, l'écart entre la température au soleil et à l'ombre est généralement considérable. Souvent nous l'avons vu atteindre 20° c., c'est-à-dire — 5° c. à l'ombre et + 15° au soleil. »

(3) Nous renvoyons le lecteur à ce sujet à notre introduction ethnologique, biologique et ethnogénique, ainsi qu'au dernier chapitre de cet ouvrage intitulé : « Conclusions anthropologiques ». L'opinion de M. Capus est absolument personnelle, nous l'avons partagée autrefois, mais depuis les travaux des de Lapouge, Penka, Ammon, etc., elle ne présente plus aucune valeur scientifique.

fertiles et des plus verdoyantes qu'on puisse voir, mais aussi des plus malsaines, car les fièvres croupissent, fortes et fréquentes, sur les rizières étendues. Le raisin y est bon et en abondance (Drass signifie raisin en langue tchitralie), ainsi que le grenadier, le groseiller, l'abricotier, le pommier, etc. ; puis, plus haut, sur le flanc des montagnes, de grands peupliers s'élancent par touffes au milieu des taches vertes qui marquent les villages en oasis et produisent un singulier effet de paysage. Drassoune, avec un vieux castel sauvage qu'on dirait d'un héros de conte, est résidence d'été du gouverneur de Yassine, fils du mehtar de Tchitral.

« Les villages se suivent nombreux. Tous sont établis sur le cône de déjections des torrents latéraux qui les alimentent : ce sont des oasis touffues, verdoyantes et fertiles en forme de delta qui contrastent agréablement avec l'aride nudité de la montagne. Le quatrième jour, la vallée s'élargit tout à coup ; le pic du Tirakh-Mir (25.000 pieds) apparaît plus dégagé, la campagne devient plus animée. Nous sommes à Tchitral. Un pont remarquable en bois, solidement construit avec des tours de défense à la tête, nous mène sur la rive droite du Daria (1).

« La capitale, Tchitral, n'est, à vrai dire, qu'un fort village de maisons éparpillées, sans rues, sans alignements, fortement défendu par la rivière torrentueuse d'un côté, la montagne et quelques tourelles de défense de l'autre. »

Un exemple donné par M. Capus nous prouve jusqu'à quel point les Tchitralis sont de bons marcheurs.

« Au troisième jour l'estafette à pied (2) était de retour, après avoir fait, en deux jours et demi, le double

---

(1) Daria signifie rivière ; c'était le Koumar qui arrose la vallée de Tchitral.

(2) Il s'agit d'un messager qu'il avait expédié à M. Bonvalot qui était resté à Mastoudj, en captivité.

du chemin pour lequel nous avions mis quatre jours. Je ne connais point de meilleurs marcheurs que ces montagnards. »

Empruntons enfin à M. Bonvalot quelques renseignements sur les Tchitralis :

« Curieux individus : taille moyenne, tête de Tzigane, barbe teinte, yeux noirs agrandis par le *sourma*, cheveux longs, rassemblés dans un bonnet de pêcheur napolitain en bure grisâtre, un sabre au bout d'un baudrier, comme les soldats de la première République, un fusil à mèche, un couteau à la ceinture, les pieds entourés de lanières de cuir... L'enfant a douze ou treize ans, il est blond, il a les yeux bleus, les cheveux coupés à la chien sur le front, tombent sur les épaules. Il n'a pour tout vêtement qu'un manteau de laine blanche, il est pieds nus. Il sert d'interprète au plus âgé, traduisant ses paroles en un mauvais persan.

..... « On dirait des chouans avec leurs baudriers, leurs tresses de cheveux, leur face rasée. Mais ils ont leurs yeux agrandis par l'antimoine et des boucliers de cuir à clous luisants, des couteaux à la ceinture, beaucoup d'armes : des personnages d'opéra-comique, des Tziganes costumés en brigands montrant des dents blanches (1).

..... « Leurs principales occupations sont de peigner leurs longs cheveux, de s'arracher les poils du nez, de se teindre le bord des yeux, de se regarder dans de petites glaces rondes et de se pouiller les uns les autres, le plus âgé passif, le plus jeune actif. Ils paraissent de mœurs douces, très polis, très égalitaires ; une hiérarchie ne

(1) Il est probable que parmi les guerriers dont parle M. Bonvalot il n'y avait pas de Fakir-Mouchkines ; il est étonnant, d'ailleurs, que, M. Bonvalot et M. Capus ne parlent ni des castes ni des classes du Tchitral signalées avec tant de précision par M. Biddulph. Il paraît certain que pendant leurs quarante jours de captivité ils n'ont vu que des individus qu'on a bien voulu leur faire voir. La description des Kafirs faite par M. Capus, démentie par le récit de M. Robertson, en est une preuve.

semble pas nettement établie, du moins entre les hommes armés qui nous font escorte. — On dirait des camarades (1).

..... « Le jeune chef est vêtu de cotonnade blanche et monté sur un cheval blanc ; ses serviteurs l'aident à en descendre avec des attentions : on lui tient le bras, on lui présente l'épaule, on a l'air de craindre pour sa chère personne (2).

..... « C'est un jeune homme de vingt-deux ou vingt-trois ans, de petite taille, très brun, à la barbe noire ; il ressemble assez à un Bokhare, il a le regard flottant, de grosses lèvres par ou les paroles sortent peu nettes, car il zézaye. Il est chaussé de gros souliers de Pechaver.

..... « Ces gens ne vivent pas, ils végètent ; les hommes ne font rien, seules les femmes travaillent ; elles sont maigres, fluettes, osseuses, avec des traits réguliers, très brunes, vêtues de caleçons et de longs sacs de bure. Seules et seuls les riches font usage de chemises de coton dans la forme des chemises du Turkestan ; un sac avec deux manches et fendu sur la poitrine.

« Ils aiment les fleurs, s'en mettent volontiers dans les cheveux (3). Ils sont assez coquets, prennent grand soin de leur tête; ils se lavent très peu, du reste. Néanmoins, l'eau ne leur manque pas pour les ablutions ; elle est limpide, fraîche, mais ils se bornent à la boire et à la regarder couler.

« On ne découvre rien dans ces cervelles. Quelques petits besoins, ceux de l'animal, l'occupation de les satisfaire, et une fois qu'ils sont satisfaits, nulle préoccupation. Ils sont très gais, dès qu'ils n'ont pas faim (4).

(1) Cela prouverait que c'étaient des Achimadeks, la classe guerrière du Tchitral.

(2) C'est toujours ainsi que cela se passe aux Indes, et nous avons été souvent témoins de scènes pareilles pendant les six mois que nous avons passés dans l'Himalaya Occidental.

(3) Usage très répandu parmi les Hindous montagnards.

(4) Le tableau que M. Bonvalot fait des Tchitralis n'est nullement en rapport avec celui que nous devons à M. Biddulph qui cependant a résidé pendant de longues années à Ghilghit.

Les gens d'Occident ont la manie de civiliser les autres, on sait comment et avec quel désintéressement. Cela vaudrait-il la peine qu'on « civilisât » ceux-ci? A quoi bon éveiller leur intelligence du sommeil où elle est plongée, mais profondément? Ils paraissent jouir d'une parfaite tranquillité d'esprit. Seront-ils plus heureux quand ils l'auront perdue?

« J'ai fait l'inventaire de la maison du voisin, du « propriétaire », comme nous l'appelons, car il nous loue l'ombre du mur de sa cassine pour nos bagages, et c'est au pied que Rachmed se met à l'abri du vent de la mousson du Sud-Ouest, quand il remonte la vallée en mugissant et qu'il souffle la fièvre et la colique sur les Hastoudji.

« Les indigènes appartiennent à une secte spéciale, ce ne sont pas des chiites ni des sunnites. Ils tirent plutôt sur le sunnite, car ils détestent les chiites de Ghilghit et de Yassin, qui promènent sur un âne l'image du Kalife Omar. Ici, on est « maoulani » (1), on se rase la face, le front et on porte de longs cheveux et on prie d'une manière spéciale. Ces sectes religieuses innombrables que les hommes se complaisent à imaginer font penser aux enfantillages de la mode : on ne vise pas à faire mieux ni bien, mais autrement. Du moment que ce n'est plus la même chose, vous comprenez.

« Le jeune prince va de temps en temps jouer au Polo avec une certaine pompe. Il vient de la forteresse, qui est à deux mille pas environ de ma tente. Il est entouré de gens armés, et un homme frappant sur un tambour le précède. Quand il joue avec ses cavaliers et qu'il a fait un beau coup, ses guerriers formant galerie, poussent des cris d'enthousiasme. L'hippodrome est dans l'encoignure de la vallée, à trois cents pas de

---

(3) Ce sont probablement les Maulais ou Ismaëliens dont M. Bonvalot veut parler.

moi ; elle en a cinq cents de large depuis le seuil des champs cultivés où « j'habite ».

« Le jeune prince est venu me rendre trois visites, que je ne lui ai pas rendues. Dans les courtes conversations que nous avons eues en langue persane, sur le feutre étendu près de ma tente, j'ai eu l'occasion de constater son ignorance. Il ne sait même pas lire couramment ni écrire : son bagage littéraire se borne à la lecture du Coran qu'on lui fait de temps à autre et à une connaissance, très vague, du Chah-nameh de Firdousi. Il ne l'a pas lu, mais on lui a dit qu'il existait et que c'était un beau livre.

..... « Le cimetière de Mastoudj est situé sur la rive droite, sur une terrasse, en haut de la berge et au bas de la montagne à pic. Il a, comme enceinte, une muraille dont le faîte est surmonté de pointes qui, de ma tente, la font ressembler à une couronne de fou.

« C'est là que le mort fut enseveli tout nu, la face tournée vers la Kebla (Kaaba). On enlève aux défunts leurs vêtements, parce que dans ce pays de misère un caleçon de toile et un manteau de bure sont souvent le plus clair de la fortune laissée aux héritiers. Sur la tombe on posa des pierres que nous vîmes emprunter à l'éboulis le plus proche et transporter par les amis du défunt (1). »

---

(1) Nous avons textuellement cité les récits de M. Bonvalot sur le Tchitral. Ils présentent certes un grand intérêt dans la bouche de cet intrépide explorateur. Nous sommes cependant obligé de convenir qu'à côté des descriptions si détaillées, si nourries de faits, si *scientifiques* de M. Biddulph, les données fournies par la verve de M. Bonvalot perdent beaucoup de leur valeur. Le lecteur peut faire lui-même un curieux rapprochement ; il se convaincra que nous n'exagérons rien.

VI

MŒURS ET COUTUMES

DES PEUPLES DU DARDISTAN

BIDDULPH, *Tribes of the Hindoo-Koosh,* Calcutta, 1880.
UJFALVY, *Aus dem westlichen Himalaja,* Leipzig, 1884.

Grâce à M. Biddulph nous sommes à même de donner
une description des plus curieuses des mœurs et coutumes
des différents peuples du Dardistan et du Tchitral ; nous
avons eu soin de ne point omettre les comparaisons que
Biddulph fait de temps à autre en rapprochant les mœurs
et les coutumes des Hindous de l'Hindou-Kouch à celles
des Eraniens.

Les Tchitralis habitent sur la rive gauche de l'Indus,
dans la vallée du même nom et leur pays est divisé en
petites républiques dont chacune est gouvernée par un
conseil composé de la réunion des guerriers. Pour qu'une
décision soit valable, il faut qu'elle soit prise à l'unanimité ;
dans le cas contraire, n'y eût-il qu'un membre opposant,
l'arrêt devient suspensif et la majorité cherche à gagner
la minorité par la persuasion. Ce procédé est tout à fait
surprenant chez une peuplade de farouches brigands.

Il n'est pas douteux que la plupart des coutumes de

la vallée supérieure de l'Indus sont, depuis l'arrivée des Chîns, ou tombées en désuétude ou, du moins, ont perdu leurs caractères primitifs.

Nous trouvons dans le Hounza, le pays le plus inaccessible de ces contrées, de nombreux restes d'anciennes coutumes. Le Tchitral, moins isolé, grâce à la vallée du Kounar qui le met en communication avec les contrées avoisinantes, accepta plus facilement l'Islamisme, qui s'y propagea très rapidement.

Malgré leur penchant prononcé pour le pillage, qui distingue les habitants de Hounza aussi bien que les petites républiques du Yagestan, il n'y a point chez eux d'exemples d'actes de cruauté ni même de l'emploi de la torture. En général, les Chîns sont d'un caractère gai et mobile, ils paraissent avoir conservé un certain nombre de coutumes préislamiques. Ces coutumes suggèrent la pensée d'une intime parenté avec les peuplades habitant le nord-ouest de l'Inde et rappellent même celles des Eraniens du Pamir. Ils ont une nature indolente et querelleuse et se distinguent par une prédilection marquée pour la culture du sol. Leurs vallées sont sillonnées d'aqueducs dans toutes les parties cultivables, souvent très élevées. Toutefois, il arrive fréquemment que le Chîn, quand ses moyens le lui permettent, confie le soin des travaux des champs aux laborieux et actifs Baltis qui émigrent en grand nombre de leur patrie, âpre et trop peuplée, dans les contrées plus chaudes du Ghilghit et de la vallée de l'Indus, pour y gagner leur vie.

Nous avons eu déjà l'occasion d'entretenir nos lecteurs du type Chîn ou Dardou. M. Biddulph parle d'une caste de Fakir-Mouchkin chez les Khôs du Tchitral, elle paraît offrir le plus pur type de la race désignée par le voyageur anglais sous le nom d'Aryen ; leur figure ovale, leurs traits nobles, leurs cheveux fins et bouclés, leurs yeux largement fendus et d'un éclat remarquable semblent les distinguer des Chîns. Les femmes du Tchitral étaient

autrefois regardées comme une marchandise très recherchée
sur les marchés d'esclaves de Caboul, de Pechawer et du
Badakchan. Nous avons eu l'occasion de voir des Khôs
du Tchitral de la classe des Fakir-Mouchkins et, après
tout ce que nous avons observé et entendu, nous sommes
persuadés qu'au point de vue physique il n'existe aucun
type plus noble dans l'Himalaya et l'Hindou-Kouch du
Nord-Ouest, à l'exception des hommes et des femmes
pandits du Cachemire ; seule la couleur de leur peau, dit
M. Biddulph, les distingue des plus beaux échantillons
du type caucasique.

Les femmes dardoues de Gouraiz ont également de
grands yeux brillants dont l'éclat nous frappa, c'est la
seule chose du reste remarquable en elles, car elles sont
excessivement laides et malpropres. Leur costume ne diffère pas beaucoup de celui des femmes du Sarikol, tandis
que la différence est très grande avec celui des habitants
des autres vallées. Les femmes portent des pantalons ;
une chemise d'étoffe de laine de couleur, ou de soie chez
les riches, retombe au-dessus de ces pantalons, jusqu'aux
genoux. Cette chemise est retenue par une boucle ajustée
au cou. Ces boucles en argent ont la forme d'un triangle,
elles sont souvent incrustées de turquoises et pourvues de
pendeloques, on les appelle *Pechawèz ;* elles portent aussi
dans leurs cheveux de petits peignes en bois de cèdre qui
souvent sont doubles, la plupart très joliment sculptés.
Nous avons vu de ces peignes chez les Chins, chez les
Paharis et chez les Dardous de Gouraiz. M. Biddulph
constate aussi l'existence de cette mode chez les femmes
du Tchitral.

Les hommes de cette région portent des bottes en cuir
mou, comme celles que l'on voit fréquemment chez les
peuplades voisines ; l'ample habit de laine dont se revê-
tent les riches Musulmans de l'Asie Centrale est porté
aussi par les Eraniens du Pamir, ainsi que par les Hindous
de l'Hindou-Kouch. Les plus pauvres se couvrent la tête

d'un bonnet absolument adhérent. Dans le Turkestan ce bonnet est appelé *Tibéteïka,* ils le portent dès leur plus tendre enfance, ce qui leur occasionne souvent des maladies de peau des plus repoussantes. En général ces bonnets sont confectionnés avec beaucoup plus de soin chez les habitants du Turkestan et de la Kachgarie que chez les Hindous de l'Hindou-Kouch.

Les individus riches ou ceux qui appartiennent au clergé portent des turbans qui sont très grands, au sud de l'Hindou-Kouch ainsi qu'à Yarkand et à Kachgar, et petits dans le Wakhân.

Les femmes Chines portent des espèces de bonnets adhérant à la tête ; ils sont de couleur foncée quand elles sont mariées et de couleur blanche lorsqu'elles sont jeunes filles. Hommes et femmes portent fréquemment des amulettes attachées à la coiffe ou au vêtement au moyen de petites fibules en laiton, parfois elles sont simplement cousues. Quant à la chevelure, les hommes jeunes ont l'habitude de la raser depuis le front jusqu'à la nuque, tandis qu'ils la gardent longue de chaque côté de la tête ; quelques-uns ne se coupent les cheveux qu'au-dessus du front, les autres cheveux retombent sur les épaules en boucles abondantes. M. Biddulph fait remarquer combien cette coiffure donne un aspect pittoresque aux Khôs du Tchitral. Les hommes d'un âge mûr se rasent complètement la tête comme il convient à un musulman orthodoxe ; semblable coutume existe chez les Eraniens du Pamir, du Wakhân et du Chougnân.

Les Galtchas de la vallée supérieure du Zérafchân ont, jeunes et vieux, la tête rasée, toutefois les jeunes se conforment moins strictement à cet usage. Les Eraniens ne possèdent pas, du reste, la chevelure fine, soyeuse et bouclée des Hindous de l'Hindou-Kouch. Faisons remarquer à ce sujet que, d'après Fédchenko, les Tadjiks des montagnes du Ferghanah portent également les cheveux longs, comme nous l'avons constaté d'ailleurs nous-mêmes.

Le récit que M. Biddulph nous fait de la manière de saluer des Chins et des Khôs est fort curieux. Les personnes qui se rencontrent s'étreignent, se touchent les pieds et s'embrassent les mains (1). Nous n'avons remarqué ce dernier usage ni chez les Baltis ni chez les Dardous de Gonraiz.

Quand un homme de condition rend visite à un autre, il est aussitôt conduit, accompagné de sa suite, au *chauaran*, endroit situé près du village où a lieu la cérémonie appelée Kobah. Celui qui reçoit une visite aussi bien que celui qui la rend doivent donner des preuves de leur adresse. Ils montent à cheval et tirent sur une cible au galop de leur monture ; ensuite, on amène un taureau et le visiteur doit lui trancher la tête d'un seul coup de sabre. Cette coutume, si contraire à la religion de Mahomet, est encore en usage dans beaucoup d'endroits du Dardistan.

M. Biddulph nous donne également d'intéressants détails sur la polygamie qui existe dans ces contrées. La coutume de marier les enfants en bas âge comme cela se pratique dans les autres régions, n'est plus guère en usage chez eux ; on marie les garçons entre dix et quatorze ans.

Les femmes sont considérées comme une propriété de l'époux et reviennent de droit à ses héritiers. A la mort d'un homme marié, le frère peut prétendre épouser toutes les veuves du défunt et aucune de ces veuves n'a le droit de se remarier sans le consentement de son beau-frère. M. Robertson nous raconte que le même usage existe dans le Kafiristan.

Quand un homme laisse plusieurs veuves et plusieurs frères, ceux-ci se partagent les veuves entre eux selon les circonstances.

(1) Les inférieurs baisent la main des personnes de condition qui les embrassent sur la joue. Cet étrange usage est signalé par Strabon chez les anciens Perses. (Voir Biddulph, *loc. cit.*)

Cette prescription est si formelle que lorsque le défunt laisse un frère qui est encore un enfant, la veuve ne peut se remarier avant qu'il soit assez grand pour faire connaître sa volonté. Une telle ignominie est attachée à ce refus qu'il n'est point rare qu'un garçon de dix ans épouse une femme deux fois plus âgée que lui.

Cet usage est si rigoureusement observé qu'une femme, à son tour, n'a pas le droit de refuser de devenir l'épouse du frère de son mari défunt ; ses parents même ne peuvent s'y opposer; par suite, il arrive souvent que deux sœurs deviennent en même temps les femmes d'un même mari, quoique cette coutume soit interdite par l'Islam. Ce même usage existe également dans le Tchitral, mais, dans cette région, du moins, la femme n'est pas forcée de s'y conformer.

Si, chez les Afghans de Dir, une veuve se refusait à épouser le frère de son mari défunt, son beau-frère aurait le droit de la vendre, car elle est considérée comme un bien de famille qui a été acheté et payé. Chez les Chîns le mariage entre cousins et cousines au premier degré est défendu quoiqu'une telle union ne soit pas contraire aux prescriptions de l'Islamisme.

Dans les vallées de Torwal et de Bouchkar le mariage entre cousines et cousins du premier degré est permis ; au contraire, le mariage entre l'oncle et la nièce, ou la fille de la nièce, est défendu.

Dans aucune des langues dardoues il n'existe de termes propres pour désigner les parentés résultant de la polygamie. Toutes les femmes jouissent des mêmes droits, la priorité dans le mariage ne confère aucune prérogative. Dans la langue des Chîns et des Bouriches les oncles du côté paternel sont appelés, suivant leur âge, comparé à celui du père de leur interlocuteur, ou grands-pères ou petits-pères ; mais il existe un terme particulier pour désigner un oncle du côté paternel. L'expression « tante » n'est également employée que pour celle du côté paternel, tandis que les sœurs de la mère sont toutes appelées « mères ». Il n'existe pas de mot propre pour les neveux ou les nièces, que l'on appelle « fils » ou « filles ». Ce fait paraît indiquer qu'il existait autrefois des associations polyandriques, comme il en existe encore dans quelques contrées des Indes. Dans la langue khovar on se sert indistinctement du mot oncle pour désigner aussi bien les frères du père que ceux de la mère ; les tantes du côté maternel sont appelées « mères », ce qui fait songer à la polygamie et non à la polyandrie qui était un antique usage dans la vallée de Tchitral ; les mêmes termes employés dans la langue Bouchkari rappellent la polyandrie.

Les exemples d'infidélité conjugale sont excessivement communs, et les hommes ne montrent pas la moindre trace de jalousie envers leurs femmes, contrairement à ce qui existe chez les peuples qui ont embrassé l'Islamisme depuis longtemps.

En cas d'adultère, l'époux offensé a le droit de tuer les coupables quand il les trouve ensemble. Mais, s'il lui arrive de n'en tuer qu'un des deux, il est accusé de meurtre. Cet usage règne dans le Sarikol, au Wakhân et au sud de l'Hindou-Kouch. On raconte que les Afghans de Souat, de Dir et d'Asmar ne prêtent aucune attention à l'adultère d'une femme ; quand ils le découvrent ils le cachent même à tout le monde ; mais s'ils en sont informés par un tiers, ils se vengent d'une manière sanglante. Quand le prince ou le vizir est appelé à juger un pareil cas, si les preuves d'adultère font défaut, on exige de l'accusé une garantie par laquelle il témoignera qu'une telle accusation ne sera plus portée contre lui ; cette garantie consiste pour le coupable à effleurer de ses lèvres la poitrine de la femme qui passe pour sa complice. Dès lors elle est considérée comme sa mère adoptive, et aucun rapport, autres que ceux qui existent entre la mère et le fils, ne peut plus subsister entre eux. Le lien nouveau formé par cette cérémonie est tellement sacré, qu'il n'y a

pas d'exemple qu'il ait été jamais brisé. Le mari le plus
jaloux cesse d'avoir des soupçons, même si le coupable
avouait après coup sa faute. Parfois aussi l'accusé dépose
une brebis et un tolou d'or aux pieds de l'époux offensé
auquel il demande humblement pardon.

Selon toute apparence, les coutumes étaient bien moins
sévères jadis qu'elles ne le sont aujourd'hui. Dans le
Hounza, où la vie sociale est encore en partie ce qu'elle
était autrefois avant l'Islamisme, l'infidélité conjugale n'est
point considérée comme un déshonneur, et l'usage exige
même qu'un mari mette sa femme à la disposition de l'hôte
qu'il reçoit chez lui (1). Le *jux primæ noctis* fut aussi
pratiqué par le père du prince actuel, et, quoique cet

(1) Marc-Pol dit à ce sujet : « Nul homme de cette contrée, pour
riens du monde ne prendrait à femme une garce pucelle ; et dient que
elles ne vallent rien, si elles ne sont usées et coustumées de gésir avec
les hommes. Et font en tel manière que quant les cheminans passent, si
sont appareilliés, les vielles femmes avec leurs filles ou leurs parentes
et vont avec ces garces pucelles et les mainnent aus genz estranges, qui
par là passent et les donnent à chascun qui en veult prendre pour faire
en leur volonté. Et les hommes en prennent et font ce qu'il veulent.
Et puis les rendent à ces vielles qui leur ont menées, car il ne laissent
pas aler avec la gent. Et en ceste manière trouvent les cheminans,
quant il vont par les voies, à vingt ou à trente tant qu'il veulent ; c'est
quant il passent par devant un casal ou un chastel, ou une autre habitation. Et quant il herbergent avec ceste gent en leur casans, si en ont
aussi tant comme il veullent qui les viennent prier. Bien est voir que
il convient que vous donnez à celle avec qui vous aurez gen, un anelet,
ou aucune petite chosette, ou aucunes enseignes qu'elle puisse monstrer
quant elle se voudra marier, qu'elle a eu plusieurs hommes. Et ne le
font pour autre chose. En telle manière convient à chascune pucelle,
pour chacier plus de vingt icex seignaus avant qu'elle se puisse marier,
par la voie que je vous ai dit. Celles qui plus ont de seignaus, et qui
plus auront monstré qu'elles auront esté le plus touchiées, si sont pour
meilleurs tenues. Et plus volontiers l'épousent pour ce qu'il dient
qu'elle est plus gracieuse. Mais quant elles sont mariées, si les tiennent
trop chieres et ont pour trop grand vilennie se l'un touchait les femmes
à l'autre ; et se gardent moult de ceste honte tretuit, depuis qu'il se
seront mariés avec si faites femmes.

« Or vous ai conté de cest mariage, qui bien fait à conter et à dire ;
car bien y devraient aler les jeunes bachelers pour avoir de ces pucelles

usage soit aboli, il est facile de voir, par les récits faits
sur les nombreuses orgies présidées par Ghazan Khan, que
ce prince ne renonce nullement à ce droit. Dans le Naghèr,
les choses se passent d'une manière encore plus suggestive :
un mari se sent très honoré lorsque sa femme attire sur
elle l'attention du *Thoum* (titre du prince). L'Islamisme
n'est point encore arrivé à exclure les femmes de la société.
Elles se mêlent aux hommes en toutes circonstances.
Jeunes gens et jeunes filles de différentes familles prennent leur repas ensemble et se fréquentent sans aucune
retenue. Il est accordé aux jeunes femmes une grande

à leur vouloir tant comme il demanderoient et seroient priez sanz
nul coust. »

Et plus loin le même auteur dit : « Et vous di que en ceste province
a coustume telle comme je vous dirai. C'est de leurs moulliers que il
ne tiennent pas à vilennie se un forestier ou un autre homme les hon-
nisse de leur femmes, ou des leur filles, ou de leur sereur ou d'aucune
femme, s'il l'ont en leur maison ; mais ont a grant bien quant l'en gist
avec elles. Et dient que pour ce leur fait leurs dieux et leurs idoles
mieux ; et leur donnent des choses temporelles assez à grant foison.
Et pour ce font il si grant largesce de leur fames aus forestiers et as
autres genz comme je vous dirai. Car quant il voient que un forestier
veult herbergier, chascun est désirrant de recevoir le en son hostel. Et
de maintenant que il est herbergie, le seigneur de l'hostel est hors tantost
de l'hostel et commande que au forestier soit faite sa volonté à complie-
ment. Et quant il a ce dit et commandé, si s'en va à ses vingnes ou à
ses champs dehors et ne retourne devant que le forestier s'en soit parti,
qui aucune fois demeure trois jours ou quatre en la maison de ce chestif
soulaçant avec sa fame ou sa sereur, ou avec telle qu'il aura plus chier
le déduit. A tant comme il demeure laiens si peut à la fenestre ou à la
porte le forestier, son chapel ou aucune autre enseigne qui soit sene, à
ce que le seigneur de l'hostel congnoisse que celui est encore laiens. Et
tant comme il y verra l'enseigne, il n'y osera entrer. Et cest usage
font par toute ceste province. »

Samuel Turner dit (*Ambassade au Thibet*, Paris, 1800) : « Les
Thibétains peuvent quelquefois être accusés de froideur envers les femmes, mais aussi ils sont loin de les tyranniser. Quoiqu'une femme
mariée soit obligée de garder la fidélité conjugale sous des peines assez
sévères, il n'en est pas moins vrai qu'avant de se marier elle peut se
livrer à ses goûts, sans que cela fasse tort à sa réputation et sans que
les maris qu'elle épouse lui en sache mauvais gré. »

liberté qui a souvent de fâcheuses suites. Le meurtre d'enfants nés d'unions illégales est très fréquent et n'est point considéré comme un crime.

Le mariage donne lieu à de nombreuses cérémonies qui se ressemblent assez chez ces différentes peuplades. Quoique les jeunes gens puissent se marier selon leur choix, néanmoins le mariage se fait le plus souvent avec le consentement des parents. Après que l'on est convenu, par des négociations particulières, des conditions du mariage, le père du fiancé commence à faire une demande formelle. Vêtu de ses plus beaux habits et accompagné par un de ses amis, il fait une visite à la famille de la jeune fille qui s'est réunie pour le recevoir. Il s'engage à faire certains présents, comme, par exemple, une vache, un mouton, des perles en verroteries, un sabre ou un peu de poudre. Après une demande en règle et les accordailles faites, on échange des cadeaux de part et d'autre.

Dans le Tchitral, le Wakhân et au Sarıkol, le père du fiancé attache un bracelet au bras de la future de son fils. A Ghilghit on allume des branches de cèdre et les parents de la fiancée reçoivent en cadeau un couteau, une corde, quelques aunes de drap et un sac en cuir destiné à renfermer des grains. Le père du fiancé reçoit par contre un peu de laine et une citrouille. Il paraîtrait que cet échange de présents a un sens symbolique. A Torwal, le prix de la fiancée est payé sur le champ et le père du futur est accompagné d'hommes affublés d'habits de femmes, qui dansent alors devant la société réunie. Dans quelques localités, il n'est point convenable que le futur époux assiste à cette danse.

Lorsque la cérémonie des fiançailles a pris fin, il peut encore s'écouler un certain temps avant l'accomplissement du mariage lequel, cependant, doit généralement avoir lieu l'année suivante. Conformément à la prescription ancienne, les mariages se font ordinairement en Janvier et en Février, c'est-à-dire à l'époque où les travaux agricoles chôment et où les demeures sont bien approvisionnées de viande.

Cette prescription est de rigueur dans le Naghèr ; de fortes amendes sont imposées à ceux qui célèbrent un mariage à une autre époque. Le soin de fixer la date du mariage est laissé aux parents du fiancé. Après que ce dernier en a été averti en secret, il envoie un de ses amis, qui se pare avec soin pour cette occasion, vers les parents de la fiancée pour annoncer que le fiancé viendra à un certain jour pour chercher sa future. A cette occasion, il se fait aussi un échange de présents. La nature de ces présents est prescrite par certaines règles. Au jour fixé le futur, entouré de ses amis et armé d'un arc, d'une flèche et d'une hache de combat se rend chez sa fiancée, qui est aussi revêtue de ses plus beaux vêtements et parée d'une coiffe ornée de coquillages ; elle attend l'arrivée de son fiancé dans l'intérieur de la maison.

L'usage de cette parure de coquillages semble avoir été introduit par les Chins, car elle est généralement répandue chez eux et les femmes sont obligées de s'en parer.

Au moment de l'entrée du cortège dans la maison, on allume des branches de cèdre dans un plat de fer que l'on agite au-dessus de la tête du fiancé ; ensuite, on répand une fine farine sur tous les assistants. Dans le Wakhân et le Sarikol, on va à la rencontre du futur jusqu'à une certaine distance de la maison de sa fiancée. Il est ensuite couvert de farine par celle qui va devenir sa femme. Les invités prennent place autour d'une table ; on présente au fiancé un grand plat en bois rempli de pain qu'il est tenu de distribuer à tous les convives. Après quoi, le prétendant place son sabre ou son fusil sur ce même plat, et ces objets appartiennent de droit à celui qui lui a présenté le plat.

A Ghilghit, deux amis du fiancé et deux amies de la fiancée sont placés en face les uns des autres et l'on dépose un pain entre eux. Chacune des amies de la fiancée en casse un morceau qui est mis dans le plat ; les amis du futur mari y mettent leurs turbans ou leurs bonnets pour montrer que leur tête est à la disposition de la fiancée.

Le plat est présenté aux époux qui mangent chacun un morceau de pain et s'empressent de renvoyer les turbans. Autrefois cette cérémonie du pain était considérée comme marquant la fin de la célébration du mariage.

On croyait généralement que celui des deux conjoints qui mangeait le premier une bouchée de pain serait le maître dans la maison, aussi, au moment de cette cérémonie les assistants se pressent, se bousculent, ce qui occasionne un certain désordre. Après toute cérémonie de ce genre, il se fait un échange de présents qui sont désignés d'avance. Pendant ce temps, les amis des deux familles passent la journée hors de la maison occupés à danser et à chanter ; ce divertissement se prolonge toute la nuit. Le prix de la fiancée versé et celle-ci ayant reçu les présents d'usage de la famille, on procède aux formalités du mariage qui est célébré par le mollah conformément aux prescriptions du Charyat.

Dans le Tchitral les nouveaux époux se retirent ensuite chez eux.

Dans le Wakhân et le Sarikol, le fiancé est accompagné jusque chez sa fiancée ; le lendemain, seulement, il la conduit chez lui. Les femmes de la famille de la jeune épouse lui refusent la porte d'entrée de la chambre nuptiale, il leur offre alors des présents pour les faire partir. A Ghilghit les jeunes mariés restent encore séparés le jour suivant, jusqu'après la cérémonie du Kalak-Malak qui n'est en usage que dans cette contrée. Cette cérémonie est une sorte de confirmation de l'acceptation de tous les cadeaux qui ont été offerts. Deux amis, un de chaque famille, se réunissent pour évaluer la valeur des présents qu'a donnés le fiancé. Trois tolous de poussière d'or équivalant à 24 roupies représentent le prix d'achat de la fiancée.

Le père de la fiancée prend alors une grande marmite, un lit, des bijoux, des vêtements, des plats et engage sa fille à choisir deux de ces objets lesquels lui sont donnés à titre gracieux. Les assistants évaluent ce qui reste, sans oublier la valeur des présents échangés depuis la durée des fiançailles ; la différence en est remboursée aussitôt au fiancé et à son père. Après que tout est enfin terminé à la satisfaction générale, on procède aux préparatifs nécessaires pour conduire l'épouse dans sa nouvelle demeure. L'époux et ses amis se rangent devant la porte et chacun est saupoudré de fine fleur de farine. Dans le Tchitral, l'épousée est accompagnée de sa mère qui la remet à son futur époux, elle reçoit un présent en échange.

Dans le Ghilghit les femmes de la famille de la fiancée accompagnent le futur pendant un certain temps en l'accablant d'injures, en signe de dépit, lui jetant de la boue et des immondices. Après qu'elles l'ont ainsi accompagné pendant une lieue, le fiancé fait alors un présent à sa belle-mère, sur quoi on le laisse continuer sa route en paix. Sans aucun doute ce mariage rappelle vivement l'ancienne coutume de l'enlèvement de la fiancée. Il arrive souvent que l'on tue une chèvre au moment où le couple quitte la maison. « L'usage de répandre de la fleur de farine existe partout, non seulement pour le mariage, mais aussi pour différentes cérémonies, dit M. Biddulph, quant à savoir quelle est sa signification je ne saurais le dire. A Ghilghit cette cérémonie est appelée *Doubèn* (1). »

La coutume exige que les parents de la fiancée fassent une visite aux nouveaux époux quelques jours après le mariage. A leur entrée, on les saupoudre de farine, ce qui arrive également à la nouvelle épousée quand elle va faire une visite pour la première fois à ses parents.

(1) Cet usage me paraît être d'origine mazdéenne ; dans tous les cas, il rappelle vivement celui qui existe parmi les Parsis de Bombay et qui consiste à jeter des grains de blé sur les nouveaux mariés. Dans les cérémonies parsies c'est le dostour (prêtre) qui accomplit cet acte, en haranguant les nouveaux mariés dans la langue de Zoroastre. Cette cérémonie présente, sans aucun doute, une signification symbolique.

Dans quelques endroits, il est de coutume que les nouveaux mariés, peu après la cérémonie du mariage, viennent habiter, durant plusieurs mois, chez les parents de la jeune femme.

Dans le Wakhân et dans le Tchitral, le fiancé entre seul chez lui après avoir déposé dans l'âtre un fusil et un sabre en guise de cadeaux. Dans le Moundjân et dans le Loud-Khô, le jeune couple est accompagné jusqu'à sa demeure par toutes les femmes du village qui dansent et chantent le long de la route ; les époux restent seuls durant sept jours ; on leur passe leur nourriture du dehors, car personne n'a le droit d'entrer dans la maison ; eux-mêmes ne peuvent la quitter durant tout ce temps.

Dans le Torwal, les amis du fiancé sont accompagnés par des hommes habillés en femmes. Ils dansent et s'amusent, et le village entier prend part à leur divertissement.

Le jour qui suit le mariage la jeune mariée reçoit la visite des femmes de la famille de son mari auxquelles elle doit prouver d'une manière irréfutable qu'elle n'a point apporté comme dot dans sa nouvelle famille « une tasse fêlée », on lui prodigue alors des félicitations. Mais, si elle ne peut satisfaire la curiosité de ces femmes, elle est traitée avec un grand mépris.

D'après Vigne, dans le Baltistan, c'est le jeune homme lui-même qui se met en campagne pour aller voir sa fiancée, au lieu d'y envoyer un ami ou un parent. Si elle n'est pas à son gré, il peut la refuser. Au jour du mariage, c'est la fiancée qui vient chez lui, au lieu qu'il soit obligé d'aller la chercher.

Quoique les jeunes gens aient souvent arrêté le mariage entre eux avant d'avoir même demandé le consentement de leurs parents, ils ne doivent cependant point se réunir, même quand ils sont d'accord pour le mariage. Si le hasard les faisait se rencontrer, les convenances exigent qu'ils passent l'un près de l'autre en détournant les yeux et sans se parler.

A Gor, il se fait un échange d'anneaux au moment
du mariage. Quand une fille de la famille régnante du
Hounza ou du Naghèr se marie, il est d'usage que le fiancé
lui fasse cadeau d'une épingle d'or. Dans le Yassin, lorsque
le fiancé est trop pauvre pour payer le prix de la fiancée
(ce qui est souvent le cas), le jeune couple s'enfuit avec
le consentement des parents de la fiancée. Après dix jours,
le fiancé revient, demande pardon et promet aux parents
de leur payer, petit à petit, la somme exigée : ceux-ci
affectent une petite contrariété, le pardon est accordé,
les voisins sont invités au repas qui a été préparé d'avance,
et on célèbre le mariage. Ceci se fait pour sauvegarder
l'honneur de la famille de la fiancée, qui n'a point reçu
le prix suffisant pour cette dernière.

Par suite des effets de l'Islamisme vers l'égalité,
l'interdiction des mariages entre individus appartenant
à des castes différentes tend à disparaître, il est plus que
probable, qu'après quelques générations, il n'y en aura
plus trace.

La naissance d'un fils est toujours un sujet de joie
générale. Même les amis de l'heureux père usent de ce
prétexte pour suspendre leur travail durant un jour, ils
prennent leur fusil à mèche et font durer la fusillade jusqu'à
ce que leurs poudrières soient vides. Puis, la musique du
village est aussi conviée et le reste de la journée se passe
devant la porte de la maison. La naissance d'une fille passe
tout à fait inaperçue. Dans la vallée de l'Oxus et dans le
Sarikol, un père voit, à la naissance de son fils, sa maison
garnie des armes de ses amis, afin que le nouveau-né
s'habitue à la vue d'objets guerriers. Les armes sont rendues
au bout de sept jours à leurs propriétaires, excepté, cependant, celles qui appartiennent à de proches parents qui
reçoivent des cadeaux en échange.

Après l'accouchement, la femme est considérée comme
impure et durant sept jours, personne ne voudrait accepter de nourriture de sa main. Au nord de l'Hindou-Kouch,

cette période s'étend à quarante jours et la mère ne peut donner le sein à son enfant qu'après sept jours.

Tout ce qui concerne les héritages et le partage du sol est naturellement de grande importance chez un peuple qui ne vit exclusivement que d'agriculture. A Ghilghit et dans les contrées avoisinantes, la terre, après la mort du chef de famille, n'est point partagée comme il est prescrit dans le Charyat, mais au contraire elle est divisée en parties égales entre les fils de sa femme ; par exemple, si un homme laisse un fils d'une femme et trois d'une autre, le premier hérite de la moitié de la terre et les trois autres fils se partagent l'autre moitié. Si une femme n'avait que des fils et une autre que des filles, la terre est partagée entre les premiers, tandis que les filles n'ont droit qu'à une dot. Si quelqu'un ne laisse que des filles, son bien passe à ses plus proches parents mâles. Il est néanmoins fait une étrange exception dans le cas où un homme ne laisse qu'une fille ; cette dernière peut prétendre à tout l'héritage pour sa dot. Ceci est plutôt considéré comme une faveur que comme un droit et paraît être le vestige d'une ancienne coutume qui devait accorder aux femmes le droit à hériter (1).

L'histoire de ces pays offre plusieurs exemples où des femmes, par suite d'extinction d'héritier mâle, montèrent sur le trône. Dans le Wakhàn et dans le Sarikol, les filles partagent avec leurs frères l'héritage de leur père, à l'exception, toutefois, de la terre qui revient exclusivement aux fils. Dans le Tchitral et dans la vallée de Souat on observe la loi du Charyat d'après laquelle tous les fils ont une part égale à l'héritage. Les filles sont autorisées à demander une dot sur les biens de leur père. Dans le Torwal, les héritiers des deux sexes se partagent l'héritage à parties égales.

La coutume de la « parenté d'adoption » se conserve

---

(1) Sans nul doute, c'est une coutume polyandrique telle qu'elle existe encore dans le Ladak.

rigoureusement parmi les membres des familles régnantes et les liens en sont presque plus forts que ceux de la parenté consanguine.

Quand il naît un fils ou une fille, l'enfant est remis à une mère dans la maison de laquelle il est élevé, de telle sorte qu'un père ne voit son enfant qu'à l'âge de six ou sept ans.

Toute la famille de cette mère nourricière se met à la disposition de l'enfant, et le sort de cette famille reste pour toujours irrévocablement enchaîné au sien.

Quel que puisse être plus tard son destin, elle partage sa fortune et ses mécomptes. S'il est un jour exilé, ses parents d'adoption le suivent dans l'exil, au contraire, obtient-il dans l'avenir, une situation importante, c'est ordinairement son père adoptif qui est son plus intime conseiller et ses frères de lait sont appelés aux plus hauts emplois.

Un songe dans lequel il s'agirait d'une amitié résultant de l'intervention de parents d'adoption est considéré comme étant de bon augure.

Si une femme rêvait qu'elle a adopté quelqu'un comme son enfant ou s'il arrivait à un garçon de rêver qu'il a été adopté par une femme quelconque, la consécration de ce nouveau lien serait exécuté de la même manière que celle que nous avons indiquée plus haut au sujet de l'adoption volontaire et il ne viendrait à l'esprit de personne d'en refuser l'acceptation. Aujourd'hui cette coutume se perd quelque peu, elle était générale il n'y a pas bien longtemps encore. Le lait d'une femme est considéré comme remède infaillible pour la cataracte, ainsi que pour d'autres maladies de la vue.

Le recours à ce remède établit aussi, pour la suite, un lien de parenté.

Bien souvent, il est d'usage qu'un jeune couple, à l'époque du mariage, demande à un ami commun d'être son père. Ce lien est alors consacré par une cérémonie qui consiste à manger du pain ensemble. Les fiancés se placent en face l'un de l'autre et le père qu'ils se sont choisis se place entre eux, tenant dans chacune de ses mains un morceau de pain ; il se croise les bras, tient en même temps le bras droit plus élevé et introduit le pain dans la bouche des fiancés. A partir de ce moment il est considéré comme leur père nourricier.

Les liens de parenté de ce fait sont considérés comme formant un si proche degré de parenté que le mariage entre des personnes unies par ce lien est regardé comme un inceste, et, malgré les prescriptions du Coran, il serait impossible à un homme d'épouser la veuve de son fils adoptif.

Parmi les tribus des Achimadeks du Tchitral la manière dont on se sert pour établir ces sortes de liens est très étrange. Il est d'usage que chaque enfant prenne successivement le sein de chaque nourrice de la tribu ; il s'en suit un changement continuel d'enfants et de mères. Le but de cet usage est de fortifier l'union de la tribu.

Les Chîns sont connus pour leur cupidité. Chacun d'eux a un endroit secret dans la montagne où il cache son argent, ainsi que ses vases de cuivre, les parures de ses femmes, en un mot, ses objets les plus précieux. De temps en temps les Chîns font une visite à leurs richesses ainsi cachées ; ils ne les sortent jamais, sauf dans les grandes circonstances.

Cependant, aucun scrupule n'empêche les Chîns de s'approprier le trésor d'un voisin, et il en résulte bien souvent de sanglantes querelles. Il arrive quelquefois que, par la mort subite d'un chef de famille, le trésor est perdu, car le père a rarement le temps d'indiquer à son fils l'endroit où il a caché ses richesses.

Cette coutume ne règne que chez les Chîns, chez lesquels existent aussi des traditions et des légendes de trésors perdus et devenus la proie du démon.

Il existe dans le Tchilass, ainsi qu'à Darel, un usage consistant à garder dans une cave pendant plusieurs années du beurre liquide ; il prend alors une couleur rougeâtre et se conserve ainsi plus de cent ans (?). Ce beurre est ensuite considéré comme un mets des plus friands. On plante un arbre au-dessus de la cave afin d'empêcher son affaissement. Ce beurre, ainsi conservé, rapporte un gain considérable. « Accidentellement, dit M. Biddulph, une députation du Darel s'adressa à moi, me priant de vouloir bien forcer des esclaves qui s'étaient enfuis à me dire où ils avaient enterré le beurre de leur maître, vu qu'eux seuls connaissaient le secret.

« Le vin, qui était autrefois d'un usage général, est également conservé dans des caves carrelées afin de l'y faire fermenter dans des cruches de terre ; cependant, on ne le garde jamais au-delà d'une année. Pendant que l'on creusait les fondations de ma maison, à Ghilghit, je découvris par hasard une de ces vieilles caves dans laquelle se trouvaient deux grandes cruches. L'usage du vin a beaucoup diminué depuis l'introduction de l'Islamisme, et, s'il subsiste encore dans quelques endroits, on a soin de s'en cacher autant que possible, à l'exception, toutefois, au Hounza et au Ponyal, où il n'est point rare de voir le vin apparaître dans des festins publics. Les Ismaëliens ne font point un secret de cette coutume, et, lors de ma visite à Hounza, en 1876, Ghazan-Khan absorba de l'eau-de-vie d'Ecosse en telle quantité que ses sujets en parlaient avec admiration. »

VII

LES BALTIS

DREW, *The Jammoo and Kashmir territories,* Londres, 1875.
BIDDULPH, *Tribes of the Hindoo-Koosh,* Calcutta, 1880.
R. SHAW, *Journal Ben. Asiat.,* Soc., 1878.
UJFALVY, *Aus dem westlichen Himalaja,* Leipzig, 1884.

M. Drew nous donne une série de renseignements du plus haut intérêt sur le Petit-Tibet et ses habitants ; nous allons en citer les plus marquants, en les complétant d'après nos propres observations.

Les Baltis disent que le Tibet comprend plusieurs subdivisions, savoir : le Ladak, Iskardo, Khapalou, Purik, Naghèr, Ghilghit et Astorg, etc.

Les habitants du Ladak appartiennent à la secte bouddhiste ; ceux du Petit-Tibet, au contraire, sont des mahométans-chiites ; néanmoins, ils ne se souviennent point de l'époque de leur conversion, les ancêtres d'Akhmed-Chah régnèrent pendant si longtemps que leurs traditions ne remontent point jusque là.

Le langage parlé dans le Petit-Tibet diffère considérablement de celui du Ladak. Les lettres arabes se rencontrent quelquefois dans leur écriture ; leur langue renferme plus de mots arabes que persans, quoique les uns et les autres soient rares (1) ; quant aux mots empruntés au turc oriental ils sont plus rares encore. M. Biddulph rapporte aussi qu'il lui a été dit qu'un Balti et un Ladaki habitant sur les frontières de leur pays avaient des difficultés pour s'entendre.

Les Petits - Tibétains, dit M. Drew, ont le teint ordinairement clair, leur physionomie a quelque chose du Mongol, du Tartare et même des nobles traits des races indiennes et persanes qui se sont rencontrées dès leur origine sur les bords de l'Indus en venant du Nord et du Sud.

Le Yak *(bos grunieus)* du Tibet et sa femelle, qui est nommée Yakmo, vivent à l'état sauvage sur les pentes septentrionales de l'Himalaya qui se prolongent jusqu'aux plaines de Yarkand.

L'ibex, nommé Skin dans le Petit-Tibet et Kyl dans le Cachemire, est très commun, et l'on en tue de 100 à 200 dans un hiver ; le froid rigoureux qui règne dans ces contrées le force à descendre dans les vallées. On y rencontre aussi l'énorme capricorne nommé en Afghanistan Mar-Khur (Markor) ou mangeur de serpents ; on l'appelle Rawachech dans le Petit-Tibet.

Naghèr est fameux par le lavage de l'or ; on prétend que le Radjah de ce pays est en possession d'un lingot d'or trouvé au pied du glacier qui forme la frontière.

Les femmes de ce pays sont remarquables pour leur beauté et Nasin-Khan assura au voyageur qu'elles avaient le teint très clair et la peau si fine, si délicate et si trans-

(1) A ce sujet nous pouvons signaler un fait fort curieux. Lors de notre séjour dans le Baltistan, en 1881, nous avons pu acquérir un tchilim (espèce de narghilé) du plus beau travail arabe ; cette pièce avait appartenu à un descendant d'Akhmed-Chah, un des derniers représentants de l'ancienne famille royale. Nulle part pendant nos voyages en Asie Centrale nous n'avons retrouvé un aussi beau spécimen de l'art arabe. Ce narghilé remonte certainement au xvme siècle. (Voir C. E. de Ujfalvy, *Les cuivres anciens du Cachemire et du Petit-Tibet*, Paris, 1883.

parente que, lorsqu'elles buvaient, on voyait l'eau descendre dans leur gorge (1).

Dans la vallée de Dourou, entre Rondou et Haramoch, s'élève un autel en bois haut de quatre pieds et dont la surface carrelée a deux pieds de largeur ; on le nomme Micho.

A partir du No-roz, c'est-à-dire de l'équinoxe du printemps, jusqu'à un jour fixé, les indigènes ne touchent pas au lait, affirmant que le Deyou détruirait leurs troupeaux ; on raconta même à M. Drew. qu'ils ne buvaient jamais de lait de vache, de peur d'attirer sur eux la colère de ce dieu.

Naghèr et Hounza sont séparés par un cours d'eau qui se jette dans celui de Ghilghit près de la forteresse de Dyour, à l'entrée de cette dernière place.

Ghilghit n'est ainsi nommé que par les Cachemiris ; on dit que son nom réel est Ghilid. Les Ghilghitis, ainsi que les Siah-Pochs, sont de grands buveurs de vin, qu'ils fabriquent eux-mêmes ; ils le conservent dans de grandes cruches en poterie qu'ils enterrent pour un certain temps ; mais ils ne s'entendent point à la clarification du vin ; celui que le voyageur goûta ressemblait plutôt à un bouillon de mouton qu'à du vin.

Le chien, appelé *sind*, est une espèce de canidé propre au pays ; il paraîtrait que l'on en prend beaucoup de soin afin d'en conserver la race (2).

Après M. Drew, M. Biddulph nous fournit aussi de précieux renseignements sur le Baltistan et les Brokpas :

« Haramoch est habité par des Yechkouns qui parlent le dialecte ghilghiti.

« Dans les districts de Rondou et d'Iskardo il y a un certain nombre de Chîns, de Yechkouns et de Dôms parlant le china. »

---

(1) Cela rappelle une métaphore analogue contenue dans une poésie du poète espagnol Lope de Vega.

(2) Voir nos observations à ce sujet p. 252.

Le tableau suivant nous renseignera sur la répartition géographique de ces différentes races :

	Ronos.	Chins.	Yechkouns.	Doms.	Baltis.
Haramoch	»	8 0/0	84 0/0	8 0/0	»
Rondou	»	1 0/0	12 0/0	1.5 0/0	85 0/0
Iskardo	»	6.5 0/0	15 0/0	quelques maisons	92 0/0
Kharmang	»	23 0/0	12 0/0	5 0/0	60 0/0
Himbaps	»	52 0/0	13 0/0	1 0/0	34 0/0 [1]

Ces populations occupent une position sociale inférieure à celle des *Baltis* qui les nomment dédaigneusement Brokpas ou montagnards. M. Drew croit qu'ils sont venus par le défilé du Naghèr, mais comme on n'y trouve aucune trace de leur passage, il est beaucoup plus vraisemblable de s'en rapporter au récit qu'ils font eux-mêmes de leur immigration.

Au commencement, ou au milieu du XVIIme siècle, dit la légende, il régnait à Iskardo un prince de la famille des Makpons, Akhmed-Chah, lequel avait quatre fils ; l'aîné, qui fut son successeur, aidé par ses frères, subjugua toute la contrée jusqu'à Tchitral ; ses frères cadets s'établirent alors successivement à Kharmang, à Rondou et Astorg. Les Brokpas disent que ces princes, dans le cours des événements, ont été chassés de leurs habitations et ont été forcés de s'établir où nous les trouvons aujourd'hui. Les Baltis occupent par rapport aux Brokpas, une position aussi supérieure et aussi privilégiée que les Chins par rapport aux Yéchkouns.

Les Brokpas sont à leur tour divisés en quatre castes : 1° Charsing ; 2° Gabour ; 3° Doro ; 4° Youdey ; néanmoins ils ne sont point endogames. Les Chins du Baltistan préfèrent se nommer *Roms ;* il serait curieux de connaître la signification exacte de ce nom. Les *Roms* ne se marient point avec les Yéchkouns (qui, à Kharmang et Himbaps, se nomment aussi Brouchas).

Quant au type physique des Baltis, M. Drew croit

(1) Ce tableau est emprunté à l'ouvrage de M. Biddulph.

que leur barbe épaisse, leurs traits bien accusés et la beauté de leur taille sont dus à deux circonstances : 1° à leur foi mahométane et 2° à différentes influences climatologiques. M. Biddulph voit dans les Baltis le résultat d'un mélange entre les Dardous (Aryens) et les Tatares.

Les Baltis de Chigar en général et toutes les classes supérieures ont dans les veines une forte infusion de sang aryen, ce qui a eu sur eux, dit encore M. Biddulph, une heureuse influence, car le Baltistan est la contrée la plus florissante du nord-ouest de l'Himalaya.

Les mariages entre Baltis et Brokpas sont rares ; les enfants issus d'une telle union appartiennent à la caste du père.

Les mœurs dardoues ont eu une grande influence sur celles des Baltis ; ils ont adopté leur division en castes qui sont chez eux : 1° les Vezirs ; 2° Ribou Traktchos ; 3° Chali Traktchos ; 4° Plamopas ; 5° Mons.

D'après M. Drew, la caste des Vezirs est celle qui a été la plus modifiée par l'infusion du sang aryen. Dans la vallée de l'Indus, au-dessus de Kharmang, il y a dix villages habités par des Dardous bouddhistes qui parlent un dialecte china qui diffère, cependant, à un tel point de celui des Brokpas que ces derniers sont forcés de se servir de la langue des Baltis pour se faire comprendre par leurs congénères.

M. Drew donne une description fort intéressante de ces dix villages Dardous.

Ils sont bouddhistes mais ils ont conservé bien des réminiscences de leur ancienne religion. Une de leur plus curieuse particularité est l'aversion qu'ils ont pour la vache ; à Dah-Hanou ils adorent la déesse Chiring-Mo (Lha-Mo) qui a un prêtre attaché à son culte.

Les purifications se font chez les Brokpas à l'aide d'une branche de Choukpa *(Juniperus excelsa)*.

M. Biddulph constate aussi chez eux l'existence de trois classes qui (contrairement à l'opinion de M. Drew) se divisent en prêtres, agriculteurs et artisans.

Contrairement aux prescriptions ordinaires sur les règles du mariage entre les diverses castes hindoues, l'individu appartenant à une caste inférieure peut, chez les Dardous de Dah-Hanou, se marier avec une femme d'une caste supérieure, mais l'inverse n'a pas lieu.

Les mariages polyandres sont aussi fréquents chez les Dardous bouddhistes que chez leurs coreligionnaires du Ladak ; il est curieux à remarquer que ces Dardous bouddhistes éprouvent la même aversion pour leurs voisins musulmans que pour les Bhôts (Ladakis) qui, cependant, professent la même religion qu'eux.

M. Biddulph ne croit pas que le dégoût que les Brokpas ressentent pour la vache soit le résultat de leur conversion à l'Islamisme.

Shaw les appelle aussi Brokpas ; cependant eux-mêmes préfèrent s'appeler *Arderkaro*, tandis que les Baltis les appellent aussi *Kyango*.

M. Drew, ajoutant foi à une tradition qui a cours parmi les Brokpas, émet l'opinion qu'ils sont venus de l'Ouest à une époque fort reculée. M. Biddulph croit, de son côté, qu'ils sont les descendants d'une race qui a été autrefois en possession de toute la vallée de l'Indus, entre Leh et Ghilghit.

Les deux explorateurs anglais soutiennent que les Baltis sont d'origine mongolique et cependant le premier convient lui-même *que le type aryen est le plus répandu parmi eux.*

Le plus beau type balti se trouve, d'après nous, dans la vallée de Chigar. Ce sont ces mêmes Baltis que Cunningham voudrait assimiler aux Khirghises. M. Biddulph est d'avis qu'une invasion mongolique s'est répandue à un moment donné dans la haute vallée de l'Indus jusqu'à Rondou où elle a été arrêtée. D'un autre côté, M. Biddulph constate le dédain des Chins pour tous les autres peuples et l'impossibilité absolue, jusqu'ici, dans laquelle ils se trouvent de contracter des mariages avec eux.

Après avoir exposé les opinions des voyageurs anglais,

arrivons à nos propres constatations, basées sur de nombreuses mensurations anthropométriques.

Durant mon séjour à Simla, en mai 1881, j'eus l'occasion de mensurer plus de 20 Baltis qui étaient venus au fameux sanatorium anglais pour être employés à la construction des routes. A peine eus-je examiné plus attentivement les individus que j'avais à mensurer que je sentis naître en moi la conviction que j'avais certes affaire à des descendants d'une race aryenne et non à des Tibétains. M. Leitner, qui m'avait assisté dans mes mensurations, se rangea aussitôt de mon avis et j'envoyai immédiatement à la Société d'anthropologie de Paris un compte rendu de mes observations. Cette même Société nomma une Commission qui fut chargée d'examiner soigneusement les matériaux que j'avais recueillis. Le 19 janvier 1882 le rapporteur de cette Commission, M. Deniker, attira l'attention sur les résultats inattendus de mes mensurations anthropométriques. M. Elisée Reclus, l'éminent géographe, constate, à la suite de mes observations, dans sa remarquable *Géographie Universelle,* qu'*il existe une infusion considérable de sang aryen chez les Baltis*. Déjà, pendant mon séjour à Simla, je conçus la résolution ou de modifier ou de corroborer, par des observations faites sur les lieux même, c'est-à-dire dans le Baltistan, l'assertion que j'avais émise et qui n'était fondée que sur trop peu de mensurations pour être considérée comme définitive.

Pour arriver à un résultat probant, je crois avoir fait consciencieusement ce que j'avais à faire. Je parcourus durant un mois la vallée de l'Indus depuis Rondou jusqu'à Oltinthang, l'endroit ou le Sourou se jette dans l'Indus.

Je côtoyai les rives du Chigar, depuis Iskardo jusqu'à Askolé ; je montai enfin dans la vallée du Sourou jusqu'à Karghil et dans celle du Drâs jusqu'au col du Zodjila. A Iskardo, Chigar, Parkouta, Kharmang, Oltinthang, Karkitchou et Drâs, je fis des mensurations sur des Baltis qui étaient originaires de Rondou, de Bachi, d'Iskardo, de

Keptchoun, de Gôl, de Parkouta, de Tolti et de Kharmang (dans la vallée de l'Indus) ; de Chigar, de Tchoutroun et d'Askolé (dans la vallée du Chigar) ; de Kiris et de Khapalou (dans la vallée du Chayok) ; d'Oltinthang et de Kharghil (dans la vallée du Sourou) ; et de Karkitchou et Drâs (dans la vallée du Drâs).

Pour comparer les Baltis avec leurs voisins les Dardous et les Ladakis j'ai, outre les mensurations que j'avais déjà faites à Simla, mensuré d'autres Dardous dans la vallée du Kichanganga, à Gouraiz, ainsi que des Brokpas, à Oltingthang, Karkitchou et Drâs, qui étaient venus de l'est de la contrée qui se trouve en amont du confluent de l'Indus et du Sourou. Je fis également des mensurations anthropométriques dans des localités que je viens de citer et à Karghil sur des Ladakis (Bhôts) qui étaient natifs de Charga, de Moulbeck, de Lamayourou, Kalsi, Hami, Padam, Leh, Choutchot, Tighar et Tanktsé.

J'ai publié dans le temps une carte indiquant suffisamment le rayon géographique de mes recherches. Au total, j'ai mensuré plus de 100 Baltis, 51 Ladakis et plus de 50 Dardous.

Je dois rappeler que les voyageurs anglais cités précédemment sont loin d'être d'accord au sujet de la description du type balti. Cunningham, le célèbre archéologue et numismate, estime, comme nous l'avons vu plus haut, que les Baltis de la vallée du Chigar ont le type mongolique le plus prononcé, assertion d'autant plus étrange que ces Baltis n'ont précisément presque rien de ce type, ce dont M. Biddulph convient du reste lui-même. M. Drew voit en eux des Tibétains qui se sont modifiés lorsqu'ils ont accepté l'Islamisme sans avoir toutefois perdu les signes caractéristiques de leur race. M. Biddulph, enfin, convient que la caste supérieure des Baltis est presque devenue aryenne, tandis que le peuple est resté Tibétain.

Quant à moi, je ne partage point l'opinion des savants anglais, je crois, au contraire, que les Baltis *sont aujour-*

d'hui presque des Aryens, et cela au même chef que leurs voisins les Dardous, en tout cas, avec beaucoup plus de droit que les Brokpas (Dardous bouddhistes) leurs voisins de l'Est.

Deux hommes n'ayant aucun parti pris dans la question, M. Leitner à Simla et M. de Forest, un peintre américain qui m'accompagna dans mon voyage au Baltistan, ont jugé mes observations *de visu* et ont pu témoigner de la justesse de mes remarques. Le premier est un célèbre ethnographe d'une grande expérience et le second un peintre de talent, habitué à observer des types humains.

Le Baltistan est habité par des Baltis et par des Brokpas. Les Baltis forment la majeure partie de la population ; sur les versants des montagnes, dans des vallées inaccessibles, au-dessus de la fertile vallée de l'Indus arrosée par de nombreux cours d'eau et dans des vallées formées par des affluents importants habitent les Brokpas, peuplade laide et malpropre qui parle un dialecte de china. Les deux peuplades professent la religion musulmane.

Les Baltis sont ou Chiites ou Nourbakchis. Quelques Brokpas qui mènent une misérable existence sur la frontière du Baltistan et du Ladak dans la vallée de l'Indus, ont embrassé le Bouddhisme.

M. Shaw, le savant anglais dont les travaux présentent un si grand intérêt, a donné des détails sur leurs langues et leurs mœurs, dans les comptes rendus de la Société asiatique du Bengale.

Autrefois, le Bouddhisme s'étendait beaucoup plus vers le Nord-Ouest qu'aujourd'hui. Les récits de pèlerins chinois qui voyagèrent du VIme au VIIme siècle de notre ère en passant par ces pays pour arriver dans l'Inde, ainsi que les nombreux monuments et les inscriptions que l'on trouve dans toutes ces contrées témoignent en faveur de cette manière de voir.

Cunningham pense que l'Islamisme a été introduit pour la première fois dans ces contrées, et dans le Baltistan

aussi bien que dans le Ghilghit et qu'à Astorg, vers la
première moitié du XIIIme siècle. Nous vîmes à plusieurs
reprises, le long de la vallée de l'Indus et à de nombreux
endroits dans les vallées du Sourou et de Drâs, des inscriptions curieuses (le fameux *Mâni padmeum*) et des
dessins bouddhistes gravés dans le roc. Avant d'arriver
à la forteresse de Drâz, on aperçoit un ancien monument
bouddhiste.

Parmi les dessins gravés dans le roc, si remarquables
au point de vue ethnographique, il y en a qui représentent
des guerriers à cheval et à pied, des animaux, des scènes
de chasse, etc.; ils sont attribués par les habitants actuels
de ces contrées à un peuple disparu depuis longtemps.

Nous avons déjà fait observer à différentes reprises
combien ces curieux dessins rappelaient les effigies des
rois saces des monnaies indo-scytiques. Les attributs de
ces monarques, la lance abaissée, le fouet à deux lannières
chez les cavaliers; l'arc, le javelot, le bouclier chez les
piétons, se retrouvent dans ces étranges dessins. Même le
geste que les rois saces font de la main droite, levée ou
tendue en avant, caractérise également ces naïfs vestiges
d'un temps fort reculé et d'un art plus que rudimentaire.

De nombreux dessins de ce genre se trouvent non loin
du pont suspendu de Kharmang.

On rencontre à Iskardo même quelques Cachemiris
qui se sont totalement emparés du commerce de la ville ;
nous ne devons pas oublier non plus la garnison dogra et
les employés hindous du maharadja venus de Srinagar.
Avant d'entrer dans les détails, nous allons essayer de
décrire à grands traits le type physique des Dardous, des
Baltis et des Ladakis.

Les différences caractéristiques qui existent entre eux
frapperont aussitôt nos lecteurs.

La taille du Balti dépasse parfois la moyenne ; il a un
front peu élevé, quelque peu bombé; des arcades sourcilières
très prononcées ; la séparation entre le nez et la glabelle

est très profonde ; il a des sourcils épais. arqués, mais rarement croisés ; un nez long, droit ou arqué. mais, au total, d'une belle forme : sa bouche est moyenne ; ses lèvres sont épaisses : son menton ovale ; ses pommettes sont à peine saillantes ; ses oreilles sont petites et aplaties ; ses yeux sont droits et rapprochés : *il a une chevelure bouclée, très noire et très abondante ; une barbe bien fournie,* ordinairement noire et soyeuse ; *son corps est velu ;* son cou bien proportionné ; son torse vigoureux et ses mains et ses pieds sont petits.

Le Dardou dépasse également la taille moyenne. La circonférence de son crâne est, proportionnellement, peu considérable ; il a le front élevé, droit, mais aussi très souvent bas ; *ses arcades sourcilières sont très proéminentes ;* les sourcils arqués, très fournis et très souvent croisés ; ses pommettes ne sont point saillantes, mais, en revanche, ses arcades zygomatiques le sont d'autant plus ; (cependant, elles le sont moins que chez les autres Hindous-Montagnards de l'Himalaya Occidental). Sa bouche est moyenne ; ses lèvres sont minces ; ses oreilles petites et aplaties ; ses dents sont pour la plupart mauvaises ; ses cheveux sont ondés ; sa barbe est fournie et très noire ; la peau très foncée ; son corps velu ; son cou est vigoureux ainsi que le reste du corps ; les mains et les pieds sont généralement grands.

Le Ladaki est d'une taille moyenne. Son crâne est très volumineux ; son front est moyen et droit ; *ses bosses sourcilières sont très peu saillantes ;* il a les yeux obliques ; ses sourcils sont rares et peu arqués ; ses pommettes sont saillantes ; sa large bouche est garnie de dents grandes et saines ; *ses cheveux sont droits et raides ; sa barbe est noire et peu fournie ; son corps est peu velu et même presque glabre et de couleur jaunâtre ;* son cou est fort ; son corps est trapu et vigoureux ; ses extrémités sont grandes.

On voit par les descriptions de ces trois types que le

Balti se rapproche beaucoup plus du Dardou que du Ladaki quant au type physique. Le Balti, comme son plus proche voisin, a des cheveux bouclés, longs et soyeux, une barbe ordinairement très fournie, un corps velu et des yeux droits. Le Ladaki, au contraire, a des cheveux droits et raides, une barbe clairsemée, à l'exception de quelques poils longs et raides au menton : son corps est glabre et ses yeux sont relevés des coins. En même temps, il est moins dolicocéphale que le Balti. L'indice céphalique des Baltis est de 72,85. celui des Dardous de 73,62, et celui des Ladakis de 77.

La boîte osseuse du Dardou et celle du Balti sont beaucoup moins volumineuses que le crâne du Ladaki. La courbe horizontale a 550 mm. chez les Baltis, 530 mm. chez les Dardous, tandis qu'elle atteint 585 mm. chez les Ladakis. La courbe transversale sus-auriculaire est de 330 mm. chez les Baltis et les Dardous, de 335 mm. chez les Ladakis. Cette dernière différence paraît minime ; cependant son importance augmente en la comparant à celle de la circonférence horizontale totale. Le diamètre horizontal du crâne des Ladakis paraît d'autant plus important quand nous le comparons à l'insignifiance de sa hauteur verticale.

Les proportions changent chez les Baltis ; leur crâne est presque aussi haut que celui des Ladakis, tandis que le diamètre horizontal est beaucoup plus petit (35 mm. de différence) ; chez les Dardous enfin, la hauteur verticale reste la même, mais le diamètre horizontal est encore moindre : on compte 55 mm. de moins que chez les Ladakis.

L'indice céphalométrique chez 103 Baltis s'élevait à 72.85 ; chez 45 Dardous à 73.62 et chez 36 Ladakis à 77. En décomposant les séries d'après les indices céphaliques, il y avait chez les Baltis 77 dolicocéphales vrais, 23 sous-dolicocéphales, 1 mésaticéphale, 1 sous-brachycéphale et 1 brachycéphale vrai. Chez les Dardous, 28 dolicocéphales vrais, 12 sous-dolicocéphales, 4 mésaticéphales, et 1 sous-brachycéphale. Chez les Ladakis, il y avait 19 dolicocéphales vrais, 12 sous-dolicocéphales, 2 mésaticéphales et 3 sous-brachycéphales. En donnant les proportions en centièmes des crânes de ces diverses séries, nous arrivons au résultat suivant : Baltis 74.76 0/0 dolicocéphales vrais ; 22.33 0/0 sous-dolicocéphales et 0.97 0/0 pour les mésaticéphales, les sous-dolicocéphales et les dolicocéphales vrais. Chez les Dardous, 62.22 0/0 de dolicocéphales vrais, 26.67 0/0 de sous-dolicocéphales, 8.88 0/0 de mésaticéphales et 2.22 0/0 de sous-brachycéphales. Enfin, chez les Ladakis, 52.77 0/0 étaient dolicocéphales vrais, 33.33 0/0 sous-dolicocéphales, 5.55 0/0 mésaticéphales et 8.34 0/0 sous-brachycéphales.

L'indice frontal des Baltis mesurait 77 (76,92) ; chez les Dardous 77 (76.76) et chez les Ladakis 75 (75.16). Nous voyons par cela que ces peuples ont l'indice frontal élevé et sont mégasèmes, cependant moins que les Eraniens de l'Asie Centrale. Quant au visage, l'indice facial des Baltis était de 65.60 ; celui des Dardous de 63.28 ; celui des Ladakis de 62.25.

L'indice du visage des Baltis était de 70, celui des Dardous de 72.31 et celui des Ladakis de 72.

Ajoutons à ces indices le tableau des maxima et minima et moyennes des mesures de la face :

	Du point mentonnier à la naissance des cheveux. mm.	De l'ophyon au point alvéolaire. mm.	Largeur bi-zygomatique. mm.
Baltis :			
Maximum	202	92	143
Minimum	154	73	119
Moyenne.......	177	82	125
Dardous :			
Maximum	202	95	146
Minimum	162	72	117
Moyenne.......	177	81	128
Ladakis :			
Maximum	202	100	147
Minimum	157	74	123
Moyenne.......	186	83	133

La différence entre ces divers indices n'est certes point considérable, mais en revanche les mesures elles-mêmes présentent des caractères instructifs. Ainsi, la moyenne de la largeur bi-zygomatique est beaucoup plus élevée chez les Ladakis que chez les Dardous et les Baltis.

La différence se fait bien plus sentir pour l'indice nasal. Ainsi nous obtenons pour :

	Longueur du nez. mm.	Largeur du nez. mm.
Baltis :		
Maximum	61	44
Minimum	39	29
Moyenne...........	51	34
Dardous :		
Maximum	59	39
Minimum	46	28
Moyenne...........	52	34
Ladakis :		
Maximum	54	44
Minimum	43	27
Moyenne...........	48	37

Indice nasal :

Baltis.	Dardous.	Ladakis.
66.66	65.38	77.08

L'indice nasal des Ladakis est donc beaucoup plus élevé que celui des Baltis et des Dardous.

Nous ne pouvons guère comparer les indices à ceux que nous avons tirés des séries d'Eraniens mensurés en Asie Centrale. Car, dans les feuilles d'observation qu'on nous avait données pour notre premier voyage, la largeur des deux pommettes figurait à la place de la largeur bi-zygomatique. Il y a une différence notable entre ces deux mesures. La largeur entre les deux pommettes étant presque toujours moindre que celle entre les arcades zygomatiques.

La largeur bi-caronculaire, ou la distance entre les commissures internes des yeux est beaucoup plus considérable chez les Ladakis que chez les Dardous.

	Baltis.	Dardous.	Ladakis.
Maximum	38	39	41
Minimum	26	27	30
Moyenne	31	31	36

Les Baltis se sont certainement mélangés souvent aux Ladakis et plus souvent encore dans les derniers temps, surtout aux Dardous. Le contraire n'est pas possible chez des peuplades limitrophes.

Il n'existe pas une non moins grande différence entre le caractère psychique de ces trois peuples.

Le Dardou est ombrageux, porté au vol et au brigandage, mais il ne manque ni de courage ni de ruse. Le Balti est doux et paisible, ce qui ne l'empêche pas d'avoir une prédilection toute particulière pour les jeux chevaleresques où le courage et l'adresse physique sont si nécessaires (le Baltistan est le berceau du noble jeu de polo, comme nous l'avons déjà dit). Le Ladaki est excessivement indolent, mais sous ce semblant d'apathie se cache souvent un esprit malin et rusé. Le Dardou est paresseux et indifférent, le Balti laborieux et économe. Les demeures des Dardous sont misérables et sales comme leurs habitants (nous parlons ici des Brokpas et des Dardous de la vallée du Kichanganga). Les maisons des Baltis sont relativement beaucoup plus proprement tenues.

Ces différences psychiques sont certainement dues à l'effet d'une longue et laborieuse sélection sociale et dénotent d'autant plus une différence primitive de race que les influences climatologiques n'y sont pour rien. *La géographie physique du Baltistan, du Dardistan et du Ladak est tant soit peu la même.* Nous nous trouvons donc en présence de trois peuples d'origine différente. Cela ne fait pas de doute. Cependant, il nous faut toujours en revenir

à la différence qui existe dans les traits physiques et qui
permet à un profane de distinguer aussitôt un Balti d'un
Ladaki.

Les arcades sourcilières, presque toujours saillantes
chez les Baltis, disparaissent totalement chez les Ladakis.
Il en est de même de la séparation entre le nez et la glabelle.
Les sourcils des Baltis sont arqués, épais et souvent croisés ;
chez les Ladakis ils sont moins épais ; les extrémités
seulement quelque peu arquées. La distance entre les
commissures internes des yeux est considérablement moindre que chez les Ladakis. *Les yeux des Baltis sont droits,
ceux des Ladakis obliques.*

Le nez du Balti est long, reposant sur une base étroite,
il est d'une forme agréable ; celui des Ladakis est
gros, court et repose sur une large base : il est presque
retroussé quand on le regarde de face. Les pommettes des
Baltis sont effacées, celles des Ladakis, au contraire, sont
saillantes. Les arcades zygomatiques, souvent saillantes
chez les Baltis comme chez les Dardous, forment chez
les Ladakis la continuation des pommettes.

La bouche du Balti est petite, celle du Ladaki grande
et large. Les oreilles des Baltis sont petites et aplaties,
celles de leurs voisins Tibétains sont grandes et saillantes.
Le visage du Balti est oval, s'élargit vers le bas, celui du
Ladaki a la forme d'un losange.

Le Balti est élancé, ses extrémités sont petites : le
Ladaki est trapu, sa charpente osseuse est massive, ses
mains et ses pieds sont grands et ses jambes sont plus
courtes que celles des Baltis.

Après cette consciencieuse description, basée sur mes
mensurations anthropométriques, la différence si apparente qui existe entre ces deux peuples voisins ne peut
plus être mise en doute. Les Baltis, croit M. Leitner, sont
des Dardous qui ont été subjugués par les Bhôts (Tibétains), à une époque très reculée, et ont perdu leur indépendance et leur langage. Cette transformation s'est assu-

rément accomplie avant la propagation de l'Islamisme
dans ces contrées et, à cette époque, se sont produits des
croisements entre les conquérants et les vaincus et les
Baltis ont même perdu leur langage. Dans tous les cas,
nous ne pouvons pas accepter cette opinion ni celle de
M. Biddulph qui croit que l'introduction de l'Islamisme,
la manière de vivre qui s'est trouvée changée par cette
introduction même, le climat moins rude et la plus grande
fertilité des vallées auraient suffi pour transformer un
Tibétain en un Aryen ou en quelque chose d'approchant.
Quant à ce qui concerne notre opinion, nous estimons
qu'elle est tout aussi vraisemblable que l'hypothèse émise
ailleurs par M. Biddulph et où il dit que les tribus Galtchas
ont émigré du nord vers le sud du plateau du Pamir et
du bassin de l'Oxus vers le bassin de l'Indus.

La ressemblance qui existe entre les Bouriches de
Naghèr et les Baltis nous a déjà frappés à Simla ; M. Biddulph en fait aussi mention, et nous croyons à une intime
parenté anthropologique entre ces deux peuplades.

Skarda ou Iskardo était certainement la capitale du
royaume de Bolor ou Bélor, dont les pèlerins et les géographes Chinois ont si souvent signalé l'existence. (*Marc
Pol paraît avoir désigné Sarikol sous ce même nom.*)
Il est douteux, d'après M. Biddulph, que le nom d'Iskardo
dérive de celui d'Alexandre, et il est plus que certain
que les armées macédoniennes n'ont jamais pénétré dans
ces parties écartées de la vallée de l'Indus. Toutes les
familles régnantes de ces contrées font descendre leur
origine du grand conquérant macédonien. Il n'est point
douteux que, de tous les peuples de la haute vallée de
l'Indus, les Baltis sont ceux qui ont joui, autrefois, de la
plus grande civilisation.

L'existence de cette culture s'accorde bien avec l'opinion
qui fait descendre les Baltis des anciens Saces. La circonstance que Marc-Pol désigne le pays de Sarikol sous le
même nom que le Baltistan vient encore corroborer cette

opinion puisque les Sarikolis parlent encore aujourd'hui une langue dérivée de l'ancien idiome sace. Il est aussi parfaitement admissible que le voisinage de l'empire gréco-bactrien, l'impérissable souvenir d'Alexandre se reflètent dans le nom de la capitale du pays Skardo ou Iskardo (Iskander).

On trouve des indices de cette civilisation dans les produits artistiques d'une époque reculée que l'on rencontre encore dans de riches familles et l'esprit doux et poli des habitants du Baltistan nous paraît aussi en être la preuve.

Les kavé-djoch (1), les tchaïdan (2), les bourdàn (3), les pik-dàn (4), les aftabé, etc., du Baltistan, sont d'un travail particulièrement fin et remarquable et dénotent un grand sentiment artistique chez les anciens habitants du pays (5).

Toutes ces considérations et des études entreprises depuis, nous ont permis d'arriver à des résultats nouveaux et inattendus. Nous avons dit dans notre introduction ethnologique, que les Saces étaient venus aux Indes vers l'année 90 av. J.-C., non pas par la vallée de Caboul, mais bien par la passe du Karakorum et le Baltistan. Nous avons étayé cette opinion par des recherches numismatiques à la fois ingénieuses et probantes dues au célèbre numismate anglais M. Gardner.

Pour nous, les Baltis sont les derniers descendants de ces anciens Saces mélangés aux aborigènes de l'Inde Septentrionale, aux Tibétains et aux Dardous. La présence des Brokpas (Dardous) dans les vallées les plus inaccessibles et les moins fertiles du Baltistan, prouverait, contrairement à l'opinion de M. Biddulph, *qu'ils occu-*

(1) Cafetières.

(2) Théières.

(3) Chaudrons.

(4) Crachoirs.

(5) Ch. E. de Ujfalvy, *Les Cuiores anciens du Cachemire et du Petit-Tibet*, avec 67 dessins et une carte. Paris, 1883.

paient ces contrées avant l'arrivée des Baltis ; ils étaient déjà des Aryens dégénérés à la suite d'un mélange continu avec des éléments autochthones et tibétains.

Les Saces, avions-nous dit plus haut, les Scythes-Amyrgiens d'Hérodote, n'étaient point les hommes « au corps replet, aux flancs charnus, aux cheveux rares » décrits par Hippocrate, c'étaient des cavaliers élancés, au torse vigoureux et souple, à la longue chevelure soyeuse, aux traits expressifs, tels que les antiques monnaies nous les montrent et tels que nous les rencontrons encore aujourd'hui dans le Baltistan.

Les Scythes, on ne saurait assez le répéter, étaient un amalgame de peuples absolument hétérogènes parmi lesquels on rencontrait des types correspondant à *H. Asiaticus* dans ses deux variétés et des homologues de *H. Europaeus* et même de *H. Mediterranensis*. Aujourd'hui, après bien des siècles, l'ancien type sace, adouci par les mélanges reparaît et constitue le type si caractéristique, si complexe et si différent de celui de ses voisins que nous appelons le type balti. Au point de vue psychique aussi, le Balti se distingue foncièrement des peuples limitrophes, nous croyons l'avoir démontré plus haut.

Parmi tous les habitants de l'Himalaya occidental, ceux du Baltistan sont sans contredit les plus intéressants au point de vue intellectuel et moral. Partout où ils émigrent, ils apportent avec eux la douceur de leurs mœurs, leur esprit d'ordre et leur amour du travail.

Le jour où la civilisation européenne aura pénétré dans les âpres vallées du Haut-Indus et de ses affluents, elle y trouvera un terrain propice, comme elle l'a trouvé en Extrême-Orient, au Japon, et, toute proportion gardée, on verra que le Balti de nos jours, intelligent, laborieux, pacifique, est tout aussi apte à s'approprier cette civilisation que ses aïeux, les Saces, l'avaient été vis-à-vis de la culture indo-grecque.

VIII

VESTIGES DU MAZDÉISME

ET DU BOUDDHISME

BIDDULPH, *Tribes of the Hindoo-Koosh,* Calcutta, 1880.
UJFALVY, *Aus dem westlichen Himalaja,* Leipzig, 1884.

Ce serait peut-être le moment de donner plus de détails sur la religion actuelle de ces différentes peuplades.

Khanikoff eut l'occasion d'observer, chez les Tadjiks de Samarkand et de Bokhara, des usages qui rappellent l'antique croyance de Zoroastre. La fête de Tchar Chambaisuni éveille vivement le souvenir du mazdéisme, disparu depuis longtemps. Cette fête, célébrée au commencement de chaque printemps, commence après le coucher du soleil et consiste à allumer de grands bûchers et à sauter par dessus. Malgré son nom musulman, cette fête est contraire à l'Islamisme orthodoxe ; elle est sévèrement défendue par le clergé musulman. La façon dont les Tadjiks traitent les malades est également très curieuse : on les force de faire trois fois le tour d'un bûcher allumé et de sauter par dessus le même nombre de fois ; le malade est-il trop faible pour se conformer à cette injonction, on allume alors un flambeau dans sa chambre et il doit diriger ses regards sur la flamme tandis qu'on le frappe doucement dans le dos et que l'on murmure la formule suivante : « Fuis dans le désert, fuis dans les mers ! »

A la naissance d'un enfant, on allume une lumière au-dessus de son berceau et on la laisse brûler quarante nuits, ayant toujours bien soin qu'elle ne s'éteigne pas avant la pointe du jour. Cet usage a pour but d'éloigner les mauvais esprits. Les feux d'artifice que l'on a coutume de tirer pendant le Ramazan, et que l'on aime tant en Perse, semblent rappeler une même origine.

« D'après cela, on a le droit de conclure, dit Khanikoff, que le nom de Tadjik était à l'origine un nom collectif pour désigner les premiers adorateurs du feu de la Bactriane, tandis qu'il désigne aujourd'hui les habitants primitifs d'origine persane qui ont conservé la langue et les restes d'une antique civilisation qu'une barbare domination étrangère, qui a duré des siècles, n'a pu complètement effacer (1). »

Wood parle de la répugnance que les habitants du Badakchan éprouvent quand il s'agit d'éteindre une lumière. Il remarque aussi dans le Wakhan les mêmes vestiges de la religion de Zoroastre. L'habitant de ces petits états pamiriens considère le fait d'éteindre une bougie comme un mauvais présage ; il préfère agiter sa main en tous sens et pendant quelques minutes devant la branche de sapin qui lui sert de bougie, plutôt que d'avoir recours à une méthode beaucoup plus efficace, c'est-à-dire d'éteindre la lumière en soufflant dessus. J'ai remarqué le même fait chez les tribus galtchas du Kohistan Zérafchânais, dont les habitants n'éteignent jamais une lumière parce qu'ils prétendent que le souffle impur de l'homme ne doit point être mis en contact avec la flamme, la matière pure par excellence. On promène également des branches de sapin allumées autour de la couche des malades (2).

(1) Voir Khanikoff, *Mémoire sur l'ethnographie de la Perse*, Paris, 1866. Voir notre Ier chapitre, p. 95 et suivantes.

(2) Voir, au sujet des vestiges du Mazdéisme, les observations de M. Bonvalot *(Du Kohistan à la Caspienne*, Paris, 1885, *loc. cit.)*

Dans le compte rendu de l'expédition de Sir Douglas Forsyth, nous apprenons que l'on trouve dans le Wakhan de nombreuses tours en ruine, qui ont dû être des *tours du silence*, sépultures des anciens Ignicoles.

D'un autre côté, M. Biddulph raconte qu'à différentes occasions on allume des branches de cèdre chez les peuples du sud de l'Hindou-Kouch, ce qui rappelle une même origine. Du reste, nous allons emprunter au voyageur anglais une série d'observations des plus intéressantes.

Il est certain que l'Islamisme s'est implanté de très bonne heure dans le Ghilghit, ainsi que dans quelques contrées du Dardistan. Il est actuellement très difficile de retrouver les traces de la croyance qui peut avoir régné dans ces contrées à une époque préislamique. Le souvenir de la doctrine de Zoroastre existe encore dans le Yassin, ce qui ne paraît point surprenant vu la situation écartée et protégée de ce petit pays.

Dans le Yassin, à Ponyal, à Ghilghit, à Naghèr, à Astorg et à Gor, après la fête de *Nôs*, avant que le jour ne soit levé, on procède à la célébration de la fête de *Taléni* (on appelle *Taléni* le faisceau de bois dont on se sert en guise de torche). On allume des feux de joie et les habitants, des torches à la main, se rassemblent sur le *Chamân* (prairie du village). Le son du tambour invite les gens à se réunir et, à l'aube naissante, on éteint les torches. Ensuite on passe la journée à chanter, à danser, à jouer au Polo ; ces réjouissances publiques se renouvellent avec quelques interruptions pendant un mois.

Dans le Tchitral, dans le Tchilass et à Darel on n'allume pas ces feux de joie ; dans les contrées méridionales du pays des Chîns, au contraire, on suit le même usage ; on emploie à cet effet des branches de cèdres.

Richardson mentionne, dans une description des coutumes des anciens adorateurs du feu, que le jour fixé pour la grande fête en l'honneur du feu, appelée *Chub Sadah* tombe en décembre, au moment du solstice d'hiver.

Ce jour-là tous leurs temples sont illuminés et dans tout le royaume on fait brûler de grands feux. Autour de ces feux le peuple forme un cercle, passant ainsi la nuit à chanter, à danser et à se divertir à mille autres amusements en rapport avec la saison.

Le même auteur dit aussi plus loin que cette fête fut ordonnée pour perpétuer la tradition populaire suivante : Au temps du roi Huchang (environ 860 av. J.-C. ?), il paraîtrait qu'un dragon gigantesque aurait dévasté le pays. Le roi lança des pierres contre le monstre ; lorsque ces pierres retombaient violemment l'une sur l'autre, il en jaillissait des étincelles qui embrasèrent l'herbe et les arbres environnants et le dragon fut dévoré par les flammes.

La ressemblance de cette tradition avec celle qui est répandue dans le Ghilghit au sujet de la fête de *Taléni*, est très remarquable. Le tyran Chiri-Bouddoutt qui dévorait ses sujets pourrait bien cacher un mythe se rapportant au soleil. D'après la tradition, il habitait un palais situé au milieu de glaciers ; tous les ans, au solstice d'hiver, il cherchait à le quitter, mais en vain, car la fête de Taléni l'obligeait à rentrer dans sa froide demeure (1).

De ces faits, il paraît résulter que la religion des vieux mages n'est point confinée dans les hautes vallées de la Bactriane, de la Transoxiane et de la Sogdiane, mais qu'elle a pénétré au contraire vers le sud dans les abruptes vallées de l'Hindou-Kouch, et qu'elle s'y est maintenue durant des siècles.

---

(1) « Y a-t-il un pays au monde possédant un glacier aussi grand que le Cachemire ? Glacier qui, embrasé par le soleil du soir, ressemble à une mer de feu. Trois mille ans se sont écoulés depuis qu'un terrible dragon, sorti de ce palais de cristal, dévasta le Baltistan et sema la désolation sur son passage. Alors le roi Huchang arma sa main puissante de blocs de rochers et les lança contre ce redoutable envahisseur ; le choc de cette pluie de pierres fit jaillir la flamme divine qui, embrasant aussitôt les herbes et les arbustes, dévora le dragon.

« Chaque année, au solstice d'hiver, les descendants de ce terrible reptile essayaient de sortir de leur prison de glace ; depuis trois mille

Les nombreuses ruines d'autels de pierres comme on en trouve encore dans le Ladak Occidental, des fragments isolés de figures taillées dans la pierre, ainsi que les dessins bouddhistes sur les rochers, prouvent suffisamment que la foi de Bouddha doit avoir régné autrefois à Ghilghit, dans le Baltistan et même dans le Tchitral. Dans le Baltistan particulièrement, on trouve de nombreux *Kaganis* dessinés sur les rochers ; sur quelques-uns, on peut lire très distinctement l'inscription bien connue : *Mâni padmeûm.* M. Biddulph nous décrit une figure de Bouddha, taillée dans un rocher, non loin de Ghilghit, à un point de bifurcation de la route. Mais cette figure, assurément très ancienne, ne peut être comparée, sous le rapport de la finesse du travail, ni avec la colossale figure de Tchamba, non loin de Sankho, au nord de Karghil, dans le Ladak, ni même avec les dessins gravés dans le roc que j'ai vus dans le Turkestan russe, dans la province de Semirétchensk. Non loin du lac Issik, il existe une semblable figure dont toutes les parties sont étonnamment bien proportionnées et d'une grande finesse d'exécution.

D'après M. Biddulph, la figure de Bouddha, près Ghilghit (1), serait la même que celle dont parle le pèlerin chinois Fah-Hian, en l'an 400 de notre ère. Il résulte des récits de Fah-Hian, que le Bouddhisme avait déjà, à cette époque, pris de fortes racines dans le Turkestan Oriental, dans les pays du Pamir et au sud de l'Hindou-Kouch.

---

ans, aux mêmes époques, le peuple, se souvenant de cette action héroïque, allume de grands feux qui les arrêtent dans leur course dévastatrice, refoulant ainsi l'envahissement de ce gigantesque glacier.

« Douce flamme de *Taléni*, toi qui consume les branches parfumées du cèdre et du genévrier, continue à nous protéger de ton pouvoir magique. Pour t'adorer nos aïeux ont érigé des autels en ton honneur ; la foi du Prophète ne nous défend pas de rendre hommage à ton action bienfaisante, » etc. *(Passage d'une poésie baltie extrait d'une conférence faite par Mme de Ujfalvy-Bourdon, à la Société de Géographie de Bordeaux, en 1887.)*

(1) Près du village Nioupour. (Voir Biddulph, *loc. cit.*)

Sans aucun doute, le Bouddhisme était la religion de ces pays lorsque les Chîns les envahirent. M. Biddulph croit, et sur ce point nous ne pouvons que nous ranger à son opinion, que les Dardous ont d'abord professé une espèce de Brahmanisme. Mais, chose étrange, ces mêmes Chîns considéraient comme impure la vache regardée par les Hindous comme sacrée. Shaw nous a déjà rendus attentifs à ce fait : que les Dardous de Dah-Hanou, dans la vallée de l'Indus, au lieu de vénérer la vache, l'ont en aversion. M. Drew fait remarquer qu'il n'existe rien qui paraisse plus contraire à la religion actuelle des Hindous.

Cependant, le plus fervent Brahmine se croirait aujourd'hui souillé s'il touchait la peau ou une partie quelconque d'une vache morte. M. Girard de Rialle en conclut qu'aujourd'hui il n'y a pas opposition entre la religion hindoue actuelle et celle des Dardous, mais au contraire seulement une dégénérescence du sentiment primitif qui en est résulté.

Par suite de cette particularité, les peuples opprimés par les Chîns surnommèrent leurs maîtres *Dangarikés*, c'est-à-dire *peuple de vaches*, ce qui a occasionné une méprise très plaisante. Cunningham, qui avait entendu cette appellation pendant son séjour dans le Baltistan, parle d'un peuple *dangariké* et d'une langue *dangri*. M. Biddulph pense que l'appellation bien connue de « Darde » doit être attribuée à la même origine. Cette opinion ne peut se soutenir puisqu'il est déjà question d'un peuple darada dans les plus anciens auteurs du Tibet ; entr'autres nous le rencontrons dans le livre *Rgya Tch'er Rol Pa*, qui est la traduction en langue tibétaine du *Lalita Vistâra*, c'est-à-dire l'histoire de la vie de Bouddha Çakya-Mouni, dont l'original est écrit en sanscrit. Le surnom de *Dangariké* a été donné aux Chîns par tous leurs voisins. Ce peuple éprouve une égale répugnance pour la volaille, à l'exemple de certaines peuplades hindoues, ce qui ferait supposer qu'ils ne sont eux-mêmes pas autre chose que des Hindous. Le fait que M. Biddulph a relaté ne fait que corroborer notre opinion d'après laquelle les Chîns sont apparentés aux autres peuplades de l'Himalaya Occidental.

Pendant son séjour dans le Tchitral, M. Biddulph a entendu parler d'une petite tribu que les voisins désignent également sous le nom de *Dangariké ;* mais, contrairement à l'opinion du savant anglais, je crois que cette tribu est également composée de Dardous.

L'incinération des cadavres se faisait dans ces contrées jusque dans les derniers temps. M. Biddulph eut maintes fois l'occasion de trouver, lors de ses fouilles, des urnes ainsi que des boîtes faites en bois rustique, dans lesquelles on conservait les ossements des morts. On y trouve aussi des fragments d'habillements, des chaînes de cuivre, etc.

Le souvenir de l'incinération des veuves est encore très vivace à Ghilghit, à Gor, à Hounza et à Naghèr. Il est certain qu'il y a soixante ans, la coutume de brûler les morts existait encore. En 1877, un vieillard exprima avant de mourir le désir formel d'être brûlé après sa mort, et l'on racontait que ce vieillard, ainsi qu'un autre, mort il y a vingt ans à peine, s'étaient absolument refusés à se faire circoncir, ne voulant point passer pour musulmans. Quant à l'usage de l'incinération des veuves, il tomba en désuétude à une époque bien plus reculée, qui remonte même à plusieurs siècles.

Il est à remarquer que ces usages, qui rappellent la religion hindoue actuelle, ainsi que le nom de *Dangariké*, se rapportent exclusivement aux Chîns et non pas aux Dardous en général, et qu'on ne les rencontre ni dans le Tchitral ni dans les vallées de Souat et de Pandjkora. De même, le système des castes, le titre de *Ra*, celui de *Singh*, que l'on ajoute ordinairement au nom de famille, et quelques autres expressions empruntées au sanscrit, n'existent que chez les Chîns.

Malgré l'observance rigoureuse de l'Islamisme, qui est la foi dominante et qui va en s'affermissant tous les ans, il y existe encore de nombreuses coutumes païennes. Ainsi, les villages où les Chîns sont en majorité, possèdent une grosse pierre qui est toujours un objet de vénération ; chaque village porte un nom particulier ; un serment prêté ou un engagement conclu devant cette pierre sont plus rigoureusement observés que dans les contrées où cette même cérémonie s'accomplit devant le Coran. Tous les ans, dans plusieurs villages, on sacrifie des chèvres auprès de ces pierres que l'on asperge du sang des victimes. Dans d'autres endroits, cet usage est tombé en désuétude depuis peu de temps. Quoique la religion introduite par les Chîns paraisse être d'une origine brahmanique, elle doit avoir renfermé un assez grand nombre de coutumes qui appartiennent au culte du démon, comme Shaw nous le dit dans un récit qu'il nous fait des us et coutumes des Dardous de Hanou.

M. Biddulph dit plus loin : « Les Chîns paraissent avoir apporté avec leur religion, qui procède de l'Hindouïsme, une sorte de culte pour les arbres. Quoique les arbres ne soient plus l'objet d'une vénération publique, il arrive encore que les femmes stériles adressent des prières à l'arbre appelé *Tchili* (1), espérant ainsi obtenir des enfants. En même temps on brûle des branches de cet arbre, car, en général, on lui attribue un pouvoir purificateur tout particulier ». Chez les Danyals, les arbres jouent un rôle important dans les formules qui servent à l'exorcisme. Quand un individu occupant une haute position vient dans un village Chîn, on agite devant lui une poêle dans laquelle brûlent des branches de *Tchili*, et, à certaines occasions, hommes et femmes aspirent l'âcre fumée produite par la combustion des branches de cet arbre.

Le culte du *Tchili* ne paraît point avoir pénétré jusque dans le Hounza, ni jusqu'au Naghèr. La vallée de l'Oxus, le Tchitral et la vallée de Souat n'en révèlent aucune

_____

(1) *Pinus longifolia*, d'après M. Drew.

trace ; au contraire, il paraît exister chez les Siah-Poches sous la même forme que chez les Chins. Le bois de *Tchili*, appelé aussi *Padam*, est transporté dans le Pendjab pour servir aux cérémonies religieuses hindoues.

D'après le colonel Prjéwalski, les Mongols et les Tangoutes regardent également cet arbre comme sacré ; pendant leurs prières, ils en brûlent les branches en guise d'encens. A Hémis Choukpa, située environ à vingt lieues de Leh, il existe quelques-uns de ces arbres qui sont très vieux, et les habitants les vénèrent, quoique les arbres ne soient ordinairement pas un objet de vénération pour le Ladaki. Il se pourrait que cet usage ait été introduit par les Chins, dont l'influence s'est faite sentir même jusqu'à Leh. A Ghilghit, il est aussi d'usage d'asperger de sang de chèvre l'arbre que l'on veut abattre.

Enfin, j'ai pu constater *de visu* que les Baltis et surtout les Siah-Poches (on m'a dit la même chose des Tchitralis) ne témoignaient nullement la même répulsion pour le chien que les musulmans en général. Il existe dans le Baltistan, au Tchitral, ainsi que dans le Kafiristan, une espèce particulière de chiens à qui les habitants prodiguent les plus grands soins. Ce sont de grands chiens (du genre *tazi*) vigoureux, à longs poils drus, qui tiennent à la fois du griffon et du lévrier d'Asie ; ils gardent les troupeaux et on les dresse aisément pour la chasse au loup et même pour celle à l'ours. J'ai pu, lors de mon séjour à Skardo, me procurer deux de ces bêtes, que j'ai ramenées en France. La femelle a malheureusement succombé en mettant bas, mais le mâle se trouvait encore au Jardin d'acclimatation il y a à peine cinq ans (1).

Dans la vallée du Haut-Indus, à Keptchoun, à quelques kilomètres de Skardo, j'avais pris un jeune Balti à mon

(1) Ch. E. de Ujfalvy, *Renseignements sur les lévriers* (tazi) *du Turkestan et de la Sibérie* (extraits du Bulletin de la Société d'acclimatation, troisième série, t. VIII, Juillet 1881). Seul, Hayward, assassiné dans le Yassin en 1870, avait ramené aux Indes des chiens semblables.

service pour me renseigner plus particulièrement sur les
coutumes de ses compatriotes. Une fois, je lui fis donner
de la nourriture à mes chiens, il en retira soigneusement
les os et souffla sur la pâtée qui était chaude. Interrogé à
ce sujet, il me répondit qu'il ne fallait jamais donner ni
des os ni des aliments chauds à des chiens. Je pris note
de ces paroles sans y attacher une importance quelconque.
Quand, dernièrement, en étudiant les travaux de M. Hovelacque, sur les différentes questions relatives au Mazdéisme,
je trouvai dans l'un d'eux une interprétation de deux fragments empruntés à l'Avesta *où il est question des soins
généraux et particuliers qu'il faut donner au chien* (1).

« Au dixième verset du quinzième chapitre du *Vendidad*, nous lisons : Quand quelqu'un donne à un chien
gardien du bétail ou gardien de la moisson, des os dans
lesquels il ne peut mordre, ou des aliments brûlants,
si ces os s'arrêtent dans ses dents ou dans sa gorge, si
ces aliments chauds lui brûlent ou la gueule ou la langue,
et si alors il se blesse, celui qui les lui a donnés devient
pécheur et *pesâtânu* (2).

« Ce respect que les Mazdéens professaient pour le
chien, se demande M. Hovelacque, avait-il un motif spécial ? Etait-il le souvenir d'anciens événements, d'anciennes
croyances dont on pouvait bien avoir perdu déjà le véritable sens ? C'est ce que nous ne pouvons assurer. Faut-il
simplement en voir la cause dans la reconnaissance à
laquelle le chien devait avoir un si juste titre pour ses bons
offices, dans une société où la vie de campagne, la culture
de la terre, l'élevage du bétail jouaient un rôle si considérable, etc. ? » (3).

---

(1) Abel Hovelacque, *Le Chien dans l'Avesta, les soins qui lui
sont dus, son éloge*. Voir aussi Hérodote, *Clio*, 140 : *Les Mages tuent
de leurs mains tout, excepté le chien et l'homme*.

(2) Abel Hovelacque, *loc. cit.*

(3) Abel Hovelacque, *loc. cit.* Voir aussi la Ire partie de notre
ouvrage, p. 199.

Cette dernière observation de M. Hovelacque ne s'applique-t-elle pas aussi aux régions dont nous nous occupons ?...

Les trois sectes de l'Islamisme pénétrèrent de trois côtés différents dans les régions au sud de l'Hindou-Kouch. Les apôtres de la doctrine sunnite arrivèrent du Sud en remontant la vallée de l'Indus et celles de ses affluents ; ceux de la doctrine de Chia vinrent de l'Est, d'Iskardo. Venant de l'Ouest, les fanatiques Maulais (ou Ismaëliens) se répandirent à flot dans le pays en franchissant les cols de l'Hindou-Kouch. En général, l'Islamisme paraît ne s'être établi dans ces contrées que très lentement et graduellement. D'après M. Biddulph, la foi de Mahomet n'aurait pénétré dans le Ghilghit que vers la fin du XIIIme ou au commencement du XIVme siècles ; cette dernière hypothèse paraît d'autant plus fondée que l'Islamisme pénétra dans le Cachemire entre les années 1315 et 1326.

Un siècle plus tard, dit Cunningham, il pénétra à Iskardo, et, vers la fin du XVIme siècle seulement, il devint la croyance dominante des peuples du Tchitral, c'est pourquoi il n'est point étonnant que l'*Hindouïsme* se soit maintenu si longtemps et n'ait disparu que tout récemment.

A l'heure présente, les peuplades de la vallée de l'Indus sont de fanatiques musulmans. Les trois quarts de la population de Ghilghit sont sunnites et le reste est chiite. Au commencement de l'occupation des Sikhs, la plus grande partie de la population était ou ismaëlienne ou chiite. Dans le Yassin, ainsi que dans les autres contrées dont nous venons de parler, on peut dire que presque chaque village possède ses divinités locales.

La foi chiite pénétra d'Iskardo, où elle fut introduite venant des parties nord-est du Dardistan. Dans le Naghèr, toute la population est chiite ; dans le Baltistan les deux tiers professent cette même foi. Les autres sont Nourbakchis, doctrine dont l'origine est relativement récente. Il y a quelques années, la foi chiite fut remplacée, dans le Hounza, par celle des Maulais, que le Mir, le souverain du pays, reconnaît aussi.

Le chef de la secte des Ismaëliens est un certain Aga-Khan, qui est aussi reconnu en même temps comme le chef spirituel des Khodjas de l'Inde et de la Perse. C'est un gentilhomme du Khoraçan qui est venu, en 1840, dans les Indes pour des raisons politiques et qui réside à Bombay depuis cette époque. Les pays habités par les Maulais sont placés sous la juridiction religieuse d'un certain nombre de *Pirs* fort vénérés à cause de leur piété. M. Biddulph nous donne d'intéressants détails sur le pouvoir et l'influence qu'exercent ces *Pirs* et il m'a été donné, durant mon séjour dans la vallée du Naïnsouk, de passer une journée entière en compagnie d'un de ces *Pirs*. J'ai été on ne peut plus surpris à la vue de la respectueuse déférence que ses compagnons lui témoignaient.

Lorsqu'il vint me faire une visite, les habitants me conjurèrent de lui offrir un siège, alléguant le prétexte que son père avait été un saint homme et que l'ascendant de ce saint avait été si grand que l'on disait même que le gouverneur général du Pendjab avait écouté ses conseils. La dignité de *Pir* est héréditaire, chaque *Pir* est en correspondance directe avec le chef de la secte à Bombay.

Cette étrange vénération dont les *Pirs* sont l'objet et l'organisation puissante de cette secte ne rappellent-elles point certains ordres religieux de l'Europe?

Le colonel Henry Yule dans le commentaire dont il accompagne sa magnifique édition de Marc-Pol, a donné une description très intéressante du « Vieux de la Montagne » dont il retrouve le représentant actuel dans Aga-Khan. Cette secte que l'on nomme communément Ismaëliens ou secte des *Assassins (Hochisins)*, est arrivée à son apogée, de l'an 1070 à l'an 1256.

Ce que M. Biddulph nous rapporte sur les Ismaëliens de l'Asie Centrale est d'autant plus intéressant qu'il ne paraît pas avoir eu connaissance des travaux de d'Herbelot,

de Jourdain, de Hammer, d'Ohsson, de Defrémery et de
Silvestre de Sacy traitant ce même sujet. Le « Vieux de la
Montagne » — d'abord identifié au fondateur de la secte de
Hassan Sabbâh et plus tard à l'Aloadin de Marc-Pol, c'est-
à-dire à Ala-ed-din Mahomed qui a régné de 1220 à 1225 —
est certainement la personnification fabuleuse d'un laps de
temps qui a duré 250 ans et pendant lequel se sont accomplis de nombreux événements importants. Le mot Maulai
de M. Bidulph n'est rien autre chose que le mot arabe
« Mulhed ou Molhid (apostat) au pluriel Mulhidun »,
désignation que les musulmans orthodoxes ont donnée aux
Ismaëliens de la Perse et de la Syrie, car le fondateur de
cette secte rejeta bien des dogmes du Coran. Ainsi donc,
les Maulais de l'Hindou-Kouch et de la vallée supérieure de
l'Oxus appartiennent à la célèbre secte des *Assassins* dont
font aussi partie les Druses du Liban. Quoiqu'un dogme
de leur foi ordonne à chacun de tenir secret sa croyance et
sa femme, c'est-à-dire de les cacher, leur religion est
néanmoins assez connue et a été assez souvent l'objet de
discussions. Cependant, la description que M. Biddulph
fait des mœurs des Ismaëliens est excessivement intéressante. Ils n'observent pas le jeûne et ils ne prient pas
non plus ; l'usage du vin et de la chair de certains
animaux impurs leur est permis.

La secte des Nourbakchis, dans le Baltistan, dont on
a évalué le nombre de partisans à 20.000, tire son nom
de Syud Mohammed Nour Bakch, originaire de Samarkand, qui, vers la fin du XVIᵐᵉ siècle, composa une sorte
de mixture de la religion des Chiites et de celle des
Sunnites (vers 1596). Au sujet de son origine, les traditions
les plus curieuses et les plus contradictoires circulent
dans le Baltistan, et M. Biddulph nous fournit des renseignements fort curieux (1).

---

(1) Vigne appelle cette secte *Kelantché*.

IX

LES HABITANTS DU KAFIRISTAN

ROBERTSON, *Kafiristan*, *The Geographical Journal*, Londres, Septembre, 1894.

CAPUS, *Les Kafirs et le Kafiristan*, *Revue Scientifique*, 5 Janvier, 23 Février et 5 Octobre 1889.

UJFALVY, *Aus dem westlichen Himalaja*, Leipzig, 1884.

Appeal by, and to, Scholars and learned Societies on behalf of the Kafirs, *Imperial and Asiatic Quarterly Review*, Janvier, 1896.

Avant M. Robertson aucun européen n'avait pénétré dans le mystérieux pays du Kafiristan. Tous les récits que nous possédons sur les habitants de cette contrée sont sujets à caution, car ils ont été composés *de auditu* et sont, par cela même, souvent entachés d'exagérations.

Tout explorateur sincère qui a parcouru l'Orient partagera mon avis à ce sujet. Il est cependant certain que tous ces récits, depuis celui d'Elphinstone, qui date du commencement du siècle, jusqu'à celui de M. Biddulph, réédité par M. Capus, renferment des observations intéressantes, mais leur ensemble s'évanouit devant la description si fidèle et si suggestive de M. Robertson qui, le premier, nous montre le Kafiristan tel qu'il est, c'est-à-dire absolument différent de ce qu'on avait supposé jusqu'à ce jour. Ce que nous venons de dire a été publiquement reconnu par le Président de la Société de Géographie de Londres, en Septembre 1894, à l'issue de la communication que M. Robertson avait faite à cette réunion.

Le résultat obtenu est grand, il n'y a pas à en disconvenir. Tout en ne partageant point l'opinion de Sir Henry Yule, d'après laquelle la connaissance du Kafiristan devrait entraîner la fermeture des portes de la Société Royale de Géographie de Londres, désormais inutile, nous constatons, cependant, avec son Président, que M. Robertson a bien mérité de la science.

Mais, ce qui donne une saveur particulière au récit de cet explorateur, c'est une sincérité absolue, une simplicité naturelle et un charme vraiment poétique qui se dégagent à chaque page de son mémoire et qui feront classer son auteur à côté des explorateurs les plus illustres.

A quoi bon reproduire les éloquentes pages d'Elphinstone ? A quoi bon rappeler les détails minutieux que nous a donnés M. Biddulph ? Il suffira de donner un résumé de la communication de M. Robertson pour que nous soyons fixés sur le véritable caractère du Kafiristan et sur celui de ses habitants.

Au début de sa communication, l'explorateur anglais nous rappelle les connaissances imparfaites que nous avions sur ce mystérieux pays et nous explique que son nom signifie : « Pays des infidèles », il ajoute, non sans humour, que l'appellation de Kafir est acceptée par les habitants, qui s'en glorifient, malgré l'impossibilité dans laquelle ils se trouvent de pouvoir la prononcer.

Le Kafiristan est bordé à l'Est par le Tchitral, au Sud-Est par la vallée du Kounar, à l'Ouest par l'Afghanistan et au Nord par l'Hindou-Kouch, qui le sépare du Badakchan.

M. Robertson fut le premier européen qui pénétra dans le Kafiristan, à l'exception, cependant, du colonel Lokart qui, en Septembre 1885, avait visité la vallée du Bachgoul ; la mission dont M. Lokart faisait partie n'y a séjourné que quelques jours ; elle est revenue au Tchitral par une autre route.

Quant à Mac-Nair, dont la mort prématurée est déplorée, non seulement par le service topographique de l'Inde, mais par tous les amis des sciences géographiques, il n'a jamais pénétré dans le Kafiristan proprement dit. Il réussit à visiter quelques villages Kalaches du Tchitral et il prit leurs habitants pour de véritables tribus du Kafiristan. Ces Kalaches sont une tribu idolâtre esclave du Mektar du Tchitral ; il ne faut pas les confondre avec les montagnards du Kafiristan, dont ils diffèrent par leur langage, leurs mœurs, leurs coutumes, et, plus encore, par leurs caractères physiques.

M. Robertson a visité la vallée du Bachgoul, dans sa totalité, et une grande partie des vallées latérales ; il réussit ainsi à pénétrer jusqu'au Moundjân en franchissant l'Hindou-Kouch ; il a visité également la vallée du Kounar et ses vallées tributaires, depuis Mirkani jusqu'à Baïlàn ; enfin, il pénétra dans une des vallées au cœur du Kafiristan, qui est appelée Viron par les Musulmans et Presoun par les Kafirs. Cette dernière est peut-être la plus intéressante de toutes. *M. Robertson passa une année entière dans le Kafiristan.* Il est inutile d'énumérer toutes les difficultés que l'explorateur anglais eut à supporter, ainsi que les réels dangers qu'il dut affronter plus d'une fois. Grâce à sa présence d'esprit, à son sang-froid, et peut-être davantage encore à son flegme britannique, il réussit à surmonter tous les obstacles.

Le Kafiristan se compose d'une série de grandes vallées irrégulières, profondes, étroites et sinueuses, dans lesquelles aboutissent d'autres vallées plus étroites, plus profondes et plus difficiles encore. Les montagnes qui séparent ces vallées les unes des autres sont d'une altitude considérable ; elles sont abruptes et d'une ascension périlleuse.

En hiver, toutes ces vallées se trouvent dans un isolement presque complet, grâce à la neige qui intercepte les

communications ; on est obligé de faire quelquefois des
détours considérables pour aller d'une vallée dans une
autre.

Toutes les passes qui conduisent du Badakchan dans le
Kafiristan sont d'une altitude de plus de 15,000 pieds
anglais ; M. Robertson en a franchi deux, les moins
élevées de toutes.

Du côté du Tchitral, les routes passent par-dessus les
montagnes qui, tout en étant moins élevées, sont encore
très hautes et tout à fait interceptées par la neige en
hiver ; la plus facile est celle qui relie le village kalach
d'Outsoun au village kafir de Gourdèch ; à une altitude
de 8,400 pieds, elle est également fermée pendant 2 à
3 mois de l'hiver.

Les chemins sont pittoresques, mais souvent nus et
rocailleux ; à de faibles altitudes les arbres fruitiers abondent, et pendant la saison chaude le voyageur longe les
bords escarpés des torrents se cachant sous des tonnelles
de vigne vierge, ou à l'ombre gracieuse des grenadiers ;
il y rencontre de magnifiques marronniers et d'autres
arbres ombreux qui l'invitent à des haltes agréables, les
versants des collines sont couverts de charmants arbustes
touffus au milieu desquels se détachent gracieusement le
feuillage argenté de l'olivier sauvage et la silhouette
puissante du chêne vert.

En montant plus haut, de 5.000 jusqu'à 8.000 ou 9.000
pieds d'altitude, on traverse d'épaisses forêts de pins et de
cèdres, dont la sombre verdure, s'estompant sur des cimes
couvertes de neige, offre au voyageur une vue charmante
qui lui rappelle les hautes vallées de l'Himalaya.

En montant plus haut encore, les conifères disparaissent,
les montagnes deviennent nues, rocailleuses et schisteuses,
mais on rencontre encore des saules, des bouleaux, des
genévriers, et la rhubarbe sauvage y pousse en abondance ;
au-delà de 13.000 pieds on n'aperçoit plus rien que de
l'herbe sauvage et des mousses.

Les rivières torrentueuses qui, d'après la pittoresque expression de M. Robertson, descendent en tire-bouchon des montagnes, s'engouffrent dans de noirs ravins, jaillissent de nouveau avec fracas des profondeurs et continuent leur route en bondissant, en grondant, lançant leur écume en l'air et formant de magnifiques cataractes. Les troncs des arbres déracinés qui encombrent leurs cours sont rejetés vers les parois des rochers, sur lesquels ils se superposent et constituent des ponts naturels, ou l'eau les entraîne avec une rapidité vertigineuse.

En automne et en hiver, beaucoup de ces vallées restent dans l'ombre depuis une heure matinale ; elles paraissent alors sombres et enveloppées de mystère. A ce propos M. Robertson nous raconte que, lors de son premier passage au Kafiristan, en 1889, il fit une rencontre inattendue qui l'impressionna fort :

Ayant pénétré dans l'une de ces vallées noires comme un gouffre, il avait devancé sa suite et, adossé à un superbe marronnier, il plongeait ses regards dans les ténèbres écoutant la chanson de l'eau qui se précipitait dans les abîmes. Soudain, un fantôme blafard, dont les yeux paraissaient d'une fixité de pierre se dressa devant lui ! Ce fantôme était un homme vêtu d'une peau noire de chèvre ; il s'était laissé glisser le long des rochers et la main sur son poignard s'apprêtait à frapper l'intrus qui osait fouler le sol de sa patrie, vierge de toute souillure étrangère. L'Anglais eut un frisson. mais, heureusement pour lui, le Kafir aperçut sans doute les hommes armés composant la suite de l'explorateur, car il disparut dans les ténèbres. Néanmoins, le souvenir de cette étrange rencontre resta gravé dans la mémoire de M. Robertson.

Tous les cours d'eau qui arrosent le Kafiristan se jettent, soit directement, soit au moyen du Kounar, dans la rivière de Caboul.

Au point de vue hydrographique, la carte dressée par M. Robertson diffère beaucoup de celle qui accompagne l'ouvrage de M. Biddulph. Les rivières qui se jettent dans le Kounar sont d'abord le Bachgoul et ensuite celle qui arrose la vallée de Presoun ou Viron. Le cours du Bachgoul est, à peu de chose près, connu. M. Robertson a remonté la vallée de cette rivière jusqu'à la source, voisine de la passe de Mandal ; c'est en franchissant cette dernière passe, que l'explorateur anglais a pénétré jusqu'au village Peip situé dans le Moundjàn, pays que les indigènes appellent aussi Pomorou.

Le Bachgoul coule du Nord au Sud, arrosant la large vallée habitée par la tribu des Katirs, il traverse ensuite le pays des Madougals ou Moumàns, puis il fait un coude et entre dans le pays des Kams où il reçoit de puissants affluents. A l'ouest du village de Kamdech se trouve la petite tribu de Kachtan enclavée entre les Madougals et les Kams ; à l'ouest et au sud-ouest du Bachgoul, coule une puissante rivière qui, dans son cours supérieur, arrose le pays des Presouns ou Viron ; à sa gauche elle reçoit un cours d'eau qui arrose le très montagneux pays des Waï et à sa droite un petit cours d'eau sur les bords duquel se trouve la tribu des Ktis ; toujours à sa droite, non loin de l'endroit où cette rivière fait un coude, pour gagner dans une direction Sud-Est le Kounar, près de Chigar-Séraï, habite la mystérieuse tribu des Achkouns apparentés aux Waï, que les habitants de la partie Orientale du Kafiristan, connaissent à peine eux-mêmes ; à l'Ouest, la rivière d'Alingar ou Kao, coule dans une direction Sud-Ouest, traversant le pays des Koulams et grossissant ses flots en recevant sur sa rive droite un puissant cours d'eau qui arrose le pays des Ramgouls. Le Lingar se jette dans le Caboul en amont de Djélalabad ; son bassin est limitrophe de l'Afghanistan.

Au point de vue orographique, la carte de M. Robertson diffère de même considérablement de celle de M. Biddulph, ainsi que de celle de M. Capus. Nous voyons, en effet, que la ligne de faît de l'Hindou-Kouch forme presque au milieu de la frontière septentrionale du Kafiristan une espèce d'enfoncement triangulaire entre la haute vallée du Bachgoul et le bassin supérieur du Lingar. D'ailleurs, toute cette contrée reste encore à explorer, car seul, le bassin du Bachgoul et une partie du cours moyen du Viron ont été scientifiquement déterminés par M. Robertson. Le reste est du domaine de l'hypothèse et se base exclusivement sur des renseignements dus aux indigènes. Les routes qui généralement longent les torrents consistent en sentiers très difficiles. Les ponts, à l'exception de quelques-uns qui sont très bien construits, laissent beaucoup à désirer ; souvent ce sont des arbres déracinés que le hasard a jetés à travers les torrents ; même les cinq porteurs baltis du voyageur anglais trouvèrent ces ponts dangereux. Quand on connaît les frêles passages de leur patrie on peut mesurer l'importance de cette appréciation.

Les ponts suspendus en brindilles d'arbres, tels qu'ils existent dans le Baltistan, le Cachemire et d'autres régions de l'Himalaya Occidental, sont inconnus dans le Kafiristan, mais, en revanche, on est souvent obligé de traverser les rivières à gué ; ce genre de passage présente de grandes difficultés.

Passons maintenant au peuple des Kafirs, organisé en tribus, clans ou familles.

M. Robertson estime que les Kafirs descendent des antiques populations hindoues de l'Afghanistan Oriental. A la suite de l'invasion musulmane, au xime siècle, ne voulant pas accepter la nouvelle foi, ils se réfugièrent dans les vallées inaccessibles de leur patrie actuelle dont ils subjuguèrent et asservirent les aborigènes ; plus tard, ils se mélangèrent avec eux ; leur race n'est donc nullement pure. Les restes de ces aborigènes se trouvent encore aujourd'hui dans le Kafiristan, où ils sont représentés par les Presouns, les Djazhis, les Arams, etc., etc.

M. Robertson a eu l'occasion de voir les représentants de toutes les tribus du Kafiristan, à l'exception de la peuplade mystérieuse appelée Achkouns ; ces derniers en hostilité continuelle avec tous les habitants des vallées environnantes, à l'exception des Waï, sont inconnus même à la majorité des Kafirs. Ces Achkouns se trouvent entre la vallée de Ramgoul et celle du Kulam, non loin des Waï. D'après ce que M. Robertson a entendu dire, ils seraient apparentés à ces derniers. Beaucoup de ces Achkouns seraient musulmans, de même que plusieurs villages Waï.

Dans le Kafiristan, proprement dit, on parle trois langues bien distinctes et une infinité de dialectes. Ces langues sont : 1° celle en usage chez les Siah-Pouches, appelés ainsi à cause de leurs costumes de couleur foncée, presque noire ; c'est la peuplade la plus nombreuse du Kafiristan ; cependant, tous les Siah-Pouches n'appartiennent pas à une seule et même tribu, mais, malgré les différences dialectiques de leur langage, ils comprennent tous l'idiome siah-pouche ; 2° la langue des Waï ; 3° la langue des Presouns. Les Bachgouls ont rapporté à M. Robertson que, étant jeune, on arrivait facilement à apprendre la langue des Waï, mais jamais celle des Presouns. Ces derniers diffèrent de tous les autres Kafirs et sont, sans aucun doute, une race aborigène.

L'explorateur anglais avait beau prêter une attention particulière aux paroles de leurs prêtres, à leurs chants, à leurs formules de sacrifice, etc., il n'est jamais parvenu à retenir un simple mot de leur langue qui, d'après lui, ressemble plutôt à un harmonieux miaulement qu'à un langage humain.

D'après leurs langues, les habitants du Kafiristan se subdivisent en trois peuples : 1° les Siah-Pouches ; 2° les Waï, avec les Achkouns ; 3° les Presouns.

La grande majorité des Kafirs est composée de Siah-Pouches, parmi lesquels la tribu des Katirs est la plus importante. A l'Ouest, limitrophes de l'Afghanistan, se trouvent de vingt à trente villages occupés par les Kafirs du Ramgoul ou Gaburiks ; à l'Est, nous rencontrons des villages occupés par les Ktis, une branche des Katirs, qui eux-mêmes occupent la partie supérieure de la vallée du Bachgoul. La partie inférieure de cette même vallée est occupée par l'importante tribu des Kams qui confine, au Nord, à la tribu des Madougals, et, à l'Ouest, à la petite tribu des Kachtans ; plus bas encore, on rencontre un petit village de Kafirs Siah-Pouches modifiés à la suite de l'incessant mélange des éléments aborigènes.

Chaque tribu se subdivise en familles ou clans ; l'importance personnelle de chaque Kafir dépend de la force numérique de son clan et de la position qu'il y occupe. Les affaires de la tribu sont gérées par le Conseil réuni des chefs de clans ; ces chefs s'appellent *Djasts* ; en général, quatre à cinq de ces *djasts* dirigent les destinées d'une tribu ; ces *djasts* se distinguent de leurs concitoyens par leur intelligence et leur courage, mais encore faut-il qu'ils soient possesseurs d'une certaine fortune, car les biens de ce monde sont fort appréciés dans le Kafiristan.

Un Kafir a beau être courageux, dévoué et d'une grande intelligence, il faut qu'il se résigne à dépenser la moitié de ses troupeaux et de ses propriétés s'il aspire à la dignité de *djast*. Il doit encore être d'une bonne famille, cependant cela ne suffirait pas, car sa fortune personnelle est du plus grand poids dans le Conseil de la tribu. Seul, le don de la parole compense le manque de fortune, et le Kafir qui saura enflammer ses concitoyens par des discours éloquents peut devenir un *djast*, fût-il même pauvre.

Pour arriver à la dignité de *djast* on est obligé de se soumettre à certaines cérémonies prescrites qui durent jusqu'à trois ans, dans la tribu des Kams, et moins longtemps dans celle des Katirs. Pendant cette période, le candidat est tenu à offrir onze festins consécutifs à toute sa tribu et à traiter dix fois de suite ses collègues, les autres *djasts*. Comme ce genre de cérémonie est très dispendieux, on s'arrange dans les riches familles de la façon suivante : Celui qui veut devenir *djast* choisit l'épouse d'un de ses amis qui, plus tard, aspirera à la même dignité, pour s'associer à lui pour la moitié des dépenses, plus tard sa propre femme rendra à son ami le même service.

La seule récompense que la femme obtient de cette collaboration est celle de pouvoir assister et de prendre part à des danses spéciales où il lui est permis de garder à ses pieds ses souliers de danse couverts de poil de markor ; l'homme, de son côté, devient un personnage important, un des grands hommes de sa tribu. En dehors de ces obligations il est tenu à se soumettre à des cérémonies nombreuses et compliquées. Au cœur de l'hiver le réci-piendaire fait pousser un champ de blé dans sa propre chambre, cet usage curieux se pratique chez les Kams, c'est la seule occasion qui force un homme à s'occuper réellement de travaux agricoles. Il faut aussi que ce même aspirant à la dignité de *djast* s'affuble de costumes particuliers dans certaines cérémonies , il doit offrir des sacrifices, assister à des danses prescrites qui ont lieu à des époques fixées et qui durent quelques semaines ; il lui est interdit de quitter son village pendant cette période. Après la stricte observance de ces singulières coutumes, on devient *djast* et on le reste jusqu'à la fin de ses jours. Mais l'obtention de cette dignité ne met point le Kafir à l'abri des soucis ; l'opinion publique exige que ces céré-monies se répètent, sinon pour lui-même, du moins au profit de ses fils et neveux qui aspirent à leur tour, depuis l'âge le plus tendre, à devenir *djast*. S'il voulait se sous-traire à ces obligations, il verrait vite décroître son influence et sa popularité serait compromise ; il faut qu'il se soumette à ces lois, fort assujettissantes, mais consacrées par l'usage. En revanche, seul il a le droit de revêtir des costumes en couleurs éclatantes pendant les danses religieuses et de se coiffer d'un riche turban oriental ; cependant, une exception est faite en faveur des guerriers réputés ; on les autorise à se joindre à ces danses.

La vanité de ce peuple est si grande, nous raconte
M. Robertson, qu'un Kafir, pour avoir le droit d'endosser
une culotte rouge, offrit six vaches à ses concitoyens. En
général, un homme peut se permettre toutes sortes d'excen-
tricités pourvu qu'il offre des festins à ses semblables.

Parmi ces *djasts* il existe une espèce de Conseil
supérieur choisi parmi ceux qui ont offert le plus grand
nombre de banquets. Les membres de ce Conseil jouissent
de privilèges presque royaux ; c'est-à-dire, ils ont le droit
de s'asseoir devant leurs maisons sur un siège à quatre
pieds. Chez les Kams il n'existe que cinq hommes et une
femme qui jouissent de ce privilège exclusif. Tout le monde
a le droit de s'asseoir sur ces mêmes sièges à l'intérieur des
maisons et sur des bancs en bois blanc en dehors de leur
demeure. Mais seuls les *Mirs*, ou espèce de roi, ont le
privilège de se servir en plein air de ce petit siège à quatre
pieds.

Les affaires intérieures de chaque tribu sont régies
par une magistrature élective composée de treize hommes,
renouvelée chaque année, et présidée par un personnage
appelé *our-djast*, dont la situation est des plus importantes.
Les autres membres de ce Conseil ne sont que les satellites
de ce Président ; les esclaves mêmes peuvent être élus
membres de ce Conseil. Ce Conseil traite de la distribution
des eaux pour l'irrigation des champs, il veille à ce que
les vendanges et la récolte des noix ne se fassent pas avant
leur maturité.

Le vêtement le plus usité des Siah-Pouches est une
peau de chèvre noire, retenue à la taille par une ceinture
en cuir à laquelle est toujours suspendu un poignard.
Ce costume est le plus répandu, car il est porté par la
classe pauvre, qui est naturellement la plus nombreuse.
Il n'est pas en usage chez les femmes. Le costume des
hommes aisés dans les vallées orientales consiste en une
chemise et un pantalon en coton ordinaire ; en un ample
vêtement, couleur marron du Tchitral, ou couleur noire

du Moundjân. Les hommes portent des bottes en cuir souple couleur marron, quelquefois aussi des bas sans pieds usités au Tchitral.

Le vêtement national porté par toutes les femmes et par beaucoup d'hommes est une sorte de tunique en espèce de laine brune foncée qui, chez les femmes, part des épaules pour descendre jusqu'aux genoux ; une échancrure, due à la coupe de ce vêtement, laisse voir une partie de la peau du dos et de la poitrine : cette tunique est retenue à la taille par une ganse plate de couleur rouge foncé avec des glands aux deux bouts ; elle est bordée de rouge et dépourvue de manches, à telle enseigne que, si on regarde de face ou de profil l'homme ou la femme qui en est revêtu, elle a l'air d'une espèce de cape.

Les hommes ne serrent jamais ce vêtement à la taille, ils le jettent négligemment sur les épaules, à l'encontre des femmes.

Les habitants du Presoun se drapent dans des espèces de grosses couvertures de laine qui leur donnent une allure lourde et embarrassée.

Les habitants du Waï portent des étoffes en cotonnades et préfèrent les couleurs voyantes quand ils peuvent s'en procurer.

Les femmes des Siah-Pouches se coiffent de bonnets disposés sur le derrière de la tête ; les jeunes filles retiennent leurs cheveux au moyen d'un double fil enroulé autour de la tête et descendant jusqu'aux sourcils.

La coiffure d'apparat des femmes consiste en un bonnet muni de cornes (cet usage a été signalé par tous les voyageurs) (1) ; toutes les femmes de la tribu des Katirs portent

---

(1) M. Biddulph relate ce même fait et le voyageur chinois Soung-Youn signale une coiffure analogue chez les femmes des Yétas (Huns blancs ou Ephthalites ?), d'après M. Capus, le pays de Sarikol ou le pays de Hounza. Enfin le prêtre bouddhiste Hiouen-Thsang nous raconte que les femmes d'une certaine contrée du Badakchan portent des cornes sur leur tête d'une longueur d'environ un mètre.

ce genre de bonnet, tandis que dans les autres tribus les
femmes ne s'en coiffent que dans les grandes occasions. Le
principal ornement de ces bonnets consiste en petits tubes
en cuivre de la forme d'un dé à coudre. Les femmes du
Waï s'affublent de turbans gris ornés de petites monnaies
et de coquillages ; elles affectionnent particulièrement les
perles en verroteries rouges et blanches.

Les enfants naissent dans une construction spéciale
située en dehors du village. La manière dont on leur donne
un nom est assez curieuse. Une vieille femme court rapidement en prononçant les noms des ascendants masculins
et féminins du nouveau-né, elle s'arrête lorsque celui-ci
prend le sein de sa mère, le nom qu'elle a prononcé en ce
moment est donné à l'enfant. Il s'en suit qu'on rencontre
beaucoup d'enfants du même nom dans la même famille.
On les distingue alors, les uns des autres, en ajoutant
le qualificatif aîné ou jeune à leur nom.

Les hommes et les femmes du Kafiristan sont désignés
par leur nom que l'on fait précéder de celui de leur père.
Ainsi : Tchandelou Astran signifie : Astran, fils de Tchandelou ; les noms les plus répandus sont en plus précédés de
celui du grand-père, exemple : Loutkan Tchandelou Merik,
signifie Merik, fils de Tchandelou, petit fils de Loutkan.
Quelquefois, mais assez rarement, le nom de la mère est
ajouté à celui du père. Ainsi Bachik Soumri Chiok veut
dire : Chiok, enfant de Bachik et de Soumri. A l'encontre
de l'usage qui règne en Orient, le fils peut parfaitement
porter le même nom que son père et on entend souvent
Merik Merik Goutchik Goutchik.

Au point de vue moral, le Kafir a deux défauts capitaux,
une cupidité excessive et une jalousie extrême, aussi bien
entre les individus qu'entre les tribus ; cette cupidité se
manifeste d'une façon bien curieuse, et souvent M. Robertson a eu l'occasion de l'observer. Quand un Kafir entre
dans votre maison ou sous votre tente, il s'assied sur un
banc ou sur une chaise, il parle d'abord calmement, puis,

jetant des regards furtifs autour de la chambre, il examine
les objets qui sont en votre possession, ferme les yeux à
moitié ; soudain, son teint se colore et sa manière d'être
exprime de toutes les façons la convoitise extrême qu'il
éprouve.

Leur jalousie entre eux est si intense que leurs disputes dégénèrent facilement en querelles sanglantes ; il
leur suffit de soupçonner qu'un de leurs concitoyens a reçu
d'un voyageur davantage qu'eux-mêmes. La haine entre
tribus est si vivace qu'elle paralyse leurs intérêts politiques, car ils sont capables de faire appel à l'aide de
leurs pires ennemis, les Musulmans, pour châtier une
tribu congénère.

L'intolérance en matière religieuse est inconnue chez
eux, aussi sont-ils tout disposés à venger la mort de leurs
congénères convertis à l'Islamisme, aussi bien que celle de
ceux restés païens comme eux.

Le caractère des Kafirs est plein d'intrigues et de
subtilité ; ils sont prêts à tramer des complots secrets
qu'ils exécutent avec la même astuce que les autres Orientaux. Un exemple suffira pour donner une idée de leurs
pratiques : Un jour, un chef des Kafirs du Kamdech
rendit visite à l'émir de Caboul, à son retour il fut assailli
et assassiné dans une embuscade par les partisans d'un
prêtre fanatique du Dir. L'homme qui lui avait porté le
coup fatal était lui-même un Kafir qui avait embrassé
l'Islamisme ; il se réfugia aussitôt dans le pays de Dir où
il vécut tranquille, grâce à la protection du chef religieux.
Les chefs du Kamdech se concertèrent entre eux et cher-
chèrent un moyen pour venger le meurtre de leur conci-
toyen. Le plan qu'ils arrêtèrent montre la ténacité dont
ils sont capables dans de pareilles circonstances ; ils en-
voyèrent un homme dans le Dir, qui déclara vouloir se
convertir à l'Islamisme et qui témoigna une fervente
amitié au meurtrier. Cet homme resta ainsi plus de deux
ans dans le Dir avant qu'il ne réussît à capter la confiance

du meurtrier ; il finit toutefois par le décider à se rendre dans le Kafiristan où il fut aussitôt saisi et mis à mort.

M. Robertson constate la puissance intellectuelle du Kafir ; à ce sujet il émaille son récit de plusieurs exemples typiques. Ainsi, un tour de prestidigitation assez compliqué fut aussitôt compris et exécuté par un de ses interlocuteurs. Une autre fois, une serrure secrète à lettres fut aussitôt ouverte par un Kafir, pour lequel ces lettres n'avaient cependant aucune signification.

Les Kafirs sont idolâtres ; on trouve chez eux des traces de croyances qui leur ont été transmises par leurs ancêtres.

Imra est le créateur de toutes choses ; il est entouré d'un grand nombre de divinités, dieux et déesses. Les Kafirs qui comprennent le persan considèrent ces divinités comme des prophètes. *Moni* est un de leurs dieux les plus anciens. *Guihst* est le nom du dieu de la guerre, il est le plus populaire.

On s'adresse de préférence aux divinités secondaires (dont la puissance s'exerce surtout sur les femmes et les enfants), pour obtenir de bonnes récoltes et de grandes richesses. A chaque dieu on sacrifie des animaux spéciaux. Ainsi, à Imra on immole des vaches ; à Guihst, des boucs, et à la déesse Izani des moutons.

Les Kafirs croient à la création de Guihst par Imra ; Guihst est le type du guerrier qui a tué beaucoup d'individus de sa propre main ; ainsi on raconte qu'il tua Hassan et Houssein, leur trancha la tête et s'en servit comme de boules pour jouer au polo, jeu en usage chez les princes du Tchitral. Après sa mort, ses partisans se divisèrent en deux camps et ils assuraient aux Anglais que la meilleure partie était allée à Londres, comme ils assureraient sans doute à un Russe que cette élite s'était rendue à Saint-Pétersbourg.

Ce dieu a des autels dans chaque village vraiment Kafir, ses temples sont ornés d'instruments de guerre,

d'idoles en pierres et en bois sculptés qui le représentent ;
elles sont couvertes de farine par les prêtres qui les
aspergent aussi du sang des victimes immolées en son
honneur.

Le moyen que les tribus du Kafiristan employent pour
susciter des guerres avec leurs voisins Afghans est très
caractéristique : ils envoient plusieurs couples de jeunes
gens, qui doivent s'approcher autant que possible du camp
ennemi, se poster en embuscade et tâcher de lui tuer des
moutons, des femmes, des enfants, et, s'il est possible,
même des hommes. Ces incursions ont-elles réussi ? Les
jeunes guerriers regagnent leurs villages au plus vite,
car les Afghans ne manquent point de les poursuivre.
Arrivés en vue du village ils entonnent des chants de
victoire, ils campent toute la nuit recevant les félicitations
de leurs amis ; le matin, revêtus de leurs plus beaux
costumes, armés de haches, ils se dirigent vers l'estrade de
la maison de danse. Là, se livrant à des danses, ils jettent
les vêtements pris sur l'ennemi au pied d'un autel qui se
trouve à cet endroit, puis, en l'honneur du grand dieu
Guihst, ils reprennent leurs danses accompagnés de toutes
les femmes. Les femmes leur jettent des grains de blé, le
tambour seul accompagne ces danses. Si la guerre a eu
lieu entre Kafirs, ou si les jeunes gens envoyés en reconnaissance ont été vaincus, ces réjouissances publiques n'ont
pas lieu.

Si vous voulez faire un compliment à un Kafir, dit
M. Robertson, comparez-le à Guihst, et si vous voulez
être agréable à une femme dites-lui qu'elle ressemble à
Guihst-tries, c'est-à-dire à l'épouse de Guihst.

En dehors des divinités dont nous venons de parler, ils
croient encore aux fées et aux diables auxquels ils adressent des invocations pour protéger leurs récoltes. Le chef
des diables s'appelle *Youch*. Quand M. Robertson les
interrogea pour obtenir des renseignements sur cet important personnage, les Kafirs mirent beaucoup de retenue

dans leurs réponses ; le voyageur anglais, fort surpris, leur demanda si par hasard ce Youch lui ressemblait ? Oh ! non, répondirent ces interlocuteurs, il ne ressemble pas à vous, mais bien un peu aux simples soldats anglais. De cette façon, M. Robertson apprit que Youch était rouge comme le costume des soldats britanniques.

L'enfer où les méchants brûlent est situé sous terre, l'entrée en est gardée par Aramallick.

L'esprit du mort devient une ombre, il prend la forme des fantômes qui vous apparaissent dans les songes.

Le Cachemire est l'endroit sacré par excellence, la première contrée qui fut créée. C'est dans ce pays que se fit la confusion des langues et la dispersion des peuples.

La légende qui se rattache à cette Tour de Babel des Kafirs est assez curieuse. Le père des hommes avec sa femme et ses enfants dormaient paisiblement, lorsque le matin à leur réveil ils ne se comprirent plus les uns et les autres ; chaque homme ne pouvait comprendre qu'une seule femme, alors ils formèrent des couples, se dispersèrent et peuplèrent le monde.

Les idoles en bois ou une seule en pierre sont placées debout près des maisons à la mémoire des parents morts ; cependant, le culte des morts n'existe pas chez les Kafirs ; dans certaines occasions ils offrent à ces idoles des morceaux choisis de leurs festins ; en cas de maladie, ils répandent sur elles le sang des victimes sacrifiées.

Les sacrifices humains n'existent pas au Kafiristan. Les prisonniers de guerre sont parfois poignardés en face des cercueils de leurs guerriers pour satisfaire leur esprit de vengeance. La mélancolie est une sensation qui leur est inconnue ; ils ne se suicident jamais et manifestent une vive surprise quand on leur raconte que ce fait est fréquent chez d'autres peuples.

Ils ne connaissent pas la prière ; ils la remplacent par des danses religieuses, des chants sacrés et des sacrifices offerts par leur prêtre appelé *Outah.* Celui qui chante les louanges en. l'honneur des dieux s'appelle *Debilala*, et l'homme qui sous une inspiration subite se livre à des danses religieuses s'appelle le *Pchour*.

Tout animal tué pour la nourriture des Kafirs doit être immolé d'après un rite prescrit ; dans ces circonstances n'importe qui peut officier.

Le prêtre de la tribu des Kamdech, le treizième de sa lignée, jouit d'une grande considération ; il peut s'asseoir sur la chaise, à ciel ouvert, qu'il ait ou non donné des festins ; il est riche et chef de clan, il prélève une double part sur les sacrifices, enfin, il jouit d'un grand nombre de prérogatives. Quand les guerriers sont en marche, dans toutes les cérémonies publiques, il a le pas sur tout le monde ; il ne doit point s'approcher des endroits réservés aux morts, ni traverser les chemins qui y conduisent.

Les esclaves ne peuvent dans aucun cas s'approcher des terres ou des maisons qui appartiennent à ce prêtre.

Le Debilala est également respecté. Aux grandes danses du printemps une place spéciale lui est réservée à côté de celle du prêtre ; il ne peut s'approcher de certains lieux réputés impurs.

Le Pchour est le personnage inspiré par excellence, son exaltation prend quelquefois de telles proportions que seule l'invocation d'Imra, faite par un des chefs présents, réussit à le calmer ; il ne parvient pas à donner le change à ses concitoyens qui au fond le méprisent et qui, malgré son inspiration apparente, le tiennent pour un imposteur.

Les Pchours des vallées intérieures, là où il n'y en a qu'un par village, sont beaucoup plus considérés que ceux des Siah-Pouches. Eux-mêmes paraissent d'ailleurs avoir peu de confiance dans leur propre vocation.

Quand la contrée est affligée de beaucoup de neige et de pluies continuelles, les Kafirs se retirent dans une maison spéciale pour y célébrer une cérémonie, à l'effet de faire cesser cet état de chose préjudiciable à leurs intérêts. Alors ils se coiffent de turbans, prennent un arc qu'ils purifient en jetant de l'eau dessus et essaient de savoir quel dieu pourrait bien désirer un sacrifice. Pour le connaître, ils prononcent rapidement le nom de plusieurs dieux et s'arrêtent aussitôt que l'arc que l'un des leurs tient dans sa main commence à bouger. Le nom prononcé à ce moment est celui du dieu auquel il faut sacrifier.

M. Robertson mentionne qu'un jour, par une pluie diluvienne, le nom du dieu Aram était à peine prononcé que le temps s'éclaircit, les assistants ne tinrent pas cette cérémonie pour valable et reprirent la bête qu'ils avaient destinée au sacrifice. Aussitôt le prêtre se mit dans une colère furieuse, les assaillit d'imprécations et prédit un plus mauvais temps encore. Par un heureux hasard, la prophétie s'accomplit aussitôt, le mauvais temps revint avec une telle intensité, que la maison qu'habitait M. Robertson fut complètement inondée, ce qui n'était peut-être pas dans les intentions du dieu Aram, ni même dans celles du prêtre courroucé.

Les cérémonies en usage pendant les funérailles présentent un intérêt tout particulier. Les corps ne sont ni enterrés ni brûlés, on les dispose dans de grandes boîtes en bois que l'on place ensuite sur les versants des collines voisines ou dans des endroits encore moins éloignés. Quelquefois même, ce genre de grand cercueil est placé immédiatement près de l'entrée des villages ; quand le vent souffle du côté de ces charniers, on peut se faire facilement une idée des odeurs nauséabondes dont l'air est saturé. Ces boîtes sont très grandes, car on y place plusieurs corps les uns sur les autres ; on y empile des corps aussi longtemps que ce genre de réceptacle résiste aux intempéries et à la décomposition naturelle. Certains grands personnages jouissent seuls du privilège d'un cercueil particulier ; sur les couvercles de ces boîtes, pour les empêcher de tomber, on place de grosses pierres. A côté du mort, on place parfois aussi des boucles d'oreilles en argent, des vêtements en couleurs brillantes ainsi que des bols en bois contenant des morceaux de pain et du beurre fondu. Quand, à la suite des temps, ces étranges réceptacles viennent à crever et que les ossements éparpillés gisent au grand jour, les vivants n'y attachent aucune attention.

Parfois, les cérémonies funèbres sont entourées d'une certaine pompe.

Un jour, le voyageur anglais vit une jeune fille morte de la tribu des Kamdech portée à bras d'hommes vers le lieu de la sépulture, sans aucune autre cérémonie ; des proches parents et des femmes pleureuses suivaient le convoi. Tout autre fut la cérémonie funèbre en honneur de la femme d'un chef de clan. Etendue sur un lit oriental que les esclaves portaient, la morte était entourée d'épis de blé rappelant sa libéralité ; les femmes de la famille rangées autour du corps pleuraient ; la musique jouait et les assistants se mirent à danser. Les gestes des danseurs, hommes et femmes, étaient empreints de la plus grande douleur, la fille de la défunte se tenant près de sa mère poussait des cris déchirants ; alors un homme de la tribu s'avança et prononça une oraison funèbre, se répandant en louanges sur la morte, sur ses libéralités, il exultait les mérites de la famille à laquelle elle avait appartenu ; pendant ce temps, on distribuait du vin et des vivres ; puis, la musique recommença, les danses reprirent et durèrent toute la journée. Si le défunt a été tué devant l'ennemi ou s'il était un guerrier réputé, la cérémonie est encore plus imposante.

Deux jeunes gens, morts pendant une expédition, eurent des funérailles particulièrement grandioses ; des amis avaient eu soin de leur couper la tête et de laisser leurs corps sur le champ de bataille. Ces têtes, ramenées au village, furent reçues par le peuple et les femmes pleureuses ; les pères des deux jeunes héros, pris de désespoir, se jetèrent simultanément du haut de leurs maisons et se firent des contusions sérieuses. Les deux têtes furent ensuite attachées sur des mannequins en paille affublés de vêtements éclatants, on les étendit sur un lit que l'on transporta sur l'estrade de la maison de danse, puis les oraisons funèbres, les danses se succédèrent pendant deux à trois jours. Ensuite, on plaça les têtes dans des boîtes qui furent portées au cimetière et la cérémonie continua autour des mannequins ; chaque villageois passa devant l'estrade et fit le geste d'embrasser les mannequins. Pendant toute cette cérémonie, on distribua du vin et de la nourriture. Quand les spectateurs se furent retirés, on confia les mannequins à des femmes qui se mirent à pleurer, à gémir et à adresser des invocations aux morts, tandis que des vieilles femmes énuméraient leurs généalogies.

Les orateurs des oraisons funèbres sont tout à fait dramatiques dans leurs allures ; ils fixent les morts de leurs regards, se cachent la figure dans leurs manteaux et éclatent en pleurs ; ils appellent les morts de leur nom d'une voix étouffée, entrecoupée de sanglots ; ils font l'éloge de leur bravoure, de leurs vertus guerrières, de leurs mérites transcendants et de leur valeur à toute épreuve.

Un jour, un guerrier mourut dans un village écarté du Kamdech, le corps fut amené en procession précédé et suivi de femmes pleureuses et d'hommes qui tiraient des coups de fusils. Cette fusillade continua plusieurs jours de suite. Parfois, des guerriers déposent leurs boucliers à côté des mannequins en signe de respect.

Après ces cérémonies la maison du mort est purifiée avec de l'eau, mais les prêtres n'y entrent pas avant que les effigies en bois du défunt n'y soient placées ; il est accordé un délai d'un an pour se conformer à cet usage. Ces effigies sont de toutes grandeurs et de décorations différentes, selon la position de fortune de la famille ; une grande belle statue exige des festins pendant plusieurs jours consécutifs ; une statue plus modeste ne demande qu'un seul banquet. A certaines époques, cette effigie en bois est portée à la maison de danse. Si elle n'est pas trop grosse un esclave la porte sur son dos

et la promène autour de la pièce entourée de femmes qui
dansent et qui se livrent à des gestes expressifs qui signifient : « Comme il est maintenant, tel nous serons un
jour ». Des hommes privilégiés sont autorisés à prendre
part à ces danses.

Dans une de ces cérémonies une femme jeta un bol
en l'air pour indiquer ainsi que la défunte avait été très
libérale pendant sa vie et qu'elle avait donné de nombreux
festins.

Les rixes sanglantes, si fréquentes chez les Afghans,
ne se rencontrent presque jamais chez les Kafirs ; la cause
en est bien simple et s'explique par les châtiments sévères
qui frappent tout Kafir qui tue un homme de sa tribu.
Pourtant cela ne les empêche pas de se disputer continuel-
lement ; hommes, femmes et enfants se jettent entre les
combattants pour les séparer, cette intervention est considérée comme un acte des plus méritoires. Ce sont, en
général, ceux qui séparent les querelleurs qui reçoivent
les coups et parfois même des blessures aux mains.

Le Kafir qui a tué un homme de sa tribu s'enfuit
aussitôt du village, car à partir de ce moment il devient
un proscrit ; sa maison est incendiée par la famille du
mort et par le clan, et ses biens sont aussitôt mis au
pillage. Il ne peut retourner que clandestinement dans son
village natal, et, dès qu'il aperçoit un membre de la
famille de sa victime, il se jette dans la brousse ou se
dissimule derrière les portes.

Ce stigmate ne s'applique pas seulement à sa personne,
mais à tous ses descendants légitimes, aussi il existe
plusieurs endroits dans le Kafiristan qu'on peut appeler
des lieux de refuges qui servent de résidence aux meur-
triers. Toutefois ces proscrits peuvent racheter leur forfait
en payant une rançon considérable à la famille de la
victime.

Cette rançon est si élevée que fort peu d'individus sont
à même de la payer. Ceux qui ont réussi à s'acquitter

de cette façon doivent porter, eux et leurs descendants, une hache d'une forme particulière qui indique la position qu'ils occupent désormais dans leur tribu ; même en cas de légitime défense, celui qui tuerait un homme deviendrait un proscrit. « L'homme aurait dû défendre sa vie sans tuer l'autre », fut la réponse invariable faite par les Kafirs à M. Robertson, quand il essaya de leur faire comprendre l'iniquité de ce châtiment.

Cette manière de venger d'une façon aussi implacable chaque meurtre d'un citoyen est très avantageuse aux petites communautés Kafirs, la vie de chaque homme étant précieuse pour la tribu. C'est une mesure préventive pour empêcher la décroissance numérique de leurs guerriers, car, si la loi du talion existait au Kafiristan, dans la plupart des cas, la tribu aurait à déplorer deux morts au lieu d'une.

Chez les Kafirs les mariages s'accomplissent presque sans aucune cérémonie. Quand un Kafir devient amoureux d'une jeune fille, il envoie un de ses amis auprès du père de celle qu'il a distinguée et lui en fait demander le prix. Si le prétendant est pauvre, on lui demandera 8 vaches, s'il est riche de 12 à 16. Dans le cas d'une réponse favorable, le jeune homme se rend à la maison de la jeune fille où il sacrifie une chèvre ; les jeunes gens sont alors considérés comme mariés, mais la jeune femme reste dans la maison de son père jusqu'à ce que son mari se soit acquitté de la totalité du prix d'achat.

Le divorce est facile, il suffit de vendre sa femme à un autre homme.

Le Kafir est polygame, il a jusqu'à quatre femmes, parfois cinq. Quand un homme meurt ses femmes deviennent la propriété de la famille du défunt ; elles sont ou vendues ou réclamées par les frères du défunt (1).

A l'intérieur du Kafiristan, il existe un grand temple

(1) Nous avons vu que les mêmes usages existent dans le Dardistan.

érigé en l'honneur d'Imra ; cet édifice cache un trou mystérieux pratiqué dans la terre, entouré d'une barre de fer merveilleuse et de pierres sacrées, placées là par Imra lui-même. Le téméraire qui oserait jeter un regard dans ce gouffre béant serait voué à une mort certaine.

Dans cette vallée intérieure les maisons des villages, au lieu de s'élever de deux ou trois étages au-dessus du sol, s'enfoncent d'autant sous la terre (1). En général, tout est plus étrange encore que dans le Kafiristan.

Ce peuple, dit M. Robertson, présente un réel intérêt. Si, d'un côté, leur véracité, leur franchise laissent à désirer, on peut pourtant se fier à eux ; ils traitent les affaires d'une manière plus honorable que leurs voisins ; ils ont une grande affection pour leur famille ; ils sont dévoués les uns aux autres, surtout en cas de guerre, et prêts aux plus grands sacrifices.

Les actes de courage sont très fréquents ; ainsi, un jour de combat, un adolescent, presque un enfant, se précipita au secours d'un blessé avec la certitude que cela lui coûterait la vie. En effet, il fut tué. Cet acte de dévouement ne causa aucune surprise aux guerriers de la tribu qui le trouvèrent tout à fait naturel.

Ils sont naturellement portés à la vantardise, et, pour impressionner un étranger, ils ne reculent point devant les plus effrontés mensonges. *Aussi les premières informations qu'un voyageur recueille sont-elles absolument inexactes.*

Cette observation du voyageur anglais est de la plus haute importance ; heureusement qu'il a pu résider une année entière dans le Kafiristan, circonstance qui lui a permis de contrôler rigoureusement les récits de ses interlocuteurs.

C'est un peuple brave, dit M. Robertson, indépendant, qui a su se maintenir libre pendant des siècles et a su se défendre contre des ennemis nombreux, grâce, non seule-

(1) Peut-être sont-ce des habitations pratiquées dans le loëss, comme celle décrite par Marc-Pol dans le Badakchan ?

ment à la configuration de sa patrie, mais surtout à la valeur incontestable de ses guerriers. Il a droit au respect qu'on ne saurait marchander à tout peuple qui préfère la mort au joug de l'étranger (1).

Nous avons laissé pour la fin de ce chapitre la description du type physique du Kafir. Les renseignements que M. Robertson nous donne à ce sujet présentent un puissant intérêt.

Les observations du voyageur anglais rectifient, sur plus d'un point, les données incomplètes que nous possédions jusqu'à présent. Hélas ! il faudra déchanter de la beauté des femmes kafires, et il est probable que les beautés extraordinaires que certains voyageurs ont eu l'occasion de contempler dans l'Afghanistan ou ailleurs mentaient effrontément en se disant originaires du Kafiristan.

Nous passerons ainsi en revue la description des Kafirs au point de vue de leur complexion physique faite par MM. Robertson, Capus et Biddulph. N'oublions pas que ces deux derniers explorateurs avaient pris les Kalaches pour une tribu kafire, ce qui est absolument démenti par M. Robertson, et qu'ils se trouvaient dans l'obligation d'accepter sous bénéfices d'inventaire ce que des Kafirs, qu'ils avaient vus au Tchitral, voulaient bien leur communiquer sur leurs lieux d'origine.

De toutes les tribus du Kafiristan, dit M. Robertson, celle des Wai m'a paru la plus blanche, celles des Presouns et des Katirs les plus foncées. Dans le village katir de Pchower, les habitants sont presque noirs ; cette apparence particulière est due à la fumée du bois dont ils se servent comme combustible et à la grande répugnance qu'ils éprouvent à se laver. *La généralité des Kafirs n'a point le*

(1) Les descriptions de M. Robertson ne rappellent-elles pas celles des mœurs et coutumes des anciens Gaulois que nous devons à l'érudition de M. Alfred Rambaud ? (Voir *Histoire de la Civilisation française,* Paris, 1885.

teint clair. Tout en étant très éloignés des races noires,
ils sont considérablement plus foncés que beaucoup de
Badakchis et de Tchitralis ; leur teint est identique à
celui des habitants du Pendjab ; dans les classes inférieures et parmi les esclaves la couleur de la peau est
beaucoup plus foncée que dans les classes supérieures et
leurs traits sont aussi beaucoup plus grossiers. Les roux
et les albinos constituent moins de un pour cent sur le
total de la population.

Le type général de la population est bien et présente un
caractère purement aryen.

Le nez des Kafirs est particulièrement bien fait, on
en rencontre qui affectent la forme du bec d'oiseau de
proie ; chez beaucoup d'esclaves le nez est aplati et
les traits sont grossiers. *Les Kafirs que nous avons vus*
étaient tous dolicocéphales, leptoprosopes et leptochiniens.
Les cheveux des individus de la basse classe leur descendent parfois jusqu'aux sourcils et leur donnent un
aspect repoussant.

Dans les familles les plus élevées, dit M. Robertson,
les hommes ont souvent des figures vraiment remarquables ; placés dans un autre milieu et favorisés par les
circonstances, ce seraient de vraies têtes d'hommes d'Etat,
de philosophes et de savants.

Leur figure intelligente est déparée parfois par un
regard fuyant, ce qui suggère une idée, sinon de fausseté,
du moins de manque de sincérité ; mais la majorité des
Kafirs a le regard assez franc et assez ouvert, surtout quand
ils sont dans leur propre pays.

Les femmes se distinguent par leur manque de
beauté, cependant on rencontre de petites filles jolies,
toutefois les rudes travaux des champs, les intempéries auxquelles elles sont constamment exposées rendent
leur teint rugueux et halé ; de plus, généralement, elles
sont d'une saleté répugnante. On est surpris, dit M. Robertson, de voir combien une figure lavée peut devenir un beau

jour agréable ; mais regardez-la plus tard, vous la verrez se rembrunir de jour en jour et la saleté entassée la fera paraître noire comme de la suie. Ces pauvres êtres (ce sont des femmes dont il s'agit), ont trop souvent une apparence déprimée causée par l'excès de travail qu'on leur impose; elles vieillissent rapidement.

La complexion physique des Kafirs est superbe dans son genre, le corps est légèrement charpenté, ils ont toujours l'air de suivre un entraînement sévère ; les hommes gros y sont tout à fait inconnus, ils n'ont même pas d'embonpoint (1). Leur taille moyenne est de 5 pieds 5 pouces 1/2 jusqu'à 5 pieds 6 pouces (de 1660 à 1670 mm.).

L'homme le plus grand que M. Robertson a rencontré mesurait 6 pieds 1 pouce 1/2 (1865 mm.) ; celui qui venait après lui avait un pouce de moins, c'était un gaillard d'une vigueur extraordinaire.

Règle générale, les hommes d'une taille moyenne ne sont pas seulement les plus actifs, les meilleurs coureurs, les marcheurs les plus endurants, mais aussi les plus vigoureux.

Les femmes sont d'une petite taille, à de rares exceptions près ; elles sont d'une apparence très frêle, mais leur pouvoir d'endurance est simplement merveilleux, elles font de longues courses portant d'énormes fardeaux.

Empruntons quelques détails à la description du type kafir donnée par M. Capus :

« De fait, il semble exister dans le Kafiristan deux types distincts : l'un clair, l'autre brun, très brun, avec des différences correspondantes de taille, de coloration des yeux et de forme de crâne. C'est, du moins, ce que j'ai pu

(1) Un jour, M. Robertson, causant avec un des grands-prêtres, lui expliquait comment il était très commun de rencontrer de gros hommes en Angleterre. Le Kafir le contempla d'une singulière façon, lorsque soudain sa figure s'illumina, et il lui dit : « Je comprends parfaitement ce que vous venez de dire ; j'ai tué une fois un très bel homme sur la frontière de l'Asmara qui était gros comme vous venez de me le décrire ».

constater sur une trentaine de Kafirs que j'ai vus à Tchitral. La plupart étaient bruns avec des yeux de même coloration. La taille est moyenne ou au-dessus de la moyenne. Le système pileux est très développé ; barbe, sourcils fournis, très noirs, sur une arcade sourcillière droite. Le crâne est arrondi ou légèrement allongé ; nez droit ou à bosse, gros du bout ; bouche large, menton carré ; peau et carnation brunes. J'en ai vu beaucoup qui frappaient par leur aspect « européen » au point qu'avec le costume européen, on n'hésitait point à les qualifier de Français du Midi. Le type clair a une carnation plus blanche, des cheveux plutôt châtains, la barbe tirant sur le blond (?), les yeux bleus verdâtres. Ils sont plus hauts de taille, moins musclés, quoique tous aient l'air très robustes, avec une charpente osseuse solide et un large développement de la cage thoracique. Le regard est droit, sauvage, hardi ; la prestance, celle d'un indépendant. Leur démarche est libre, leur pas très rapide et voisin de la course. La figure est plutôt longue, le front droit ou légèrement fuyant. Souvent les fosses temporales sont profondes et les arcades zygomatiques saillantes, ce qui fait paraître le front et la calotte crânienne très développés en hauteur.

« Les femmes kafires seraient grandes et souvent blondes. Elles jouissent d'une grande réputation de beauté chez tous leurs voisins, qui en alimentent leurs harems ; les princes par voie de tribut à payer en femmes ; les riches par voie d'achat d'esclaves, l'esclavage florissant jusque dans le Badackchan, à Kaboul, dans le Wakhân, le Tchitral, le pays de Hounza, etc. M. Rawilson raconte que la plus belle femme qu'il ait jamais vue était une esclave kafire de Kaboul. Cette beauté pouvait s'envelopper, comme d'un voile, d'une magnifique chevelure dorée lui tombant jusqu'aux pieds.

« Les Afghans disent que : Les femmes kafires valent au marché un tilla (pièce d'or) chaque empan de leurs corps. »

Quant à M. Biddulph, voilà comment il s'exprime sur le compte des Kafirs : « Quant aux traits de leur visage, ce sont de purs Aryens d'un type superbe, et j'ai été frappé de l'aspect agréable et des traits finement découpés d'un chef Siah-Pouche à tête grise (1) formant un contraste étrange avec son langage... Les hommes sont bien faits, des gaillards musclés, mais d'une paresse incorrigible... Les tribus se distinguent entre elles par leur teint, celles qui habitent les contrées élevées ont le teint très clair. Cette remarque s'applique surtout aux habitants des versants élevés de l'Hindou-Kouch Occidental auxquels on a donné, pour cette raison, le nom de Kafirs rouges ».

« *Appel en faveur des Kafirs adressé aux érudits et aux sociétés savantes.* »

Tel est le titre d'une brochure qui a paru in-extenso au mois de Janvier dernier dans l'*Imperial and Asiatic Quarterly Review*, de Londres. Une série de savants anglais des plus distingués parmi lesquels je citerai : M. Brabrook, président de l'Institut Anthropologique de la Grande-Bretagne et de l'Irlande ; M. Leitner, l'ethnographe et le linguiste bien connu, auxquels se sont joints M. Léon de Rosny et la Société d'Ethnographie de Paris qu'il préside, ont signé ce pressant appel en faveur de ces derniers descendants d'Aryens et de Pré-Aryens, de ces frères des Européens, de ces arrière-petits-fils supposés d'une colonie macédonienne, fondée par Alexandre le Grand, que l'émir de l'Afghanistan menace d'emmener en esclavage avec le consentement du gouvernement britannique. Pratique comme toujours, cette ligue anglaise en faveur des Kafirs, s'adresse à la fois aux philantropes et aux savants qui tous deux souffriraient par la suppression subite des habitants du mystérieux Kafiristan, les uns atteints dans leurs

---

(1) M. Capus traduit : *A grey-haded Siah-Posh Chief*, par un Siah-Pouche aux cheveux clairs *(sic !)*, cependant le texte dit : Un chef Siah-Pouche à tête grise.

aspirations humanitaires, les autres lésés dans leurs recherches scientifiques.

Les plus précieuses adhésions ne se sont pas faites attendre ; le vénérable vétéran des arabisans anglais, Sir William Muir, recteur de l'Université d'Edimbourg, écrit à la Ligue : « Votre article sur les Kafirs est dicté par les principes les plus élevés d'humanité, et j'espère qu'il aura l'effet désiré ».

Un autre philantrope écrit : « L'abandon des pauvres Kafirs livrés à leurs ennemis mortels n'est rien moins qu'une infamie nationale, etc., etc. ». Le général Sir Neville Chamberlain, écrit : « Les nouvelles du *Times* sur l'attitude du gouvernement prise à l'égard de la question kafire est de nature à attrister l'esprit de toute personne qui s'intéresse aux infortunés Kafirs et qui connaît la race à laquelle ils ont été livrés par l'Angleterre, » etc.

Un fonctionnaire de la frontière indienne rapporte combien la baisse a été immédiate et considérable sur le marché d'esclaves à Caboul où les garçons et les filles kafirs se vendent à une roupie l'empan (1) au lieu de 30 roupies. On veut convertir les Kafirs de force à l'Islamisme. Niza-muddàn, le rusé mollah de Huda, le vieil ennemi des Kafirs britanniques, a proclamé le Djihad, espèce de guerre sainte en règle, qui a pour but l'extermination des Kafirs de l'Hindou-Kouch, ou du moins leur esclavage immédiat, épargnant seulement ceux qui embrasseraient l'Islamisme. Les Kafirs ne sont nullement décidés à céder sans tenter un suprême effort, armés seulement de leurs arcs, de leurs flèches et de leurs poignards, contre 20,000 hommes de troupes régulières afghanes, bien armées, et disposant des meilleurs et des derniers engins de destruction.

« La grande et touchante confiance des Kafirs dans l'honneur britannique et dans la protection du gouvernement anglais, comme dans celle *de parents pauvres*

(1) Mesure de 0,225 millimètres.

envers de parents riches (?), a été cruellement déçue. La récente visite du docteur Robertson au Kafiristan qui avait résisté depuis 1,000 ans aux invasions musulmanes a sonné le glas de son indépendance. Il en a été de même pour le Tchilass, le Tchitral et d'autres états. Les missionnaires anglais établis sur la frontière espéraient y trouver un champ ouvert à leur action qui depuis paraît fermé pour toujours. Le déplacement immédiat de ces tribus empêchera les recherches faites en faveur de l'origine d'une race qui avait tant de droits à la protection et à la sympathie de l'Europe.

« Souffrez que l'Emir ait un représentant à Londres et qu'il laisse en paix les Kafirs dont le pays n'a jamais fait partie de l'Afghanistan et qui est situé en dehors de la route des Indes », etc., etc.

Dans une lettre adressée à *La Revue,* le major Raverty nous donne la traduction d'un vers Pouchtou des Kafirs-Katars. « La tribu Katar deviendra musulmane dès que le gardien (du bien aimé) sera consolé par mes larmes ». Depuis les Katars sont devenus musulmans après avoir été exterminés ou vendus comme esclaves. Le major Raverty cite ensuite, le refrain d'un chant Pouchtou qui dit : « Aussi longtemps que le Kafiristan existe, je ne puis dormir en paix ; que le Kafiristan soit détruit et qu'il ne soit jamais habité. Va ami, va à Katar et ramène-moi une jeune fille kafire ».

La même *Revue* publie ensuite un récit d'un Kafir Siah-Pouche, appelé Djamched, sur l'esclavage à Caboul. Ce récit est très intéressant, mais, la partie qui traite de l'esclavage dans le Khanat de Bokhara est à l'heure qu'il est inexacte. Jamais, dit le narrateur, les Kafirs ne vendent leurs compatriotes comme le fait le chef du Tchitral (avant la conquête anglaise, bien entendu) ; nous avons vu par le récit de M. Robertson, cité plus haut, que, dans les guerres sanglantes que les tribus kafires se font entre elles, les prisonniers sont employés comme esclaves.

« Les Kafirs vivent dans un coin reculé du monde, dit Djamched, et demandent seulement qu'on les laisse tranquilles. » D'après le dire de leurs voisins musulmans ces derniers ont au moins autant à souffrir des incursions des Kafirs que ceux-ci des invasions musulmanes. Djamched nous cite quelques propos attribués à l'Emir de l'Afghanistan qui, dans la bouche de ce prince, ont leur prix : « Les Anglais dépensent de l'argent et perdent plutôt mille roupies qu'un seul homme ; tandis que les Russes ne regardent pas à sacrifier des hommes ce qui leur permet de faire partout ce qu'il leur plaît..... Je suis un veau, dit encore l'Emir, qui a besoin de lait, et les Anglais sont la vache qui me le donne ».

Les Afghans ont, paraît-il, un proverbe qui dit : « Les biens les plus précieux qu'un homme puisse posséder sont une jument du Béloutchistan et une jeune esclave kafire ». Enfin l'opuscule se termine par quelques considérations sur l'origine et le type des Kafirs.

Quant aux portraits des deux jeunes Kafirs (l'un a douze ans, l'autre treize) qui précèdent ces considérations, ils ne sont d'aucune valeur anthropologique.

Les Grecs de nos jours ressembleraient moins aux Hellènes de l'antiquité que les Kafirs..... Les Macédoniens d'Alexandre auraient reconnu en eux les descendants d'une très ancienne colonie grecque fondée par un certain Dionysus..... Les familles régnantes du Hounzà, du Naghèr, du Tchitral, du Badakchân, du Chougnân, du Wakhân et d'autres principautés voisines, descendent toutes d'Alexandre le Grand..... Les persécutions musulmanes ont amené dans le Kafiristan des éléments mazdéens venus du Nord et des éléments hindous et bouddhistes venus du Sud et de l'Ouest..... Les têtes et les figures classiques des Kafirs ont inspiré les sculptures greco-bouddhistes du Suat, et les inscriptions en caractères grecs archaïques que l'on trouve dans le Kafiristan sont encore à déchiffrer et paraissent avoir précédé celles en aryano-pali..... Les danses, les hymnes bachiques et les nombreuses traditions grecques que l'on rencontre dans le Kafiristan se sont propagés dans le Dardistan tout entier, etc., etc. Toutes ces affirmations nous paraissent bien hasardeuses et, dans tous les cas, contraires aux données actuelles de la science, nous préférons de beaucoup, nous rapporter au récit si sobre, si prudent et cependant si nourri de faits de M. Robertson.

N'oublions pas non plus, que le Dardistan avait dans l'antiquité, fait partie du royaume des Saces qui, comme nous le savons, avaient adopté l'écriture et la civilisation grecque. Cette circonstance explique à merveille les vestiges de sculptures greco-bouddhistes et ceux des traditions grecques dans le Baltistan et dans le Kafiristan.

Mesures prises sur un Kafir (Siah-Pouche).

Nom	Ali-Chan.
Lieu d'observation	Simla (1881).
Lieu de naissance	Kamdech (Kafiristan).
Sexe et âge	homme de 30-40 ans.
Nation ou tribu	Kâm.
Race	Dite aryenne.
Corpulence	Moyenne.
Couleur de la peau	54.
Couleur de la partie couverte	25.
Couleur des cheveux	48.
Couleur de la barbe	48.
Couleur des yeux	2.
Cheveux	bouclés (1 m. de long).
Barbe	abondante.
Peau	très velue.
Nez	1.
Lèvres	moyennes et droites.
Dents	petites et très saines.
Incisives	verticales.
Indice céphalique	*65.50.*
Diamètre antéro-postérieur maximum	200.
Diamètre transversal maximum	131.
Diamètre temporal maximum	111.
Courbe inio-frontale totale	325.
Courbe horizontale totale	545.
Courbe transversale sus-auriculaire	300.

Angle fascial... 86°.
Du point mentonier à la naissance des cheveux............. 181.
De l'ophyon au point alvéolaire........................... 90.
Largeur bi-zygomatique................................. 137.
Longueur du nez.. 55.
Largeur du nez... 33.
Indice nasal.. *60.*
Largeur bi-caronculaire................................. 33.
Largeur bi-malaire..................................... 93.
Taille en centimètres................................... 166.
Du conduit auditif......... .... »
De l'acromion.. »
De l'épicondyle .... »
De l'apophyse styloïde du radius......................... »
Du bout du doigt médius................................ »
De la ligne articulaire du genou......................... »
Du sommet de la malléole interne........................ 10.
Grande envergure...................................... 184.
Grand empan.. 21.
Longueur totale du pied................................ 26.
Longueur du pré-malléolaire............................ 21.

Brûlure sur le vertex et au-dessus des oreilles (1).

_____

(1) L'usage de brûler les enfants en bas âge sur le vertex et au-dessus des oreilles est très répandu dans le Dardistan. On attribue à ces brûlures un effet préservatif contre les maladies de la tête chez les enfants. Cette coutume pourrait bien se rattacher au Mazdéisme.

X

LA LANGUE DES ARYENS

AU NORD ET AU SUD DE L'INDOU-KOUCH

Van den **GHEYN**, *Les langues de l'Asie centrale*, Leide, 1884.

G. **TOMASCHEK**, *Die Pamir-Dialekte*, Académie des Sciences de Vienne, 1880.

R. **SHAW**, *On the Galtchah Languages*, Journal of the Asiatic Society of Bengal, vol. XLV, 1876.

BIDDULPH, *The Tribes of the Hindoo-Koosh*, Calcutta, 1880.

LEITNER, *The Hunza and Nagyr Handbook*, Londres, 1893.

UJFALVY, *La langue des Yagnòbis*, Revue de Linguistique, Paris, 1885.

A l'exemple de Shaw, M. Biddulph nous a fourni une série de renseignements précieux sur les langues des Hindous de l'Hindou-Kouch ; déjà, avant lui, Vigne et M. Drew avaient donné des vocabulaires complets de quelques-unes de ces langues. Le premier, M. Leitner nous avait révélé l'existence d'un idiome non aryen parlé à Ghilghit, dans le Hounza, le Naghèr et le Yassin qu'il a appelé le *kadjouna*. M. Biddulph ne s'est pas contenté de contrôler les renseignements de M. Leitner, il nous a apporté des données précises sur le language des Khôs du Tchitral et même sur le parler des Kafirs.

Quant aux idiomes éraniens du nord de l'Hindou-Kouch, nous devons de précieux éclaircissements à leur sujet à Shaw et aux membres de la mission de Sir Douglas-Forsyth, complétés plus tard par des voyageurs russes et par nous-même qui avons le premier publié une grammaire succincte de la langue des Yagnôbis dans la *Revue de Linguistique* de notre savant ami M. Julien Vinson. Cet essai a eu la bonne fortune d'avoir été annoté par MM. Frédéric Muller, Tomaschek et Girard de Rialle, dont l'autorité en matière de philologie éranienne est universellement reconnue.

Les langues au nord et au sud de l'Hindou-Kouch ont été examinées dans leur ensemble et rapprochées selon leurs affinités par MM. Tomaschek, Van den Gheyn et Guillaume Geiger qui, à l'exemple de M. Leitner, les ont comparées au sanscrit et à l'ancien bactrien.

« Deux publications récentes, dit M. Van den Gheyn, que nous prenons pour guide et arbitre dans nos appréciations, démontrent à l'évidence la haute portée des recherches linguistiques sur l'Asie Centrale. Nous voulons parler de l'ouvrage de M. Wilhelm Geiger, *Ostiranische Kultur im Alterthum,* et de celui de M. O. Schrader, *Sprachvergleichung und Urgeschichte.*

« A l'un, la mise en œuvre des faits nouveaux révélés par les dialectes du Pamir a fourni d'importantes déductions sur l'ethnographie de l'Eran, la constitution sociale, civile et religieuse du peuple ignicole. Le Dr Schrader a demandé au vocabulaire de l'Asie Intérieure des données nombreuses sur le genre de vie primitif des anciens Aryas.

« Le Pandit Munphul a fait de 1867 à 1868 un voyage dans le Badakchân et dans le bassin du Kokcha. Nous lui devons une classification assez complète des dialectes du Pamir. Il en distingue cinq principaux. Le *Chignâni,* parlé dans les districts pamiriens de Chougnân et de Rochân ; l'*Iskachami,* en usage chez les indigènes d'Iskachim, au sud-ouest du Pamir ; le *Wakhi,* dans le petit état de

Wakhân ; le *Sanglitchi*, des habitants du Sanglitch et du Zéback et enfin le *Minghâni*, employé par ceux du Minghân (Moundjân) ».

Ajoutons à ces cinq dialectes le *Sarikoli* qui se rapproche d'ailleurs beaucoup du Chigni et que nous a fait connaître M. Tomaschek, le *Yidghâh*, révélé par M. Biddulph, et le *Yagnôbi* que nous avons nous-même introduit au nombre des dialectes éraniens.

« Shaw, cependant, fut le premier qui par ses essais de reconstitution lexicologique et grammaticale, détermina la position des dialectes du Pamir par rapport aux langues aryaques. Le Mounchi Faïz-Bakhch fournit ensuite des données importantes sur la langue du Tchitral et le dialecte pamiriens de Sarikol. *Cependant, si M. Tomaschek n'a pas ouvert la voie, il est le premier qui ait abordé d'une manière rationnelle l'étude des dialectes de l'Asie Centrale.*

« Résumons rapidement les conclusions générales du savant professeur autrichien. Les dialectes du Pamir sont nettement aryaques et reproduisent dans leur phonétique les lois si connues du vocalisme et du consonantisme des langues classiques.

« Un des idiomes les plus intéressants est sans contredit le *moundji* ou *minghâni*, parlé par les indigènes du Moundjân, sur les versants septentrionaux de l'Hindou-Kouch, dans les hautes vallées qui forment la frontière septentrionale du Kafiristan. Il présente de nombreux points de contact avec la langue de l'Avesta.

« L'observation de Shaw, que le dialecte des Wakhis se rapprochait très intimement du sanscrit, et que, tran chant complètement sur les langues persanes usitées dans le Badakchan et en Boukharie, il représentait un des plus anciens types de la langue aryaque primitive. On conçoit combien cette affirmation était de nature à rehausser l'importance de ce dialecte.

« M. Tomaschek ne partage pas les illusions de son

savant prédécesseur. Le wakhi est un pur dialecte éranien par sa structure grammaticale et toutes les autres particularités qui le distinguent.

« Après le dialecte wakhi, ce sont ceux du district de Sarikol et de la province pamirienne du Chougnân qui se recommandent davantage à l'examen. Ces deux idiomes sont étroitement liés et constituent, d'après M. Tomaschek, les maigres restes de l'ancienne langue des Saces. La comparaison philologique a fait remarquer de grandes analogies entre le dialecte de Sarikol et le pouchtou, la langue des Afghans. Or M. Tomaschek compte établir un jour la parenté ethnographique des Afghans avec les Saces. Il faudrait d'après lui reconnaître dans les Τςυγαῖον de Ptolémée, population scythe, une partie des Afghans demeurés en arrière sur les confins du Thibet. »

La connaissance des dialectes du Pamir a fourni de précieuses données à l'histoire et à l'ethnographie orientales.

M. Van den Gheyn relève quelques faits vraiment typiques. *Mithra* et *Ormuzd*, empruntés à la théogonie avestique signifient soleil dans deux idiomes pamiriens ; le Minghani dit *mera* que nous trouvons sous d'autres formes sur des monnaies indo-scythiques et le sanglitchi dit *Ormuz ;* les deux signifient soleil.

Notons en passant, aussi, l'absence de tout vocable pour désigner l'oie. Cette très caractéristique circonstance est en faveur de ceux qui n'admettent pas l'origine des Aryas dans les régions à l'ouest du Pamir. La nomenclature révélée par la méthode comparative est des plus riches pour désigner cet animal depuis le sanscrit *Hansa* jusqu'à l'allemand *Gans*. Si donc la région à l'ouest du Pamir ne possède pas cet animal aquatique, dit M. Van den Gheyn, il en résulte que la première patrie des Aryens ne doit pas être à chercher dans cette partie de l'Asie Centrale.

Par de nombreuses citations, M. Van den Gheyn prouve qu'on est fondé d'attendre d'importantes données pour l'histoire et la géographie anciennes, la philologie

et l'ethnographie, des travaux qui se poursuivent si acti-
vement sur les peuples et les langues de l'Asie Centrale.

Le dernier des dialectes de l'Hindou-Kouch examinés
par M. Biddulph étaient le Yidghah (1) ; M. Tomascheck
a repris et complété les travaux de l'explorateur anglais.

Ce dialecte est en usage dans la vallée du Loud-Khô,
rivière qui, prenant ses sources à la passe de Dora, se jette
dans le Kounar, près du village de Drouchp.

Il paraîtrait que jusqu'au dixième siècle de notre ère, la
tribu des Yidakhs occupait les versants septentrionaux de
l'Hindou-Kouch, dans le pays du Moundjan. M. Tomaschek
démontre que le yidghah n'est qu'une variété du minghani
et, que sa séparation depuis 900 ans, explique les légères
divergences qui existent entre ces deux idiomes.

L'examen attentif de cette langue a amené M.Tomaschek
à dire que le moundji ou yidghah occupe une position
intermédiaire entre le chigni et le parler des Afghans.

Quant à la langue des Yagnôbis, M. Girard de Rialle

----

(1) L'existence de ces dialectes démontre l'enchevêtrement complet
des deux grandes races limitrophes empiétant sur leur territoire
respectif.

M. Biddulph apporta ainsi un nouvel argument en faveur de la
théorie des migrations, d'après laquelle une peuplade refoulée dans une
haute vallée se voit souvent obligée à franchir la ligne de partage des
eaux pour chercher un refuge sur le versant opposé de la chaîne de
montagne. Ce phénomène fréquent explique comment les riverains de
la partie supérieure d'une vallée parlent une langue différente de celle
en usage chez les habitants de la partie moyenne ou inférieure de cette
même vallée. Il y a à peu près neuf siècles qu'une partie des habitants
du Moundjân, situé dans la haute vallée du Kokcha, franchit les
défilés du Dôra et se fixa dans la partie supérieure de la vallée du
Loud-Khô. Ces émigrants parlent aujourd'hui le yidghâh. Quelques
siècles ont suffi pour établir la différence qui existe actuellement entre
le yidghâh et le minghâni ou moundjani.

A un autre point de l'Hindou-Kouch, quelques tribus kafires débor-
dèrent au nord de cette chaîne de montagnes. Nous ne connaissons ces
tribus que par ce que M. Robertson en a entendu dire. Nous ne possédons aucun renseignement sur leur langue qui nous permette une appréciation quelconque.

a nettement défini la nature de cet idiome en le rattachant au groupe hindou par sa grammaire et au groupe éranien par son lexique.

Le yagnôbi a fait de larges emprunts au wakhi et au sarikoli.

« Tandis que les dialectes pamiriens furent portés à la connaissance du public compétent par un savant linguiste qui épura et coordonna les données rapportées par les voyageurs, nous devons à un explorateur anglais la connaissance complète des dialectes de l'Hindou-Kouch. MM. Raverty, Draw, Leitner et Bellew nous avaient fourni des renseignements précieux sur quelques-uns de ces dialectes ; mais l'honneur de les avoir étudiés tous d'après une méthode rigoureusement scientifique revient à M. Biddulph qui, visitant toutes ces contrées réputées jusqu'alors inaccessibles, en a rapporté des travaux lexicographiques et grammaticaux de la plus haute valeur.

« M. Biddulph a fixé d'une manière systématique les lois grammaticales et phonétiques des idiomes de l'Hindou-Kouch.

« L'origine aryenne est nettement accusée par le vocabulaire de ces langues. Par contre la grammaire n'a plus rien d'aryaque.

« Quant au *bourichki*, le *kadjouna* de M. Leitner, c'est une langue non aryenne ; l'agglutination est encore transparente, les noms de nombre paraissent empruntés au Tamoul et la numération est décimale. »

Quant au *china*, M. Biddulph l'identifie avec la langue du Cachemire ; cette langue présente des affinités avec l'indoustani, son lexique est évidemment d'origine aryenne. M. Van den Gheyn préconise la subdivision du china proposée par M. Leitner et que des divergences notables justifieraient.

Le *khôwar*, la langue des Tchitralis que M. Leitner désigne sous le nom de *arniyah*, M. Biddulph le considère comme se rapprochant des langues siah-pouches et renfer-

mant un bon nombre de racines persanes. M. Tomaschek
y voit un ancien dialecte prâcrit et on peut signaler sous
ce rapport, dit M. Van den Gheyn, des analogies frappantes.

Quant au *bachgali,* dialecte de la langue siah-pouche,
c'est l'idiome le plus aryen de l'Hindou-Kouch et plusieurs
termes du vocabulaire nous ramènent aux temps de l'époque
védique.

Terminons ce chapitre en citant les considérations
suivantes empruntées à M. Girard de Rialle.

Le savant linguiste se demande si le yagnôbi serait le
trait d'union entre les langues hindoues et les langues
éraniennes, ou le dernier vestige de l'antique idiome parlé
par le peuple qui en se séparant à une époque inconnue
a donné naissance aux hindous et aux éraniens ?

Cette question n'est pas de celle qu'il suffit de poser
pour les résoudre, remarque M. Van den Gheyn, mais
dans tous les cas elle donne une singulière importance à
la découverte de la langue des Yagnôbis, découverte dont
nous nous faisons honneur et pour laquelle nous reven-
diquons hautement la priorité.

TROISIÈME PARTIE

RÉSUMÉ ANTHROPOLOGIQUE

ET APPENDICES

TROISIÈME PARTIE

RÉSUMÉ ANTHROPOLOGIQUE [1]

Pendant nos deux voyages successifs en Asie Centrale, de 1876 à 1878 et de 1880 à 1881, nous nous sommes surtout attachés à réunir des mensurations anthropologiques. Nous avons à cet effet mensuré des séries d'individus, choisis parmi les différents peuples du Turkestan et de la Dzoungarie. Nous avons entretenu le Congrès de Moscou, en 1879, de nos *Résultats anthropologiques* que nous avons eu soin de placer en tête du troisième volume de notre ouvrage intitulé *Expédition scientifique française en Russie, en Sibérie et dans le Turkestan*, paru en 1880 (2). Depuis, nous nous sommes rendu aux Indes, caressant le désir de pénétrer jusqu'au Tchitral et jusqu'au mystérieux Kafiristan pour y faire des recherches anthropologiques,

---

(1) Nous ne parlerons pas des sciences complémentaires de l'anthropologie proprement dite, qui demandent des connaissances techniques spéciales, telles que l'anthropologie anatomique qui nous fait connaître la composition morphologique du corps humain, l'embryologie si importante pour les questions transformistes, l'anthropologie médicale qui nous renseigne sur l'origine pathologique de certains cas, etc.

(2) Ch. E. de Ujfalvy de Mezo-Kovesd, *Expédition scientifique française en Russie, en Sibérie et dans le Turkestan. Les Bachkirs, les Vêpses et les Antiquités finno-ougriennes et altaïques*, précédés des *Résultats Anthropologiques d'un voyage en Asie Centrale*, Paris, 1880.

appelées naturellement à compléter celles faites au nord de l'Hindou-Kouch. Le but de contribuer à la découverte du berceau de la race aryenne, — à cette époque nous étions assez disposé à croire à l'existence de cette race et à placer son berceau en Bactriane, — nous a précisément encouragé à entreprendre ce troisième voyage en Asie.

De 1881 à 1882, nous avons parcouru le Cachemire, le Petit Tibet et une notable partie du Dardistan (1), profitant de chaque halte prolongée pour prendre des mensurations anthropométriques que nous avons complétées par d'autres, faites dans le pays des Paharis et dans celui des Koulous-Lahoulis, dans l'Himalaya Occidental, et enfin par celles prises sur 20 Parsis à Bombay.

Dans les pages suivantes, nous allons essayer de rapprocher quelques-uns des résultats anthropologiques obtenus en Asie Centrale de ceux recueillis dans l'Himalaya Occidental et au Sud de l'Hindou-Kouch.

Nous passerons successivement en revue quelques-uns des caractères les plus importants au point de vue de la race et du type. Ces caractères sont : l'indice céphalique et ses subdivisions proposées par Broca ; les courbes horizontale totale et transversale bi-auriculaire (circonférence et hauteur du crâne) ; la distance entre les deux commissures internes des yeux et, enfin, la taille.

La distance bi-caronculaire présente un intérêt tout particulier, étant un caractère de race au premier chef.

Pour tous les autres indices, (indice frontal, indice du visage, etc.) et autres mesures, nous renvoyons le lecteur à nos précédents travaux (2).

---

(1) Voir nos tableaux de mensurations dans Karl von Ujfalvy, *Aus dem westlichen Himalaja*, Leipzig, 1884.

(2) Ujfalvy, *Les Kachgariens, les Tarantchis et les Doungarres*, Revue d'Anthropologie, 1879 ; *Les Galtchas et les Tadjiks*, Revue d'Anthropologie, 1879 ; *Quelques observations sur les peuples du Dardistan*, L'Homme, 25 Mars 1887. *Quelques observations sur les Tadjiks des Montagnes, appelés aussi Galtchas*, extrait des Bulletins de la Société d'Anthropologie de Paris, séance du 6 Janvier 1887, etc.

Descriptions des Types Anthropologiques des Peuples au Nord et au Sud de l'Hindou-Kouch.

A. — Caractères Physiques.

L'indice céphalique. — Pour les indices céphaliques, nous joignons à nos séries d'Eraniens et de Dardous celles des autres peuplades turco-tatares et mongoliques, mensurées dans le courant de nos voyages. Il nous a paru intéressant de les rapprocher des Aryens, au nord et au sud de l'Hindou-Kouch. Ce rapprochement était indispensable pour arriver à démontrer que tous les peuples au nord du Caucase Indien sont brachycéphales ou sous-brachycéphales et tous les peuples au sud de cette chaîne de montagnes, dolicocéphales.

Après avoir pris l'avis de notre maître, Paul Broca, nous avons retranché deux unités pour les Brachycéphales et une unité et demie pour les Dolicocéphales, de l'indice céphalométrique, pour obtenir l'indice céphalique.

Indices céphaliques et céphalométriques de toutes les séries.

DOLICOCÉPHALES VRAIS

20 Paharis	69.29 (71.29)
20 Pandites de Srinagar	69.88 (71.88)
27 Koulous-Lahoulis	70.38 (72.38)
20 Cachemiris	70.52 (72.52)
82 Baltis	72.75 (74.75)
10 Afghans-Khaïbers	72.81 (74.81)
44 Dardous (Chins)	73.83 (75.83)
36 Ladakis	75.— (77.—)

SOUS-DOLICOCÉPHALES

13 Bohémiens du Ferghanah (1).... 77.73 (79.73)

MÉSATICÉPHALES

8 Doungânes de Kouldja.......... 78.— (79.50)

SOUS-BRACHYCÉPHALES

15 Darwâzis...................... 81.43 (82.93)
12 Kachgariens................... 82.23 (83.73)
22 Parsis de Bombay.. .... 82.38 (83.83)
60 Tadjiks 82.80 (84.30)
8 Tarantchis (de Kouldja) (2)..... 83.11 (83.61)

BRACHYCÉPHALES VRAIS

8 Mandchoux (de Kouldja)........ 83.41 (83.91)
73 Usbegs (3)..................... 83.52 (84.02)
26 Kara-Kirghis.................. 83.97 (85.47)
6 Kara-Kalpaks .... 84.— (85.50)
50 Kirghis-Kaïzaks (4)............ 84.35 (85.85)
20 Sartes (5)..................... 84.38 (85.85)
58 Galtchas (6) .... 85.— (86.50)
4 Kalmouques (7)................ 85.39 (86.89)

(1) Des tribus *Louli* et *Mazang*.

(2) Les 12 Tarantchis de Kouldja, hommes et femmes, présentaient un indice moyen de 83.85 (85.35) ; l'écart est insignifiant.

(3) Nous avons réuni les deux séries d'Usbegs et nous avons supprimé un indice de 99 et un autre de 100 juste, que nous avons considérés comme anormaux.

(4) Ces 56 Kirghis représentent trois séries : une de *15 individus* mensurés en 1877 sur les bords de la mer d'Aral, une seconde de *21 individus* mensurés en Décembre 1880 à Turkestan-ville et une troisième de *20 individus* mensurés en Janvier 1881 à Kazalinsk.

(5) Nous avons mensuré ces 20 Sartes en Janvier 1881, à Turkestan (ville).

(6) Nous avons depuis décomposé cette série, et nous avons trouvé pour les deux groupes de Galtchas, les indices moyens suivants : 1° 15 Fâns, Falghars, Kchtouts, 85.52 (87.02) ; 2° 43 Maghians et Karatéghinois 83.18 (84.68). Nous voyons que les premiers sont sous-brachycéphales et les seconds brachys vrais. La brachycéphalie augmente avec l'altitude.

(7) Les 8 Kalmouques, hommes et femmes, mensurés à Kouldja, avaient un indice moyen de 85.40 (86.90) nul écart avec le chiffre donné plus haut.

Décomposition des séries les plus importantes d'après les indices céphaliques.

I. — HINDOUS DE L'HINDOU-KOUCH

	Dardous.	Baltis.	Pandites (1).
Dolico vrais..........	28	62	18
Sous-dolico...........	11	18	2
Mésaticéphales.......	4	1	»
Sous-brachy..........	1	1	»
Brachy vrais.........	»	»	»
	44	82	20

II. — HINDOUS MONTAGNARDS ET AFGHANS

	Cachemiris.	Paharis.	Koulou-Lahoulis.	Afghâns.
Dolico vrais..........	17	18	20	7
Sous-dolico...........	3	2	7	3
Mésaticéphales.......	»	»	»	»
Sous-brachy.........	»	»	»	»
Brachy vrais.........	»	»	. »	»
	20	20	27	10

III. — MONGOLS VRAIS

	Ladakis.	Kalmouques.	Doungânes.	Mandchoux.
Dolico vrais..........	18	»	2	»
Sous-dolico...........	13	»	5	»
Mésaticéphales.......	2	»	2	2
Sous-brachy..........	3	2	3	2
Brachy vrais.........	»	6	»	4
	36	8	12	8

IV. — ÉRANIENS

	Galtchas.	Darwâzis.	Tadjiks.
Dolico vrais.........	1	3	4
Sous-dolico..........	5	5	4
Mésaticéphales.......	4	1	10
Sous-brachy..........	11	»	16
Brachy vrais........	37	1	26
	58	10	60

(1) Voir Ujfalvy, *Aus dem westlichen Himalaja*, Leipzig, 1884.

La série des Galtchas se décompose :

	Maghians et Karatéghinois.	Falghars, Kchtouts, Fàns et Yagnòbis.
Dolico vrais..........	»	1
Sous-dolico...........	1	2
Mésaticéphales	3	»
Sous-brachy..........	5	8
Brachy vrais.........	6	32
	15	43

V. — TURCO-MONGOLS

	Usbegs.	Kara-Kirghis.	Kirghis.
Dolico vrais..........	1	»	»
Sous-dolico...........	6	»	»
Mésaticéphales	7	5	3
Sous-brachy..........	24	9	15
Brachy vrais.........	34	12	38
	72	26	56

VI. — TURCO-TATARS ÉRANISÉS

	Sartes.
Dolico vrais...........	1
Sous-dolico...........	»
Mésaticéphales	1
Sous-brachy..........	7
Brachy vrais.........	11
	20

Proportions en centièmes des crânes des diverses catégories.

I. — HINDOUS DE L'HINDOU-KOUCH

	Dardous.	Baltis.	Pandites.
Dolico vrais.........	63.63	75.60	90.00
Sous-dolico..........	25.00	21.95	10.00
Mésaticéphales	9.09	1.22	»
Sous-brachy..........	2.27	1.22	»
Brachys vrai........	»	»	»
	99.99	99.99	100.00

II. — HINDOUS MONTAGNARDS ET AFGHANS

	Cachemiris.	Paharis.	Koulou-Lahoulis.	Afghans.
Dolico vrais...........	85.00	90.00	74.07	70.00
Sous-dolico............	15.00	10.00	25.92	30.00
Mésaticéphales........	»	»	»	»
Sous-brachy..........	»	»	»	»
Brachy vrais.........	»	»	»	»
	100.00	100.00	99.99	100.00

III. — MONGOLS

	Ladakis.	Kalmouques	Doungânes.	Mandchoux
Dolico vrais...........	50.00	»	16.66	»
Sous-dolico............	36.11	»	41.67	»
Mésaticéphales........	5.53	»	16.66	25.00
Sous-brachy..........	8.35	25.00	25.00	25.00
Brachy vrais.........	»	75.00	»	50.00
	99.99	100.00	99.99	100.00

IV. — ÉRANIENS

	Galtchas.	Darwâzis.	Tadjiks.
Dolico vrais.........	1.72	30.00	6.66
Sous-dolico..........	8.62	20.00	6.66
Mésaticéphales.......	6.89	10.00	16.66
Sous-brachy..........	18.96	»	26.66
Brachy vrais........	63.80	40.00	43.35
	99.99	100.00	99.99

La série des Galtchas se décompose :

	Maghians et Karatéghinois.	Falghars, Kchtouts, Fâns et Yagnôbis.
Dolico vrais.........	6.66	2.33
Sous-dolico..........	20.00	4.65
Mésaticéphales.......	»	»
Sous-brachy	33.33	18.60
Brachy vrais........	40.00	74.41
	99.99	99.99

V. — TURCO-MONGOLS

	Usbegs.	Kara-Kirghis.	Kirghis.
Dolico vrais...........	1.39	»	»
Sous-dolico..........	8.33	»	»
Mésatiééphales.......	9.72	19.23	5.36
Sous-brachy..........	33.33	34.61	26.78
Brachy vrais	47.22	46.15	67.85
	99.99	99.99	99.99

VI. — TURCO-TATARS ÉRANISÉS

	Sartes.
Dolico vrais........	5.00
Sous-dolico.........	»
Mésaticéphales......	5.00
Sous-brachy........	35.00
Brachy vrais.......	55.00
	100.00

Moyennes, maxima et minima des diamètres antéro-postérieur et transversale.

ÉRANIENS

58 Galtchas :

Ant. post. moyenne................	**182**
» maximum	199
» minimum..............	173
Trans. moyenne...................	**159**
» maximum.................	169
» minimum.................	145

61 Tadjiks de la plaine :

Ant. post. moyenne................	**184**
» maximum	202
» minimum..............	171
Trans. moyenne...................	**156**
» maximum.................	165
» minimum.................	146

TURCO-MONGOLS

74 Usbegs :

Ant. post. moyenne................	**188**
» maximum..............	204
» minimum..............	171 (161)
Trans. moyenne...................	**159**
» maximum.................	170 (175, 183)
» minimum.................	149

60 Kirghis :

Ant. post. moyenne................	**187**
» maximum	203
» minimum..............	178 (170, 169)
Trans. moyenne........	**161**
» maximum.................	178
» minimum.................	148

HINDOUS

45 Dardous :

Ant. post. moyenne	190
» maximum	204
» minimum	177
Trans. moyenne	144
» maximum	157
» minimum	131

83 Baltis :

Ant. post. moyenne	192
» maximum	203
» minimum	183 (174)
Trans. moyenne	143
» maximum	156 (178)
» minimum	132

MONGOLS

36 Ladakis :

Ant. post. moyenne	194
» maximum	208
» minimum	184
Trans. sus-aur. moyenne	150
» maximum	158
» minimum	139

Décomposition des séries d'après les subdivisions proposées par Broca (1).

I. — HINDOUS DE L'HINDOU-KOUCH

	Dardous.	Baltis.
Sténocéphales	4	17
Mégistocéphales	5	23
Dolico ordinaires	31	35
Eléments non-dolico	5	2
Réversions	0	5
	45	82

(1) Broca, *Quelques subdivisions des groupes basées sur l'indice céphalique*, etc., Revue d'Anthropologie, deuxième série, T. IV. (1881), premier fascicule.

II. — ÉRANIENS

	Tadjiks de la plaine.	Galtchas.
Eurycéphales	19	27
Brachistocéphales	10	6
Brachy ordinaires.......	3	8
Eléments non-brachy ...	18	10
Réversions.............	11	7
	61	58

III. — TURCO-TATARS

	Usbegs.	Kirghis.
Eurycéphales	10	24
Brachistocéphales.......	12	14
Brachy ordinaires.......	27	12
Eléments non-brachy ...	14	5
Réversions.............	11	5
	74	60

IV. — MONGOLS

	Ladakis.
Sténocéphales...........	4
Mégistocéphales..........	5
Dolico ordinaires........	22
Eléments non-dolico......	5
Réversions.............	0
	36

Proportion en centièmes des Eurycéphales, Brachistocéphales, Sténocéphales et Mégistocéphales.

I. — HINDOUS DE L'HINDOU-KOUCH

	Dardous.	Baltis.
Sténocéphales..........	33.33	20.48
Mégistocéphales........	6.66	27.71
Dolico ordinaires.......	58.89	43.47
Éléments non-dolico.....	1.11	2.31
Réversions.............	»	6.02
	99.99	99.99

II. — ÉRANIENS

	Galtchas.	Tadjiks.
Eurycéphales	46.55	31.14
Brachistocéphales	10.34	16.39
Brachy ordinaires.......	13.80	2.52
Eléments non-brachy....	17.24	31.03
Réversions.............	12.06	18.91
	99.99	99.99

III. — TURCO-TATARS

	Usbegs.	Kirghis.
Eurycéphales	13.51	40.00
Brachistocéphales	16.21	23.33
Brachy ordinaires.......	36.49	20.00
Eléments non-brachy ...	18.91	8.33
Réversions.............	14.87	8.33
	99.99	99.99

IV. — MONGOLS

	Ladakis.
Sténocéphales.........	11.11
Mégistocéphales.......	13.88
Dolico ordinaires......	61.12
Eléments non-dolico...	13.88
Réversions...........	»
	99.99

Graphiques des indices céphaliques.

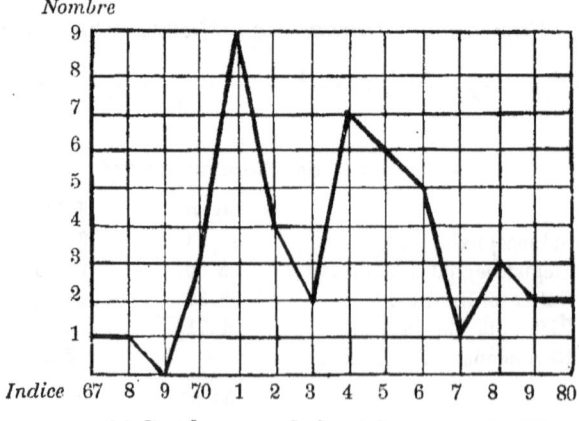

44 Dardous. — Ind. céph. moyen 73.83.

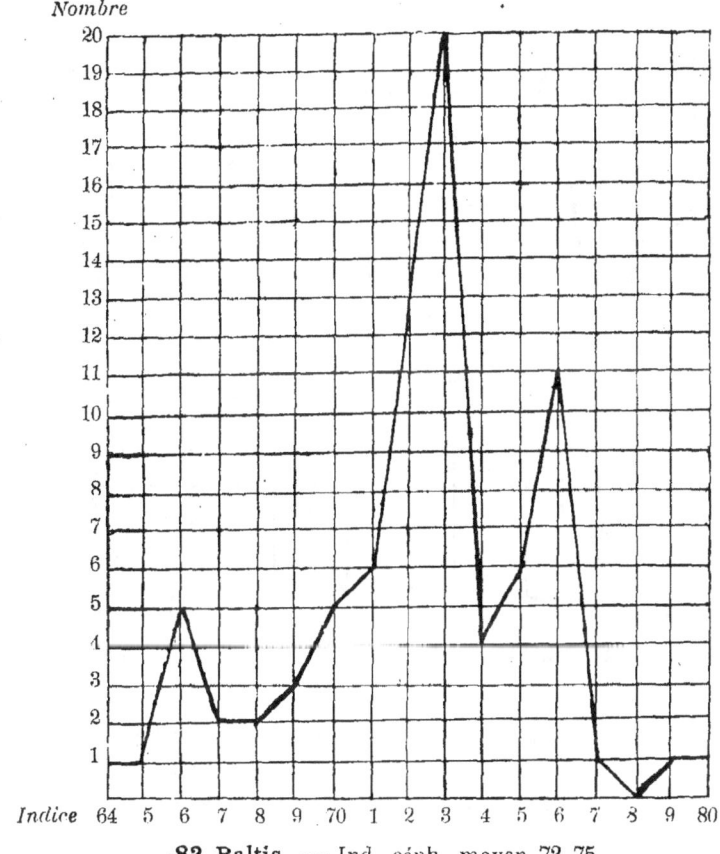

82 Baltis. — Ind. céph. moyen 72.75.

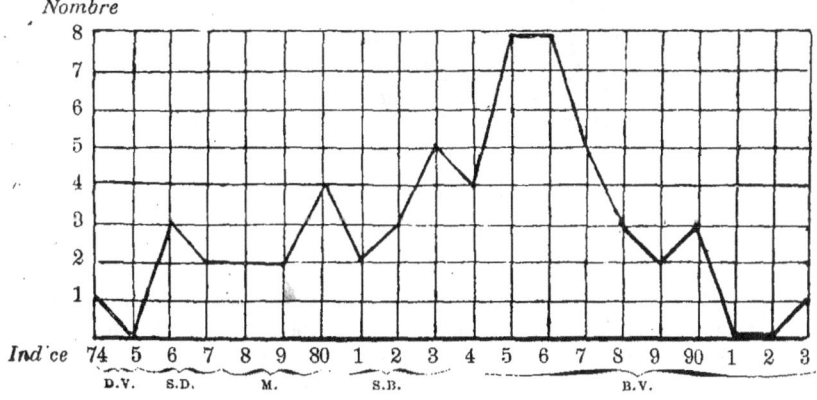

58 Galtchas. — Ind. céph. moyen 85.

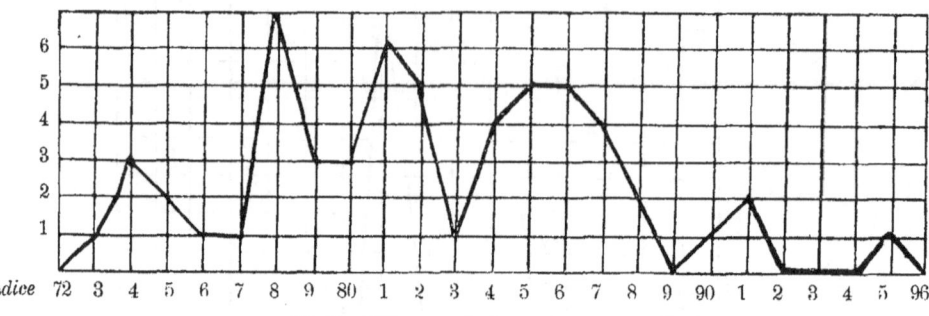

60 Tadjiks. — Ind. céph. moyen 82.80.

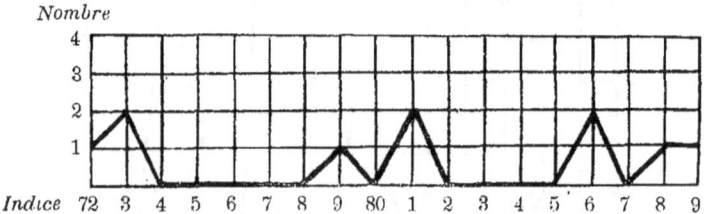

10 Tadjiks du Darwâz. — Ind. céph. moyen 81.43.

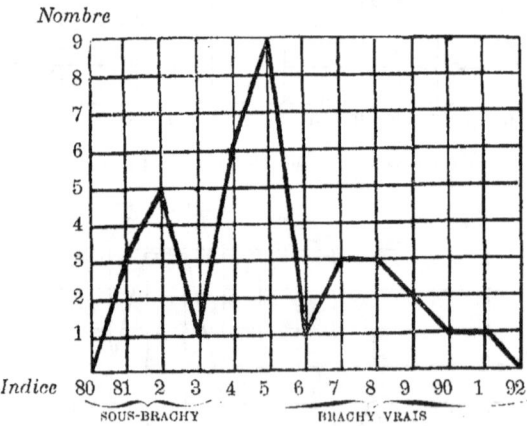

34 Kirghis (1). — Ind. céph. moyen 85.99.

(1) Les femmes kirghises placent leurs enfants à la mamelle sur des planchettes et les y attachent de façon que la partie postérieure de leur tête s'aplatit forcément. C'est donc là encore une déformation artificielle du crâne semblable à celle qui était en usage autrefois dans le Toulousain.

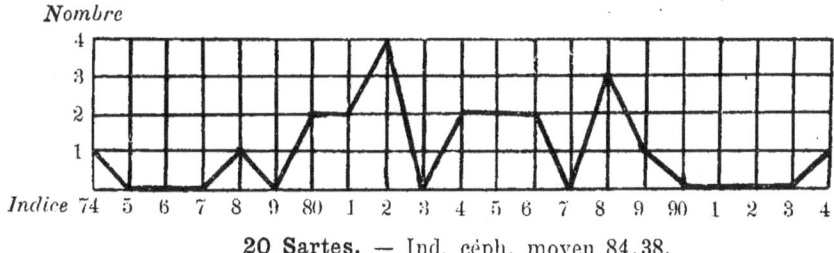

20 Sartes. — Ind. céph. moyen 84.38.

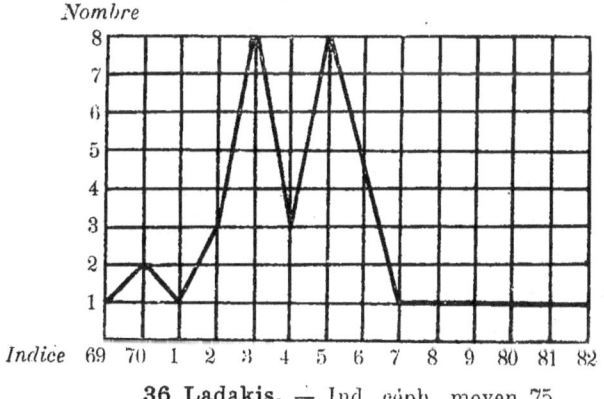

36 Ladakis. — Ind. céph. moyen 75.

Nous inspirant des *quelques subdivisions des groupes basées sur l'indice céphalique*, proposées par Broca, nous avons cru devoir subdiviser toutes nos grandes séries au point de vue de la transformation des types, des écarts spontanés et de la réversion (1).

Dans son remarquable Mémoire, Broca dit : « On conçoit qu'un enfant étant venu au monde dans des *conditions d'hérédité qui tendaient à le rendre dolicocéphale*, puisse, par un excès de croissance du cerveau en largeur, devenir brachycéphale.

« *Le développement de la boîte crânienne est subordonné au développement de l'encéphale.*

« Les variations individuelles de cet organe, qui se

(1) Voir notre Introduction ethnologique, ethnogénique et biologique, p. 85.

développe si rapidement dans les premières années de la vie, lorsque les os du crâne sont encore minces, souples et faiblement unis, font subir des modifications très étendues aux parois osseuses qui l'enveloppent à cet âge, dit Broca, l'éducation n'exerce pas encore une influence bien notable sur le volume relatif ou absolu des diverses régions de l'encéphale.

« Les circonvolutions des hémisphères élargissent l'encéphale au détriment de son développement en longueur. »

Plus loin, Broca ajoute :

« Cette différence est atténuée par l'ordre variable suivant lequel se soudent les sutures et par l'âge plus variable encore où cette soudure commence à s'effectuer.

« Les causes physiologiques sont donc nombreuses qui peuvent amener des changements dans la forme et le « volume du crâne. »

Enfin, Broca constate qu'il y a une époque de la vie *où le cerveau se développe plus aisément en longueur qu'en largeur*.

Plus tard, la nature et le degré d'activité du travail de l'esprit favorisent plus ou moins le développement des hémisphères, *et dans ces hémisphères, le développement de tel ou tel groupe de circonvolutions*.

Ces importantes constatations faites par Broca suscitent une série de réflexions que nous allons essayer de formuler.

D'abord le développement du cerveau, sous l'influence de causes psychiques transmises par l'hérédité et favorisées par la sélection, arrive souvent à contrebalancer l'action ancestrale naturelle et sociale qui tend vers la dolicocéphalie.

La première enfance est surtout propice à l'action de ces causes ; à cette époque de la vie, l'encéphale se dilate facilement, élargissant en même temps la boîte crânienne dont les soudures ne sont point faites. Cela explique pourquoi les cas de transformations tendant vers la brachycéphalie sont beaucoup plus nombreux que les cas contraires.

Mais, il existe également une époque de la vie où le cerveau se développe plus aisément en longueur qu'en largeur ; ce cas dû également à des causes psychiques est beaucoup moins fréquent.

Tout ce que Broca dit expliquerait comment le développement de l'intelligence portée ou dirigée vers tel ou tel sujet d'étude, vers telle ou telle occupation cérébrale peut développer des circonvolutions au détriment d'une ou de plusieurs autres. Cette tendance agrandit ou rapetisse les hémisphères et exerce ainsi une influence considérable sur la forme de la boîte crânienne. Ce processus transmis de génération en génération par l'hérédité, renforcé par les lois des sélections naturelles et sociales et par les influences multiples des centres biologiques, peut transformer les crânes d'une race.

En nous conformant à la pensée de Broca, énoncée plus haut, nous pouvons dire que si l'Eurycéphalie est due au grand accroissement de l'encéphale, la Brachistocéphalie est la conséquence d'un rapetissement, d'un genre d'atrophie de certaines parties du cerveau qui se produisent au détriment de son développement en longueur.

De même, la Sténocéphalie est due au développement de l'encéphale en longueur et la Mégistocéphalie à son rapetissement en largeur.

Les causes physiologiques de ces phénomènes sont loin d'être connues ; c'est-à-dire que nous ne connaissons pas encore la valeur des différentes circonvolutions par rapport aux différentes aptitudes psychiques. La phrénologie, se basant sur les protubérances du crâne, était une indication grossière de ce que l'on ferait un jour par rapport à la forme et au volume des circonvolutions du cerveau.

Il serait oiseux de se perdre en conjectures à ce sujet. Il nous suffit de constater aujourd'hui que l'existence des Eurycéphales et des Brachistocéphales dans une race brachycéphale indique les éléments dolicos qui se transforment ainsi en brachy et qui sont, d'après le docteur

R. Collignon, de *faux Brachy*, surtout quand ils sont *leptoprosopes* et *leptorhiniens*. C'est-à-dire que ce sont les Eurycéphales qui sont de faux Brachy. De même, si l'on rencontre des Sténocéphales et des Mégistocéphales dans les races dolicocéphales, leur présence indique l'existence d'éléments brachy en voie de transformation vers la dolicocéphalie. Les sténocéphales sont comme de raison généralement *platyrhiniens* et *brachyopse*. Ce sont de *faux dolico* ou *dolico disharmoniques*.

La décomposition de nos séries nous permettra de constater qu'autant l'évolution vers la brachycéphalie est puissante, autant celle vers la dolicocéphalie est faible ; ces dernières races, aux Indes du moins, étant beaucoup moins mélangées, circonstance due au système des castes établi depuis des milliers d'années.

Enfin, il existe des cas, surtout parmi les séries brachycéphales, où malgré un allongement et un rapetissement simultanés en largeur de l'encéphale, la Brachycéphalie continue à subsister encore, prête cependant à disparaître quand ce mouvement s'accentuera. Nous y voyons un retour vers le type primitif et nous l'avons désigné sous le nom de *Réversion*. Dans les séries des Dolico, où ce phénomène est presque nul, il se produit par un raccourcissement et un élargissement simultanés de l'encéphale.

Il est certain que, même en négligeant les variations extrêmes, l'indice céphalique de chaque race offre des écarts toujours d'au moins 10 0/0 (même chez les Australiens) (1) et l'étendue considérable des oscillations permet d'affirmer que la population est mélangée.

Le changement de l'indice céphalique s'effectue chez une race par l'évolution que nous considérons comme permanente et qui dépend de la modification des centres biologiques, et elle s'effectue aussi par croisement comme

(1) Voir Broca, *loc. cit.*

nous l'avons expliqué plus haut et surtout par l'effet des influences sélectives.

La Dolicocéphalie, comme la Brachycéphalie peuvent être de trois variétés : frontales, pariétales ou occipitales. Il est certain que le développement ou le rapetissement des hémisphères ou des groupes de circonvolutions peuvent exercer une grande influence sous ce rapport.

Quant aux brachycéphales ordinaires, ils proviennent d'un élargissement modéré coïncidant avec un raccourcissement modéré ; de même, les dolicocéphales ordinaires doivent leur origine à un allongement modéré coïncidant avec un rétrécissement modéré. Dans tous les cas, ce sont des crânes normaux que rien ne vient entraver dans leur transformation. Plus une race est pure, plus les dolico ordinaires et les brachy ordinaires sont nombreux ; plus une race est mélangée d'éléments hétérogènes, plus ces mêmes éléments disparaissent devant les Sténocéphales, les Mégistocéphales, les Eurycéphales et les Brachistocéphales (1). Quant à la réversion, c'est-à-dire au retour vers le type primitif, elle peut être spontanée, effet de l'atavisme, ou due à la modification des milieux biologiques ou, aussi, à un nouveau mélange avec une race au type crânien primitif.

Depuis la publication du *Mémoire* de Broca le docteur R. Collignon a repris la même thèse dans son remarquable travail sur les Basques et nous insérons textuellement ces observations (2) :

« Dans ce que je vais exposer, je sais à l'avance que je choquerai des idées reçues et que je risque d'avoir contre moi la majorité des anthropologistes. Je les prierai toutefois de vouloir bien ne pas me condamner sans réflexion.

(1) Voir Broca, *loc. cit.*

(2) R. Collignon. *L'Anthropologie du Sud-Ouest de la France. Première partie : Les Basques* (Mémoires de la Soc. d'Anthrop. de Paris, 3ᵐᵉ série, t. I, fasc. 4, Paris, 1895).

« On s'est un peu habitué actuellement à attacher aux expressions dolicocéphale et brachycéphale un sens concret qu'elles ne sauraient avoir. Pour beaucoup il y a antinomie absolue entre deux populations lorsque leurs indices les classent chacune dans un des deux groupes arbitraires délimités par 79.9 et 80.0.

« En réalité il n'en est rien. Certaines populations doivent, à mon sens, rentrer, et Broca s'en rendait compte, vers la fin de sa vie, parmi les dolicocéphales malgré un indice supérieur à 80 et inversement parmi les brachycéphales en dépit d'un indice inférieur à ce chiffre.

« Je veux dire que s'il se présentait par exemple une variété humaine qui, par l'ensemble des proportions du corps et de ses segments, par les caractères de la face et par la longueur du crâne, ressemblât manifestement aux dolicocéphales et qui pourtant en raison d'une particularité qui lui fut propre, eût un diamètre transversal du crâne plus large que la normale et par suite un indice céphalique de 81 ou 82, je me croirais, malgré celui-ci, en droit de le classer parmi les races dolicocéphales.

« Inversement, si une autre variété révélait tous les caractères corporels et crâniens du canon brachycéphale, tronc long et large, cylindroïde, jambes courtes, face plate basse et crâne court, mais que par aventure celui-ci fut étroit et donnât un indice de 78 ou 79, je ne m'en croirais pas moins autorisé à en faire une variété du type brachycéphale.

« Ce principe ne saurait être contesté pour les cas individuels. On sait que dans une race aussi pure que possible, ceux-ci oscillent dans une gamme d'environ 13 unités d'indice, ce qui revient à dire qu'une race pure ayant une moyenne de 84, par exemple, verra normalement ses représentants se répartir entre 78 et 90, en dehors de tout croisement, et inversement une race ayant 77 d'indice moyen verra les siens osciller entre 71 et 83. Nul ne songera à créer en ce cas deux races parmi les premiers, l'une allant de 78 à 80, l'autre de 80 à 90, deux races entre les seconds, l'une s'étendant entre 71 et 80, l'autre entre 80 et 83.

« Il y a donc normalement et en dehors de toute influence étrangère, des individus de *race brachycéphale* qui peuvent être dolicocéphales et des individus de *race dolicocéphale* qui peuvent être brachycéphales. Le nier serait s'hypnotiser par le mirage des mots conventionnels que nous employons pour la commodité de nos exposés.

« Ce qui est vrai pour les individus l'est aussi pour ces collectivités que nous appelons variétés, types ou races. Aussi, d'une manière générale, *lorsque dans une moyenne,* c'est-à-dire dans un groupe où les cas individuels et les exceptions s'annihilent réciproquement, le diamètre antéro-postérieur du crâne dépasse 190 mm. sur le vivant, le crâne de cette série doit être considéré comme long et la race à laquelle elle appartient se rangera plutôt dans le groupe dolicocéphale que dans le groupe général des races brachycéphales. »

Plus loin, le docteur Collignon donne une série d'exemples à l'appui de sa thèse, puis, parlant des centres blonds de Dinan dans les Côtes-du-Nord, de Limoges dans la Haute-Vienne, ou encore de celui que forme le département de la Creuse, par rapport aux populations voisines, il dit : « Le type physique moyen est manifestement celui des races blondes, grand, élancé, mince, *leptoprosope* et *plutôt leptorhinien, il a conservé la longueur de tête normale de cette race,* mais sous l'influence du substratum brachycéphale de la race au milieu de laquelle ces blonds se sont établis, le crâne a gardé la largeur qui caractérisait celle-ci. »

	D. Ant.-Post.	Ind. Céph.
Arrondissement de Dinan (4 cantons).....	190.9	81.40
Département de la Haute-Vienne.........	191.2	80.93
Département de la Creuse...............	190.8	82.26

Ces indices sont assurément brachycéphales, et pourtant nous rattacherons à une race dolicocéphale les populations de ces trois régions, eu égard à l'ensemble des caractères qu'ils présentent.

Examinons maintenant nos séries.

Une chose nous frappe tout d'abord : le grand nombre d'Eurycéphales au nord du Caucase indien et le nombre insignifiant de Sténocéphales parmi les Hindous de l'Hindou-Kouch. Nous en concluons que la transformation des dolico en brachy dans la dépression aralo-caspienne se poursuit encore, pour ainsi dire, sous nos yeux et que, parmi les Eraniens, il y a beaucoup de *faux Brachy*.

La Brachistocéphalie est assez rare parmi les Eraniens et la réversion vers le type dolico est notable, surtout chez les Tadjiks de la plaine, moins mélangés avec le type *Acrogonus* (1). Le petit nombre des Brachy ordinaires est surtout surprenant.

Chez les Dardous, au contraire, les Sténocéphales et les Mégistocéphales sont fort peu nombreux et la réversion vers le type brachy absolument nulle. Les Dolico ordinaires atteignent 58.89 0/0, tandis que chez les Eraniens, les Brachy ordinaires ne se chiffrent que par 13.80 0/0 chez les Galtchas, et par 2.52 0/0 seulement, chez les Tadjiks de la plaine.

Il en résulte que les Dardous sont infiniment moins mélangés ou du moins que les mélanges sont beaucoup plus anciens que chez les Eraniens. Nous répétons que nous attribuons cet état de choses au système des castes depuis si longtemps en honneur aux Indes.

Très curieuse est la série des Baltis, chez lesquels les Sténocéphales et surtout les Mégistocéphales sont relativement nombreux. C'est donc une peuplade mélangée, autrefois mésaticéphale peut-être, mais qui n'est certes pas d'origine tibétaine, comme nous le verrons tout à l'heure.

---

(1) Voir pour ce vocable emprunté à M. de Lapouge ainsi que la nomenclature linéenne, notre deuxième Appendice.

C'est donc par rétrécissement et surtout par allongement que les Baltis sont devenus dolicocéphales. Cependant les 43.47 0/0 de Dolico ordinaires prouvent que cette transformation existe depuis bien longtemps ou que les éléments dolico l'ont rapidement emporté sur les autres éléments hétérogènes.

La réversion existe aussi chez les Baltis : 6.02 0/0 ; elle est nulle chez les Dardous et les Ladakis, ce qui est à noter.

Enfin les Ladakis, de purs Mongols, sont la démonstration la plus concluante en faveur de l'opinion que le type mongolique est primitivement dolicocéphale et que si dans les régions au nord de l'Hindou-Kouch, il est devenu brachycéphale, c'est grâce au croisement avec le type *Acrogonus*. Chez les Ladakis, les Sténocéphales et les Mégistocéphales sont peu nombreux et proviennent, sans aucun doute, d'un mélange très ancien avec des éléments baltis primitifs. La réversion est nulle chez eux, ce qui prouve combien cette race est homogène aujourd'hui.

Nous en concluons que chez les Dardous, les fluctuations que nous avons constatées sont dues au croisement avec les Aborigènes, ce qui explique aussi, comme nous le verrons plus loin, la coloration souvent foncée de la peau : les Sténocéphales et les Mégistocéphales parmi eux proviennent donc de ces éléments autochthones et des éléments Baltis.

Chez les Baltis, race évidemment mélangée au premier chef, malgré leur habitus hindou, ces mêmes fluctuations beaucoup plus accentuées sont dues à un croisement des Saces envahisseurs avec des Aborigènes, des Dardous et des homologues des Tibétains.

Quant aux Ladakis, ils ont été peu entamés, et le type mongol très persistant a eu rapidement raison des éléments hétérogènes qui se sont mélangés avec lui.

Les séries des Usbegs et des Kirghis méritent également une sérieuse attention.

Chez les premiers, les Eurycéphales sont fort peu importants, 13.51 0/0, les Brachistocéphales ne sont guère plus nombreux, 16,21 0/0, les Brachy ordinaires sont nombreux, 36.49 0/0, et la réversion, 14.87 0/0, relativement considérable. Chez les Kirghis, au contraire, les Eurycéphales se présentent en masse compacte, 40 0/0, les Brachistocéphales assez nombreux, 23.33 0/0, les Brachy ordinaires, seulement 20 0/0, et la réversion, 8.33 0/0, moins appréciable que chez les Usbegs.

Chez les Usbegs, les crànes qui s'élargissent et qui se raccourcissent sont donc peu fréquents, les crànes normaux nombreux et le retour vers la Mésaticéphalie assez considérable. Chez les Kirghis, les crànes s'élargissent et se raccourcissent en grande majorité, c'est-à-dire qu'ils sont en voie de transformation et les crànes normaux sont quand même beaucoup plus fréquents que chez les Eraniens. Nous en concluons que chez les Usbegs le type *Acrogonus* revient partout, malgré le croisement manifeste avec *H. Asiaticus* et *H. Europœus*, la réversion vers ce dernier est même assez appréciable. Chez les Kirghis, au contraire, le *H. Asiaticus*, dolico à crâne très volumineux, se transforme en brachy par l'élargissement immodéré des pariétaux ou par l'aplatissement de l'occiput. Ce qui prouve, à notre avis, que le type Kirghis si caractérisé, immuable comme habitus depuis Plancarpin et Rubriquis, est le résultat patent du croisement de *H. Asiaticus* avec le type *Acrogonus*, faiblement mélangé à *H. Europœus*. De même que le Ladaki est un Mongol dolicocéphale, le Kirghis est un Mongol brachycéphale, ce dernier est cependant relativement beaucoup plus mélangé que le premier.

Nous n'avons pas besoin d'ajouter que tous ces phénomènes d'élargissement ou de raccourcissement, d'allongement ou de rétrécissement, nous les attribuons au développement de l'encéphale, provoqué par des causes physiques déterminées par l'influence des milieux biologiques, des lois· d'hérédité et de la sélection naturelle et sociale qui s'exercent tous en faveur de certaines dispositions naturelles ou spontanées au détriment d'autres. Nous voyons par là le service que Broca a rendu à l'ethnologie par son lumineux mémoire sur certaines subdivisions de l'indice céphalique. C'est une découverte importante à ajouter en plus à son actif scientifique (1).

Les opinions erronées qui persistent sur les caractères morphologiques des Parsis de l'Inde, nous ont déterminé à insérer ici quelques renseignements sur leur indice céphalique.

20 Parsis (Bombay). — Ind. céph. 82.35.

Décomposition de la série des Parsis d'après les indices céphaliques.

Dolico	»
Sous-dolico	1
Mésaticéphales	5
Sous-brachy	5
Brachy	9
	20

Proportion en centièmes des crânes Parsis.

Dolico	»
Sous-dolico	5.00
Mésaticéphales	25.00
Sous-brachy	25.00
Brachy	45.00
	100.00

(1) Le docteur R. Collignon a donné encore plus d'ampleur aux vues ingénieuses de Broca. Ce que Broca avait indiqué, il l'a développé avec une rare sagacité et il est arrivé ainsi à trouver une solution à un problème qui paraissait jusqu'à ce jour insoluble. Le premier il a déterminé l'origine anthropologique des Basques, qui se rattachent à la race méditerranéenne. Le langage si curieux de ces montagnards avait longtemps empêché la détermination scientifique de leur origine.

Indice frontal............ ....   72 (71.79)
Courbe horizontale totale...........   545
Courbe totale sus-auriculaire.......   370

Courbes.

Nous pensons que les courbes horizontale totale et transversale bi-auriculaire présentent un grand intérêt, par rapport au volume et à la hauteur du crâne, et nous en donnons les moyennes.

a) *Courbe horizontale totale* (peuples au Sud de l'Hindou-Kouch).

36 Ladakis......................	585
20 Paharis.....................	555
82 Baltis	550
27 Koulou-Lahoulis............	540
20 Pandites...................	540
20 Cachemiris.................	540
10 Afghans....................	540
44 Dardous	530

b) *Courbe totale sus-auriculaire* (id.)

36 Ladakis	335
20 Cachemiris.................	335
20 Paharis...............	335
82 Baltis.....................	330
44 Dardous	330
20 Pandites...................	325
10 Afghans....................	325
27 Koulou ·Lahoulis...........	320

a) *Courbe horizontale totale* (peuples au Nord de l'Hindou-Kouch).

26 Kara-Kirghis...............	564
31 Kirghis-Kaïzaks	555
61 Usbegs.....................	557
60 Tadjiks de la plaine	557 1/2
15 Darwàzis..................	547
58 Galtchas...................	560
20 Parsis de Bombay..........	545

b) Courbe sus-auriculaire transversale (id.)

26 Kara-Kirghis..............	347
31 Kirghis-Kaïzaks............	340
61 Usbegs....................	348
60 Tadjiks de la plaine........	350
15 Darwâzis..................	341 3/4
58 Galtchas..................	347
20 Parsis de Bombay..........	370

Les deux mesures en regard.

	Horizontale totale. mm.	Transversale sus-auriculaire. mm.
Ladakis.....................	**585**	**335**
Paharis.....................	555	335
Baltis......................	**550**	**330**
Koulou-Laboulis.............	540	320
Pandites de Srinagar.........	540	325
Cachemiris..................	540	335
Afghans.....................	540	325
Dardous....................	**530**	**330**
Parsis.....................	**545**	**370**
Kara-Kirghis................	564	347
Kirghis-Kaïzaks.............	555	340
Usbegs.....................	557	348
Tadjiks de la Plaine........	**557 1/2**	**350**
Darwâsis...................	**547**	**341 3/4**
Galtchas..................	**560**	**347**

Nous voyons d'abord que les Eraniens ont le crâne beaucoup plus volumineux que les Dardous, la différence est de 17, 27 et 30 mm.

Le crâne des Dardous est aussi fort peu élevé. La différence se chiffre en faveur des Eraniens par 11, 17 et 20 mm.

Quant aux Turco-Tatars, au nord de l'Hindou-Kouch, ils ont le crâne volumineux et élevé à la fois. Cependant les Kara-Kirghis l'emportent sur les autres, mais rien n'approche des Mongols vrais, au sud de l'Hindou-Kouch ; les Ladakis, ont un crâne d'un volume très considérable qui l'emporte de 21 mm. sur les Kara-Kirghis même ; de 25 à 29 mm. sur les Eraniens et de 35 mm. sur leurs proches voisins les Dardous.

Il est à remarquer que si les Baltis ont une boîte osseuse beaucoup plus volumineuse que les Dardous ; (la différence se chiffre par 15 mm. en leur faveur), ils sont loin d'avoir le crâne aussi gros que les Ladakis, avec lesquels certains auteurs voudraient les confondre, *un écart de 30 mm. les sépare nettement de ces derniers.*

Quant aux peuples de l'Himalaya Occidental, les Koulou-Lahoulis, les Paharis, les Cachemiris, les Pandites, ils ont, à l'exception des Paharis, le crâne peu volumineux et, sans exception, peu élevé. Les Paharis se rapprochent des Baltis par ce caractère, évidemment mongolique.

Les Loris de M. Frédéric Houssay (1) avaient une circonférence totale de 565 mm., mesure qui les éloigne peu des Eraniens.

Quant aux Afghans et aux Hindous du colonel Douhousset (2), ils ont le crâne particulièrement bas et s'écartent considérablement des Hindous montagnards et des Afghans-Khaïbers que nous avons mensurés ; ainsi le crâne des Afghans de M. Douhousset avait une hauteur de 258 mm. tandis que celui des Afghans-Khaïbers de 325 mm.

Toutes ces mesures n'approchent pas de la hauteur du crâne des Parsis de Bombay qui présentent une moyenne de 370 mm. ; il suffit de comparer ce chiffre excessif à celui des autres séries pour se rendre compte de l'écart considérable ; cette circonstance seule, à défaut d'autre, prouverait surabondamment que les Parsis ne se sont point modifiés depuis leur arrivée aux Indes vers le VIIme siècle de notre ère.

Dans tous les cas leur type était bien fixé au moment

(1) Voir Frédéric Houssay, *loc. cit.*
(2) Duhousset, *loc. cit.*

de leur exode, car leurs usages, rigoureusement endogames, n'ont pu amener aucune modification depuis leur séjour aux Indes ; ils étaient donc au moment des persécutions qu'ils eurent à supporter de la part de l'Islamisme triomphant, déjà sous-brachycéphales avec un aplatissement occipital qui caractérise leurs frères de l'Asie Centrale. Ce sont eux qui se rapprochent le plus du type *Acrogonus* de M. de Lapouge. Seul l'habitus a pu se modifier, la couleur de la peau se rembrunir, grâce aux influences de leur nouveau milieu biologique.

Distance transversale
eutre les deux commissures internes des yeux.

Tadjiks......................	30 mm.
Galtchas....................	30 mm.
Dardous	31 mm.
Baltis	31 mm.
Sartes......................	32 mm
Usbegs.....................	32 1/2 mm.
Kirghis.....................	34 mm.
Ladakis....................	35 1/2 mm.

Graphiques des commissures internes des yeux.

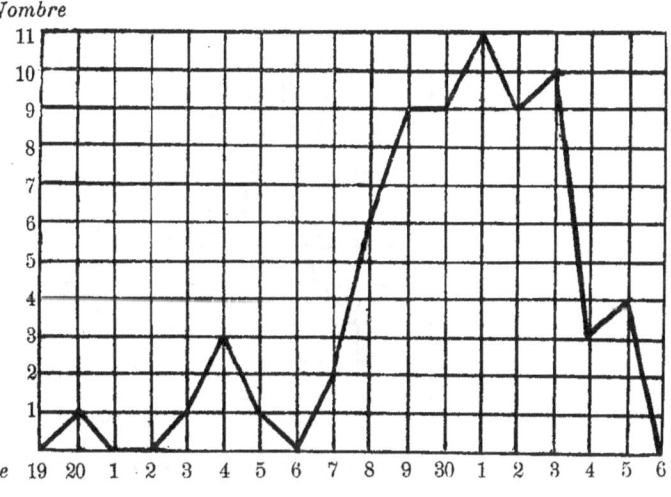

Tadjiks. — Distance des commissures internes des yeux : moyenne 30 mm.

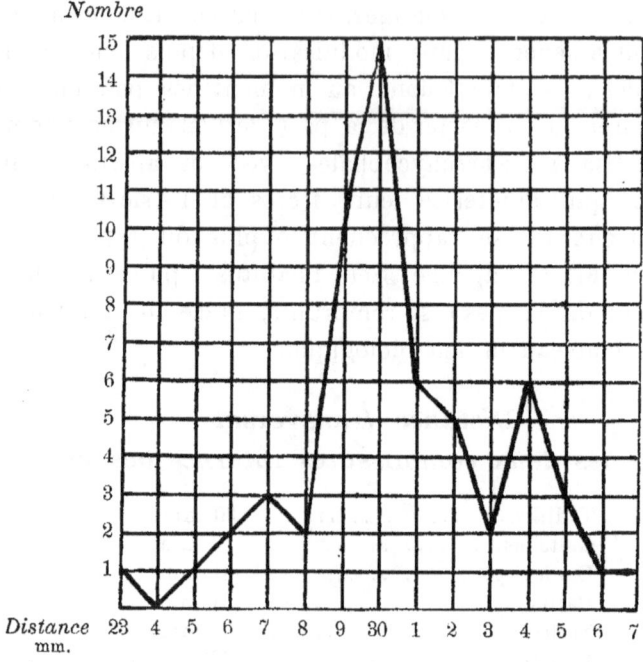

58 Galtchas. — Distance des commissures internes des yeux :
moyenne 30 mm.

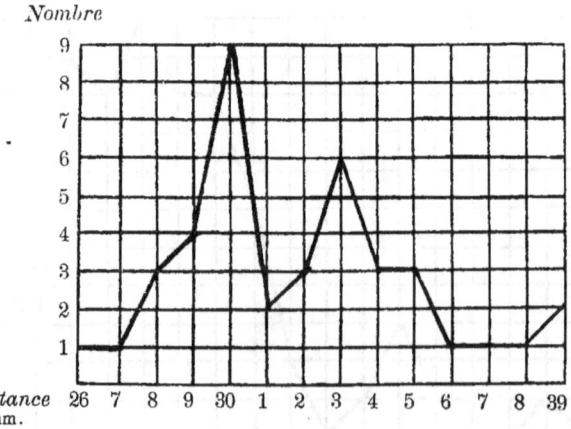

44 Dardous. — Distance des commissures internes des yeux :
moyenne 31 mm.

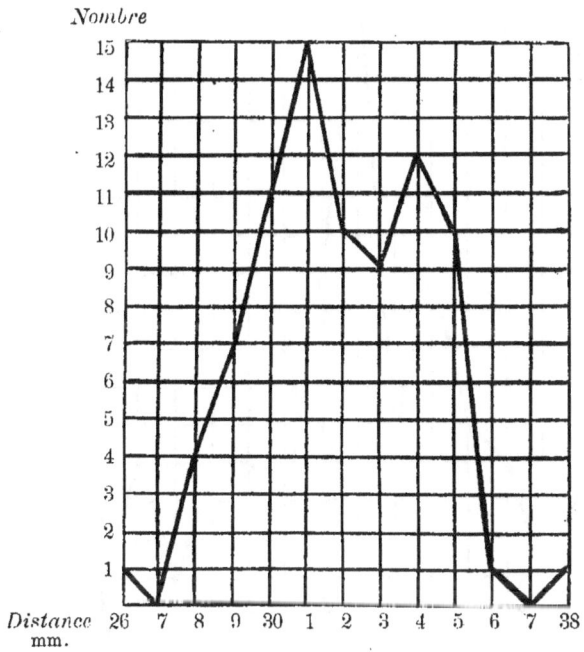

82 Baltis. — Distance des commissures internes des yeux :
moyenne 31 mm.

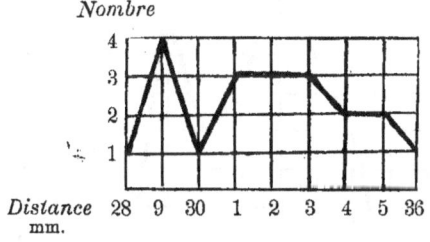

20 Sartes. — Distance des commissures internes des yeux ·
moyenne 31 mm.

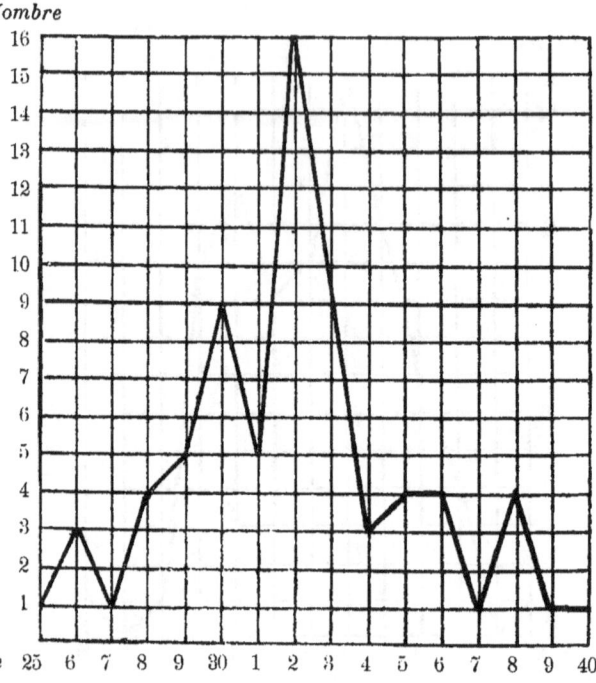

68 Usbegs. — Distance des commissures internes des yeux :
moyenne 32 1/2 mm.

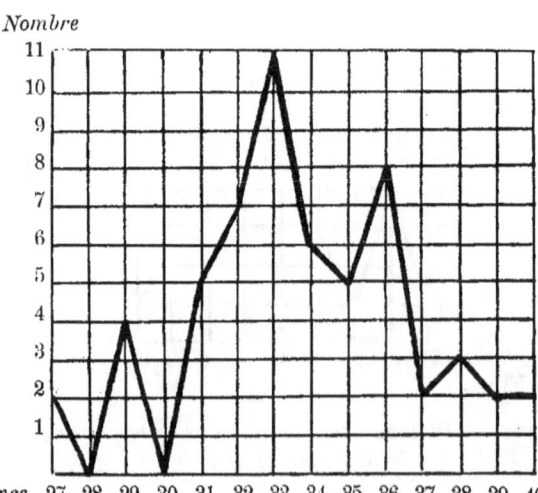

50 Kirghis-Kaïzaks. — Distance des commissures internes
des yeux : moyenne **34 mm.**

Nombre

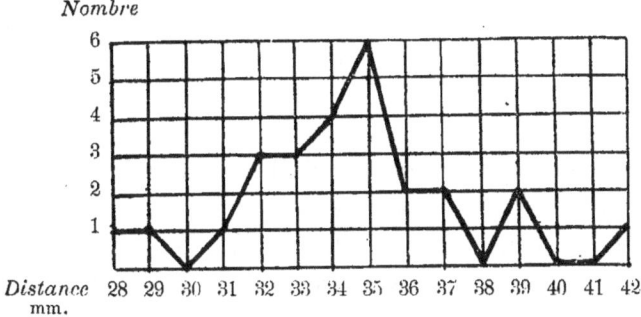

Distance 28 29 30 31 32 33 34 35 36 37 38 39 40 41 42
mm.

26 Kara-Kirghis. — Distance des commissures internes
des yeux : moyenne **35** mm.

Nombre

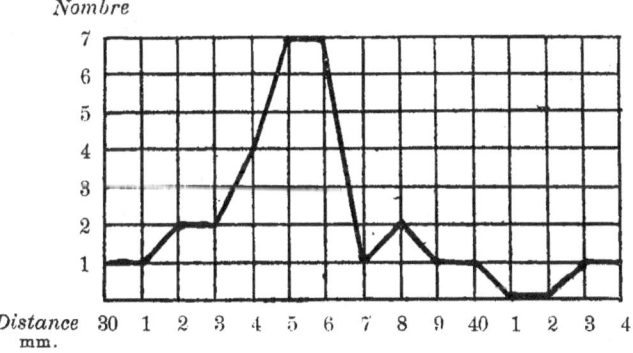

Distance 30 1 2 3 4 5 6 7 8 9 40 1 2 3 4
mm.

31 Ladakis. — Distance des commissures internes des yeux :
moyenne 35 1/2 mm.

La distance des deux commissures internes des yeux
est, à notre avis, un caractère très important, car certainement un des signes les plus typiques des Mongols est
la distance relativement considérable qui sépare les deux
yeux.

En jetant un regard sur les graphiques ci-dessus, nous
voyons que chez les différents peuples la distance bi-caronculaire augmente avec le mélange plus ou moins intense
avec des éléments mongoliques. Ainsi, les Eraniens et les
Hindous de l'Hindou-Kouch ont ces commissures peu
distantes l'une de l'autre ; chez les Sartes, les Usbegs,

les Kirghis cette distance augmente graduellement pour atteindre, chez les Ladakis, le chiffre énorme de 35 mm., c'est-à-dire 5 mm. de plus que chez les Tadjiks et chez les Galtchas.

Le classement par séries, traduit en graphiques, que nous avons tracés pour les différents groupes :

Chez les Tadjiks, 28, 29, 30, 31, 32, 33, arrivent au sommet de la série ; nous rencontrons même 34 et 35 fortement représentés ; ces chiffres prouvent éloquemment que le mélange avec les Mongols a été puissant.

Chez les Galtchas la moyenne 30 forme une pointe très élevée comprenant 15 individus (29.10 individus), mais les chiffres élevés se rencontrent relativement en grand nombre et nous trouvons même 36 et 37, ce qui témoigne également en faveur du mélange mongolique.

Le graphique des Dardous ressemble beaucoup à celui des Galtchas ; encore une preuve du croisement avec des éléments mongols.

Le tableau des Baltis est particulièrement instructif ; le minimum est élevé et le maximum considérable ; deux sommets dominent 31 et 34, représentés par 15 et 12 individus ; la séparation entre ces deux sommets est peu profonde ; d'un côté, du sommet de 34 on tombe à pic à 36, représenté par un seul individu ; de l'autre, la pente est moins abrupte, nous rencontrons 11 individus avec 30 mm., 7 avec 29 et 4 avec 28 ; la série est donc homogène.

Chez les Usbegs la moyenne de 32 est représentée par 16 individus formant une pointe très élevée. Le caractère mongolique devient déjà très accentué.

Chez les Kirghis ce caractère gagne encore en intensité, tandis que les chiffres inférieurs ne se présentent que par saccade. Nous voyons les chiffres élevés fortement représentés : 2 individus avec 36 ; 2 avec 37 ; 3 avec 38 et 1 même avec 40.

Tandis que chez les Kirghis le minimum était de 27 et le maximum de 40, chez les Ladakis le minimum est de 30 et le maximum de 44.

Comparons ces minima et ces maxima avec ceux des Tadjiks, nous verrons une différence de 8 mm. pour les Kirghis et une de 11 pour les Ladakis, quant au maximum, et une différence de 5 mm. pour les Kirghis et de 9 mm. pour les Ladakis quant au minimum ; ces chiffres se passent de commentaires et sont assez éloquents. Mais comparons la série des Ladakis à celle des Baltis, que certains voyageurs veulent à tout prix assimiler avec eux ; le minimum des Baltis est de 26, le maximum de 38 (inférieur aux Kirghis), celui des Ladakis est de 30 et de 44, il existe donc encore une différence sensible ; mais, tandis que nous rencontrons chez les Baltis de nombreux individus avec 28, 29, 30 et 31, chez les Ladakis les chiffres peu élevés ne sont presque point représentés et le graphique présente un tableau absolument différent. Dans tous les cas ces deux peuples paraissent assez homogènes, pour ce caractère du moins, et la différence entre le maximum et le minimum est peu considérable. Cette différence est encore intéressante à examiner ; chez les Tadjiks elle monte à 15 mm. ; chez les Galtchas à 14 ; chez les Dardous à 13 ; chez les Baltis à 12 ; chez les Usbegs à 15 ; chez les Kirghis à 13 et chez les Ladakis à 14.

Nous en resterons là pour nos constatations anthropologiques, ayant traité longuement des caractères descriptifs et autres dans une publication précédente dont il est question plus haut (1).

_____

(1) Ujfalvy, _Résultats anthropologiques dans le Turkestan_, etc. _loc. cit._

Taille.

Tadjiks de la plaine...............	1710
Kara-Kirghis........	1707
Darwâzis......................	1690
Kirghis-Kaïzaks..................	1689
Dardous........	1687
Usbegs........................	1686
Galtchas.......................	1667
Ladakis.......................	1630
Baltis........................	1582

Nous voyons par ce tableau que les Tadjiks et les
Kara-Kirghis sont d'une taille haute, les Baltis d'une
taille petite, et tous les autres peuples, au nord et au sud
de l'Hindou-Kouch, d'une taille moyenne.

On remarquera aussi que les peuples au nord de
l'Hindou-Kouch sont considérablement plus grands que
ceux au sud de cette chaîne de montagnes, à l'exception
toutefois des Dardous.

Nous donnons plus loin une série de graphiques qui
nous renseigneront sur les maxima et les minima, sur les
écarts plus ou moins considérables et sur les éléments
hétérogènes qui composent ces séries.

Décomposition des séries les plus importantes d'après la taille.

I. — HINDOUS DE L'HINDOU-KOUCH

	Dardous.	Baltis.
Taille haute.............	9	8
» moyenne..........	25	44
» petite.............	8	28

II. — ÉRANIENS

	Galtchas.	Tadjiks.
Taille haute.............	18	34
» moyenne..........	36	26
» petite.............	4	»

III. — TURCO-TATARS

	Usbegs.	Kirghis-Kaïzaks.	Kara-Kirghis.
Taille haute...........	36	24	15
» moyenne...........	35	25	11
» petite.............	3	1	»

IV. — MONGOLS

	Ladakis.
Taille haute...........	4
» moyenne...........	22
» petite.............	6

Proportions en centièmes des tailles des diverses catégories.

I. — HINDOUS DE L'HINDOU-KOUCH

	Dardous.	Baltis.
Taille haute...........	21.42	10.00
» moyenne...........	59.52	55.55
» petite...........	19.05	34.44
	99.99	99.99

II. — ÉRANIENS

	Galtchas.	Tadjiks.
Taille haute...........	31.03	56.66
» moyenne...........	62.06	43.33
» petite...........	6.90	»
	99.99	99.99

III. — TURCO-TATARS

	Usbegs.	Kirghis-Kaïzaks.	Kara-Kirghis.
Taille haute...........	48.64	57.69	48.00
» moyenne...........	47.29	42.30	50.00
» petite...........	4.06	»	2.00
	99.99	99.99	100.00

IV. — MONGOLS

	Ladakis.
Taille haute...........	12.52
» moyenne...........	68.75
» petite...........	18.72
	99.99

Graphiques des Tailles.

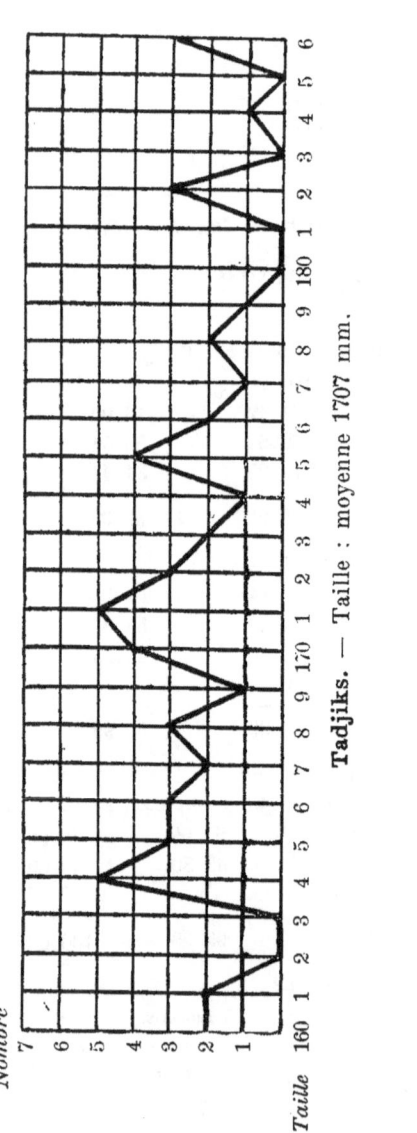

Tadjiks. — Taille : moyenne 1707 mm.

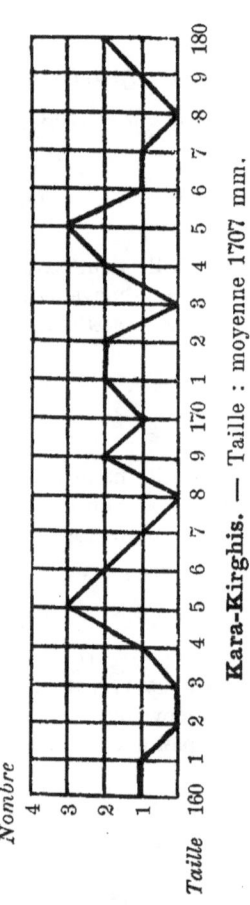

Kara-Kirghis. — Taille : moyenne 1707 mm.

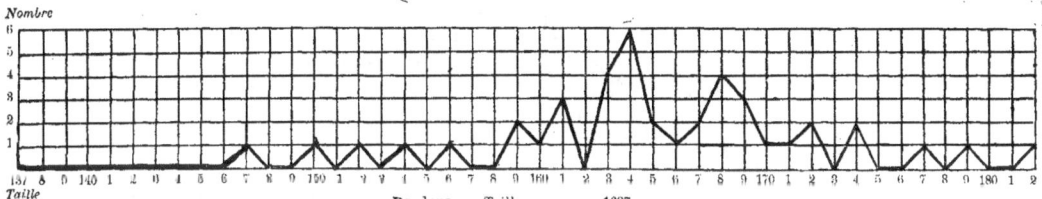

Dardous. — Taille : moyenne 1687 mm.

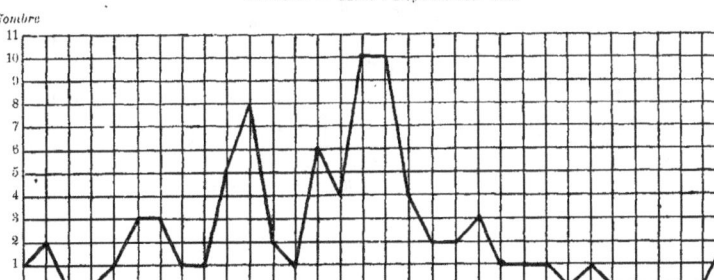

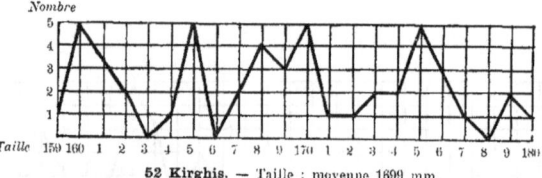

52 Kirghis. — Taille : moyenne 1699 mm.

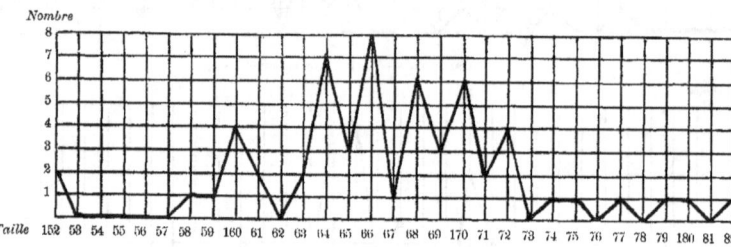

Galtchas. — Taille : moyenne 1667 mm.

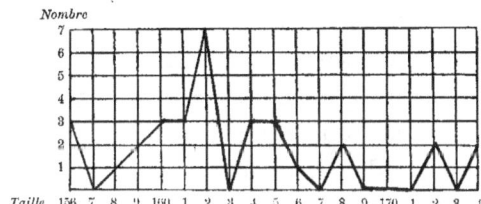

Ladakis. — Taille : moyenne 1630 mm.

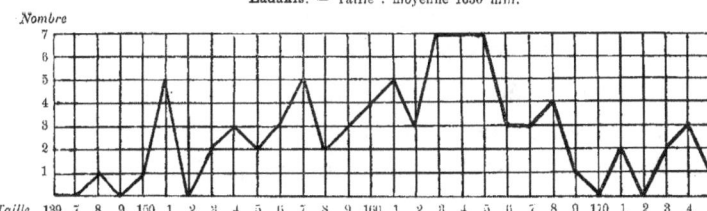

Baltis. — Taille : moyenne 1580 mm.

Le graphique des tailles des Tadjiks nous montre que ce peuple n'est composé que de tailles moyennes et de tailles élevées, ces dernières comprennent plus que la moitié. Les points culminants portent sur les chiffres 164, 171, 175, il y a même 3 individus qui mesuraient 183 et 3 186, nous voyons donc que dans la composition des Eraniens de la plaine, la taille de *H. Europœus* a prévalu et que les éléments brachycéphales ont eu leur taille augmentée. Sous ce rapport les Tadjiks diffèrent considérablement des Galtchas chez lesquels les tailles moyennes sont en grande majorité et ou nous rencontrons même des tailles petites. L'écart chez les Tadjiks entre le maximum et le minimum atteint 26 centimètres, chez les Galtchas il est de 30 ; dans cette dernière série les sommets du graphique sont représentés par 164, 166, 168, 170 ; l'élément brachycéphale a donc fait sentir fortement son influence. Les Savoyards du Pamir se rapprochent donc aussi, sous ce rapport, de *H. Alpinus*.

Les Kara-Kirghis sont d'une taille élevée, comme nous l'avons vu plus haut ; le graphique nous montre que deux éléments ont contribué à la formation de leur type, un élément grand et un élément moyen. Si nous les comparons à leurs frères de la plaine, nous voyons que ceux-ci mesurent 26 milimètres de moins, mais que les maxima et les minima sont à peu près les mêmes, ainsi que les écarts. Toutefois, les tailles moyennes sont plus nombreuses que les tailles élevées. Nous en concluons que les deux peuples, malgré leur homogénéité apparente, sont la meilleure preuve que le type *Acrogonus* de l'Asie Centrale devait être d'une taille relativement élevée. Il est à remarquer aussi que les Kara-Kirghis sont plus grands que les Galtchas leurs voisins immédiats, ce qui ferait supposer que ces derniers doivent l'abaissement de leur taille à des conditions biologiques défavorables. Faisons cependant remarquer que les Darwâzis sont presque de haute taille et que les Karatéghinois sont plus grands que leurs voisins Eraniens.

Quant aux Dardous, qui viennent immédiatement ensuite, leur graphique est surtout curieux à examiner : l'écart est énorme, il est de 25 centimètres ; nous voyons nettement que deux éléments hétérogènes ont fusionné, un élément de haute taille et un élément de petite taille. Ce dernier élément doit certainement son origine au mélange inévitable avec les autochthones de l'Himalaya Occidental.

Chez les Usbegs les petits sont également représentés, tandis qu'ils font défaut chez les Kirghis, comme nous l'avons vu plus haut. Aujourd'hui, chez eux les hautes tailles et les tailles moyennes sont à peu près du même nombre. Il est certain que eux aussi se sont appropriés plutôt la haute taille de *H. Europœus* que celle petite de *H. Asiaticus*.

Chez les Ladakis nous voyons un minimum de 156 à côté d'un maximum de 174 ; l'écart n'est donc que de 18 centimètres. Les éléments de haute taille sont insignifiants et les caractères mongoliques ont donc prévalu aussi de ce côté ; la série montre une grande homogénéité.

Les Baltis sont, dans leur ensemble, certainement le plus petit peuple de nos séries, mais, en réalité, il est le plus mélangé : les éléments petits sont entrés pour une très forte part dans sa formation, tandis que les éléments grands sont presque insignifiants ; cette circonstance ne peut pas être attribuée seulement à un mélange avec les autochthones, elle prouverait que les Saces étaient d'une taille au-dessous de la moyenne, ce qui n'a rien d'étonnant de la part d'un peuple de cavaliers. Les Baltis sont plus petits que les Ladakis, c'est encore une preuve de plus qu'ils ne sont pas le résultat du croisement de ces derniers avec les Dardous, tout au contraire. Car ce mélange avec les Dardous qui est évident et qui certainement, de l'aveu même des auteurs qui les rattachent aux Ladakis, a été autrement considérable que celui des Ladakis avec les Dardous, n'expliquerait nullement comment ils peuvent être d'une taille inférieure à celle des Ladakis. Il y a donc eu là d'autres éléments qui sont entrés en ligne de compte. Le maximum chez les Baltis atteint 175, le minimum 147, ce qui donne un écart de 27 centimètres. L'élément grand n'est entré qu'avec 10 0/0 dans la composition du type, l'élément petit avec 34.44 0/0 ; tandis que chez les Ladakis l'élément grand arrive à 12.52 0/0 et l'élément petit n'atteint que 18.52 0/0. Ces chiffres sont éloquents.

B. — Caractères descriptifs.

Nous donnons quelques renseignements descriptifs sur les Ladakis, les Baltis et les Dardous qui ne figurent pas dans nos *Résultats anthropologiques d'un voyage en Asie Centrale.*

Pilosité du corps.

Peuples.	Glabre.	Presq. glab.	Peu velu.	Velu.	Très velu.		
36 Ladakis..	73.52	»	20.59	»	5.88	=	99.99
82 Baltis....	13.75	»	27.50	38.74	20.00	=	99.99
44 Dardous..	4.44	»	13.33	48.89	33.33	=	90.99

Cheveux.

Peuples.	Lisses.	Ondés.	Bouclés.		
36 Ladakis......	76.49	8.80	14.70	=	99.99
82 Baltis........	»	37.50	62.50	=	100.00
44 Dardous......	»	86.66	13.33	=	99.99

Barbe.

Peuples.	Nulle.	Rare.	Peu fournie.	Abondante.	Très abond.		
36 Ladakis..	26.47	38.23	»	35.29	»	=	99.99
82 Baltis....	0.75	42.50	»	46.25	2.50	=	100.00
44 Dardous..	6.66	17.75	»	71.14	4.44	=	99.99

Couleur de la peau et couleur des yeux.

Tandis qu'au nord de l'Hindou-Kouch la peau des Eraniens est blanche et que celle des Turco-Tatars et Mongols tire plus ou moins sur le jaune, la peau des Hindous de l'Hindou-Kouch est souvent bistrée, résultat du mélange avec les éléments authochtones négroïdes.

La peau des Ladakis, tire franchement sur le jaune.

Quant à la couleur des yeux, le docteur Topinard avait, dès le premier examen des matériaux anthropologiques rapportés par moi de l'Asie Centrale, attiré l'attention sur le grand nombre de cas d'yeux verts et bleus et souvent clairs chez les Eraniens de la plaine et ceux des montagnes (1). Au sud de l'Hindou-Kouch, les yeux bleus sont fort rares et même les yeux clairs ne se rencontrent qu'exceptionellement.

Couleur des cheveux et de la barbe.

Tous les Eraniens ont les cheveux châtains ; cependant on rencontre des blonds parmi eux ; plus de blonds parmi les Tadjiks de la plaine que parmi les Galtchas. Tandis que chez les derniers les blonds ne forment que 8 0/0 de la population, ils comprennent 12 0/0, jusqu'à 13 0/0 chez les Tadjiks du Ferghanah et plus de 27 0/0 chez ceux de Samarkand. Quant à la barbe, qui est généralement plus claire que les cheveux, nous constatons une progression semblable, 15 1/2 0/0 chez les Galtchas, 36 0/0 chez les Tadjiks du Ferghanah, 38 0/0 chez ceux de Samarkand. *Les Aborigènes de l'Asie Centrale se sont mélangés, à une époque fort reculée, avec une peuplade blonde, peut-être dolicocéphale ? Ce mélange a été peu considérable dans les hautes vallées avoisinant le Pamir, il a été beaucoup*

(1) Bulletin de la Société d'Anthropologie de Paris. Tome II, 3ᵐᵉ série, 2ᵐᵉ fascicule. Février à Avril 1879, p. 221-227.

plus continu dans le Ferghanah et dans les environs de Samarkand.

Les Usbegs du Ferghanah, dont le mélange intime avec les Tadjiks de la même contrée a déjà été constaté, ont été moins atteints du contact avec les blonds, car nous n'y rencontrons que 3 1/2 0/0, tandis que chez ceux de Samarkand les cas de blonds sont beaucoup plus fréquents. *Toutes les autres peuplades sont noires entremêlées de châtains.*

Tous les Hindous de l'Hindou-Kouch ont les cheveux bruns ou châtains ; *les blonds ne s'y rencontrent qu'à l'état absolument sporadique.*

Les Mongols du Tibet ont les cheveux foncés, les blonds n'existent point chez eux.

Pilosité du corps.

Les Eraniens sont tous plus ou moins velus ; les glabres sont excessivement rares, surtout quand on considère que, sur les quatre Galtchas qui ont la peau glabre, deux sont à peine adultes ; chez les Tadjiks du Ferghanah, il n'y en a également que quatre et chez ceux de Samarkand qu'un seul.

Les Usbegs du Ferghanah sont en majorité velus, mais nous rencontrons cependant 28 0/0 de glabres et, chez les Usbegs de Samarkand même, 43 0/0, sans distinction de l'âge. Les Dounganes, Mandchoux et Kalmouques sont absolument glabres ; les Kara-Kirghis presque tous.

Les Hindous de l'Hindou-Kouch ont également la pilosité du corps très développée, mais tandis que la plus grande pilosité chez les Eraniens se présente sur la poitrine, chez les Hindous de l'Hindou-Kouch elle se rencontre sur le tibia.

Les Ladakis sont presque glabres, ici encore une comparaison entre les Ladakis et les Baltis s'impose et démontre encore une fois de plus la dissemblance physique de ces deux peuples.

Caractère des cheveux, abondance de la barbe.

Au nord de l'Hindou-Kouch, les cheveux lisses sont en grande majorité, les cheveux ondés fréquents chez les Eraniens, rares chez les Turco-Tatares, n'existent pour ainsi dire pas chez les Mongols.

Au sud de l'Hindou-Kouch, les Ladakis seuls ont en grande majorité, plus de 76 0/0, les cheveux lisses, tandis que chez les Baltis et les Dardous ce caractère pileux n'existe pas. Les Baltis ont plus de 60 0/0 les cheveux bouclés ce qui élargit encore l'abîme qui les sépare des Ladakis.

Les Galtchas, Tadjiks du Ferghanah et ceux de Samarkand ont presque tous la barbe abondante ; chez les premiers, il y a 14 barbes rares et 4 nulles, dont 2 jeunes gens ; chez les seconds, il n'y a que 6 rares et, chez les derniers, seulement 7.

Les Usbegs du Ferghanah se distinguent encore assez sensiblement de leurs congénères de Samarkand, ils ont 67 0/0 la barbe abondante, 20 0/0 rare et 10 0/0 nulle, tandis que ceux de Samarkand ont trois barbes abondantes, 6 rares, et 5 nulles sans distinction de l'âge (pour les rares, bien entendu).

Il est encore à remarquer que les Kara-Kirghis, qui sous le rapport de la pilosité du corps, se rapprochent beaucoup des Mongols purs, ont 54 0/0 la barbe rare, 11 0/0 nulle, 4 0/0 peu fournie et 31 0/0 abondante.

Les Kachgariens ont tous, à l'exception de deux, la barbe abondante ; les Tarantchis, au contraire, ont tous la barbe rare, ce qui corrobore encore en faveur de l'opinion que nous avons émise au sujet du mélange des Tarentchis avec les peuples mongoliques.

Au sud de l'Hindou-Kouch, les Dardous ont en grande majorité la barbe abondante, on peut dire les trois quarts ; les Baltis la moitié, les Ladakis. seulement un tiers. Les barbes nulles n'existent pour ainsi dire pas chez les deux

premiers peuples, tandis qu'elles rentrent pour plus de
26 0/0 dans la composition du troisième.

Forme du visage et forme du nez.

Tandis que les Galtchas sont mésoprosopes, les Tadjiks
de la plaine sont leptoprosopes ; les Turco-Mongols sont
ou mésoprosopes ou franchement eurygnates.

Au sud de l'Hindou-Kouch, la distinction est plus tran-
chée, la mésoprosopie du *H. Alpinus* du Pamir ne se
rencontre que chez le Balti, tandis que le Dardou est
franchement leptoprosope et que les contours du visage
des Ladakis affectent une forme déprimée et losangique.

Quant à la forme du nez on rencontre chez les Galtchas,
sur 58 individus, 13 de leptorhiniens, 35 de mésorhiniens
et 10 de platyrhiniens ; chez 70 Tadjiks, 19 sont leptorhiniens ; 46 mésorhiniens et 5 seulement platyrhiniens ;
tout autre est la proportion chez les Turco-Mongols et les
Mongols purs. Chez 60 Usbegs, 8 sont leptorhiniens ; 38
mésorhiniens et 14 platyrhiniens. Chez les Kirghis de la
plaine les platyrhiniens dépassent les mésorhiniens ; chez
les Kalmouques, enfin, même les mésorhiniens ne se rencontrent plus ; ils sont tous platyrhiniens.

Au sud de l'Hindou-Kouch, les Dardous sont en grande
majorité leptorhiniens, les Baltis mésorhiniens, les Ladakis
platyrhiniens ce qui correspond bien à leurs autres caractères distinctifs.

Conclusions.

Il résulte de tout ceci que le type de *H. Europœus* pur,
tel que nous le rencontrons dans le nord et le nord-ouest
de l'Europe et dans le nord de l'Amérique, n'existe point
en Asie Centrale, ni dans les régions pamiriennes, ni au
sud du Caucase Indien. Toutes ces régions sont contraires

à son développement, ces centres biologiques ne lui conviennent pas. Il y a passé autrefois. En dehors de récits historiques son passage nous est révélé par certains caractères morphologiques que nous rencontrons chez tous ces peuples.

Dans tous les cas, l'Asie Centrale n'a jamais été son berceau. Quelques Tadjiks de la plaine à l'ouest du Pamir et quelques Brahmines du Cachemire connus sous le nom de Pandites en sont les derniers représentants dégénérés.

H. Alpinus se rencontre en masse compacte à l'ouest et à l'est du Pamir, c'est la continuation de la trainée des Celto-Slaves de Broca qui pénètre jusqu'au cœur de l'Asie ; groupé au pied des montagnes, réfugié dans les vallées élevées, ce type présente une grande uniformité, sa brachycéphalie augmente avec les altitudes. Comme en Europe, en Asie aussi, *H. Alpinus* paraît être le résidu d'un croisement de type *Acrogonus* avec *H. Europæus*, et d'autres éléments. Parmi ces autres éléments, l'intervention de *H. Asiaticus* pour une large part est patente. Comme les Savoyards attardés du Pamir ressemblent étonnament à *H. Alpinus* de l'Europe centrale, j'en conclus que dans la composition de ce dernier il est également entré *H. Asiaticus* ou un de ses homologues, ce qui expliquerait, d'ailleurs, l'opinion de plusieurs savants qui retrouvent chez les anciens ligures certains caractères mongoliques.

H. Asiaticus, au nord du Pamir, primitivement dolicocéphale est devenu brachycéphale en se croisant avec le type *Acrogonus*. Nous nous sommes déjà expliqué longuement à ce sujet.

D'une composition tout aussi complexe mais d'un type en apparence beaucoup plus homogène est *H. Himalayensis* au sud de l'Hindou-Kouch.

En dehors des éléments autochthones négroïdes et mongoliques, dans une proportion infime, l'Hindou de l'Hindou-Kouch est le composite de *H. Europæus*, et d'un homologue du type méditerranéen. A notre avis c'est même ce dernier

qui l'emporte, surtout aujourd'hui. Est-il venu du Nord,
par la Kachgarie, où l'on retrouve ses traces ? Est-il
venu de l'Ouest, à travers l'Afghanistan, sous une forme
sémitique ? C'est encore possible ; vouloir nier son existence, sa prépondérance actuelles serait contraire à la
réalité qui appert des observations de tous les voyageurs.

Quant au type mongolique du Tibet, il est dolicocéphale,
du moins dans la partie occidentale de ce pays qui seul
jusqu'à ce jour a été exploré au point de vue anthropologique.

Que dire des caractères psychiques de tous ces peuples ?
Les effets inéluctables des lois d'hérédité et de sélection
naturelle et sociale se sont fait sentir ici comme dans le
reste du monde.

Tandis que le Mongol aussi bien au nord qu'au sud du
Caucase Indien est resté pour ainsi dire figé dans sa passive
immuabilité, modifié seulement selon qu'il a embrassé le
Bouddhisme ou l'Islamisme, ce qui l'a rendu placide ou
farouche et ombrageux, l'Eranien subjugué par les turbulentes hordes turco-tatares est en proie à une déchéance
morale et à une dégénérescence physique !

Seul le montagnard du Pamir a su garder jalousement
les mœurs de ses aïeux.

Bientôt, le pouvoir russe s'établira partout et nous
verrons sous peu si le Tadjik de la plaine, capable d'un
relèvement moral, saura secouer sa torpeur due à un esclavage plusieurs fois séculaire. Au sud de l'Hindou-Kouch,
nous voyons également à côté de tribus farouches, vail-
lantes, fières de leur indépendance, s'affaiblissant par des
continuelles guerres intestines, représentées par les Kafirs,
les Chins et par les Yechkouns, le paisible Balti vaquer à
ses occupations agricoles et horticoles. Tandis que, au coin
le plus fertile de ce pays béni qu'on appelle le Cachemire,
qu'un grand poète anglais avait comparé au Paradis
terrestre, nous voyons un peuple vigoureux, beau, doué de
tous les dons de l'intelligence, artiste dans l'âme, indus-

trieux au possible, croupir dans un abaissement moral qui
n'a de pareil nulle part en Asie. En effet, il y a deux
siècles, du temps de Bernier, plus tard du temps de
Jacquemont, plus tard encore du temps de Guillaume
Lejean, comme aujourd'hui, le peuple du Cachemire peut
se vanter d'être parmi les plus faux, les plus fourbes, les
plus voleurs et les plus lâches de l'univers. Voilà où l'effet
des sélections sociales a pu amener une race des plus
heureusement douées ; ses défauts devenant des qualités
dans l'espèce.

APPENDICE PREMIER

Quelques considérations supplémentaires par rapport aux monnaies gréco-bactriennes et indo-scythiques.

C'est après l'impression de mon « Introduction ethnologique, ethnogénique et biologique » que j'ai eu connaissance du *Mémoire* de M. le docteur R. Collignon sur *la Dordogne, la Charente*, etc. Dans ce *Mémoire*, présenté à la Société d'anthropologie de Paris, en 1893 (1), il est question de la manière dont on peut utiliser les représentations figurées de l'homme pour déterminer approximativement son indice céphalique. Comme je n'ai pas fait autre chose, par rapport aux monnaies gréco-bactriennes et indo-scythiques, je demanderai tout d'abord la permission au lecteur de reproduire *in extenso* le passage du *Mémoire* du docteur R. Collignon :

« Il peut être d'un certain intérêt pour les anthropogistes, lorsqu'ils se trouvent non plus en présence de l'homme ou de ses restes osseux, mais de sa représentation figurée, d'arriver sinon à déterminer approximativement son indice céphalique, tout au moins à dire s'il s'agit d'un type brachycéphale ou dolicocéphale. Nombre de

---

(1) Le docteur R. Collignon, *Anthropologie de la Dordogne, Charente, Creuse, Corrèze, Haute-Vienne*. Mémoires de la Société d'Anthropologie de Paris, t. I (3ᵐᵉ série, 3ᵐᵉ fascicule), séance du 16 Février 1893, Paris, 1894

peintures ou de sculptures antiques, en Assyrie notamment, voire même *les monnaies qui souvent donnent l'idéalisation du type local*, nous livrent de véritables portraits, copiés avec une grande exactitude sur les modèles, et représentés de profil. Il s'agissait de voir si sur un profil il était possible de distinguer avec quelque chance d'exactitude les deux grands groupes l'un de l'autre, en étudiant le rapport à la hauteur totale de la tête = 100 du diamètre antéro-postérieur maximum. Nous appelerons ce rapport *indice latéral de la tête.*

« Considérons une tête de profil : *à priori* il est certain que, la hauteur l'emportant toujours sur la longueur, plus le sujet sera dolicocéphale et par suite la tête longue, plus les deux diamètres tendront à s'égaler et plus le chiffre de l'indice sera voisin de 100. Les brachycéphales auront donc nécessairement un indice plus faible que les dolicocéphales. Mais, d'autre part, à longueur de tête égale, il est évident que si la hauteur diminue, comme c'est précisément le cas dans une partie du département, l'indice doit s'élever proportionnellement. Le maximum d'écart doit donc se produire entre *brachycéphales* et *dolicocéphales dysharmoniques.*

« En effet, en Dordogne, l'écart s'étend de 81.8 à Villefranche-de-Belvès, canton très brachycéphale, jusqu'à 90.1 à Montpon, canton dolicocéphale. La moyenne du département est de 85.84.

« Chose curieuse, ce rapport classe parfaitement les races dans le cas présent ; car il isole en un groupe compact les vrais brachycéphales du Sarladais, puis les dolicocéphales dysharmoniques de la vallée de l'Isle, et enfin les dolicocéphales à face longue et étroite normaux.

« Au point de vue plus général énoncé ci-dessus, on peut admettre que, si sur un profil l'indice est supérieur à 84, le sujet est probablement dolicocéphale et qu'au contraire s'il est inférieur à ce chiffre il doit être brachycéphale.

« Cet écart est bien faible, et vraisemblablement il sera difficile de tirer ainsi grand parti des monuments figurés pour la recherche anthropologique des types. *La petitesse des plus communs d'entre eux, les monnaies,* comme aussi le compte qu'il faut tenir de l'épaisseur variable de la chevelure, rendraient forcément le résultat obtenu douteux. Ce ne saurait donc être qu'une indication, *précieuse sans doute,* mais sans valeur absolue. En revanche, on voit que, dans des cas analogues à celui qui nous occupe ici, c'est-à-dire lorsqu'il s'agira de séparer des races apparentées par l'indice céphalique, ce caractère se trouve, et c'est là une chose fort inattendue, en mesure de fournir de précieux renseignements. Ce ne serait pourtant jamais qu'un indice d'importance secondaire et qui, comme la plupart de ceux que nous avons étudiés jusqu'ici, aurait besoin pour acquérir toute sa valeur de se subordonner au préalable à la base solide donnée tout d'abord par l'indice céphalique. Nous y trouverions d'autre part un nouvel argument en faveur de la nécessité qui, selon nous, s'impose de mesurer la hauteur totale de la tête. Quelque judicieuses que puissent être en théorie des critiques qui s'adressent à cette mesure, il nous semble qu'elles doivent plier devant les faits, c'est-à-dire devant les résultats qu'elle donne en pratique. Or il se trouve que l'examen d'ensemble des mesures expérimentées dans ce travail conduit à modifier singulièrement nos idées sur la valeur de beaucoup d'entre elles ; si l'indice céphalique garde son rang, le premier, en revanche, la taille et l'indice nasal passent au second, sinon au troisième. La couleur garde sa place, à la condition de ne pas s'exagérer l'importance des groupes rares, et subitement l'ensemble des caractères ordinaires négligés, qui s'appuient sur l'étude du crâne et de la face, prend une importance inattendue. Parmi les mesures qui permettent d'arriver aux constatations les plus importantes, il en est deux qui viennent en tête, la hauteur du crâne et précisément celle de la tête, *vertex à menton.* Les hauteurs, soit du nez,

soit de la face, ne donnent, à côté des précédentes, que
des enseignements vagues et douteux. Il nous semble
que dans ces conditions la preuve est faite, et que les
objections *à priori* doivent être écartées ».

Le docteur R. Collignon est absolument dans le vrai, et
c'est bien l'idéalisation du type local d'une race qu'il faut
chercher sur les profils des monnaies gréco-bactriennes et
indo-scythiques. Ainsi, prenons un exemple entre tous.
Sur toutes les monnaies qui représentent Alexandre et
même sur celles de son père, Philippe de Macédoine, nous
constatons la présence de bosses sourcillières extraordinairement développées. Chose étrange, chez les successeurs
d'Alexandre, en Bactriane, qui n'étaient pourtant point
ses descendants, nous rencontrons ce même renflement
excessif des bosses sourcillières, ce qui prouve surabondamment, il me semble, que cette saillie exagérée était
bien un caractère typique de ces rois de race grecque ou
plutôt macédonienne. C'est si bien un caractère typique,
que nous le retrouvons régulièrement sur toutes les resti-
tutions faites plusieurs siècles plus tard. Ainsi les trois
merveilleuses médailles en or provenant des fouilles de
Tarse, représentant Philippe et Alexandre, frappées sous
le règne de l'empereur romain Alexandre Sévère, au
IIIme siècle de notre ère, accusent ce même caractère
typique. Comparons les deux Alexandre, celui coiffé de la
peau de lion et celui représenté nu-tête, nous constaterons
aussitôt que leurs physionomies ne se ressemblent guère,
mais, en revanche, le développement exagéré des bosses
sourcillières est le même chez tous les deux (1).

Je suis sûr et certain que si on pouvait appliquer
aux premiers successeurs d'Alexandre en Bactriane le

(1) Cette saillie des bosses sourcillières, si prononcée chez Alexandre et ses successeurs en Bactriane, et qui rappelle un des caractères
les plus typiques du crâne de Néanderthal, est d'autant plus caractéristique que le front d'Alexandre était également fuyant et peu élevé.
Ce qui ne veut pas dire qu'Alexandre fut un Néanderthaloïde !

procédé de Galton, on arriverait infailliblement à constater la saillie exagérée de leurs bosses sourcillières comme un caractère typique de leur dynastie.

La preuve que les effigies des monnaies sont de véritables portraits, nous la trouvons partout. Comparons, par exemple, les Jules César aux Auguste. Jules César, ainsi que la plupart des membres de la famille Julia, paraît avoir été dolicocéphale, de même que Pompée, Sylla et la plupart des grands Romains qui ont précédé l'Empire, tandis qu'Auguste est franchement brachycéphale, comme Tibère, Claude, Vitellius et le plus grand nombre de leurs successeurs. Il suffit d'avoir vu au Musée de la ville d'Avignon, dans les galeries du château d'Este (1), à Florence, à Rome, etc., les têtes de ces empereurs pour se convaincre du bien fondé de nos observations. Si l'on avait voulu flatter Auguste, il est certain qu'on lui aurait donné la même forme de tête qu'à son illustre oncle.

Tout anthropologiste connaît le passage si curieux que Khanikoff consacre aux sculptures de Behistoun, contemporaines d'Hérodote. « Sans être d'une exactitude parfaitement rigoureuse, les artistes iraniens reproduisent, jusqu'à nos jours, assez bien le type des nations qu'ils veulent représenter (2). » Cependant Khanikoff préfère comparer les œuvres d'art de l'ère achéménide, les sculptures du règne de Darius, aux bas-reliefs du temps de Sapor, c'est-à-dire il préfère comparer les œuvres d'art du VIme siècle av. J.-C., à celles provenant du IIIme siècle de notre ère.

De la copie exacte que Flandin avait faite des bas-reliefs de Darabguird, Khanikoff tire des conclusions fort intéressantes et démontre combien ces bas-reliefs sont de fidèles portraits. L'empereur Valérien représenté sur le bas-relief

---

(1) Ce château, situé près de Padoue, s'appelle Kataya, Kitaya, nom probablement donné du temps de Marc Pol.

(2) Voir Khanikoff, *loc. cit.*

est absolument semblable, au point de vue typique, à l'image qui se trouve sur des monnaies frappées à son effigie. Sur ces monnaies son profil est figuré « avec un front assez bas, le nez modérément long et légèrement arqué, le maxillaire supérieur très haut, la lèvre inférieure assez épaisse, l'œil plutôt petit que grand et le cou large ». Toutes ces particularités se retrouvent sur le bas-relief reproduisant la figure de l'empereur captif. La comparaison des profils romains avec les profils des quatre Perses, représentés nu-tête, nous montrent que ces derniers avaient des crânes plus longs, moins élevés et plus plats par le haut que ceux des Romains, ce qui pour les Persans orientaux est encore incontestablement vrai de nos jours.

« Comme il est notoire, dit Khanikoff, plus loin, qu'à l'époque des Achéménides, l'art persan était bien plus parfait que du temps des Sassanides, il faut accorder encore bien plus d'exactitude aux figures du rocher de Behistoun qu'à celles du bas-relief de Darabguird. » Le rocher de Behistoun nous représente deux Perses occidentaux de la tribu des Achéménides, deux Sémites, un Mède, un habitant de la Margiane, un Sace, un Mage, un Arménien et deux Perses, non Achéménides. Khanikoff passe ensuite en revue ces différents types qu'il appelle *une véritable galerie ethnographique* ; ses appréciations sont curieuses à lire.

Mais je suis loin de partager entièrement la manière de voir de l'illustre ethnographe russe; pour moi, seuls les numéros 1, 2, 5 et 12 ont une conformation crânienne qui les rapproche des Eraniens, tous les autres ont le crâne long et peu élevé, ce qui rappelle les Persans actuels et les Afghans. Quant aux profils, à l'exception du 5 et du 12, ils ont tous un caractère des plus *sémitiques*. Quant au Sace enfin, dont les contours du crâne sont dissimulés par sa coiffure, il n'a, malgré son nez plat et ses petits yeux, rien d'un Kirghis, car sa barbe est beaucoup trop abondante.

J'ai rapporté de mon voyage aux Indes, entr'autres documents, une série de miniatures représentant les faits et gestes d'un prince d'un petit état de l'Himalaya Occidental ; ces miniatures sont d'une grande importance ethnographique et aussi anthropologique ; elles sont toutes des portraits fidèles et curieux qui révèlent des différences de races et dont quelques-uns rappellent les profils du rocher de Behistoun. Les différentes colorations de la peau ne laissent aucun doute sur les intentions de l'artiste qui voulait donner à chaque race son caractère particulier. Ce qui augmente encore la valeur de ces documents, c'est qu'ils ont été composés dans une partie des plus reculées de l'Himalaya Occidental, dans la principauté de Tchamba, située entre le pays du Koulou et le Cachemire. J'ai fait reproduire ces miniatures dans mon ouvrage publié à Leipzig en 1884 et j'emprunte à mon récit quelques particularités se rapportant aux types des personnages représentés.

La première miniature nous montre le ·Radjah, à peine adolescent, partant pour la chasse. Ses traits, à la coloration relativement claire, nous indiquent que le jeune prince appartient à la fière race des Radjpouts. Son ministre, un homme de 45 ans, est, sans aucun doute, un Hindou venu des plaines du Gange, la coloration de sa peau nous le prouverait à défaut d'autres indices. Les quatre serviteurs qui précèdent le Radjah présentent des types fort curieux ; nous y voyons d'abord un Brahmine, la blancheur de la peau nous l'indique, puis deux serviteurs coiffés du bonnet des Gaddis (1) qui ont bien le type massif de ces montagnards. Enfin, nous apercevons un quatrième serviteur, au teint basané et à la barbe rare, qui appartient certainement à une des castes inférieures que nous rencontrons partout dans l'Himalaya Occidental et qui descend des anciens aborigènes du pays ; il conduit

(1) Le roi gréco-bactrien Amintas est représenté sur une de ces monnaies coiffé d'un bonnet semblable.

un chien en laisse, ce qui prouve encore davantage la bassesse de son extraction.

Un deuxième tableau nous représente le Radjah au temple, entouré de prêtres et de musiciens ; les uns ont bien le type des Brahmines, les autres celui des Doums.

Sur un troisième tableau, nous voyons le Radjah se promenant dans son parc en compagnie de sa jeune épouse ; les femmes représentées sur cette miniature sont très curieuses à examiner ; leurs traits sont jolis et leur peau est blanche.

Sur un quatrième tableau, nous apercevons le Radjah assis sur la terrasse de son palais, montrant à sa femme de gros nuages qui annoncent l'arrivée de l'orage ; la servante qui les sert a une coloration de la peau plus foncée que la princesse ; ce fait, comme toujours. est évidemment voulu.

Enfin, un cinquième tableau, représentant un *dourbar* est de beaucoup le plus intéressant ; nous y voyons une trentaine de personnages, tous des portraits, dont les types et les teints nous révèlent des castes ou des races (ce qui veut dire la même chose) différentes ; nous y voyons des Brahmines, des Radjpouts, des Cachemiris, des Hindous montagnards, enfin des musiciens Doums dont les traits sont si caractéristiques. Toutes ces miniatures sont autant de documents, pour celui qui sait les déchiffrer. Les artistes orientaux sont de fidèles portraitistes. L'exécution laisse parfois à désirer, mais, partout, on voit l'intention bien marquée de l'artiste d'être fidèle dans sa reproduction (1).

(1) M. de Lapouge a eu l'obligeance de nous signaler un ouvrage de Hamdi Bey et Salomon Reinach, intitulé *Une Nécropole royale à Sidon*, renfermant des planches fort curieuses ; parmi ces dernières il y en a deux en couleurs. Sur la planche XI, représentant deux faces du sarcophage, dit des Pleureuses, il y a dix-sept personnages parmi lesquels deux femmes seulement paraissent un peu brunes, le reste échelonné du châtain clair au blond ; ce sarcophage est purement grec. Sur la planche XXXVI, face sud du grand sarcophage supposé contenir

Tout ce que Khanikoff dit pour les figures du rocher de Behistoun et pour les bas-reliefs de Darabguird, tout ce que nous avons constaté pour les miniatures indiennes et persanes (1), peut s'appliquer aux monnaies gréco-bactriennes et indo-scythiques ; ce sont toujours des portraits, des portraits fidèles qui permettent de se faire une idée des types de ces différents rois.

Revenons aux monarques grecs de la Bactriane et de l'Inde, qui nous intéressent particulièrement. Chez eux aussi nous constatons la disparition de la dolicocéphalie qui fait place à un type à tête ronde, quelquefois même avec aplatissement occipital, mais *toujours leptoprosope et leptorhinien*. Fait curieux, avec cette modification du type, nous remarquons l'affaiblissement de la saillie des bosses sourcillières qui disparaît chez Apollodotus, chez Strato, chez Agathoclès, chez Ménander, chez Antimachus II, chez Philoxénus, chez Amyntas et chez Hermæus ; tandis que Hippostratus présente le même gonflement des bosses sourcillières que les premiers rois de sa dynastie. Quant à la forme crânienne, Apollodotus est microcéphale avec un crâne peu élevé. Strato et Agathoclès ont le crâne court et Amyntas présente le type *Acrogonus* des plus caractérisés. Tous ces rois ont la face très allongée, donc un indice latéral élevé. Quelle différence entre ces rois dégénérés et les fondateurs de leur race ! Quelle puissance d'expression chez Diodotus et chez Euthydème, et,

---

Perdiccas, le fronton représente Alexandre au milieu de la mêlée ; il est roux plutôt que blond ; trois Perses l'entourent, d'un blond plus ou moins roux. Le bas-relief principal représente une chasse au guépard ; tous les personnages (cinq) sont des Perses ; il y en a trois roux et deux blonds pâles. Ce sarcophage est un des chefs-d'œuvre de l'art grec et est bien intact. *Les figures sont des portraits*, Grecs et Perses sont leptoprosopes et leptorhiniens ; les Perses ont une physionomie plus accusée, presque celle des Gaulois et des Germains, et *n'ont rien du type Iranien actuel.*

(1) M. Gillot, le grand industriel parisien bien connu, possède des miniatures persanes d'un très grand intérêt ethnographique.

si nous examinons avec attention les profils de Démétrius et d'Eucratide nous y trouverons une nouvelle preuve de ce que nous avons avancé plus haut, à savoir que ce sont des portraits fidèles. Démétrius, avec son front élevé, son beau nez, sa bouche dédaigneuse, son menton puissant et sa physionomie énergique, diffère sensiblement d'Eucratide, dont le front est également haut, mais légèrement bombé, dont le nez est droit et pointu, la bouche souriante, le menton saillant, la physionomie plus douce mais aussi pleine de finesse, je dirai même empreinte de malice. La forme du crâne est cependant la même chez ces deux monarques, et tous les deux ont les bosses sourcillières très saillantes et l'enfoncement sus-nasal profond.

Raoul Rochette avait déjà fait observer que les derniers rois grecs de l'Inde, ainsi que les rois saces et, plus tard, les princes indo-parthes, s'étaient fait représenter souvent à cheval sur leurs monnaies. Mais encore aujourd'hui, au Cabinet des Médailles à Paris, les rois saces sont classés à la suite des derniers rois grecs, considérés comme leurs successeurs immédiats. Cependant, les ingénieuses explications du général Cunningham ont démontré, à ne pas en douter, que les premiers rois saces étaient contemporains des derniers rois grecs, qu'ils ont régné dans la partie orientale du Pendjab, pendant que les rois grecs avaient encore conservé le pouvoir dans la Cophène, l'Afghanistan actuel, tandis que la Bactriane était gouvernée par des princes yué-tchi. Aujourd'hui, il est absolument démontré que Mauès, Hippostratus et Amyntas étaient contemporains (vers l'an 70 avant J.-C.), de même que plus tard Azès, Hermæus et les prédécesseurs de Kadphisès Ier (vers 40 à 35 avant J.-C.).

Les rois indo-parthes, arrivés dans la région orientale du Pendjab vers l'an 25 de notre ère, ont sans doute pénétré aux Indes en passant par l'Arachosie, la Gédrosie et la Karamanie (1). Il est à remarquer, à propos de ces

(1) Je dois ce détail à l'obligeance de M. Ed. Drouin.

derniers, combien Héraus et Hyrcodès rappellent par leur conformation crânienne Randjabala, contemporain de Ménander, d'après les uns, d'Hermæus, d'après les autres. Ils ont tous de grosses figures avec un crâne pointu et élevé et avec un aplatissement occipital des plus prononcés ; les deux derniers ont même des moustaches tombantes et Hyrcodès a de plus une barbiche.

La différence entre les rois grecs de l'Inde et les rois saces a donc été démontrée par le général Cunningham, comme nous l'avons dit plus haut, et nous avons eu l'occasion d'en parler dans notre Introduction ethnogénique. De notre côté, nous avons trouvé une distinction entre ces monnaies, tout aussi typique et tout aussi concluante. *Les chevaux montés par les rois saces sont d'une race tout à fait différente de celle sur lesquels se sont faits représenter les derniers rois grecs.* En effet, Antimachus II, Nicias, Phyloxénus, Hippostratus et Hermæus montent des chevaux grands, hauts sur jambes, à long cou, au chanfrein légèrement busqué, à la queue courte et aux fines attaches, qui piaffent, qui se cabrent, qui ont tous les caractères du cheval grec, tel que nous le voyons sur les monnaies d'Alexandre et de ses premiers successeurs en Bactriane. Tout autres sont les chevaux des rois saces, des Mauès, des Azès, des Azilisès, des Spalirisès. Ce sont de fortes bêtes, massives et trapues ; leur cou est court, leur queue longue, leur paturon gros ; ils sont bien d'aplomb sur leurs quatre jambes et leur harnachement aussi diffère de celui des chevaux grecs (1).

De plus, les rois grecs sont coiffés d'un casque d'où s'échappent les bouts flottants du bandeau royal, qu'il ne faut pas confondre avec les deux lanières du fouet que

---

(1) Il y a autant de différence entre eux qu'actuellement en Asie Centrale entre un cheval turcoman, un *karabaïr* et un cheval kirghis, ou aux Indes entre un *whiler*, d'origine australienne, un cheval de la plaine gangétique et un *tatou* des montagnes.

tous les rois saces portent sur l'épaule gauche, tandis que leur tête n'est jamais coiffée du casque grec.

Le type des rois saces est difficile à définir, car, à de rares exceptions près, ils se sont tous faits représenter à cheval et les traits du visage sont presque imperceptibles, et même les contours du crâne sont le plus souvent effacés.

Tout autres sont les rois yué-tchi. Examinons, par exemple, les traits de Hima-Kapiça (Kadphisès II), le prince le plus typique de sa race, nous voyons une physionomie presque juive, rappelant la tête de l'écureuil : les pommettes sont saillantes, le nez énorme, le bas de la figure avance et les yeux gros, à fleur de tête, sont même légèrement bridés. Nous trouvons les mêmes caractères chez ses successeurs Kanichka (Kanerkès) et Houvichka (Houerkès), cependant le type du grand ancêtre s'est bien affaibli, le nez est tout aussi puissant, mais il est effilé et pointu, la bouche est fine, les yeux droits, bien fendus, et le bas de la figure avance moins brutalement.

Il existe au Musée Britannique une monnaie à l'effigie de Kanichka qui nous intéresse particulièrement, car c'est la seule médaille yué-tchi sur laquelle se trouve représenté un cheval. D'un côté on aperçoit le roi, debout, coiffé d'un casque et d'un diadème, vêtu d'une cotte de mailles, d'un pantalon et d'un manteau ; des flammes s'élèvent au-dessus de ses épaules, il tient de la main droite une défense d'éléphant au-dessus d'un autel, de la main gauche un javelot ; un glaive pend à ses côtés. Au recto de cette même médaille nous voyons une divinité barbue, coiffée d'un diadème, vêtue d'une tunique à manches ; elle tient à la main droite une banderolle ; à côté d'elle se trouve un cheval sellé qui trotte. Cet animal, de très petite taille, est fort curieux. Sa grosse tête, aux oreilles dressées en avant, son corps court, son arrière-train faible, sa queue longue et mince et ses gros sabots le font ressembler plutôt à un mulet qu'à un cheval. Son harnachement aussi est tout particulier. Dans tous les cas, cet animal ne ressemble en rien aux chevaux saces et encore moins aux magnifiques coursiers grecs (1).

Bien intéressantes aussi sont les effigies des princes Huns Ephthalites ou Huns blancs, qui régnèrent au Turkestan de 425 à 557 de notre ère, et presque en même temps aux Indes, dans le Pendjab et dans la partie centrale jusqu'à Gwalior et, enfin, au Cachemire sous le nom de Houna. M. Edmond Drouin a publié une monographie fort intéressante sur ces rois dont, d'après le colonel Henry Yule, descendaient les derniers princes du Badakchan (2). Nous avons eu l'occasion de voir dans la collection de M. Drouin les profils si caractéristiques d'Udaya-Ditya (520), de Mihira Koula (530), et de Kinghila, ce dernier, roi houna du Cachemire. Tous ces princes ont des faces d'une longueur énorme (ils sont leptoprosopes et leptorhiniens), aux traits puissants, taillés à coups de hache, avec crâne pointu et applatissement occipital exagéré ; ces faces colossales rappellent par certains côtés les premiers rois yué-tchi.

M. Edouard Blanc, qui a exploré à différentes reprises le Turkestan russe, a eu la bonne fortune de découvrir à Karchi, non loin de Bokhara, un trésor composé d'un nombre considérable de monnaies. Déjà, de ses précédents voyages, M. Edouard Blanc avait rapporté des documents fort importants pour la numismatique, pour l'histoire, ainsi que pour l'ethnographie. M. Edmond Drouin nous a montré une série de monnaies représentant des reines qui avaient régné dans la partie septentrionale du Tur-

---

(1) Voici ce que M. Drouin nous écrit au sujet de cette monnaie :
« Le personnage qui est au recto est le génie ou héros légendaire *Lrohaspo* « aux chevaux rapides » qui est devenu le *Loraspe* des légendes poétiques postérieures en Orient et dans l'Europe du moyen-âge. Le cheval qui l'accompagne est donc ici l'emblème de cette divinité, sorte d'arme parlante, puisque *aspa* signifie cheval en iranien (*açva* en sanscrit). »

(2) Voir notre chapitre VIII « Le Pays des Tadjiks (Ethnogénie et Histoire) », p. 207 et suivantes.

kestan, vers le IIIme siècle de notre ère. Ces femmes, au type kirghis, peut-être kalmouque, ont la figure pleine, large, losangique, eurygnate, les yeux petits et obliques, les pommettes saillantes et le nez court et épaté.

D'autres monnaies représentent des rois sogdiens, du IIIme au IVme siècle de notre ère, d'un type qui rappelle celui de Vasu-Déva, un des derniers rois yué-tchi. Le nez est très puissant, le bas de la figure avance, la barbe est abondante et la tête est coiffée d'une couronne surmontée d'un panache. Ces rois étaient évidemment adonnés au Mazdéisme, à preuve certains attributs et la présence de l'autel du feu.

Cependant, le type le plus curieux, découvert par M. Edouard Blanc, et que M. Edmond Drouin est en train de déterminer, est celui d'une série de rois qui rappellent par leur noble profil les traits si connus du premier Stuart d'Angleterre ; c'est un type très beau, le nez et le front formant une ligne continue rappellent le canon grec le plus pur. Ces monarques portent des noms éraniens qui rappellent, d'après M. Drouin, ceux des rois scythes de la Russie Méridionale.

Quand M. Drouin aura réussi à déterminer ces monnaies, nous connaîtrons l'histoire de la Sogdiane et des pays limitrophes, du IIIme et du IVme siècle de notre ère, mais d'ores et déjà nous pouvons dire qu'à cette époque reculée trois dynasties régnaient parallèlement dans ces régions : une série de reines de race mongolique, des rois turco-tatares et des princes éraniens.

C'est à MM. Edouard Blanc et Edmond Drouin que nous devons ce résultat important.

Avant de terminer ce chapitre, nous allons encore examiner les conséquences de la conquête macédonienne en Bactriane et dans la partie nord-ouest de l'Inde.

L'influence grecque aux Indes, et sans doute aussi en Bactriane, a été considérable et s'était propagée jusque dans les vallées les plus reculées de l'Himalaya et de l'Hindou-Kouch. Nous en trouvons la preuve dans les sculptures que M. Leitner (1) a si justement surnommées gréco-bouddhiques, et, encore davantage peut-être, dans les admirables monnaies gréco-bactriennes, indo-scythiques, saces et indo-parthes.

A ce sujet, M. Leitner a publié un mémoire du plus haut intérêt dans lequel il fait ressortir l'influence capitale exercée par Alexandre dans les pays soumis à son sceptre. Il ressort d'un passage d'Ælian que les Hindous de cette époque récitaient les poèmes d'Homère dans leur propre langue à l'exemple des rois perses.

M. Leitner démontre combien l'influence civilisatrice d'Alexandre a été considérable aux Indes. Il suffit de consulter Plutarque pour se faire une idée de ce que cet auteur appelle *la mission d'Alexandre*. Le conquérant macédonien ne se contenta point d'introduire dans le nord-est de l'Inde l'art grec, il y fit adopter aussi la mythologie des Hellènes. M. Leitner cite à ce propos des personnages et des scènes mythologiques représentées sur les sculptures, tels que « Pallas-Athéné », « l'enlèvement de Ganymède » et le « Centaure », qui font partie de sa collection ; il nous signale encore d'autres sculptures, telles que les « Jeux olympiques », des « Soldats grecs escortant des processions bouddhiques », le « Parthénon bouddhique », exécutées par des artistes hindous, etc. M. Leitner fait très justement remarquer que ces artistes, en racontant leur propre légende, corroborent par leurs sculptures les assertions des auteurs grecs et romains qui, tous, démontrent avec quelle habileté Alexandre sut assimiler la civilisation de l'Orient à celle de l'Occident.

Quelques passages empruntés à Plutarque méritent d'être cités *in extenso* :

« La discipline d'Alexandre... Oh ! philosophie merveilleuse ! grâce à elle les Hindous adorent les dieux de la Grèce. »

(1) Voir Leitner, *loc. cit.*

« Lorsque Alexandre eut civilisé l'Asie, de nouveau ils (les Hindous) lurent Homère et les enfants des Perses... récitèrent les tragédies d'Euripide et de Sophocle. »

« Socrate fut condamné à Athènes parce qu'il voulut y introduire des dieux étrangers....., mais, grâce à Alexandre, la Bactriane et le Caucase Indien adorèrent les dieux de la Grèce. »

« Peu d'entre nous, jusqu'à présent, lisent les lois de Platon, mais des milliers d'hommes se servent et se sont servis des lois édictées par Alexandre. Les peuples qu'il avait soumis s'estimaient plus heureux que ceux qui avaient échappé à sa domination, car ces derniers n'avaient personne qui put leur épargner les misères de la vie, tandis que le conquérant avait imposé le bonheur aux conquis. »

« Platon n'avait proposé qu'une seule forme de gouvernement, qui ne fut jamais acceptée par personne à cause de son extrême austérité, tandis qu'Alexandre fondit plus de soixante-dix villes chez les nations barbares et sut imposer à l'Asie les institutions helléniques. »

Plutarque fait dire aux conquis que si Alexandre ne les avait point subjugués « l'Egypte n'aurait pas eu Alexandrie et l'Inde Bucéphale », « qu'Alexandre ne fit jamais aucune différence entre les Grecs et les barbares de son empire ; à ses yeux, les vertueux seuls étaient des Grecs et les vicieux des barbares, et que, par des mariages entre les deux peuples, par l'adoption des mœurs et du costume il chercha à fonder cette union, lui, l'envoyé du ciel, l'arbitre et le réformateur de l'Univers. Ainsi ses sages lois unissent l'Asie à l'Europe. » Par l'adoption du costume asiatique les esprits furent conciliés, Alexandre désirait « qu'une justice commune administrât la République de l'Univers ».

Il répandit partout l'esprit de la Grèce et fit régner dans le monde la justice et la paix. Alexandre lui-même annonce aux Grecs : « Par moi vous les connaîtrez (les Hindous) et ils vous connaîtront, mais il me faut encore frapper des pièces de monnaies et imprimer aux bronzes des barbares une empreinte grecque » (1).

Ces paroles d'Alexandre, si importantes pour notre sujet, se trouvent confirmées par les merveilleuses monnaies gréco-bactriennes qui sont venues jusqu'à nous et dont la frappe superbe est encore un modèle du genre. Le Cabinet des Médailles de Paris possède un Eucratide en or qui, comme frappe et comme dimension, est une pièce absolument unique (2). Cependant, les pièces d'or et d'argent gréco-bactriennes et indo-scythiques de moindre importance, sont toutes d'une netteté et d'une finesse extraordinaire, et prouvent jusqu'à quel point l'art de frapper de la monnaie, enseigné par les Grecs, est resté vivace dans ces régions asiatiques pendant de longs siècles encore après la disparition d'Alexandre et de son éphémère empire.

---

(1) Voir Leitner, *loc. cit.*

(2) Cette médaille a été achetée, par ordre de l'empereur Napoléon III, au prix de 35,000 francs, pris sur sa cassette privée, ainsi que les trois merveilleuses médailles de Tarse, dont il a été question plus haut, 80,000 francs. Nous-même, nous avions rapporté de notre premier voyage en Asie Centrale, (1877 à 1878), un Eucratide en argent d'une frappe fort belle. Je profite de cette occasion pour exprimer à M. Babelon, conservateur du Cabinet des Médailles à Paris, tous mes remerciements au sujet de l'accueil si empressé qu'il a bien voulu me faire et de la bonne grâce qu'il a mise à faciliter mes recherches.

APPENDICE II

●————

Il est souvent question dans ce volume des termes encore peu usités en anthropologie de *H. Europæus, H. Alpinus,* du type *Acrogonus,* etc. A ce sujet, je dois une explication à mes lecteurs.

Je me suis en tous points conformé à la terminologie linnéenne employée par M. de Lapouge, et je ne saurais mieux faire qu'en reproduisant in extenso quelques pages empruntées au dernier ouvrage de ce jeune et distingué anthropologiste et sociologue, intitulé : *Les Sélections sociales.* L'ouvrage de M. de Lapouge comble une lacune, précise des faits scientifiquement démontrés et ouvre des horizons nouveaux à tous ceux qui s'occupent de sciences anthropologiques.

Je ne saurais assez approuver les paroles de M. de Lapouge, au sujet de la confusion qui règne par rapport à la terminologie anthropologique, quand il s'agit de désigner les différentes races de l'Europe. *Tout le monde est d'accord sur la description de ces races, personne ne l'est plus lorsqu'il faut leur donner un nom précis.* « Chacun, sûr d'être entendu par les spécialistes, dit M. de Lapouge, emploie un vocabulaire différent, résidu de ses habitudes antérieures de langage. Ce profond dédain de la terminologie rend notre science inaccessible au public instruit. Zoologiste avant tout, je m'en tiens à la *terminologie linnéenne,* et aux dénominations vieilles d'un siècle et demi, qui ont la priorité sur les formules nouvelles, en vertu des conventions sur la nomenclature. Cette pratique a l'avantage de supprimer les erreurs qui résultent de l'emploi d'un nom de peuple pour désigner un type, souvent en minorité dans ce peuple, et de donner à la discussion le même caractère scientifique et en dehors des passions humaines que si l'être discuté appartenait à la famille des antilopes ou à celle des palmiers. N'oublions jamais que l'homme n'est pas un être à part, mais simplement un primate. »

H. Europæus. — *Albus, sanguineus, torosus, pilis flavescentibus prolixis ; oculis cœruleis ; levis, argutus, inventor ; tegitur vestimentis arctis ; regitur ritibus* (Linné, *Systema naturæ).* Taille moyenne masculine adulte voisine de 1,70, moindre dans l'antiquité, plus grande en Scandinavie et dans quelques Etats de l'Union. Indice céphalique moyen du vivant 72 à 76, du crâne sec 70 à 74, en voie d'élévation par élargissement de la partie antérieure du crâne. Conformation générale longiligne.

Le dolicocéphale a de grands besoins et travaille sans cesse à les satisfaire. Il s'entend mieux à gagner qu'à conserver les richesses, les accumule et les perd avec facilité. Aventureux par tempérament, il ose tout et son audace lui assure d'incomparables succès. Il se bat pour se battre, mais jamais sans arrière-pensée de profit. Toute terre est sienne, et le globe entier est sa patrie. Son intelligence est de tous les degrés et varie suivant l'individu de la lourdeur au génie. Il n'est rien qu'il n'ose penser ou vouloir, et vouloir, pour lui, c'est exécuter sur-le-champ. Il est logique quand il convient, et ne se paie jamais de mots. Le progrès est son besoin le plus intense. En religion il est protestant ; en politique il ne demande à l'Etat que le respect de son activité, et cherche plutôt à s'élever qu'à déprimer les autres. Il voit, et de très loin, ses intérêts personnels, et aussi ceux de sa nation et de sa race, qu'il prépare hardiment aux plus hautes destinées (Lapouge, *Dépopulation de la France*, R. d'Anthrop., 1888, p. 79).....

H. Alpinus. — *Parvus, agilis, timidus* (Linné, *Systema naturæ).* Taille moyenne masculine adulte : 1 m. 60 à 1 m. 65. Indice céphalique moyen du vivant 85 à 86, du crâne sec 84 à 85.

Conformation générale trapue bréviligne. Coloration brune ou moyenne de la peau, des cheveux, de l'iris et de la barbe, celle-ci souvent plus claire que les cheveux.

Le brachycéphale est frugal, laborieux, au moins économe. Il est remarquablement prudent et ne laisse rien à l'incertain. Sans manquer de courage, il n'a point de goûts belliqueux. Il a l'amour de la terre et celui du sol natal. Rarement nul, il atteint plus rarement au talent. Le cercle de ses visées est très restreint, et il travaille avec patience à les réaliser. Il est très méfiant, mais facile à piper avec des mots, sous lesquels sa logique exacte ne prend point la peine de rechercher des choses ; il est l'homme de la tradition, et de ce qu'il appelle le bon sens. Le progrès ne lui apparaît pas nécessaire, il s'en méfie, il veut rester comme tout le monde. Il adore l'uniformité. En religion, il est volontiers catholique ; en politique, il n'a qu'un espoir, la protection de l'Etat, et qu'une tendance, niveler tout ce qui dépasse, sans éprouver le besoin de s'élever lui-même. Il voit très clairement son intérêt personnel, au moins dans un temps limité. Il voit aussi et favorise les intérêts de sa famille et de ceux qui l'entourent, mais les frontières de la patrie sont souvent trop grandes pour sa vue. Chez ces métis, l'esprit d'égoïsme est renforcé par l'individualisme énergique du dolicocéphale, le sentiment de la famille et de la race se neutralise et s'atténue ; combiné avec une cupidité plus forte, il aboutit à tous les vices reprochés à nos bourgeois et, enfin, à l'élimination par l'excès du *self restreint*. (Lapouge, *Dépopulation de la France*, p. 79).

H. Contractus. *Acrogonus ;* Méditerranéens, etc. — J'ai distingué et décrit dans mes mémoires sur les *Crânes préhistoriques du Larzac*, sur l'*Origine des Ombro-Latins*, sur les *Pygmées néolithiques de Soubès*, une petite race très curieuse, dont l'indice du crâne sec est environ 77 ou 78, et qui présente la particularité d'avoir la face et le crâne en discordance, comme si l'on avait appuyé à la fois sur le milieu du visage et sur la région occipitale, jusqu'à produire un rapprochement compensé par la voussure du front et par l'approfondissement exagéré des fosses temporales : de là le nom de *H. Contractus*. Je renvoie au mémoire sur les Pygmées (*Bulletin de la Soc. scient. et méd. de l'Ouest*, 1895, p. 10), pour la description de ce type et de ses rapports avec les Pygmées africains et asiatiques d'un côté, de l'autre les Ombro-Latins. *H. Contractus* a été trouvé dans les grottes de la fin de l'époque néolithique, dans celles de l'époque du cuivre et dans quelques autres sépultures très anciennes de la région des Cévennes. Je l'ai rencontré aussi dans la plupart des nécropoles du midi de la France antérieures à la conquête, dans des tombes gallo-romaines, et j'en ai vu des échantillons provenant de tombes mérovingiennes.

La plupart des sujets connus sont féminins, et j'ai cru un instant avoir trouvé la preuve d'un remarquable dimorphisme sexuel chez les Goths, parce que j'avais méconnu d'abord la nature exacte du type rencontré dans les tombes wisigothiques associé au type germain. Cette association se rencontre aussi bien dans les tombes franques du Nord et dans les ossuaires troglodytiques de l'époque du cuivre. Elle s'explique par de fréquentes unions entre femmes du type *H. Contractus*, et guerriers de pure race européenne, arrivés dans le pays sans femmes de leur race, ou qui pratiquaient une large polygamie. *H. Contractus* me paraît avoir joué un rôle important dans l'ethnogénie de nos populations. Il semble avoir donné naissance à la forme principale et typique de *H. Alpinus* par croisement avec *Acrogonus*. Il a représenté à l'époque gallo-romaine un élément important que l'on confond trop souvent avec l'élément romain : le type romain n'est lui-même qu'une forme adoucie de *H. Contractus*, ancêtre probable des Ombro-Latins. Sa présence dans les tombes mérovingiennes contribue à relever l'indice nasal et l'indice céphalique, et à abaisser la capacité moyenne. Cette présence fausse déjà les moyennes de certaines séries dès l'époque du cuivre, et encore plus à l'époque gauloise.

Je n'ai encore trouvé qu'un seul crâne typique de *H. Contractus* postérieur au Moyen-Age, et cette forme paraît avoir entièrement conflué dans *H. Alpinus*. La race subsiste dans l'Italie moyenne, avec une légère correction de la face, qui cesse de présenter le prognathisme sous-nasal caractéristique de l'*II. Contractus* primitif.

J'ai créé le nom d'*Acrogonus* pour désigner un genre ou sous-genre qui a pour caractéristiques principales l'élargissement de la partie postérieure du crâne, le relèvement des bosses pariétales et la chute à peu près verticale du profil sous-obéliaque. La *norma verticalis* est trapézoïdale, le plus petit des côtés inégaux en avant, la *norma lateralis* montre un front souvent droit, une ligne ascendante jusqu'à l'obélion, une chute verticale, comme si la partie postérieure d'un crâne brachycéphale avait été enlevée d'un coup de sabre. La brachycéphalie est extrême, en moyenne 90. Cette conformation très singulière du crâne est associée à des caractères non moins singuliers du reste du squelette et des parties molles. Il a existé probablement plusieurs espèces d'*Acrogonus,* et j'en possède dans ma collection des formes très tranchées.

L'apparition des *Acrogonus* remonte au quaternaire, si l'on doit regarder, avec Hamy, les crânes de la carrière Hélie à Grenelle comme pléistocènes : cette opinion est fort contestée. A l'époque néolithique, ce type est représenté (grotte sépulcrale de Sainsat, Ariège ; dolmens de la Lozère) par quelques échantillons caractérisés et quelques métis. Il a été trouvé un de ses dérivés à l'Argar. La nécropole de Castelnau m'a fourni aussi quelques curieux échantillons, à frontal déformé. La race *Micrognathus* a été trouvée à Sallèles-Cabardès (collection Cartailhac).

La forme *Acrogonus cebennicus* se rencontre fréquemment dans la région montagneuse de l'Hérault, du Gard et de l'Ardèche, elle constitue un élément important de la population de la Lozère et de l'Aveyron, et j'ai pu, au cours de mes mensurations prises pour dresser la carte anthropologique par cantons de toute cette région, en étudier un grand nombre d'échantillons purs ou presque purs. Cette forme se retrouve dans les Alpes, en particulier dans les Alpes Grises. Elle tend à se multiplier beaucoup, et je n'estime pas à moins d'un million ses représentants actuels.

Broca désignait sous le nom de Méditerranéens les petits dolicocéphales bruns répandus sur toutes les côtes du bassin occidental de la Méditerranée, dans les îles, en Espagne, dans l'Italie méridionale et le Nord de l'Afrique. Il leur rattachait les populations néolithiques, dolicocéphales et de petite taille. Ce groupe est en réalité fort complexe et exigerait une révision sévère. Les néolithiques étaient probablement de couleur claire, comme *H. Europæus*. Dans le Midi de la France, les seules populations actuelles qu'on puisse leur attribuer comme descendants m'ont fourni, à mon grand étonnement, la coloration la plus claire observée jusqu'ici dans ces régions. D'autre part, les anciens habitants de l'Afrique du Nord étaient encore en majorité blonds à l'époque romaine. Les petits bruns dolicocéphales n'abondent que là où le croisement avec un peu de sang nègre est probable. J'ai recueilli moi-même un crâne de négresse dans la nécropole de Castelnau, et le sujet portait une couronne de cuivre du type de l'Argar. Ce cas n'est pas isolé, et le nègre paraît avoir habité autrefois la côte méridionale de la Méditerranée, d'où il était sans doute importé comme esclave.

Le type méditerranéen, dolicocéphale brun, doit donc être pris tel qu'il est actuellement, sans trop se demander s'il représente les résidus de l'espèce au détriment de laquelle s'est développé *H. Europæus*, s'il est le produit d'un développement parallèle, ou s'il est résulté d'un croisement avec *H. Afer*. Il présente d'ailleurs une variété de formes et de tailles qui ne permet guère de le regarder comme homogène, même en tenant compte de la variabilité, et de la tendance constante à la production de formes et d'espèces nouvelles. Le type méditerranéen, tant en Europe que dans l'Amérique espagnole et dans le Nord de l'Afrique, est représenté par une trentaine de millions d'individus plus ou moins purs. Il est rare, dans l'Europe centrale et septentrionale, excepté dans les pays où se trouvent des colonies de Morisques ou de Juifs espagnols, et dans les villes cosmopolites.

Mêlés aux Méditerranéens, on rencontre en Espagne et dans l'Afrique du Nord quelques représentants de la race de Cro-Magnon, *H. Spelæus*. Quant à *H. Neanderthalensis*, il n'a pas été trouvé un seul échantillon de cette espèce éteinte dans les couches supérieures au pleistocène moyen. Les crânes à orbites saillantes présentés à plusieurs reprises comme des cas d'atavisme, s'interprètent même parfaitement sans cette hypothèse : il ne faut oublier ni la puissance de la variation, toujours actuelle, ni l'influence de la musculature sur le développement de la région sourcillière. Je possède dans ma collection et j'ai étudié avec soin, à maintes reprises, le plus bel échantillon connu de ces crânes néanderthaloïdes, provenant de la nécropole de Restinclières, le seul qui associe la forme des orbites à l'aspect général du crâne de *H. Neanderthalensis*, mais la ressemblance me paraît toute fortuite, et cette opinion s'affermit par chaque examen.

Il existe enfin une série de formes rares sur lesquelles il n'y a pas lieu d'insister. Elles n'ont d'intérêt que pour le spécialiste désireux d'étudier la tendance à la variation et les limites de la variabilité. Ce sont des variétés de collection, quelquefois répandues sur une certaine superficie, mais qui ne constituent dans la population de l'Europe qu'une minorité tout à fait négligeable.

Il n'est peut-être pas inutile d'insister sur ce fait que dans les espèces et les races les variations individuelles comportent une certaine amplitude. Le monde réel n'est pas le monde des métaphysiciens, le monde de l'absolu. Le type est une fiction, comme en droit la personne ou le patrimoine, mais tandis que le jurisconsulte développe ses fictions dans un monde de convention, le naturaliste est obligé de subordonner les siennes à la réalité ; les catégories qu'il crée pour venir en aide à l'infirmité de son cerveau ne doivent jamais lui faire illusion (1).

------

(1) G. de Lapouge, *Les Sélections sociales,* Paris, 1896.

APPENDICE III

Cinq lettres du professeur BOGDANOFF adressées à l'auteur.

Mon ouvrage, en trois volumes et trois albums, que j'avais publié à l'issu de ma première mission en Asie Centrale, sous le titre : *Expédition scientifique française, en Russie, en Sibérie et dans le Turkestan* (1), fut l'objet de très vives et souvent fort peu courtoises critiques de la part de quelques savants de Tachkend. J'avais commis un crime impardonnable aux yeux de ces personnages : *j'avais fait avant eux de l'anthropologie en Asie Centrale.* (Les résultats des mensurations de Fédchénko n'avaient pas encore été publiés) (2). A propos de ces critiques, aussi violentes qu'acerbes, un grand savant de Moscou m'a-

---

(1) I. *Le Kohistan, le Ferghanah et Kouldja, avec un appendice sur la Kachgarie,* Paris, 1878.

II. *Le Syr-Daria, le Zérafchân, le Pays des sept rivières et la Sibérie occidentale, avec quatre appendices,* Paris, 1879.

III. *Les Bachkirs, les Vèpses et les Antiquités Finno-ougriennes et altaïques, précédés des Résultats anthropologiques d'un voyage en Asie Centrale,* etc., etc.

(2) On verra dans le cours de cet ouvrage que les résultats anthropologiques obtenus par Fédchénko ainsi que la description anthropologique des différents peuples de l'Asie Centrale due à la plume autorisée du professeur Bogdanoff, sont absolument conformes à nos propres recherches. (Je préfère orthographier *Bogdanoff*, le *w* n'existant pas en français à la fin d'un mot.)

vait dit, en janvier 1881 : « Consolez-vous, mon cher, vos
« détracteurs ne gardent aucune mesure dans leurs atta-
« ques ; il en résulte que, celui qui veut trop prouver ne
« prouve rien. D'ailleurs, comme vous l'a dit le général
« Kauffmann, rappelez-vous l'aphorisme bien connu : *celui*
« *seulement qui ne fait rien, ne se trompe jamais.* »

Je dois dire qu'en dehors du savant dont je viens de
citer les paroles, à Pétersbourg aussi, MM. Séménoff et
Osten-Sacken ne cessèrent de me prodiguer leurs bienveillants encouragements, et le plus grand anthropologiste
russe, le professeur Bogdanoff, de Moscou, m'écrivit une
série de lettres qui me dédommagèrent grandement des
critiques par trop tendentieuses dont je croyais avoir le
droit de me plaindre.

J'aurais pu répondre que la plupart des renseignements
dont on contestait l'exactitude, je les tenais du capitaine
Aréndarinko, chef de district du Kohistan, au moment de
mon passage dans la haute vallée du Zérafchân ; j'aurais pu
objecter qu'un Ingénieur des mines, eut-il du génie, ne
peut pas être universel, et que ses connaissances anthropologiques étaient absolument nulles (il l'a prouvé par
la suite), etc. ; j'ai préféré laisser dire, laisser l'eau couler
sous le pont, c'est-à-dire, laisser au temps faire son œuvre
réparatrice. Aujourd'hui je puis me féliciter de l'attitude
que j'avais prise.

Depuis, seize ans se sont écoulés, le temps a passé une
éponge sur ces violences et l'ouvrage que je publie et qui
représente le résumé de mes recherches anthropologiques
prouvera à mes détracteurs d'antan (il doit en exister
encore) que *je continue à travailler toujours et à me
tromper peut-être souvent.*

Au moment où se terminait l'impression de cet ouvrage,
j'appris la mort du professeur Bogdanoff. Cette triste nouvelle affligera sincèrement tous les amis des sciences anthropologiques ; c'est une perte cruelle, non seulement pour la
science russe, mais pour tous ceux qui chérissent l'an-

thropologie et surtout pour ceux qui ont eu l'honneur d'approcher l'illustre professeur, qui était un savant dans toute la force du terme. C'était un homme laborieux, un prudent et un bienveillant.

On me pardonnera si je cède au désir de publier les cinq lettres que le regretté professeur Bogdanoff a bien voulu m'adresser de 1878 à 1882. Elles respirent toutes la bonté, qui fut la qualité maîtresse de ce regretté maître.

Société impériale des Amis des sciences naturelles, d'anthropologie et d'ethnographie.

Moscou, 1878.

MONSIEUR ET TRÈS HONORÉ COLLÈGUE,

Je viens de recevoir votre ouvrage que j'étudie avec intérêt en ce moment. Acceptez mes remerciements les plus chaleureux pour le bon souvenir de votre Moscovite. Notre exposition marche assez bien et nous venons de recevoir beaucoup d'objets très intéressants. M. Chantre nous a donné une très intéressante collection, des objets et des publications. L'époque de X jusqu'à XIV est très bien représentée par rapport aux objets archéologiques et anthropologiques russes à l'exposition. Il y a déjà assez des instruments de l'âge de pierre de Russie, mais pour les crânes nous n'avons qu'un seul de cette époque. Venez nous voir cet été, faites-nous ce plaisir.

Veuillez accepter l'expression de mes sentiments de l'estime.

Anatole BOGDANOW.

Société impériale des Amis des sciences naturelles, d'anthropologie et d'ethnographie.

Moscou, le 6/18 décembre 1878.

MONSIEUR ET TRÈS HONORÉ CONFRÈRE,

Ce n'est que le 8 octobre que nous avons eu une séance de la section anthropologique, après les vacances. J'ai fait la proposition par rapport de M. Muller et la section l'a nommé membre de la section ; avec ce titre il reçoit en même temps les droits des mem-

bres correspondants de notre Société. Aujourd'hui, j'expédie à
M. Muller l'annonce officielle de son élection et je m'empresse de
vous communiquer le fait. Je vous demande de sincères excuses
pour avoir retardé de ma réponse. Mais j'ai voulu vous annoncer
déjà un fait accompli.

Permettez-moi, Monsieur, de vous exprimer toute ma reconnaissance pour le bienveillant accueil de votre part, et pour la
sympathie que vous avez exprimée pour notre Société ; j'ai cité
votre accueil comme un de mes meilleurs souvenirs de mon séjour
à Paris, dans mon rapport à la Société. J'espère un jour, à Moscou,
de vous exprimer par les faits ma reconnaissance.

Veuillez accepter l'expression de ma haute estime.

Anatole Bogdanow.

Le 10/22 avril 1880.

Monsieur et très honoré Collègue,

Je viens de recevoir le nouveau volume de votre remarquable
travail, et je vous prie d'agréer mes sincères remerciements pour
votre souvenir.

Je prépare à présent la 3e livraison et la dernière du IIIe volume
de l'exposition avec les séances du congrès, mais probablement,
il ne paraîtra qu'au mois d'août, car ma santé ne me permet pas
encore de me consacrer entièrement au travail de la rédaction et la
publication s'achèvera lentement.

Acceptez mes compliments et de mes sentiments de dévouement.

Anatole Bogdanow.

Juin 1880.

Monsieur et cher Collègue,

Avant-hier nous avons eu la séance de la Société et je lui ai
présenté votre lettre qui sera publiée dans nos procès-verbaux. Je
ne savais pas que vous étiez un tel connaisseur de la langue russe,
car, à Moscou, vous n'avez rien dit de ça. Dans deux mois je quitte
Moscou pour la campagne et pour le rétablissement de ma santé,
mon système nerveux a été tellement surexcité que cet hiver je ne
pouvais rien faire, même les cours à l'Université ont été très péni-
bles pour moi ; si vous voulez venir à Moscou, venez en 1881 car,
en été, nous aurons une grande exposition industrielle où vous

verrez beaucoup d'objets intéressants concernant la Russie, la Sibérie et le Turkestan.

Veuillez agréer l'expression de mon estime et de mon dévouement.

Anatole Bogdanow.

Avril 1882.

MONSIEUR ET CHER COLLÈGUE,

J'ai eu l'honneur de recevoir votre lettre, ainsi que votre intéressant album. Je me ferai un plaisir aussi de vous témoigner avec le temps, que j'ai une bonne mémoire pour chaque marque d'amitié qu'on me donne. A présent, je me porte un peu mieux et je commence peu à peu de travailler ; encore deux mois et je pourrai me reposer de mon cours et me donner à l'anthropologie. Alors, M. Topinard n'a pas à se plaindre de ma paresse.

Veuillez exprimer à Madame mes sentiments de l'estime et acceptez encore une fois mes remerciements.

Anatole Bogdanow.

Ces lettres, copiées textuellement et dont je possède les originaux, se passent de commentaires.

TABLE ANALYTIQUE DES MATIÈRES

ADDITIONS ET CORRECTIONS

Page 1, ligne 9. — M. Leitner ne pense plus de même. Il a publié des tableaux de mensurations anthropologiques dans son récent ouvrage : *Dardistan in 1868, 1886 and 1893*.

Page 4, ligne 11. — En Allemagne, les beaux travaux de M. Ammon ont fait époque, et on ne saurait assez les signaler aux anthropologistes de tous les pays.

Page 4, ligne 14. — En Italie, il ne faut pas oublier de mentionner les remarquables travaux du docteur Regalia, le savant secrétaire de la Société d'Anthropologie de Florence et le zélé collaborateur du professeur Mantegazza.

Page 5, note 1. — Partout où je parle de l'influence de la *sélection naturelle*, je sous-entends aussi les effets puissants de la *sélection sociale*.

Page 5. — Dans ma préface, rédigée primitivement en 1886, et modifiée souvent depuis, je dis expressément : « qu'un peuple conserve toujours des échantillons de ses éléments primitifs et que l'anthropologie les retrouve ». A preuve les beaux travaux de M. le docteur Collignon sur l'anthropologie de la France (Dordogne, Charente, Creuse, Haute-Vienne, Basses-Pyrénées, Hautes-Pyrénées, Landes, Gironde, Charente-Inférieure, Charente), sur l'origine des Basques, etc., pour ne citer que ceux-là.

Page 6. — Au sujet des mérites de Lamarck, si méconnu pendant sa vie, nous renvoyons à l'éloquente conférence que le docteur Mathias Duval a faite en 1889, reproduite *in extenso* dans la *Revue Scientifique* (Revue rose).

Page 7. — Au sujet du type Rasène, je tiens absolument à l'opinion que j'exprime dans la note 1. Les Tyroliens sont leptoprosopes et leptorhiniens, mais ils ont conservé de l'aïeul *Acrogonus* l'extrême brachycéphalie du crâne avec la partie occipitale tronquée. Ce sont des Brachy disharmoniques.

Page 8. — J'emploie le terme *Celte* dans le sens que Broca lui avait attribué. Je sais fort bien qu'aujourd'hui il faut assimiler Celte à Gaulois. Je dirai à ce propos que dans mon ouvrage sur les Migrations des peuples, paru en 1873, j'avais déjà, d'accord avec mon illustre ami le général de Hauslab, dressé une carte où je faisais remarquer la dispersion des noms géographiques, renfermant les consonnes, *g, l,* et *l, t.* Pour prouver combien cette question est encore litigieuse nous citerons les opinions de MM. Fouillée et de Lapouge : « Par la même voie (c'est-à-dire le long de la chaîne des Alpes) arrivent les Celtes, également *brachycéphales, et peut-être aussi d'origine asiatique* ». Plus loin M. Fouillée ajoute : « que plus tard, pendant l'âge de fer, des conquérants descendent du Nord, *grands et blonds, à têtes allongées* ; ce sont eux qui formeront en se mêlant aux Ibéro-Ligures et aux Celtes, le peuple gaulois connu des Romains » (1). Quant à M. de Lapouge, il est d'un avis diamétralement opposé : « Κελται, *Celtæ,* n'est pas autre chose que Γαλαται, *Galatæ,* il n'y a qu'une différence dialectique... ». Toute la démonstration de M. de Lapouge est à lire (2). Certes, les Celto-Slaves de Broca n'ont rien de commun avec les anciens Celtes et les anciens Slaves qui étaient, sans aucun doute, dolicocéphales, grands et blonds.

Page 8. — Quand je dis que les Daco-Romains sont, anthropologiquement parlant, des Celtes, je prends toujours le terme de Celte dans le sens que Broca lui avait donné, c'est-à-dire synonyme de *H. Alpinus.*

Page 8. — A différentes reprises déjà, je me suis occupé des origines des Magyars (*Mélanges altaïques,* etc.). J'ai eu l'occasion de communiquer mes idées à ce sujet à mon regretté maître Paul Hunfalvy et à mon savant ami Arminius Vambéry, dont la verte vieillesse est si profitable à la science hongroise. Mes idées se sont légèrement modifiées depuis, et je compte publier prochainement un mémoire sur l'origine du peuple magyar.

Page 9. — Dans tout le dernier alinéa de cette page, il faut remplacer *Turco-Mongol* par *Turco-Tatar,* ce qui n'est pas la même chose, tant s'en faut. Les Sartes sont des Turco-Tatares *éranisés.*

Page 18. — Le savant académicien dont je rapporte les sagaces paroles n'est autre que M. Victor Cherbuliez, le romancier bien connu.

Page 19. — Il y a quelques années, à l'exemple de M. de Richthofen, j'ajoutais une importance peut-être excessive à l'influence des milieux géographiques. Il ne faut cependant pas oublier que parmi

---

(1) ALFRED FOUILLÉE, *Dégénérescence ? Le passé et le présent de notre race* (*Revue des Deux-Mondes* du 15 octobre 1895).

(2) G. DE LAPOUGE, *Les Sélections Sociales,* Paris, 1896.

les influences biologiques, l'effet des sélections sociales joue un rôle autrement considérable que la configuration du sol et que le climat.

Page 21. — Le fait relaté dans la note 2 n'est encore pas autre chose qu'une conséquence des sélections sociales.

Page 25. — La note 1 doit être rectifiée. Les longues figures de cheval, au nez proéminent et aux yeux enfoncés dans leurs orbites, n'étaient certes pas des homologues de *H. Alpinus ;* ces peuplades, évidemment leptoprosopes et leptorhiniennes, devaient être d'un type similaire de *H. Europæus* ou de *H. Mediterranensis.*

Page 25. — La note 2 doit être rectifiée. Les Doungânes ne sont point les descendants des Yué-Tchi. Pour moi, ils sont un résidu de *H. Asiaticus*, dans sa variété dolicocéphale avec le type *Acrogonus* qui, dans ce mélange, ne l'a pas emporté. Les Doungânes paraissent être les proches parents des Ladakis.

Quant aux Yué-Tchi, dont nous nous occupons si souvent dans le cours de cet ouvrage, ils étaient d'origine turco-tatare ; les effigies des monnaies indo-scythiques le prouveraient à défaut d'autres arguments.

Page 29. — Comme preuve combien peu de temps ces différents peuples ont séjourné en Dzoungarie, nous ferons remarquer l'absence complète des éléments blonds dans le bassin de l'Illi. Les Ousounes y ont fait une courte apparition, sans laisser aucune trace de leur passage.

Page 31. — Ces mêmes demeures souterraines que Marc Pol signale dans le Badakchan, M. Robertson les a rencontrées dans les vallées reculées du Kafiristan.

Page 36. — Il en résulte que les Eraniens ignicoles, dont il est question ici, n'étaient nullement des Aryens, c'est-à-dire du type de *H. Europæus*, mais bien le résultat du mélange du type *Acrogonus* avec *H. Europæus* et *H. Asiaticus*. Ils étaient à cette époque déjà homologues de *H. Alpinus*, ce qui explique la facilité relative avec laquelle les barbares d'origine hétérogène, tels que Yué-Tchi, Saces, Ephthalites, etc., ont eu raison de leur résistance. On serait presque autorisé à supposer que cette résistance était beaucoup moins héroïque que leur poème national voudrait le faire croire.

Pages 37-41. — Les milliers d'années de l'histoire authentique des Chinois avant notre ère se réduisent à huit ou dix siècles ; on est bien revenu de la prodigieuse antiquité chinoise comme de celle de l'empereur Yaou.

Page 43. — La carte ethnographique que je joins à mon volume n'est malheureusement pas aussi *claire* que j'aurais voulu qu'elle fut ; le procédé photographique dont on s'est servi pour la reproduction n'a pas permis de mettre en *couleurs* les légendes ethnographiques. Quant à la partie qui comprend le Cachemire, elle est presque effacée ; on n'y voit guère le Djelum entrant et sortant du grand lac

Woular ; la localité de Baramoulla est indiquée, mais la légende
manque.

Page 47. — D'après M. de Lapouge, Touranien et Celto-Slave seraient
aujourd'hui synonymes, à cette différence près cependant que sous
le nom de Touranien on englobait autrefois une foule de peuples
manifestement Aryens. M. Ratzel est du même avis.

Page 49. — A propos de la couleur des cheveux des anciens Bactriens,
M. de Lapouge a bien voulu nous communiquer un renseignement
fort curieux. M. Oppert a fait dernièrement une communication
des plus importantes à l'Académie des Inscriptions et Belles Lettres
(Compte rendu de 1895). « Un jeune savant allemand, M. Meissner,
a publié des textes commerciaux du xxxiime siècle av. l'ère chrétienne,
donc à peu près contemporains du patriarche Abraham.... Nous
choisissons quelques-uns de ces textes où le dieu Soleil est cité....
Vingt drachmes d'argent sont le prix des esclaves blonds du peuple
des *Guti...* », etc.

M. Oppert identifie ces Guti blonds aux Goths et suppose
l'existence de peuples germaniques dans la contrée de l'Oxus, à une
très grande antiquité. M. de Lapouge ajoute qu'il est possible qu'il
s'agisse, en effet, des Goths que Jornandès place, dès ce temps, sur
le Pont-Euxin et qui pouvaient parvenir sur les marchés baby-
loniens par traite, comme les nègres, mais il n'y voit aucune raison
pour supposer qu'ils s'étendissent jusqu'en Bactriane.

Page 49, ligne 8. — Au lieu de *Composit*, lisez *Composite*.

Page 50. — Au nombre des divers éléments qui ont formé le type que
nous désignons sous l'appellation de *H. Himalayensis*, il faut
aussi compter *H. Asiaticus* dans ses deux variétés. Les différentes
invasions mongoles venues du Nord-Est ont laissé des traces de
leur passage. Ces traces sont moins importantes dans l'Himalaya
Occidental que dans l'Himalaya Central et Oriental ; les régions de
Spiti, de Lahoul et de Koulou peuvent servir de critérium. Dans le
premier de ces petits pays himalayens, le mélange avec des éléments mongoliques est très apparent ; dans le second, il est beaucoup plus effacé, et dans le troisième, il est presque nul.

Page 51, ligne 26. — On peut écrire indifféremment *Kirghis* ou
Kirghises. Au point de vue de la prononciation, il est même
préférable d'écrire *Kirghises*.

Page 56. — L'opinion de Lassen sur la prodigieuse antiquité de
l'histoire de l'Inde est bien ébranlée aujourd'hui. On peut affirmer
qu'on n'a rien de certain antérieur à Alexandre.

Page 59, ligne 19. — Au lieu de *Tranxoian*, lisez *Transoxiane*.

Page 64, note 1. — Au lieu de : *le même fait ne se produit pour aucun
roi grec et seulement à l'état d'exception pour les rois yué-tchi,*

lisez : *le même fait ne se produit pour aucun roi yuè-tchi et seulement à l'état d'exception pour les rois grecs.*

Page 67, ligne 22. — Au lieu de *Trangiane,* lisez *Drangiane.*

Page 71, ligne 12. — Au lieu de *globelle,* lisez *glabelle.*

Page 73, ligne 20. — Au lieu de *Hioungnon,* lisez *Hioungnou.*

Page 77. — Au lieu de *Nimes,* lisez *Ninus.*

Page 84, lignes 1-3. — Au lieu de *antoro-postérieur,* lisez *antéro-postérieur.*

Page 85. — Au sujet des quelques subdivisions des groupes basées sur l'indice céphalique, etc., proposées par Broca, voir la troisième partie de notre ouvrage : Résumé Anthropologique.

Page 107, ligne 3 d'en bas. — Au lieu de *pas* rapport au, lisez *par* rapport au.

Page 109, ligne 21. — Au lieu de *glabèle,* lisez *glabelle.*

Page 118. — A propos des voyages de Marc Pol et du jésuite Benoît de Goës, il ne faut pas oublier non plus la prodigieuse expédition à travers le Pamir, entreprise, il y a quelques années, par notre ami Panagiotès Potagos qui avait résidé longtemps en qualité de médecin à la cour de l'Emir de l'Afghanistan. Depuis, MM. Bonvalot, Capus et Pepin ont traversé le Pamir du Nord au Sud. Enfin, notre vaillant ami, M. Henri Dauvergne, l'a également visité dans ses recoins les moins explorés pour y chasser l'*Ovis Polii* et la panthère des neiges.

Page 126, ligne 25. — Au lieu de *Hudjadj,* lisez *Hadjadj.*

Page 127, ligne 21. — A propos de Kassân, rappelons que cette localité possède un antique cimetière fort curieux. Pendant notre passage en 1877, nous y avons copié une quantité d'inscriptions funéraires composées en langue arabe qui ont été déchiffrées grâce à l'obligeante intervention de M. Hartwig Derembourg et qui témoignent en faveur de leur haute antiquité. (Voir de UJFALVY, *le Kohistan, le Ferghanah et Kouldja,* etc., Paris, 1878).

Page 129, note 1. — Au lieu de *Unthydème,* lisez *Euthydème.*

Page 132. — A la dernière ligne de la note, au lieu de : *la composition éthnique de ces peuples,* lisez : *la composition ethnique de ses peuples.*

Page 147. — On peut écrire indifféremment Falgar ou Falghar.

Page 149, note 2. — Notre chapitre qui termine cet ouvrage, et qui en constitue, par le fait, la troisième partie, n'est point intitulé : *Résultats Anthropologiques,* mais bien : *Résumé Anthropologique.*

Page 164, lignes 4-5. — Au lieu de *Kalar-Khoumb,* lisez *Kalaï-Khoumb.*

Page 179. — Au nombre des grands savants et explorateurs russes que j'énumère à la fin de ma note, je cite le nom du docteur *Icanoff*. M. Ivanoff n'est ni un grand savant, ni un grand explorateur, ni docteur. C'est le *docteur Icanofsky* qu'il faut lire ; ce dernier est une des gloires de l'archéologie et de l'anthropologie russes. (Voir à son sujet la préface de notre volume *Les Bachkirs, les Vèpses, etc.*, Paris, 1880).

Page 209, note 1. — A la dernière ligne, au lieu de *Hima Kapica*, lisez *Hima Kapiça*.

Page 212, note 1, ligne 10. — Au lieu de *Langue Schytique*, lisez *Langue Scythique*.

Page 217, ligne 13. — Au lieu de *Toharistan*, lisez *Tokharistan*.

Page 218, ligne 14. — Au lieu de *Kicarisme*, lisez *Khwarisme*.

Page 220, ligne 13. — Au lieu de *Kicarisme*, lisez *Khwarisme*.

Page 223, ligne 10. — Au lieu de *Sic transit gloria mundis*, lisez *Sic transit gloria mundi*.

Page 230, ligne 12. — Au lieu de *résistance. Enfin*, lisez *résistance, enfin*.

Page 230, ligne 13. — Au lieu de *Yarkande*, lisez *Yarkand*.

Page 238, ligne 6. — Au lieu de *600*, lisez *300*.

Page 251, ligne 8. — Au lieu de *Nearque*, lisez *Néarque*.

Page 253, ligne 10. — Au lieu de *qui distingue*, lisez *qui désigne*.

Page 256, note 1. — Au lieu de *M. Hayward*, lisez *Haywand*.

Tableau entre pages 266 à 267, colonne Chins, ligne 15, au lieu de *70*, lisez *30* ; colonne Bouriches ou Yéchkouns, ligne 18, au lieu de *11*, lisez *30*.

Page 269, ligne 22. — Au lieu de *Achmet Châh*, lisez *Akhmet Châh*.

Page 275, ligne 27. — Au lieu de *Rachkoums*, lisez *Raskoums*.

Page 275. — Nous écrivons indifféremment *Pakpous*, ou *Pakhpous*.

Page 279, ligne 19. — Au lieu de *Chach-Sangallié*, lisez *Châh-Sangallié*.

Page 281, à la dernière ligne. — Au lieu de *magnifique checelure*, lisez *magnifique chevelure et beaucoup de barbe*.

Page 282, ligne 24. — Au lieu de *sont industriels*, lisez *industriels sont...*

Page 283, ligne 25. — Au lieu de *après*, lisez *âpres*.

Page 283, ligne 29. — Au lieu de *Yahnôbis*, lisez *Yagnôbis*.

Page 285, note 1. — Au lieu de *Os Iranische Cultur*, lisez *Ost Iranische Cultur*.

Page 289, ligne 13. — Au lieu de *Hastoudji*, lisez *Mastoudji*.

Page 290. — A propos de la note, dans laquelle je dis que je préfère les données fournies par M. Biddulph à celles que nous devons à M. Bonvalot, j'ajouterai qu'il y a deux bonnes raisons pour cela : la première est que M. Biddulph a résidé longtemps en qualité de commissaire anglais à Ghilghit, qu'il a donc pu tout à son aise parcourir le Tchitral et noter les mœurs et coutumes des habitants, tandis que M. Bonvalot s'est trouvé pendant six semaines à Mastoudj en état de captivité; la seconde, que M. Bonvalot est beaucoup trop subjectif et entretient constamment le lecteur de ses impressions personnelles, ce qui n'est pas sans valeur de la part d'un aussi intrépide explorateur que lui, mais ce qui le place dans un état d'infériorité notoire vis-à-vis de M. Biddulph, qui se contente d'être purement objectif. Ce n'est point une critique que je formule, loin de là, j'ai, le premier, à la Société d'Anthropologie, signalé l'importance du magnifique voyage de M. Bonvalot à travers le Pamir et j'ai énergiquement contesté l'opinion de ceux qui n'y voyaient qu'un exploit d'alpiniste.

Page 291, ligne 10. — Au lieu de *Tchitralis*, lisez *Tchilassis*.

Page 296, ligne 2 d'en bas. — Au lieu de *du côté paternel*, lisez *du côté maternel*.

Page 305, ligne 15. — Au lieu de *par suite des effets*, lisez *par suite des efforts*.

Page 310. — A propos de l'antiquité des Baltis, il est à remarquer qu'on les rencontre sous le nom de *Byltæ*, à côté des *Darada*, sur les cartes anciennes.

Page 313, ligne 6. — Au lieu de *15 0/0*, lisez *1,5 0/0*.

Page 313, ligne 22. — Au lieu de *Astory*, lisez *à Astorg*.

Page 317, ligne 16. — Au lieu de *de Moulbeck, de Lamayourou*, lisez *Moulbeck, Lamayourou*.

Page 318, ligne 18. — Au lieu de *un dialecte de*, lisez *un dialecte du*.

Page 324, ligne 13. — Au lieu de *le caractère physique de ces trois peuples*, lisez *les caractères physiques de ces trois peuples*.

Page 326, ligne 17. — Au lieu de *nous a déjà frappés*, lisez *nous avait déjà frappés*.

Page 327. — A propos de l'antique civilisation du Baltistan, signalons aussi un magnifique *huqqa* de Skardo (de notre collection), d'un remarquable travail arabe qui a appartenu au dernier représentant des anciens princes du Baltistan. Cette pièce, absolument unique, est en acier recouvert d'ornements en cuivre découpé ; ces ornements en cuivre rouge et en cuivre jaune sont aussi fins que de la guipure. Cette pipe, en forme de corne de Yak, avait appartenu pendant plus de trois ou quatre siècles à la famille régnante du Baltistan ; elle est évidemment d'un travail arabe de la plus belle facture et d'un style similaire aux bijoux anciens en or et en argent de la même contrée, qui sont également d'un travail arabe. Toutes les pipes du Baltistan, fabriquées en bois de cèdre et ornées de cuivre plus ou moins fin, affectent cette même forme de corne de Yak. Chaque famille de cultivateur balti possède un semblable narghilé. Il est à remarquer aussi, combien les anciens bijoux du Baltistan sont supérieurs, comme finesse de travail, à ceux du Dardistan. Ainsi les magnifiques fibules en argent ciselé, incrustées de turquoises, dont les Baltis se servent comme agrafes d'épaule (Péchawèz), les talismans et boucles d'oreilles en argent ornés de turquoises, les colliers en cornalines gravées certis d'or, enfin, les plaques de cou en or incrustées de pierres fines ont fait l'admiration de tous ceux qui ont pu les contempler lors de notre retour des Indes. (Tous ces objets sont fidèlement reproduits dans notre ouvrage *Aus dem westlichen Himalaja, Leipzig, 1884).* Aucun peuple de l'Himalaya Occidental n'a rien produit qui puisse approcher de ces véritables objets d'art, à l'exception des Cachemiris, bien entendu, dont la bijouterie présente cependant un caractère tout à fait différent ; pour en trouver de semblables, il faut descendre dans la plaine jusqu'aux grands centres industriels de l'Inde.

Page 333, note 1. — Au lieu de *près du village Nioupour,* lisez *près du village de Nioupour.*

Page 335, ligne 13. — Au lieu de *on y trouve aussi,* lisez *on y trouva aussi.*

Page 336, ligne 4. — Au lieu de *chaque village porte un nom particulier,* lisez *chaque village porte un nom particulier selon sa pierre.*

Page 339, ligne 6 d'en bas. — Au lieu de *la foi chiite pénétra d'Iskardo,* lisez *la foi chiite pénétra à Iskardo.*

Page 367, ligne 16. — Au lieu de *leptochiniens,* lisez *leptorhiniens.*

Page 375, ligne 21. — Au lieu de *longueur du pré-malléolaire,* lisez *longueur du pied : pré-malléolaire.*

Page 377, ligne 4. — Au lieu de *Douglas-Forsyth,* lisez *Douglas Forsyth.*

Page 378, ligne 14. — Au lieu de *dialecte pamiriens,* lisez *dialecte pamirien.*

Page 382, ligne 14. — Au lieu de *aux hindous et aux éraniens ?,* lisez *aux Hindous et aux Eraniens ?*

Page 385, note. — Au lieu de *l'embryologie*, lisez *l'embryogénie*.

Page 386, note 2. — Au lieu de *les Doungarres*, lisez *les Dounganes*.

Page 387, deuxième alinéa. — Au lieu de *nous avons retranché deux unités pour les Brachycéphales et une unité et demie pour les Dolicocéphales*, lisez *nous avons retranché deux unités pour les Dolicocéphales et une unité et demie pour les Brachycéphales*.

Page 388, note 4, ligne 3. — Au lieu de *Turkestan-ville*, lisez *Turkestan (ville)*.

Page 388, note 6. — Au lieu de *15 Fâns, etc.*, lisez *43 Fâns, etc.*, et au lieu de *43 Maghians*, lisez *15 Maghians*.

Page 388, note 6. — Au lieu de *les premiers sont sous-brachycéphales et les seconds brachy vrais*, lisez *les premiers sont brachycéphales et les seconds sous-brachy*.

Page 389. — Eraniens ; à la colonne Darwâzis :

au lieu de	lisez
3	3
5	2
1	1
»	»
1	4

Page 391. — *La série des Galtchas se décompose, etc.;* à la colonne Maghians :

au lieu de	lisez
6.66	»
20.00	6.66
»	20.00
33.33	33.33
40.00	40.00
99.99	99.99

Page 397. — A propos de l'usage qui existe chez les femmes kirghises, d'attacher leurs enfants à la mamelle sur des planchettes, ce qui occasionne forcément un aplatissement de la partie postérieure de la tête, nous ferons remarquer qu'il doit en résulter une brachycéphalie d'autant plus considérable ; ce fait explique pourquoi les Kirghis-Kaïzaks sont plus brachycéphales que les Kara-Kirghis.

Page 405, ligne 3. — Il faut un » à la fin de la ligne.

Page 407. — D'après M. de Lapouge, les populations asiatiques se composent principalement de deux éléments : 1° *H. Asiaticus* (Linné) *luridus, mélancholensis, rigidus, pilis ingricantibus, oculis fuscis, reverens, avarus :* jaune de teint, mélancolique de tempérament, raide, poil noir, yeux noirs, enclin à rêver, avare... type dolicocéphale et, au moral, très intelligent ; 2° *H. Alpinus* déjà nommé.

Depuis, M. de Lapouge a constaté que *H. Alpinus* était éminemment un métis, résultant du mélange de *H. Europæus* avec le type *Acrogonus*, etc.

Je persiste donc à croire que *H. Asiaticus*, dans sa variété brachycéphale, est le résultat d'un croisement avec le type *Acrogonus*, croisement dans lequel ce dernier a imposé sa forme crânienne et a emprunté à *H. Asiaticus* tous ses caractères faciaux.

La circonstance qu'en 1893 M. de Lapouge considérait *H. Alpinus* comme une variété asiatique a amené plusieurs auteurs à supposer que les Celto-Slaves étaient venus de l'Asie Centrale. Si *H. Alpinus* existe en Bactriane et dans les autres régions pamiriennes, il doit son origine à des croisements semblables à ceux qui se sont produits dans le centre de l'Europe.

Page 407, ligne 25. — Au lieu de *Plancarpin et Rubriquis,* lisez *Plan Carpin et Rubruquis.*

Page 409, ligne 6. — Au lieu de *bi-auriculaire,* lisez *sus-auriculaire.*

Page 409. — Au lieu de *courbe totale sus-auriculaire,* lisez *courbe transversale sus-auriculaire.*

Page 409. — ¦Nous plaçons les Parsis parmi les peuples au nord de l'Hindou-Kouch, à cause de leur origine.

Page 411, ligne 2. — Au lieu de *et de 35,* lisez *et de 25.*

Page 411, ligne 6. — Au lieu de *se chiffre par 15,* lisez *se chiffre par 20.*

Page 411, ligne 9. — Au lieu de *écart de 30 mm.,* lisez *écart de 35 mm.*

Page 411. — Le type parsi de l'Inde est certainement un exemple des plus curieux en faveur de la persistance de l'influence ancestrale ; ce peuple qui a quitté sa patrie depuis près de douze siècles et qui a conservé son type intact malgré les nouveaux centres biologiques dans lesquels il avait été transporté, fournit un important argument à l'appui de la théorie d'Agassiz, d'après laquelle l'hérédité est le plus puissant facteur en faveur de la réversion.

Page 422. — III. Turco-Tatars : Les chiffres qui figurent sous la rubrique des Kirghis-Kaïzaks doivent être placés dans la colonne des Kara-Kirghis, et *vice versa.*

Page 422. — Sur le graphique des tailles des Dardous, l'amorce de la ligne doit se faire au numéro 1 du 137, comme il résulte d'ailleurs du texte à la page 426.

Page 425, ligne 11. — Au lieu de *et ou nous,* lisez *et où nous.*

Page 425, ligne 2 d'en bas. — Au lieu de *voisins,* lisez *congénères.*

Page 426. — Quand je parle de la petite taille de *H. Asiaticus,* je ne m'occupe que du représentant de cette race en Asie Centrale et je néglige intentionnellement les Chinois orientaux ou, si on aime mieux, les Chinois proprement dits. Ces derniers n'ont pas été encore examinés suffisamment au point de vue anthropologique, mais d'ores et déjà, nous pouvons affirmer qu'ils se composent aussi d'éléments hétérogènes. On nous a assez souvent montré des géants chinois en Europe pour que nous soyons autorisés à supposer que ce peuple de l'extrême Orient renferme des éléments considérables de hautes tailles.

Page 428. — Quant à la couleur des yeux des peuples au nord et au sud de l'Hindou-Kouch, nous renvoyons le lecteur, pour de plus amples détails, à nos deux ouvrages déjà plusieurs fois cités.

Page 428. — A propos de la question des blonds, donnons encore quelques renseignements sur la couleur des cheveux et de la barbe des Eraniens et de leurs voisins au sud de l'Hindou-Kouch.

I. — CHEVEUX

	Dardous	Baltis	Ladakis
Noirs	62.16	50.63	51.85
Châtains	37.84	43.03	48.15
Roux	»	6.33	»
Blonds	»	»	»
	100.00	99.99	100.00

II. — BARBE

	Dardous	Baltis	Ladakis
Noirs	45.45	23.81	52.33
Châtains	54.55	73.02	47.67
Roux	»	1.58	»
Blonds	»	1.58	»
	100.00	99.99	100.00

Ce petit tableau nous montre que les blonds et les roux n'existent point chez les Dardous ni chez les Ladakis et ne se rencontrent qu'à l'état tout à fait sporadique chez les Baltis. Faisons encore observer que chez les Eraniens les blonds diminuent avec l'altitude, comme nous l'avons indiqué déjà à différentes reprises, c'est-à-dire, il y a 27 0/0 de blonds chez les Tadjiks de Samarkand, 13 0/0 chez les Tadjiks du Ferghanah et seulement 8 0/0 chez les Galtchas. En décomposant la série des Galtchas, nous ne trouvons plus chez 43 Falghars, Kchtouts, Fâns et Yagnôbis que 7 0/0 de blonds. La même progression en raison de l'altitude a lieu pour la barbe. Les Tadjiks de Samarkand avaient 38 0/0 la barbe blonde, ceux du Ferghanah 36 0/0, l'ensemble des Galtchas 15 0/0 et les 43 Galtchas des hautes vallées du Zérafchán et de ses affluents 13 0/0 seulement.

J'avais en 1880, au moment de la publication de mes Résultats Anthropologiques, formulé la proposition suivante : « Les Aborigènes de l'Asie Centrale se sont mélangés, à une époque fort reculée, avec une peuplade blonde, peut-être dolicocéphale ? Ce mélange a été peu considérable dans les hautes vallées avoisinant le Pamir, il a été beaucoup plus continu dans le Ferghanah et dans les environs de Samarkand ».

Aujourd'hui, je modifie cette proposition de la façon suivante : Les Aborigènes de l'Asie Centrale (le type *Acrogonus*) se sont mélangés, à une époque fort reculée, avec une peuplade blonde et dolicocéphale, ce mélange a eu lieu dans la plaine, il a donné naissance à *H. Alpinus* et à un grand nombre de *brachy disharmoniques (leptoprosopes* et *leptorhiniens) ;* les *Acrogonus* se sont retirés dans les hautes vallées pamiriennes. Chez les métis de la plaine, s'est faite, à une époque historique, une nouvelle infusion de blonds, les Ousouns des annales chinoises, suivie d'invasions turco-tatares (Saces, Yué-tchi, Ephthalites). Une partie de ces métis s'est réfugiée dans les montagnes où elle s'est mélangée avec le type *Acrogonus.* Ici encore, *H. Alpinus* l'a emporté beaucoup plus que dans la plaine, car les brachy leptoprosopes et leptorhiniens y sont très rares. Ce qui expliquerait d'une manière satisfaisante l'existence du petit nombre de blonds dans la montagne et d'un nombre assez considérable dans la plaine.

Quant aux quelques blonds que M. Bonvalot paraît avoir rencontrés dans le Tchitral, leur présence s'explique aisément par la circonstance que les hautes castes de cette contrée sont originaires des petits états éraniens du Pamir.

Page 435, ligne 12 d'en bas. — Au lieu de *ligures*, lisez *Ligures*.

Page 441, note. — Au lieu de *Amintas*, lisez *Amyntas*.

Page 441. — A propos des artistes orientaux, il ne faut pas oublier les Chinois et les Japonais qui sont des maîtres dans leur genre. Ainsi, je possède une grande figure en laque dorée représentant un philosophe assis, en train de méditer sur la fragilité des choses de ce monde. Son visage offre trois expressions différentes : vu de face, il respire la plus complète béatitude ; vu de profil, d'un côté, la lèvre tombe dédaigneusement, tandis, que de l'autre, elle se plisse d'une façon narquoise. Ces effets sont évidemment voulus.

Page 449. — Au sujet des sculptures greco-bouddhiques signalées par M. Leitner et dont M. Biddulph a également rencontré des vestiges dans ses voyages, je dois ajouter que les ruines du temple de Martan, dans le Cachemire, présentent des réminiscences semblables. Ce temple a une longueur de 60 pieds anglais et une largeur de 38 pieds, mais si l'on tient compte du développement de sa façade on constate que sa longueur, sa largeur et sa hauteur étaient chacune de 60 pieds ; cette dimension satisferait ainsi le problème favori des anciens architectes hébreux d'après lequel un édifice devait avoir la hauteur, la longueur et la largeur égales. On sait que le temple de Jérusalem avait 100 pieds de long, de large et de haut.

D'après le général Cunningham, le temple de Martan aurait été édifié sous le règne de Ranaditya (578 à 594 ap. J.-C.), sans doute un roi Houna. Telle n'est point l'opinion de M. James Fergusson, le connaisseur le plus compétent de l'architecture hindoue ; ce savant place l'édification du temple de Martan 200 ans plus tard, c'est-à-dire sous le règne de Lalitaditya (725 à 761 ap. J.-C.). Quoique les restes de ce temple soient en fort mauvais état, ce qui s'explique par la qualité poreuse des pierres qui ont servi à sa construction, on y constate les traces manifestes d'une influence grecque. C'est à notre avis le plus beau, sinon le plus ancien spécimen de l'architecture gréco-bouddhique. Le temple de Baïdjnat, un des plus curieux du nord de l'Inde, paraît avoir été construit à peu près à la même époque que celui de Martan (804). M. Fergusson fait observer que le caractère le plus remarquable de ce temple consiste dans l'emploi des chapiteaux corinthiens ; le savant anglais désigne ce genre d'architecture sous le nom d'indo-corinthienne.

Le temple d'Aventipour, situé dans le Cachemire, à moitié chemin entre Islamabad et Srinagar, sur les bords de l'Hydaspe, m'a paru d'un caractère architectural tout à fait différent de celui de Martan ; ses colonnes courtes et massives ont un air cyclopéen. D'après M. Fergusson, ce temple a été construit sous le règne du roi Avantiverma (875 à 904 ap. J.-C.), premier prince de la dynastie Outbala. (Ce n'était donc déjà plus un roi Houna ou Ephthalite). Les ruines des temples du Cachemire et du nord-ouest de l'Inde, de même que les monnaies indo-scythiques prouvent jusqu'à quel point l'influence grecque est restée vivace dans ces régions, puisque 800 ans après que le dernier roi grec de la Cophène eût disparu, elle se faisait encore sentir.

Page 451. — Les passages de Plutarque ne rappellent-ils pas aussi la grande œuvre législatrice de Napoléon Ier ? Sa main puissante continua l'œuvre de la Révolution, comme Maxime du Camp l'a si bien montré dans son ouvrage intitulé : *Crépuscule.* Aujourd'hui tout le monde rend justice au génie de Napoléon, et ce ne sont pas les quelques pygmées qui s'attaquent à sa mémoire qui réussiront à altérer la gloire de son règne. Napoléon attend encore son Plutarque.

Page 454. — Reproduisons aussi ce que M. de Lapouge a publié en 1893 sur les races méditerranéennes : « *H. Mediterranensis* (ou *Arabicus*, d'après Bory), le résidu des races contemporaines du mamouth et du renne, ainsi que celle de la pierre polie. Ce sont des bruns à tête longue, d'une taille assez petite, au nez busqué ou brisé (Ligures-Ibères).

« Les Sémites proprement dits se distinguent des autres Méditerranéens ou Dolico bruns par « une taille plus haute, le nez brisé et la sécheresse générale des formes.

« La plupart des Méditerranéens seraient croisés avec les tribus noires du nord de l'Afrique. Cette race est très intelligente, mais a moins de supériorité que *H. Europæus* ».

Florence, le 1er Septembre 1896.

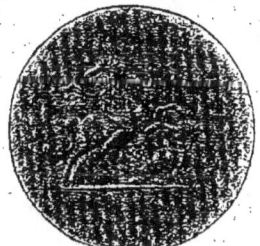

Revers de la médaille d'Alexandre

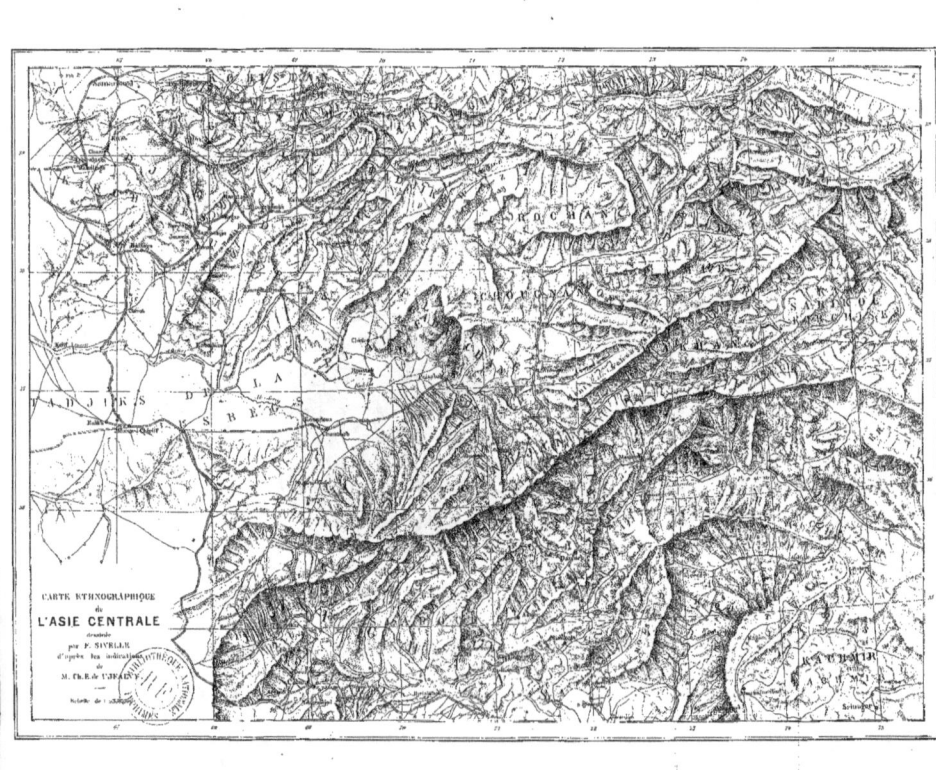

CARTE ETHNOGRAPHIQUE
de
L'ASIE CENTRALE
dressée
par F. SIVELLE
d'après les indications
de
M. Ch. E. de UJFALVY
Échelle de 1 : 8,000,000

NICE. — IMPRIMERIE V.-EUG. GAUTHIER ET C⁰

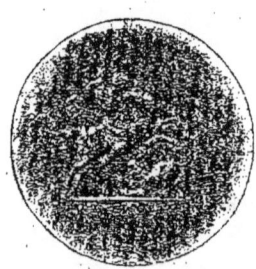

Revers de la médaille d'Alexandre

Imp. V.-Eug. Gauthier et Cᵒ. — Nice.